Rafael Eigner
Herzstillstand

Das Buch

Der Herzchirurg Steffen versucht nach einem schweren Motorradunfall in der romantischen Universitätsstadt Heidelberg sein Leben wieder in den Griff zu bekommen. Statt wie geplant in einem Luxusappartement am Neckar landet er in einer ungewöhnlichen Wohngemeinschaft mitten in der Altstadt. Seine Mitbewohnerinnen: ein vernachlässigtes Mädchen im Prinzessinnenkleid, ihre bildhübsche Mutter und deren durchgeknallte Freundin.

Die Augenchirurgin Antonia bräuchte mit Mitte dreißig dringend eine neue Perspektive. Das Verhältnis mit dem verheirateten Chefarzt kann nur eine Notlösung sein. Der Hausmeister seiner neuen Altstadtwohnung hat es ihr angetan. Er ist attraktiv, gebildet, hat ein Herz für Kinder und interessiert sich für sie. Endlich ein Mann, dem sie vertrauen kann? Sie befragt das Gänseblümchenorakel und muss feststellen, auch Blumen sagen nicht immer die Wahrheit.

Der Autor

Unter dem Pseudonym Rafael Eigner schreiben ein Stuttgarter Notarzt und eine Heidelberger Eventmanagerin moderne romantische Komödien mit viel schwarzem Humor und medizinischem Background. Nach der erfolgreichen Bestseller-Serie um den chaotisch-sympathischen Notarzt Benny Brandstätter haben die Autoren mit »Herzstillstand« eine neue Trilogie um ein Ärzteteam in der romantischen Universitätsstadt Heidelberg ins Leben gerufen.

Rafael Eigner

HERZ STILLSTAND

Roman

Deutsche Erstveröffentlichung bei
Tinte & Feder, Amazon Media EU S.à r.l.
38, avenue John F. Kennedy, L-1855 Luxembourg
Juni 2019
Copyright © der deutschsprachigen Ausgabe 2019
By Rafael Eigner
All rights reserved.

Umschlaggestaltung: semper smile, München, www.sempersmile.de
Umschlagmotiv: © ziviani / Shutterstock; © Pixel-Shot / Shutterstock
Lektorat: Rainer Schöttle
Korrektorat: Diana Schaumlöffel/DRSVS
Gedruckt durch:
Amazon Distribution GmbH, Amazonstraße 1, 04347 Leipzig /
Canon Deutschland Business Services GmbH, Ferdinand-Jühlke-Str. 7, 99095 Erfurt /
CPI books GmbH, Birkstraße 10, 25917 Leck

ISBN: 978-2-91980-949-3

www.tinte-feder.de

*Für Traude,
die von Anfang an
an mich geglaubt hat
und deren Ohr, Geist, Herz und Weinkeller
für mich stets offen waren.*

Well, I *have* a passion,
it's taking *life* and *turning* it *into* a series of crazy stories.
(Barney Stinson)

My advice to you is not to inquire why or whither,
but just enjoy your ice cream while it's on your plate –
that's my philosophy.
(Thornton Wilder)

TEIL 1

Herz|in|suf|fi|zi|enz

Substantiv, feminin [die]

Funktionsschwäche des Herzens

But listen carefully to the sound of your loneliness like a heartbeat drives you mad.
Dreams/Fleetwood Mac

1

Steffen und die verschneite Zugfahrt

Wenn der Himmel ohne Farben ist, schaust du nach oben und manchmal fragst du dich: Ist da jemand, der mein **Herz** *versteht?*
Ist da jemand?/Adel Tawil

»Liebe Fahrgäste! Hier spricht Ihr Zugbegleiter. Sollten Sie an diesem Abend noch Pläne haben, muss ich Sie leider enttäuschen: Das wird nichts mehr werden! Dank einer Schneeverwehung stehen wir erst mal im Niemandsland und warten auf den *Bamowag*. Das klingt lustiger, als es ist. Das ist ein Schneepflug auf Schienen. Davon gibt's nicht allzu viele und es schneit in der gesamten Region, was meinen Arbeitgeber, die Deutsche Bahn, mal wieder völlig überraschend aus der Bahn geworfen hat.« Der Zugbegleiter lachte laut und ausgiebig über sein Wortspiel und fuhr fort: »Ich könnte Ihnen jetzt Seifenblasen vorpusten und behaupten, dass wir in einer halben Stunde wieder Strecke machen und den Heidelberger Hauptbahnhof zügig erreichen werden, aber das wäre leicht übertrieben. Richten Sie sich auf einen längeren Aufenthalt ein, machen Sie es sich in Ihren Sitzen gemütlich – meine persönliche Empfehlung: Beten kann nie schaden. Kaffee oder andere Heißgetränke aus dem Bordrestaurant können wir derzeit leider nicht anbieten, weil die Maschine kurz hinter Stuttgart ihren Geist aufgegeben hat. Was insofern ganz günstig ist, da es wegen einer technischen Störung im Stuttgarter Hauptbahnhof, oder wie wir Insider ihn nennen, der *ewigen Baustelle,* leider nicht möglich war, die Zugtoiletten zu entsorgen. Derzeit hat nur noch der erste Wagen hinter der Lok eine funktionierende Toilette. Deren Zustand ist trotz unserer Bemühungen als kritisch zu bewerten. *Ssänk juh for trotzdem travelling wiss sse* Deutsche Bahn. Mein Name ist Hans Ostmann und für mich hat der organisierte Wahnsinn auf Schienen in Dortmund ein Ende. Nach siebenundvierzig Jahren gehe ich morgen in den schwer verdienten Ruhestand. Danke für Ihre Aufmerksamkeit und Geduld mit meinem Arbeitgeber.«

Nach dieser gechillten Durchsage brach um mich herum frenetischer Beifall aus. Hans Ostmann, ein untersetzter Mann, dessen Gesicht man den Schalk ansah, drehte anschließend eine Runde durch den Zug und nahm persönlich von jedem von uns per Handschlag Abschied. Meine Mitreisenden und ich waren gerührt.

Eine aufgeweckte Schülerin, die mit ihren Freundinnen unterwegs war, hatte die Verzögerung genutzt, eine Karte für den Pensionär gebastelt und sammelte nun Unterschriften.

»*Boah,* was für ein Gekrakel. Kann kein Mensch lesen. Bist du Arzt?«, fragte sie und grinste mich mit vorwitzigen blauen Augen unter einem blonden Seitenscheitel an.

»Ich war mal Rohrleitungsinstallateur und mache demnächst eine Umschulung«, erwiderte ich.

Sie sah mich kritisch an und meinte dann: »Ey, mach dir nichts draus. Ich bin letztes Jahr auch sitzen geblieben.«

Tatsächlich war ich mit meinen fortgeschrittenen neununddreißig Lebensjahren immer noch nicht beruflich an meinem endgültigen Ziel angekommen. Das Schicksal hatte ziemlich viele holprige Einbahnstraßen und schlecht ausgeschilderte Umleitungsstrecken für mich, sein Lieblingsversuchskaninchen, parat gehabt.

In der Woche nach dem Abitur hatte der bürgerliche Steffen Milz mit seinem besten Freund Timo Leber aus Versehen und reichlich bekifft einen Tech-House-Hit komponiert und war auf Anhieb bei einem Musiklabel untergekommen. Das DJ-Duo *Heparsplenia* wurde praktisch über Nacht in der Szene bekannt. Anstatt von etwas BAFöG und schlecht bezahlten Gelegenheitsjobs zu leben, verdienten wir richtig Geld. Wir zogen durch Clubs und unzählige Hotel- und Privatbetten in ganz Deutschland, Österreich, der Schweiz, auf den Balearen sowie den Kanaren. Mein Leben war plötzlich ein nicht enden wollender Rave und es machte Laune, ein paar Mal die Woche alle nach meiner Pfeife tanzen zu lassen.

Der Plan war, ein Jahr gemeinsam Musik zu produzieren, genug Geld für das Studium zu sparen und danach aufzuhören. Wie sich herausstellte, waren wir so erfolgreich und hatten so viel Spaß am Touren, dass wir fast zwei Jahre durchhielten. Den Spruch *Zwischen Leber und Milz passt noch ein Pils* wandelten wir ab und ersetzten das Pils durch das ein oder andere Groupie. Fans von festen Beziehungen waren wir beide nie gewesen. Dann schlug das Leben mit einem harten rechten Haken zu und verwandelte das Dreamteam Leber & Milz in einen traumatisierten Single-DJ, der nie wieder auflegte.

Eine Durchsage holte mich aus meiner Vergangenheit zurück in die Echtzeit. »Werte Fahrgäste, hier spricht noch mal Ihr Zugbegleiter, Hans Ostmann. Ich bin gerührt und geschüttelt und möchte mich ganz herzlich für die Glückwunschkarte bedanken. Als hätte die Wärme, die Sie alle zusammen ausstrahlen, den Schnee zum Schmelzen gebracht, können wir gleich unsere Fahrt fortsetzen.«

Herr Ostmann schien eine ausgeprägte poetische Ader zu besitzen und ich versuchte noch ein kurzes Nickerchen einzulegen.

2

Steffen und der ambitionierte Taxifahrer

*We do a lot of hanging on these days, but the **heart** finds a reason.*
Hard Times/Richie Sambora

DANK DER VERSPÄTUNG stieg ich erst nach 22.30 Uhr vor dem Heidelberger Hauptbahnhof in ein Taxi. Ich war zuvor noch auf einen dringenden Toilettenbesuch und einen Coffee to go in dem McDonald's am Bahnhof gelandet. Außer einem mit Chatten beschäftigten weiblichen Junkie, die Strickmütze tief in die Stirn gezogen, die Augen hinter einer überdimensionalen Brille versteckt, war das Schnellrestaurant leer gewesen. Heute ging keiner außer Haus, der nicht musste. Die Lady im speckigen Bundeswehrparka mit der Klischee-Aldi-Tüte neben sich auf der Bank wärmte sich wohl zwischen zwei Flaschen Schnaps oder dem nächsten Schuss hier auf. Sie hatte einen Kaffee vor sich stehen und knabberte an einem Schokoriegel. Ich kramte einen Zehneuroschein heraus, legte ihn vor sie auf den Tisch, wünschte eine Gute Nacht und lief zum Taxistand.

»Wo Sie wolle?«, fragte mich der sonnenbebrillte Fahrer mit dunklem Bartschatten, über den Kopf gezogenen Hoodie und Migrationshintergrund mit tiefem Bass und startete den nicht mehr ganz neuen Diesel. Ich sah automatisch auf den Kilometerstand. 485.420 war eine Hausnummer. Am Rückspiegel hing die *Hand der Fatima,* die das betagte Taxi mit dem stumpfen Lack anscheinend nicht nur vor dem bösen Blick, sondern auch vor Rost und Kolbenfresser schützte.

»Fahre Memphis!«, antwortete ich spontan. Mein Quasi-Adoptivopa Zweigle hatte alle Folgen der legendären SWR3-Comedyreihe *Taxi Sharia* als CD besessen und beglückte seine Fahrgäste jahrelang unerbittlich mit dem Spruch: »Wo du wolle?«

»Gebongt.« Der Fahrer fuhr langsam im Tiefschnee los und fragte auf Türkisch bei der Taxizentrale nach. Ich verstand nur »Mümphüs«, »Uffbasse« und »Umleitung«.

Ich unterbrach den lebhaften Wortwechsel. »Das mit Memphis war ein Scherz. Ich muss in die Neuenheimer Landstraße.«

Die Neuenheimer Landstraße, einseitig mit Luxusimmobilien bebaut, führte direkt am Neckar entlang, hieß nach der Alten Brücke Ziegelhäuser Landstraße und war eine der teuersten Adressen in der ehrwürdigen Universitätsstadt.

»Was du wolle?«

Der Fahrer war eigentlich zu jung, um die Storys um den türkischen Taxifahrer *Ützwurst* und seinen deutschen, politisch korrekten Fahrgast Osterwelle zu kennen. Ich war generell zu müde für Comedy, also hörte ich auf mit Lustigsein.

»Meine Freundin wohnt da. Ich hab mich einen Tag früher loseisen können und überrasche sie mit meinem Besuch.« Mittlerweile war es kurz vor elf, die Stadt lag unter einer fast zehn Zentimeter hohen Schneedecke und wir schienen die einzigen Menschen auf der Straße zu sein.

»Eh, verschteh isch. *Sehnesucht?* Net angerufe?«

»Nein.«

»Eh. Hoffentlisch Freundin net erschrecksch du.«

Meine Freundin, Dr. med. Nena-Kristin Dengler, wohnte im dritten Stock eines Appartementhauses mit erstklassiger Alarmanlage vor Einbrechern relativ sicher und geschützt. Die Radiologin war dank einer Anstellung als Assistenzärztin im Bundeswehrkrankenhaus Hamburg und eines Einsatzes in Afghanistan reichlich abgebrüht, was den Umgang mit gefährlichen Situationen anging.

Ich wollte meinen Einzug gebührend feiern und hatte Moët, frische Erdbeeren und Sprühsahne besorgt. Die ganze Bahnfahrt über versank ich in erotische Träumereien, malte mir aus, wie und wo wir den Moët schlürften und was genau mit dem Obst und der Sahne im Laufe der Wiedersehensfeierlichkeiten passierte. Ich hatte Nena vor zwei Wochen das letzte Mal gesehen und die körperliche Sehnsucht war zumindest auf meiner Seite sehr groß.

»Keine Sorge, die ist hart im Nehmen.« Das wiederum war gelogen. Meine Auserwählte mit Bundeswehrerfahrung kommandierte zwar gern, war aber selbst ein empfindliches Pflänzchen, bei dem man stets aufpassen musste, was man sagte, tat oder nicht sagte und nicht tat.

»Du Heidelberg?«

»Nein, ich Ulm.«

»Schön Ulm?«

»Sehr schön!«

»Warum du dann weg?«

Ich schilderte in knappen Worten, dass ich ab übermorgen in der chirurgischen Praxis von Dr. med. Siegfried Dengler arbeiten würde und, bis ich eine eigene Bleibe hatte, eben bei dessen Tochter und meiner aktuellen Lebensabschnittsgefährtin wohnen dürfte beziehungsweise wollte.

»Ah, Doktor Dengler. Friedrich-Ebert-Anlage! Kenn isch! Subbadoggda! Guck, Hand wie neu!« Er zeigte mir seine rechte

Handfläche, die eine typische Narbe nach der Behebung einer Dupuytren-Kontraktur aufwies. Ich hatte meine theoretischen Hausaufgaben gemacht.

»Superjob!«, tat ich fachmännisch.

Nena-Kristin war die diensthabende Oberärztin gewesen, die in der Unfallklinik in Tübingen die ersten Aufnahmen meines zerschmetterten Sprunggelenks gemacht hatte. Die Radiologin war damals mit einem wesentlich jüngeren Urologen liiert gewesen. Sie besuchte mich nach der OP ein paar Mal auf Station, versorgte mich mit Lesematerial und versuchte mich aufzuheitern. Nachdem der Urologe Geschichte war, hatten wir unsere Freundschaft zu einer sehr zarten Beziehung ausgebaut. Frau Dr. Dengler arbeitete mittlerweile in der radiologischen Praxis ihrer Mutter in Heidelberg. Sie war zwei Jahre älter als ich, sah aus wie Meg Ryan vor Botox und schien mir sehr zugetan. Ihr Vater suchte einen Nachfolger und ich nach meinem Unfall eine neue Aufgabe, wollte aber der Chirurgie treu bleiben. So kam es, dass ich nicht nur einen Platz fand, an dem ich einen Teil der Weiterbildung zum Facharzt für Orthopädie und Unfallchirurgie ableisten konnte, sondern auch Bett, Tisch und persönliche Zuwendung in einem todschicken Terrassenappartement direkt am Neckar mit Blick aufs Schloss und nur wenige Gehminuten von der romantischen Altstadt entfernt.

»Du Glückshans!« Der Taximann mit Migrationshintergrund nickte anerkennend.

Dem hätte ich jetzt widersprechen müssen. Wäre ich ein *Glückshans*, würde ich weiter Herzen operieren und nicht nochmals in die *Lehre* gehen und eine erneute Facharztprüfung ablegen müssen. Ich war seit meiner Geburt der *Pechsteffen,* der hart an seinem Glück arbeiten musste. Eine übergeordnete Instanz zog mir jedoch immer wieder zuverlässig den Boden unter den Beinen weg. Frei nach dem Motto: *Do it again,* Steffen! Nur dieses Mal aus einer noch mieseren Ausgangsposition. Ich hatte nur noch ein regelrecht funktionierendes Bein, unter dem man mir was wegziehen konnte. Viele meinten, ich hätte bei dem Unfall Glück gehabt. Ich sah das anders. Mit etwas Glück hätte der Traktorfahrer mir nicht die Vorfahrt genommen und mein Sprunggelenk wäre nicht zu Brei zerquetscht worden. Mit etwas Glück, bräuchte ich keine Krücke und müsste keine klobigen Arthrodesenstiefel tragen. Ich konnte diese Glück-im-Unglück-Phrase nicht mehr hören und hatte mich komplett von meinem Umfeld zurückgezogen. Die Einzige, die ich noch an mich ranließ, war Nena-Kristin, die als Radiologin nicht der Meinung war, ich hätte Glück gehabt. Die von ihr selbst gemachten Röntgenaufnahmen bestätigten: Ich hatte richtig Pech gehabt.

3

Steffen und das eiskalte Willkommen

*Broken **hearts** lie all around me and I don't see an easy way to get out of this.*
(I Just) Died in Your Arms Tonight/Cutting Crew

AUF DEM BESUCHERPARKPLATZ vor der Garage stand ein mir unbekannter, zugeschneiter SUV. Ich gab dem empathischen Taximann ein großzügiges Trinkgeld und verabschiedete mich. Es ging nicht anders, egal, wie oft ich hier stand, ich musste das malerische Sandsteingemäuer am gegenüberliegenden Berghang einen Moment bestaunen. Gebettet in einen schneebedeckten Wald hatte ich es noch nie gesehen. Die Straßen waren wie ausgestorben, die Stadt schien zu schlafen. Die Luft war klar und rein und alle Geräusche wurden durch die Schneedecke gedämpft. Eine wunderbare Nacht für einen Neuanfang. Ich schleppte meinen schweren Rucksack die Treppe zur Eingangstür im knirschenden Pulverschnee hoch. Mit Gehhilfe im Tiefschnee laufen, war eine der neuen Erfahrungen, die ich nie gebraucht hatte. Ich schloss die Tür auf, nahm den Fahrstuhl in den vierten Stock und öffnete die Wohnungstür leise. Wenn ich heute

Abend ein Glückshans war, würde Nena frisch geduscht und motiviert im Boxspringbett liegen und ich konnte ohne die Moët-Erdbeer-Sahne-Nummer zu meinem Vergnügen kommen. Die derzeit blonde Schönheit war zwar nur 1,60 Meter groß, aber ein Bündel an Ansprüchen – vor allen Dingen vorspieltechnisch. Ich war müde und mein Bein schmerzte mal wieder höllisch.

Nena-Kristins Domizil war mit seinen drei Meter hohen Decken und den Panoramafenstern mit Blick auf Schloss, Brücke und Altstadt nicht nur ein architektonischer, sondern dank viel Geld und gutem Geschmack einer Innenarchitektin ein designtechnischer Traum. Der Flur, von dem alle Räume abgingen, war für einen Mann dagegen so was wie die Vorhölle. Die Wände des schmalen Gangs schmückten beleuchtete Glasregalböden, in denen die Hausherrin ihre Sammlung an Manolo-Blahnik-Botten dekorativ platziert hatte. In diesem Appartement stand und lag nichts herum, was nicht richtig viel Geld gekostet hatte. Mein Spiegelbild begrüßte mich im deckenhohen Spiegel hinter der Eingangstür. Ich fand, ich passte mit meinen langen Haaren, die unter der Strickmütze herausschauten, den fiesen Arthrodesenschuhen, meinem weit gereisten, zerschlissenen Trekkingrucksack und dem dunkelblauen praktischen Dufflecoat optisch nicht wirklich in das gepflegte Ambiente aus edlen Lackoberflächen, glänzendem Milchglas und gegerbten, feinen Lederhäuten. Mein schlanker, durchtrainierter Körper machte mit seinen knapp 1,88 Meter nackt definitiv mehr her – sah man mal von den Narben und den Gewebeschäden am linken Unterschenkel ab. Die Durchblutung und der Lymphfluss waren infolge des schweren Traumas und der Replantation nicht gerade berauschend.

Der geparkte SUV und leise Geräusche aus dem Wohnzimmer ließen mich meinen ursprünglichen Plan, meiner Freundin nur mit Sprühsahne geschmückt gegenüberzutreten, erst mal vergessen. Ich zog die Mütze ab, Rucksack und Mantel aus und schlich Richtung Wohnzimmer, wo dem Schmatzen und Gestöhne nach ein billiger Porno lief.

Ich hatte mit meiner Vermutung voll ins Schwarze getroffen. Nur lief der Porno nicht auf dem supermodernen Quantum-Dot-TV-Bildschirm, sondern auf dem italienischen Designersofa inmitten der dekorativen Kissen aus Springbockhäuten. Auf dem teuren Velourslederteil, auf dem Trinken und Essen bei Strafe verboten war, saß breitbeinig ein splitterfasernackter Mann mit geschlossenen Augen. Der relaxte Herr ließ sich von Dr. med. Nena-Kristin Dengler einen blasen. Diese war bis auf Augenbinde und Hundehalsband mit Leine ebenfalls sehr nackt. Der Besucher hatte den Kopf in den Nacken gelegt und grunzte genießerisch, während er die Leine mit meiner Freundin dran stramm festhielt. Wie konnte man Männerkörper überhaupt erotisch finden, fragte ich mich angesichts des, bis auf den rasierten Sack, maximal behaarten Exemplars eines Geschlechtsgenossen.

Ich holte mein Handy heraus und hielt die Szene eine Minute in Ton und Bild fest. Nach der Beweisaufnahme schlich ich leise zurück in den Flur, zog mich noch leiser wieder an und war schon im Begriff, die Wohnung zu verlassen, als ich eine Eingebung hatte. Ich kramte im Garderobenschrank nach einer dieser hässlichen blauen IKEA-Tüten mit unglaublichem Raumangebot. Es fanden tatsächlich alle linken Ausgaben von Nenas exklusiver Schuhsammlung darin Platz.

Die erste Geisel hinterließ ich auf der Kühlerhaube des SUV. Die kobaltblaue Sandale hatte einen sehr spitzen, sehr hohen Messingabsatz, den ich mit gezieltem Schlag in das sehr dünne Blech der Luxuskarosse hieb, ehe ich mich in Richtung Alte Brücke aufmachte, um die Tüte samt kostspieligem Inhalt in den Fluten zu versenken. Nena-Kristin stand offensichtlich darauf, bestraft zu werden. Das konnte sie haben.

4

Antonia und das kleine Brüderchen

*And that's my **heart** that's breaking down this long distance line tonight.*
Missing You/John Waite

PÜNKTLICHKEIT IST DIE Höflichkeit der Könige und das Credo der Familie Brandt. Diesen tugendsamen Spruch hatten meine Eltern in das Gewissen aller ihrer acht Nachkommen eingepflanzt. Aus diesem Grund saß ich an diesem verschneiten Abend mutterseelenallein im McDoof am Heidelberger Hauptbahnhof und wartete auf meinen kleinen großen Bruder Carl. Der ICE, mit dem er aus Stuttgart kommen sollte, hatte fast eine Stunde Verspätung. Wegen der Kälte verzog ich mich in die Fast-Food-Hölle und bestellte einen Alibikaffee. Die Fachkraft, deren Mimik unter einer dicken Schicht bronzeglänzendem Make-up und Babyspeck gut versteckt war, reichte mir den Becher mit viel Skepsis im Blick. Zugegeben – in dem farbverschmierten Parka, mit der groben Strickmütze und der abgegriffenen Aldi-Tüte machte ich keinen sonderlich vertrauenerweckenden Eindruck.

Ich hatte meinen freien Tag damit verbracht, meinem Kollegen und Freund Dennis, einem versierten Anästhesisten mit libidinöser Störung, dabei zu helfen, seine neue Unterkunft in der Bergheimer Straße zu renovieren. Als ich mich am Mittag auf den Weg zu ihm machte, hatte ich versäumt, mich über die Wetteraussichten zu informieren. Weder meine schicke gefütterte Lederjacke noch die Liebeskind-Handtasche, ein Weihnachtsgeschenk meines Lieblingsbastians waren schneefest. Dennis hatte unter seiner Spüle eine reichlich betagte Aldi-Tüte herausgekramt und sie mir für Jacke und Tasche überlassen. Seitdem man beim Einkauf für Plastiktüten Geld berappen musste, besaßen die Teile Seltenheitswert und wurden öfter als zuvor recycelt. Er bot mir seinen abgetragenen Bundeswehrparka als Ersatzkleidung an und ich nahm in Ermangelung einer Alternative dankend an. Zum Abschied bekam ich eine Packung Kinderschokolade in die Hand gedrückt.

»Als Lohn für deine Hilfe, Toni.«

»Eine Tafel Schokolade für fünf Stunden Tapete abkratzen und streichen helfen? Da musst du dich nicht wundern, wenn keiner mehr kommt.«

Dennis hatte sich gegen Abend darüber Gedanken gemacht, warum wir allein hier standen. »785 Freunde auf Facebook, 560 Followers bei Twitter und 365 auf Instagram plus eine italienische Großfamilie mit 253 Personen. Und wer kommt und hilft beim Renovieren? Du!«, hatte er gesagt. »Mehr Schokolade kann ich nicht verantworten, du hast Speck angesetzt, Toni«, meinte Dennis jetzt.

Leider hatte Dr. Cornazzano nicht ganz unrecht. »Immerhin laufe ich im Schneetreiben zum Bahnhof, das verbrennt Kalorien.«

Eingepackt wie für eine Himalajabesteigung trat ich vor die Tür des Mehrfamilienhauses und sah mich um. Schnee wehte in dünnen Schleiern von den umliegenden Dächern. Ich stapfte gut gelaunt durch den pulvrigen Straßenbelag. Schnee machte mich glücklich – warum auch immer. Ich beschloss, nächstes Jahr wieder öfter Skifahren zu gehen, und bedauerte, dass es von Dennis' Wohnung nur zehn Minuten bis zum Hauptbahnhof waren.

DER FAST-FOOD-JOINT WAR so gut wie leer. Mit einem Kaffeebecher in der Hand suchte ich eine Nische, in der ich das wilde Schneetreiben auf dem Bahnhofsvorplatz beobachten konnte. Ich legte die Handschuhe neben mich, ließ aber die Mütze auf – heute war definitiv *Bad Hair Day* beziehungsweise schon *Worst Hair Day*. Die Schokolade in der Parkatasche fühlte sich eiskalt an. Seitdem ich wegen Bastian nicht mehr an den Fingernägeln knabbern konnte, war ich Süßkram verfallen. Ich befand mich aktuell am ersten Tag des dritten Quartals des weiblichen Schokozyklus. Wütend darüber, trotz strenger Diät in der ersten Zykluswoche und Diät in der zweiten Woche, kein Gramm abgenommen zu haben, biss ich in eine Rippe. Ich wusste genau, in Woche vier würde ich nicht mehr nur wütend, sondern Rotz und Wasser heulend Schokolade essen und meine Gene verfluchen.

Ich holte mein Handy aus der Parkatasche, leckte meine Finger sauber und schrieb an meinen Bruder.

21.45 Nachricht an Carlchen
Brüderchen, dein Zug hat übel Verspätung.
Ich warte im McDoof, würde sonst erfrieren.
Tonikuss

21.50 Nachricht von Carl Brandt
Stecken im Schnee fest. Es gibt keinen Kaffee und
die Toiletten sind dicht. Vielen Dank DB! Dreh mal das

Logo von denen auf den Kopf, dann siehste, was es wirklich bedeutet:

Der jammernde Fahrgast. I am not amused. Du musst aber nicht

warten, Schwesterherz, ich finde schon zu deiner Wohnung.

21.51 Nachricht an Carlchen
Allet gut, Schätzken. Ich habe Proviant und was zu lesen und alle Klos funktionieren. Check!

MEINE ELTERN HATTEN acht sehr unterschiedliche Kinder gezeugt, die über die halbe Welt verstreut lebten. Familienfeste waren so kompliziert und zeitaufwendig in der Vorbereitung, dass man in der gleichen Zeit ein viertägiges Open-Air-Festival mit hunderttausend Zuschauern mühelos hätte planen können.

Meine Geschwister hatten sich alle nachhaltige Berufe gesucht und erfolgreich fortgepflanzt. Carl (Zwillingsvater) besaß eine Buchbinderwerkstatt in Stuttgart und wurde von der Restfamilie genötigt, regelmäßig nach mir zu sehen. Ich war in den Augen meiner Geschwister und Eltern das schwarze Schaf in der Familie. Ich hatte als Einzige einen schnöden Beruf ergriffen, anstatt zu versuchen, die Welt oder ein paar historisch bedeutende Bücher zu retten. Mathilda (zwei Kinder) lebte in einer Auffangstation für Koalas in Perth; Heinrich (vier Kinder) hatte katholische Theologie studiert und gab sein Wissen Studenten in Stockholm weiter; Thelonius (ein Sohn) war Meeresbiologe und rettete aktuell Flüchtlinge im Mittelmeer vorm Ertrinken; Albrecht (zwei Kinder) wohnte in Rom, hatte ein Stipendium vom Goethe-Institut und schrieb seit drei Jahren an seinem ersten Roman; Josefina (schwanger) betrieb in New York eine kleine Schule, in der sie lehrte, wie man Auren las und Chakren schützte; Augustinus (fünf Kinder von drei Frauen) war gelernter Schuster und machte gerade mit seiner neuen Freundin eine Weltumseglung, um auf die Verschmutzung der Meere durch Plastikmüll hinzuweisen.

22.01 Nachricht von Prof. Dr. Dr. Bastian Ehrl-König
Mäuschen, wo bist du? Ich kann es kaum abwarten, dich nächste Woche endlich wieder sehen, riechen,
fühlen und schmecken zu können.
Ich vermisse dich mit allen Sinnen …
Die Feiertage kamen mir noch nie so lange vor …

22.01 Nachricht an Lieblingsbastian
Und wie ich mich freue. Ich vermisse dich auch sooooo sehr schrecklich.

22.01 Nachricht von Prof. Dr. Dr. Bastian Ehrl-König
Wo bist du? Liegst du schon im Bett? Nackt?

Ich las das *Nackt* und fügte für mich *Sabber* dazu. Dass mein Lover so offensichtlich notgeil war, störte mich ein wenig. Ich war alles andere als prüde, aber ich mochte es dann doch etwas dezenter.

22.02 Nachricht an Lieblingsbastian
Nein, sitze in voller Schneemontur und Mütze im McDoof am Hbf und warte auf meinen kleinen Bruder.

Darauf kam erst mal keine Antwort. Letztes Jahr hatte ich nach einem Single-Urlaub in Kolumbien einen meiner eisernen Grundsätze gebrochen, eigentlich gleich zwei: *Never fuck the factory!* und *Fange nie was mit einem verheirateten Mann an, Antonia!* Dann hatte mich so was wie die Liebe ausgetrickst, vermutete ich zumindest. Meine beste Freundin Liese vertrat die Meinung, ich sei schwachsinnig geworden.

Der Ophthalmologe Professor Dr. Dr. med. Bastian Ehrl-König war Chefarzt in der Universitäts-Augenklinik und stolzer Vater von Zwillingen im Grundschulalter. Johannes und Friedrich lebten mit ihrer Mutter in Aachen und sollten erst nach Heidelberg nachziehen, wenn beide ins Gymnasium wechselten, um ihre Freunde nicht zu früh zu verlieren. So lange pendelte ihr Papa zwischen dem Rheinland und Heidelberg. Die Werktage und -nächte gehörten uns – von Freitagnachmittag bis Montagfrüh spielte Bastian meist Familienvater. Wir hatten zwei Jahre vor uns. Das war die Frist, in der mein Chef und ich ungestört von seiner und meiner Familie ein gemeinsames Leben in unserer neuen Heimat führen konnten. Zwei Jahre Zeit für mich, den einundzwanzig Jahre älteren Mann davon zu überzeugen, dass ich die Frau der Zukunft war. Ich entwarf täglich neue Pläne, wie ich dafür sorgen konnte, dass Johannes und Friedrich samt ihrer Mutter Raquel Vergangenheit für meinen Liebhaber wurden.

Bastian und ich hatten uns das erste Mal bei seiner offiziellen Vorstellung in der Klinik getroffen und uns sehr formell die Hände geschüttelt. Der erste Kuss war nicht von Geigen untermalt, sondern vom Straßenlärm der Friedrich-Ebert-Anlage, wo ich den Chefarzt mit dem Auto nach der Verabschiedung eines Oberarztes wenige Tage später vor seinem Hotel abgesetzt hatte. Seit diesem denkwürdigen Abend hatte ich ein Verhältnis mit meinem verheirateten Vorgesetzten.

UM KURZ VOR HALB ELF kam die Nachricht von Carl, dass er da sei, ich bleiben solle, wo ich bin, er käme zu mir. Er müsse dringend aufs Klo, ehe wir uns auf den Weg zu meiner Wohnung in Handschuhsheim machten. Von draußen kam der einzige Gast außer mir herein. Ein großer, breitschultriger Typ mit Rucksack und Krücke, der aussah und lief wie ein Profiwintersportler mit gebrochenem Haxen. Ich konzentrierte mich auf mein Handy. Bastian hatte sich wieder gemeldet, er wollte, dass ich ihm unbedingt noch mal schrieb, wenn ich zu Hause im Bett lag. Nackt! Ich rollte die Augen. Die Kids schliefen schon und Raquel war bereits im Bad. Alles Dinge, die mich nicht wirklich interessierten, weil sie eigentlich nichts mit mir zu tun haben sollten.

22.30 Nachricht an Lieblingsbastian
Bastischatz, das wird noch eine Weile dauern und dann muss ich mich um das Brüderchen kümmern.
Wir schreiben morgen … Küss dich!

Ich grübelte über seine Antwort nach, dass man für etwas, das einem wichtig war, immer Zeit haben sollte. Wie oft hatte er schon keine Zeit für mich gehabt? War ich ihm seiner eigenen Logik nach so unwichtig? Ich erschrak, als sich eine schlanke, schöne Männerhand in mein Blickfeld schob und einen Zehneuroschein vor mir auf den Tisch legte.

»Kaufen Sie sich bitte was zu essen davon. Gute Nacht.«

Ich war so baff über diese Geste, dass der Profisportler mit der Krücke schon beinahe zur Tür draußen war, als ich reagierte. Ich nahm den Schein und rannte ihm hinterher. »Hallo, Sie, ich bin nicht …«

Ich kam nicht weit, Carl empfing mich mit offenen Armen und wirbelte mich herum. »Schwester!«

In der Ferne sah ich den edlen Spender in ein Taxi einsteigen und davonfahren. Ich steckte den Schein in die Hosentasche.

»Schön, dass du da bist, Carlchen.«

»Einer von den untreuen Brandtschen Seelen muss doch an deinem siebenunddreißigsten Geburtstag mit dir feiern, Toni.«

Wir stiegen in eine Straßenbahn der Linie 21 und waren eine Viertelstunde später in meiner gemütlichen und vor allen

Dingen warmen Dreizimmerwohnung in der Werderstraße im Stadtteil Handschuhsheim. Carl packte seine Sachen aus und wir verzogen uns mit einer Flasche Rotwein und dem Rest der Kinderschokolade unter Kuscheldecken auf meine Couch.

Ich schielte ab und zu auf das Smartphone. Lieblingsbastian meldete sich nicht mehr in dieser Nacht und ich war etwas traurig.

5

Steffen und die verlassene Brücke

*Im Kopf wie Soldaten, im **Herzen** Kind, geerdet wie Asphalt, aber fliegen wie der Wind davon ...*
Soldaten 2.0/Kontra K

ICH HÄNGTE MEINE Habseligkeiten an das Absperrgitter vor der Nische mit der Statue des Kurfürsten Karl Theodor und sah desillusioniert in die Fluten. Dank des unpraktischen Zusatzgepäcks war ich ein paar Mal beinahe ausgerutscht und gestürzt, konnte mich aber immer wieder auffangen. Noch vor wenigen Minuten hatte ich Aussicht auf eine heiße Nacht mit der Frau meiner erotischen Träume gehabt, mit der ich mir durchaus eine gemeinsame Zukunft vorstellen konnte. Wie es aussah, wurde meine Zukunft von einem behaarten Wichser gefickt.

Egal, wie mein weiteres Dasein aussehen würde, aktuell war ich ein wohnsitz- und ziemlich ratloser Lauch, der mitten im Winter im Schneegestöber stand und sich fragte, ob er nicht besser mit den Schuhen zusammen in der Tiefe verschwand. Alkohol würde mit Sicherheit alles erträglicher machen. Ich hatte keine Kinder und wollte auch keine in diese unfaire Welt setzen, wem sollte ich den edlen Moët also vererben? Der Korken der Champagnerflasche landete im hohen Bogen im eisigen Neckar und dümpelte auf der dunkelgrauen Oberfläche. Ich musste auch kein schlechtes Gewissen wegen der Verschmutzung der Weltmeere haben. Der Verschluss war aus abbaubarem Kork und nicht aus Plastik.

Um mir prämortal den Hintern und die Eier nicht abzufrieren, nahm ich den Rucksack vom Gitter, setzte mich darauf und trank den ersten Schluck. Das feine Sprudelwasser war das passende Getränk für winterlichen Sex auf einem kuscheligen Fell vorm brennenden Kamin und nicht für eine kalte Winternacht auf einer zugigen Brücke. Ich fühlte mich wie das Mädchen mit den Schwefelhölzern, beschloss nie wieder aufzustehen und mich dem Tod durch Erfrieren hinzugeben, wenn alle meine Ressourcen verbraucht waren. War Erfrieren wirklich ein sanfter Tod? Ich bezweifelte es.

Das traurige Märchen von Hans Christian Andersen war die Lieblingsgeschichte meiner kleinen Schwester gewesen und ich hatte sie ihr oft beim Einschlafen vorlesen müssen. Wobei ich mit der Zeit eine moderne Adaption daraus machte. Aus den Schwefelhölzern wurden Einmal-Feuerzeuge.

Annika flüsterte die letzte Zeile stets mit: »*Niemand wusste, was sie Schönes erblickt hatte, in welchem Glanze sie mit der alten Großmutter zur Neujahrsfreude eingegangen war*«, und fügte hinzu: »Gut, dass wir nicht auf der Straße leben, Steff!«

Bei meinen leiblichen Eltern hätte es sehr leicht passieren können, dass ich früher oder später auf einer Parkbank oder am Ulmer Hauptbahnhof gelandet wäre. Mein mir unbekannter Erzeuger hatte sich schon vor meiner Geburt verdrückt. Meine Mutter war mit meiner Erziehung so überlastet, dass sie eines Nachmittags an einer roten Ampel mitten in Ulm einen

Nervenzusammenbruch bekam. Sie hatte die Hände voll mit Tüten und einer Kippe und ich sollte auf die Taste für Grün drücken. Mein neunjähriges Ich war aber in Gedanken bei seinem Helden Michael Knight und dessen sprechendem Auto K.I.T.T. und hatte nicht zugehört. Daraufhin fing Mutter an, mich übel zu beschimpfen, warf alle Einkaufstüten auf den Boden und hörte so lange nicht auf mit ihrer Tirade, bis die von einem Passanten herbeigerufene Polizei kam. Sybille Milz wurde in die Psychiatrie eingeliefert und ich kam nach einiger Zeit im Heim zu Pflegeeltern. Anstatt in einem muffigen Einzimmerappartement, das in etwa so groß war wie eine Tischtennisplatte, wuchs ich in einem riesigen Haus mit Tischtennisplatte im Keller in einem Industriegebiet auf. Meine Pflegefamilie besaß ein gut gehendes Taxiunternehmen, und ich fühlte mich nach acht Jahren Alleinsein und Stress mit einer selbstverliebten Mutter endlich geborgen und umsorgt. Meine Pflegemutter wurde kurz nach meiner Ankunft unerwartet schwanger und ich war neun Monate später kein Einzelkind mehr, sondern hatte eine kleine Schwester, die ich abgöttisch liebte.

Ich besprühte jede Erdbeere sorgfältig mit einem Klacks Sahne, ehe ich sie langsam und andächtig kaute – das Auge isst auch bei einer Henkersmahlzeit mit. Als Nachtisch würde es selbst gebackene *Brownies* von Annika geben. Sie hatte mir die gefüllte Blechdose mit Weihnachtsmotiv zum Abschied geschenkt – damit ich in der badischen Einsamkeit etwas Vernünftiges zu essen hatte.

Wie ich fand, eine sehr stilvolle letzte Mahlzeit, ehe ich mich ganz aufgab und mir aus den legal verordneten Schmerz- und Schlafmitteln einen Abschiedscocktail mixen würde. Ich durfte nur den Zeitpunkt nicht verpassen, an dem ich zu schwach sein würde, um das kostbare Schuhwerk meiner treulosen Ex-Freundin über die Sandsteinbrüstung zu bugsieren. Dann fielen mir die zugemüllten Weltmeere ein und der Plan war gestorben. Ich würde einfach mit den Schuhen einen Kreis um mich bilden und das Zerstörungswerk dem feuchten Schnee überlassen. Ich lächelte still vor mich hin. Steffen Milz, bis zum bitteren Ende umweltbewusst und vorbildlich um Nachhaltigkeit bemüht.

Ich hatte die barocke Brücke, die nach dem Zweiten Weltkrieg zum x-ten Male wieder aufgebaut worden war, noch nie allein für mich gehabt. Egal, wann man sich hier aufhielt, es wuselten immer Menschenscharen aus aller Herren Länder kamerabewehrt herum. Normalerweise hatte der vom Leben enttäuschte Zeitgenosse überhaupt keine Chance, an dieser historischen Stelle einsam und verlassen dasselbe auszuhauchen. Aber heute schien es das Schicksal gut mit mir zu meinen, zumindest in der letzten halben Stunde. Ich Glückshans. Ich biss herzhaft in eines der saftigen Browniestücke und betrachtete das illuminierte Schloss. Der rote Sandstein leuchtete warm und man hatte den Eindruck, die Mauern waren beheizt. Die Schneeflocken besaßen die Größe von Ein-Euro-Münzen und schwebten leise und sanft zur Erde. Ab und zu fuhr ein Wagen im Schritttempo unter der Brücke hindurch. Ich befand mich in einer Idylle wie aus einem Disneyfilm – fehlte nur, dass jemand zu singen anfing. Es gab nur einen einzigen Disneysong, den ich auswendig kannte. Ich summte die Melodie aus dem *König der Löwen*. Der rastlose Krieger fühlte heute Nacht keine Liebe. Ich war lediglich ein Reisender, dessen Pläne durchkreuzt wurden. Jetzt brauchte ich nur noch jemanden, dessen Herz im Einklang mit mir, dem naiven Wanderer, schlagen wollte.

Das Bild von Nena-Kristin und ihrem haarigen *Herrchen* schwebte wie eine düstere Wolke über der pittoresken Sehenswürdigkeit. *Ich hab mein Herz in Heidelberg verloren –* allerdings nicht *in einer lauen Sommernacht,* sondern in einer schneekalten Winternacht. Und genau genommen hatte ich auch mein Herz nicht verloren, lediglich meinen Stolz, und wie es aussah meinen Weiterbildungsplatz. Ich seufzte und wischte die düsteren, sentimentalen Gedanken beiseite. Steffen Milz hatte in seinem Leben schon Schlimmeres durchgemacht und trotzdem war Suizid noch nie als Lösung in Betracht gekommen. Außerdem dämpften die diversen Mittelchen, die ich einnahm, meine Emotionen. Die Medikamente kappten zuverlässig die Spitzen des Erlebten und regulierten die Amplitude meiner Gefühlsregungen. Kurzum: Ich war dank der Produkte der pharmazeutischen Industrie seit Monaten gechillt bis zur Teilnahmslosigkeit.

Das war der Vorteil, wenn man nach einer subtotalen Amputation und komplizierten Replantation eines Fußes hinkend durch die Gegend lief: Man bekam alle Drogen, die die Pharmaindustrie zur Verfügung stellte, verschrieben und sogar von der Kasse bezahlt. Ich war seit meinem Unfall ein ganz legaler Junkie auf Rezept.

Die Kälte war bis auf die Knochen durchgedrungen und eine bleierne Müdigkeit machte sich in mir breit. Zeit aufzustehen, den nächsten Zug zurück in die schwäbische Heimat zu nehmen und Heidelberg als Niederlage abzuhaken.

6

Steffen und das Wesen aus dem All

*Here I stand alone with this weight upon my **heart** and it will not go away.*
What If .../Kate Winslet

VOM BRÜCKENTOR HER schlurfte langsam eine kleine, vermummte, würfelförmige Gestalt, die ebenfalls einen schweren Rucksack schleppte, auf mich zu. Der geschätzte 1,50 Meter große Hobbit trug einen viel zu großen Mantel, dessen Saum über den Boden schleifte, in täuschend echtem Leoparden-Look. Das seltsame Outfit wurde durch klobige Grönland-Fellstiefel und eine flauschige Fellmütze mit Ohrenklappen ergänzt, wie sie Elmer Fudd in den Cartoons zu tragen pflegte. Die Hände steckten in einem Muff aus dunklem, schwarz glänzendem Nutria. Selbst die Penner schienen in dieser angeblich so romantischen Stadt eher am oberen Ende der Nahrungskette zu stehen. Pelz statt Parka.

Unter den dicken Klamotten war nicht auszumachen, ob es sich um Männlein oder Weiblein handelte. Das geschlechtsneutrale Fellbündel stoppte gegenüber der Nische und sah über das

Geländer in die dunklen Fluten. Waren die Pelze Imitationen, so waren sie verdammt gut gemacht. Aber wer trug heute noch echten Leopard, Seehund, Wolf und Nerz und das zur gleichen Zeit? So was konnte in deutschen Innenstädten sehr schnell zur Steinigung durch aufgebrachte Tierschützer ausarten – und das zu Recht.

ES drehte sich um, blickte suchend in die Runde und schien mich endlich auch entdeckt zu haben. »Bist du der Einzigste?« Selbst die Stimme war undefinierbar geschlechtslos, dafür lispelte *ES*. So fingen in Science-Fiction-Filmen Begegnungen der dritten Art an.

Ich wartete auf den hellen Strahl, der den Himmel teilen würde, und unterdrückte die spontane Frage, ob *ES* gekommen sei, um mich zu holen. »Ähm, ja wie man es nimmt. Ich bin schon einmalig, würde ich behaupten.« Meine Vita war wirklich nicht alltäglich.

»Nein, ich meine, der Einzigste, der gekommen ist«, zischte *ES* jetzt ungeduldig und gereizt. Der Alien schien eine extrem niedrige Frustrationsschwelle zu besitzen.

»Dafür bin ich immerhin aus Ulm gekommen. Ganz schöne Strecke, oder?«

»Wie hast du davon erfahren? Twitter, Facebook, Instagram?«

»WhatsApp-Gruppe?« Ich riet ins Blaue hinein.

»Cool, wusste gar nicht, dass es eine gibt. Kannst du mal nachsehen, wie viel Uhr da drin stand? Vielleicht habe ich mich verschrieben.« Das sozial optimal vernetzte Wesen nahm seinen Rucksack ab, der beim Abstellen metallisch schepperte. Ich tippte darauf, dass sich die Akkus darin befanden.

»Alles gelöscht und die Gruppe verlassen.«

Das bebrillte Neutrum mit der auffällig vorstehenden Unterlippe zog die Nase hoch, wich meinem Blick aus und meinte: »Na gut, dann warte ich eben noch, bis ein paar mehr da sind. Wie lange noch bis zwölf?«

Ich sah auf mein Handy. »Zehn Minuten.«

»Okay.«

Jetzt fragte ich mich doch, was um Mitternacht genau geschehen würde. Mir kamen neben landenden Ufos die Bilder von Werwolfsverwandlungen in den Sinn. »Magst du einen Schluck Moët mittrinken? Zum feierlichen Anlass?« Ich hielt die halb leere Flasche hoch. Vor wenigen Stunden wäre sie für mich noch halb voll gewesen.

»Ich trinke nicht gemeinsam mit anderen aus derselben Flasche. Man weiß ja nie, was man sich dabei alles einfängt. Schon mal was von Hepatitis oder Herpes gehört? Außerdem habe ich Asperger.«

»Wusste gar nicht, dass Asperger ansteckend ist«, bemerkte ich.

ES bedachte mich mit einem unwirschen Blick und rügte mich: »Du scheinst a) von Medizin null Ahnung und b) eine bipolare Störung zu haben.«

Zwei Dinge, die mir bislang noch niemand vorgeworfen hatte. Aber man lernte nie aus. »Schon möglich. Trinke ich eben allein weiter.« Bei mir hätte *ES* sich höchstens mit Humor anstecken können, was ihm nicht geschadet hätte. Ich schloss, das Wesen musste weiblich sein, zickig wie *ES* war.

»Warte.« Die batteriebetriebene Werwölfin aus dem All öffnete den Rucksack, kramte und klapperte mit dem Inhalt und hielt mir schließlich einen silbernen Becher hin. Der Henkel einer Kaffeekanne und der Rand eines weiteren Bechers waren zu sehen. Das Metall war ungepflegt und schwarz angelaufen.

Ich schenkte Champagner in den massiven Becher mit den verschlungenen Initialen BS und fügte in einem unbeobachteten Moment etwas Wirksames gegen die Suizidabsichten dazu. »Erdbeeren mit Sahne?«

»Ist die Sahne laktosefrei? Bio-Erdbeeren?«

»Nein, sorry. Ich hatte keine Ahnung, dass ich es heute Nacht mit Unverträglichkeiten zu tun bekommen würde. Aber ich kaufe grundsätzlich nur Bio.« Ich war froh, überhaupt Erdbeeren bekommen zu haben, ob die biologisch angebaut waren oder nicht, war mir völlig schnuppe.

»Okay. Dann nur die Erdbeeren. Sind die wenigstens gewaschen?«

Mit allen Wassern, genauso wie ich, dachte ich und nickte nur. Nach kurzem Stöbern fand sich ein silberner Teller mit Wappen, auf dem ich vier ungewaschene Discounter-Erdbeeren drapierte. »Denk dir ein Herz aus laktosefreier Sprühsahne«, versuchte ich die angespannte Stimmung aufzulockern.

Das ging in die Hose. »Sprühsahne! Wie kann man so verantwortungslos sein? Schon mal was vom Treibhauseffekt gehört?« Die dunkelbraunen Augen hinter dicken Brillengläsern blitzten zornig. »Und damit du nichts falsch verstehst: Ich weiß, ich bin im Netz und in der Stadt *fame* und ihr *stalkt* mich alle mehr oder weniger. Aber mir ist der Event zu wichtig, um mich ablenken zu lassen. Also mach dir besser keine falschen Hoffnungen. Ich stehe auch nicht auf Männer, sondern auf Frauen. Ich habe in den sozialen Netzwerken angekündigt, dass ich heute um Mitternacht aus Protest meinen Freitod inszenieren werde. Hier auf der Brücke beim Kurfürsten, und ich meine das auch so und lasse mich von nichts abhalten. Das mit dem Moët und den Erdbeeren ist mir auch zu viel Klischee, um mich zu packen. Bei mir ziehen kitschige Filmszenen nicht. Versuch es mal mit Intelligenz, Realismus und Anstand, wenn du versuchst, bei Frauen zu landen. Das hat auch was mit Achtung zu tun. Frauen sind keine dummen Dreiloch-Fickstuten, sondern Menschen mit Herz und Hirn. Respekt ist das Schlagwort, und ich bin transgender.«

»Me too«, bestätigte ich dem redseligen Mann in einem Frauenkörper, der so unfeine Ausdrücke für weibliche Wesen kannte. Immerhin machte er sich so kurz vor seinem Ausscheiden aus diesem Leben noch Sorgen darüber, dass er sich an einer Flasche infizieren könnte – narzisstischer ging es wohl kaum. »Brownie?«

»Gluten?« Die Frage musste ja kommen.

»Nein, Dinkel.« Ich hatte keine Ahnung, welches Mehl meine Schwester verwendet hatte, mir war aber auch nicht klar, warum man sich in seiner letzten geplanten Stunde über eine Glutenunverträglichkeit Gedanken machen musste. Das Fellbündel wollte anscheinend kerngesund aus diesem Leben scheiden.

»Dann schon. Ich bekomme Darmkrebs, wenn ich auch nur Mikrospuren von Gluten zu mir nehme. Ich habe heute noch nichts gegessen. Ich hatte jede Menge um die Ohren wegen der Vorbereitungen. Du hast keine Vorstellung, wie viele Abschiedsmessages ich beantworten musste. Es haben so viele geschrieben, ich soll es nicht tun, mit mir würde ein wichtiger Teil der Genderbewegung gehen – aber sie haben alle Respekt vor meiner Entscheidung.« Ein schweres Seufzen entrang sich der pelzbewehrten Brust, die nach Mottenkugeln und Schimmel stank.

Ich deutete auf den prall gefüllten Rucksack. »Hast du vorher noch aus Protest gegen das Establishment einen Antiquitätenladen geplündert?«

»Blödsinn. Hör mal auf mit diesen pubertären Scherzen, das Happening ist zu ernst. Ich glaube, du bist dir der Tragweite dessen nicht bewusst, was hier heute Nacht passieren wird. Das ist alles aus dem Schrank meiner Großmutter. Ich brauche irgendwas Schweres, was mich in die Tiefe zieht. Ich wiege ja kaum was.«

Ich warf einen Blick auf das kompakte Erscheinungsbild der Selbstmörderin in spe, verlor aber aus Pietät kein Wort über deren offensichtliche Figurprobleme. »Meinst du nicht, dass deine Kunstpelze schwer genug werden, wenn die sich mit Wasser vollsaugen?« Ich hatte während des Studiums einen DLRG-Kurs gemacht. Jeder noch so kleine Fetzen Stoff war ein Hindernis beim Überleben in den Fluten.

»Das sind keine Kunstpelze. Die sind leider verdammt echt und gehörten meiner Großmutter. Die Tiere hat mein Großvater alle selbst geschossen. Er war leidenschaftlicher Großwildjäger und ist viel rumgekommen. Ich will mit meinem Freitod nicht nur ein Zeichen gegen homophobes Gedankengut, die Diskriminierung von Frauen und für eine genderorientierte Gesellschaft setzen, sondern auch gegen die Ausbeutung und das grausame Abschlachten von Tieren.«

Ich nickte zustimmend. Die Einstellung war grundsätzlich in Ordnung. Wir aßen und tranken schweigend und warteten gemeinsam, bis die Kirchturmuhr der Heiliggeistkirche zwölfmal schlug.

»Mitternacht«, verkündete ich, weil die Enkelin eines Großwildjägers keine Anstalten machte, ihre hehren Absichten in Taten umzusetzen. Mir war nicht mehr nach Gesellschaft. Ich fand *ES* tendenziell unsympathisch und wäre gern wieder allein mit meinem Kummer gewesen.

»Hm. Ja. Irgendwas ist wohl schiefgelaufen. Niemand ist gekommen. Ich hätte mein Handy mitnehmen sollen. Vielleicht habe ich mich auch im Tag geirrt. Mist jetzt.« Sie sah sich nochmals auf der menschenleeren Brücke um.

»Also ...«, hob ich an und wurde im Ansatz unterbrochen.

»Schon gut, schon gut. Bis auf dich.«

»Tut weh, wenn man als niemand bezeichnet wird.« Vor allen Dingen, wenn man die Partnerin kurz zuvor beim *Fifty Shades of Grey*-Ges*chlechzt*verkehr erwischt hatte. Nena-Kristin war der Typ Frau, der einen mit wochenlangem Sexentzug bestrafte, wenn man sich einmal im Ton vergriff, aber Hundeleine schien praktikabel. Das hätte man mir sagen müssen, fand ich. »Ich könnte ein Video machen und es für dich ins Netz stellen«, schlug ich freundlicherweise vor. »Musst mir nur sagen, was für einen Hashtag ich verwenden soll. Noch 'n Brownie?«

»Ja, danke, die sind gar nicht übel. Etwas feucht und die Schokoglasur ist völlig daneben. Damit unterstützt du Palmölplantagen und tötest Orang-Utans. Da hättest du dir schon etwas mehr Mühe geben können. Das hat was mit Respekt vor Lebensmitteln zu tun. Außerdem sind da bestimmt Eier drin und für jedes Ei verbringt ein Huhn ein Leben in Gefangenschaft und wird ausgebeutet. Für jedes Ei, das wir essen, wird ein Küken nicht geboren oder geschreddert. Nach was schmecken die?«

»Keine Ahnung. Hat meine Schwester selbst gebacken. Die hat Trisomie 21 und legt nicht so viel Wert auf Optik. Aber sie kocht und backt grundsätzlich ohne tierische Produkte und Palmöl.«

»21? Heftig! Schon ein Handicap, wenn man so schlecht sieht. Ich habe links +6,15 und rechts +5,85 und bin ohne Brille blind wie ein Maulwurf. Dafür bin ich hochbegabt. Asperger, wie gesagt. Liegt bei uns in der Familie.«

Warum hatte ich nur das Gefühl, der Hobbit hatte eher eine Inselbegabung, und zwar in Form einer sehr, sehr kleinen Insel? Zudem passte ihr ganzes extrovertiertes Auftreten überhaupt nicht zum Asperger-Syndrom. Ich startete einen Testballon: »Unfruchtbarkeit ist vererbbar. Ich habe es von meinem Vater.«

»Da siehst du mal.«

»Ich heiße übrigens Steffen. Und du?«

Mich traf ein tödlicher Blick durch schneenasse Brillengläser. »Angus. Ich dachte, du weißt das?«

»Stimmt. Wie blöd von mir zu fragen. Komm, setz dich einen Moment neben mich, ich notiere mir alles Wichtige und dann fangen wir an zu drehen.« Ich schenkte Angus den Rest des Champagners ein. Nach wenigen Minuten war *#angusgoneforpeace* eingepennt und ich konnte die Polizei rufen.

Während ich auf Hilfe wartete, checkte ich meine Nachrichten.

00.01 Nachricht von Nena-Kristin
Steffen, stell dir vor, bei mir wurde eingebrochen!!!!
Der Dieb hat alle meine linken Blahniks geklaut.
Soll das ein schlechter Scherz sein? Wer tut so was?
Jetzt ist gerade die Polizei hier und nimmt das Verbrechen auf.
Du wirst mich morgen trösten müssen. ☹

00.20 Nachricht an Nena-Kristin Dengler
Tipp von mir, ich würde nach einem Täter suchen, der nur ein linkes Bein hat … ;) LG

00.22 Nachricht von Nena-Kristin
Stevie, mir ist nicht nach Scherzen …

Als ob mir in der aktuellen Situation nach Scherzen war. Ich steckte das Handy seufzend weg.

7

Steffen und die besorgten Polizisten

*When somebody reaches for your **heart** open up and let them through.*
Need Somebody/Shola Ama

Es dauerte eine Viertelstunde, ehe ein Streifenwagen langsam durch den Torbogen auf uns zugefahren kam. Dass der übel schnarchende Angus in seinen edlen Pelzen erfror, war ziemlich unwahrscheinlich. Ich machte mir eher Gedanken um mich und meinen Fuß, der seit dem Unfall nicht mehr sonderlich gut durchblutet war und sich jetzt taub und eiskalt gleichzeitig anfühlte. Mich überrollte eine heftige Schmerzwelle und ich genehmigte mir eine Ampulle des Morphins, mit dem ich vorhin Angus' Champagner gepimpt hatte.

Die Scheinwerfer des silbernen Mercedes-Kombis beleuchteten die Szene fast taghell. Die Schneeflocken tanzten wild im Lichtkegel und erinnerten mich an winzige Tinkerbells auf Speed. Heute schien definitiv meine sentimentale Ader getriggert worden zu sein.

Zwei Polizeibeamte, eine Frau mit frechem Kurzhaarschnitt und ihr älterer Kollege, der einen gut gemästeten Bauch unter seiner Winterjacke verbarg, stiegen aus. Sie zerstörten die makellose Neuschneedecke um mich herum. »N'Abend«, grüßten sie unisono.

»Wer hat angerufen?«, fragte der Bierbauchträger im Team.

Da Angus wie ein behaarter Kartoffelsack vor dem Gitter des Standbildes hockte und laut schnarchte, war das wohl eine überflüssige Frage. »Ich. Der Obdachlose hat gedroht, von der Brücke zu springen, und da habe ich gedacht, es ist wohl besser, ihr bringt ihn die Nacht sicher unter.«

»Soll ich einen RTW anfordern?«, fragte die blutjunge Beamtin mit dem Grübchen am Kinn.

Ihr Kollege ging vor Angus in die Hocke und warf mit der Taschenlampe einen Blick in das pelzumrahmte Gesicht. »*Abba. Desischdcarmen. Dienemmedienimmimied.*«

Der hiesige Dialekt, ein Singsang ineinander verschlungener Silben, war mir ein einziges Rätsel.

Die jüngere Ausgabe der Ordnungsmacht, die perfektes Schriftdeutsch sprach, schien mehr damit anfangen zu können. »Dann zu uns in die Ausnüchterungszelle?«

»*Imlewened! Diemacheunsuffdewachplatt, wemadiebringe. Inhaufeschreibarbeit fanixundwiddanix.*« Er sah in mein ratloses Gesicht und wechselte zu dem putzigen Versuch eine für mich verständliche Sprache zu sprechen – jeder Buchstabe wurde mit Nachdruck gesungen und die letzte Silbe jedes Wortes betont. Ein wenig wie Dorie aus *Findet Nemo,* wenn sie *Walisch* sprach. »Waruum schlääft diee Carmeen jeetzt? Haat siee waas getrunkeen?«

»Ein paar Schluck von meinem Moët. Vielleicht hat sie additiv Schlaftabletten genommen. Aber die heißt nicht Carmen, sondern Angus, hat er zumindest gesagt.« Dass ich mit Oramorph nachgeholfen hatte, wollte ich aus verständlichen

Gründen gegenüber den Vertretern der Staatsgewalt nicht zugeben.

Der Polizist, auf dessen Namensschild *J. Jennewein* stand, richtete den Blick gen Himmel, als hätte er es wirklich mit einem Deppen zu tun, und meinte ungeduldig: »*No, desischdochdcarmen. Glaubeen Sie mier. Diee iest stadtbekaannt. Diee iest auch niecht obdachloos. Diee woohnt ien deer Altstaadt. Dereihrmuddaunieschsinzammeuffdschulgange.*«

»Dann können Sie sie ja heimbringen, wenn Sie wissen, wo sie wohnt. Ich bin etwas gehandicapt und müsste weiter zum Bahnhof.« Ich zeigte auf die Krücke – in mir keimte die geringe Hoffnung auf, dass man mich auch fahren würde.

Herr Jennewein schüttelte Carmen/Angus an der Schulter. »*Carmeen! Uffwache! Iesch bins, de Ungl Jens!*«

Mir wurde das langsam zu mühsam, mich für ein Geschlecht und einen Vornamen entscheiden zu müssen. Ich würde beim *ES* bleiben und die Namen kombinieren.

Cargus schlug tatsächlich die Augen kurz auf, sah hoch und lispelte. »Hallo, Onkel Jens! Was machst du denn hier so spät? Hast du meinen Blog gelesen?«

»*Wolldsch diesch widda emol umbringe, Carmeen?*«

Cargus nickte schwach und dann wieder ein.

»*Alla, hopp, daann packeen wir siee und fahreen siee heim. Hollemolsauddo, Schagglien.*« Und zu mir gewandt. »*Duu biest Berbeer?*«

»Nein, ich bin nicht obdachlos. Ich bin zufällig vorhin über die Brücke gekomen und da hat er mir erzählt, dass sie sich runterstürzen will. Wir haben ein Becherchen zusammen getrunken und dann ist es eingeschlafen. Ich konnte er, sie, es ja schlecht in der Kälte sitzen lassen. Oder?«

Dann ging alles sehr schnell. *Schagglien* brachte das Einsatzfahrzeug neben uns zum Stehen, berichtete ihrem Kollegen, dass sie zu einer Massenschlägerei unter Studenten und Asylanten in der Unteren Straße müssten. Jens erklärte mir, dass *Carmeen* jetzt wieder mein Problem sei. Ich solle ein Taxi nehmen und sie heimbringen. »Die wohnt direekt aam Heumarkt. Das Haus, wo deer Italieneer unteen drien ist. Ganz obeen unterm Daach. Die Haustür ist nie abgeschlossen. Uund vergesseen Sie Ihreen Müüll niecht!« Er zeigte auf die IKEA-Tüte mit Nenas Schuhen. *Schagglien* schien Rallye-erprobt. Sie schlitterte mit dem Kombi in einem Höllentempo auf der geschlossenen Schneedecke zielsicher durch den Torbogen.

Ich zuckte mit den Schultern und glaubte langsam, auf der Fahrt zum Bahnhof im Bus eingeschlafen zu sein und das alles nur zu träumen. Nur, für einen Traum schmerzten meine unteren Extremitäten zu realistisch. Ich rief die Taxizentrale an, diskutierte lange, bis ich die Dame davon überzeugt hatte, dass wir nicht an einem Brückenende warten konnten und es von der Polizei abgesegnet war, wenn der Wagen auf die, für den Autoverkehr gesperrte, Brücke fuhr. Ein Mercedes-Diesel bog wenige Minuten später langsam von der Neuenheimer Seite auf die Brücke ab. Ich freute mich, ein bekanntes Gesicht zu sehen.

»Was du hier mache?«, fragte mich die kurpfälzische Ausgabe von Ützwurst. Ich würde ihn *Ützkäse* nennen.

»Weiß ich auch nicht so recht. Kannst du helfen, die Dame ins Auto zu bugsieren? Ich habe genug damit zu tun, es selbst reinzuschaffen.«

Der Taxifahrer trug immer noch Sonnenbrille und die Kapuze überm Kopf und stellte sich breitbeinig vor Cargus hin. »Ey, nix für unbesser. Aber wege die fährst du extra Heidelberg?«

Das, was vom Gesicht der Dame im Pelzgewand zu sehen war, konnte man nicht gerade unter erlesener Schönheit verbuchen. Ein Nasenflügel war leicht eingedrückt, die Nase war insgesamt flach und sehr breit. Die Unterlippe stand vor wie bei einem trotzigen Kind und das Gebiss hatte vorhin beim Sprechen einen auffälligen Lückenstand gezeigt.

»Die hat wahnsinnige innere Werte und ist multipel sozial engagiert«, belehrte ich den kritischen Mann. »Außerdem ist das nicht die Freundin, wegen der ich hierhergefahren bin. Wir haben uns zufällig getroffen.«

»Warum du nicht in warme Luxushaus in Neuenheimer Landstraße?« Mein neuer *Buddy* schien sehr empathisch und interessiert am Geschick seiner Mitmenschen.

»Die Überraschung ist misslungen.«

»Ah! Isch gewusst, ruf du an vorher!« Der oberschlaue Fahrer machte eine Geste, die sagte: Habe ich es nicht gleich gesagt?

Nachdem Cargus auf dem Rücksitz festgeschnallt saß, holte Ützkäse die beiden Rucksäcke und verstaute sie im Kofferraum. Ich schleppte die IKEA-Tasche zum Auto, weil ich meinen Plan bezüglich der teuren Galoschen nicht nur wegen der Verschmutzung der Weltmeere geändert hatte. Ich würde den kostbaren Schatz nicht in den Fluten versenken, sondern ihn als Geisel verwenden.

»Wenn Innerer Wert kotzt ins Taxi, dann teuer«, klärte mich der Taximann auf und stellte die Frage: »Wo Sie wolle?«

»Heumarkt.«

»Hea! Bin isch froh, dass Taxi vollgetankt!« Er rollte die Augen und meinte: »Alda! Willsch misch abesischtlisch ruiniere?«

»Nein, warum?«

»Fünf Minute Fahrt. Mach isch Motor an bin isch schon da. Verdien isch nix! Hab isch fünf kosterschpiel Kinder mit Latzhosenintoleranz.«

Ich musste mich verhört haben. »Latzhosenintoleranz? Entschuldigung, aber wo liegt da das Problem?«

»Vertrage alle kein Milsch.«

»Du meinst, Laktoseintoleranz?«

Mein Fahrer nickte. »Sag isch doch! Hör zu, wenn isch mit dir schpreche!«

»*Komm,* mach schon. Ich zahle auch das Doppelte.«

Ützkäse seufzte und wie es sich herausstellte, musste er einen kleinen, lukrativen Umweg über die Hauptstraße machen, weil die Untere Straße wegen der Schlägerei von Einsatzfahrzeugen und Rettungswagen blockiert war.

»Die mache sisch alle kaputt. Dumme Köpfe, diese Ausländer!«

Ich nickte zustimmend.

8

Steffen und die mysteriöse Mansardenwohnung

*I'll never let you see the way my broken **heart** is hurting me.*
Crying In the Rain/a-ha

ZEHN MINUTEN SPÄTER standen wir vor einem der typischen Häuser aus dem 19. Jahrhundert mit Fensterlaibungen aus Sandstein, die das Stadtbild prägten. Ützkäse, der eigentlich Ibrahim hieß und mir während der Fahrt erklärt hatte, dass ich mich bloß nicht mehr mit alkoholisierten Frauen einlassen solle, weil nur der Abschaum der Menschheit zur Flasche griff, schleppte Cargus die drei Stockwerke bis ins Dachgeschoss hoch. Er hielt sie unterm Arm fest und sie tapste unbeholfen die knarzende Holztreppe hoch. Das Treppenhaus roch nach Bohnerwachs und feuchtem, muffigen Kellergemäuer.

Die Mansardenwohnung unterm Dach war, wie die Haustür, nicht abgeschlossen. Ich fand den Lichtschalter für den Flur. Im kalten Licht einer indirekten Neonbeleuchtung sah mich Roger Moore im James-Bond- Outfit aus unzähligen überlebensgroßen Fotos an. Am Ende des Ganges stand ein

Pappaufsteller und der Agent mit der Lizenz zum Töten zielte mit geladener Waffe auf uns.

»Alda die Feenwald! Kinotheater oder was?«, fragte Ützkäse. Ich zuckte mit den Achseln.

»Guck du Bett, ich passe auf«, verkündete mein Helfer und ich machte mich auf die Suche nach dem Schlafzimmer.

Hinter der ersten Tür verbarg sich ein gefliester Raum, der bis unter die Decke mit Kartons zugemüllt war. Es folgte eine Art Büro mit raumfüllendem Schreibtisch und riesigem Monitor. Die Regale waren vollgestopft mit Bond-Krimskrams. Cargus schien definitiv auf den Doppelnullagenten zu stehen. Ein Zimmer weiter standen lediglich ein Wasserbett und eine Stehlampe mit vergilbtem Papierschirm. An den Wänden hingen große Fotos von Cargus in Smoking mit Fliege und in James-Bond-Pose. Auch bei liebevoller Betrachtung und extrem photogeshopt wirkte das Gesicht von Angus wie von einem reichlich bekifften Dr. Frankenstein zusammengebastelt. Ich trat zurück in den Flur und Ützkäse bugsierte die Möchtegernagentin Ihrer Majestät auf das Bett.

»Isch jetzt draußen. Ist Schlafzimmer von anderer Frau. Isch Ruf und Ehre zu vergessen. Isch hol Gepäck, oder?«, fragte der gläubige Moslem und verzog sich. »Hea! Alles James Bond. Kenn isch von meim *Baba*. Abba schteinig alter Bond«, hörte ich ihn im Flur rufen.

Ich kannte mich bei den 007-Filmen nicht besonders gut aus, schätzte aber anhand der Frisur, dass Roger Moore um mein Geburtsjahr herum die Rolle des berühmten britischen Geheimagenten verkörpert haben musste.

Es war gar nicht so einfach, Fräulein Schumacher aus ihren diversen Pelzen herauszuschälen. Ihr ganzes Outfit stank nach Mottenkugeln, Schimmel und überlagertem, schwerem Parfüm. Unter dem muffigen Mantel, für den ein unschuldiger Leopard hatte sterben müssen, kam ein Tweedanzug mit Weste zum Vorschein, wie ihn britische Landadelige zum Nachmittagstee trugen. Ich öffnete die Knöpfe der Weste, tastete den Puls ab, der flach, aber regelmäßig war, und deckte die Schlafende zu.

Anschließend verabschiedete ich mich von Ibrahim Demir, der mir als *Baumstammkunde* seine Handynummer gab, mit einem satten Trinkgeld, das ich mir samt Fahrtkosten am Morgen von Cargus zurückholen würde. Ich würde einfach hier pennen – für ein Hotelzimmer war es jetzt fast schon zu spät und für Bahnhof und Zugfahrt zurück war ich zu erschöpft und durchgefroren. Ich brauchte dringend meine Schmerzmittel und eine funktionierende Toilette.

Allein in der Behausung, sah ich nach, was sich hinter der letzten verschlossenen Tür verbarg. Ich staunte nicht schlecht. Hatte man schon im Flur das Gefühl, im Kino zu sein, dann war das hier der Vorführraum. Ein überdimensionaler Sessel, an dem so ziemlich alles elektrisch verstellbar war, beherrschte die Raummitte. Auf dem kleinen Glasbeistelltisch standen eine leere Flasche Bombay Sapphire sowie zwei schwere Kristallgläser unter einer dicken Staubschicht. Mannshohe Regale waren voller Blu-ray Discs, an der Decke hing ein Beamer. Die gegenüberliegende Wand war grau gestrichen und diente wohl als Projektionsfläche. Eine Zimmerecke zierte ein zweitüriger, amerikanischer Kühlschrank mit Eisbereiter, Toaster und Mikrowelle obenauf. Jetzt fiel mir auf, dass es in der ganzen Wohnung weder eine Küche noch ein Bad gab. Ich hatte Durst und musste schiffen – in umgekehrter Reihenfolge.

Der pinkfarbene General-Electric-Kühlschrank enthielt im Gefrierteil eine einzige vegane, glutenfreie Tiefkühlpizza. Außer einer halb vollen Flasche Eistee mit Pfirsichgeschmack, auf der eine dicke Schimmelschicht schwamm, herrschte im Kühlfach gähnende Leere. Während ich mich fragte, woher die Leibesfülle der Bewohnerin kam bei der miserablen Versorgungslage, öffnete sich die Schlafzimmertür. Der Tweedhobbit schlich heraus und schwankte an mir vorbei, ohne mich weiter zu beachten.

»Wo gehst du hin?«, fragte ich.

»Pinkeln, wenn es recht ist. Was machst du überhaupt hier?« Morphium schien auf Angus keine friedvolle Wirkung zu haben. Der Ton war gereizter denn je.

»Ich warte auf ein wenig Dankbarkeit und das Taxigeld, das ich ausgelegt habe.«

»Vergiss es, ich bin blank.«

»Und für Dankbarkeit reicht es auch nicht?«

»Du hast meine Inszenierung boykottiert. Wofür soll ich dankbar sein? Hättest du mich nicht aufgehalten, würde ich jetzt im Neckar treiben und hätte meinen Frieden gefunden.«

»Ich bitte vielmals um Entschuldigung, soll nicht wieder vorkommen.«

9

Steffen und der fliegende Teppich

*Das Zimmer in deinem **Herzen**, wo ich lebte, ist geräumt.*
Du Idiot/Matthias Reim

WIR BETRATEN EINE Etage tiefer eine Wohnung, deren Tür nicht abgeschlossen war. Cargus ging in den ersten Raum rechts und ich stand davor Wache. Im Zimmer am Ende des unbeleuchteten Flurs brannte Licht und eine helle Stimme piepste sehr dissonant zusammen mit Disneys Aladdin *A Whole New World*. Ich ging nachsehen. Mitten in dem mit filigranen Jugendstilmöbeln und einem kobaltblauen Billigsofa eingerichteten Wohnzimmer kniete ein Mädchen im Grundschulalter auf einer hochflorigen türkisen Badezimmermatte und sah zu, wie Aladdin seiner Prinzessin auf seinem fliegenden Teppich eine neue Welt zeigte. Das rotblonde Haar der geschätzt Zehnjährigen war ungeschickt zu einem dünnen Zopf geflochten und mit einer Tiara aus der Stirn gehalten. Sie trug zu einem weißen Satinkleid, das ihr viel zu groß war, riesige Goldcreolen und eine wuchtige Halskette aus blauen Glasperlen. Das Kind hatte die Arme ausgebreitet und flog die Filmsequenzen mit. Als die Szene mit einem Feuerwerk endete, hörte ich eine Toilettenspülung rauschen. Cargus verschwand wieder und ging nach oben.

»Hi! Nicht erschrecken«, sagte ich und erreichte das Gegenteil.

Das Mädchen drehte sich um und sah mich aus angstvoll aufgerissenen Augen an. »Wir haben kein Geld und sonst auch nichts zum Stehlen. Und ich kann Karate.« Sie hob beide Arme in eine ziemlich unprofessionelle Kampfstellung.

»Ich will nichts stehlen, ich muss nur kurz aufs Klo.«

Das Kindergesicht entspannte sich schlagartig und ich bekam ein warmes Lächeln aus einem tiefrot geschminkten Mund geschenkt. Die oberen Schneidezähne standen leicht übereinander und trugen Lippenstiftspuren. »Bist du bei Angus zu Besuch?«

»So was Ähnliches. Ich erkläre es dir gleich und dann gibt es da noch ein paar offene Fragen. Okay?«

»Okay. Ich warte, bis du wiederkommst. Kann ich dir was zu trinken anbieten?«

»Das wäre nicht übel. Was hast du denn da?«

»Zitronentee.« Sie zeigte auf ein Tablett neben sich auf dem gewachsten Parkett, auf dem ein Becher und eine Porzellankanne mit Blümchenmuster standen. »Aber es ist nur welcher aus Pulver. Wir haben keine richtigen Zitronen, die sind sehr teuer.«

»Okay, gern.« Eigentlich hasste ich das Zeugs, das nichts außer Aromastoffen und Zucker enthielt, aber ich wollte nicht unhöflich sein.

»Ich hole dir einen Becher.«

»Danke dir.«

Eine Armada an Hygieneartikeln deutete darauf hin, dass die Butze fest in weiblicher Hand war. Neben der Toilette standen zwei geflochtene Plastikkörbe mit Slipeinlagen und Tampons in allen Größen und Ausführungsformen. Der Waschtisch war übersät mit Schminkutensilien, Parfümflaschen, Haargummis und Haarspangen. Ich zählte beim Hände waschen allein zweiundzwanzig diverse Make-up-Pinsel, dreißig fast leere Damendüfte und eine Flasche Lagerfeld Classic. Die zehn Zahnbürsten in einem Becher mit Einhornmotiv waren übel abgenutzt, die Borsten krumm. Auf der einzigen Rolle Klopapier hingen nur noch wenige Blatt.

Als ich ins Wohnzimmer zurückkam, standen auf dem Tablett jetzt zwei Tassen. »Magst du mit auf meinem fliegenden Teppich sitzen?«

»Ist für mich etwas schwierig auf dem Boden – ich komme so schwer wieder hoch.« Ich klopfte mit der Gehhilfe an meinen Unterschenkel und nahm auf dem abgewetzten, durchgesessenen Sofa Platz.

»Warum musst du mit einer Krücke laufen? Warst du Skifahren und bist gestürzt? Die Mutter meiner Freundin Anita ist nämlich vor Weihnachten gestürzt und hat sich das Bein gebrochen.«

»Ich hatte einen Verkehrsunfall. Aber das ist schon eine Weile her.« Ich war es ziemlich leid, ständig erklären zu müssen, warum ich eine Gehhilfe brauchte und warum ich hinkte. Leider hatte ich, wenn ich ohne Krücke lief, noch mehr Schmerzen.

»Hier bitte. Ich habe dir meine zweitschönste Tasse gespült. Die schönste nehme ich – die kann ich dir nämlich nicht geben, weil der Henkel fehlt. Das wäre unhöflich.« Das Mädchen hatte nicht nur die Lippen geschminkt, sondern trug im ganzen Gesicht ein ungeschickt dick aufgetragenes Make-up. Der untere Lidstrich ging fast bis an den Haaransatz. Sie nahm auf der Sofakante neben mir Platz.

Ich drehte die Tasse in der Hand. Klopfer, der Hase aus *Bambi*, sah mich fröhlich lächelnd an. »Ich heiße Steffen. Und du?«

»Möchtest du meinen richtigen Namen wissen oder meinen Prinzessinnennamen?«

»Beide.« Ich trank einen Schluck der lauwarmen Chemiebrühe.

»Richtig heiße ich Nathalié Paris Goran. Aber mein Prinzessinnenname ist Jasmina von Persien.«

»Ich finde beide Namen sehr schön.« Wegen der englischen Aussprache des mittleren Namens musste ich annehmen, dass das Kind nicht in Frankreichs Hauptstadt gezeugt worden war, sondern die Eltern zu den Fans von Paris Hilton gehörten.

»Steffen geht so«, meinte sie kritisch. »Steven oder Stephán wären schöner. Ich heiße ja auch Nathalié und nicht Nathalie.«

»Da hast du recht.« Steffen Milz war kein Name, mit dem man großartig angeben konnte, noch nicht mal mit Doktortitel davor. Meinen Künstlernamen wollte ich nicht verraten.

Prinzessin Jasmina schien meine Gedanken erraten zu haben. »Sollen wir dir zusammen einen Prinzennamen suchen?«

»Warum nicht?«

Sie legte die Stirn in nachdenkliche Falten, trank einen Schluck und meinte dann: »Gefällt dir Leyth? Das heißt kleiner Löwe. Du bist ja blond und hast so eine wilde Frisur, fast wie ein richtiger Löwe.«

Meine kinnlange, mittelblonde Haarpracht war schon immer mein Markenzeichen gewesen. »Der ist genial. Leyth von Persien.«

»Nein, Persien gehört mir schon. Du kannst Leyth von Arabien sein.«

So einfach ging das mit der Machtverteilung, wenn man sie Kindern überließ. »Einverstanden. Kann ich dich mal was fragen?«

»Du kannst schon fragen, aber ich weiß nicht besonders viel. Meine Mutter weiß viel mehr, aber die ist für ein paar Tage weggefahren, die ist nämlich Schauspielerin und stellt sich am

Theater vor. In München glaube ich – danach ist sie berühmt und wir werden wahrscheinlich reich und können immer in den Bergen Urlaub machen. Die sind nämlich direkt hinter München.«

Das hatte mir die erste Frage schon erspart. »Und wer passt solange auf dich auf?«

»Eigentlich Angus. Weil der wird mal mein Vater, wenn er sich hat operieren lassen. Dann heiratet er meine Mutter und ich heiße dann Nathalié Moore und werde adoptiert.«

Es ging doch nichts über einen vernünftigen Plan für die Zukunft. »Wie alt bist du?«

»Ich werde elf im Dezember.«

Witzig, dass die Mädels bis zu einem bestimmten Zeitpunkt immer das nächst höhere Alter angaben. Irgendwann drehte sich das um. Ich warf einen Blick auf die Wanduhr. Es war mittlerweile schon fast zwei Uhr morgens. »Musst du nicht schlafen?«

»Nein, es sind sowieso Ferien und Angus schreibt mir immer eine Entschuldigung, wenn ich morgens nicht rauskomme. Außerdem ist niemand zu Hause. Da darf ich machen, was ich möchte.«

»Wer wohnt sonst noch hier?«

»Außer Mutter und mir nur noch Angus, aber der ist vorhin weggegangen, um was zu erledigen. Keine Ahnung was. Da drüben liegt ein Abschiedsbrief von ihm für Mutter, da steht alles drin.« Sie zeigte mit dem Kopf auf einen antiken Sekretär. »Aber ich darf den nicht lesen. Da steht *Für meine geliebte Xandra persönlich* drauf. So heißt meine Mutter nämlich. Und Angus liebt sie. Sie ihn aber nicht wirklich richtig, aber pst!« Sie legte verschwörerisch den Zeigefinger an die Lippen.

Ich musste träumen. Was ich seit meiner Ankunft in Heidelberg erlebt hatte, musste ein raumgreifendes Hirngespinst sein. Das Haus war vier Stockwerke hoch, wie ich bei der Ankunft gezählt hatte. Das italienische Restaurant im

Erdgeschoss war geschlossen, Angus lebte im Dachgeschoss und ich war im zweiten Stock. »Wer wohnt unter euch?«

»Da hat mal die Beatrice, dem Angus seine Mutter gewohnt, aber die ist gestorben. Meine Mutter hat die gepflegt, aber es hat nicht viel genutzt. Der Krebs war stärker.« Nathalié seufzte. »Die Beatrice war sehr nett und ich hätte mich gefreut, wenn sie meine Adoptivoma geworden wäre. Ich kenne sonst niemand, der eine Adoptivoma hat.«

Ich hatte nicht direkt Adoptivgroßeltern, weil meine Mutter nicht zugelassen hatte, dass meine Pflegefamilie mich adoptierte. Trotzdem waren Julia und Theo Zweigle die besten Großeltern, die man sich wünschen konnte. Ich wollte nicht darüber sprechen, weil ich sonst meine verkorkste Kindheit vor dem Mädchen hätte ausbreiten müssen. Was für Eltern ließen ihr Kind nachts allein in einem riesigen Haus? Szenen aus meiner eigenen Kindheit poppten in mir auf – ich allein in unserem kleinen Einzimmerappartement im zwölften Stock mit leerem Kühlschrank und knurrendem Magen. Ich schüttelte den Kopf, um das Bild zu vertreiben, ehe die Dunkelheit kam. »Ich bleibe heute Nacht hier und Angus ist auch wieder zurück. Du bist also nicht allein.«

»Mir macht das nichts. Ich bin das gewohnt.« Nathalié stand auf und sah mich jetzt mit vor Aufregung glühenden Wangen an. »Ich liebe Gäste. Soll ich dir morgen ein Frühstück machen?«

»Das muss nicht sein.«

Nathaliés Züge zeigten spontane Enttäuschung.

»Aber wenn du Spaß daran hast, sehr gern«, lenkte ich ein.

»Das wäre so schön. Ich habe allerdings nicht mehr sehr viel zu essen da. Ich schau gleich mal nach.«

Sie rannte aus dem Wohnzimmer. Ich lief hinterher in eine geräumige, sehr einladende Wohnküche mit Eckbank. Dort warf ich einen Blick über das Kind in den Einbaukühlschrank, in dem ähnlich gähnende Leere herrschte wie in dem Designerteil ein Stockwerk höher.

»Nur noch Toast, Margarine und ein bisschen Erdbeermarmelade. Reicht dir das? Ich habe leider mein Taschengeld für diesen Monat schon verbraucht, sonst würde ich dir richtige Brötchen vom Bäcker besorgen. Aber mehr als fünf Euro bekomme ich nicht und die sind schnell weg, obwohl ich sparsam bin und mir immer genau überlege, wofür ich sie ausgebe. Aber diesen Monat habe ich neue Hefte und einen Radiergummi gebraucht. Den alten, schönen mit der Eiskönigin hat mir jemand geklaut.« Nathalié schien mehr ratlos als betrübt über diese Untat.

Auch ich war von Minute zu Minute ratloser geworden. Ich stand in einer Immobilie, für die man auf dem freien Markt Minimum zweieinhalbtausend Euro Kaltmiete zahlen musste, in einer Küche, die mit teuren Poggenpohl-Möbeln und Miele-Einbaugeräten eingerichtet war, und es war noch nicht mal mehr Geld für Brötchen da. »Weißt du was, wir machen einen Deal. Du deckst den Tisch, machst Tee, und ich besorge solange Brötchen, Eier, Wurst und Käse und wir lassen es uns gut gehen. Was meinst du?«

»*Sheesh,* wenn Angus da ist, darf ich das alles nicht essen. Wir sind dann nämlich Veganer.«

»Dann gehen wir in ein Café frühstücken. Oder darfst du nicht weg hier?« Direkt neben der Küche lag eine Speisekammer, die ich inspizierte. Die Regale waren bis auf ein paar gestapelte Plastikschüsseln, ein Glas Essiggurken, eine Dose Brechbohnen und eine ziemlich vergilbte, angebrochene Packung Mehl völlig leer und eingestaubt.

»Ich darf kommen und gehen, wann ich will.«

Unglaublich – Kühe, Hühner und andere Tiere vor Ausbeutung beschützen, aber das eigene Kind verwahrlosen lassen.

»Dann abgemacht.«

Hatte Nathaliés Gesicht vorhin noch geleuchtet, so glühte es jetzt mit tausend Watt. »Ich war noch nie in einem Café frühstücken. Können wir ins *Schafheutle* gehen und vornehm tun? Bitte! Ja? Meine Freundin Anita geht immer mit ihrer Patentante ins *Schafheutle* und bringt mir manchmal Pralinen von dort mit. Ich habe überhaupt keine Patentante, weil ich nicht getauft bin und mein richtiger Papa sowieso Jude ist. Aber mit dem hat Mutter nichts mehr zu tun. Der hat jetzt eine neue Familie in Hamburg, glaube ich, und das ist ziemlich weit weg von Heidelberg. Da, wo das Meer anfängt.«

»Klar, wenn du mir zeigst, wo das ist. Ich kenne mich nicht besonders gut aus.«

»Ich kann auch eine Stadtführung mit dir machen, ich kenn mich nämlich voll gut aus in der Altstadt. Alle Verkäufer in den Läden grüßen mich, wenn ich in der Hauptstraße bummeln gehe. Obwohl ich ganz selten was kaufen kann.«

»Das entscheiden wir morgen. Aber du solltest jetzt wirklich ins Bett gehen.«

»Erst muss ich dein Zimmer richten. Du bist nämlich mein erster Gast und es soll alles zu deiner Zufriedenheit sein. Wenn ich mal groß bin, dann möchte ich ein eigenes Hotel besitzen. Ich darf manchmal unten bei Salvatore die Gäste bedienen. Da habe ich schon viel gelernt über Gäste und Bewirtung. Und, stell dir vor, manchmal bekomme ich sogar Trinkgeld.«

HÄTTE MAN MIR heute bei der Abfahrt in Ulm erzählt, dass ich in einem historischen Jugendstilbett mit kunstvollen Intarsienarbeiten, auf einer durchgelegenen Matratze, die nach Moder und Staub roch, in *Sofia die Erste – Ready to be a Princess-* Bettwäsche schlafen würde, hätte ich ihn für verrückt erklärt. Nena-Kristin ruhte in ägyptischer Mako-Baumwolle, die nach Veilchen duftete, in einem Boxspringbett, auf dessen Auflage man wie auf Wolken schlief. Meine aufmerksame Gastgeberin hatte irgendwo in der an Lebensmitteln armen Unterkunft eine Weingummi-Fledermaus gefunden und mir als Betthupferl auf das Kissen gelegt. Ich nahm zur Sicherheit eine Lorazepam und war im Land der Träume, kaum dass mein Kopf das Kissen richtig berührte.

10

Steffen und das späte Erwachen

*Oh, rhythm of my **heart** is beating like a drum, with the words I love you rolling off my tongue.*
Rhythm of My Heart/Rod Stewart

DAS LEISE QUIETSCHEN eines Türscharniers weckte mich auf. Die Januarsonne tauchte das Zimmer mit seiner hohen Stuckdecke und den Kirschbaummöbeln in sanfte Pastellfarben. Durch den offenen Türspalt lugte ein rotblonder Kopf mit geflochtenen Zöpfen und goldfarbener Tiara. Nathalié trug ein Prinzessinnenkleid, aus dem sie eigentlich rausgewachsen war. Diese billigen Teile aus glänzender rosa Kunstseide konnte man an Fasching in jedem Supermarkt kaufen.

»Bist du schon wach?«, flüsterte sie.

»Jetzt ja.«

»*Sheesh,* ich habe dich aufgeweckt. Das tut mir leid. Aber du wolltest doch mit mir frühstücken gehen und es ist schon nach zehn und wer weiß, wie lange es im *Schafheutle* Frühstück gibt, und wir müssen ja ein Stück laufen.«

»Okay, dann gib mir eine Viertelstunde, damit ich mich anziehen kann, und noch ein paar Minuten im Bad, dann können wir los.«

»Ich warte in der Küche solange. Frische Handtücher habe ich dir neben das Waschbecken gelegt.« Nathalié grinste mich breit an und verzog sich wieder.

Ich checkte mein Handy. Tatsächlich, es war bereits 10.15 Uhr. Ich hatte gepennt wie ein Stein. Ich überlegte, wann ich das letzte Mal so lange durchgeschlafen hatte. Die Dame mit dem Hundehalsband hatte sich heute früh gleich gemeldet.

09.05 Nachricht von Nena-Kristin
Wann genau kommst du an, Stevie?

Ich wusste immer noch nicht, wie ich mich gegenüber der Tochter meines derzeitigen Arbeitgebers verhalten sollte, und rieb nachdenklich mit der Hand über die frischen Bartstoppeln der Nacht. Wie hatte ich vor der Pubertät denken können, ohne diese hilfreiche Geste? Wahrscheinlich gar nicht, wie viele andere Jugendliche. Ich stutzte. Etwas Weiches klebte an meiner Wange. Ich pulte daran herum und hielt die Weingummifledermaus in der Hand, die mir Nathalié als Betthupferl aufs Kissen gelegt hatte.

10.18 Nachricht an Nena-Kristin Dengler
Du, mir ist was dazwischen gekommen, ich werde
es heute nicht schaffen. Sorry.

EIN BLICK AUS dem Badfenster zeigte, der Hinterhof des historischen Hauses lag unter einer gut zwanzig Zentimeter hohen Neuschneedecke. Nathalié trug einen dicken Daunenmantel, Schal und dünne rosa Satinhandschuhe, aber keine Mütze und vor allen Dingen schwarze Lackballerinas statt Winterstiefel.

Zum Glück war sie bis auf einen dezenten rosa Lippenstift nicht geschminkt.

»Hör mal, draußen liegt Schnee. Du wirst mit den Schuhen nicht weit kommen und eine Mütze wäre sinnvoller statt der Juwelen.«

»Okay.« Das Mädchen begann in einer Kommodenschublade im Flur zu graben und wurde fündig. Die graue Strickmütze mit Wollbommel wurde dann doch von der Tiara gekrönt. »So besser?«

»Ja. Aber wir gehen nicht zu einem Staatsempfang. Also lass den Schmuck weg. Und was ist mit festen Schuhen?«

»Ich habe nicht so viele Schuhe, die mir passen, weil meine Füße so schnell wachsen. Ich freue mich schon, wenn ich die gleiche Schuhgröße wie Mutter habe, dann kann ich mir ihre ab und zu ausleihen. Sie hat ganz tolle High Heels und kniehohe Stiefel.«

Wir warfen beide einen Blick auf die übersichtliche Auswahl, die an der Garderobe stand. Richtige Winterstiefel waren auch bei den Damenschuhen in Größe 38 nicht dabei. Ein paar dunkelblaue hohe Chucks-Replika kamen festem Schuhwerk am nächsten. Nathalié griff danach.

»Was trägst du normalerweise im Schnee? Das sind Stoffschuhe, darin bekommst du eiskalte und feuchte Füße.«

Das Mädchen zog die Schultern hoch. »Weiß nicht, es hat schon lange nicht mehr geschneit, und wenn, dann muss ich nicht in die Schule. Dann schreibt Mutter mir eine Entschuldigung.«

»Hilft nichts, dann müssen wir wohl mit dem Taxi fahren.«

Jetzt kam wieder Leben in das Mädchen, das enttäuscht davon schien, dass sie nicht die passende Kleidung hatte. »Wir haben ein eigenes Auto von Beatrice. Hast du einen Führerschein?«

»Ja, habe ich. Aber ich kenne mich in der Stadt nicht sonderlich gut aus. Ich bestelle uns lieber ein Taxi. Zieh du mal ein paar extra dicke Socken an und dann die Chucks.«

Jemand musste diesem Kind dringend richtige Kleidung besorgen und dafür Sorge tragen, dass sie diese auch anzog.

11

Steffen und das vielversprechende Frühstück

*I broke my **heart**, fought every gain, to taste the sweet. I face the pain, I rise and fall.*
One Moment in Time/Whitney Houston

IBRAHIM BRAUCHTE NUR zehn Minuten, bis er vor der Haustür stand. Er kommentierte meine neueste weibliche Begleiterin mit dem Satz: »Hea! Hasch du einen Schlag bei die Frauen! Schon wieder eine neue! Reschpekt! Werde auch immer jünger.« Mein Kumpel zwinkerte mir verschwörerisch zu.

Auf seine Frage: »Wo Sie wolle?«, antwortete Nathalié übereifrig: »Ins *Schafheutle*. Wir gehen ganz fein frühstücken. Ich war nämlich noch nie in einem Café frühstücken, nur mal einen Kakao trinken und ein Stück Torte essen. Ich glaube, es war Schokotorte mit Trüffeln.«

Unser Fahrer rollte die Augen. »*Sanmıyorum! Schafheutle* isch um die Eck! Hauptstraß. Da darf isch net fahre. Ausder ist sonntags zu.«

Nathalié fiel geknickt in sich zusammen und hatte Tränen in den Augen. Schließlich landeten wir im Café *Rossi*, weil das weit genug war, dass sich die Fahrt für Ützkäse lohnte. Dank Nathalié, die sich angeregt mit Ibrahim unterhielt, wusste ich, warum er so ein kreatives Deutsch sprach. Er war vor neunundzwanzig Jahren in Heidelberg geboren und als Säugling bei der Oma in Anatolien geparkt worden. Er kam erst vor einem Jahr wieder zurück, weil ihm das Erdoğan-Regime gegen den Strich ging und er mit Frau und Kindern in einer Demokratie leben wollte.

Das wie ein klassisches Kaffeehaus eingerichtete *Rossi* am Bismarckplatz war gut besucht an diesem Sonntagmorgen. Nathaliés Wangen glühten vor Freude, als sie hörte, dass sie alles ohne Rücksicht auf den Preis ordern könne.

»Bist du reich oder sparst du dein Geld?«, wollte sie wissen, als die junge, freundliche Bedienung unsere Bestellung von je einmal *Sören* und *Lola* aufgenommen hatte plus frisch gepresstem Orangensaft und einem *wachsweichen* Ei für Nathalié. Für Brunch und Selbstbedienungsbüfetts war ich, seit ich eine Krücke brauchte, nicht mehr zu begeistern – die empathische Nathalié passte sich mir an.

Das Mädchen war nicht zu bremsen und füllte die Zeit, bis der Cappuccino und die heiße Schokolade kamen, mit munterem Geplauder. »Meine Mutter sucht nämlich einen reichen Mann und keinen sparsamen. Also wäre es praktisch, wenn du reich wärst, dann könntest du bei uns bleiben, wir haben ja auch noch ein Zimmer übrig. Dann muss sie nicht mehr arbeiten und immer wegfahren und mich allein lassen. Aber ganz vorher müsste sie sich endlich ihre Brüste vergrößern lassen. Die sind nämlich zu klein für reiche Männer. Die wollen große Brüste haben. Warum weiß ich aber nicht genau. Sparsamen Männern reichen kleine Brüste. Vielleicht weil die Reichen für ihr vieles Geld eben mehr bekommen möchten?« Sie blickte mich fragend an.

Ich zuckte mit den Schultern. »Ich habe keine Ahnung, was für eine Erwartungshaltung reiche oder sparsame Männer an Frauen haben. Ich bin weder das eine noch das andere.« Ich brauchte einfach nur sehr wenig von meinem Einkommen, um meine Bedürfnisse zu befriedigen. Nach meinem Unfall hatte ich meine Altbauwohnung in Ulm aufgegeben und war zu meinen Pflegeeltern in die Einliegerwohnung gezogen. Deshalb blieb genug Geld am Monatsende übrig und mein Konto schrieb stets fette schwarze Zahlen.

»Hm, also bist du nicht reich. Macht mir gar nichts. Dabei ist Mutter wunderschön. Wie eine echte Prinzessin. Möchtest du eine Frau mit großen oder kleinen Brüsten, also obwohl du nicht reich bist?«

Bei dieser Frage musste ich nicht lange überlegen. Eigentlich war mir die Körbchengröße bei Frauen völlig gleich. Was mehr für mich zählte war, dass der IQ leicht über dem Durchschnitt lag und die Dame das Herz am rechten Fleck hatte. Es schien angeraten, meinen richtigen Beruf für mich zu behalten. Die meisten Menschen waren der Meinung, Ärzte müssten automatisch viel verdienen. Ich versuchte, das Thema mit einer Gegenfrage vom Tisch zu bekommen. »Ich dachte, deine Mama wird Angus heiraten und du wirst adoptiert werden.«

»Ja, das war der erste Plan von Mutter. Aber dann ist Beatrice gestorben und Angus bekommt keine Rente mehr von ihr und ist jetzt arm. Er hatte auch was gespart, aber das ist auch weg. Jetzt hat Mutter neue Ideen, aber so ganz genau weiß ich das auch nicht.« Sie dachte einen Moment angestrengt nach und riss dann die Augen auf: »*Sheesh,* die neuen Pläne sind ja eigentlich ein Geheimnis zwischen Mutter und mir. Ich darf die ja gar nicht verraten, sonst haben wir vielleicht bald keine Wohnung mehr.«

Nathaliés Mutter schien es faustdick hinter den Ohren zu haben. Angus tat mir fast leid. »Keine Sorge, ich kann schweigen wie ein Grab. Angus hat keinen Job?«

»Nein, der leidet darunter, dass er im falschen Körper geboren ist, und braucht auch Geld für eine Operation. Weil er nämlich überhaupt keine Brüste mehr braucht. Da kann er Mutter wahrscheinlich nichts dazu geben zu ihrer. Wenn ich Geld hätte, ich würde mich nicht davon operieren lassen. Weißt du, was Operation bedeutet? Die schneiden einen auf und nähen einen mit so dicken Fäden wieder zu. Ich würde mir lieber ganz viele Kleider und Schuhe kaufen. Und ein Pony und ein Schloss und eine Kutsche für das Pony. Und ich würde jeden Tag hierher frühstücken gehen.«

Angesichts der beiden appetitlich aussehenden Teller, die vor uns hingestellt wurden, verflüchtigte sich die Befürchtung, dass wir aufgrund der Namen der Gerichte einen IKEA-Bausatz sowie eine Stripperin vorgesetzt bekommen würden.

»Das schmeckt alles sehr pikant«, meldete sich Nathalié zu Wort, die ihren Bagel mit gezierten Bewegungen mit Frischkäse bestrich und dann dick mit Räucherlachs belegte. Die Satinhandschuhe, die bis zum Ellbogen gingen, ließen den Vorgang reichlich dekadent erscheinen. »Ich habe noch nie Lachs und Bagels gegessen. So was bekommt man sonst nur in New York. Ich wusste nicht, dass es das auch in Heidelberg gibt. Kennst du New York? Das liegt in Amerika.«

Ich nickte. Ich hatte ein paar Mal mit Timo exklusiv in einem Privatclub in Manhattan aufgelegt. Die verlangten damals fünfhundert Dollar Eintritt und für uns hatte es richtig Schotter gegeben. »Dafür, dass es dein erster Bagel ist, kennst du dich aber sehr gut damit aus, wie man den isst«, lobte ich sie.

»Das kommt, weil ich im Fernsehen immer alle Sendungen anschaue, wo es darum geht, wie man gut kocht und richtig isst. Das Auge isst mit und Tischmanieren sind so wichtig. Und dass man immer richtig gekleidet ist und alle Accessoires aufeinander abgestimmt sind. Und gute Qualität der Lebensmittel.« Sie nickte dabei kauend.

»Hm, da hast du wohl recht.« Ich schüttelte ungläubig den Kopf. Das Mädchen war sich selbst überlassen und wurde durch das Fernsehprogramm erzogen. Dafür, dass man sonntagmorgens nicht im Faschingskostüm mit Tiara auf dem Kopf in ein Café ging, gab es wohl keinen passenden Ratgeber. Sie hatte sich auch geweigert, die Handschuhe auszuziehen, weil eine Prinzessin in der Öffentlichkeit immer Handschuhe trug, auch beim Essen. Ich seufzte und warf einen kurzen Blick auf mein Handy. Nena-Kristin hatte sich gemeldet.

11.20 Nachricht von Nena-Kristin
Schade, ich habe mich soooo auf dich gefreut.
Ich wollte mit dir brunchen gehen …
Und uns noch zwei schöne Tage gönnen, ehe du
bei Paps anfängst …

Draußen fuhren mehrere Feuerwehrautos und ein Rettungswagen mit Blaulicht und Sirene vorbei, was Nathalié sofort große Sorgen bereitete. »Hoffentlich brennt da kein Haus, wo Menschen und Babys drin sind. Das wäre schlimm, wenn man kein Zuhause hätte bei dem Schnee und der Kälte.«

Nathalié löffelte ihr Ei aus, wobei sie wegen der Handschuhe immer wieder den Löffel verlor. Sie erzählte, dass Angus alias Carmen Schumacher tatsächlich das ganze Haus mit dem Lokal im Erdgeschoss, der Mansarde, der Wohnung, in der ich heute Nacht geschlafen hatte, plus einer unbewohnten Etage im ersten Stock gehörte. Ein Juwel mitten in der Altstadt und die Besitzerin hatte kein Geld mehr, die laufenden Kosten für Strom, Wasser und Gas aufzubringen. Und keiner besaß anscheinend die Mittel, dem Kind vernünftige Winterschuhe zu kaufen.

»Wann kommt deine Mama zurück, Nathalié?«, fragte ich, weil ich es unverantwortlich fand, das Mädchen allein mit einem lebensmüden Spinner gleich welchen Geschlechts zu lassen. Ich überlegte ernsthaft, ob ich das Jugendamt einschalten sollte.

»Wenn sie das Engagement nicht bekommt, schon bald. Wenn sie die Rolle bekommt, dann erst in einem halben Jahr oder so.«

»Und so lange bist du mit Angus allein?«

»Ja, aber ich bin manchmal unten im Lokal bei Salvatore, ich helfe da in der Küche und der hat immer was Leckeres zu essen. Der kocht sehr gut. Außer Nachtisch, das kann er nicht so. Aber Salvatore hat Betriebsurlaub und ist in Thailand, sich massieren lassen.«

Ich sandte ein Stoßgebet gen Himmel und wusste nicht, wie ich fragen sollte, um auszuschließen, dass es sich bei dem italienischen Wirt um einen Pädophilen handelte, der Nathaliés Notlage ausnützte.

»Dann bringe ich dich mal zurück und rede ein Wörtchen mit Angus.«

»Wenn der schon wach ist. Man darf ihn nämlich nicht stören, wenn er schläft, und er schläft meist bis um vier oder so. Darum wohnt er auch in einer eigenen Wohnung, damit wir ihm nicht ständig auf die Nerven gehen. Ich bin nämlich ein lautes Kind. Und Mutter muss oft ihre Stimme üben.«

Ich zahlte. Ibrahim musste ich nicht bestellen, direkt vor dem Restaurant war ein Taxistand.

»Zum Heumarkt bitte«, forderte ich den grauhaarigen Fahrer auf, der daraufhin das Taschenbuch mit Sudokurätseln aufgeschlagen auf den Beifahrersitz legte.

»Das wird momentan etwas schwierig sein, da brennt's im Dachgeschoss. Die Zentrale hat gerade Bescheid gegeben. Der Platz und die Zufahrt über die Große und Kleine Mantelgasse und über die Hauptstraße sind dicht mit Einsatzfahrzeugen.«

»Aber wir wohnen doch da«, meinte Nathalié mit Nachdruck. »Wir müssen da hin.«

»Dann drücke ich mal die Daumen, dass es nicht euer Haus ist.« Der Fahrer ließ uns an den Neckarstaden heraus. Die Zufahrtsstraße war zugeparkt mit Polizeifahrzeugen, einem Notarzt- und zwei Rettungswagen. Nathalié steckte ihre Hand in meine und wir schlängelten uns zwischen den Fahrzeugen hindurch, bis wir Einblick in den Heumarkt hatten. Das Daumendrücken des Taxifahrers hatte nichts genutzt. Aus dem Mansardenfenster, hinter dem Cargus' Schlafzimmer lag, drang beißender, schwarzer Rauch. Die Fensterscheibe war geborsten und ein Feuerwehrmann hielt von der Drehleiter einen Löschschlauch in das Zimmer.

Nathaliés Griff um meine Hand wurde fester. Dann begann sie laut zu schluchzen. »Unser Haus brennt! Wo sollen wir heute Nacht schlafen? Es liegt doch überall Schnee!« Das war eine berechtigte Frage. Genau wie die folgende: »Was ist, wenn alle unsere Sachen verbrennen?«

Mir stellte sich eine Frage, die ich nicht laut äußern wollte, um das Mädchen nicht noch mehr zu verstören: Was ist, wenn Cargus noch da oben liegt?

12

Antonia und das brüderliche Geschenk

*Lying close to you feeling your **heart** beating and I'm wondering what you're dreaming.*
I Don't Want to Miss a Thing/Aerosmith

MEIN KLEINER BRUDER war kein Langschläfer und begann jeden Morgen direkt nach Sonnenaufgang mit Tai-Chi-Übungen.

Als ich um kurz nach zehn zerknittert und mit verfilztem Haar aus meinem Schlafzimmer schlich, saß er am gedeckten Frühstückstisch und las in einem meiner Bücher. Er hatte sich sehr viel Mühe gegeben und sogar eine Rose in einem Trinkglas hingestellt. Ich war gerührt und überlegte, warum außer meinem Bruder noch kein Mann einen Frühstückstisch für mich gedeckt hatte.

»Hey, *Sleeping Beauty*. Endlich wach. Ich habe mit dem Essen auf dich gewartet. Kaffee?«

Ich nickte und setzte mich im Flauschbademantel an den Tisch. Er schob mir einen Korb mit vier frischen Brötchen rüber. Ich stutzte. »Woher hast du die?«

»Ich wollte eigentlich welche besorgen, nachdem ich mit Tai Chi fertig war, aber vor deiner Tür lag eine Tüte und daneben standen ein Glas mit Quittengelee und die rote Rose.«

»Frau Riemann!«, stöhnte ich und schnitt das Brötchen auf. »Das ist alles geklaut.«

Carl sah mich neugierig an. »Und wie kommt es dann vor deine Tür?«

»Meine Nachbarin ist Pilotenwitwe und nicht mehr ganz richtig im Kopf. Sie hat eigentlich in allen umliegenden Geschäften Hausverbot, weil sie stiehlt wie ein Rabe und alles wie Robin Hood unter den Bedürftigen verteilt. Die körperlich topfitte Seniorin zieht mit ihrem Bollerwagen, in dem ihr garstiger Rehpinscher hockt, über die Felder im Umland und stibitzt Salat, Gemüse und Erdbeeren. Letztes Jahr hatte sie sogar einen Spargelacker im Visier. Im Winter gibt es hauptsächlich Backwaren, Eingemachtes und Nudeln.«

Ich biss herzhaft in das dick mit Butter und bernsteinfarbenem Quittengelee belegte Brötchen. Mein kleiner Bruder war ein Ausbund an Ehrlichkeit und sah das Diebesgut auf seinem Teller kritisch an. »Können wir das dann überhaupt essen?«

Ich nickte. »Jupp, wer so dumm ist, Trude Riemann noch in seinen Laden zu lassen, ist selbst schuld. Sie klaut übrigens nur bei Großbauern und Discountern, kleine Familienbetriebe verschont sie. Sagt sie zumindest.«

Carl konnte nicht anders. Er schob den Teller mit dem Brötchen von sich und aß keinen Bissen mehr.

Ich schluckte. »Weißt du was, Brüderchen? Ich lade dich zum Brunch ins *Rossi* ein. Lässt sich das mit deinem Gewissen vereinbaren?«

Er nickte und wir saßen eine Stunde später, ich endlich mit frisch gewaschenem Haar, in einem meiner Lieblingscafés am Bismarckplatz und bedienten uns an einem üppigen Büfett mit ehrlich bezahlten Speisen.

Ich erzählte von meiner Nachbarin, die mit ihren beiden unverheirateten erwachsenen Kindern im Erdgeschoss wohnte. Ihrem Nachwuchs hatte ich den Spitznamen *Evolution-Twins* verpasst.

»Frau Riemann hat über ihr Hörgerät einen direkten Draht zu Gott, der über dieses Medium mit ihr spricht. Sie hält sich deswegen für die Auserwählte. Wenn man ihren Sohn und ihre Tochter aus einem wissenschaftlichen Blickwinkel betrachtet, muss man das allerdings bezweifeln. Die Riemanns sind optisch quadratisch, praktisch, gut. Sie sehen aus, als hätte die Evolution ein Experiment am Laufen, das klären soll, ob man nicht einfach bei Menschen gänzlich auf das Ansetzen von Extremitäten verzichten und sie stattdessen gleich in den geräumigen Restkörper integrieren kann. Statt Halswirbel besitzen alle Familienmitglieder zwei speckige Hautfalten. Regine ist ein Jahr älter als ihr Bruder Wolf-Dieter, genannt Wolfie.«

Carl schüttelte den Kopf und sah mich aus seinen dunkelblauen Murmelaugen an. Er war zwei Jahre jünger als ich, aber jeder glaubte, wir seien Zwillinge. »Antonia, wann bist du so sarkastisch geworden?«

Ich überlegte kurz. »Ich glaube, noch während des Studiums, nachdem mich Luis von einer Sekunde auf die andere verlassen hatte. Oder als mir mein langjähriger Verlobter Jost nach drei Tagen Aufstieg auf dem Gipfel des Kilimandscharo verkündet hat, dass er bi ist und sich unsterblich in den irischen Guide verliebt hat und er auf dem Rückweg in dessen Zelt statt in unserem zu nächtigen gedenkt? Dieser Sonnenaufgang war tatsächlich unvergesslich für mich. Ich könnte mich irren, aber darin mag die Ursache liegen.«

»Dafür müssen wir alle büßen. Immer noch?«

Ich nickte. »Ja, dafür werden alle Menschen bis an mein Lebensende büßen müssen. Aber am meisten muss ich dafür büßen. Ich bin eine Beziehung mit einem verheirateten Mann eingegangen, weil der mich auf jeden Fall betrügt und wieder verlassen wird. Also keine bösen Überraschungen in der Hinterhand. Yeah!«

»Hast du mal an eine Therapie gedacht, Toni?«

»Habe ich, schon mehrmals. Aber wann hätte eine ausgebeutete Krankenhausärztin Zeit für eine tiefenpsychologisch fundierte Psychotherapie?« Ich zwinkerte meinem Bruder zu und fuhr fort mit meiner Schilderung, um von dem unliebsamen Thema Luis und Jost und was beide mir angetan hatten abzulenken: »Die Evolution-Twins besitzen eine Sonnenbank, auf die sie sich täglich legen. Mama Riemann hat in der *Apotheken-Umschau* gelesen, dass ultraviolettes Licht Bakterien tötet, und da die ganze Familie Wasser spart, bräunen und desinfizieren sie stattdessen lieber.« Ich zitierte Frau Riemann senior: »Junge Frau, Sie waschen zu oft Wäsche. Ich habe meine Vorhänge seit dem Einzug vor dreißig Jahren nicht gewaschen. Es ist auch nicht notwendig, jeden Tag zu duschen. Einmal in der Woche ist genug und die restlichen Tage reicht der gute alte Waschlappen. Meine Kinder und ich benutzen zusätzlich eine Sonnenbank. Dadurch sind wir auch so gesund und werden nie krank.«

Jetzt musste sogar mein politisch korrekter Bruder lachen. »Schräges Völkchen.«

»Der Nebeneffekt sind Mitteleuropäer mit dem Hautkolorit eines nepalesischen Sherpa. Übrigens funktioniert das mit dem UV-Licht nicht bei den Zähnen, oder sie liegen mit geschlossenem Mund auf der Bank. Die Familie hat beachtliche Zahnfriedhöfe und sie muffeln alle komisch – irgendwie nach ranziger Butter.«

Vor dem Fenster fuhr ein Löschtrupp der Feuerwehr mit Signal vorbei. Das merkwürdige Mädchen mit den dünnen Zöpfen, das ihr Idiot von Vater ein viel zu kleines Faschingskostüm und Handschuhe beim Essen tragen ließ, sah erschrocken hoch. Was sie sagte und was der Langhaarige, der mir den Rücken zuwandte, erwiderte, verstand ich nicht.

Carl kramte in seiner Ledertasche und schob mir ein flaches Päckchen über den Tisch. »Ich weiß, du hast erst morgen Geburtstag, aber ich schenke es dir schon heute. Alles mit brüderlicher Liebe selbst gemacht.«

»Danke, Carlchen!« Ich entfernte vorsichtig das feste, rostrote Packpapier und war platt. Mein Bruder hatte mir ein Tagebuch mit türkis-weiß marmoriertem Umschlag gebunden. Passend zu den blauen Meeres- und Himmelfarben meiner Einrichtung. Ich las die Aufschrift auf dem fein säuberlich handkalligrafierten Etikett:

Erbauliche Notizen zum Leben & Wirken
von Frau Dr. med. Antonia Brandt

Ich beugte mich über den Tisch und drückte meinen Lieblingsbruder. »Ich hab dich so lieb, kleiner Bruder.«

»Ich dich auch, kleine Schwester. Das Papier ist handgeschöpft und der Einband in deinen Lieblingsfarben marmoriert. Damit du die schönen und einzigartigen Momente in deinem Leben in einem passenden Rahmen festhalten kannst, Schwesterherz.«

»Ach, Carlchen, es gibt so wenig schöne Momente in meinem armseligen Leben.« Ich hätte gern den Kopf auf die breite Schulter meines kleinen, großen Bruders gelegt, aber der Tisch war zwischen uns. Immer wenn ich traurig oder depressiv war, brauchte ich als Antidot körperliche Nähe. »Ich bin in einer Sackgasse, glaube ich.« Ich fuhr mit dem Daumen über den glatten Einband.

»Hey! Komm schon! Was ist denn aus meiner frechen großen Schwester geworden, die mich in San Francisco vor der City Hall dazu angestiftet hat, zu frisch getrauten Paaren zu gehen und den Mann anzuflehen: *Daddy, where have you been? Mom is missing you so much! Please come home!*«

Ich sah verlegen zur Seite. »Die ist irgendwo auf der Strecke geblieben. Wenn ich wüsste wo, würde ich sie wieder abholen.«

Der Vater mit der billigen Prinzessin als Tochter zahlte und stand auf. Er nahm eine Krücke, lief mit dem Mädchen zur Garderobe und wandte mir beim Anziehen das Gesicht zu. Als er die Mütze aufzog, machte es bei mir *klick*. Der Spender der zehn Euro von vergangener Nacht ging mit dem Kind im Schlepptau aus der Tür.

13

Steffen und die brenzlige Situation

*We make these memories for ourselves where our eyes are never closing, **hearts** are never broken and time's forever frozen still.*
Photograph/Ed Sheeran

DER LEITER DER freiwilligen Altstadtfeuerwehr, Gunnar Freitag, hatte sich schließlich meiner erbarmt und stand jetzt neben mir in Cargus' völlig verrußtem Schlafzimmer. Trotz der Atemschutzfilter, die wir trugen, machte mir der beißende Geruch von verbranntem Kunststoff zu schaffen. Der Parkettboden war vom Löschwasser klitschnass und aufgeweicht. Die Irre mit dem beachtlichen Dachschaden hatte einen Weidewäschekorb mit ungeöffneten Briefen angezündet.

»Sehen Sie, dort oben an der Decke? Der Rußfleck? Darunter ist das Feuer ausgebrochen. Muss eine Mörderstichflamme gegeben haben. Sie hat Brennspiritus als Brandbeschleuniger genommen. Die leere Flasche liegt da hinten in der Ecke. Aber zum Glück war die Brandstifterin so ungeschickt und hat das Feuer auf einem Wasserbett gelegt. Die Matratze ist durch die Hitzeentwicklung geplatzt und in die Wanne ausgelaufen.

Wodurch das Schlimmste verhindert wurde. Wenn man mal von der Überschwemmung und dem Ruß absieht.«

»Wo ist Frau Schumacher jetzt?«

»Die hat der Notarzt in die Psychiatrie zwangseingewiesen. Die gute Frau ist eine Gefahr für sich und andere. Sie wollte nicht, dass wir löschen, und hat ein stark psychotisches Verhalten gegenüber den Einsatzkräften an den Tag gelegt.«

»Gut, oder auch nicht gut.« Ich war verwirrt und brauchte dringend etwas gegen die Schmerzen.

»Sie können die restlichen Etagen ab sofort wieder nutzen. Die geschlossenen, massiven Zimmer- und Wohnungstüren haben verhindert, dass der Rest des Hauses in Mitleidenschaft gezogen wurde. Inwiefern die Statik des Hauses betroffen ist, wird der Fachmann morgen prüfen. Bei so alten Gemäuern weiß man ja nie so richtig, mit was für Material die gebaut haben. Wir lassen eine Brandwache vor Ort. Das Zimmer selbst ist in diesem Zustand unbewohnbar. Sie haben aber Glück im Unglück. Ich bin Architekt und Bauleiter. Ich könnte die Instandsetzung managen, wenn Sie es nicht selbst machen wollen. Das wickeln wir alles über die Gebäudeversicherung ab, das kostet Sie so keinen Cent.«

»Okay. Ich muss das alles erst mal sacken lassen und schauen, wie es weitergeht. Ich bin noch nicht mal Mieter, sondern war nur Übernachtungsgast. Ich habe keine Ahnung, wie und wo das Haus versichert ist.«

»Morgen ist mein Kumpel Salvatore wieder da. Er ist der Pächter des Lokals im Erdgeschoss. Er hat die frühere Besitzerin ganz gut gekannt und kann Ihnen sicher weiterhelfen. Hier ist meine Telefonnummer; wenn Sie Hilfe brauchen, jederzeit gern. Ich bin hauptberuflich bei der Stadt angestellt, Leiter der Schlossverwaltung, und kandidiere in meiner Heimatgemeinde für das Amt des Bürgermeisters.«

Der Mann mit den vielen Funktionen wartete auf eine Bestätigung meinerseits. Ich nickte, weil mir die Worte fehlten.

»Wir ziehen jetzt ab.«

»Danke.« Mehr an Konversation brachte ich aktuell nicht zustande.

Es war Zeit, Nathalié, die die Besitzerin eines Schuhladens auf der Westseite des Platzes aufgenommen hatte, abzuholen. Und was dann? Wieder eine Nacht mit dem Kind verbringen – und am nächsten Morgen? Ich brauchte dringend die Telefonnummer von Frau Goran. Nathalié hatte immer nur über Cargus mit ihrer eigenen Mutter Kontakt aufgenommen und die war in der Klapse.

NATHALIÉ KAM MIR aufgeregt entgegengerannt. »Stell dir vor, Frau Bissinger hat mir ein Paar Stiefel geschenkt, weil ich doch jetzt nichts mehr habe. Schau, Steffen, sind die nicht wunderschön? Ich hatte noch nie so tolle eigene Stiefel mit Pelzkragen.« Das Mädchen drehte sich mit fliegendem Rock im Kreis und lachte fröhlich. Der Brand schien völlig vergessen.

»Es war nur ein Zimmerbrand. Der Rest des Hauses ist weiter bewohnbar und unsere Sachen sind alle noch intakt«, berichtete ich der Ladenbesitzerin, die mich unfreundlich ansah. »Ich würde die Stiefel gern bezahlen.«

»Das müssen Sie nicht, das ist ein Geschenk von mir an Nathalié. Wie kann man ein Kind in dem Aufzug und mit Sommerschuhen im Schnee rumlaufen lassen? Das ist doch unverantwortlich.«

»Ich bin hier auch nur zufällig reingeschneit und zu Gast. Sie haben nicht etwa die Telefonnummer von Nathaliés Mutter?«

»Nein, wozu denn auch. Diese Frau hat mich noch nicht mal gegrüßt, wenn wir aneinander vorbeigelaufen sind. Es ist übrigens kein echter Pelzkragen, sondern Fellimitat. Mein

Laden heißt nicht umsonst *VegWare*. Seitdem Beatrice gestorben ist, gehen in dem Haus merkwürdige Dinge vor.«

Ich zog mit Nathalié ab, die als Erstes die ganze Wohnung inspizierte und mir den nassen Fleck an meiner Zimmerdecke zeigte. »Ich habe das mal in einem Film gesehen, da ist die Decke dann ganz runtergekracht. Die haben eine Leiche aufgeweicht in dem Film. Das war gruselig! Vielleicht solltest du da nicht schlafen, Steffen. Ich mache uns erst mal einen Tee, das hilft gegen den Schreck.«

Ich setzte mich erschöpft auf die Bettkante und öffnete WhatsApp.

15.12 Nachricht an Nena-Kristin Dengler
Sorry, war ein Notfall. Es hat gebrannt.
Erkläre ich dir morgen Abend, ich bin um sechs bei dir.

15.13 Nachricht von Nena-Kristin
Ich kann es kaum erwarten, Stevie.
Der Champagner steht kalt.

Ich schüttelte den Kopf. Mein Leben hatte innerhalb der letzten vierundzwanzig Stunden Fahrt aufgenommen, aber leider nicht in die geplante Richtung. Es war ein Schlingerkurs mit Achterbahneffekt daraus geworden.

14

Steffen und die Suche nach Erkenntnis

*But I'm always alone and my **heart** is like ice and it's crowded and cold in my secret life.*
My Secret Life/Leonard Cohen

WIE ÜBLICH, WAR auf den türkischen Taximann Verlass. Er stand zehn Minuten nach meinem Anruf vor der Tür und öffnete mir den Schlag. »Wo Sie wolle, Glückshans?«

»Psychiatrisches Zentrum Wiesloch, Ibrahim.«

»Oh weh! Bisch verzweifelt an die Fraue? Ware zu viel? Odda? Hab isch befürchtet.«

»Nein, ich besuche da jemand.«

»Wieder ein Frau?«

»Weiß ich bis jetzt auch nicht so genau.«

»Ah, du lernsch das nie.«

Ich nickte. Ützkäse hatte mehr Durchblick in meinem Leben als ich selbst.

Ich hatte am Vorabend, nachdem Nathalié ins Bett gegangen war, die beiden Wohnungen nach Unterlagen durchsucht und die halbe Nacht versucht, mir Übersicht zu verschaffen.

Das Mädchen musste seine neuen Stiefel vorm Bett stehen haben, damit sie sie am Morgen, wenn sie aufwachte, gleich als Erstes sah. Nachdem ich Nathalié zugedeckt und das Licht in ihrem Zimmer ausgemacht hatte, fiel mir ein, was ich die ganze Zeit unterbewusst vermisst hatte. Die Zehnjährige besaß kein einziges Spielzeug, sah man mal von der Tiara und dem Prinzessinnenkleid ab.

Leider hatte Cargus ganze Arbeit geleistet und alle Papiere, die sich nach dem Tod ihrer Mutter angesammelt hatten, verbrannt. Bis dahin war alles fein ordentlich in beschrifteten Ordnern abgelegt. Das Haus gehörte seit seinem Richtfest im Jahre 1849 der Familie Schumacher. Ich fand Unterlagen über ein Girokonto in den Miesen und ein bis auf fünf Euro geplündertes Sparbuch. Solange Beatrice Schumacher am Leben war, gingen regelmäßig größere Summen aus einer Rente, einer Witwenrente und der Pacht für das Lokal ein. Danach wurde nur noch Geld abgehoben, bis das Kreditlimit erschöpft war. Jetzt war ich auf dem Weg zu Cargus in die Psychiatrie, um wenigstens die Telefonnummer von Nathaliés Mutter zu bekommen.

Das psychiatrische Zentrum Nordbaden in Wiesloch war eine großzügige Anlage, die eher an einen Park als an eine psychiatrische Anstalt erinnerte. Ibrahim versprach in der Nähe des PZN zu bleiben und mich wieder zurückzubringen. Ein Cousin betrieb einen Dönerstand in der Stadtmitte, bei dem wollte er einen Kaffee trinken gehen und Familienbande auffrischen.

Ich musste fast eine halbe Stunde auf den diensthabenden Arzt warten, einen kleinen, drahtigen Mann in meinem Alter, der sich ständig nervös über die rasierte Glatze fuhr. Nachdem ich meinen Arztausweis gezeigt und überzeugend dargelegt hatte, dass ich mich kurzfristig um die Belange von Cargus und ihrer So-gut-wie-Adoptivtochter kümmerte, erzählte mir

Dr. Felix Grünbaum, dass Carmen Schumacher nicht das erste Mal Gast in dieser Einrichtung war. Sie hatte eine ausgeprägte bipolare Störung, optische Halluzinationen sowie wiederholte psychotische Depressionen und war suizidgefährdet. Dafür war sie tatsächlich keine Asperger-Kandidatin. Weitere dreißig Minuten und viele Erklärungen später stand ich vor Cargus, die mich mit leerem Blick ansah. Man hatte sie mit Neuroleptika ruhig gestellt.

Auf die Frage, wie es ihr gehe, lispelte Cargus mit schwerer Zunge: »Hier geht es mir immer gut. Ich war schon dreimal hier. Hier muss ich mich um nichts kümmern. Und man hat Verständnis für meine Lage. Doktor Grünbaum wird mir helfen, die Sache mit der OP zu beschleunigen. Danach wird alles gut werden für mich.«

Daher wehte der Wind, Cargus hatte die Nase voll vom schnöden Leben und der ihrer Meinung nach zu langsamen Bürokratie ihrer Krankenkasse und die Angelegenheit vorangetrieben. Allerdings war es pathologisch, wenn man einen Großbrand in einer historischen Altstadt in Kauf nahm, nur um auf sich aufmerksam zu machen. Aber ich glaubte grundsätzlich an das Gute im Menschen. »Hast du das Feuer mit Absicht auf dem Wasserbett gelegt, damit nicht noch mehr passiert?«

Sie zog die Nase hoch und sah mich erstaunt an: »Ach, jetzt weiß ich, warum das nicht richtig funktioniert hat. Habe ich echt nicht dran gedacht, dass da richtiges Wasser in der Matratze ist. Das Bett hat meine Mutter gekauft. Ich war immer der Auffassung, dass *Wassermatratze* nur ein umgangssprachlicher Ausdruck ist. So wie Wasserfarben, die sind ja auch ganz trocken.«

So viel zum Guten und dem Intellekt in und von Carmen Schumacher. »Hast du wenigstens Xandras Nummer in deinen Kontakten? Ich kann nicht ewig bleiben und mich um dein Haus und das Kind kümmern.«

»Nicht direkt. Ich habe mein Handy mitverbrannt. Ich wollte mit meiner Vergangenheit abschließen. Auch mit Xandra. Das Haus und mein irdischer Besitz sind mir egal.« Die Unterlippe wurde trotzig noch ein Stück weiter nach vorn geschoben und ich zog noch ratloser ab, als ich gekommen war.

15

Antonia und der Morgen danach

*There is no message we're receiving. Let me know is your **heart** still beating?*
Human/The Killers

DIE WOHNUNGSTÜR FIEL mit einem leisen Klacken ins Schloss. Ich öffnete die Augen und sah mich um. Ich wusste nicht mehr, wann und wie ich heute Nacht ins Bett gekommen war, aber ich lag definitiv allein auf meiner Couch im Wohnzimmer. Das Kissen mit der verräterischen Delle neben meinem ließ mich ahnen, dass ich eventuell die Restnacht doch nicht allein verbracht hatte. Ich hob die Wolldecke und sah an mir hinunter. Bis auf meine Socken war ich nackt – das hieß nicht viel, ich war überzeugte Nacktschläferin. Ich roch an dem Kissen. Volltreffer. Der männliche Duft des Stylinggels meines Kollegen Dennis, der einzige Mann, der mir heute Nacht bedrohlich nah gekommen war. Die Erinnerung kam langsam zurück. Wir hatten im *Zieglerbräu* in meinen Geburtstag reingefeiert. Bastian hatte mir Punkt zwölf ein einfallsloses Netzfoto mit Happy-Birthday-Kerzen-Torte geschickt, von dem ich enttäuscht war. Negative

Gefühle musste ich schon immer mit Nähe zu Menschen, die mir lieb waren, kompensieren. In dem Maße, wie mein Alkoholpegel stieg, verringerte sich der Abstand zwischen mir und dem hedonistischsten Anästhesisten, der auf Erden wandelte. Ich sah auf mein Handy, das inmitten eines Kleiderstapels neben dem Sofa lag: 6.40 Uhr. Um sieben begann Dennis Frühdienst. Ich nahm das Handy und tippte:

06.41 Nachricht an Propofol-Dennis
Dennis???? Haben wir oder haben wir nicht???

Ich zog die Decke enger um mich und versuchte noch ein wenig zu schlafen. Fünf Minuten später kam Carl angezogen, bis auf die Schuhe, aus meinem Schlafzimmer, das ich ihm wohl überlassen hatte. Auch daran erinnerte ich mich nicht. Als er bemerkte, dass ich wach war, lächelte er und flüsterte: »Ich suche mir draußen einen Platz für Tai Chi.« Carl hatte seit seinem zwanzigsten Geburtstag keinen einzigen Morgen seines Lebens begonnen, ohne den weißen Kranich zu spielen, der seine Flügel ausbreitet.

»Ist gut, bis später. Wenn du an einer Bäckerei vorbeikommst, bring Brötchen mit. Mir ist heute nicht nach Frühstück außer Haus.«

»Was ist mit Frau Riemann?«

»Die hat montags immer frei.«

»Wusste gar nicht, dass Diebe und Hehler freie Tage haben. Ich kaufe welche.«

»Danke.«

Aus der unteren Wohnung kam hysterisches Hundegebell. Pius vom Sutterhof, der aufmerksame Rehpinscher der Riemanns, hatte nie frei und glaubte, das Treppenhaus sei sein Revier.

Ich musste wieder eingeschlafen sein und wachte erneut durch das Schließen der Wohnungstür auf. Carl brachte einen Hauch von Winter mit sich.

»Bleib liegen und lass dich an deinem Ehrentag verwöhnen. Ich mache Frühstück für euch«, bot er an.

»Ach, wie unglaublich lieb von dir. Aber warum euch? Dennis ist doch gegangen.«

»Ich nehme an, deine Freundin Liese möchte nach dieser Nacht auch was essen.«

Ich sah mich irritiert um. »Wo ist sie?«

Carl grinste jetzt frech. Er hatte wie alle Brandtschen Kinder dieses Netz aus Lachfalten in den Augenwinkeln und das leicht schräge Grinsen. Man munkelte, Urgroßmutter Ludwiga Brandt, die international bekannte Opernsängerin, hatte mal ein Techtelmechtel mit Errol Flynn gehabt und Urgroßpapa Giesbert ein Kuckuckskind ins Nest gelegt. Belegt war das jedoch nicht. »Ich nehme an, noch in deinem Bett, wo ich sie zuletzt gesehen habe.«

Ich war mit einem Mal hellwach. »Du hast mit meiner besten und einzigen Freundin …« Ich ließ das Satzende offen.

Mein kleiner Bruder zuckte mit den Schultern. »Es hat sich so ergeben. Dinah und ich leben in einer offenen Beziehung. Also, kein Grund sich aufzuregen. Niemand hat jemanden betrogen.«

Eine eingehende Nachricht lenkte mich ab, ehe ich mich entscheiden konnte, ob ich wütend oder verblüfft sein sollte.

08.45 Nachricht von Dr. Death84
Tja, das wüsstest du gern …
Was ist dir die Auskunft wert, holde Maid?

08.46 Nachricht von Dr. Death84
Aber furchtbar interessant, dass ich in den

Jagdgründen des Chefarztes gewildert hätte
oder habe, geliebte Toni. ;-)

»*Shit, shit, shit.*« Der Alkohol hatte mal wieder meine große Klappe sperrangelweit geöffnet und ich konnte mich an nichts erinnern. Ich wickelte mir die Decke um und ging in mein Schlafzimmer. Der hellblonde Schopf mit dem halb aufgelösten, geflochtenen Zopf, der an einem nackten, üppigen Frauenkörper befestigt war, erinnerte tatsächlich an meine Freundin Liese. Die Stimme, die mich ansprach, war eher die eines testosterongetränkten Holzfällers nach einem wilden Besäufnis: »Was willst du? Lass mich doch schlafen.«

»Das ist mein Bett und das war mein Bruder, mit dem du die Nacht verbracht hast. Also steh auf, ich habe berechtigte Fragen.«

»Ich habe frei. Vereinbare am Mittwoch eine Sprechstunde in der Klinik, wenn du was wissen willst. Ich muss auch nach Hause. Heute ist Mutter-Tochter-Tag. Linda wird nachher von ihrem Vater gebracht.«

»Du beschläfst meinen Lieblingsbruder und lässt mich zurück mit der Unsicherheit, ob ich mit Doktor Cornazzano gepennt habe oder nicht? Wie kannst du in so einem Moment gehen? Du hast Linda lieber als mich«, heulte ich.

»Nein, habe ich nicht, Schnecke!«

»Dann beweise es. Töte sie!«

»Dazu muss ich ja erst mal nach Hause fahren. Ich komm wieder, wenn ich deinen Auftrag erledigt habe. So und jetzt würde ich mich gern anziehen.«

»Fein, mach!«, forderte ich sie auf.

»Allein!«

Ich verließ mein eigenes Schlafzimmer, das in der Nacht von kopulierenden Piraten gekapert worden war, und setzte mich an den liebevoll gedeckten Frühstückstisch. Mein kleiner Bruder war der perfekte Hausmann.

10.16 Nachricht von Dr. Death84
Ich hätte ja gern, aber du hast dich angestellt wie die Jungfrau im Walde und rumgeheult und Angst um deine Ehre gehabt.

10.18 Nachricht an Propofol-Dennis
Ich werde dich mal sehr vermissen, wenn ich dich getötet habe, Dr. Cornazzano!

16

Steffen und der deutsche Italiener

*Ich brech' die **Herzen** der stolzesten Frauen, weil ich so stürmisch und so leidenschaftlich bin.*
Ich brech' die Herzen der stolzesten Frauen/Heinz Rühmann

ICH STUDIERTE DIE auf einer Schiefertafel in schwungvoller Handschrift aufgemalte Speisekarte, die sich als sehr minimalistisch herausstellte. Es gab eine toskanische Kichererbsensuppe, eine gemischte Vorspeisenplatte, je ein Tagesgericht mit Fisch oder Fleisch sowie ein vegetarisches Pastagericht. Den Abschluss bildete ein dezenter Hinweis: *Keine Beilagensalate oder PIZZA!!! Salvatore.* Neben der Eingangstür stand unter einem abgeschalteten Heizpilz ein Tisch mit vier Stühlen, der, für wen auch immer, reserviert war.

Das Restaurant wirkte trotz oder gerade wegen der einfachen Einrichtung sehr einladend. Die gedeckt weiß gestrichenen Wände waren bis auf Brusthöhe mit schwarz lackierten Holzpaneelen verkleidet. Auf den quadratischen Tischen lagen schlichte weiße Damasttischdecken. An den Wänden hingen ein paar ausgesuchte, sehr grafisch anmutende Schwarz-Weiß-Fotografien, die alle in Venedig aufgenommen worden sein mussten. In den Fensternischen standen Lampen und Zinktöpfe mit Kräutern. Die Hälfte der Plätze war trotz der späten Stunde noch besetzt. Im Hintergrund sang Frank Sinatra leise *Strangers in the Night*.

Das *Da Salvatore* war ein Restaurant, in dem man sich als Deutscher beim Betreten sofort wohl und heimisch fühlte. Jeder Italiener hätte dieses Lokal mit viel Skepsis und Argwohn betrachtet und an der Qualität des Essens im Vorfeld gezweifelt. Im *richtigen* Italien waren *richtig* gute Lokale niemals so dezent möbliert. Da aß man gern bei so greller Beleuchtung, dass man bei Bedarf ohne Weiteres einen gefäßchirurgischen Eingriff durchführen konnte. Wahrscheinlich hatten die Wirte Angst, dass ihre Plastikblumengestecke ohne Licht eingingen. Dafür sah die Schürze des Kochs so aus, als hätte er gerade ein Schwein persönlich geschlachtet und anschließend einen Ölwechsel bei seinem Fiat durchgeführt. Wenn schon Stofftischdecken statt geblümtem Wachstuch, dann waren diese mit einer durchsichtigen Plastikfolie, die an den Armen klebte, geschützt. In irgendeiner Ecke lief ein Fernseher, in dem ein Kommentator seine Version eines Fußballspiels ins Mikrofon plärrte – mit etwas Glück war der Ton abgestellt.

Ein kleiner, zierlicher Mann mit dichtem grauen Haar, Ende vierzig, kam rückwärts durch eine Schwingtür herein. Er trug ein sauberes Bowlingshirt, das ihm mindestens zwei Nummern zu groß war, und zwei Teller mit dampfender Pasta. Die Teller stellte er schwungvoll auf den Tisch vor ein Paar in identischen schwarzen Rollkragenpullovern und mit schwarzen Nerdbrillen. Die Gäste bedankten sich bei dem Wirt in holprigem, aber ambitioniertem Italienisch. Dieser kündigte in gebrochenem Deutsch an, sofort mit der *P'effermuhle* und dem *Parmigiano* zurückzukommen.

Gefühlte dreihundert *mille grazie* später bemerkte mich der umtriebige Italiener und sprach mich an: »Isse bine gleisse bei dire. Suche dire ssonemale eine Platze, *Signore!*«

»Ich wollte eigentlich nichts essen, ich habe eine geschäftliche Frage. Ich komme im Auftrag von Frau Schumacher.«

»Wase isse mit de Carmene? Isse habe noche Gäste. *Sono solo oggi.* Dase musse eine Weile warte! Kann isse dire eine Averna anbiete?«

»Gern.« Ich hatte sowieso nichts Besseres zu tun, setzte mich an einen Tisch in der Ecke und beobachtete, wie Salvatore eine fast meterlange Pfeffermühle anschleifte und damit ein Riesenspektakel am Tisch des Nerdpaares zelebrierte. Im Anschluss kam ein Stück Parmesan plus Reibe zum Einsatz. Großes Kino, was der Wirt inszenierte.

Wenig später stellte er einen Teller mit gemischten Vorspeisen und einen geflochtenen Korb mit Olivenbrot sowie ein Glas Rotwein vor mich hin. »Musste deine Mage füre Averna erste vorbereite, wege die Magegeschwüre.«

Die Antipasti schmeckten genial und der Rotwein rollte schwer und samten über meine Zunge. Als alle Gäste abkassiert und gegangen waren, wurde die Rat-Pack-Musik abgedreht. Der Wirt kam mit zwei Gläsern Averna auf Eis an meinen Tisch und setzte sich zu mir. »*Salute!*« Er gähnte herzhaft und entschuldigte sich gleich dafür: »*Scusi.*«

»*Nessun problema. Salute!*«

»Also, was gibt es so dringend Geschäftliches, das heute Abend noch besprochen werden muss?«, fragte er und sprach plötzlich ohne jeglichen italienischen Akzent. Ich sah ihn erstaunt an. »Isse alles Theater soe mite italienisse Wirte unde soe weitere unde soe forte. Ich bin deren Italiener und will die Erwartungen nicht enttäuschen.«

Ich lachte. »Okay, ich verstehe. Klappern gehört zum Handwerk.«

»Na ja, ich kann dann so tun, als verstünde ich nicht alles, was die von mir wollen.« Er sagte das, ohne eine Miene zu verziehen, und reichte mir die Hand. »Peter Salvatore Wagenbauer. Ich bin nur mütterlicherseits italienischer Abstammung. Mein Vater wollte einen typisch deutschen Namen, damit ich in meinen Karrierechancen nicht eingeschränkt bin. In den Siebzigerjahren war das noch nicht so hip, einen fremdländischen Namen zu tragen. Meine Mutter hat sich jedoch durchgesetzt und ich reagiere nur auf Salvatore.«

»Angenehm. Steffen Milz.«

»Also, raus mit der Sprache. Was möchte die illegitime Tochter von Roger Moore von mir? Und wer bist du? Ihr verschollener Stiefbruder?« Er nahm sich das letzte Brötchen aus dem Korb und tunkte damit das übrig gebliebene Öl auf dem Vorspeisenteller auf. »Bin heute nicht zum Essen gekommen, der Laden war durchgehend brechend voll«, meinte er kauend.

»Illegitime Tochter von Roger Moore? Deshalb die Devotionalien in der Wohnung?«

Salvatore winkte ab. »Das soll sie dir mal selbst erzählen. Am Schluss zeigt sie mich noch an wegen übler Nachrede. Carmen wirft mir vor, ich hätte ein Verhältnis mit ihrer Mutter gehabt. Ich bitte dich! Beatrice war fünfundzwanzig Jahre älter als ich und Lichtjahre entfernt von einer MILF. Eher eine GIWNEF. Glaube mir.«

»GIWNEF?«

»Grandmother I would never ever fuck.«

Die Verhältnisse wurden immer undurchsichtiger, je tiefer ich in die Materie einstieg. »Nein, davon hat sie bisher nichts erzählt. Ich bin zufällig auf sie gestoßen, als ein Happening auf der Alten Brücke schiefging, und habe sie heimgebracht. Nach dem Brand gestern ist sie in die Psychiatrie eingewiesen worden. Frau Schumacher hat eine leichte Rauchvergiftung und ist stationär im PZN in Wiesloch. Ich habe sie heute früh besucht und versucht, einiges zu klären. Aber die Verhältnisse sind verworren. Ich bleibe erst mal noch ein paar Tage hier, bis ich etwas Besseres gefunden habe und Nathaliés Mutter zurück ist. Ich kann das Kind ja schlecht allein lassen.«

Der Wirt unterbrach mich: »Etwas Besseres als den Tod findest du überall. Zuckmayer, *Der Hauptmann von Köpenick,* und Gebrüder Grimm, *Die Bremer Stadtmusikanten.*

Ich sah ihn an. »Sehr belesen.«

»Ich habe Literaturwissenschaft studiert und sogar promoviert. Aber verrate es nicht weiter. Die Mehrzahl meiner Gäste ist der Meinung: Dumm kocht gut. Das mit dem Brand habe ich gestern schon mitbekommen, ich habe einen Kumpel bei der Freiwilligen Feuerwehr. Aber ich konnte nicht reagieren. Ich bin ja erst heute Nacht aus Bangkok zurückgekommen. Zehn Tage entspannen in Khao Lak und dann am Flughafen der Hammer, dass das Dach der Burg gebrannt hat. Wie schlimm sieht es da oben aus? Ich bin ja froh, dass Strom und Wasser noch funktionieren.«

»Es geht so. Das Feuer ist zum Glück auf dem Wasserbett gelegt worden und die Tür im Schlafzimmer war zu. Eigentlich ist nur ein Zimmer betroffen. Die Restwohnung riecht nur unangenehm nach Rauch.«

»Meine Güte, Carmen ist echt zu dumm, ein Haus anzuzünden.« Salvatore lachte. Von dem missglückten Selbstmordversuch eine Nacht vorher erzählte ich lieber nichts.

»Ja, war wohl nicht sonderlich überlegt, die ganze Aktion. Zum Glück, sonst säßen wir jetzt nicht hier. Auf jeden Fall nagen die drei Mädels am Hungertuch und sind völlig abgebrannt. Es geht mir hauptsächlich um Nathalié – das Kind hatte noch nicht mal vernünftige Winterstiefel. Deshalb die Frage, wie das mit deinen Überweisungen aussieht. Ich habe mir die Unterlagen, die nicht verbrannt sind, durchgesehen und festgestellt, dass du seit dem Tod von Carmens Mutter keine Pacht mehr zahlst. Das Geld fehlt an allen Ecken und Enden, weil auch keine Rente mehr eingeht. Carmen ist ohne jegliche Einnahmen und hat ziemliche Ausgaben für das große Haus. Die Mahnungen der Stadtwerke und so weiter hat sie alle verbrannt.«

Doktor Peter Salvatore Wagenbauer sah mich mit einem undurchdringlichen Blick an. »Ich hole uns eine Flasche Primitivo aus dem Keller. Das kann etwas länger dauern.«

17

Steffen und die verworrenen Besitzverhältnisse

*But I think it's time to let you go, to let your **heart** find a home.*
Lose My Mind/Dean Lewis

EINE FLASCHE SAN MARZANO 62 Anniversario Primitivo di Manduria Riserva 2016 aus Apulien und eine Stunde später war ich leicht betrunken, sah aber etwas klarer.

Herr Wagenbauer hatte mit seiner Vermieterin eine Abmachung, dass sie einmal pro Woche umsonst bei ihm essen konnte, er zahlte trotzdem eine recht hohe monatliche Pacht. Als Dank hatte Beatrice Schumacher ihrem langjährigen Pächter die Lokalität vererbt. Die drei respektablen Wohnungen hatte ihr einziges Kind, Carmen Schumacher, vermacht bekommen.

»Deshalb denkt Carmen, ich hätte ihre Mutter heimlich verführt und dazu überredet, mir diesen Teil des Hauses nach ihrem Tod zu überlassen. Beatrice war eher so was wie eine Mutter für mich, bis sie krank wurde und nicht mehr ansprechbar war. Ihre eigene Tochter, beziehungsweise ihr gefühlter Sohn, war ja schon immer etwas anders als die anderen. Nachdem Carmen sich plötzlich Angus genannt, mit einer Geschlechtsumwandlung gedroht und angefangen hatte, in der ganzen Stadt Happenings zu veranstalten, hatte Beatrice einiges vor ihrer Tochter versteckt. Sie hatte die berechtigte Angst, dass sie das Familienvermögen durchbringt. Diese Transgendergeschichte nehme ich ihr auch nicht wirklich ab. Die kam so aus dem Blauen. Das ist nur mal wieder so eine Marotte, um Aufmerksamkeit zu generieren.«

»Warum habe ich dann keine Unterlagen von einem Notar oder neuere Grundbuchauszüge gefunden?«

»Das weiß ich nicht. Wahrscheinlich hat die Verrückte damit versucht, das Haus anzuzünden, um mir eines auszuwischen. Ich habe alles dokumentiert und notariell beglaubigt und bin im Grundbuch als neuer Eigentümer eingetragen.«

»Gut, oder auch nicht. Dann sind die Mädels wirklich mittellos.«

»Meine Schuld ist das nicht. Ich habe mit denen nicht viel am Hut. Carmen spricht keinen Ton mit mir und sieht es nicht gern, wenn Nathalié hier unten ist. Das Mädchen ist viel zu oft allein. Xandra hat ab und zu ein Engagement, verbrät die Kohle aber, wie sie reinkommt. Die liebe Carmen oder wie auch immer sie aktuell heißt, hat keinen einzigen Tag ihres Lebens in Lohn und Brot gestanden. Die hatte genug zu tun, gelegentlich etwas Psychologie zu studieren, ihre Marotten zu pflegen und auf eBay Zeugs zu ersteigern, das ihr angeblicher Vater irgendwann mal in den Händen gehalten hatte. Völlig plemplem.«

»Was mache ich jetzt mit Nathalié? Hast du eine Ahnung, wie man ihre Mutter erreicht? Carmen hat ihr Handy verbrannt und das Kind kennt die Telefonnummer der eigenen Mutter nicht.«

»Die ist auch plemplem und auf der Suche nach einem *Sugar Daddy,* der ihre Extensions und Brustvergrößerungen finanziert. Ich habe keine Kontaktdaten. Eigentlich bin ich froh, wenn ich ihr nur gelegentlich über den Weg laufe. Jammerschade für das aufgeweckte Mädchen. Sie ist ab und zu hier bei mir und hilft etwas mit. Ich achte dann immer drauf, dass sie etwas Vernünftiges in den Magen bekommt. Die leben doch von Toastbrot und Margarine.«

»Ab und zu gibt es Marmelade und Ketchup drauf.« Ich seufzte. »Dann muss ich wohl doch das Jugendamt informieren.« Nathalié drohte wohl das gleiche Schicksal wie mir und ich hoffte, dass sich ihr Leben dadurch ebenso verbesserte wie meines damals.

»Probiere es mal über die sozialen Medien. Es würde mich wundern, wenn unser Star keinen Account hätte. Ihr Künstlername ist Xandra Morgana.«

»Ich bin bei keiner sozialen Plattform.« Ich besaß nur meinen uralten Facebook-Account, in dem ich unter Dr. Steffen Milz gelistet war. Ich wollte mich gegenüber Nathaliés Mutter und Cargus jedoch auf keinen Fall outen. Die Rolle des Hausverwalters ließ mir mehr Freiraum.

»Vorschlag. Wenn ihr kurzfristig Geld braucht, vermietet doch Beatrice' Wohnung möbliert. Das dürfte in Heidelberg kein Problem sein. Vier Zimmer in dieser Lage? Da kommt schon ordentlich was zusammen jeden Monat. Eine Anzeige bei eBay und die Bude ist weg.«

Salvatore wollte mir noch einen Schluck einschenken, aber ich lehnte ab. »Sorry, ich nehme zu viele Schmerzmittel, da muss ich etwas mit dem Alkohol aufpassen.«

»Wie ist das passiert mit dem Bein?«

»Unfall.«

»Wer war schuld?«

»Ich nicht. Wenn wir schon mal beim Thema Autos sind, weißt du, was mit dem Jaguar ist, der im Hof steht?«

»Das war Beatrice' Wagen. Der ist zwar etwas älter, aber astrein in Schuss gehalten. Dürfte jetzt auch Carmen gehören.«

»Er springt nicht an.«

»Warte.« Salvatore holte sein Handy heraus und schrieb eine Nachricht, die sofort beantwortet wurde. »Mein Freund Freddy sieht morgen mal danach. Dürfte nur die Batterie sein, der Wagen steht seit fast einem Jahr. Lass einfach den Schlüssel stecken, wenn du nicht da bist.«

Ich bedankte und verabschiedete mich. Salvatore ging mit mir vors Haus, um die Außenbestuhlung zusammenzuräumen und mit einer Kette zu sichern. Aus einem Fenster vom gegenüberliegenden Haus drangen männliche Brunftschreie. Man muss mir meine Verwirrung angesehen haben.

»Das ist das Sibleyhaus. Ein Studentenwohnheim. Im dritten Stock wohnt seit einem Jahr ein autosexuell sehr aktiver Philosophiestudent. Der holt sich jeden Abend, wenn er ins Bett geht, bei geöffnetem Fenster einen runter. Du wirst dich dran gewöhnen. Ich würde ihn vermissen, wenn er nicht mehr hier wäre. Ist wie eine Uhr für mich: Wenn er anfängt, weiß ich, ich muss die Tische reinräumen, wegen der Sperrstunde.« Salvatore stand auf. »Wenn du keine Fragen mehr hast, würde ich gern zumachen.«

Ich hatte unzählige Fragen im Kopf, erhob mich aber ebenfalls und wünschte dem Wirt eine gute Nacht.

18

Steffen und die Mama-Morgana

*Und ich trage mein **Herz** offen. Alle Türen ganz weit auf. Hab keine Angst, mich zu verbrennen. Auch wenn's wehtut. Nur was wehtut, ist auch gut.*
Gib mir Sonne/Rosenstolz

WIEDER ZU HAUSE holte ich meinen Laptop heraus und forschte im Netz nach. Xandra Morgana hatte zwar einen selten einfallslosen Namen, war aber eine atemberaubende Schönheit. Grüne, leuchtende Augen, ein ausgeprägtes Philtrum über herzförmigen, vollen Lippen. Nathalié schien optisch eher nach ihrem Vater zu kommen.

Ich war noch immer entschlossen, der Schauspielerin, die einen reichen Mann suchte, nicht von meinem Facebook-Account zu schreiben. Anhand der geposteten Fotos konnte ich feststellen, in welchem Theater sie vorgesprochen hatte. Die Assistentin der Theaterleitung rückte am nächsten Morgen die Telefonnummer aus den Unterlagen heraus, nachdem ich ihr die Story von der verbrannten Wohnung mit vielen Übertreibungen berichtet hatte.

Ich rief Nathalié zu mir ins Zimmer. »Ich telefoniere jetzt mit deiner Mutter, dann schauen wir mal, wie es weitergeht.« Nathalié nickte wortlos. Das Handy klingelte zehnmal, ehe sich eine sehr angenehme Frauenstimme mit leichtem osteuropäischen Akzent meldete. »Xandra hier.« Selbst die Stimme der Lady war schön und wohlklingend.

»Hier ist Steffen Milz.« Dann berichtete ich nochmals die ganze Geschichte mit dem Wohnungsbrand und dass ich jetzt mit Nathalié allein im Haus saß. Xandra wiederholte ein lang gezogenes »Waaas?« und sagte sonst nicht viel zu dem Vorfall. Kein Ton darüber, wie es Cargus ging oder ob Nathalié Schaden genommen hatte. Das Kind sprach keine Silbe mit seiner Mutter.

»Du bist ein wahres *Schahtzi,* dass du dich so kümmerst. Ich kann frühestens Ende nächster Woche kommen. Kannst du dich so lange weiter um Nathalié Paris kümmern? Ich bringe dir auch was aus München mit und mache alles wieder gut, was du für uns getan hast.« Das klang eher kokett als besorgt um das Wohl des Kindes.

»Ich kann …«

Meine Erwiderung wurde im Keim erstickt. »Ich muss auflegen. Die haben mich gerade aufgerufen. Wünsch mir toi, toi, toi und küsse mein Babymädchen von mir.«

Dann war die Verbindung unterbrochen und das Babymädchen stand mit ängstlichem Blick vor mir. »Bleibst du noch bei mir, oder muss ich in ein Heim?« Auf die Idee, dass ihre Mutter zurückkommen und sich um sie kümmern würde, kam Nathalié anscheinend nicht. Die Zehnjährige kannte ihre Mutter besser als ich.

19

Antonia und das liebe Tagebuch

*'Cause my **heart**'s become a crooked hotel full of rumours, but it's I who pays the rent for these fingered-face out-of-tuners.*
Cause/Rodriguez

> *Liebes Tagebuch,*
>
> *Carlchen, Dein wunderbarer Schöpfer, hat mir Dich geschenkt, damit ich die glücklichen Momente in meinem Leben festhalte. Ha! Ha! Ha! Du wirst mit der Zeit merken, dass diese Momente eher sehr, sehr selten sind. Und weil wir uns ja richtig kennenlernen und keine Geheimnisse voreinander haben sollten, werde ich Dir auch von den unglücklichen Momenten berichten. Ich erwarte auch kein Mitleid von Dir, versprochen.*
>
> *Zum Thema Professor Dr. Dr. Bastian Ehrl-König (alias Lieblingsbastian) wirst Du sehr viel lesen müssen. Dafür entschuldige ich mich im Voraus schon. Die Beziehung ist kompliziert,*

aber immerhin habe ich es mal wieder zu einer Art Beziehung geschafft.

Mein Leben entgleitet mir hormonell gerade mal wieder und ich habe Angst, dass es mir um die Ohren fliegt. In mir springt ein befruchtungsreifes Ei, zupft und zieht an meinem linken Eierstock, um meine Aufmerksamkeit zu wecken: Achtung: Ich springe gleich! Bereite Dich schon mal vor, was draus zu machen, Antonia! Nicht, dass es mir geht wie meinen Vorgängerinnen, die Du alle in die Tonne gekloppt hast!

Dabei habe ich niemand, der es befruchten könnte – Bastian, der aktuelle Mann meines Herzens, hatte eine Vasektomie. Zwei Kinder sind ihm genug, meint er, und er möchte auch keinen Sex mit einer Frau, durch deren Geburtskanal jemals ein Kind gepresst wurde. Auch nicht, wenn es sein eigenes war. Egoistischer Arsch, meinst Du? Dem kann ich leider nicht so ganz widersprechen. Aber er ist alles, was ich habe. Mein dunkler Stern am düsteren Beziehungsfirmament. Ich hätte mir auch einen strahlenden Stern gewünscht. Aber bisher waren alles, was geleuchtet hat, kurzlebige Sternschnuppen oder egozentrische Planeten, die mich aus ihrer Umlaufbahn geworfen haben.

Von wegen, das Alter einer Person ist nichts als eine statistische Annahme. Das gilt nicht für Frauen – wir haben ein Verfallsdatum. Außerdem konnte ich noch nie mit Stillstand umgehen. Stillstand ist Rückschritt. Ich war schon immer eher ein Fluss als ein Teich. Aber was, wenn jemand einen Damm baut und du am weiterfließen gehindert wirst? Bastian ist ein solcher Damm. Ein ziemlich massiver sogar. Ich muss versuchen, stärker zu werden, und die Barriere mitreißen. Das kostet mich Kraft und ich weiß nicht, ob ich das schaffe. Soll ich versuchen, mit etwas Sprengstoff nachzuhelfen? Raquel Ehrl-König einen Tipp geben? Eine gezielte Sprengung ist immer besser, als das dem Zufall zu überlassen ... Hilfe!

Herzlichst, Deine Antonia Questionmark

PS: Dies war übrigens mein allererster Tagebucheintrag jemals – also nicht ganz so ernst nehmen, das Gewinsel und Geheule. ;) Ich übe noch.

20

Steffen und die Ex-Freundin

*Du brauchst meine Liebe nicht. (Gib mir mein **Herz** zurück).*
Bevor es auseinanderbricht.
Flugzeuge im Bauch/Herbert Grönemeyer

NENA-KRISTIN STAND in der geöffneten Wohnungstür und fiel mir zur Begrüßung stürmisch um den Hals. Die Radiologin gehörte zu den Frauen, die sich sofort nach dem Aufstehen in Schale schmissen und volle Kriegsbemalung auflegten. Ich hatte meine Ex-Freundin noch nie ungeschminkt und in legeren Klamotten gesehen. Selbst ins Bett ging sie mit teuren Negligés mit Unterbrustnaht, damit ihre schweren Brüste nicht hingen, wie sie mir gleich zu Anfang unserer Beziehung erklärt hatte. Heute trug sie einen überlangen cremeweißen Kaschmirpullover, schwarze Leggings und schwarze, sehr elegante Lacklederpumps. Das blond gefärbte Haar hatte einen burschikosen Kurzhaarschnitt. Nena-Kristin ging alle zwei Wochen zum Friseur und ließ diesen sich farblich und schnitttechnisch an ihr austoben.

»Endlich, Stevie. Ich habe dich so vermisst. Komm doch rein. Ich habe gekocht für uns. Selbst gemachte Tagliatelle mit Gorgonzolasoße.« Dann stutzte sie. »Wo ist dein Gepäck?«

Ich schüttelte den Kopf. »Ich habe kein Gepäck dabei. Aber ich habe ein Geschenk für dich mitgebracht.«

Sie blickte mich verwirrt an, dankte mir automatisch und packte den in lindgrünem Geschenkpapier eingeschlagenen Schuhkarton gleich aus, nachdem sie die Wohnungstür hinter mir geschlossen hatte.

»Sorry, für eine Schleife hat es nicht mehr gereicht«, entschuldigte ich mich.

Nena-Kristin fiel der Unterkiefer herunter, als sie die anthrazitgraue Stiefelette mit den genieteten Pailletten in der Hand hielt. »*Du* hast meine Schuhe genommen?«

»Stimmt, ich habe deine Schuhe vorletzte Nacht mitgenommen.«

»Warum hast du das getan, Steffen?« Nena-Kristin schien fassungslos und zerrte am Kragen ihres Pullovers, so als wäre der Ausschnitt zu eng und drohte sie zu ersticken.

»Weil du abgelenkt und ich frustriert war und nichts Besseres zu tun hatte.«

»Du weißt, wie sehr ich an meinen Sammlerstücken hänge und was sie wert sind?«

»Eben weil ich es weiß, habe ich sie mitgenommen. Es hat mich nämlich nicht nur frustriert, sondern zutiefst verletzt, dass meine Freundin, an der ich bis vorgestern auch gehangen habe, an der Leine eines anderen Mannes hing.«

»Du hast das alles gesehen?« Rote Bäckchen an der toughen Radiologin waren ein Novum.

»Besser noch, ich habe es als Videoaufzeichnung. Was gut ist, weil ich zwischendurch geglaubt habe, ich träume. So kann ich mich jederzeit davon überzeugen, dass es die bittere Realität ist.«

Wie auf Autopilot stellte Nena-Kristin die Stiefelette zu ihrer rechten Ausgabe ins Regal und ging ins Wohnzimmer, wohin ich ihr folgte. Das Häufchen Elend, das auf der Couch saß, das Gesicht in den Händen versteckt, tat mir fast leid.

»Betrug ist ein beschissener Anfang für eine gemeinsame Zukunft, Nena.«

Es dauerte eine halbe Ewigkeit, ehe sie hochsah und kopfschüttelnd antwortete: »Du bist so schwer zu lieben, dass es einem nicht schwerfällt, dich zu hintergehen, Steffen.«

Ich schnaubte und setzte mich auf die gegenüberliegende Seite der Couch, mein Fuß schmerzte höllisch, aber ich hatte bewusst keine Schmerzmittel genommen, weil ich diesen Termin, ohne sediert zu sein, hinter mich bringen wollte. »Dann habe ich es wahrscheinlich verdient, dass man mich betrügt. Egal wie, ich werde nicht hier einziehen. Ich habe eine andere vorübergehende Unterkunft gefunden, bis ich was Eigenes habe.«

Sie sah auf ihre manikürten Finger mit den transparent lackierten Nägeln und sprach ganz leise, wie zu sich selbst: »Das kommt davon, wenn man sich einem Mann öffnet, von dem man nicht weiß, wer er ist. Das ist dann wohl die Strafe dafür.«

»Dann hoffe ich, dass du den Mann mit der Leine besser kennst, und wünsche euch ein langes, gemeinsames Leben mit viel Liebe und Leder und Lust.«

Der Blick, der mich traf, war der eines geschlagenen Hundes. »Thorsten ist ein Kollege, den ich schon lange kenne. Wir haben ab und zu unverbindlichen Sex miteinander, wenn wir beide auf dem Trockenen sitzen. Wir probieren gern was Neues. Das hat nichts bedeutet.«

»Da muss der sexuelle Durst bei dir ja riesig gewesen sein, wenn du es keinen Tag länger mehr ohne ausgehalten hast. Nur vierundzwanzig Stunden später hätte ich nämlich zur Verfügung gestanden. Ich war auch ziemlich ausgetrocknet, wenn wir im

Bild bleiben möchten. Ich war dir nämlich treu. Weil ich das wichtig finde in einer Beziehung.«

Sie nahm eines der Springbockkissen, hielt es sich wie einen Schutzschild vor den Bauch und streichelte das Fell gegen den Strich. »Ich habe gehofft, ich würde dich kennenlernen, wenn wir zusammen wohnen. Ich habe mir gewünscht, du würdest die Schutzschicht um dich ablegen und der richtige Steffen Milz würde endlich sichtbar werden. Ich habe geglaubt, in dir einen gleichwertigen Partner zu finden. Du willst aber gar nicht, dass man mit dir auf einer Stufe steht. Du willst nicht mal, dass man auf der gleichen Treppe wie du steht. Du benutzt immer deine eigene mit Notausgang auf jedem Podest.«

»Aus gutem Grund. Wie es sich gezeigt hat, war es dir ja nicht allzu ernst mit mir.«

Sie nickte langsam und bedächtig. »Es ist keine leichte Aufgabe, jemanden ernst zu nehmen, der keine Persönlichkeit hat. Wer ist Steffen Milz, außer ein kaputtes Bein und eine vorzeitig beendete Karriere in hipper Sportswear? Du bist nicht mein Partner, sondern ein Kollege, der mal ein fähiger Kardiologe gewesen sein muss, der eine neue Fachrichtung einschlagen will und so lange bei mir wohnen würde und ab und zu mit mir schläft. Du hast keine Hobbys, du hast keine Familie, du hörst keine Musik, du hast kein Lieblingsessen, du machst keinen Sport, dich interessieren keine Filme. Du lachst nicht und hast auch sonst keine sichtbaren Emotionen – weder positive noch negative. Du bist abhängig von Analgetika. Selbst wenn wir miteinander schlafen, spüre ich keine wirkliche Leidenschaft – nur Erregung. Sex als Triebabbau ist animalisch und armselig. So leid es mir tut, das sagen zu müssen: Du bist nichts als ein leidender Körper, dessen Seele irgendwo oder irgendwann verloren gegangen ist. Du bist ein Zombie, Steffen.« Hätte sich in dem Fellkissen, das in seinem früheren Dasein ein afrikanischer

Springbock gewesen war, noch ein Hauch Leben befunden, hätte Nena-Kristin es spätestens jetzt aus ihm rausgequetscht.

Ich wusste genau, wo meine Seele verloren gegangen war – an der L265 zwischen Achstetten und Laupheim – auf dem Acker, auf den ich siebzig Meter durch die Luft katapultiert worden war. Nach diesem unfreiwilligen Alleinflug war ich tatsächlich ein anderer Mensch. Zuvor war ich laut einer überdimensionalen Geburtstagskarte, die alle Mitarbeiter der Herzstation und ein paar Dauerpatienten mit Sprüchen versehen hatten, ein *Herzchirurg mit Mensch im Aszendenten*. Dazu bekam ich eine selbst gebastelte Piñata in Herzform, die mit Chupa-Chups-Lutschern, meinem damaligen Zigarettenersatz, gefüllt war. Aber was nutzte es, das Nena-Kristin jetzt zu erzählen? Das war Vergangenheit, die ich hinter mir gelassen hatte.

Nena-Kristin unterbrach meinen Gedankengang: »Was nun? Du verstehst, dass ich unter den Umständen nicht mehr möchte, dass du bei Paps arbeitest.« Die radiologische und die handchirurgische Praxis waren im gleichen Gebäude auf unterschiedliche Stockwerke verteilt.

»Genau das werde ich aber machen.«

»Auf keinen Fall«, zischte sie mich an. Wie schmal ihre Lippen waren! Auch das hatte ich zuvor noch nicht registriert.

»Wenn du deine linken Lieblinge zurückmöchtest, dann lass deinen Vater und den Job aus dem Spiel. Lass mich einfach in Ruhe, in spätestens einem Jahr bin ich wieder weg.«

»Du erpresst mich?«

»Ich glaube, das nennt man Geiselnahme. Du bekommst jeden Monat, den ich ungestört bei deinem Vater mitarbeiten kann, einen deiner geliebten Manolos unversehrt wieder zurück.«

»Sieh an, jetzt lerne ich endlich den richtigen Steffen Milz kennen, und ich mag ihn nicht.«

»Das trifft sich wunderbar, er mag dich nämlich auch nicht mehr.« Ich stand von der Couch auf und ging in den Flur.

»Ich hasse dich!«, schmetterte mir Nena-Kristin hinterher.

»Das macht nichts«, flüsterte ich. Ich hasste den Krüppel mit Krücke, der mir im Spiegel entgegenhumpelte, auch.

21

Antonia und die Evolution-Twins

*Vor mir die Stille, ein unbekanntes weites Nichts. Doch im **Herzen** deine Stimme, die wie ein Sternbild für mich ist.*
Sternbild/Unheilig

UNTER MIR LEBTE eine demente Taube mit ihrem grenzdebilen Nachwuchs, deren gehässiger Höllenhund leider sehr hellhörig war. Pius vom Sutterhof, ein überzüchteter Rehpinscher mit einem Kampfgewicht von maximal vier Kilogramm, war ein unbestechlicher Wachhund und hörte Flöhe husten. An sich sah er mit seinen Fledermausohren und seinen stets pink lackierten Krallen unglaublich süß aus, hätte er nicht die Angewohnheit, mich mit hochgezogenen Lefzen anzuknurren und seinem schwerhörigen Frauchen zu signalisieren, dass ich versuchte, unbemerkt durchs Treppenhaus zu schleichen.

Das nächste Problem war, dass Pius mein Cellospiel als Einladung nahm, den Mond in schrillen Tönen anzuheulen, und zwar von der ersten Note bis zur letzten. Also konnte ich nur üben, wenn die Evolution-Twins am späten Vormittag zu ihrem Stammtisch aufbrachen oder Mama Trude plündernd durch die Läden und über die Felder zog. Die Riemanns kamen erst gegen Abend reichlich betankt wieder nach Hause, aßen das Diebesgut und legten sich nacheinander unter die Sonnenbank. Als krönenden Abschluss des Tages setzten sich die drei samt Hund gemeinsam vor das Fernsehgerät und gingen pünktlich um zwei Uhr nachts ins Bett.

Wenn sie mir nicht im Treppenhaus auflauerten, stand immer einer paffend auf dem kleinen Balkon über der Haustür, die Ellbogen auf das schmiedeeiserne Geländer gelehnt, und kommentierte mein Kommen und Gehen: »Ah, unsere Frau Doktor geht arbeiten! So fleißig!«

Die Riemanns, deren Gatte beziehungsweise Vater vor vielen Jahren die Flucht nach vorn angetreten hatte und verstorben war, neigten zu ausgedehnten Schwätzchen im Flur oder Hof. Einer Arbeit ging keiner von ihnen nach. Sie zeigten mir mit Vorliebe eine Körperregion, die unter einer rätselhaften Krankheit litt und die ich auf die Schnelle kurieren sollte. Mein regelmäßiger Einwurf, dass ich Augenchirurgin sei und von Allgemeinmedizin auch nur Basiskenntnisse hätte, quittierten sie mit: »Ach so ist das? Dann muss ich wohl doch zu meinem Hausarzt gehen.« Was sie aber nicht davon abhielt, mir einen Tag später über das nächste Organ, das ihrer Meinung nach nicht richtig funktionierte, zu berichten. Sie nahmen dabei keinerlei Rücksicht auf meinen Dienstplan oder andere Termine.

Heute stand Regine Riemann vor meiner Wohnungstür und klingelte. Sie streckte mir fröhlich lächelnd ein Päckchen entgegen, als ich ihr öffnete: »Laut Facebook haben Sie heute Geburtstag, Frau Doktor! Das ist von Mama, Wolfie und mir.«

Ich sah irritiert auf die falschen Wimpern, die sich an den Seiten gelöst hatten – wie haarige Spinnen, die anfingen, die Lider aufzufressen – und bedankte mich.

Die Nachbarin machte keine Anstalten zu gehen. »Ich habe heute ein Langzeitblutdruckgerät anhängen.«

Was sagte man darauf, ohne die Konversation am Laufen zu halten? »Upps. Ich hoffe doch, es gibt keinen Anlass zur Besorgnis.«

»Ich leide unter Antriebsarmut und mein Hausarzt meint, das könnte der Blutdruck sein. Was meinen Sie?«

Ich kannte die Riemanns besser und vermutete, es lag an der puren Faulheit, aber das behielt ich lieber für mich. »Das wäre gut möglich.«

»Ich habe Migräne seit meinem vierzehnten Lebensjahr. Mein Frauenarzt glaubt, das sind die Hormone.«

Frau Riemann durfte mit ihren 50 plus-plus bereits über die Menopause hinweg sein. »Da möchte ich dem Kollegen aus der Gynäkologie nicht widersprechen.«

»Ich habe jetzt auch ein Fitnessarmband, damit ich kontrollieren kann, wie viel ich mich bewege. Bewegung ist enorm wichtig!«

»Sehr guter Ansatz!«, lobte ich die lederhäutige Frau und fragte mich, ob die minimalen Bewegungen, die sie machte, überhaupt angezeigt wurden. Ich sah auf ihre Unterarme. »Haben Sie es heute nicht an?«

»Nein, nein. Ich trage es nur, wenn ich ausgehe. Jetzt hat es Wolfie dabei, weil er in der Stadt ist. Es war ziemlich teuer und wir teilen es uns. Mama nimmt es manchmal mit, wenn sie ihre Besorgungen macht.«

Das ergab natürlich viel Sinn. Ich nickte verständnisvoll. »Dann nochmals herzlichen Dank für das liebe Geschenk, ich muss mich jetzt um meinen Gast kümmern.«

»Natürlich. Ich wollte auch nicht stören. Ich wollte Sie nur fragen, ob Sie uns ein Pfund Butter leihen könnten. Wir haben keine mehr im Haus und Mama ist noch unterwegs.«

»Puh, ein ganzes Pfund sicher nicht, aber ein wenig habe ich bestimmt da. Wollen Sie etwas backen? Margarine hätte ich mehr.«

»Nein, nein, Margarine geht nicht. Wir reiben uns mit richtiger Butter ein, ehe wir uns auf die Sonnenbank legen. Das ist unser Geheimrezept. Deshalb sind wir die Braunsten in Heidelberg.«

Ich schloss für eine Millisekunde die Augen und schluckte die Bemerkung: »*Heil Butter!*«, die mir auf der Zunge lag, hinunter. Regines letzter Satz war durchaus doppeldeutig, wenn man die schwarz-weiß-rote Reichskriegsflagge, die bei Familie Riemann hinter dem milchig trüben Glas der Wohnungstür schwach zu erkennen war, im Hinterkopf hatte.

»Sehr schade, aber ich habe noch einen Ast im Ärmel. Einen schönen Geburtstag noch.« Damit drehte sich Regine Riemann um und stapfte auf ihren integrierten Beinen die Treppe hinunter.

Meinen pointierten Kommentar: »Das sind Schmerzen, gegen die der beste Arzt nicht helfen kann«, bekam sie nicht mehr mit.

Das Päckchen enthielt vier Geschirrtücher, mit einem Foto der Riemanns bedruckt. Meine buttergebräunten Nachbarn grinsten fröhlich in die Kamera. Ich hatte Pius noch nie grinsen sehen, aber es machte den musikalischen Höllenhund auch nicht schöner. Ich würde den Teufel tun und mein Geschirr mit den Konterfeis meiner braunen Nachbarn abtrocknen.

22

Steffen und der chirurgische Schatten

*We'll hope my **heart** is burning. That's so good I will be learning the secrets how to live to take and to give.*
Horoscope/Harpo

MEIN ERSTER ARBEITSTAG in der handchirurgischen Praxis begann mit einem OP-Vormittag. Die MFA rief Dr. Dengler, als ich vor der Empfangstheke stand, und er kam mir in blauer OP-Kleidung entgegen.

»Herzlich willkommen, Doktor Milz«, begrüßte er mich und stellte mich seinen vier Mädels vor – drei sehr junge Medizinisch-Technische Fachangestellte und eine OP-Schwester Ende vierzig –, alle blond und sehr freundlich. Während der erste Patient von der Schwester in den kleinen OP gebracht wurde, zog ich mich um und wir wuschen uns steril ein.

Dr. Dengler meinte: »Ich habe mir gedacht, dass Sie die ersten Wochen mein laufender Schatten sein werden und mir bei den OPs assistieren, so lange, bis Sie es selbst draufhaben. Fortbildungen haben Sie ja bereits einige besucht und gebucht, wie ich mich erinnere?«

Ich nickte und fand keine Worte. Ein laufender Schatten? War das alles, was von Dr. Steffen Milz übrig geblieben war?

»Gut. Einen Teil der Sprechstunden können Sie sicher schon nächste Woche selbstständig übernehmen.«

Ich nickte erneut und lief hinter dem Chirurgen in seinen OP. Er nahm auf dem Drehstuhl Platz und ich setzte mich auf den kleinen Hocker daneben.

»Sie kennen sich mit den lokalen Anästhesiemethoden bei der Karpaltunnel-OP aus?«, fragte Dr. Dengler.

»Es gibt grundsätzlich zwei Methoden: die Plexus-Anästhesie und den Medianus-Block.« Ich hatte meine Hausaufgaben gemacht.

»Gut, ich bevorzuge die Plexus-Anästhesie.« Dr. Dengler erklärte dem Patienten und mir, dass er ein Lokalanästhetikum in der Nähe des *Plexus brachialis* injizieren würde. Bei diesem Nervengeflecht liefen größere Nervenstämme vom unteren Halsbereich unter dem Schlüsselbein in die Achselhöhe, die durch die Injektion betäubt werden würden.

»So, das dauert nur wenige Minuten, dann dürfte Ihre Hand schmerzfrei sein.«

Mein erster Patient in der handchirurgischen Klinik war ein zweiundsechzigjähriger ehemaliger Kriminalbeamter. Die beiden etwa gleich alten Herren nutzten die Wartezeit, bis die Betäubung einsetzte, und fachsimpelten über Heidelbergs Geschichte.

»Wussten Sie, dass im Hexenturm an der Neuen Uni keine einzige Hexe saß? Dieser Teil der Stadtbefestigung hieß früher Diebs- oder Gefängnisturm.« Ich wusste es nicht und schaltete auf Durchzug. Mein neuer Chef erwartete auch keine Antwort. Er führte häufig Monologe und hörte sich gern reden. Mir war schon beim ersten Treffen aufgefallen: Siegfried Dengler sprach am liebsten von seinen historischen Uhren und der Geschichte der Stadt – alles andere, selbst seine Familie, schien für den Chirurgen nicht erwähnenswert.

»Ich glaube, ich bin betäubt«, meldete sich Herr Freistätter. »Es bizzelt nicht mehr in den Fingern.«

»Dann legen wir los!«

Bei Eingriffen an der Hand wird versucht, in Blutleere zu operieren. Dadurch wird ein Blutverlust so gering wie möglich gehalten und der Operateur hat optimale Sichtbedingungen.

Der versierte Chirurg wickelte mit geübten Bewegungen eine Gummibinde, beginnend an den Fingern, fest um den linken Arm des Patienten. Das sorgte dafür, dass die Venen weitgehend blutleer liefen. »So, jetzt können Sie die Blutdruckmanschette anlegen und aufpumpen, Doktor Milz«, forderte er mich auf.

Der Druck der Manschette verhinderte, dass während des Eingriffs Blut in den Arm einströmte. Der Arzt ließ mich die Binde entfernen und den OP-Bereich desinfizieren. Er zog Handschuhe an und begann mit einem Hautschnitt an der Innenseite des Handgelenks. Anschließend durchtrennte er das *Retinaculum flexorum,* um so den Nerven Platz zu geben. Der Chirurg zeigte mir, wie er die Hautschnitte vernähte und wie man den Verband anlegte. Diesen Eingriff nahmen wir an diesem Vormittag noch zehnmal vor. Ab der fünften OP durfte ich den Schnitt zunähen und den Verband anlegen.

Das alles war Handwerk, das weitgehend schweigend und mit großer Routine durchgeführt wurde. Ich vermisste das Umfeld eines großen OPs und das Klinikteam, das alles am Laufen hielt. Mit dem Anästhesisten, dem Anästhesiepfleger, zwei OP-Schwestern, Assistenten, Studenten im Praktischen Jahr, dem Kardiotechniker waren oft zehn Personen oder mehr mit mir im OP gewesen. Man traf sich vorab zum Team-Time-out, besprach den Eingriff und checkte ein letztes Mal die Patientendaten. Ich kam meist erst in den Raum, wenn die grobe Arbeit getan und der Brustkorb eröffnet war. Mein

Standardspruch an den Anästhesisten war: »Gib Gas!«, und auch sonst wurde mit witzigen oder qualifizierten Kommentaren nicht gespart.

AM NACHMITTAG WAR Sprechstunde *and the shadow formerly known as* Steffen Milz sah zu, wie dreißig Patienten durchgearbeitet wurden, ehe er nach Hause ging. Und morgen erwartete ihn wieder die gleiche Routine mit frischen Patienten.

23

Steffen und die genderkorrekte Einordnung

*Tell them I was happy and my **heart** is broken, all my scars are open.*
Impossible/James Arthur

ICH SASS AN meinem Laptop und versuchte zur Abwechslung, meine eigenen Angelegenheiten in Ordnung zu bringen. Es gab immer noch Kollegen, die Kontakt mit mir suchten, und ich musste dringend mit meiner Krankenkasse abrechnen. Solange ich nicht schlief und Nathalié zu Hause und wach war, ließ ich die Tür zu meinem Zimmer immer offen. Das Mädchen war in der letzten Viertelstunde mehrfach auffällig langsam vorbeigeschlichen, traute sich aber nicht, reinzukommen. Auch jetzt hörte ich leise schlurfende Schritte im Flur.

»Nathalié, ist alles in Ordnung bei dir?«

Sie stand blitzschnell neben mir. »Kann ich dringende Probleme mit dir besprechen, wo wir allein sind und Angus in der Anstalt ist?«

Ich drehte mich um und sah sie an. »Ja, klar. Raus damit.«

Das Kind nahm das als Einladung und setzte sich mit baumelnden Beinen auf den schweren, geblümten Ohrensessel neben dem Jugendstilsekretär, auf dem mein Laptop stand. »Dann wollte ich fragen, ob ich einen Vorschuss auf mein Taschengeld haben kann, auch wenn der Monat noch nicht rum ist. Ich brauche dringend einen neuen Bleistift.« Zum Beweis, dass der alte nicht mehr zu gebrauchen war, hielt sie einen Stummel von drei Zentimetern hoch.

»Das leuchtet ein. Du musstest dir Schulmaterial von deinem Taschengeld kaufen?«

»Ja, damit ich lerne, mit Dingen und Geld umzugehen.«

»Okay, wie viel Taschengeld hast du noch mal bekommen?«

»Im Monat fünf Euro. Und manchmal kam das Trinkgeld dazu, wenn ich bei Salvatore geholfen habe. Das waren manchmal auch noch fünf Euro.«

Mir fiel die Klappe herunter. Das war auch, ohne dass sie davon Hefte und Stifte hätte kaufen müssen, nicht sonderlich viel Geld. »Hm, dann erhöhe ich dein Taschengeld als erste Amtshandlung in diesem Hause auf monatlich zwanzig Euro. Alle Ausgaben für Schule und Kleidung werden zukünftig aus den allgemeinen Einnahmen bezahlt.«

»Boah, das ist unglaublich viel, klingt aber sehr kompliziert.« Man sah dem schmalen, blassen Gesicht den Konflikt an, ob die Taschengelderhöhung positiv oder negativ besetzt war.

»Das heißt im Grunde nur, du kannst mit deinen zwanzig Euro kaufen, was immer du möchtest.«

Jetzt kam Leben und Farbe in das Kind: »Auch diesen tollen rosa Glitzerrucksack in dem Laden beim Kaufhof für 12,95?«

»Du kannst selbst rechnen. Da bleibt sogar noch was übrig. Wie viel?« Einen kleinen pädagogischen Ansatz konnte ich mir nicht verkneifen.

»Ähm, warte.« Neben den Fingern wurde die Stirn zu Hilfe genommen. »Genau sieben Euro und fünf Cent.«

Ich zückte meine Geldbörse und reichte Nathalié einen Zwanzigeuroschein.

Das schien sie wieder in Bedrängnis zu bringen. »Das ist aber zu viel, weil ich fünf Euro ja schon bekommen habe. Ich kann erst rausgeben, wenn ich was gekauft habe.«

»Nimm die fünf Euro als Bonus, weil du die Rechenaufgabe gelöst hast.« Ich war schon immer dafür, dass man Ehrlichkeit belohnen sollte. »Und wenn du aktuell nichts vorhast, gehen wir zusammen zum Kaufhof, kaufen dir einen Bleistift und was du sonst noch so für die Schule brauchst. Bei der Gelegenheit können wir auch den Kühlschrank und deinen Kleiderschrank auffüllen.«

Sie fiel mir um den Hals. »Danke Steffen! Du bist der Beste!«

Ich tätschelte den schmalen Rücken des Mädchens, bei dem man jede Rippe spürte, bis sie sich von mir löste.

»Ich geh mich gleich mal anziehen.« Sie war im Begriff, das Zimmer zu verlassen, als sie sich noch mal umdrehte. »Kann ich dich noch was fragen, Steffen?«

»Jederzeit.«

Sie kam wieder näher und zeigte auf die IKEA-Tüte in der Ecke. »Ich habe nicht geschnüffelt, aber ich habe gestern bei dir abgestaubt, weil ja ein guter Zimmerservice dazugehört, und da habe ich gesehen, dass in der Tüte wunderschöne Schuhe sind. Gehören die dir?«

»Nein, die gehören meiner Ex-Freundin.«

»Ah so. Hat die auch eine Krücke wie du?«

»Nein, wie kommst du darauf?«

Nathalié kniete sich neben die Tüte und packte zwei der Schuhe, von denen jeder für sich ein kleines handwerkliches Kunstwerk war, aus und hielt sie hoch. »Weil immer nur ein Schuh da ist und der für den anderen Fuß fehlt.«

Weil die Wahrheit zu kompliziert war, log ich: »Ich habe die Tüte aus Versehen mitgenommen. Die passenden Gegenstücke sind bei meiner Ex-Freundin geblieben.«

Mit der Antwort war das Mädchen zufrieden und wir liefen wenig später Hand in Hand zum Anfang der Hauptstraße. Trotz des trüben Wintertages lag ein Hauch von Frühling in der Luft. Nathalié wusste tatsächlich zu fast jedem Laden oder Restaurant, an dem wir vorbeigingen, eine Geschichte und winkte den Mitarbeitern zu. Wir erledigten in dem Kaufhaus unsere Einkäufe. Nathalié schlug vor, im Nordsee-Restaurant etwas mit Kartoffelsalat zu Mittag zu essen, weil sie Kartoffelsalat über alles liebte, aber erst einmal welchen gegessen hatte, als sie bei ihrer Freundin Anita eingeladen war.

»Dazu gab es echte Fischstäbchen. Die haben sooo lecker geschmeckt, aber jeder hat nur vier bekommen. Die waren abgezählt. Leider.«

Nachdem zwei Portionen Kartoffelsalat mit viel Remoulade und je einem gewaltigen Stück Bratfisch vertilgt waren, verschwand meine Begleitung, während ich einen Espresso trank, in dem kleinen Souvenirladen nebenan.

Als sie nach zwanzig Minuten zurückkam, zeigte sie mir voller Stolz und mit roten Bäckchen ihre Errungenschaften. Der so heiß begehrte Glitzerrucksack war zur Hälfte mit Pailletten bestickt, die auf einer Seite grau und auf der anderen Seite rosa waren. Wenn man mit der Hand darüberstrich, veränderte sich die Farbe des Rucksacks.

»Hast du jemals so was Schönes gesehen, Steffen?«, fragte Nathalié, während sie mit dem Finger ein N in die Pailletten malte.

»Weißt du, ich bin ein Junge, wir können uns für Glitzer und Bling-Bling eher nicht begeistern.«

Sie schlug sich mit der Hand an die Stirn. »Das habe ich ganz vergessen. Ich hatte ja noch Geld übrig und habe dir was gekauft.« Sie kramte aus der Einkaufstüte einen kleinen Gegenstand und legte ihn vor mir auf den Tisch. An einem Schlüsselring hingen ein kleines, rotes Herz und eine Werkzeugtasche, wie sie Bob der Baumeister mit sich rumtrug. »Ich konnte mich nicht entscheiden, ob ein Herz oder eine Werkzeugtasche besser für dich ist. Das Herz, weil ich dich ja lieb habe, und das Werkzeug, weil du ja alles richtest bei uns in der Wohnung. Der nette Mann im Laden hat mir aus zwei Schlüsselanhängern einen gebastelt und ich musste trotzdem nur sieben Euro fünf bezahlen. Mehr hatte ich ja auch nicht.«

Ich war gerührt und meinte: »Das ist das perfekte Männergeschenk. So etwas Schönes habe ich jetzt wiederum noch nie gesehen.«

»Echt jetzt, Steffen?«

»Echt jetzt, Nathalié.« Ich zog sie zu mir heran und drückte das Mädchen, das mir noch vor einer Woche völlig unbekannt war, an mich. Es gab tatsächlich weibliche Wesen, mit denen ich Glück hatte.

24

Antonia und der besondere Morgen

*Now comes the **heart**aches that the morning brings.*
The Most Beautiful Girl/Charlie Rich

DAS LAUTE RÖCHELN neben mir hatte mich zum wiederholten Male in dieser Nacht aufgeweckt. Ich sah zur Seite. Bastian lag auf dem Rücken und hatte den Mund weit geöffnet. Ich warf einen Blick auf mein Handy, das auf dem Nachttisch lag. 7.24 Uhr. Es war Samstag und wir hatten beide keinen Dienst – eine der seltenen Gelegenheiten, an denen wir zusammen ausschlafen konnten. Und auch eine der leider noch selteneren Gelegenheiten, an denen wir an einem Wochenende nebeneinander aufwachen konnten. Mir war danach, mich an den Mann an meiner Seite zu kuscheln, seine Wärme und seine Haut zu spüren, die feinen Härchen auf seiner Brust zu kraulen. Mein Lieblingsmensch war zu meinem Bedauern kein Schmusebär. Er mochte es nicht mal, wenn man ihn im Schlaf beobachtete, geschweige denn anfasste. Ich schloss die Augen und versuchte weiterzudösen.

Bastians Handy spielte plötzlich Donny Hathaways *A Song for You*. Ich wusste, was als Anruferkennung im Display erschien: *Holy Family* – zusammen mit einem Foto, auf dem Bastians selbst ernannte Heilige Familie fröhlich in die Kamera grinste. Bei dem Lied hatten Bastian und Raquel sich das erste Mal in einer Bar gesehen. Obwohl ich so tat, als würde ich noch schlafen, verließ mein Liebhaber mit dem Handy mein Schlafzimmer und telefonierte im Bad weiter. Der Herr Professor war der Typ Mann, der gern auf dem Töpfchen seine Telefonate erledigte. Es dauerte eine ganze Weile, bis er wieder ins Bett kam. Er schlüpfte unter meine Decke, umfasste meine Brüste mit beiden Händen und drückte seine harte Erektion an meinen Po. Ich wollte mich umdrehen, um ihn zu küssen. Ich liebte verschlafenen Morgensex mit halb geschlossenen Augen.

»Nein, bleib so. Ich habe ein Kondom und Creme aus dem Bad mitgebracht. Lass uns mal wieder was Besonderes machen, Mäuschen.«

Ich mochte Analverkehr nicht, aber für Bastian war es etwas Besonderes und ich wollte die Stimmung nicht verderben. Für meinen Geschmack war die Frequenz, in der wir Analsex hatten, für etwas *Besonderes* zu hoch. Ich versuchte den initialen Schmerz, als er tief in mich eindrang, wegzuatmen und mich nicht auf das unangenehme Druckgefühl zu konzentrieren, das ich dabei hatte. Beides wollte mir heute nicht gelingen. Wie so oft, wenn ich mit Bastian zusammen war, überkam mich ohne Vorwarnung das Gefühl von Einsamkeit. War das der schizophrene Preis, den ich dafür zahlen musste, dass ich manchmal nicht mehr allein aufwachen musste und mein Vibrator in der Schublade verstaubte?

»Danke, Mäuschen. Das ist so geil, wenn du mich das machen lässt«, keuchte Bastian und kam zum Glück sehr schnell an diesem Morgen. »Ich habe als Belohnung eine gute Nachricht für dich. Raquel schafft es nicht, zur Wohnungsbesichtigung zu kommen, unsere Prinzen haben beide erhöhte Temperatur. Das heißt, wir erledigen das zusammen und haben das ganze Wochenende Zeit für uns. Und wir fangen mit einem gemeinsamen Frühstück in dem Café an, von dem du mir schon so viel erzählt hast.«

»Wie schön! Ich meine nicht, dass deine Kinder krank sind, sondern dass wir Zeit für uns haben!« Ich drehte mich um und küsste Bastian, bis er sich von mir löste und aufstand, um zu duschen.

25

Antonia und der besorgte Liebhaber

*You're here, there's nothing I fear and I know that my **heart** will go on.*
My Heart Will Go On/Céline Dion

DAS KLEINE FRANZÖSISCHE CAFÉ lag um die Ecke in der Handschuhsheimer Landstraße. Der Winter war für zwei Tage wieder zurückgekommen. Die Luft war eisig kalt, aber die Sonne schien und wir gingen die paar Schritte zu Fuß. Bastian war ein Gentleman der alten Schule. Er hielt mir die Tür auf, bestellte für uns die große Frühstücksplatte für zwei und zahlte im Anschluss wie selbstverständlich die Rechnung. Männer meiner Generation taten all das nicht mehr für eine Frau, zumindest nicht die, mit denen ich bisher zusammen gewesen war.

Bastian sah auf seine Armbanduhr, eine dunkelblaue Breitling. Etwas, das er unterbewusst mindestens fünf Mal in der Stunde tat. »Wie lange brauchen wir von hier bis zum Heumarkt?«

Die möblierte Wohnung, die er sich ansehen wollte, lag zentral in der Altstadt in unmittelbarer Nähe der Heiliggeistkirche.

Ich war keine Einheimische, aber den Heumarkt mit seinem Sumebrunnen am Anfang der Unteren Straße kannte ich vom Heidelberger Herbst, als dort eine AC/DC-Coverband gespielt und ich mit ein paar Kolleginnen ausgelassen gefeiert hatte. Der Sänger hatte gegen Ende der Veranstaltung auf einem Bierwagen performt und der breiten Menge seinen blanken Hintern gezeigt. Öffentliche Plätze, an denen man einen nackten Männerpo gesehen hatte, vergaß man nie wieder. »Ich denke, wenn wir zügig laufen, sind wir in spätestens einer halben Stunde dort.«

»Dann lass uns ein Taxi nehmen. Ich bin zu satt zum Laufen und es ist kalt draußen. Ich gehe mal eben raus, eine rauchen und uns einen Wagen ordern.«

Dieses Mal sah ich auf die Uhr meines Handys. Es dauerte fast zwanzig Minuten, bis Bastian wieder zurückkam. Schicksal, wenn der Partner verheiratet war – man saß oft verloren rum und wartete die mehr oder weniger heimlich geführten Telefongespräche ab. Der Morgen hatte viel von seinem Glanz verloren. Die Bedienung, eine zierliche kleine Frau mit dunklem Haar und Halstuch, die zwar aussah wie eine Französin, aber auf meine Versuche, mit ihr auf Französisch zu parlieren, mit Ratlosigkeit und verlegenem Lächeln reagierte, räumte den Tisch ab und fragte, ob sie noch etwas bringen könne.

»Nein, danke, mein Freund hat noch einen Termin und wir müssen gleich weiter. Wir schauen uns zusammen eine Wohnung in der Altstadt an.« Ich genoss es, wenn ich unsere Beziehung nicht verheimlichen musste wie in der Klinik, sondern mit jemandem darüber sprechen konnte.

Die Tür öffnete sich und Bastian kam zum Tisch. »Das Taxi ist in ein paar Minuten da. Zieh dich an, wir warten draußen.«

Ich stand auf und bekam in den Mantel geholfen. Bastian fasste mein langes Haar mit einer Hand, zog es geschickt aus dem Mantelkragen heraus und küsste meinen Nacken. Ich liebte diese zärtlichen Gesten, die ich nur aus Liebesfilmen kannte und von denen dieser Mann unzählige draufhatte. Vor der Tür in der kalten Februarluft zündete er sich eine weitere JPS an, steckte das Feuerzeug in die Jackentasche und schob seine Hand in meine. Ich fühlte etwas Hartes in der Handfläche. Es war ein Schmucketui mit der Aufschrift des Antiquitätenhändlers, an dem wir auf dem Herweg vorbeigekommen waren und an dessen Schaufenster ich meine Nase platt gedrückt hatte. Ich sah Bastian erstaunt an.

»Mach es auf, Mäuschen.«

»Der Ring mit dem Opal.« Ich war sprachlos und fiel Bastian um den Hals. »Danke. Deswegen warst du so lange weg!«

Ich fühlte eine Hand meinen Nacken packen und einen kalten Kuss auf der Stirn. »Eine Kleinigkeit im Vergleich zu dem, was du für mich tust und erträgst. Probiere mal, ob er passt.«

Mir war der Preis des Vintageringes in der Auslage noch in Erinnerung – dreihundertfünfzig Euro. Für mich alles andere als eine Kleinigkeit, die man so locker nach dem Frühstück schenkte. Mir kamen die Tränen und ich steckte das Schmuckstück mit dem ovalen, gewölbten Stein an den Mittelfinger.

»Die blaue Farbe erinnert mich an deine Augen«, meinte Bastian und ich schniefte.

Neben uns kam langsam ein Taxi zum Stehen. Der Fahrer, der eine Sonnenbrille trug, ließ die Scheibe herunter und fragte: »Taxi bestellt, liebe Leute?«

Wir nickten und stiegen ein.

»Wo Sie wolle?«

»Heumarkt«, antwortete ich.

»Weiß ich Bescheid.«

Ich bewunderte meinen Ring, Bastian schob eine Hand vorn in meine Hose, murmelte eine Spur zu laut in mein Ohr: »Ich würde dich gern mal in einem Taxi ficken«, und brachte mich damit in Verlegenheit. Der Blick des Taxifahrers und meiner trafen sich für eine Sekunde im Rückspiegel. Ich schlug die Augen nieder und wusste nicht, was ich antworten sollte. Ich spürte Bastians kalte Finger meine Schamlippen teilen.

Der Wagen stoppte unvermittelt auf der Theodor-Heuss-Brücke und löste im mittäglichen Samstagsverkehr ein wildes Hupkonzert aus.

»Aussteige! Hier drin anständig Taxi! Nix Puff! Sie wolle poppe, Sie gehe Bett!«

Bastians Drohung, sich bei der Taxizentrale zu beschweren und dafür zu sorgen, dass der Fahrer seinen Job verlor, verpuffte an dessen Sturheit.

»Mein eigentümliches Taxi! Isch gekauft von Geld. Misch schmeißt keiner net raus. Aber Sie fliegt. Frau kann bleiben. Fahr isch überall hin, wenn sie wolle.«

Ich wollte nicht und wir liefen zusammen zu Fuß über die zugige Neckarbrücke. Bastian telefonierte tatsächlich mit der Taxizentrale und machte seinem Ärger lautstark Luft. Die nächsten Taxis standen am Bismarckplatz. Bis wir dort waren, hatten wir den halben Weg schon hinter uns und so liefen wir die Hauptstraße hinunter bis zum Heumarkt. Bastian, der sich den Namen des Fahrers und die Nummer des Wagens gemerkt hatte, telefonierte mittlerweile mit seinem Freund Andreas, einem Anwalt. Ich hörte die ganze Strecke nur Begriffe wie *Verletzung der Beförderungspflicht* und dass Andreas eine Anzeige vorbereiten solle. Als wir vor dem Haus am Heumarkt angekommen waren, war Bastian auf hundertachtzig. Ich kannte ihn nur vom OP in diesem Zustand, dann gingen ihm möglichst alle aus dem Weg.

26

Steffen und der beheizte Stammtisch

*Der Applaus ist längst vorbei und dein **Herz** schwer wie Blei.*
Wie schön du bist/Sarah Connor

DER FEBRUARMORGEN WAR sonnig, aber eiskalt, und ich schlürfte am Stammtisch vorm *Da Salvatore* unter dem glühenden Heizpilz einen Espresso. Das Lokal war um die Mittagszeit brechend voll mit einer Touristengruppe aus Rom. Salvatore hatte seit gestern eine neue Hilfe. Der Student nahm die Bestellungen auf und servierte die Getränke. Ich wartete auf einen Interessenten, der sich die möblierte Wohnung von Cargus' Mutter ansehen wollte. Cargus saß immer noch Vollzeit in der Anstalt. Sie hatte sich dazu breitschlagen lassen, eine notariell beglaubigte Vollmacht zu unterschreiben, damit ich ihre Angelegenheiten in Ordnung bringen konnte und die Stadtwerke Strom, Gas und Wasser nicht abstellten.

Gunnar, dessen Handwerkerfreunde die Mansardenwohnung wieder bewohnbar machten, saß rauchend neben mir, trank einen Cappuccino, las die dicke Wochenendausgabe der *Rhein-Neckar-Zeitung* und versuchte, ein Gespräch über Fußball mit mir anzufangen. Der Architekt und ich hatten zarte Männerfreundschaftsbande geknüpft.

»Wofür bist du? SV Sandhausen oder die TSG Hoffenheim?« Ich schüttelte den Kopf. »Weder noch. Ich bin kein Fußballfan.«

»Wusste ich doch, dass was mit dir nicht stimmt«, murmelte Gunnar in seinen Bart. »Dann lass uns wenigstens wetten, wie lange Salvatores neuer Sklave es aushält. Ich tippe auf heute neunzehn Uhr. Fünfzig Euro?«

»Einverstanden. Ich denke, er hält bis zum Feierabend durch.« Salvatores Angestellte blieben selten länger als wenige Stunden, ehe sie rausgeworfen wurden oder freiwillig gingen.

Nathalié hatte ein Notizbuch auf dem Schoß und eine Seite fast vollgeschrieben.

»Was schreibst du?«, wollte ich wissen.

»Was ich den nachher fragen will.«

»Wie heißt der noch mal?«

Sie blätterte ein paar Seiten vor und las: »Professor Doktor Doktor Bastian Erlkönig. Stell dir vor, Steffen, dann hätten wir einen richtigen Doktor und König und einen Professor im Haus.« Nathalié begann Goethes Ballade vom Erlkönig zu zitieren, die sie aufgrund des Namens des Mietinteressenten auf meinem Laptop gegoogelt und auswendig gelernt hatte. *»Erreicht den Hof mit Mühe und Not; in seinen Armen das Kind war tot«*, schloss sie und fasste sich mit einer dramatischen Geste an den Hals.

Gunnar hatte aufmerksam zugehört und klatschte Beifall. Nathaliés Wangen liefen rot an und sie trank mit stolzem Lächeln von ihrer heißen Schokolade.

Von der Großen Mantelgasse bog ein gepflegt aussehendes Paar auf den Heumarkt ein. Die Frau war groß und schlank, Mitte dreißig und trug einen klassisch geschnittenen schwarzen Mantel. Sie sah mit dem glatten dunkelbraunen Haar und den feinen Gesichtszügen aus wie Ali MacGraw in einem meiner Lieblingsfilme mit Steve McQueen, *The Getaway*. Sie lief mit eingezogenen Schultern und auf den Boden gehefteter Blick, die Hände tief in den Manteltaschen vergraben. Der hektisch telefonierende und rauchende Mann an ihrer Seite war gute zwanzig Jahre älter, breitschultrig und einen halben Kopf größer als seine Begleiterin. Das waren keine Touristen. Die liefen stets mit dem Blick nach oben oder vorn durch die Stadt – auf der Suche nach irgendeiner Sehenswürdigkeit.

Vor dem Haus angekommen, blickte das Paar dann doch hoch, zeigte auf die Fassade und unterhielt sich leise. Aus der Art und Weise, wie sie das taten, schloss ich, dass die beiden eine intime Beziehung hatten, auch wenn sie sich nicht anfassten.

Nathalié hielt es nicht mehr auf dem Stuhl. »Sind Sie die neuen Mieter?«

Die Frau warf dem Mädchen einen warmen Blick zu, der Mann verzog keine Miene und meinte: »Das wird sich herausstellen. Sind deine Eltern die Vermieter?«

»Nein, meine Mutter wohnt hier auch nur so. Aber Steffen weiß alles.«

Mittlerweile stand ich hinter ihr und hatte meine Hand ausgestreckt, die von dem Herrn Professor, der immer noch sein Handy und eine Kippe festhielt, ignoriert wurde.

»Professor Ehrl-König. Sie sind der Hausverwalter?«

»So was Ähnliches.«

»Das ist meine Assistentin. Frau Doktor Brandt. Wir würden uns die Wohnung gern ansehen.«

Die Frau mit dem vollen Haar und den ewig langen Wimpern zuckte bei dem Wort *Assistentin* kaum merklich zusammen. Dafür nahm endlich jemand meine Hand. »Antonia Brandt.« Die Iris war von einem dunklen, strahlenden Blau, als wäre sie von innen beleuchtet.

»Steffen Milz.« Ihr intensiver Blick ging unter die Haut.

Ich lächelte und sie sah nervös zur Seite. Wieder eine dieser Frauen, der irgendwer die Flügel gebrochen hatte und die nie einen Besen zum drauf Weiterreiten gefunden hatte? Um das Schweigen zu überbrücken, zeigte ich auf Nathalié. »Das ist Fräulein Goran, meine Assistentin.«

27

Steffen und die möblierte Wohnung

*'Cause when your **heart** is weak I'm gonna pick the lock on it.*
When Your Heart is Weak/Cock Robin

DER PROFESSOR ÖFFNETE jede Schranktür und Schublade, probierte, ob alle Heizkörper warm waren und die Toilettenspülung funktionierte.

»Die Einrichtung ist erstaunlicherweise insgesamt sehr geschmackvoll und neuwertig. Ich habe in den letzten Wochen in dieser Beziehung Schlimmes gesehen. Ich bin es leid, in einem Hotelzimmer zu wohnen. Ich bin Platz gewohnt. Ab wann könnte ich einziehen?«

Ich zuckte mit den Schultern. »Jetzt gleich, wenn Sie wollen und die erste Miete und die Kaution sofort bar bezahlen können.«

»Kann ich durchaus. Können wir an der Miete noch etwas drehen?«

»Hm, eher nicht. Die Eigentümerin hat da klare Grenzen gesetzt«, was nicht stimmte. Cargus war es im Prinzip völlig schnuppe, was mit ihrem Haus geschah, nachdem sie nicht geschafft hatte, es abzufackeln. Sie sah das außergewöhnliche Erbe nicht als Bereicherung ihres Lebens, sondern als Last. Ich fragte: »Sie ziehen gemeinsam hier ein?« Die Assistentin des Professors war eher unbeteiligt durch die Räume geschlendert und schien mehr an der Aussicht als an den Möbeln interessiert. Immer, wenn sich unsere Blicke trafen, lächelte sie ihr sanftes Madonnenlächeln.

Der Professor entgegnete mir ziemlich ungehalten: »Nein, ich sagte doch, Frau Doktor Brandt ist meine Assistentin. Ich werde hier allein wohnen und gelegentlich kommt meine Frau mit den Kindern für ein paar Tage vorbei. Aber gut, ich akzeptiere den Mietpreis. Lassen Sie uns Nägel mit Köpfen machen, Herr …?«

»Milz. Steffen Milz.«

Wir beide setzten uns an den polierten, ovalen Esstisch aus gewachstem Holz mit der auffälligen Maserung, während Frau Brandt und Nathalié weiter durch die Räume schlenderten. Das Kind versorgte die Assistentin unseres Mietkandidaten mit allerlei Interna über die Nachbarschaft. Über Cargus und den Brand zu sprechen, hatte ich ihr strengstens untersagt. In der Tischmitte stand eine große, runde Silberschale mit schweren Kerzenständern aus geschliffenem Kristallglas und Silber. Im Gegensatz zu Cargus' Wohnung, die so heimelig aussah wie die Kommandozentrale eines Cineplex-Kinos, und dem Jugendstilmuseum, in dem ich wohnte, war die Wohnung im ersten Stock mit modernen Möbeln vom Feinsten eingerichtet. Beatrice Schumacher hatte nicht sparen müssen und viel Geschmack besessen. Ihre Kleider und persönlichen Gegenstände und Fotos hatte ich vor ein paar Tagen mit Nathalié zusammen aus der Wohnung geholt und bei Cargus untergestellt. Die Hinterlassenschaft einer fremden Frau auszusortieren, war mir dann doch zu viel des Guten. Es war anzunehmen, die Säcke und Kartons würden noch in fünf Jahren da stehen, es sei denn, Cargus war mal wieder nach einem kleinen Lagerfeuer, um sich und der Welt was auch immer zu beweisen. Ich konnte mir nicht helfen, je länger ich Carmen *Angus* Schumacher kannte, umso unsympathischer wurde sie mir.

Ich trug die Daten des Professors in einen vorgedruckten Mietvertrag ein, unterschrieb im Auftrag und ließ den neuen Mieter gegenzeichnen. Ich hatte seinen Nachnamen am Telefon falsch verstanden. Er war kein *Erlkönig,* sondern nur Träger eines Doppelnamens und zweier Doktortitel. Professor Dr. Dr. Ehrl-König verlangte zwei Schlüssel, gab seiner Assistentin jedoch keinen, sondern steckte beide ein und komplimentierte uns umgehend aus *seiner* Wohnung.

Nathalié und ich sahen uns im Hausflur an.

»Das ging aber flott.« Ich hielt die Geldscheine hoch, die mir der Professor gegen eine Quittung in die Hand gezählt hatte. »Du hast einen Wunsch frei. Wie wäre es mit einem riesigen Eis im Schafheutle?«

»Hm …« Nathalié schien nicht sonderlich begeistert.

»Keine Lust, auf vornehm zu machen?«

»Der ist nicht nett, Steffen.«

»Sehe ich ähnlich, aber ihr braucht das Geld dringend.«

»*Sheesh,* dann möchte ich ein Stück Trüffeltorte und Kakao statt Eis.«

Wir gingen zum Hof hinaus und wurden von Salvatores studentischer Hilfskraft beinahe umgerannt.

Salvatore tobte in der Küche. »Was lernt ihr jungen Leute überhaupt noch? Ist es zu viel verlangt, wenn ihr euch zehn Zahlen merken sollt? Ich habe genau zehn Tische und keine hundert! Wie kann man die verwechseln?«

Gunnar grinste mich breit an und streckte mir seine Hand entgegen. Ich reichte ihm einen der Fünfhunderteuroscheine. »Kannst du rausgeben?«

»Oh, Milz, nee, kann ich nicht. Ich habe mit meinem letzten Kleingeld eine goldene Rolex gekauft.«

»Dann setz die fünfzig Euro mit auf die Rechnung für die Renovierung.« Seine Handwerker wuselten seit Tagen mit Eimern, Material und Werkzeug durchs Treppenhaus. Der letzte Container vom Innenabriss war vorgestern abgeholt worden.

Salvatore kam rauchend aus der Küche. »Kann jemand von euch einspringen? Mein Traum vom intelligenten Helfer ist gerade wieder geplatzt.«

»Sorry, ich bin Beamter, ich muss jede Nebentätigkeit vorher anmelden und genehmigen lassen«, meinte Gunnar.

»Sorry, ich bin behindert und kann keine Nebentätigkeit ausüben.«

»Sorry, ich bin ein Kind, ich darf überhaupt nicht arbeiten.«

»*Guarda! Buoni amici!*« Salvatore drückte seine Zigarette im Aschenbecher aus und schaltete den Heizpilz ab. »Sorry, ich bin Wirt und kann mir das Gas nicht mehr leisten.«

»Ich muss eh nach Hause«, meinte Gunnar achselzuckend und stand auf.

»Und wir haben was zu feiern. Stimmt's?« Ich sah Nathalié an.

»Prinzessinnenkleid?«, fragte diese.

Ich zog die Augenbrauen hoch.

»War nur ein Scherz!«

So landeten wir in einem der ältesten Cafés der Universitätsstadt beim Nachmittagskaffee. Mein Leben war noch nie bodenständiger gewesen.

28

Steffen und das geliehene Geld

*Moi j'veux crever la main sur le **cœur**, papalapapapala.*
Je veux/Zaz

DER HEUMARKT LAG noch verschlafen im Morgennebel. Eine einsame Krähe spazierte lässig auf dem Brunnen herum und schielte wachsam nach mir. Obwohl meine Wetter-App einen sonnigen, warmen Frühlingstag vorausgesagt hatte, war es so früh noch sehr kalt. Ich zog den Kragen hoch und die Kapuze über den Kopf, schloss den Reißverschluss meines Parkas und suchte in den Taschen nach dem Schlüssel des Jaguar, der wieder lief, seitdem die Batterie ausgetauscht worden war.

»Guten Morgen, Herr Milz!«

Ich drehte mich um. Die attraktive Assistentin schien ihrem Chef auch nachts zu Diensten zu sein. Anders konnte ich es mir nicht erklären, dass sie mir morgens um halb acht im Hof begegnete. Sie schob ein Fahrrad und trug eine Fleece-Haube unterm Helm.

»Guten Morgen, Frau Brandt.« Die Frage, ob sie gut geschlafen hatte, verkniff ich mir.

»Schon so früh unterwegs?«, erkundigte sie sich.

Ich hatte heute erst am Nachmittag Dienst in der Praxis, wollte aber den Morgen nutzen, um im Baumarkt Wandfarbe zu holen und den Flur und das Wohnzimmer frisch zu streichen. Nachdem Cargus' Wohnung wie neu aussah, störte mich das angegraute Weiß der Wände bei uns.

»*Jau,* der frühe Hausmeister fängt die Maus und ich habe ja noch einen Nebenjob in einer Praxisklinik in der Friedrich-Ebert-Anlage. Man muss schließlich sehen, wo man bleibt.«

»Apropos. Ich schulde Ihnen noch was.« Antonia Brandt, deren Augen heute früh wie blaue Murmeln leuchteten, zog ihre Wollfäustlinge aus, stellte das Fahrrad auf den Ständer und kramte in den Taschen ihres Rucksacks. Sie holte ein Portemonnaie heraus und streckte mir einen Zehneuroschein hin.

Ich war ratlos. »Oh, danke? Womit habe ich das verdient? Trinkgeld?«

»Nein, ich habe mir nichts zu essen davon gekauft. Ich gebe es Ihnen lieber wieder zurück, weil ich die Auflagen nicht erfüllt habe.« Sie lächelte geheimnisvoll und ich kapierte immer noch nichts. »Anfang Januar. Diese traumhaft verschneite Nacht. Der McDoof am Hauptbahnhof. Ich saß an einem Tisch und habe auf meinen Bruder gewartet. Und jemand, der aussah wie Sie, hat mir zehn Euro für Essen geschenkt.«

Endlich machte es bei mir *klick* und ich lachte ungläubig. »Nein! Die Obdachlose waren Sie?«

Ihr Lachen war voll und herzlich. »Ach du meine Güte, ich muss ja schlimm ausgesehen haben. Das war nicht mein Parka, den hat mir ein Freund geliehen, damit ich meine Lederjacke nicht im Schnee ruiniere.«

»Entschuldigung, ich wollte Sie nicht beleidigen. Sie behalten das Geld als kleine Entschädigung und laden mich bei Gelegenheit mal auf ein Glas ein?« Ich hatte meinen Vorschlag als Frage formuliert. Ehe die Antwort kam, stand leider Professor Ehrl-König zwischen uns.

»Gibt es Probleme, Frau Doktor Brandt?«

Die Angesprochene zuckte fast unmerklich zusammen. Es war durchaus nicht die feine Art, die Frau, mit der man die Nacht verbracht hatte, am nächsten Morgen zu siezen, außer man lebte in Frankreich vor über hundert Jahren.

»Nein, alles gut.«

Der Professor zündete sich eine Zigarette an und wartete, bis seine Assistentin die Handschuhe angezogen hatte und mit dem Fahrrad in der Großen Mantelgasse verschwunden war.

»Herr Milz, gibt es was Neues von der Hausbesitzerin wegen meines Stellplatzes im Hof und der Ladestation? Man hat mir in der Klinik zwar eine in der Garage angebracht, aber es wäre von Vorteil, würde der Wagen auch nachts aufgeladen werden.«

Ich erlaubte dem unfreundlichen Mitbewohner weder, seinen teuren Elektroschlitten im Innenhof abzustellen, noch eine Ladestation dafür anzubringen, und schob alles auf Cargus. »Nein, tut mir leid, Frau Schumacher ist immer noch nicht im Vollbesitz ihrer geistigen Kräfte und kann aktuell keine Entscheidungen treffen.«

Der Professor warf die Kippe auf den Boden und trat sie mit dem Schuh aus. »Dann hoffen wir doch, dass die Dame endlich mal zu Sinnen kommt. Einen schönen Tag!« Er setzte sich in seinen nachtblauen Tesla, der vor dem Sibleyhaus geparkt war.

Ich murmelte: »Dir auch, du Arschloch!«, hob die Kippe auf und warf sie in den Müll, ehe ich in den Pfaffengrund zum Baumarkt fuhr.

29

Steffen und die traurige Prinzessin

*Don't go breaking my **heart**. I couldn't if I tried.*
Don't Go Breaking My Heart/Elton John

DANK SALVATORES WÖCHENTLICHER Getränkelieferung war ich heute lange vor dem Weckerklingeln wach. Ich hatte mir angewöhnt, auch an dienstfreien Tagen mit Nathalié aufzustehen und dem Mädchen ein Frühstück und die Schulbrote zu richten. Meiner Meinung nach hatte es jedes Kind verdient, wenigstens ab und zu verwöhnt zu werden. An den Wochenenden ließ sie es sich nicht nehmen, Frühstück für mich zu machen. *Hotel Jasmina de luxe,* nannte sie das.

Normalerweise lief Prinzessin Jasmina von Persien freiwillig ins Bad, sobald sie hörte, dass ich in der Küche rumorte. Sie saß eine Viertelstunde später angezogen und gekämmt am Tisch und aß, was ich vor sie hinstellte. Die in der ersten Woche notwendigen Diskussionen, ob man als Zehnjährige jederzeit mit Faschingskostümen und nuttigem Modeschmuck in die Schule gehen konnte, hatten sich erledigt. Wir hatten ihren Kleiderschrank in *Freizeit* und *Business* unterteilt. Alles, was in

Freizeit gelandet war, durfte nur nach vorheriger Absprache mit mir außerhalb des Hauses getragen werden. Heute stand der Tee schon auf dem Tisch und das Käsebrot war geschmiert, aber von Nathalié keine Spur.

Ich ging zu ihrem Zimmer, klopfte an und bekam keine Antwort. Als ich die Tür öffnete, lag sie noch im Bett, die Decke bis zur Nase hochgezogen.

»Was ist los? Dein Frühstück wartet.«

Sie hüstelte gekünstelt und hauchte: »Ich glaube, ich habe Fieber. Ich werde wohl besser im Bett bleiben.«

»Hast du gemessen?«

»Nein, im Thermometer sind die Batterien alle. Aber ich glühe.« Sie fasste sich theatralisch an die Stirn. Nathalié würde mal eine ganz große Schauspielerin werden.

Ich setzte mich auf die Bettkante und legte ihr die Hand auf die Stirn. »Hm, fühlt sich für mich ganz normal an. Ich denke, du kannst doch in die Schule gehen.«

Plötzlich kam unerwartet Leben in das eben noch sterbenskranke Kind. Sie setzte sich auf und schrie mich wütend an: »Du hast doch überhaupt keine Ahnung von Kindern! Ich bin krank und kann nicht in die Schule! Soll. Ich. Vielleicht. Sterben?« In den Augen, die nur noch schmale Schlitze waren, standen Tränen.

Es gab für diesen Wutausbruch nur einen Grund und der war Angst. »Okay, verstanden. Aber dann möchte ich die Wahrheit wissen. Warum kannst du nicht in die Schule gehen?«

Wie immer, wenn Nathalié aufgeregt war, konnte sie keine ganzen Sätze mehr sprechen. »Weil. Es. Zu. Gefährlich. Ist.« Die Tränen liefen ihr jetzt die Wangen hinunter.

»Gefährlich? Hast du Angst, dich mit etwas anzustecken?«

»Nein, aber die anderen gehen heute auf Klassenfahrt und ich kann nicht mit und muss in die Parallelklasse und die Jungs dort ärgern mich immer. Wenn ich mit denen allein bin, ohne meine Freundin, dann weiß ich nicht, was passiert. Bitte. Steffen. Schick. Mich. Nicht. Dahin.« Sie fiel mir kniend um den Hals. Ihre Tränen rannen in meinen Hemdkragen.

Ich drückte sie an mich und fragte: »Warum kannst du nicht mit auf den Ausflug, Schätzchen?«

»Das ist kein Ausflug, das sind drei Tage Landschulheim. Mutter hat das nicht bezahlen können und ich darf nicht mit.«

Ich schloss die Augen und holte tief Luft. Es gab so viele Momente, in denen mein eigenes Elend als Kind durch Nathalié wieder hochkochte. Ich konnte erst nachdem ich in der Pflegefamilie war mit auf Klassenfahrten gehen. Meine Mutter hatte es nicht eingesehen, so viel Geld auszugeben, nur damit ich irgendeine Ecke Deutschlands sah, die ich genauso gut im Fernsehen anschauen könnte.

»Steffen, mir hen des Geld it. I arbeit mir d'Fingr wund un du dädsch des für dei Privatvergnüge ausgäbe. Du bisch so egoistisch und denksch koi bissle an dei Mami«, hatte sie mir vorgeworfen.

Sybille Milz rauchte zwei Schachteln am Tag, weil sie das für ihre Nerven brauchte. Ich rechnete im Stillen nach, wie viel das in der Woche kostete, und verurteilte meine Mutter im Grunde dafür, dass sie das wenige Geld, das wir besaßen, in die Luft blies. Aber letztlich war es ja auch sie, die es mit Gelegenheitsjobs verdiente. Obwohl ich selbst eine Zeit lang geraucht habe, hat sich mein ambivalentes Verhältnis zum Zigarettenkonsum bis heute gehalten. Xandras Verhalten triggerte tief verwurzelte Wut in mir.

»Wohin fahren die denn?«

»Nach Titisee in eine Jugendherberge und die machen so tolle Sachen. Eine Nachtwanderung und Lagerfeuer mit Stockbrot grillen. Ich habe das alles noch nicht gemacht. Aber Anita macht ganz viele Fotos und erzählt mir alles, wenn sie wieder zurück ist.«

»Nathalié, zieh dich bitte an und frühstücke. Ich muss telefonieren und schauen, wie wir das regeln, damit du in die Schule kannst und keine Angst haben musst.«

»Okay«, kam es kleinlaut. Aber sie stand auf und ging ins Bad. Ich suchte am Kühlschrank nach dem Blatt mit den Kontaktdaten der Grundschule und von Nathaliés Klasse.

FRAU KRAUT-DANGEL, die Rektorin, kannte Nathalié sehr gut. Sie war eine unkomplizierte Frau, die Einsicht zeigte, nachdem ich ihr erklärt hatte, dass ich der Arzt der Familie sei und mich um die Belange des Kindes in Abwesenheit der Mutter, die beruflich unterwegs sei, kümmern würde.

»Frau Goran hat hier seit dem Tag der Einschulung keiner mehr gesehen. Was ist mit dem Stiefvater oder der Stiefmutter, die sporadisch zu den Elternsprechtagen kam? Frau Schumacher? Herr Schumacher? Ich bin nicht auf dem neuesten Stand, gendertechnisch.« Aus dem ironischen Unterton schloss ich, dass auch sie Mühe hatte, Cargus' Krise ernst zu nehmen. Sie konkretisierte ihre Bedenken: »Verstehen Sie mich bitte nicht falsch, ich lebe selbst mit einer Frau zusammen, die sich von geschlechternormativen Strukturen gelöst hat, aber bei Frau Schumacher ... Nun ja, sie tendiert dazu, sagen wir mal, in einem unpassenden Rahmen ihr Sendungsbewusstsein auszuleben, und das kommt bei den anderen Eltern nicht sonderlich gut.«

»Frau Schumacher ist zurzeit in stationärer Behandlung im PZN, weil sie eine Gefahr für sich und die Umwelt darstellt.«

»Nun ja. Sehr traurig. Aber schön, dass Nathalié dann doch noch jemanden hat, der sich um sie kümmert. Wie kann ich Ihnen helfen, Herr Doktor Milz?«

Ich erklärte mein Anliegen und bekam nach langer Diskussion, in der ich zehnmal hören musste, dass das aus vielerlei Gründen nicht möglich sei, doch meinen Willen. Ich bedankte mich und legte auf. Oberarzt in einem deutschen

Krankenhaus gewesen zu sein, war eine harte Schule fürs Leben – aber es hatte sich gelohnt.

Ich suchte Nathalié und fand sie in der Küche, wo sie mit Leidensmiene den Tisch abräumte. »Zack, zack, Prinzessin. Pack deine Sachen zusammen, wir machen einen Ausflug.«

Sie war sofort hellwach. »Einen Ausflug, wohin?«

»Mit dem Auto auf die Autobahn. Wir müssen uns beeilen, wir haben einen Bus einzuholen. Ich habe keine Lust, die ganze Strecke bis Titisee und wieder zurück zu fahren.«

»Waaas? Steffen? Ich. Habe. Doch. Keinen. Koffer«, stammelte Nathalié.

»Wir haben doch eine ganze Garnitur Luis-Vuitton-Reisekoffer in allen erdenklichen Größen aus Beatrice' Wohnung geräumt. Da kannst du dir sicher eine Reisetasche ausleihen.«

»Ja. Das. Kann. Ich. Oh. Steffen. Ich. Darf. Wirklich. Mit?«

»Absolut. Ich hole die Tasche und du richtest schon mal deine Sachen auf dem Bett her. Und keine Juwelen!«

»Du bist der Chef, Steffen!«

30

Steffen und der fehlende Realitätsbezug

*Your lion's **heart** will protect you under stormy skies.*
Scars/James Bay

WIR HOLTEN DEN Reisebus auf einer Raststätte kurz vor Pforzheim ein. Die Rektorin hatte die Klassenlehrerin telefonisch darüber informiert, dass Nathalié nachkommen würde und ich die notwendigen Formulare am Nachmittag mit ihr nachträglich ausfüllen und die Kosten überweisen würde.

Auf der Hinfahrt hatte Nathalié geplappert wie ein Papagei. Auf der Rückfahrt nutzte ich die Stille, um meine Gedanken zu sortieren. Ich wusste nicht, was gravierender war, das Gefühl, dem Kind etwas Gutes getan zu haben, oder das, Menschen wie meiner Mutter ein Stück Macht genommen zu haben. Diese Frau hatte mir die Flügel gestutzt, damit ich nicht merkte, dass sie selbst überhaupt nicht fliegen konnte, tat aber stets so, als wäre sie der Wind unter meinen Flügeln, und erwartete Dankbarkeit für ihre bloße Anwesenheit.

Der Kontakt zu meiner Mutter war nach meinem Unfall völlig zum Erliegen gekommen. Zuvor telefonierte sie gern regelmäßig mit mir oder kam für eine Stippvisite nach Ulm und präsentierte mich in einem Café am Münsterplatz ihrer Umgebung.

»Mein einzigschtes Kind ischt mein Ein und Alles. Der Grund, warum i übrhaupt no am Läbe be. Schteffen ischt Herzschirurg und elles, was i no han, wisset Se?« war ihr verlogener Standardsatz.

Sie brachte es jedoch nicht übers Herz, ihren Lebensinhalt im Krankenhaus zu besuchen. »Steffen, mir würd's garantiert's Herz entzweibreche, wenn I di so leide sähe tät mit dem ganze Zuigs in deim Haxe.« Die Wahrheit war: Ihr einziger Sohn war kaputt und nicht mehr herzeigbar in der Öffentlichkeit. Seit dieser Aussage herrschte Funkstille zwischen uns.

Ich fuhr zur Schule, erledigte alles Notwendige und unterhielt mich mit der Rektorin über Nathalié und ihre Prognose. Ihre Noten waren überdurchschnittlich gut, außer in Verhalten.

Die Pädagogin erklärte: »Sie hat eine sehr enge Freundin in der Klasse, die ebenfalls ein wenig der Underdog ist, und wird sonst von den anderen Kindern ausgegrenzt.«

»Ich bin ja dabei, sie besser zu sozialisieren. Sie lebte in diesem Frauenhaushalt bislang weitgehend auf sich allein gestellt. Es war meist Nahrung da, ein DVD-Player und unzählige Bluray-Discs, aber kein Erwachsener, mit dem sie ein vernünftiges Wort sprechen konnte und der ihr Grenzen gesetzt hat. Da wird man leicht etwas merkwürdig und verliert den Bezug zur Realität. Sie lebte in Seifenopern und Disneyfilmen. Die Geschichten von Pippi Langstrumpf finden wir ja alle toll, aber ob wir das auch im Alltag so empfänden, würde Pippi tatsächlich nebenan wohnen?«

Die attraktive Rektorin mit der schmalen Adlernase lachte leise auf. »Sie haben nicht ganz unrecht. Wir sind in Deutschland im 21. Jahrhundert und nicht in Schweden in einer malerischen Kleinstadt anno dazumal, in der Kinder noch Kinder sein durften und nicht als Erwachsenenspielzeug dienen mussten.

Pippi Langstrumpf wäre in der heutigen Zeit mit Ritalin vollgepumpt und in der Schule gemobbt worden, weil sie keine Markenklamotten trägt und Löcher in den Strümpfen hat. Die Nachbarn hätten längst die Behörden eingeschaltet. Allerdings nicht, weil das Kind allein in einem Haus wohnt, sondern weil es wegen des Pferdes auf der Veranda in der Nachbarschaft zu viele Fliegen gibt und sich die Tierschützer wegen des nicht artgerecht gehaltenen Affen aufregen würden. Dafür dürfte heute keiner mehr ihren kriminellen Vater ungestraft Negerkönig nennen. Ein Fortschritt im Umgang mit Kindern?«

Ich fügte hinzu: »Wenn wir ehrlich sind, hat das mit Pippi nur deswegen hingehauen, weil sie eine Truhe mit Geld hatte und ihr kleinkrimineller Vater immer für Nachschub gesorgt hat.«

Frau Kraut-Dangel hatte ein angenehmes Lachen und strahlend blaue, lebhafte Augen. Wie jammerschade, dass sie der Männerwelt abhandengekommen war.

ICH WAR DER Meinung, ich hatte eine Belohnung verdient, und kehrte bei Salvatore ein. Gunnar war bereits mit Essen fertig und trank einen Espresso. Ich setzte mich zu ihm und nahm die Speisekarte in die Hand. Unser Wirt hatte sich mal wieder in seiner Kunst, Political Correctness ad absurdum zu führen, übertroffen. Das Fleischgericht war heute *Schnitzel nach Art einer ethnischen mobilen Minderheit mit Erdäpfeln aus einer strukturschwachen deutschen Region.*

»Könnte ich das Schnitzel haben, aber nach *Art einer privilegierten Minderheit, die zum Zeitvertreib Wildtiere erschießt?*«

Salvatore sah mich lächelnd an: »Meister Milz, wenn du solche Sätze aus dem Stegreif kloppst, kannst du alles von mir haben. Inklusive meines Luxuskörpers.«

Dieser Tag war ein guter Tag und ich fühlte mich seit Timos Tod langsam wieder an einem Ort zu Hause.

31

Steffen und die verschwundene Playbackkarte

*You gave me love much more than I'd taken. It left a swelling of the **heart**.*
I'll Forgive You/Paul Cook & The Chronicles

XANDRA HATTE SICH nach unserem Telefonat genau noch ein einziges Mal gemeldet, um ihre Rückkehr in der Heimat anzukündigen. Aber nur, weil sie jemanden brauchte, der sie am Bahnhof abholte. Ich hatte Dienst und überdies keine Lust und kurzerhand Ützkäse geschickt, der mir daraufhin eine WhatsApp-Nachricht geschickt hatte:

13.19 Nachricht von Ibrahim Demir
Alda Schlappe! Die isch Hailaid von all deine
Fraue! Wie mesch du des?

Ich rätselte eine halbe Stunde, bis mir klar war, dass mit *Hailaid* keine Knorpelfische mit Schmerzen oder Christus am Kreuz, sondern *Highlight* gemeint war. Als ich gegen halb fünf nach Hause kam, lief der Fernseher sehr laut. Im Bad stank es penetrant nach Aceton, der Mülleimer quoll über und es hing kein Blatt Toilettenpapier mehr auf der Rolle. Ich fluchte leise vor mich hin und half mir mit der Großpackung Always Ultra, die seit heute neben der Toilette stand, weiter.

Salvatore hatte mich schon vorgewarnt: »Xandra ist schon sehr speziell. Lass dich bloß nicht von ihrem Aussehen blenden, du wirst es bitter bereuen.«

»Eigene schlechte Erfahrungen?«

»Nein, ich nicht. Aber frag mal Gunnar. Der war kurz davor, sich scheiden zu lassen, als ihr einfiel, dass sie doch keine Lust auf den Job einer First Lady in einem kleinen Provinzkaff im Kraichgau hatte.«

Xandra saß auf der hässlichen blauen Couch, die so gar nicht zum ausgesuchten, antiken Restmobiliar passen wollte, und lackierte sich die Fußnägel dunkelblau. Sie sah hoch, als sie mich kommen hörte.

»Hi! Du musst das *Schahtzi* sein, das sich um mein Babymädchen kümmert.« Das Lächeln, die Grübchen in den Wangen und diese perfekten Gesichtszüge, die ich von Fotos kannte, waren im Original umwerfend.

»Das bin ich. Grüß dich. Wo ist Nathalié?«

»Ich habe meine Kleine eben noch mal in die Drogerie geschickt. Mein Rasierschaum ist alle.«

»Hast du ihr auch aufgetragen, Toilettenpapier mitzubringen, das ist nämlich auch alle. Was komisch ist, weil heute früh noch drei Rollen da waren.«

»Die habe ich alle gebraucht. Ich habe leider die ganze Flasche Nagellackentferner verschüttet und musste es aufwischen. Du, sag mal, wo ist Carmens *Playbackkarte?*«

Ich zog die Schultern hoch, wahrscheinlich mit allen anderen wichtigen Unterlagen verbrannt. »Ich wusste gar nicht, dass Carmen überhaupt singt.«

»Warum singen?«

»Playback halt. Voll- oder Halb-?«

»Machst du dich gerade lustig über mich?«

»Ich mache mich nicht über dich lustig. Ich habe nur keine Ahnung, was eine Playbackkarte ist.« Ich holte mir ein gekühltes Welde-Radler naturtrüb, mein absolutes lokales Lieblingsgetränk neben Libella, seitdem ich in Heidelberg lebte. Die regionale Getränkeindustrie hatte neben einigen guten Weinen auch vernünftiges Bier und Limonaden im Angebot.

»Willst du mich verarschen?« Selbst wenn die Lady ärgerlich war und die Stirn in Zornesfalten legte, tat das der Schönheit keinen Abbruch.

»Nein, will ich nicht. Aber man darf doch wohl noch einen Scherz machen. Das Leben ist hart genug.«

Xandra hatte aufgehört, Nägel anzupinseln, und sah mich mit zusammengekniffenen Augen an: »Ich finde, du bist kein besonders angenehmer Mensch.«

Jetzt wurde ich langsam ärgerlich: »Wen interessiert's?«

»Mich! Ich habe nämlich das Recht, eine Meinung zu haben und diese Meinung auch zu sagen.« Sie schraubte entschlossen die Nagellackflasche zu.

»Und ich habe das Recht, deine Meinung scheiße zu finden, das nennt man dann Demokratie.«

»Ich weiß, was Demokratie ist, ich bin ja nicht blöd.«

Wenn ich eines im Leben gelernt hatte, dann, dass alle Menschen, die meinten, sie seien nicht blöd, oder behaupteten, sie lügen nie, die größten Deppen oder Lügner überhaupt waren. Ich trank und verzog das Gesicht. Der erste Schluck war immer der beste, es sei denn, man trank in schlechter Gesellschaft.

»Was machst du überhaupt hier?« Wenn die Dame richtig aggressiv war, zischte sie wie eine Schlange – allerdings wie eine wunderschöne.

»Ich habe mich um dein Kind gekümmert, weil das ja sonst niemand tut.«

»Kann ich was dafür, dass Carmen in der Psychiatrie gelandet ist?«

Ich zuckte mit den Schultern. »Ich habe keine Ahnung, was ihr beiden für ein Verhältnis habt.«

»Ich habe mich aufopfernd um ihre kranke Mutter gekümmert und sie passt dafür auf Nathalié Paris auf, solange ich nicht da bin. Mein Beruf führt mich leider ständig in andere Städte. Hast du damit auch ein Problem?«

Das wahre Problem war, dass ihr Beruf sie nicht so auslastete, sodass sie Zeit hatte, noch nach Heidelberg zurückzukommen. »Apropos Städte: Müsste deine Tochter nicht eher Krakau oder Tomsk heißen?

»Wieso fragst du das?«

»Dein Akzent. Polnisch oder russisch?«

»Ich habe keinen Akzent.«

Und ich hatte keine Lust mehr, mich mit Nathaliés Mutter zu streiten. Zum Glück kam Nathalié Paris gerade zur Tür herein. Sie hatte neben dem Rasierschaum eine XXL-Packung Toilettenpapier besorgt und einen Antrag für eine neue Paybackkarte. Wie es aussah, übersprang Blödheit manchmal eine Generation.

Besonders treffsicher war Xandra auch nicht. Die Nagellackflasche kam mit wenig Schwung angeflogen und ich fing sie in der Luft auf.

»Danke. Ich hoffe, das war nicht deine Lieblingsfarbe.«

»Gib mir das sofort zurück!«

»Ich denke nicht dran.« Ich drehte mich um und verzog mich in mein Zimmer.

Den blauen Nagellack legte ich bei der nächsten Geiselübergabe mit Nena-Kristin als *Incentive* dazu und wurde mit WhatsApp-Nachrichten überschüttet, worauf das denn eine Anspielung sein sollte. Aber ich war nicht dazu da, allen immer alles zu erklären. Es ging nichts über eine paar kleine Geheimnisse in Ex-Beziehungen.

32

Antonia und die sexuellen Dienstleistungen

*So here I am and can you please tell me, oh where do broken **hearts** go? Can they find their way home?*
Where Do Broken Hearts Go/Whitney Houston

DENNIS WOHNTE ZWAR in einem hässlichen Siebzigerjahre-Block in der nicht gerade einladenden, viel befahrenen Bergheimer Straße, aber die Wohnung selbst war riesig und hell. Der Eigentümer hatte alle Trennwände herausgerissen und einen großzügigen offenen Raum mit Kochecke geschaffen, aus dem Dennis ein metrosexuelles Männerparadies gemacht hatte. Seine neueste Errungenschaft war ein *Ghostbusters*-Flipperautomat.

»Der dazugehörige Film hat das gleiche Baujahr wie ich. Damals liefen nur Top-Produkte vom Band«, erklärte Dennis. Als Belohnung für meine Hilfe bei der Wohnungsrenovierung lud er mich zu einem Achtzigerjahre-Revival-Abend ein. Er kredenzte Kir Royal als Einleitung zu einem stilgerechten Raclette mit Silberzwiebelchen, Champignons und Ananas aus der Dose sowie Amselfelder Rotwein. Ein Wackelpudding mit Waldmeistergeschmack war der Höhepunkt der zu Tode gekochten Lebensmittel aus dem Chemiebaukasten. Ich hatte als Gastgeschenk eine Flasche Münchner Kindl aus meiner Wahlheimat mitgebracht.

Für mich war es das erste Raclette überhaupt und ich füllte meine beiden Pfännchen mit viel Begeisterung und noch mehr Käse und schüttete mich mit dem Wein zu, der nach Pferdepisse stank.

Dennis verkündete sein Credo: »Mit Käse überbacken, schmeckt alles besser«, und fragte, nachdem wir beide auf der Couch mithilfe des Enzians verdauten: »Möchtest du diesen Körper?«

Ich kannte meinen Text: »Ist das eine Fangfrage?«

»Respekt! Das ist die einzig richtige Antwort auf diese Frage. Ach, Tonischatz, du könntest meine Traumfrau sein. Du bist einfühlsam und zuverlässig, riechst gut und kennst dich mit Männerfilmen aus. Warum probieren wir es nicht einfach?« Er nahm eine meiner Haarsträhnen und spielte damit. »Kräftiges, gesundes Haar hast du auch noch. Ich stehe auf Haare.«

»Ach, Dennis, weil du am Telefon rülpst, deine Leberwurstbrote in den Kaffee stippst und weil du Fussel aus dem Bauchnabel pulst, wenn du denkst, dir sieht keiner zu.«

»Pfui, Toni! Du hast das Talent, wunderbare Dinge kaputtzureden. Jetzt will ich dich doch nicht mehr.« Er ließ mein Haar los. Mit dem Schmollmund und den vor Verlangen feuchten Augen wirkte Dr. Cornazzano noch viel appetitlicher als im Normalzustand. Dennis war wie ein Giftpilz – er sah zum Anbeißen und völlig harmlos aus, aber man würde es früher oder später bitter bereuen, erlag man der Versuchung.

Ich legte nach: »Und weil du unter pathologisch F52.7 einzuordnen bist.«

Dennis sah in seiner ICD-10-App nach und lachte amüsiert. »Ja, da ist was dran. Ich habe neulich einen Artikel über

Prostatakarzinome gelesen und dass man präventiv monatlich etwa zwanzig Mal ejakulieren sollte.«

»Und?«

»Na ja, ich bin für dieses Jahr rein rechnerisch fertig mit der Prävention.«

»Du bist eine Sondermarke, Doktor Cornazzano.« Ich schenkte uns noch mal von dem Schnaps ein und wir exten die Gläser. »Du warst noch nie verliebt, Dennis?«

Er verzog das Gesicht und ich wusste nicht, ob es wegen des starken Alkohols war oder ob ihm die Frage unangenehm war. »Hm, nicht wirklich. Wobei ich quantitativ im grünen Bereich bin, aber qualitativ hat sich in den letzten Jahren nichts wirklich verbessert. Der Dennis Cornazzano, der vor dir sitzt und den du so heiß begehrst, ohne es zuzugeben, ist kein Zufallsprodukt. Er ist durch Kalkül und harte, unermüdliche Arbeit mit dem unablässigen Bemühen um Perfektion entstanden. Klein und schmächtig, wie ich war, kam ich nicht wirklich bei meinen Traumfrauen an. Lach nicht, aber ich habe mich bewusst für das Medizinstudium entschieden, weil die Ischen alle auf Ärzte stehen. Zufällig hat mein Genpool nach der Pubertät auch noch ein ganz ansehnliches Gesicht hinbekommen. Die Intelligenz sprüht förmlich aus meinen Augen und der Rest ist Charme, Charme, Charme und das richtige Wort und ein vielversprechender Blick zur richtigen Zeit.«

Hätte Dennis nicht dieses sardonisch-amüsierte Grinsen im Gesicht gehabt und wüsste ich nicht, dass er sich selbst nie wirklich so ernst nahm, wie er tat, wäre es jetzt Zeit gewesen, aufzustehen und zu gehen.

Ich blieb und jammerte: »In Filmen gehen die in eine Bar und ehe sie richtig sitzen, gibt ihnen schon ein Millionär oder Nobelpreisträger einen Drink aus. So was ist mir noch nie passiert. Ich lande immer wieder bei diesen gestörten Psychos, die sich einladen lassen. Die riechen, dass mein Selbstwertgefühl angeschlagen ist, und können dann nicht anders, als mich anzumachen. Das ist, wie wenn man einem Hund ein Stück Wurst unter die Nase hält, der muss einfach zuschnappen.«

»*I ain't afraid of no Worscht!*«, textete Dennis und meinte: »Komm, lass uns eine Runde flippern. Wer verliert, muss dem anderen zu einer sexuellen Dienstleistung zur Verfügung stehen. Gratis!«

Ich schlug ein. »Abgemacht. Eine Stunde lang ohne Diskussion sämtliche perversen Wünsche des Gewinners erfüllen.«

Dennis' lebhafte Augen warfen, wie ein Projektor, der die Zukunft zeigte, durch die Pupille Kopfkinobilder auf meinen Körper. Er strahlte wie das Mädchen aus der Brandt-Zwieback-Werbung in meiner Küche. Ich würde jede Wette eingehen, dass ich ein ganz anderes Bild im Kopf hatte.

»*Welcome to the Ghostbusters Crew!*«, lud mich der irrwitzig bunt blinkende Automat ein. Ich fand Videospiele und Internet-Games stinklangweilig, aber dieser Kasten mit New Yorks Kulisse inklusive der Ghostbusters-Zentrale und der Public Library mit der eingängigen Filmmusik von Ray Parker Junior machte irre Spaß. Ich schaffte es, den Ball lange genug im Spiel zu behalten, um ausreichend Geister zu treffen, damit der Slimer sich in Bewegung setzte. Auch den schoss ich zuverlässig ab. Ich traf die *Spooked Public Library* öfter als mein Herausforderer und sorgte dafür, dass der Bibliothekarin auf dem Dot-Matrix-Display die Haare zu Berge standen.

Eine Stunde später hatte Dennis mit fünfunddreißigtausend Punkten Abstand verloren und fragte grinsend, ob er sich jetzt nackt ausziehen solle.

»Nein, lass mal. Ich fordere die sexuelle Dienstleistung morgen Nachmittag ein. Du wirst nach dem Dienst vorbeikommen und meine Wohnung putzen.«

»Moment, von Putzen hat keiner was gesagt. Sexuelle Dienstleistungen hieß es, nicht niedere Tätigkeiten.«

»Und? Es würde mich sexuell enorm erregen, wenn du bei mir nackt putzen würdest.«

»Warum hast du überhaupt gewonnen? Ich habe noch keine Frau gesehen, die flippern konnte. Schon gar nicht in meiner Altersklasse. Und gerade du. Du tust doch so antroposophisch. Du heißt Antonia. Das passt doch überhaupt nicht.«

»Was sind denn das für dumme Vorurteile? Du heißt Dennis und kannst wider Erwarten bis drei zählen. Mein Onkel heißt Baltus. Was ihn nicht davon abhält, Flipperautomaten in seiner Münchner Wohnung zu sammeln. Ich habe da während meines Studiums gewohnt, hatte nicht viel Geld, keinen Freund und meine Nächte waren lang und einsam. Was glaubst du, was ich gemacht habe, Dennis?«

»Jetzt weiß ich, warum du keinen Mann abbekommst. Du bist verschlagen und hinterhältig und drehst einem das Wort im Mund rum. Hexe!«

»Und du bist ein schlechter Verlierer, Doktor Cornazzano.« Ich streckte die Zunge raus: »*You are slimed!*«

Ich verließ die Männerhöhle, ging zurück in mein Frauenparadies unter dem Dach und versuchte die eingängige Titelmelodie des Films auf dem Cello zu spielen. Ich strich mit viel Gefühl H, G, Fis … Unter mir heulte Pius die Decke an. Ich wünschte, alles wäre so definiert und einfach zu spielen wie die gesetzten Noten einer Komposition und alle wären so einfach zu begeistern wie der Rehpinscher der Riemanns.

Bastian war zu Hause in Aachen und hatte sich den ganzen Abend nicht bei mir gemeldet. *I am so slimed.*

TEIL 2

Herz|an|fall

Substantiv, maskulin [der]

Plötzlich einsetzende Unregelmäßigkeit der Herztätigkeit

*Livin' in the **heart**ache was never something I pursued.*
The Calm After the Storm/The Common Linnets

33

Steffen und die halb nackte Fassadenkletterin

*Vogelfrei war mein **Herz** bis heut', wusste nichts von der Liebe, was es heißt, für immer treu zu sein.*
Dann kamst du/Vicky Leandros

Ich wollte meine Wäsche auf dem kleinen Klappständer auf dem Küchenbalkon aufhängen, musste dafür aber wie immer erst die Teile meiner Mitbewohnerinnen abhängen. Die trockenen Sachen der Damen des Hauses blieben in der Regel so lange auf der Leine, bis sie gebraucht wurden oder neue Wäsche Platz benötigte. Aktuell hing Unterwäsche in drei Größen und Geschmacksrichtungen darauf. Cargus betonte ihre männliche Seite durch karierte Boxershorts mit praktischem Eingriff und Knöpfen, auch wenn noch nichts da war, was sie hätte auspacken können. Früh übt sich, was ein Penisträger werden möchte. Xandra trug nur Rot mit Schleife und Spitze und Nathalié stand auf florale Muster in Pastellfarben.

Unter mir ging quietschend die Balkontür auf und wieder zu. Jemand machte sich am Holzgeländer zu schaffen. Ich warf einen Blick über die Brüstung. Die attraktive Assistentin unseres Mieters stand in Daunenjacke und Sneakers auf dem Geländer und starrte in die Tiefe.

»*Shit, shit, shit!*«, hörte ich sie leise fluchen.

»Ähm …«, mischte ich mich ein. »Ehe du springst, würde ich gern zwei Dinge anmerken.«

Der Ali-MacGraw-Verschnitt hielt sich am Pfosten fest und sah zu mir hoch. »Dann mach aber schnell, ich habe nicht viel Zeit und mir ist kalt.«

»Okay. Also ich würde mir das noch mal überlegen mit dem Springen. Erstens gibt es immer einen anderen Weg und zweitens ist das für einen Selbstmord nicht hoch genug. Du würdest dir nur was brechen. Mit Glück die Extremitäten und eventuell ein paar Rippen oder das Becken. Mit Pech einen der oberen Halswirbel und dann wäre der Rollstuhl die Alternative.«

»Ja, danke, das habe ich auch in Betracht gezogen, aber ich kann nicht zurück. Hilf mir mal hoch.«

Antonia Brandt stieg mit einem Fuß auf eine der gedrechselten Verzierungen des Pfostens, hielt sich mit einer Hand an einer dicken Glyzinienranke fest, hievte ihren Körper ein Stück nach oben und reichte mir die andere Hand. Sie fühlte sich warm und weich und vertraut in meiner an. Ich überlegte, wann ich das letzte Mal eine Frauenhand gehalten hatte, und mir fiel es nicht ein. Die Ärztin fasste Fuß auf der Bodenplatte unseres Balkons und kletterte flink wie ein Eichhörnchen über die Brüstung.

»Alle Achtung. Haben wir mal als Fassadenkletterer gearbeitet?«

»Haben wir nicht, wir haben in München studiert und ziemlich viel Zeit in den Bergen verbracht samt Verlobtem, der Mitglied im Alpenverein war und mich auf viele Gipfel geschleppt hat.«

Mein Überraschungsbesuch hatte wunderschöne opalblaue Augen unter perfekten Augenbrauen und dichten, dunklen Wimpern, stellte ich erneut fest.

»Das sieht man. Kann ich dich auf einen Kaffee oder Tee zu uns einladen, oder hast du es immer noch eilig?«

Die Lady trug trotz der recht kalten Frühlingsnacht weder Strumpfhosen noch eine andere Beinbekleidung. Ihr langes Haar war nass und tropfte. »Ich kann schlecht nach Hause, meine Tasche mit den Schlüsseln ist noch bei Bastian im Schlafzimmer.« Sie lächelte verlegen.

»Dann komm. In der Küche ist es wärmer als hier.« Die Gänsehaut auf ihren nackten Oberschenkeln war nicht zu übersehen. Sie betrat vorsichtig die Küche und sah sich um.

»Möchtest du ablegen?«, fragte ich, ganz Gentleman.

»Das geht nicht, ich habe leider nichts drunter an.«

»Gar nichts?

Sie schüttelte den Kopf. »Null. Und die Jacke gehört mir auch nicht.«

»Es geht mich ja nichts an, warum du ständig die Oberbekleidung deiner Freunde ausleihst. Aber dann musst du dich auch nicht wundern, wenn man dich mit einer abgerissenen Cracknutte verwechselt.« Ich zwinkerte ihr zu, um den Worten die Schärfe zu nehmen. Es war mir plötzlich wichtig, dass Antonia mich mochte und mich witzig und interessant fand.

»*Cracknutte?* Sehr charmant.« Das Blau der Augen intensivierte sich bei Zorn. »Meine Klamotten liegen neben der Tasche im Schlafzimmer, wo ich mich ausgezogen hatte.«

»Okay, ich verstehe. Wenn man sich umbringen möchte, braucht man so was nicht mehr, oder? Tee oder Kaffee?«

»Tee wäre schön. Was gibt's denn?«

Ich sah die Packungen im Schrank durch und las vor. »Malve, Hagebutte, Earl Grey und Winterzauber.«

»Winterzauber. Ich wollte mich nicht umbringen. Ich war duschen, als ich überraschend die Stimme von Bastians Frau hörte. Sie hat leider einen Schlüssel. Dann blieb mir nur noch, meine Schuhe und die nächstbeste Jacke von der Garderobe im Flur anzuziehen und über den Küchenbalkon zu fliehen, während das traute Paar im Wohnzimmer sein Wiedersehen gefeiert hat.«

Die Geliebte des Herrn Professor besaß eine ausgeprägte sarkastische Ader, musste ich feststellen. Ich füllte den elektrischen Wasserkocher, nahm für Antonia die Klopfer-Tasse und für mich eine neue mit der Aufschrift *Bad Ass Janitor*, die mir Salvatore geschenkt hatte. »Setz dich doch!«, forderte ich meine *Gästin* auf.

Die zögerte, ehe sie antwortete, und stotterte: »Ähm, ich habe wirklich nichts drunter an und die Eckbank ist mit Stoff bezogen ... also ...«

»Moment.« Ich holte eine meiner Retroshorts und zwei Handtücher aus dem Bad. »Eines zum Draufsetzen und eines für die Haare. Die Unterhose ist übrigens frisch gewaschen.«

»Danke, ich bringe sie auch gewaschen wieder.« Es war äußerst erotisch zuzusehen, wie meine Besucherin meine Unterwäsche anzog. Weibliche Wesen, die meine Klamotten trugen, triggerten stets ein männliches Urbedürfnis in mir. Der Grund für meinen erhöhten Testosteronspiegel setzte sich auf die Eckbank und begann ihre Haare trocken zu rubbeln. »Wenn Raquel die Tasche und meine anderen Sachen findet, sind wir ... bin ich eh geliefert. Da sind meine ganzen Papiere und das Handy drin. Mist.«

Ich schüttete kochendes Wasser in die Tassen, stellte sie auf den Tisch und setzte mich dazu. »Es geht mich ja nichts an, aber da du hier halb nackt gestrandet bist und meine Unterwäsche trägst, frage ich einfach mal: Wäre das nicht die Lösung eurer

Probleme, wenn die betrogene Ehefrau endlich Bescheid wüsste?«

Antonia nahm die Tasse, wärmte ihre Hände daran und pustete mit gespitzten Lippen. »Dann hätte ich eine Ehe und eine Familie zerstört und mein Gewissen würde mich umbringen. Ich müsste mir auch wahrscheinlich einen neuen Arbeitsplatz suchen.«

»Zerstörst du sie nicht mit jedem Mal, wenn du hierherkommst und bei ihm schläfst?«

Sie zuckte mit den Schultern und nahm einen kleinen Schluck. »Schmeckt wirklich sehr winterlich.«

Ich probierte selbst. »Zimt und Kardamom.«

»Kannst du mir lange Hosen und Geld für ein Taxi leihen? Dann würde ich zu meiner Wohnung fahren, mir vom Schlüsseldienst aufmachen lassen und abwarten, was passiert.«

»Ich habe eine bessere Idee.«

34

Steffen und die exklusive Werkzeugtasche

*Und so als ob dein **Herz** eine Landungsbrücke wär, an versandetem Gewässer, ganz weit weg vom Meer.*
Über dir der Mond/Element of Crime

ZEHN MINUTEN SPÄTER klingelte ich an der Wohnungstür von Bastian Ehrl-König und bekam vom Professor selbst geöffnet. Er hatte einen reichlich unsicheren Gesichtsausdruck, aber schien immer noch nicht aufgeflogen zu sein.

»Guten Abend, Herr Professor. Ich habe Ihre Nachricht bekommen, dass der Heizkörper im Schlafzimmer Geräusche macht. Könnte ich eben mal danach sehen und ihn entlüften?« Ich hob mit der einen Hand eine Rohrpumpenzange hoch und versuchte professionell dreinzuschauen.

»Ich habe niemand gerufen.« Der Mehrfachakademiker sah reichlich genervt aus und ich fragte mich, was eine Frau wie Antonia Brandt an diesem Lauch gut fand.

»Die Nachricht kam von Ihrer Assistentin. Frau Doktor Brandt.«

Im Hintergrund fragte eine weibliche sehr hohe Stimme: »Wer ist da, Würmchen?«

»Der Hausmeister.«

»So spät? Was will er denn?«

»Die Heizung im Schlafzimmer entlüften, die war die letzten Nächte so laut, dass ich kaum schlafen konnte.«

Das untreue Würmchen trat zur Seite und ließ den falschen Hausmeister ein, der im Schlafzimmer rasch alle herumliegenden Klamotten, die nach Frau aussahen, in Antonias geräumige Handtasche stopfte und sich diese über die Schulter warf.

Der Ehrl-König flüsterte mir zu: »Wo ist sie?«

»Bei uns oben in der Wohnung.«

Er atmete hörbar entspannt aus und pflaumte mich dann an. »Nächstes Mal kommen Sie bitte etwas früher, mein Tag beginnt um sechs und irgendwann will ich mich auch meiner Familie widmen. Sagen Sie Bescheid, wenn Sie fertig sind.«

Ich rollte mit den Augen, tat so, als drehe ich an dem Heizkörperventil herum, schlug ein paar Mal mit der Rohrpumpenzange drauf und ging dann in den Flur zurück. »Fertig!«, rief ich.

Raquel Ehrl-König, eine rassige Mittvierzigerin mit massivem Untergewicht, kam zusammen mit ihrem untreuen Gatten in den Flur. »Das ging ja flott«, meinte sie.

»Ja, dafür bin ich bekannt, ich komme spät, aber schnell.«

Die Professorengattin warf einen Blick auf die Tasche über meiner Schulter. »Eine Liebeskind-Tasche? Ist das nicht ein ungewöhnliches und sehr teures Accessoire für einen Hausmeister?«

»Ich lehne das heteronormative Geschlechtermodell grundsätzlich ab, und warum soll sich ein werktätiger Mann nicht auch mit schönen, kostbaren Dingen umgeben?«, konterte ich und löste Kopfschütteln bei der Dame aus. Ich hatte Spaß an der Scharade gefunden und hob die Zange hoch. »Yin-Yang ist das Zauberwort.«

Frau Professor überlegte mit sichtlicher Anstrengung, was sie darauf erwidern sollte.

»Dann mal einen schönen Abend.« Der Professor hielt mir die Tür auf und ich hielt meine Hand auf, als ich durchging. Er kramte in seiner Hosentasche und hielt einen Geldschein hoch. »Ich habe nur fünfzig Euro parat.«

Ich schnappte den Schein und meinte: »Passt! Nacht- und Notfallzuschlag. *Milz Easy Facility* dankt für den Auftrag. Brauchen Sie eine Quittung?«

Professor Ehrl-König schüttelte mit zusammengepressten Lippen den Kopf. Er hatte auffällig tief liegende, schmale Augen und Pausbäckchen.

»Bastian! Fünfzig Euro!«, monierte die Gattin ziemlich lautstark.

Die Antwort des Gerügten hörte ich nicht mehr, weil hinter mir die Tür hart ins Schloss fiel. Ich lief lachend die Treppe hoch. So viel Spaß hatte ich seit meinem Unfall nicht mehr gehabt.

»Hast du schon zu Abend gegessen«, fragte ich Antonia, nachdem sie angezogen und mit geföhntem Haar aus dem Bad gekommen war.

»Nein, mir ist nicht nach Essen nach all der Aufregung.«

»Wie wäre es dann mit ein paar Drinks, um runterzukommen? Ich habe gerade fünfzig Euro Trinkgeld bekommen und würde es gern auf den Kopf hauen.« Ich grinste. »Ich würde noch zehn Euro drauflegen.«

»Aber keine tiefgründigen Gespräche, warum ich mich nicht nach einem besseren Mann umsehe und das alles mitmache. Klar? Und wir leben am Limit, das heißt, wir geben nicht mehr als die sechzig Euro aus. Danach ist Schluss.«

»Klar, muss nicht sein. Wie wäre es mit Wodkashots in der *Destille?*« Die Kneipe, deren Mittelpunkt ein alter

Akazienstamm bildete, war nur wenige Schritte entfernt und ein perfekter Platz, um abzuhängen. Ich musste bei meinem Medikamentenkonsum aufpassen mit Alkohol, wollte aber wenigstens so tun, als würde ich mittrinken. Ich wollte auf keinen Fall, dass dieser Abend mit Antonia zu Ende war.

»Mir ist eher nach ohrenbetäubender Musik, hochprozentigen Drinks mit Röhrchen und viel Zucker im *Palmbräu* und Pogotanzen mit den Erstsemestern. Danach kotzt es sich besser.«

»Tz, tz, tz, woher hat die Frau Doktor nur solche Ausdrücke und Gedanken?« Das klassisch-schlichte Erscheinungsbild der Professoren-Assistentin täuschte anscheinend. Die Dame war nicht auf den Mund gefallen.

»Fünf Brüder und ein Studium in München, währenddessen ich mich durch alle Burschenschaften gereihert habe.«

»Im Prinzip würde ich gern mitgehen, aber ich bin ein hinkender Hausmeister, also wird das nix mit Pogotanzen.«

»*Shit!* Wie kommt's?«

»Ich dachte, wir wollten heute Abend keine tiefgründigen Gespräche führen.«

»Stimmt auch wieder. Wäre aber ein geiler Name für einen Porno oder eine Sexstellung: *Der hinkende Hausmeister.*« Antonia war auf den ersten Blick eine herbe Schönheit, die eher Kühle als Wärme ausstrahlte. Wenn man sie näher kannte, war sie unglaublich lustig und strahlte von innen wie ein Heizpilz. Dadurch gewann sie in meinen Augen noch an Attraktivität. Ich fühlte ein bekanntes Ziehen im Unterleib, das ich, seitdem ich in Heidelberg gestrandet war, nicht mehr gespürt hatte.

»Wie geht die?«, fragte ich mit belegter Stimme und räusperte mich.

»Soll ich es dir zeigen?« Ihre tiefblauen Augen leuchteten verführerisch. »Du musst auch nicht Pogo tanzen, sondern nur als Poledance-Stange dienen.«

»Ähm, jetzt hier gleich?«

»Warum nicht?« Ihre Stimme klang heiser und vielversprechend.

In diesem Moment kam Xandra aufgelöst heulend zur Tür herein und rannte grußlos an uns vorbei in die Küche. Ich fragte mich, wer ihr schon wieder Grund zur Verzweiflung gegeben hatte. Die erotische Stimmung war auf jeden Fall hinüber.

»Dann eben doch *Palmbräu* und Drinks mit Schirmchen.« Hauptsache hier raus, um nicht das Opfer von Xandras Aufmerksamkeitsdefizit zu werden.

DIE *PALMBRÄU GASSE* verband die Hauptstraße mit der Unteren Straße. Oben beherbergte sie ein uriges Restaurant mit Schweinshaxen als Spezialität. Der untere Teil verwandelte sich ab zweiundzwanzig Uhr in eine gut besuchte Disco und Partymeile.

Wir stellten uns in zweiter Reihe an die Theke. Antonia checkte die Karte und rechnete aus, dass jeder von uns fünf Wodka Soda für vier Euro neunzig trinken konnte und wir sogar noch Geld übrig hätten.

»Meinst du, das reicht, um diesen Abend vergessen zu können?«, fragte ich.

»Probieren geht über Studieren. Das Motto ist: Ex oder Arschloch, Hausmeisterchen.« Solche Kampfsäufersprüche aus dem Mund einer Ärztin, die klassische Rollkragenpullover und Perlenohrringe trug, machten dem Hausmeisterchen Lust auf so viel mehr Antonia Brandt.

35

Steffen und das pralle Leben

*Listen to the song here in my **heart**, a melody I start but can't complete.*
Listen/Beyoncé

DER DJ SPIELTE *Havana* von Camila Cabello. Fräulein Brandt machte mit den Armen und Hüften sehr authentische Bewegungen. Normalerweise ließen mich tanzende Frauen kalt, dafür hatte ich in meiner Zeit als DJ zu viele Körper sich wie Zombies bewegen sehen, ganz in der Musik und in sich selbst versunken. Antonia dagegen hatte etwas Lebendiges in ihren Bewegungen, das mich durch die von Schmerzmitteln und Psychopharmaka verursachte Apathie erreichte. Wenn sie redete, tanzten ihre grazilen Hände wie Vogelschwingen durch die Luft.

»Was macht man eigentlich so als Assistentin eines Professors?«, fragte ich des Lärmes wegen direkt in ihr hübsches Ohr.

»Ach!«, sie winkte ab, nahm dem Barkeeper die beiden Drinks ab und reichte mir einen. »Ich Glückliche darf die ganzen Katarakt-OPs für den Herrn machen und lerne so gaaanz viel.«

»Das klingt sehr sarkastisch.«

»Das ist sehr sarkastisch und wir wollten keine vernünftigen Gespräche führen. Vergessen?«

Der DJ hatte einen sehr unsauberen Übergang zu *Legendary* von Welshly Arms performt und ich verzog das Gesicht.

»Schmeckt dir der Wodka nicht, *Mompfred*?«

»Mompfred?« Ich lachte amüsiert auf.

»Na ja, ich dachte, Bülent Ceylans Persiflage eines *Hausmeschders* ist euer Held hier in der Gegend. Und da du vorhin mit der Rohrpumpenzange rumgerannt bist …«

»Kenne ich nicht. Ich bin Schwabe und komme aus Ulm.«

Die drei Einheimischen, die an der Theke vor uns saßen, kannten *Mompfred* ohne Ausnahme – jeder hatte einen Satz drauf und alle lachten sich *kronk*. Ich lernte, dass der Mannheimer Dialekt sich von dem Heidelberger unterschied. Der Vorteil war, dass sie uns an ihrer Flasche Tequila Gold teilhaben ließen, was bei unserem knappen Budget begrüßenswert war. Die Gruppe um uns herum verdichtete sich und wurde immer größer. Antonia war ins weibliche Lager übergelaufen und schlängelte sich zu *True Colors* von Zedd & Kesha auf einer der Bänke um eine zwanzigjährige dunkelhäutige Schönheit.

Das war tatsächlich seit ewigen Zeiten das erste Mal, dass ich das Clubleben wieder von der anderen Seite erlebte und bis auf den miserablen DJ auch genoss. *Steffen Milz is back in the house* und seine weibliche Begleiterin war *fett fly.* Ich sah für einen kurzen Moment Timo hinter dem Controller stehen. Die Traurigkeit drohte sich wieder wie eine dichte Decke über mich zu legen und mir die Luft zum Atmen zu nehmen. Der Weg in die Dunkelheit war immer der Gleiche. Erst poppten die Bilder von Timo auf, ich hörte seine Stimme und den Akkordeonakkord. Darauf folgten die letzten Sekunden vor meinem Sturz, das rhythmische Tuckern des Traktormotors und zum Schluss das Bild, als ich in der Unfallklinik aufgewacht bin und jede Menge Metall in meinem Bein steckte.

Antonia kam mit ihrer neuen Freundin Lavinia an die Theke und verscheuchte die unwillkommenen Bilder. Lavinia flirtete mich hemmungslos an, bis ich erzählte, wie alt ich war, dann pries sie mir übergangslos ihre Mutter an.

»Läuft bei dir?« Antonia war planmäßig beim fünften Wodka-Soda gelandet, ich nippte ab und zu an meinem zweiten. Dank des Tequilas unserer einheimischen Freunde war meine Begleiterin sehr breit und unglaublich lustig.

»Geht so. Die Kleine hat mir eben die Telefonnummer ihrer Mutter gegeben, die ist frisch geschieden. Ich glaube, ich bin zu alt für diesen Scheiß.«

»Trink, dasch macht jung, Mompfred.«

UM EINS SCHLOSS der Laden unter der Woche und wir verabschiedeten uns vor der Tür von unseren neuen Freunden aus Weinheim, die noch einen längeren Heimweg hatten. Antonia und meine zukünftige Stieftochter küssten sich zum Abschied lang und innig auf den Mund.

Neben ihnen stritt sich ein Pärchen, das vorhin im *Palmbräu* noch wild und hemmungslos miteinander geknutscht hatte. Das Girlie heulte hysterisch und warf ihrem wesentlich älteren Freund vor: »Du bist so gemein, Knut! Wenn du über mich urteilen willst, dann geh doch erst mal den Weg, den ich gegangen bin.«

Antonia mischte sich ein. »Wasch jetscht für ein Weg? Dein Schulweg oder wie, Mädschen?«

»Warum disst die aggro Bitch mich? Knut, du musst mich verteidigen!«

Anstatt uns für unsere streitlustigen Begleiterinnen zu prügeln, zogen wir sie auseinander. Sicherheitshalber ging jeder die

Untere Straße in eine andere Richtung davon. Ich hatte die eindeutig bessere Frau erwischt. Das andere Mädchen keifte kreischend beim Weitergehen. »Was denkt die alte Kuh, wer sie ist?«

»*In sche feisch, du Bitsch!*« Antonia war unwiderstehlich drollig, wenn sie sich ärgerte und betrunken war. »Auf jeden Fall denke isch, dasch isch keine alte Kuh bin. Eher ein scheues Babyreh. Scho, da schag mal wasch daschu!«

»Du bist im Moment eher irgendwas Blaues total Niedliches aus der Tierwelt.« Das ich mit nach Hause nehmen und mit Haut und Haaren verschlingen möchte, setzte ich den Satz in Gedanken fort.

»Karpfen blau! Hicksch! Hey, esch hat verdammt viel Schpaß gemacht, ein Mitglied bildungschferner Schischten in dasch akademische Nachtleben Heidelbergsch einschuführen. Jederscheit wieder.«

Ich war selbst gut gelaunt und hatte zu lange keinen Sex mehr gehabt, um diese Steilvorlage nicht zu meinem Vorteil zu nutzen. »Als Vertreter der bildungsfernen Schicht würde ich gern heute Nacht mein Glied in eine lebende Heidelberger Akademikerin einführen.«

»*Schit,* du kannscht aber geile Reschycling-Schachtelschätsche, Schteffen Miltsch. Scho wortgewandt wurde isch noch nie, niemalsch angemacht. Reschpekt!« Das scheue Babyreh hatte mittlerweile massive Probleme mit der Aussprache und ich mit der Selbstkontrolle. »Alsch Belohnung schollte isch dir wirklisch scheigen, wie der *hinkende Hauschmeischter* geht.« Dann krachte sie lachend an die nächste Hauswand und sank daran zu Boden. »*Mayday, mayday*, Mompfred. Rette dasch Reh! Apropos: Wäre isch wirklisch ein Reh, wie hiesche isch mit Vornamen? Losch, schag schon!«

Ich holte mein Handy heraus, um Ibrahim anzurufen. »Keinen blassen Schimmer.«

Antonia holte tief Luft, ehe sie lachend antwortete: »›Kartoffelpü‹! Hammer, oder? – Lach doch mal rischtisch, Mompfred!« Sie nahm mein Gesicht in ihre warmen Hände, drückte mit den Daumen beide Mundwinkel nach oben und machte selbst eine völlig übertriebene Grimasse. »Scho! Schiehsch du! Geht doch!«

Ich versuchte mein Bestes und erschrak, als ich seit anderthalb Jahren zum ersten Mal wieder mein volles, dröhnendes Lachen hörte. Ich musste dieses süße Reh heute Nacht einfangen und für mich behalten. Mal sehen, was mein Schicksal dazu meinte. Das war wie in Krimis – die auserwählten Frauen des Polizeihelden mussten entweder sterben oder ließen sich scheiden.

MEIN STAMMTAXIFAHRER HIELT wenige Minuten später vor uns. »Wo Sie wolle?«, fragte er und sprach weiter, ohne meine Antwort abzuwarten. »Hea, aber wenn d'jetzt sagsch, fahr Heumarkt, isch Schluss mit alter Freundschaft.«

»Nein, das Reh wohnt in der …?«
»Werderschtrasche.«
»Genau da.«
»Komm mit, hinkender Hauschmeischder, isch kann heute Nacht nischt allein schein. Beschüdsch dasch scheue Reh vor den Vampiren, Jägern und böschen Schefärdschden. Antonia schehr, schehr traurisch schonschd.«

Ibrahim sah mich im Rückspiegel an. »Du schon wieder Glückshans.«

IN DIESER NACHT behielt mein türkischer Kumpel recht. Antonia zeigte mir, wie das mit dem hinkenden Hausmeister funktionierte. Dieser zierte sich etwas, sein Bein mit den noch frischen Narben und den Dellen im Gewebe zu zeigen, und hatte Angst, wegen der Medikamente nicht lange genug *performen* zu können. Antonia nahm dem ganzen Vorgang jegliche Verlegenheit – im Gegenteil, sie machte daraus mit ihren Vogelschwingenhänden, den langen Haaren und dem unwiderstehlichen Charme einer Promilleschwalbe einen höchst erotischen Vorgang.

»Hey, Mompfred, dschill mal endlisch. Isch bin Augenschi ... äh ... Augenschi ... ja alscho isch habe lange, lange, schogar verdammt lange, eigendlisch viel schu lange, Medischin schdudierd. Wasch glaubsch du, wasch isch allesch schon geschehen habe. Tote, schrumpelige Penische! Komm, isch helfe dir ausch der Hosche.«

»Es würde mir ungemein helfen, würdest du aufhören, mich Mompfred zu nennen.«

»Isch *Schtompfred* bescher?« Antonia grinste frech, schlug die Hand vor den Mund und meinte: »Entschuldige! Entschuldige! Entschuldige! Isch bin auscherordentlisch beschoffen! Isch meine dasch nischt scho! Dasch ischt eine perfekte Mischung aus *Schteffen* und *Mompfred,* verschdesch? Keine Dischkriminierung von Minderheiten.«

Dann setzte Antonia sich auf mich und führte meinen alles andere als toten, schrumpeligen Penis ganz langsam in sich ein. Ich stöhnte laut und die süße, besoffene Quasselstrippe schwieg das erste Mal an diesem Abend.

Nach dem Sex fiel meine Partnerin übergangslos ins Koma und schnarchte, was das Zeug hielt. Ich lag erschöpft und angenehm entspannt neben ihr und überlegte, wie der hinkende Hausmeister die Transformation zum hinkenden Chirurgen hinbekommen würde, bis auch ich einschlief.

36

Antonia und der unvermeidliche One-Night-Stand

*Once upon a time I was falling in love, but now I'm only falling apart and there's nothing I can do, a total eclipse of the **heart**.*
Total Eclipse of the Heart/Bonnie Tyler

MEIN HANDY BEGANN pünktlich um 5.45 Uhr mit dem *Cum dederit* aus Vivaldis *Nisi Dominus*– meinem Weckton. Normalerweise drückte ich die Stopptaste, ehe der Countertenor einsetzte, weil mir das hohe Gejaule am frühen Morgen zu viel war. Heute packte ich es erst bei 3:59, Valer Barna-Sabadus' göttliche Stimme abzustellen.

Neben mir bewegte sich etwas und stöhnte: »Guten Morgen. Ungewöhnliche Weckereinstellung.«

Es konnte sprechen. Einen Moment hatte ich gedacht, ich hätte nur geträumt, dass ich den Hausmeister von Bastians Wohnung heute Nacht mitgenommen und wohl auch *Komasutra* mit ihm gehabt hatte. Die Krücke auf dem Boden vor meinem Bett war jedoch ein eindeutiger Beweis. Ich traute mich nicht, mich umzudrehen, musste aber antworten: »Guten

Morgen. Sorry, wenn ich nicht viel mit dir rede. Ich bin kein Morgenmensch und brauche erst mal einen anständigen Kaffee und eine heiße Dusche. Plus, ich habe einen leichten Hangover. Soll ich dir eine Tasse mitmachen?«

»Das wäre lieb. Mit viel Milch und wenig Zucker.«

Trotz meines Brummschädels erinnerte ich mich dumpf, dass sowohl der Clubbesuch als auch die After-Club-Party mit Geschlechtsverkehr alles andere als hausbacken gewesen waren. Steffen Milz war in mancher Hinsicht ein Volltreffer. Ich setzte mich auf die Bettkante und zog ein T-Shirt über, das neben dem Bett lag. »Weißt du was, ich bringe dir den Kaffee ans Bett und du bleibst einfach noch eine Weile liegen. Kein Grund, dich auch zu beeilen. Ich muss bereits um sieben in der Klinik sein.«

»Wäre aber gut, wenn du mir mein T-Shirt dalassen würdest.« Steffen hatte tief eingegrabene Nasolabialfalten, die ihm sehr gut standen und seinem angedeuteten Lächeln einen passenden Rahmen gaben.

Ich sah an mir herunter. Ich besaß tatsächlich kein Shirt mit dem Ironhai-Bike-Logo. Ich zuckte entschuldigend mit den Schultern. »Ich leihe es mir kurz, bis ich angezogen bin.«

Verdammt, Antonia!, verfluchte ich mich selbst. Weil ich nicht gern allein schlief und Sex mich beruhigte, wachte ich immer wieder neben One-Night-Stands auf. Mit etwas Glück konnte ich mich am Morgen danach mit einer Ausrede ganz schnell verkrümeln. Mit etwas Pech, so wie heute, lag der ONS in meinem Bett und löste sich nicht in Luft auf, nur weil das meiner Wunschvorstellung entsprach.

Ich lief in die Küche und checkte mein Handy. Keine Nachricht von Bastian. Ich startete die Kaffeemaschine, schenkte mir ein Glas Orangensaft ein, schluckte die Pille und ging ins Bad, mich duschen und fertig machen.

Als ich wieder in die Küche kam, saß Steffen mit wirrem Haar, Jeans und offenem Flanellhemd an der kleinen Theke und hatte sich selbst einen Becher eingeschenkt. Seine Brust war nicht rasiert. Ich erinnerte mich, dass sich die Haare seidig zwischen den Fingern angefühlt hatten. Wenn man die Arthrodesenstiefel und die Krücke nicht beachtete, war Steffen die Verkörperung eines breitschultrigen, sehr gepflegten Holzfällers, der mit einer Kettensäge jedes Problem lösen konnte. Fehlte nur noch der Bart. Dazu war er noch erstaunlich eloquent und intelligent. Männermaterial vom Feinsten, würde Liese es ausdrücken.

»Ich habe mich selbst bedient, wenn es recht ist. Ich muss auch bald zur Arbeit«, meinte er mit diesem wohlklingenden, tiefen Bass, der seit heute Nacht etwas in mir zum Vibrieren brachte.

»Ja, ganz wunderbar.« Ich füllte einen verschließbaren Thermosbecher für unterwegs. »Wenn du noch was essen willst, schau einfach im Kühlschrank nach, da müssten noch Aufbackbrötchen sein – leider nichts Spektakuläres. Ich war nicht auf Übernachtungsbesuch eingestellt.« Ich lachte verlegen. »Ich koche zwar gern, aber ich habe nie so viel zu Hause, sonst esse ich es nur.« Ich präsentierte meine offene Handfläche mit meiner Hangover-Erstversorgung: »Magnesium, Calcium und Vitamin B hätte ich da.«

»Schon in Ordnung. Danke, nein. Ich hole mir später auf dem Weg was. Ich muss dir was sagen, Antonia ...«

Oh, bitte, jetzt bloß keine Liebeserklärungen oder sonstige tiefsinnige Gedanken zu letzter Nacht. »Das war dein erstes Mal? Musst du nicht extra erwähnen, man hat es gemerkt.« Ich zwinkerte ihm zu.

Steffen schmunzelte und mir zog es den Magen zusammen. Seit ein paar Stunden sah ich den Hausmeister in einem anderen Licht – ich hatte alles andere als das Gefühl gehabt, dass dies sein erstes Mal gewesen war. Steffen hatte mich im Bett tatsächlich geflasht. Es war, als hätten wir schon unzählige

Male miteinander geschlafen. Er wusste auf Anhieb, welche Knöpfe er wann und wie lange drücken oder wie fest er wo rubbeln musste. So ein Männermodell war eine Rarität.

»Oh, dann habe ich definitiv was falsch gemacht«, schmollte er.

»Du kannst ja üben, das macht Spaß. Sei mir nicht böse, aber ich habe es furchtbar eilig. Mein Chef möchte, dass seine Mitarbeiter pünktlich, ehrlich und fleißig sind. Schließ bitte einfach die Tür hinter dir.«

»Gut, dann ein anderes Mal. Vorausgesetzt, wir sehen uns wieder?« Der Dackelblick war neu, prallte aber an meinem dicken Brustpanzer aus Enttäuschung und Erfahrung ab.

»Klar, du wohnst ja schließlich im selben Haus wie mein Lover. Ciao!« Ich ging so schnell wie möglich aus dem Zimmer, um Steffens Reaktion nicht sehen oder hören zu müssen. Der kleine Feigling, der mich im Flurspiegel ansah, fühlte sich seit langer Zeit wieder von einem Mann in den Bann gezogen, der nicht gebunden war, dafür aber ein hinkender Hausmeister. Sehr gut, bestand schon mal nicht die Gefahr, dass er mich auf einen Berg schleppte, um Schluss mit mir zu machen.

# 37

Steffen und die leere Wohnung

*So, honey, now take me into your loving arms. Kiss me under the light of a thousand stars. Place your head on my beating **heart**.*
Thinking Out Loud/Ed Sheeran

ANTONIA WAR NACH dieser Nacht gegangen, ohne sich mit einem Kuss zu verabschieden. Das verbuchte ich als schlechtes Zeichen. Dafür hatte sie mich allein in ihrer Wohnung zurückgelassen. Das zeugte zumindest von Vertrauen, das ich nicht enttäuschen wollte. Ich nahm meine Kaffeetasse, spülte sie ab, stellte sie abgetrocknet wieder auf das Regal, von dem ich sie geholt hatte, und machte einen Rundgang durch Antonias Reich.

Die Dachwohnung erinnerte an ein sonnendurchflutetes Ferienhaus am Meer. Überall standen Palmen, weiß gestrichene Holzlaternen und riesige Glasvasen, die mit Muscheln, Sand und Korallenstücken gefüllt waren. Fast deckenhohe Fenster und weiße Stuckdecken brachten die vielen Blautöne der Einrichtung zum Leuchten. Auf dem Couchtisch fiel eine große türkisfarbene Steingutschüssel ins Auge, deren Risse mit einer goldfarbenen Masse gekittet waren.

Ich wollte hier nie wieder weg. Ich wollte mich in den gemütlichen Ohrensessel aus weiß gebeiztem Rattan setzen, ein Buch lesen und warten, bis Antonia nach Dienstende wieder nach Hause kam.

Ich seufzte und ging ins Schlafzimmer, das Bett machen. Über dem weiß lasierten Bett aus Seegrasgeflecht hing ein zwei auf zwei Meter großes Foto, das das Innere eines Streichinstrumentes zum Motiv hatte. Durch die gewundenen Schalllöcher fielen gebündelte Lichtstrahlen, die das Instrument wie eine imposante Kathedrale aus Holz wirken ließen. In der Zimmerecke stand ein Cello. Ich zupfte an den Saiten. War das Instrument Deko oder wurde es tatsächlich genutzt? Ich hatte mir Klavierspielen auf einem gebrauchten E-Piano, das ich mir auf dem Flohmarkt gekauft hatte, selbst beigebracht. Ich konnte jedoch keine Noten lesen, sondern drückte die Tasten nach Gehör. Timo war der Vollblutmusiker und Komponist in unserem Team gewesen. Der wenig anspruchsvolle Text: *Doc Infernal is getting late – Doc Infernal is getting laid!*, stammte dagegen von mir. Ich war derjenige, der die Tonspuren mit den Aufnahmen am Controller gemischt, Soundeffekte eingebaut und die Loops und Hot Cues gesetzt hatte.

Auf dem Schreibtisch gegenüber dem Bett stand ein zugeklappter Laptop und daneben lag ein Tagebuch mit kunstvoll marmoriertem Einband. Ich fuhr mit dem Daumenballen darüber und verkniff mir, eines von beiden zu öffnen.

Es war höchste Zeit für mich, zur Arbeit zu gehen. Ich benutzte noch einmal die Toilette, roch nach dem Händewaschen an einem fast leeren Parfümflakon und hatte das Gefühl, etwas Verbotenes zu tun. L'Interdit von Givenchy.

IN MEINER MITTAGSPAUSE suchte ich in der Drogerie in der St.-Anna-Gasse nach dem klassischen Duftwässerchen, das es seit 1957 gab. Ich wollte Antonia beim nächsten Treffen ein Geschenk mitbringen. Audrey Hepburn hatte einst dafür Werbung gemacht, erklärte mir die aufmerksame Drogeriefachverkäuferin mit dem perfekten Make-up und zog einen Flyer aus einer Schublade.

»Der Hersteller beschreibt den Duft so: *Ein weißer floraler Akkord aus Orangenblüten, arabischem Jasmin und Tuberose trifft auf dunkle, rauchige Nuancen von Patschuli, Vetiver und Ambroxan – unerwartet, schockierend und hoch verführerisch.*«

Schöner hätte ich Antonia nicht beschreiben können. Ich kaufte die größte Flasche und ließ sie aufwendig einpacken.

38

Antonia und die liebe Arbeit

*Nothing scares me more than the silence of your **heart**.*
Tell Her You Belong to Me/Beth Hart

DIE FÜNFZEHNMINÜTIGE RADFAHRT in die Kopfklinik half nur wenig, meinen leichten Hangover wegzublasen. In der Umkleide traf ich auf Liese, deren Nachtdienst gerade zu Ende war.

»Schnecke! Wie siehst du denn aus? Ist anscheinend megaanstrengend, so ein Verhältnis mit einem älteren Herrn.«

»Im Gegenteil! Ich bin bei wesentlich Jüngeren im *Palmbräu* gelandet und habe den nicht ganz so alten Hausmeister von Bastians Wohnung abgeschleppt.«

»Du wildes Luder!« Liese pfiff durch die Zähne. »Von dir kann man noch was lernen! Ruf mich heute Abend mal an oder, noch besser, komm vorbei. Linda ist bei Jindra. Ich muss das alles hören.«

»Mal sehen, wie der Dienst läuft. Wer macht für mich Narköschen?«

»Dennis hat mich abgelöst. Er schleift eine nagelneue, blonde PJlerin mit sich herum und zieht eine breite Sabberspur hinter sich her. Pass auf, dass du nicht ausrutschst.«

»Aye, aye, du weise Frau in Flohmarktklamotten.« Lieses Kleiderstil war verwegen – eine mutige Mischung zwischen Jungfrau vom Lande und Piratenbraut. Ich verließ die Schleuse, wusch mich für die OP steril ein und hörte, wie Dennis mit seiner Begleitung hinter mir vorbeilief.

»Moin, Frau Doktor Brandt.«

Ich sah ihm nach. »So förmlich, Doktor Cornazzano?«

»Respekt vorm Alter.« Er grinste. »Warum ich mich für die Anästhesie entschieden habe, fragst du?«, parlierte der Narkosearzt weiter. »Ganz simpel: Ich war PJler wie du und hatte einen saucoolen Anästhesisten, der mich in Tübingen an die Hand genommen hat. Der legendäre Benny Brandstätter meinte: »Ihren Nachnamen kann ich nicht, Ihren Vornamen will ich nicht aussprechen, ich nenn Sie einfach *Hey-Du,* wie alle anderen PJler vor Ihnen.« Da wusste ich, das ist der richtige Beruf und das passende Umfeld für mich.«

»Müssen wir uns nicht auch waschen, wenn wir in den OP gehen? Oder ist das jetzt eine dumme Frage? Ich meine ja nur ...«

Ich erkannte die junge Dame trotz OP-Haube sofort an dem hochfrequenten Mäusegepiepse, das aus ihrem Mund kam. Das war die hysterische blonde Ziege, die mir heute Nacht Knut auf den Hals hetzen wollte.

»Negativ. Anästhesisten sind in der Regel sehr gepflegt und von Natur aus reinlich. Wir haben uns vorhin die Hände gründlich gewaschen und jetzt reicht es, wenn wir sie desinfizieren.« Er betätigte den Spender an der Wand und verrieb die Flüssigkeit gründlich.

Die Begleitmaus ahmte jede seiner Bewegungen nach. »Cool, wie locker das so zugeht. Ich dachte immer, das ist alles so streng hierarchisch. Ich meine nur so. Mein Fachgebiet wird *def* die *Gyn* sein.«

Die neueste Unsitte der worterkennungsgeschädigten Millenniumskinder, sie sparen auch beim Sprechen Buchstaben und kürzen Worte unsinnigerweise ab. Was der Anästhesist antwortete, hörte ich nicht mehr, die beiden waren jetzt außer Hörweite.

Ich traf Dennis und seine studentische Klette wenige Minuten später im Saal 4 wieder.

Mein Kollege stand an der offenen OP-Tür und produzierte sich. »Die liebe Frau Doktor Brandt macht die Lokalanästhesie zwar höchstpersönlich, aber wir müssen noch ein halbes Stündchen dableiben, falls sie sich vertan und der Patientin aus Versehen eine Vollnarkose verpasst hat. Ist quasi eine Fehlverteilung beziehungsweise Intoxikation durch das Lokalanästhetikum, die zentral im ganzen Hirn wirkt und das Atemzentrum lahmlegt. Wir müssten dann intubieren und beatmen. Sollte zwar nicht passieren, aber man muss immer bereit sein, einzugreifen und zu retten, was zu retten ist, wenn der Chirurg abkackt.«

Ich ging augenrollend an den beiden vorbei, sah noch mal auf den Plan und begrüßte meine erste OP für heute: »So, Frau Olheiser. Wie geht es Ihnen? Bereit, die Welt wieder ungetrübt sehen zu können? Ich würde dann mit der Lokalanästhesie beginnen.«

Die Schwester half mir, nachdem ich die Retrobulbäranästhesie gestochen hatte, in den Mantel, knüpfte ihn zu und zog mir anschließend die sterilen Handschuhe über.

Die Patientin lachte nervös. »Ich dachte, Sie seien auch OP-Schwester. Sind Sie nicht ein wenig zu jung, um schon eine solch schwierige Operation durchzuführen? Ich bin

Privatpatientin mit Chefarztwahl. Wo ist der Chef denn? Kommt er gleich?«

»Der ist heute auf einer Fortbildung. Keine Sorge. So was macht der Nachwuchs wesentlich besser, unsere Hände zittern noch nicht so wie die der Senioren. Außerdem brauchen Sie keine Angst zu haben, in diesem OP sind über hundert Jahre Erfahrung vereint plus eine sehr kompetente Medizinstudentin im Praktischen Jahr, da sind Sie bestens aufgehoben.«

»Oh, Mann ihr habt hier alle so coole Sprüche drauf«, meinte die medizinische Anfängerin und fragte, ob sie den Tag an meiner Seite verbringen dürfe. »Augenchirurgie finde ich so *more interesting*. Kein *hate*, Dennis, ich meine nur so.«

»Um das beurteilen zu können, musst du erst mal den Weg gegangen sein, den unser lieber Doktor Cornazzano gegangen ist.«

»Echt jetzt?« Sie blickte Dennis mit vor Staunen aufgerissenen Augen an, stellte aber immer noch Verbindung zu heute Nacht her. »Du hattest einen schweren Weg?«

Der Kollege sah wiederum mich mit gerunzelter Stirn an und fragte: »*Veisalgia, Dottoressa?*«

»F 10.0. So, jetzt Ruhe auf den billigen Rängen, die Chirurgin übernimmt. Startet ihr mal meine Playlist. Bitte.«

»Müssen wir?«, fragte Nora, die Assistenzschwester, lachend. Niemand außer mir mochte Klassik, weshalb Dienste mit mir als Operateurin nicht sonderlich beliebt waren. Aus den Lautsprechern schwebte sanft Mozarts *Vesperae solennes de Confessore in C* mit der wunderbaren Stimme von Emma Kirkby.

Nora hatte das Auge bereits desinfiziert und Andrea, die sterile Schwester, deckte es mit mir gemeinsam ab. Ich setzte den Lidsperrer und zog das Mikroskop ran. Andrea reichte mir ein Diamantmesser, ich machte die erste Inzision in die Cornea und eröffnete die Kapsel.

»Die Musik ist furchtbar«, fiel mir die Patientin in den Rücken. »Da bekommt man ja Kopfschmerzen von.«

»Ich würde mich nicht mit jemand anlegen, der mit einem scharfen Instrument in meinem Augapfel rumfuhrwerkt«, scherzte ich. »Immer schön in das Licht sehen, solange Sie es noch sehen können, und still halten.«

Die Assistenzschwester prustete in ihren Mundschutz und ich machte unbeirrt weiter. Die Kapsulorhexis lief wie geschmiert.

Emma Kirkby sang den passenden Titel zum Eingriff. Wäre ich allein gewesen, hätte ich die Melodie mitgesummt – eine gute Übung fürs Cellospielen. »*I saw my lady weep, and sorrow proud to be advanced. So, in those fair eyes where all perfections keep. Her face was full of woe ...*«

Leider verstand meine Patientin kein Englisch und plapperte unter der Abdeckung wie ein Wasserfall nach Starkregen. War ja immerhin eine Katarakt-OP, tröstete ich mich.

Sie erzählte von ihrem Haus mit drei Bädern, die sie nach dem Auszug ihrer zwei Töchter, Melissa und Marissa, nicht mehr brauchte. Sie schwärmte von dem neuen SLK-Cabrio, mit dem ihr Mann sie in die Klinik gefahren hatte. Der war ja sonst ein paar Nummern größer aus dem Hause Mercedes-Benz gewohnt. »GLC, wissen Sie!« Mir sagten diese Buchstaben rein gar nichts. Ich erfuhr weiter, dass *ihr* Robert noch mal weggefahren sei, um einen Blumenstrauß zu holen, den er ihr nach der OP überreichen werde. »*Meiner* ist Filialleiter bei der Sparkasse und kauft mir, seit wir verheiratet sind, jeden Freitag einen neuen Blumenstrauß und alle vier Jahre ein neues Auto.«

Wie sicher musste man sich seines Partners sein, wenn man nur noch das besitzanzeigende Pronomen für ihn verwendete, ohne für die Person selbst ein Wort übrig zu haben? Ich spülte unbeeindruckt von dem luxuriösen Leben der Patientin den Linsenkern vor der Phakoemulsifikation an. Die Linse erwies sich als recht hart, aber der gepulste Ultraschall des medizinischen Gerätes packte auch diese Aufgabe mühelos. Ich saugte die Kapseltrümmer sowie nach der Kapselpolitur die Linsenreste ab, füllte die Kapsel mit Gel und führte die faltbare Bügellinse ein.

Ich stand auf. »So, das war es.«

»Schon fertig?« Die Patientin schien enttäuscht. »Dann muss ich gleich Robert schreiben, dass er schon kommen kann. Ich habe ihm gesagt, ich brauche bestimmt drei Stunden. Er hat sich die ganze Woche frei genommen, um sich um mich zu kümmern.«

»Das ist aber sehr aufmerksam von Ihrem Mann. Sie müssen noch eine Weile liegen bleiben, ehe Sie gehen können.« Ich tropfte Antibiose und klebte die Augenklappe fest. Der Verband war nicht mehr mein Problem. Ich würde in einer Stunde noch mal nach der Patientin sehen, um sie zu entlassen. Die Kataraktoperation bei einem Grauen Star war Routine, die lediglich einiges handwerkliches Geschick erforderte. Ich hatte noch vier Eingriffe bis zur Teambesprechung vor mir, bei der *meiner* anwesend sein würde. Es fühlte sich seltsam an, so von Bastian zu denken. Wahrscheinlich, weil er überhaupt nicht *meiner* war, sondern *Raquels ihrer*. Ich schüttelte lächelnd den Kopf. Jetzt fing ich auch schon an mit diesem grausamen, verhunzten Deutsch.

39

Antonia und das verbotene Geschenk

*Lord, I offer up this rebel **heart**, so stubborn and so restless from the start.*
Rebel Heart/Lauren Daigle

DIESER FRÜHSOMMER WAR ein meteorologischer Traum. Ein Hoch jagte das nächste. Es regnete so gut wie nie und die Temperaturen fielen selten unter 25 Grad, auch nachts. Die Bauern jammerten und wir genossen das Leben im Freien. Die Augenklinik hatte praktisch einen Teil der Neckarwiese fest in Besitz genommen. Irgendeiner war immer da und okkupierte den Platz unter einer ausladenden Trauerweide direkt am Flussufer. Liese und ich hatten einen sehr ruhigen Nachtdienst hinter uns und waren im Anschluss direkt hierhergefahren. Wir brachten aus der Klinik eine Thermoskanne Kaffee und Muffins aus dem *Café Frisch,* das auf dem Weg lag, mit. Wir dösten in der Morgensonne und sahen den Ruderbooten und Frachtschiffen zu.

Mein Handy vibrierte. »Wer schickt dir sonntags so früh eine Nachricht?«, fragte Liese und beantwortete ihre Frage selbst. »Deine Mutter!«

»Ja, wer ist sonst so früh am Wochenende an einer alleinstehenden Frau interessiert?«

»Was will sie? Fragen, wann sie endlich mit Enkeln rechnen kann?«

»So ähnlich. Es ist schon seltsam, früher hat sie mich immer ermahnt, aufzupassen und bloß Kondome zu nehmen, und ab dreißig musste ich die Dinger bei ihrem Besuch verstecken, weil die Gefahr besteht, dass sie Löcher reinpiekst.«

Passend zum Thema schlug eine Gruppe sehr junger Mütter mit ihren Krabbelkindern direkt neben uns ihr Lager auf. Ich beobachtete das bunte Treiben eine Zeit lang. Die Mamis waren besser ausgerüstet als ich bei meinem einwöchigen Trip auf den Kilimandscharo. Fehlte nur noch, dass sie sich Maulesel zulegten, die halfen, das Zeugs zu schleppen. Die Kinderwagen waren schon bis zur zulässigen Höchstlast beladen.

Das aktuelle Spiel wurde unermüdlich auf dem Rücken der Kinder mit den Händen praktiziert. »Brot schneiden. Butter schmieren. Käse auflegen. Salz streuen. Schinken klopfen und reinbeißen!« Die Mütter quiekten lauter als die begeisterten, zum belegten Brot degradierten Kids.

»Ist dir auch aufgefallen, dass die Mütter mit ihren Kindern spielen wie wir früher mit unseren Puppen?«, fragte ich Liese.

Sie öffnete die Augen. Die Mamis verglichen gerade die exklusiven Sommerschuhe ihrer Ableger. Die Babys trugen nur Markenware: Nike, Elefanten, Rose et Chocolat, Sterntaler, Converse.

Liese antwortete erst nach einer Weile. »Nein, meine Eltern sind nicht so spielerisch mit mir umgegangen. Ich war noch richtig Kind, wurde regelmäßig geschimpft und musste nicht als Anziehpuppe herhalten. Meine Mutter hat es gehasst, mit mir

Schuhe einkaufen zu gehen, und das aus gutem Grund. Ich habe im Laden geplärrt wie am Spieß und nach den Verkäuferinnen getreten. Eine habe ich sogar mal in die Hand gebissen. Deshalb hatte ich immer nur ein Paar passende Schuhe, solange ich gewachsen bin.«

Nebenan hatte Lysander-Yannis, der ein Trikot der Deutschen Fußballnationalmannschaft trug, den Fehler gemacht, die schützende Decke zu verlassen und mit einem Patschehändchen das kontaminierte Gras zu berühren. Der arme Wurm wurde sofort in die Lagermitte gezogen, die Kleidung nach Zecken und sonstigem Ungeziefer abgesucht und beide Hände samt Armen bis zur Schulter mit feuchten Babytüchern desinfiziert. Wie sollten diese Kinder Abwehrkräfte entwickeln? Ich war mit meinen Geschwistern in Großstädten aufgewachsen, auf deren öffentlichen Spielplätzen Seuchengefahr bestand und gebrauchte Kondome in den Sandkästen verbuddelt waren. Auch wenn es unsere Eltern verboten hatten, dass wir dort spielten, konnten wir der Versuchung nicht widerstehen, das Botschaftsgelände bei jeder Gelegenheit zu verlassen und uns unters Volk zu mischen.

Es folgte eine heiße Debatte, welche Tücher die größte Reinigungskraft hatten und gleichzeitig die zarte Babyhaut nicht abraspelten. Meine Mutter war eine Verfechterin der primitiven Spucke-aufs-Taschentuch-Lösung und hatte trotzdem keines ihrer acht Kinder an den Tod durch Bakterienbefall verloren. Ich schüttelte den Kopf. War das der moderne Hauptsinn von Muttersein, eine Materialschlacht ums Kind zu schlagen?

Liese unterbrach meinen Gedankengang: »Was macht deine Familienplanung in real? Hast du den sterilisierten König des OPs endlich gegen einen potenten Samenspender ersetzt? Warum habe ich nie wieder was von dem sexy Hausmeister gehört? Seht ihr euch nicht mehr?«

»Ich habe dir nie etwas über ihn erzählt, außer, dass wir in der einen Nacht zufällig zusammen im Bett gelandet sind.«

»Genau das macht es ja verdächtig. Du schweigst. Wenn eine Frau schweigt, ist sie interessiert, aber es ist kompliziert. Man muss dir auch jedes Detail über King Bastian aus der Nase ziehen. Erinnerst du dich noch, als du dich ein paar Mal mit diesem witzigen Arzt aus der HNO getroffen hast? Was haben wir uns über seinen krummen Penis und seinen unrasierten Schritt amüsiert. Als ob man an Ako Pads lutscht, war dein Kommentar. Jetzt triffst du dich mit einem Handwerker, der in einem Hausfrauenporno die Hauptrolle spielen könnte, und nichts, kein Wort aus deinem scheuen Munde, Schnecke.«

»Die haben nie Krücken in den Hausfrauenpornos. Nur Ständer.«

»Orr, Schnecke! Heute so ein niedriges Niveau?«

Ich überlegte einen Moment. »Steffen hat mich letzte Woche zu einem ganz formellen Essen eingeladen und mir einen Flakon L'Interdit geschenkt.«

»Aha! Das lässt doch hoffen! Was musstest du als Gegenleistung tun?«

»Leere Versprechungen machen«, musste ich leider zugeben.

Ich lächelte in Erinnerung an das zufällige Treffen im Treppenhaus, in dem Steffen mir die Tüte der Parfümerie in die Hand gedrückt hatte und fragte, ob ich schon gegessen hätte, er hätte Lust auf Pasta. Wir landeten bei *Da Salvatore* am Stammtisch und sprachen über Musik und darüber, wie Musik und Leidenschaft miteinander verknüpft waren. Steffen hatte nach dem Abitur als DJ in Clubs aufgelegt und damit vor seinem Motorradunfall etwas dazuverdient. Er war viel herumgekommen, aber nie wirklich sesshaft geworden. Ich hatte von meiner Kilimandscharobesteigung erzählt, unterschlug jedoch die romantische Trennung auf dem Gipfel. Steffen erzählte von seinem Traum, den Pacific Crest Trail einen Sommer lang zu laufen, und dass es nach dem Unfall für immer ein Traum bleiben würde.

»Wir brauchen Träume, damit unser Leben einen Sinn hat. Sobald die Träume erfüllt sind, sind sie Realität und nicht mehr das, was sie waren«, philosophierte ich.

Steffen nahm meine Hand und küsste die Innenfläche ganz sanft. Diese zärtliche Geste rührte mich fast zu Tränen. Ich war in der Hinsicht nicht allzu viel gewohnt. Ich kniff die Augen zusammen, weil ich mich Steffen nicht so wehrlos zeigen wollte, und meinte: »Ich habe einen Alternativplan für dich. Man kann diesen Trail wunderbar auf Pferden reiten. Ganz relaxt im Westernsattel.«

»Sehr schön, dann haben wir ein Ziel für unseren ersten gemeinsamen Urlaub.« Steffen hatte gleich zwei Grübchen in den Wangen, wenn er lachte, und diesen schüchternen Charme, der meine gut versteckte Seele auf Anhieb fand und berührte. Ich schwieg und er fuhr fort: »*Deal*, Antonia? Wenn wir uns nächstes Frühjahr noch mögen, reiten wir den PCT lang. Du, ich, zwei Pferde und ein Packesel?«

Ich schlug ein. »*Deal*. Die ganze Strecke von der mexikanischen bis zur kanadischen Grenze.« Was hatte ich schon zu verlieren?

Liese hatte neben mir zu schnarchen begonnen und die Mütter hatten ihre Feldküchen in Betrieb genommen. Die Kleinkindfütterung lief sehr organisiert ab. Ein Frachtkahn mit Rheinkies fuhr den Fluss hinunter. Ich las den Namen und lächelte versonnen. Das Schiff hieß *MS Ella* – mein absoluter Lieblingsname für meine Tochter seit der ersten Klasse. Ein Wink des Schicksals? Ich steckte mir Stöpsel in die Ohren und legte eine Runde Schlaf ein, bis Dennis wenig später mit zwei OP-Schwestern, einem Grill und jeder Menge eingelegtem Fleisch eintraf. Es gab Tage, da liebte ich mein Leben von Herzen, ein wenig und ganz ohne Schmerzen.

40

Steffen und das vermeintliche Bildungsparadi(e)s

*But I'm willing to give it a try: Please give me something, 'cause someday I might know my **heart**.*
You Give Me Something/James Morrison

NATHALIÉ HÖRTE DAS schrille Pfeifen zuerst. Mir waren zwei Jahre als DJ ein wenig aufs Gehör geschlagen.
»Was ist da los?«
»Ich habe keine Ahnung.«
»Ich lauf mal hoch zur Hauptstraße und schau nach.«
»Mach das.«
Wir hatten bei Salvatore zu Mittag gegessen und saßen bei einer Tasse Cappuccino beziehungsweise Nathalié bei einem Glas Sprite im Schatten der großen Marktschirme. Die Luft flirrte über dem Backsteinpflaster und drei Stadttauben badeten gurrend im Auslass des Brunnens. Ich widmete mich weiter meinem iPad, las einen Artikel zur Behandlung von Handwurzelfrakturen und beobachtete Antonia, wie sie ihr Rad aus dem Hoftor herausschob, den Helm aufsetzte und Richtung

Neckar davonfuhr. Selbst ein lächerlicher Fahrradhelm nahm der herben Schönheit nichts von ihrer Ausstrahlung. Sie hatte mich nicht bemerkt. Mir versetzte es stets einen tiefen Stich in den blinden Fleck meines Herzens, wenn ich wusste, dass sie bei dem Ophthalmologen übernachtet hatte. Mich ließ sie leider nicht mehr bei sich schlafen.

Zehn Minuten später kam ihr Lover ebenfalls aus dem Hoftor. Er musste mich zwar gesehen haben, grüßte mich wie üblich jedoch nicht, sondern ging hinüber zu seinem Tesla und fuhr beim rückwärts Ausparken beinahe eine Gruppe Rollatorrocker auf Sonntagsausflug an.

Salvatore hatte das Manöver mitbekommen und bemerkte trocken: »In allen Lebenssituationen sehr gefühl- und rücksichtsvoll, unser Professor Schweinebacke.«

Bastian Ehrl-König hatte sich bei dem Wirt mehr als unbeliebt gemacht, weil er stets mit dem Ordnungsamt und einer Anzeige drohte, wenn Salvatore die Außenbewirtung nicht pünktlich um dreiundzwanzig Uhr einstellte. »Ich bin Chirurg und brauche meinen Schlaf, wenn ich frühmorgens im OP Hochleistung bringen soll.« Was Salvatore lautstark mit »Sag mal, du Spacko, haben sich deine Hoden eigentlich schon gesenkt? Ich bin doch am Zusammenräumen!« beantwortete. Zwanzig Minuten später stand trotzdem eine Polizeistreife vorm Lokal und ermahnte Salvatore, die Sperrzeiten einzuhalten und unbescholtene Bürger nicht zu beleidigen.

»Wann schmeißt du Professor Schweinebacke endlich aus der Wohnung?«, wollte Salvatore jetzt wissen.

»Sobald ich den Kontakt zu seiner Assistentin gefestigt habe.«

»Dachte ich mir doch, dass da mehr läuft als Hausmeister und Mietergspusi.«

»Ich suche nach einem probaten Mittel, die beiden zu trennen.«

»Wo ist dein Problem? Du hast doch praktisch pures Gift zur Verfügung.«

»Dein Essen? Gute Idee.«

»Nein, viel perverser und völlig legal. Verpass ihm eine Überdosis Xandra.«

»Du meinst ...?«

»Muss man euch jungen Leuten eigentlich alles beibringen? Und ob ich meine. Man mag denken von ihr, was man will, aber das Mädl sieht aus wie ein First-Class-Topmodel und bekommt sogar den einen oder anderen geraden Satz hin. Professor Schweinebacke ist pathologisch triebgesteuert. Das müsste sogar ein blinder, hinkender Hausmeister mit Krückstock erkennen.«

Im Kopf des hinkenden Hausmeisters begann es zu arbeiten. Obwohl ich Nathaliés Mutter negativ gegenüberstand, war mir die Spucke weggeblieben, als ich Xandra Goran das erste Mal in aller Pracht vor mir sah. Nathalié hatte nicht übertrieben. Ihre Mutter war eine grazile Schönheit mit einem Gesicht wie gemeißelt.

Ihre Ankündigung, dass sie wiedergutmachen würde, dass ich auf ihre Tochter aufpasste, hatte sie jedoch nie umgesetzt. Narzisstisch gestörte Personen wie sie waren dazu einfach nicht in der Lage. Für die waren solche Sätze Lippenbekenntnisse, wusste ich aus leidvoller Erfahrung mit meiner eigenen Mutter. Jetzt hatte Xandra die Möglichkeit, ohne ihr Wissen ihre Schulden bei mir zu begleichen und mit etwas Glück ins Plus zu rutschen.

ALS NATHALIÉ ZURÜCKKAM, berichtete sie aufgeregt, dass eine Demonstration den Krach verursacht hatte. »Total viele Polizisten auf Motorrädern und Studenten, die wollen, dass sie nichts bezahlen müssen.«

Kurz nach ihr trudelten tatsächlich acht junge Demonstranten samt Plakaten ein, stellten zwei Tische zusammen und setzten sich lebhaft diskutierend hin.

Die Pappschilder auf Stöcken waren beschriftet mit:
Bildung für alle! Umsonst!
und
Deutschland, das Bildungsparadis?

»Bedienung! Wir möchten essen!«, rief der mit dem Hipsterbart und den teuren Sneakers Salvatore hinterher und hatte, wie ich den Wirt kannte, auch schon verloren.

»*Wase wollte ihre?*«

»*Mangare* und was trinken, und zwar *subito!*« Die Gruppe lachte und ich hätte mein gesundes Bein dafür verwettet, dass niemand von ihnen in diesem Lokal heute etwas essen oder trinken würde.

»So, *subito*? Wollen wir erst mal über eure muttersprachlichen Kenntnisse und Fähigkeiten reden, ehe wir mit einer Fremdsprache anfangen?«, fragte Salvatore in perfektem Schriftdeutsch.

»Ähm, warum, ändert das was am Preis?« Wieder Gruppengelächter.

»Nein, ich möchte nur wissen, worüber ihr euch überhaupt aufregt: Eure Bildung war doch sichtlich umsonst.«

»Warum so aggro? Wir wollen in Ruhe essen und kein *beef*.«

»Ich habe heute sowieso kein Rindfleisch auf der Karte.« Wenn Salvatore auf Krawall gebürstet war, entkam ihm keiner. »Gratistipp von mir: Lernt erst mal deutsche Grammatik und Rechtschreibung, dann ist Bildung nicht *umsonst* im Vollhorstparadies Deutschland!«

»Kommt, wir suchen uns was anderes«, meinte der Anführer der Truppe und stand auf.

»Ich bitte darum, ihr habt euch nämlich hier *umsonst* hingesetzt. Das bedeutet nicht, dass ihr das Essen *kostenlos* bekommt, sondern, dass ihr überhaupt nichts von mir serviert bekommt! Das ist nämlich die richtige Verwendung des Wortes umsonst.«

Nathalié mischte sich ein: »Paradies schreibt man mit ie.«

»Da haben wir es doch, eine Drittklässlerin steckt euch in die Tasche! Zu meinen Zeiten hättet ihr noch nicht mal das Abitur geschafft, ihr Pimmelberger.«

Die restlichen Demonstranten standen auf, packten laut motzend ihre Schilder und zogen Richtung Heiliggeistkirche von dannen.

Ich checkte meinen Kalender, um einen geeigneten Termin zu finden, um die kleine, aber feine Hausgemeinschaft in einem geselligen Beisammensein zu feiern.

41

Antonia und die japanische Kunst

*Look at my life, look at my **heart**. I have seen them fall apart, now I'm ready to rise again.*
  Rise/Gabrielle

ICH GOOGELTE DEN Begriff Kintsugi und versuchte mich mit einer japanischen Kalligrafie in meinem Tagebuch:

金継ぎ

Liebstes Tagebuch,
   (wie Du an der Anrede erkennst, bist Du in der kurzen Zeit bei mir in der Beliebtheit ganz schön nach oben geklettert ;) – bei dieser traditionellen japanischen Kunstform repariert man zerbrochene Gegenstände aus Keramik. Danach sind sie fast noch dekorativer, aber eben nur noch zum Anschauen und zu sonst nichts mehr nütze. Wie ein aufgespießter Schmetterling. Carlchens Dinah hat mir bei ihrem letzten

Besuch diese wunderschöne Schüssel für meinen Couchtisch geschenkt – sie soll mich daran erinnern, dass alles seinen Wert hat und man alles reparieren kann und es danach noch wertvoller ist, weil es dadurch zum Unikat wird.

Die Frage ist nur: Kann man ein gebrochenes Herz reparieren?

Bastian wiederum kann beides: Er bricht mir ständig das Herz mit seiner Ignoranz und dem Zwang, dass wir unsere Beziehung geheim halten müssen, und dann kittet er alles und bestäubt die Narben mit Gold. Er ist der wahre Meister im Kintsugi – aber ist das fair, wenn einer die Schüssel absichtlich zerbricht, ehe er sie wieder richtet?

Warum ich das schreibe? Weil Lieblingsbastian heute seinen 58. Geburtstag zu Hause in Aachen mit seinen Freunden und der Familie feiert, ganz nobel bei seinem Lieblingsitaliener, und ich hier auf meinem Lieblingsbalkon ganz allein sitze – mit meinen treuen Freunden Smirnoff, Ben und Jerry und mich vor Sehnsucht und Zweifeln verzehre. Warum tue ich mir das an?

Um Antwort wird gebeten … ;)

Herzlichst mit in Wodka getränkter und in Eis gekühlter Trauer

Deine Antonia Doubtful

42

Steffen und der ausgelegte Köder

Liebling, mein **Herz** *lässt dich grüßen, nur mit dir allein kann es glücklich sein, all meine Träume, die süßen, leg ich in den Gruß mit hinein.*
Liebling, mein Herz lässt dich grüßen/Comedian Harmonists

XANDRA SCHLURFTE IN einem knappen Unterhemdchen, weinroten Spitzenpantys und beigen, ausgelatschten UGGs zur Küche herein. Man sah der Dreiunddreißigjährigen kein Stück an, dass sie jemals schwanger gewesen war. Fräulein Goran war mit einem vorbildlichen Bindegewebe ausgerüstet ins Leben gestartet.

Sie murmelte Unverständliches und machte sich einen Kaffee. Normalerweise wäre ich aus der Küche geflohen, aber heute hatte ich Pläne mit der attraktiven Mitbewohnerin. Sie schüttete sich Milch und Zucker in ihre Tasse und setzte sich zu mir. »Wo ist mein Babymädchen?«

Ich sah auf die Uhr. »Da es Montagfrüh ist und halb elf, würde ich sagen: in der Schule.«

»Ach ja, stimmt. Es ist ja Montag.« Sie trank einen Schluck und warf einen Blick auf die von ihrer Tochter per Hand gemalten Einladungen zu dem geselligen Umtrunk nächsten Donnerstagabend.

»Hm, Salvatore lädt uns tatsächlich zu einem Abendessen ein?« Sie rümpfte die Nase. »Auf jeden Fall ohne mich!«

»Es geht darum, dass sich alle Hausbewohner besser kennenlernen und Vorurteile abbauen.«

»Warum macht er das ausgerechnet dann, wenn Carmen in der Klinik ist?«

»Tja, gute Frage, die du aber der falschen Person stellst.«

Sie rollte die Augen. »Ich gehe da nur mit Carmen hin.«

»Komm, gib deinem Herzen einen Stoß und nimm dir eine Stunde Zeit, um den Professor kennenzulernen. Du wirst ihn bestimmt mögen. Salvatore kannst du ja ignorieren. Der ist mit Kochen beschäftigt und wird wenig Zeit haben, sich zu uns zu setzen.«

»Kommt die Frau des Professors mit?«

»Nein, es sind nur die Hausbewohner eingeladen.« Es war Zeit, meinen Plan zu raffinieren. »Außerdem steht die Ehe auf der Kippe. Er hat ein Verhältnis mit einer seiner Assistentinnen an der Klinik. Klar, dass der sich vor Frauen nicht retten kann. Ich habe neulich gelesen, was ein Chefarzt an einer Universitätsklinik verdient. Dafür muss ein kleiner Handwerker ein paar Jährchen schuften. Hast du mal gesehen, was seine Frau an Schmuck und Handtaschen mit sich rumschleppt?«

»Ist das so?« Endlich öffneten sich die, noch vom Schlaf halb geschlossenen, in Grundstellung stets teilnahmslosen Äuglein der Schönheit und zeigten reges Interesse.

»Absolut. Ich habe versehentlich Kontoauszüge von ihm geöffnet. Unser Professor Ehrl-König ist eine verdammt gute Partie. Für den würde ich schwul werden.«

Xandra nahm die persönliche Einladung für den Professor in die Hand und fächelte sich damit zu. Die Luft in der Küche stand, wie überall in der Stadt, wo keine Klimaanlage lief.

»Hey, Vorschlag von mir. Bringe ihm doch die Einladung persönlich vorbei. Wenn er dir nicht sympathisch ist, kannst du immer noch absagen. Ist ja nichts Offizielles. Nur ein geselliges Beisammensein.« Im Geiste fügte ich hinzu: *Und wenn du dieses Outfit anlässt, gebe ich dir fünfzig Euro dazu.*

»Hm, könnte ich nachher machen. Ich habe heute eh nichts Besonderes vor.« Sie füllte ihren Becher erneut, schnappte sich die Karte und verkündete: »Ich geh mal schauen, was ich anziehe.«

GEGEN HALB ACHT trippelte sie auf hochhackigen Riemchensandaletten, mit sehr kurzen Shorts, einem spitzenbesetzten Trägerhemdchen in voller Kriegsbemalung aus dem Bad. Nathalié und ich saßen vorm Fernseher und sahen uns die erste Staffel der US-Serie *Nashville* an. Nathalié hatte den Berufswunsch Prinzessin gegen Weltstar eingetauscht und sparte für eine Gitarre.

»Gehst du aus, Mutter? Hast du ein Date?«, wunderte sich ihre Tochter. »Du bist so schön und so schick angezogen.«

»Ach, das ist doch gar nichts. Ich habe nur übergeworfen, was rumlag«, kokettierte Xandra, die tatsächlich umwerfend aussah. »Ich geh nur kurz nach unten, die Einladung für den Professor abgeben. Bin gleich wieder da«, flötete die ausgebildete Sängerin über zwei Oktaven.

AUF XANDRA WAR Verlass. Die Wohnungstür ging erst wieder, als Nathalié schon lange im Bett war. Ich saß auf der Couch im Wohnzimmer und machte mich über Beuge- und Strecksehnennähte und die Rekonstruktion sowie Versorgung von Strecksehnenabrissen schlau. Xandra Morgana lehnte lasziv am Türrahmen und strahlte wie die Katze, die am Sahnetopf gewesen war.

»Und, können wir mit deiner Anwesenheit bei der Veranstaltung rechnen?«

»Wahrscheinlich. Der Professor ist ein wahres *Schahtzi!* Er hat mich spontan auf ein Glas Wein eingeladen, meine Augen untersucht und mir einen guten Rat gegeben. Stell dir vor, man kann mit einem kleinen Eingriff, der sich Lidschnitt nennt, die Augen vergrößern. Er meinte, nicht, dass ich es nötig hätte. Aber ich denke drüber nach. Gute Nacht.«

Ich nahm mein Handy und schickte eine Nachricht an Salvatore:

23.16 Nachricht an Salvatore Wagenbauer
Der Köder ist ausgelegt und die Opfer haben dran geknabbert.

43

Antonia und die professionelle Tarnung

*Liebeskummer lohnt sich nicht, my Darling, weil schon morgen Dein **Herz** darüber lacht.*
Liebeskummer lohnt sich nicht/Siw Malmkvist

> *Liebes Tagebuch,*
> *Glück, das auf dem Unglück anderer aufgebaut ist, ist zerbrechlich – das habe ich heute wieder deutlich spüren müssen. Ich möchte endlich einen Partner, der sich offen zu mir bekennt und mir in allen Situationen zur Seite steht. Ich denke, ich habe ihn verdient, diesen Ritter in schimmernder Rüstung, der mich vor Drachen rettet und gegen Wüstlinge verteidigt. Ich habe nur einen geliehenen Mann, der mich aus perverser Freude und kaltem Kalkül anmacht.*
>
> *Heute hat mich mein Lieblingsmensch vor versammelter Mannschaft im OP wegen einer Kleinigkeit abgestraft. Mir war zum Heulen.*

Alle haben mich mitleidig angesehen. Als ich ihn später unter vier Augen darauf angesprochen habe, dass mir so was wehtut, meinte er lediglich, das wäre die beste Tarnung, damit keiner in der Klinik Verdacht schöpft ... ich solle das nicht persönlich nehmen.

Ich habe ihn gebeten, ein paar Tage mit mir wegzufahren, damit wir unsere Beziehung einmal ungestört ausleben können. Er hat mich wieder vertröstet ...

Ich bin urlaubsreif, habe aber niemanden, der mit mir reisen möchte. Nur Steffen, von dem ich nicht weiß, was ich von ihm halten soll. Ist ein Mann, der aus seinem Leben so wenig gemacht hat, ein Partner für eine sichere Zukunft? Wie kann man sich mit Gelegenheitsjobs ohne jeglichen Anspruch begnügen? Spielt das überhaupt eine Rolle? Muss ich immer auf Nummer sicher gehen?

Die Antwort darauf weiß ich zumindest: Ja!!! Es gibt so viele Dinge, die ich nicht kalkulieren kann, muss ich mir dann auch noch gleich eine sichere Unbekannte in die Gleichung einbauen? Definitiv nicht!

Herzlichst
Deine kalkulierende Antonia Sadness

44

Steffen und der Glöckner von Notre-Dame

*Stand and fight. Say what you feel. Born with a **heart** of steel.*
Heart of Steel/Manowar

DER BETAGTE JAGUAR machte seinem Namen alle Ehre und schnurrte elegant wie eine Katze über die A81. Es waren Pfingstferien und ich hatte Nathalié am Morgen mit Karten für das Musical *Der Glöckner von Notre-Dame* in Stuttgart überrascht. Angeblich hatte sie mein Chef für sich besorgt und konnte die Vorstellung nicht ansehen, weil seine Frau kurzfristig krank geworden war. Nathaliés Einwand, ob wir dann rechtzeitig zu der Hausbewohnerparty bei Salvatore zurück seien, beantwortete ich mit: »Wir setzen uns nach dem Ende der Vorstellung sofort ins Auto und sind locker eine Stunde vor dem Event wieder in Heidelberg.« Wer die Verhältnisse auf süddeutschen Autobahnen kannte, wusste, dass das schon mal nicht funktionieren konnte.

In Wahrheit hatte ich die Karten für die Nachmittagsvorstellung ganz regulär über die Webseite des

Veranstalters erworben und mein heimlicher Plan war, erst nach Mitternacht wieder zurück zu sein.

Ich war absolut kein Fan von Musicals, für mich waren sie die illegitimen Nachfolger von Operetten, aber der Zweck heiligt die Mittel und manchmal muss man im Leben Opfer bringen, um etwas zu erreichen. Meine stilbewusste Begleiterin sah das grundsätzlich anders. In einer anstrengenden Diskussion wurde geklärt, ob man überhaupt in Alltagskleidern und ohne Handschuhe und Tiara im Haar in ein *Festspielhaus* gehen konnte. Letztlich war die Zeit zu knapp, um das mittlerweile viel zu klein gewordene Prinzessinnenkleid zu ersetzen, und Tiara ohne Ballkleid war ein No-Go, meinte das Kind. Nathalié saß aufgeregter, als ich sie je erlebt hatte, im schnöden Sommerbaumwollkleid und mit neuen, unspektakulären Sandalen neben mir und freute sich wie eine *Eiskönigin* auf die Vorstellung. Alles an diesem Nachmittag war grandios, schöner als jemals zuvor erlebt und unvergleichlich für das Mädchen, das bislang von TV-Konserven gelebt hatte. Hätte ich für jedes »Danke, Steffen!« einen Euro erhalten, wären die Eintritts- plus Benzinkosten locker dabei wieder reingekommen. Nathalié war so lange *überglücklich,* bis die Lichter ausgingen und die Vorstellung begann.

Noch ehe wir aus dem Parkhaus herausfuhren, fing die Disneyspezialistin an, die Vorführung zu demontieren. »Weißt du, Steffen, irgendwie war da ganz viel anders als wie im Film.«

Ich hörte ihr nicht richtig zu, weil ich mich zum einen orientieren musste, um die richtige Strecke ohne Navi zu finden, und zum anderen eine Raststätte suchte, in der ich gedachte, den Abend zu verbringen. »Hm, meinst du wirklich?«

»Ja, ich meine. Das Lied, das ich so mag, mit dem Narrenkönig war ganz anders. So was finde ich doof. Der Priester, der war toll und genauso gut wie im Film. Fast besser sogar.«

»Hörst du das komische Geräusch vom Motor?«, fragte ich.

»Nein. Aber weißt du, warum das alles in der Kirche war? Im Film war das nicht so und der Glöckner kann im Film auch normal reden. Warum der jetzt nicht?«

Der Stuttgarter Bühnen-Quasimodo hatte gestottert, was ihm jedes Mal ein initiales »Tz« von der Kritikerin an meiner Seite eingebracht hatte. »Keine Ahnung. Wahrscheinlich eine Fehlbesetzung. Der Motor stottert übrigens auch. Ich werde an der nächsten Raststätte mal rausfahren und einen Blick drauf werfen.«

»Gut, ich muss nämlich Pipi. Was auch noch doof war, dass die Statuen so viele und ganz anders waren. Das waren im Film doch seine Freunde! Die haben alles verdreht. Hast du sehr viel Geld für die Eintrittskarten bezahlen müssen?«

»Ich habe sie günstiger bekommen, weil ich kurzfristig eingesprungen bin«, log ich.

»Weil, ich könnte denen einen Beschwerdebrief schreiben, dass es mir nicht so gut gefallen hat, dann bekommst du vielleicht dein Geld zurück.«

Ich lachte: »Wer von uns beiden ist jetzt der Schwabe?« Was mich als ehemaliger Bühnenprofi wirklich gestört hatte, war, dass der Chor sehr unprofessionell vom Blatt gesungen hatte.

Dann folgte der schwierigere Teil des Nachmittags, nämlich Nathalié bei Laune zu halten, während wir stundenlang vergeblich auf den ADAC warteten, anstatt bei Salvatore mit ihrer Mutter und Bastian zu feiern. Es brauchte dazu zweier Tabletts und der leeren Verpackungen eines umfangreichen Abendessens bei Burger King und des kompletten Tiersets von Schleich, das es in der Raststätte zu kaufen gab. Nathalié bastelte sich einen Streichelzoo mit Bauernhof. Sie fragte trotzdem alle paar Minuten, wann wir weiterfahren konnten.

Ich wusste es auch noch nicht genau und hielt mit Salvatore über WhatsApp Kontakt. Die erste Nachricht war in formellem Ton gehalten:

19.05 Uhr Nachricht an Salvatore Wagenbauer
Wir sitzen mit Motorschaden an der A81 fest. ☹
Kannst du Prof. Ehrl-König und Xandra Grüße ausrichten, sie sollen schon mal ohne uns anfangen.

19.10 Nachricht von Da Salvatore
Die beiden drücken ihr Bedauern aus,
dass ihr noch nicht da seid ... ;)

19.20 Nachricht an Salvatore Wagenbauer
Ich hoffe, sie trösten sich gegenseitig.

21.30 Nachricht von Da Salvatore
Professor Schweinebacke hat für Xandra den Alk mitbestellt und Eiswürfel nachgeordert, weil ihm der Sauvignon blanc zu warm war – mein Weißwein zu warm!? Was für ein Blender. Aber die Sache läuft.
Schau, dass du noch eine Weile wegbleibst. Ich werde am Ende ein paar Runden Amaretto schmeißen.

22.45 Nachricht von Da Salvatore
Der Professor musste ins Bett, aber die haben Telefonnummern ausgetauscht und sich beim Essen ständig begrapscht und angehimmelt. Kannst kommen.

Ich trank meine Cola aus und meinte: »Nathalié, du kannst deinen Zoo abbauen, ich habe gerade eine Nachricht vom ADAC bekommen, sie haben den Fehler per Ferndiagnose gefunden und die elektronische Chipkarte online rebootet. Wir können weiter.«

»Wurde ja auch Zeit. Warum haben die so lange gebraucht?«
»Wir hingen in der Warteschleife.«
»Darf ich die Tiere behalten, oder muss ich sie zurückgeben? Die waren ja unglaublich teuer. Das Geld werde ich dir nicht zurückgeben können.«
»Selbstverständlich darfst du die behalten. Ich habe sie dir doch gekauft.« Ich staunte immer wieder, wie wenig dieses Kind mit Geschenken und eigenem Besitz anfangen konnte. Die Spielzeugfiguren hatte sie sich mehr als verdient, weil ich sie beschwindelt und um einen unterhaltsamen Abend bei Salvatore gebracht hatte, aber das konnte ich ihr nicht beichten.

45

Steffen und die nächtliche Ruhestörung

*There goes my **heart** beating, 'cause you are the reason I'm losing my sleep.*
You Are The Reason/Calum Scott

ANTONIA HATTE NACHTDIENST in der Klinik. Wir aßen zusammen eine Kleinigkeit unter den alten Bäumen im *Hemingway's*, danach war sie Richtung Neuenheimer Feld geradelt. Ich nahm den Weg am Neckar entlang und bog an der Stadthalle in die Altstadt ab. Die romantische Stadt hatte die ungechillteste Uferstraße Deutschlands. Es gab einen stetigen Kampf Autofahrer versus Fahrradfahrer, der durch die ungeschickte Politik mit Verkehrsberuhigungsmaßnahmen, die den Verkehr nicht beruhigten, sondern eher alle Verkehrsteilnehmer aufregten, am Laufen gehalten wurde.

Salvatore saß mit Gunnar am Stammtisch und war dabei, eine Gruppe norddeutscher Touristen, die die Speisekarte studierten, zu vergraulen. »Tipp von einem Einheimischen: Esst hier bloß nichts! Das Zeug ist alles aus der Convenience-Abteilung der Metro – also in China konfektioniert und per Kühlcontainer hierher geschippert. Voller Glutamat und Konservierungsstoffe und in puncto Nachhaltigkeit und Umweltschutz der Super-GAU. Geht runter zur Heiliggeistkirche ins *Toskana*. Die kochen noch selbst mit Produkten aus der Region.«

Die Touristen, die alle sehr hip und gebildet aussahen, bedankten sich leicht irritiert und zogen durch die Untere Straße Richtung Rathaus weiter.

Ich setzte mich auf den freien Stuhl. »Ausverkauft oder hast du keine Lust zum Kochen?«

Der Wirt machte diese typische italienische Geste, an der der ganze Oberkörper beteiligt war, die Augen geschlossen wurden und sich ein verächtlicher Zug um den Mund zeigte. Er trat sein Lieblingsvorurteil mal wieder breit. »Die hatten alle Schilder einer New-Economy-Tagung umhängen. IT-Deutsche bekoche ich nicht. Die kommen zu acht ins Restaurant, aber mehr als zwei essen nicht. Der Rest teilt sich eine Flasche San Pellegrino und dann wird dreimal das kostenlose Brot mit Olivenöl nachbestellt. Vergiss es! Ich habe noch Gambas, die wegmüssen? Magst?«

»Ich würde auch welche nehmen«, verkündete Gunnar und drückte seine Kippe aus.

»Und ich hätte gern Gäste, die zahlen«, erwiderte Salvatore und sah den Architekten provokant an.

Dieser drehte die Augen gen Himmel und fischte anschließend umständlich einen Zwanzigeuroschein aus seiner abgewetzten Geldbörse. »Reicht das?«

Ich holte zwei zerknüllte Zehner aus meiner Hosentasche und legte sie zu Gunnars Schein auf den Tisch. »Und eine Flasche Pinot grigio für mich und meinen beamteten Freund.«

Salvatore packte wortlos das Geld und stand auf.

»Aber nicht den Fusel, den du für die Touristen zusammenpanschst!«, rief ich ihm hinterher.

»Ist das nicht strafbar, wenn man Getränke zweimal verkauft?«, fragte Gunnar.

»Wenn man erwischt wird, bestimmt. Ich geh unseren Wein lieber mal selbst aus dem Keller holen, dann kann nichts schiefgehen.«

Ich lief in die Küche und nahm den Schlüssel für den Weinkeller vom Schlüsselbrett. Herr Wagenbauer, der Knoblauch und einen Thymianzweig in Olivenöl anbriet, sah mir aus den Augenwinkeln zu und brummte: »Ihr macht mich arm.«

»Du machst dich selbst arm. Hättest du die Flasche Wein und die Gambas an die Touristen verkauft, hättest du Minimum das Doppelte dafür bekommen.«

Der Wirt fluchte leise auf Italienisch vor sich hin. »Passt lieber auf, dass sich keine neuen Gäste hinsetzen, ich mache die Küche gleich zu. Wenn ihr gegessen habt, stellt ihr die Stühle und Tische zusammen.«

»Wir sind heute zahlende Gäste, mach das mal schön selbst.«

Der alte Sandsteingewölbekeller wurde selbst in diesem Sommer nie richtig heiß, sondern behielt seine permanente Temperatur von 14 Grad. Die Abkühlung tat gut und ich sah mich in aller Ruhe um. Der Della Torre, für den ich mich entschied, kostete im Einkauf 6,99. Signor Wagenbauer hatte die Flasche für 16,50 auf der Karte stehen. Auf jeder Weinkiste waren der Einkaufs- und Verkaufspreis handschriftlich notiert.

»Ich habe eine Flasche von dem Jermann genommen, Salvatore«, frotzelte ich, als ich an der offenen Küche vorbeilief, um zwei Gläser und den Korkenzieher hinter der Theke zu holen.

»*Sei pazzo?* Der kostet mich 18,50 im Einkauf.«

»Dann reichen meine zwanzig Euro ja locker. Hast sogar noch Trinkgeld dabei.«

Der Wein war mit seinem fruchtigen, frischen Geschmack ideal für einen Absacker an einem verschlafenen Frühsommerabend. Die großen Busgruppen, die tagsüber die Stadt füllten, waren schon lange weg, die Asiaten sicher in ihren Nachtlagern und heute schienen die Erstsemester alle lernen zu müssen. Heidelberg in den seltenen besinnlichen Stunden.

Salvatore brachte eine flache Auflaufform, in der acht Riesengambas appetitlich glänzend in Olivenöl lagen. In der anderen Hand hielt er einen Brotkorb mit frischen, selbst gebackenen Hefebrötchen. Er stellte alles auf den Tisch, sah sich um, fragte: »Wo ist mein Glas?«, und wartete die Antwort nicht ab. Er ging noch mal zurück ins Restaurant und kam kurze Zeit später mit einem weiteren Weißweinglas, Gabeln und einem großen Teller voller kalter Antipasti zurück. Wir griffen beherzt zu und stippten die Hefebrötchen in das noch warme, aromatisierte Öl in der Auflaufform.

»Ist es eigentlich schon zweiundzwanzig Uhr?«, fragte unser Gastgeber und trank einen Schluck von dem italienischen Grauburgunder.

Gunnar sah auf seine Armbanduhr. »Exakt 22.14 Uhr. Warum fragst du? Ich dachte, ihr dürft neuerdings bis dreiundzwanzig Uhr draußen bewirten.«

»Nicht wegen uns. Wegen dem *Professore*. Der macht mal wieder bei offenem Fenster rum.« Der Restaurantbesitzer ahndete aus Rache unbarmherzig jeglichen im Freien hörbaren Geschlechtsverkehr seines Nachbarn und ließ die Polizei anrücken. Wenn die Beamten ankamen, war meist schon wieder Ruhe eingekehrt, aber Salvatore bestand auf einer Anzeige wegen nächtlicher Ruhestörung und Verletzung seines Sittlichkeitsempfindens, wie er es nannte. In diesem Jahrtausendsommer schloss niemand ein Fenster, um Sex zu haben, dazu war es schlichtweg zu heiß. Niemand störte das, außer man hatte es sich wie unser Professor mit allen Nachbarn verscherzt.

»Warum gehst du nicht hoch, Meister Milz, und beschwerst dich im Namen der Eigentümergemeinschaft, weil ich mich sonst gezwungen sehe, meinen Anwalt einzuschalten?«

»Du weißt, das ist das erwachsene Äquivalent zu: Ich sag's meiner Mami?«, bemerkte Gunnar.

»Der Hausmeister hat für heute Feierabend, ich muss morgen tatsächlich früh raus. Gute Nacht, die Herren.« Ich füllte mein Glas, nahm es mit in die Wohnung und saß wenige Minuten später auf dem kleinen Balkon vor der Küche. Aus dem weit geöffneten Schlafzimmerfenster im ersten Stock hörte man leise zwei Stimmen und einvernehmliches Flüstern. Es brannte Licht. Die männliche war ein tiefer, akzentfreier Bass, die weibliche ein angenehmes Falsett mit leichtem osteuropäischen Einschlag – das *Schahtzi* kam mir bekannt vor.

46

Steffen und der perfide Plan

*There's a fire starting in my **heart**, reaching a fever pitch and it's bringing me out the dark.*
Rolling In the Deep/Adele

DIE WOHNUNGSTÜR FIEL um halb zwölf ins Schloss. Wie üblich holte sich meine Mitbewohnerin eine meiner Libella-Flaschen aus dem Kühlschrank. Im schwachen Licht der Kühlschrankbeleuchtung sah ich, dass Xandra ein altrosa Leinenkleid mit aufgenähten Rosenknospen trug und barfuß war. Sie wühlte in einer Schublade nach einem Öffner, der Verschluss zischte und sie trank einen Schluck.

»Lass mich raten, er wird seine Frau verlassen und dich heiraten?«

Xandra stieß einen unterdrückten, spitzen Schrei aus und kam zu mir auf den Balkon. Sie flüsterte mit Seitenblick auf das dunkle Schlafzimmerfenster einen Stock tiefer, das immer noch offen war: »Warum lauerst du mir auf?«

»Warum fickst du mit einem verheirateten Mann, der zudem noch eine Geliebte hat?«

»Sei nicht so laut. Du weißt doch, dass man hier alles hört.«

»Dann antworte mir.«

»Komm rein in die Küche.«

Xandra lehnte an der Spüle und warf mir einen bösen Blick zu. »Das geht dich alles gar nichts an.«

»Antonia ist eine gute Freundin, also geht es mich sehr wohl was an.«

»Er würde sich ja von ihr trennen, aber sie ist schwer depressiv und selbstmordgefährdet. Es ist auch nicht so einfach, weil die beiden zusammenarbeiten. Sie könnte ihn anzeigen, wegen Unzucht mit Abhängigen.«

Xandra glaubte wirklich jeden Mist, den ihr der Professor erzählte, aber das war nicht mein Problem.

»Bastian sucht eine Stelle als ärztlicher Direktor in einer anderen Stadt und dann ziehen wir zusammen. Ohne Altlasten.«

Ich hatte keine Sekunde das Gefühl gehabt, dass Antonia depressive Phasen hatte oder sich etwas antun wollte. Der Herr Ehrl-König machte sich die Welt, wie sie ihm gefällt, und nährte sich, wie alle toxischen Menschen, vom Mitgefühl seiner Umgebung. »Was sagt Cargus dazu?«

»Die wird es erst erfahren, wenn unser Umzug kurz bevorsteht. Das mit uns hatte sowieso nie eine Zukunft.«

»Weiß es wenigstens deine Tochter oder zählt die auch unter Altlasten und wird entsorgt?«

»Nathalié wollen wir nicht zu früh beunruhigen. Schließlich fühlt sie sich hier wohl. Behalte es bitte für dich, Steffen. Du verletzt so viele, wenn du es erzählst.« Xandras Blick war die ganze Zeit starr auf die Flasche mit dem Riffelmuster in ihrer Hand fixiert. Gleich würde sie anfangen zu heulen.

»Ich tue niemandem weh. Ihr beide seid es, die andere verletzen. Permanent und ohne Rücksicht auf Verluste.« Es schien, als hätten sich die beiden Soziopathen im Haus mit meiner Starthilfe wie gegenpolige Magnete gefunden, die ihrer Anziehungskraft nicht widerstehen konnten.

»Wir lieben uns und wollen nichts als zusammen sein. Liebe besiegt alles.« Manchmal merkte man tatsächlich, dass Xandra ein abgeschlossenes Studium mit Schauspielunterricht an der Popakademie hinter sich hatte.

Ich sah eine Möglichkeit, Antonia endlich die Augen über ihren Bastian zu öffnen, ohne als eifersüchtiger Spast dazustehen. »Dann gratuliere ich doch ganz herzlich und wünsche euch alles Glück der Welt. Ihr habt einander verdient.«

»Warum bist du so sarkastisch?« Dicke Krokodilstränen kullerten über Xandras Wangen, die vom Sex noch gerötet waren.

»Weil euch beiden doch die restliche Menschheit so was von egal ist. Was passiert mit Nathalié, wenn ihr zusammenzieht?«

Xandra schluckte und kniff die Lippen zusammen. »Wir werden in einem großen Haus mit Garten in der Vorstadt wohnen und ich kann meinem Babymädchen endlich alle Wünsche erfüllen.«

Ich sah sie abschätzend an. Meine Mitbewohnerin war eine notorische, aber dennoch eine miserable Lügnerin. »Okay, ich werde die Klappe halten. Mehr noch, ich werde euch decken und euch helfen, dass Cargus nicht dahinterkommt. Unter einer Voraussetzung.«

»Die wäre?«

»Ich erfahre im Voraus, wann du bei ihm bist.«

Xandra zögerte einen Moment und schniefte dann: »Einverstanden. Aber ich hasse dich von jetzt an sehr!«

»Damit kann ich *läbän, Schahtzi*«, ahmte ich ihren leichten Akzent nach. Ich wunderte mich darüber, wie lebendig ich mich fühlte. Ich hatte im Vorfeld Bedenken gehabt, dass ich als heimlicher Kuppler ein schlechtes Gewissen haben würde.

Die Blicke aus diesen wunderschönen Augen in dem makellosen Gesicht, in dem man Nathaliés Züge ahnte, waren messerscharf. Ich verließ die Küche, ehe mir die Geliebte von Herrn Ehrl-König ein Messer in die Brust rammte. Mein perfider Plan schien aufgegangen zu sein.

47

Antonia und der gemeinsame Hintergrunddienst

*Darlin' in my wildest dreams, I never thought I'd go, but it's time to let you know, oh I'm gonna harden my **heart**, I'm gonna swallow my tears.*
Harden My Heart/Quarterflash

BASTIAN HATTE DAS Esszimmer der verstorbenen Wohnungseigentümerin in ein Büro verwandelt, den wuchtigen Tisch mit meiner Hilfe ans Fenster geschoben, die Lederstühle an die Wände gerückt und sich einen imposanten Chefsessel gekauft. Die schweren, blickdichten Vorhänge waren zurückgezogen und alle Fenster weit geöffnet. Ich hätte bei dem Lärm und Stimmengewirr, die vom Heumarkt zu hören waren, keinen vernünftigen Satz schreiben können. Bastian brauchte die Geräuschkulisse. Zumindest bis dreiundzwanzig Uhr, danach musste seiner Meinung nach urplötzlich Totenstille in der gesamten Stadt herrschen.

Ich hatte den Vorschlag gemacht, mein Cello herzubringen, weil ich zu Hause wegen Pius kaum üben konnte, aber das war ihm zu riskant, weil sich Raquel bei ihren seltenen Besuchen Gedanken machen könnte.

Wir hatten die Nacht zusammen verbracht, am Morgen Sex gehabt und danach ausgiebig gefrühstückt. Bastian arbeitete an einer Vorlesung und hörte nebenbei ein Live-Konzert aus den Achtzigern von Neil Diamond.

Jetzt stand ich in der Küche wie eine ganz normale Hausfrau, räumte das Geschirr in die Spülmaschine und schnitt Laugenstangen klein, um Knödel daraus zu machen. Die sollte es am Abend zu Roastbeef mit einer Schalotten-Rotwein-Soße und Avocado-Tomaten-Salat geben. Ich hatte die Rezepte aus dem Internet und am Vortag auf dem Markt frisch eingekauft. Bastian legte viel Wert auf ausgewogene Mahlzeiten und ich kochte nun mal gern. Die Soße köchelte seit einer Stunde auf kleiner Flamme langsam vor sich hin. Die Flüssigkeit war schon auf die Hälfte reduziert. Die Zwiebeln lagen glasig in der sämigen Masse.

Das Live-Publikum beklatschte die Performance von Streisand und Diamond und wurde von *The Eye of the Tiger* übertönt – Bastians Klingelton, der für Anrufe aus der Klinik reserviert war. Das konnte nur Arbeit bedeuten. Ich seufzte und suchte eine Schüssel, in der ich die Gebäckwürfel aufheben konnte, und wurde in einem Unterschrank, den ich Friedhof der Plastikschüsseln nannte, fündig. Die frühere Bewohnerin war wohl ein beliebter Gast auf Tupperware-Partys gewesen.

Ich hörte Bastians Stimme im Flur: »Dann informieren Sie die Kollegin Brandt. Bis gleich.« Er kam in die Küche, drehte mich zu sich um, hob mein T-Shirt hoch, nahm beide Brüste in seine Hände und begann an den Nippeln zu saugen. »Mäuschen, wir müssen gleich los. Augenperforation bei einem Zweiundsiebzigjährigen mit Hornhauttransplantat und Kunstlinse. Ziemlich tricky, da muss der Chef selbst ran. Ich muss dich aber noch mal spüren, sonst halte ich das später nicht aus neben dir. Frauen am Herd machen mich einfach spitz«, versuchte er zu scherzen.

Mein Telefon spielte die jazzigen Klänge von *Working in a Coal Mine* und ich fischte es aus meiner Rocktasche heraus. Volcan Meyer, der Dienst in der Ambulanz hatte, informierte mich über den Patienten und darüber, dass eine OP angesetzt war. Bastian biss sanft auf meinen linken Nippel und ich unterdrückte ein Stöhnen.

Ich versprach, gleich loszufahren, und legte auf. Bastian hatte inzwischen die Hosen heruntergelassen, zog meinen Slip herunter, hob mich auf die Arbeitsplatte, drang in mich ein und zog mich dann fest an sich. Ich umklammerte mit meinen Beinen seine Hüften und bog den Oberkörper nach hinten. Dieser Moment, wenn ein Penis initiativ in mich drang, war unbeschreiblich geil – so wie der erste Schluck Bier an einem warmen Sommertag.

Bastian keuchte: »Sorry, Mäuschen, ich komme gleich. Er stieß noch genau fünf Mal zu und keuchte im Takt dazu: »Ich – mache – es – wieder – gut.« Ein kurzer Brüller, ein Nachbeben mit geschlossenen Augen, dann zog er sein Glied aus mir heraus. Er riss zwei Blatt Küchenpapier von der Rolle und reichte sie mir. »Es ist schade, dass du immer so ewig brauchst. Dabei bist du so schnell feucht. Fahr du schon mal vor, ich komme mit dem Auto nach. Sähe verdächtig aus, wenn wir gleichzeitig eintreffen würden.«

Meine sarkastische Antwort: »Sorry, dass ich Bedürfnisse habe, die über fünf Minuten hinausgehen«, kam nicht mehr beim Empfänger an, der im Bad verschwunden war. Bastian schloss immer die Tür hinter sich, egal, ob er sich nur die Zähne putzte oder sein großes Geschäft erledigte. Ich zog mich an, packte meinen Rucksack und machte mich auf den Weg.

48

Antonia und die perforierende Augenverletzung

*Who do you think you are? Runnin' 'round leaving scars, collecting your jar of **hearts** and tearing love apart.*
Jar of Hearts/Christina Perri

VOM HEUMARKT BIS ins Neuenheimer Feld brauchte man mit dem Fahrrad eine Viertelstunde, mit dem Auto dauerte es dank zahlreicher Einbahnstraßen, Ampeln und Staus durch das Nadelöhr Berliner Straße an einem Werktag fast doppelt so lange. Die romantische Universitätsstadt war keine autofreundliche Umgebung. Ich radelte wie eine Bekloppte und redete mir ein, dass die Tränen, die über meine Wangen liefen, vom Fahrtwind kamen.

Im Wartebereich vor der Ambulanz saßen an diesem Samstagmittag nur wenige Notfallpatienten. In der Umkleidekabine stand eine kleine, sehr zierliche Blondine mit Traumfigur in praktischer, schwarzer Sportunterwäsche. Dafür trug sie bühnenreifes Make-up und glitzernde Ohrstecker in Herzform. Ich tippte auf OP-Schwester. Die investierten oft viel Mühe, um aus der Gesichtspartie, die zwischen der unkleidsamen OP-Haube und dem Mundschutz zu sehen war, einen Hingucker zu machen.

»Hi!«, grüßte sie mich schüchtern und schlüpfte in die sackförmige grüne Hose, die wir alle tragen mussten.

»Hi.« Ich hatte keine Zeit mehr gehabt, zu Hause vorbeizufahren, um frische Wäsche anzuziehen, und schämte mich etwas für die sexy weißen Dessous, die ich Bastian zuliebe trug. Er fand den Kontrast der hellen Spitze auf meiner olivfarbenen Haut erotisch, meinte er. Hinter mir öffnete sich die Tür.

»Ah, sieh an, die Frau Doktor Brandt in Reizwäsche, wie ich sie zu meiner kirchlichen Hochzeit tragen würde, wäre ich noch Jungfrau und würde mich auf die Defloration vorbereiten. Ich verstehe das nicht, du trägst diese billigen Fetzen von *C&M* und *H&A* und drunter die teuersten Modelle von Hanro?«

»Rhabarber, Rhabarber!« Ich war Fan der klassischen Mode von Ralph Lauren und investierte auch in meine Oberbekleidung sehr viel Geld, meine Freundin wusste das. »Ich hatte keine Ahnung, dass du heute Dienst hast.« Wir umarmten uns kurz.

»Das italienische Pflänzchen leidet an Durchfall und ich bin kurzfristig eingesprungen.« Sie grüßte die Blondine, die fertig angezogen war und in den Nebenraum ging, mit einem Kopfnicken. Nachdem die Tür ins Schloss gefallen war und wir allein in der Schleuse waren, sprach sie weiter: »Wenn er gewusst hätte, dass unser scharfer Neuzugang zugegen ist, hätte er sich sicher eine Windel angezogen und wäre gekommen.«

»Die Blondine eben?«

»OP-Schwester. Heißt Tamara und alle hirnlosen *Mitglieder* schwärmen von ihr. Die Crew wird immer jünger und schlanker und ich werde immer älter und dicker.« Liese nahm prüfend eine Bauchfalte zwischen Daumen und Zeigefinger. »Ich war gestern beim Gynäkologen zur Kontrolle. Die Rohlinge haben mich auf die Waage gezerrt. Ich wollte mich auf dem Heimweg vor den Zug werfen, aber die Bahngleise sind dank der vielen Baustellen praktisch unerreichbar.«

Wir gingen in den Nebenraum und versorgten uns mit Hauben, Mundschutz und OP-Schuhen. Liese sah mir in die Augen. »Warum redest du eigentlich nichts?«, wunderte sie sich.

»Ich bin etwas müde und habe Kopfschmerzen.«

Sie kam mir mit dem Kopf näher und blickte mir direkt in die Augen. »Sag mal, hast du geheult?«

Ich schüttelte den Kopf. »Nein, ich bin nur zu schnell geradelt.«

»Bist du aus Handschuhsheim gekommen oder der Altstadt?«

»Altstadt.«

»Na, dann wundern mich deine roten Augen nicht. Die halbe Nacht durchgevögelt und dann doch geheult? Wer war heute Nacht der Glückliche? Der Professor oder das Faktotum?«

Wir verließen die Schleuse und gingen über den breiten Flur zu den OP-Räumen. Der OP-Bereich, der unter der Woche an einen Bienenstock erinnerte, war heute leer und verlassen. Die Tür zu Saal 2 stand offen und es brannte Licht.

Die neue OP-Schwester stand mit Paulina, einer erfahrenen Schwester, die in der Uniklinik gelernt hatte, an einem Instrumententisch und ließ sich die Sterilisationsbehälter erklären: »Ich habe je einen Kasten Notfall, Perforation, Notfall-IOL sowie ein Enukleationsbesteck da. Man muss immer mit dem Schlimmsten rechnen.«

»Wo sind Patient, mein Anästhesiepfleger und vor allen Dingen, wo ist der Chirurg?«, fragte Liese.

Paulina antwortete: »Der Herr Schimpf und Jonas sind in der Einleitung. Von Professor Ehrl-König fehlt noch jede Spur. Aber informiert ist er.«

»Dann geh ich da doch mal rüber.«

»Ich komme mit und sehe mir das Auge an.«

Ich begrüßte den Patienten, dessen linkes Auge mit einer durchgebluteten Wundauflage abgedeckt war. »Guten Tag, meine Name ist Antonia Brandt. Ich werde bei der Operation assistieren.«

Johann Schimpf sah mich mit dem intakten Auge an, kniff die Lippen zusammen und sagte nichts. Die Fragen von Liese zu seinem Gesundheitszustand und Allergien beantwortete er knapp mit tonloser Stimme.

»Ich werde mir das Ganze mal anschauen«, warnte ich ihn vor und musste mich zusammenreißen, damit mich mein Ausdruck nicht verriet. Der Bulbus war eine einzige blutige Masse. Eine tiefe, alte Narbe lief von der Wange bis zur Stirn über das Lid. Der Glaskörper war teilweise ausgetreten und man konnte im Gewebe den Bügel der IOL erkennen. Mist, dachte ich, das sieht alles andere als gut aus.

»Wie lange ist die intraokulare Linse schon drin, Herr Schimpf?«

»Seit vier Jahren, aber ich sehe auf dem Auge so gut wie nichts mehr.«

»Sie hatten eine Hornhauttransplantation?«

»Ja, das liegt schon zwanzig Jahre zurück. Die Hornhaut wurde bei einem Autounfall verletzt. Ich war nicht angeschnallt und wurde gegen die Frontscheibe geschleudert.«

Das erklärte die alte Narbe, die von der Wange bis zur Mitte der Stirn ging. Ich deckte das Auge mit einer frischen Wundauflage ab. »Leitet ihr die Narkose hier ein?«, fragte ich Liese.

»Nee, wir fahren Herrn Schimpf rein und machen es drüben. Der Professor ist immer noch nicht da. Hast du eine Ahnung, ob ihr im vorderen Abschnitt bleibt oder ob ihr auch in den hinteren müsst?«

Die Frage war wichtig, um die Narkosetiefe festzulegen. Hätte ich allein operiert, hätte ich den Augapfel wohl gleich herausgenommen, meiner Meinung nach war er nicht zu retten. Bastian war der erfahrenere Chirurg und würde eine solche Gelegenheit, seine Künste zu demonstrieren, sicher nicht ungenützt vorübergehen lassen.

»So wie das aussieht, bleiben wir im vorderen Abschnitt. Die OP-Dauer ist schwer abzuschätzen, aber unter dreißig Minuten ist unwahrscheinlich. Ich denke eher, es wird in Richtung einer Stunde gehen.« Ich wandte mich an den Patienten: »Wir sehen uns gleich im OP, Herr Schimpf.«

Ihm rann eine Träne aus dem gesunden Auge, lief über die trockene, schuppige Haut der Wangen in den struppigen, grauen Vollbart. »Können Sie mein Augenlicht retten?«, fragte der alte Mann mit brüchiger Stimme.

»Dazu sind wir doch da, Herr Schimpf«, tröstete ich ihn und überließ ihn dann Liese und Jonas, die ihm für mindestens eine Stunde sämtliche Sorgen und Bedenken nehmen konnten.

49

Antonia und die chirurgische Trennung

*So don't mind if I fall apart, there's more room in a broken **heart**.*
Itsy Bitsy Spider/Carly Simon

PROFESSOR DR. DR. BASTIAN EHRL-KÖNIG betrat den Augen-OP stets wie ein Preisboxer den Ring – erst, wenn alles für den großen Auftritt vorbereitet war. Er hatte Liese von der Umkleidekabine aus angerufen, dass sie mit der Narkoseeinleitung anfangen könne. Mit dem Patienten vorab zu sprechen, überließ er meist dem Assistenten und ließ sich berichten, während er steril angezogen wurde. Heute fand er für seine Verhältnisse sehr viele Worte für die neue OP-Schwester.

»Professor Ehrl-König. Ich begrüße Sie in meinem OP. Sie sind neu im Klinikum, Schwester …?

»Tamara. Ja, ich war ein Jahr in einer privaten Augenklinik in Bremen und habe jetzt gewechselt.«

»Was hat Sie nach Heidelberg verschlagen, die Liebe oder die Arbeit?« Was interessierte Bastian das?

»Die Liebe eigentlich, aber leider hat es nicht so richtig geklappt. Ich hoffe, dass das mit der Arbeit besser funktioniert.« Sie lachte einen Tick zu verführerisch für einen Operationssaal.

Ich fühlte Ärger in mir aufsteigen.

»Der Herr Schimpf ist dann so weit.« Liese hatte intubiert und der Anästhesiepfleger das Lid des gesunden Auges zugeklebt.

Ich nahm die Wundabdeckung herunter. Tamara ging endlich ihrer Arbeit nach, spülte das Auge mit Refobacin und strich es mit Povidon-Jod ab.

»Na, das klappt doch schon mal ganz toll«, flirtete der leitende Chirurg, dessen Penis noch kurz zuvor in mir gesteckt hatte, die unsterile Schwester an.

Es klappte eben nicht ganz toll, sie benutzte viel zu viel von der Flüssigkeit auf dem Tupfer und verursachte eine mittelschwere Schweinerei.

»Etwas weniger wäre mehr gewesen«, sagte ich an.

»Na, na, Frau Doktor Brandt, wir wollen doch eine angenehme Arbeitsatmosphäre an diesem sonnigen Tag, nicht wahr?«, wies mich Bastian zurecht.

Ich hasste mein Leben, Bastian und jetzt auch noch Tamara.

Der schleimende Chirurg saß nun in seinem Stuhl am Kopfende des Patienten und half mit, das Auge steril abzudecken. »Irgendwelche Besonderheiten?«, fragte er und setzte den Lidsperrer ein.

Liese verneinte. Ich berichtete: »Der Patient hatte vor zwanzig Jahren eine Hornhauttransplantation nach einem Unfall. Die IOL sitzt seit vier Jahren. Das Auge war seinen Angaben nach schon vor dem Trauma nulla Lux.«

»Dann frage ich mich, warum versuche ich überhaupt, es wiederherzustellen? Schwester Tamara, eine plausible Antwort?«

»Weil der Patient sonst ein kosmetisches Problem hätte?«

»Richtig, das auch, aber die Antwort ist viel einfacher: Weil ich es kann!«

Außer Tamara stimmte niemand in das brünstige Lachen meines Lovers ein. Du würdest dich auch am Sack lecken, wenn du könntest, schoss es mir durch den Kopf. Ich setzte mich auf den Hocker und betrachtete das OP-Feld durch das Assistenten-Binokular des Mikroskops.

»Dann wollen wir mal. Frau Doktor Brandt, Sie sagen, was Sie sehen«, forderte er mich auf, während er mit einer Kolibripinzette das ausgetretene Gewebe sezierte. »Sie hören gut zu, Tamara, dieser Eingriff ist nicht alltäglich. Sie können einiges lernen.«

Die Schwester nickte und die Assistenzärztin kochte. Liese flüsterte leise in den Mundschutz: »Rhabarber, Rhabarber.« Unser Code, wenn jemand Schwachsinn von sich gab.

»Sie meinen, Frau Doktor von Rothenstein?«

»Nichts, Professor Ehrl-König. Ich habe nur laut darüber nachgedacht, welchen Kuchen ich für den Geburtstag meiner Tochter backen werde. Rhabarber oder Erdbeer?« Wer Liese kannte, wusste, dass sie niemals einen Kuchen selbst backen würde.

»Können wir uns bitte auf das OP-Geschehen und den Patienten konzentrieren.« Das war keine Frage, sondern eine Anweisung.

»Schwer zu differenzierendes Gewebe prolabierend durch einen circa zehn Millimeter großen, nahezu horizontalen Riss durch die Hornhaut. Das Gewebe enthält Uvea, Netzhaut und die IOL«, berichtete ich.

»Dann explantieren wir als Erstes die IOL, die eine Haptik liegt ja bereits frei. Die Kunst ist, Schwester Tamara, die intraokulare Linse ohne weitere Dislokation des Gewebes zu entfernen. *Voilà,* da haben wir sie auch schon.«

Er legte die Kunstlinse zur Seite und erklärte weiter. »Der Bulbus ist erstaunlich gut tonisiert. Frau Doktor Brandt, drücken Sie mal mit der Spitze einer geschlossenen Westcott-Schere hier drauf.«

Die Schwester reichte mir die stumpfe Augenschere und ich versuchte die glibberige Masse aus Iris, Ader- und Netzhaut vorsichtig zurückzudrücken.

»Schwer reponierbar«, bemerkte Bastian, verlangte 10er-Nylon und begann die Hornhaut mit Einzelknüpfnähten zu verschließen. Das Gewebe war an der Risskante ödematös und aufgeweicht, was die Näherei nicht einfach machte. »Ich gebe dem Auge nicht viele Chancen, Schwester Tamara. Bei dem Status vor Trauma ist die Prognose nicht berauschend.«

Ich wandte den Blick kurz vom Binokular ab. Paulina verdrehte vielsagend die Augen Richtung Decke. Dieses Verhalten, die Assistenzärztin zu übergehen und der unsterilen Schwester eine Gratisvorstellung zu geben, wäre auch dann kacke gewesen, hätte er keine persönliche Beziehung zu der Ärztin gehabt. Liese tat so, als hielte sie sich einen Revolver an den Kopf, drückte ab und mimte den sterbenden Schwan.

Mit zehn gelegten Einzelknüpfnähten ließ sich das ausgetretene Gewebe größtenteils intraokulär verlegen. Aufgrund der infausten Prognose sah Bastian von weiteren Manipulationen ab. Der Ophthalmologe legte eine Amnionmembran auf die Wunde.

»Jetzt dürfen Sie ran, Frau Kollegin.« Bastian tauschte den Platz mit mir. »9-0er Vicryl«, schlage ich vor.

Ich nickte, nahm mit dem Nadelhalter die Nadel auf und vernähte die Membran mit acht Einzelknüpfnähten.

»Das wäre es. Verbandskontaktlinse und Vigamox. Sehr gut gemacht für unseren ersten gemeinsamen Eingriff. Ich hoffe, es wird nicht unser letzter sein, Schwester Tamara.«

»Ich hoffe auch nicht, Professor Ehrl-König. Ich habe schon viel von Ihnen gehört. Sogar in Bremen.«

»Ich hoffe doch, nur Gutes«, brachte er diesen steinalten Spruch.

»Selbstverständlich, Herr Professor.«

Während ich die Verbandskontaktlinse einsetzte, Vigamox tropfte, die Augenklappe und den Verband mit Tamaras Hilfe legte, sprach Bastian mit Liese. »Ich würde gern Cortison geben.«

»Der Patient hat Zucker«, kam die Antwort.

»Fünfzig Milligram Prednisolon sind allemal verantwortbar, Frau Kollegin.«

Mit dieser verbindlichen Ansage an die verantwortliche Anästhesistin verließ der große Meister den Operationssaal und genehmigte sich in der Küche einen Kaffee. Ich lief ihm hinterher und schloss die Tür.

»Noch Fragen, Frau Doktor Brandt?« Sein Gesichtsausdruck war eine explosive Mischung aus Überheblichkeit und Amüsiertheit.

Ich bekam zu meiner Freude den sachlich-kühlen Tonfall hin, den ich geplant hatte: »Nein, keine Fragen mehr. Nur eine Information: Ich fahre jetzt in meine Wohnung und da bleibe ich auch für den Rest des Tages, außer ich werde noch mal hierhergerufen.«

Er sah mich jetzt emotionslos an. Seine blauen Augen waren schmale Schlitze, wie ein Blick in ein Eisfach. »Was mache ich dann mit dem Roastbeef?«

»Anderthalb Stunden bei niedriger Hitze im Backofen schmoren. Dann machst du mit einem großen, scharfen Messer eine etwa zwanzig Zentimeter tiefe Inzision und lässt den Braten etwas abkühlen. Danach bist du unabhängig von mir. Dieses Stück Fleisch kannst du bei guter Pflege bestimmt eine Woche lang nach Lust und Laune penetrieren! Vielleicht hilft dir später Schwester Tamara weiter.«

»Wenn ich es nicht anders wüsste, würde ich sagen, Sie haben Ihre Periode, Frau Doktor«, kam es sehr süffisant.

»Nein, das Einzige, was aus mir herausläuft, ist dein Saft, und hör endlich auf mit diesem albernen Siezen. Wenn du noch einmal deinen Schwanz in mich stecken möchtest, dann bin ich ab sofort immer und überall Antonia für dich.«

»Bitte, Antonia, wenn du unbedingt willst, dass alle denken, du hast dich hochgeschlafen.« Die lässige Kühle, die Bastian selbst beim Streiten nicht ablegte, brachte mich zur Weißglut.

»Das wird niemand von mir denken, weil ich nämlich eine sehr gute Chirurgin bin. Ich habe seit wir uns kennen so oft geschwiegen und mich kleiner gemacht, als ich wirklich bin, nur damit du dich wohlfühlst und als der Mega-Chefarzt dastehst. Du brauchst das anscheinend. Ich dachte, du seist jemand Besonderes, aber das ist alles nur Schau und Fassade. Du bist so gewöhnlich, Bastian. Ich bin diese verlogene Geheimnistuerei so leid und dich am meisten!«

Bastian sah mich einen Moment an und stellte seine Tasse in die Spüle. »Wir reden weiter, wenn du dich wieder beruhigt hast.«

Ich riss die Tür auf und wollte hinausstürmen. Das war sie, die Stelle, an der sie an Filmen einen Kameraschwenk machten und der Zuschauer einen heimlichen Lauscher sah. Entweder war es ein Kind, das auf einer Treppe saß oder ein unheilschwangeres Gesicht in Nahaufnahme. In meinem Fall prallte ich beinahe mit Paulina zusammen. Wunderbar, jetzt würde bis morgen Nachmittag die ganze Augenklinik über den neuen Beziehungsstatus von Frau Dr. Brandt informiert sein: *Furchtbar kompliziert getrennt lebend!*

50

Steffen und das vegane Gelaber

*Saw the darkest **hearts** of men and I saw myself starin' back again.*
Bartholomew/The Silent Comedy

CARGUS WAR SEIT einer Woche nur noch an Werktagen ambulant im Psychiatrischen Zentrum in Therapie. Sie verbrachte ihre Tage mit Einzel- oder Gruppengesprächen, Ausdruckstanz und anderen künstlerischen Aktivitäten nach Anleitung. Abends und an den Wochenenden lungerte sie meist in unserer Küche herum, aß mit uns, trank mein Welde-Radler, spielte auf ihrem Handy und nervte mit ihrem Gelaber.

Auf dem Küchentisch standen die neuesten Ergebnisse der Basteltherapie: ein aus Peddigrohr geflochtener, windschiefer Brotkorb und eine selbst getöpferte Tasse.

»Ist die spülmaschinenfest?«, wollte ich wissen.

»Keine Ahnung. Probiere es aber lieber nicht aus, ich habe an dem Teil fast eine Woche gearbeitet und meine volle Kreativität reingesteckt. Das ist ein Unikat.«

»Echt, so lange. Eigentlich ganz schön«, meinte ich. »Nur blöd, dass es eine Tasse für Linkshänder ist, sonst würde ich sie benutzen.«

»Wie für Linkshänder?« Cargus sah von ihrem Tablet auf und bedachte mich mit diesem bestimmten Blick, der bei sozialverträglichen Menschen für lästige Insekten vorgesehen war.

»Schau!« Ich versuchte die Tasse mit der rechten Hand zu fassen. »Der Henkel ist auf der falschen Seite.«

»Tatsächlich. War keine Absicht. Ich achte nächstes Mal darauf«, entschuldigte sich die Hobbytöpferin und ich war versucht, mit dem Kopf auf den Tisch zu hauen.

»Siehst du Steffen, eine Studie hat belegt, dass eine kohlehydratfreie Diät die Lebenserwartung um bis zu vier Jahre verringern kann.«

Ich räumte die Spülmaschine aus und hatte keine Lust, mich weiter mit Cargus zu unterhalten. Jemanden zu verarschen, machte nur dann Spaß, wenn er es irgendwann auch merkte. Zudem schmerzte mein Bein heute extrem. Ich hatte vor dem Essen eine Extra-Ampulle Oramorph genommen, war todmüde, stoned, und der Schmerz war trotzdem latent vorhanden.

Sie führte ihren Monolog fort. »Hm, da liege ich mit meinen veganen Pizzas ja gar nicht so verkehrt. Das ist dann doch eine ausgewogene Ernährung.«

Ich behielt für mich, dass es ernährungstechnisch einen Unterschied zwischen einfachen und komplexen Kohlehydraten sowie tierischem und pflanzlichem Fett gab und Pizza immer die falsche Alternative war.

»Wo kaufst du eigentlich unsere Lebensmittel, Steffen?«

Mich störte der Terminus *unsere Lebensmittel,* weil ich nicht die Haushälterin war, die das ganze Haus mit Essbarem versorgen musste. Ich kochte für mich und Nathalié und das mehr schlecht als recht. »Wo ich gerade vorbeikomme.«

»Wir sollten alle darauf achten, dass wir nur noch fair gehandelte Sachen und Bioland-Produkte kaufen.«

»Dann solltest du vielleicht zukünftig den Einkauf für uns machen und auch gleich bezahlen. Dann kannst du darauf achten, dass alles fair, nachhaltig, tierschutzgerecht und umweltverträglich ist. Ich habe nämlich noch einen kleinen Nebenjob im Gegensatz zu dir.«

Immer wenn Cargus zornig wurde, schob sich der Unterkiefer noch mehr vor. Schippchenstatus nannte ich diesen Zustand. »Soll das etwa ein Vorwurf sein? Ich bin nun mal in einer schwierigen Phase meines Lebens und habe den Verlust meiner Mutter immer noch nicht richtig verwunden. Der zähe Kampf mit der Krankenkasse um die notwendigen Behandlungen und Operationen zermürbt mich. Du weißt gar nicht, wie einfach du es hast. Da kann man doch nebenbei darauf achten, dass man unseren einzigartigen Planeten nicht noch mehr belastet und ausschlachtet. Warum finde ich immer wieder Pakete von Amazon in diesem Haus?«

Im Grunde hatte Cargus recht. Aber es ging mir ums Prinzip. Die Frau mit der großen Klappe schützte diese Welt nur mit hohlen, gehashtagten Phrasen in den sozialen Medien. Ihre Beiträge erreichten selten mehr als zwei, drei Likes. Den *zähen* Kampf mit der Krankenkasse hatte sie erst vor zwei Wochen aufgenommen, wobei ihr Arzt im PZN mehr Arbeit damit hatte als sie selbst. Sie hatte noch nicht mal die Hormontherapie begonnen.

»Ab morgen werde ich darauf achten und mit dem Zwölfzylinder im Kraichgau oder Odenwald die naturbelassene Gerste und den Dinkel für unser täglich Brot selbst abholen und schroten. Im Hof können wir Kartoffeln anbauen und uns ein paar glückliche Hühner zulegen. Eine Ziege für Milch wäre optimal.«

»Gefangene Hühner sind nie glücklich, egal, ob Freiland oder Batteriezucht. Im Übrigen, auch ohne Amazon unterstützt du mit deinem iPhone ein Multimilliardenunternehmen, das keine Steuern zahlt.« Cargus hatte den Sarkasmus in meinen Worten mal wieder nicht verstanden und wischte auf ihrem Samsung-Tablet herum.

»Ja, finde ich auch scheiße. Aber das abzustellen, ist Aufgabe der gewählten Regierung in diesem Land. Wenn die versagen, kann ich nichts dafür. Glaubst du wirklich, dass Samsung eine Familienklitsche ist? Die beiden Brüder Sam und Sung sitzen in Hongkong in einem Hinterhof unter einer löchrigen Plane und basteln mit einfachsten Mitteln und Werkzeug aus Bambus ihre Handys zusammen. Die Großmutter packt mit ihren arthritischen Händen die fertigen Handys in Schachteln, welche die Kinder von Sam und Sung nach der Schule zusammengeklebt haben. Die Ehefrauen der Brüder rühren in ihrem Wok auf dem Gasbrenner das bescheidene Mittagessen für alle.«

»Jetzt chill endlich mal. Du musst lernen, ruhiger zu werden.«

»Ich muss lernen, ruhiger zu werden? Ich bin viel zu ruhig und gechillt. Ich nehme nämlich die passenden Medikamente dafür. Keine Ahnung, wann ich das letzte Mal ungechillt war. Ich zünde zum Beispiel nicht meine Unterlagen an, wenn ich keinen Bock habe, sie zu lesen, und lande deshalb in der Psychiatrie. Apropos Unterlagen. Ich habe heute früh die Kontoauszüge gecheckt. Wofür hast du das Konto geplündert und zweitausendzweihundert Euro bei einem Versteigerungshaus ausgegeben?«

»Eigentlich ist es ja mein Geld und ich muss keine Rechenschaft darüber ablegen, nur weil du dich ein bisschen darum kümmerst. Ich kann das übrigens nach Abschluss der Therapie selbst. Ich habe um einen Coach gebeten, der mich in die Grundlagen der Betriebswirtschaft einführt. Aber ich sage es dir trotzdem, weil die Klügere nachgibt.«

»Ich dachte, du seist *der Klügere?*« Mein genderkorrekter Einwurf wurde überhört.

»Ich habe das Geld gebraucht, um eine Haarsträhne von Roger zu ersteigern. So kann ich endlich beweisen, dass er mein leiblicher Vater ist. Das war eine einmalige Gelegenheit.«

»Haarsträhne? Von Roger Moore?« An dieser Stelle war ich tatsächlich dankbar dafür, dass das Morphin mich sedierte und die Spitzen meiner Gefühlsregungen zuverlässig unterdrückte. Andernfalls hätte ich Cargus an ihrem Tweedkragen gepackt und kräftig durchgeschüttelt. Der Steffen Milz vor Oramorph war recht schnell explodiert und laut geworden, erinnerte ich mich.

»Chill endlich! Die ist aus dem Nachlass seines Friseurs und wurde bei Sotheby's angeboten. Da ist ein Echtheitszertifikat dabei. Ich bin doch nicht bescheuert und lass mir *Fake* andrehen.«

»Friseur? Wunderbar! Friseure schneiden Haare ab und reißen sie nicht aus, oder?«

»Normal schon. Stell doch nicht so unintelligente Fragen, nur um zu provozieren. Ich habe die Nase voll von deinem latent passiv-aggressiven Verhalten. Ich habe Psychologie studiert. Denk dir mal.«

»Dann denk du dir mal, du psychologisch versiertes Intelligenzbündel – ihr *Aspis* seid doch so rational: Um bei Haaren eine DNA-Bestimmung machen zu können, braucht man die Follikel. Auch bekannt als Haarwurzeln. Die sind aber an abgeschnittenen Haaren nicht dran, die Wurzeln. Da muss man das Haar ausreißen oder warten, bis es ausfällt.«

»Hm, das google ich und sage dann was dazu. Mir ist die ganze Diskussion gerade zu emotional. Ich nehme das Thema jetzt *offline*. Man könnte meinen, ich hätte ein Verbrechen begangen. Ich möchte nur endlich meine Herkunft geklärt wissen.«

»Google was du willst, aber verschone mich mit dem Ergebnis. Ich reiße mir den Arsch auf, damit die Bude läuft und ihr endlich mal etwas Geld habt, und du gibst es für einen solchen Mist aus. Ich habe langsam die Nase voll.«

»Du kannst jederzeit ausziehen. Du hast noch nicht mal einen Mietvertrag.«

Ich wollte darauf etwas erwidern, als es an der Tür klingelte. Ich ging zur Gegensprechanlage. »Hallo?«

»Ich bin's, Antonia. Lust auf Pogotanzen im *Palmbräu,* Schtompfred? Ich lade dich auch ein.«

»Habe ich. Und wie. Ich bin in einer Minute unten.« Ich steckte mein Handy und die Geldbörse ein und ließ Cargus in der Küche zurück.

51

Antonia und das betreute Trinken

*We've got two strong **hearts**, reaching out forever like a river to the sea, running free.*
Two Strong Hearts/John Farnham

STEFFEN KÜSSTE MICH zur Begrüßung auf beide Wangen und meinte: »Wird ein billiger Abend für dich. Ich habe Oramorph intus und kann nichts trinken.«

»Sollen wir uns mal über deinen Medikamentenkonsum unterhalten? So von Arzt zu Mensch?«

»Nee, lass mal. Ich habe das, glaube ich, im Griff und bin gut eingestellt.«

Wir liefen Seite an Seite über das holprige Kopfsteinpflaster die Untere Straße bis zur *Palmbräu Gasse*. Ich dachte laut: »Solche glatt geschliffenen, historischen Straßenbeläge lösen in mir stets eine Gänsehaut aus. Ich frage mich, wie viele Tränen, Schweiß und Blut im Laufe der Jahrhunderte darauf getropft sind. Hat man im Mittelalter Hexen darübergeschleift, ehe sie auf dem Scheiterhaufen verbrannt wurden? Oder war Heidelberg schon immer so liberal, dass man hier keine Hexen verfolgt hat? Ich muss das bei Gelegenheit googeln.«

»Musst du nicht, du hast einen umseitig gebildeten Mann an deiner Seite. In Heidelberg hat das mit den Hexenpogromen leider schon sehr früh angefangen. Dieser Irrsinn war zwischen 1450 und 1500 auf dem Höhepunkt. Wo du wirklich Gänsehaut bekommen solltest, ist nicht in der Unteren Straße, sondern auf deiner geliebten Neuenheimer Neckarwiese. Die Scheiterhaufen standen außerhalb der Stadtmauern.«

»Wie kommt's, dass du dich so gut auskennst?«

»Mein Chef, Doktor Dengler, ist begeisterter Historiker und überschüttet mich bei der Arbeit mit Informationen zum geschichtlichen Hintergrund seiner Heimatstadt. Man nennt ihn auch Chirurgipedia.«

»Wie gruselig und grausam. Du hast gerade meinen Lieblingsplatz in der Stadt zerstört. Ich glaube, ich kann mich auf der Wiese nie wieder richtig entspannen.«

»Tut mir leid, aber das sind nun mal die Fakten.«

Ich schwieg einen Moment und dachte nach. »Weißt du, was ich glaube? Dass die vielen positiven Gedanken, die unzähligen Liebesschwüre und das Lachen, das die Neckarwiese seit diesen dunklen Zeiten mitbekommen hat, all das Leid und die Todesschreie wieder wettgemacht haben. Wir machen einen Deal, Schtompfred: Auf der Neckarwiese sagen wir uns nur noch liebe Dinge. Okay?«

Steffen hielt vor der stets offenen Tür zur *Palmbräu Gasse* an und blickte mir tief in die Augen. »Es ist eine besondere Gabe, aus etwas Schrecklichem etwas Schönes zu machen. Weißt du das, Antonia?«

Ich lächelte und schwieg aus Notwehr. Steffen Milz war gerade dabei, sich hinter meine schützenden Mauern zu schleichen.

Er gab sich einen Ruck und der Zaubermoment war vorbei: »Was ist passiert, dass du spontan und freiwillig für mich Geld ausgeben willst?« Wir waren wieder bei unserem üblichen schnoddrigen Umgangston angelangt.

»Ich habe mich von Bastian getrennt. Und bei dir so?«

»Ich habe mich mit Cargus gestritten. Hey, aber da gratuliere ich doch recht herzlich. Das ist somit der erste Abend deines neuen Lebens. Wirklich ein Grund zum Feiern.«

Das *Palmbräu* war an diesem Abend nur mäßig besucht und wir bekamen einen Sitzplatz an der Bar.

Steffen bestellte sich einen Orangensaft und wurde zweimal gefragt: »Mit Wodka oder Campari?«

»Nein, ohne Wodka oder sonstigen Alkohol.«

»Sag doch gleich, dass du einen *Virgin O-Juice* möchtest.« Das Girlie hinter der Bar mit dem frei liegenden Bauch rollte die Augen. Sie hätte locker unsere Tochter sein können.

»Sieht so aus, als hättest du den Anschluss in der Szene verloren, *Schtompfi*.«

Steffen blies die Backen auf und zog die Schultern hoch.

Meine Bestellung wurde gleich verstanden. »Ich trinke Gin Tonic, und zwar so lange, bis ich die Rechnung verlange. Also nicht warten, bis ich nachbestelle, sondern jedes leere Glas einfach durch ein volles ersetzen. Es soll dein Schaden nicht sein. Wie heißt du?«

»Alina.«

»Ich heiße Antonia und das ist Steffen. Wir werden diesen Abend deine Gäste sein. Und ja, ich möchte immer ein Röhrchen in meinem Drink und mein metrosexueller Begleiter steht auf Schirmchen.«

Alina mit dem perfekten, frei liegenden Nabel hatte wenig bis keinen Humor. Sie lachte nicht über meine witzige Einlage, sondern erklärte mir, dass es das wegen Umweltschutz nicht mehr gäbe.

Ich seufzte und wandte mich an Steffen. »Passt du auf mich auf, dass ich gut nach Hause komme und niemanden verprügle, Schtompfi. Ich muss mich heute besaufen.«

»Wärst du da nicht besser im *Betreutes Trinken* aufgehoben?« Steffen legte den Kopf schief und schenkte mir sein Halblächeln, das mitreißender war als Bastians lautes, demonstratives Lachen mit in den Nacken geworfenem Kopf.

»Du wirst überrascht sein, aber in dem Schuppen kümmert sich kein Schwein um dich, wenn du dir dort die Kante gibst. Purer Etikettenschwindel.«

»Dann übernehme ich das doch gern.«

»Ich küsse dein Auge! Du bist ein wahrer Ehrenmann, Steffen Milz.«

Steffen lachte jetzt mit dem ganzen Gesicht. Zwei einladende, längliche Grübchen auf jeder Seite. Kindchenschema. »Wo hast du den Ausdruck her?«

»Ich hatte heute früh einen Jüngling mit Migrationshintergrund in der Sprechstunde. Er hat ein Makulaödem, das ist eine Schwellung der Netzhaut. Er fand, dass ich eine *freshe Doc* und eine Ehrenfrau sei und er aus Respekt mein Auge küssen würde.«

Ich trank und tanzte mich in eine Art Delirium und hörte nicht mehr auf zu lächeln. So fangen perfekte Nächte an. Steffen saß an der Bar und sah mir zu. Er war mit seinem vollen, kinnlagen Haar, den lässigen karierten Hemden, die er offen über trendigen T-Shirts trug, und diesem frechen, strahlenden Grinsen eigentlich ein Gewinn für jedes weibliche Wesen. Die suboptimalen Gesundheitsstiefel, die Krücke und das Hinken fielen mir schon gar nicht mehr auf. Der Sex mit ihm war zärtlich und gut gewesen. Er küsste phänomenal und hatte geschickte, samtweiche Hände. Steffen war niedlich, aber nicht auf eine kindliche Art, bei der einem die Milch einschoss, sondern auf eine verdammt männliche sexy Art, die andere Säfte fließen ließ.

»Geht esch dir gut?«, fragte ich. Meine Artikulation war schon leicht eingeschränkt und ich musste wegen der lauten Musik schreien.

»Alles Wölkchen.« Er hob sein Glas mit dem jungfräulichen Orangensaft.

Ich lehnte mich an ihn und flüsterte in sein wohlgeformtes Männerohr: »Ah, dasch schagt scheit Jahrhunderten kein Mensch mehr. Aber mir egal. Wenn du möschtescht, können wir gern öfter schuschammen abhängen, jedschd wo isch eine freie Frau bin.« Steffens Oberarme waren muskulös und er roch, wie Männer in meinen wildesten Träumen riechen sollten.

»Aber gern doch.« Er legte seine Arme um mich, zog mich noch näher an sich heran und küsste mich auf den Mund. Seine Zunge spielte mit meiner und er knabberte zärtlich an meiner Unterlippe. Dieser Abend würde einen guten Verlauf nehmen und in meinem Bettchen enden, so viel stand fest.

52

Steffen und das falsche Lied

Und immer wenn mein **Herz** *nach dir ruft und das Chaos ausbricht in mir drin, schick ich meine Soldaten los, um den Widerstand niederzuzwingen.*
Meine Soldaten/Maxim

ANTONIA KNUTSCHTE MIT mir in aller Öffentlichkeit im *Palmbräu* und sie beherrschte diese Fertigkeit meisterhaft. Professor Schweinebacke war abserviert worden und ich schien am Ziel meiner kühnsten Träume. Antonias Finger spielten mit meinen empfindlichen Ohrläppchen. Mein Hören war durch diese Manipulationen zwar etwas eingeschränkt, aber der Akkordeonakkord des nächsten Songs traf direkt ins Stammhirn.

Das Akkordeon war nicht gerade das beliebteste Instrument bei Technomusik. Techno lebte vom gleichmäßigen, monotonen Beat, der einem Herzschlag nahekam. Das dumpfe Wummern glich einem Trip zurück in den Mutterleib. Völlige Geborgenheit unter dem schlagenden Herz der Mutter. Gedämpfte Töne, die durch die Bauchdecke und die mit

Flüssigkeit gefüllte Gebärmutter in die Dunkelheit drangen, in der der Embryo schwebte. Ich kannte nur ein Stück, das mit einem Akkordeonspiel begann. Timo hatte den Akkord eingespielt und die einzige Textzeile selbst gesungen. Wir hatten seine markante, aber dünne Stimme mehrfach übereinandergelegt, um der zweideutigen Textzeile mehr Substanz zu geben. *Doc Infernal is getting late. Doc Infernal is getting laid.*

Wie in unzähligen Träumen zuvor, hörte ich jetzt Timos rauchigen, unverwechselbaren Gesang und das präzise Akkordeonspiel, das auf jede kurze Textpassage folgte. Ich erinnerte mich genau an seinen Gesichtsausdruck, wenn er diesen Akkord gespielt hatte, den Kopf leicht schräg geneigt, die Augen geschlossen. Während der Raves nahm er tatsächlich regelmäßig das Akkordeon und spielte wie in Trance inmitten der zuckenden Lichter und Körper auf der Tanzfläche. Ich hoffte, er spielte jetzt mit Avicii um die Wette. Über mich legte sich die Dunkelheit wie eine dicke, verfilzte Wolldecke. Ich bekam keine Luft mehr, löste mich aus Antonias Armen und hinkte vor die Tür.

Antonia folgte mir auf dem Fuß: »Hey, Schtompfred, so miesch küssche isch jetzt auch wieder nischt, dasch man davonlaufen mussch.«

Ich lehnte mit geschlossenen Augen an einer Hauswand und versuchte meinen Atem zu beruhigen. »Panikattacke!«, brachte ich gerade noch so raus.

Ich spürte Hände an meinen Schultern und roch Antonias Alkoholfahne. Mir begann übel zu werden. »Komm, schieh misch mal an. Schön, auf meine Augen kontschentrieren und ganzsch langscham von hundert rückwärts tschählen.«

Diesen Trick, das Hirn anderweitig zu beschäftigen, hatten wir wohl alle während des Studiums gelernt. Ich versuchte mitzuspielen. »Neunundneunzig, achtundneunzig, siebenundneunzig ...«

Bei fünfundsechzig ging mein Atem wieder einigermaßen normal. »Ruf du mal deinen Taxifreund, ich gehe rein zahlen. Und bitte so lange nicht umkippen. Die liebe Frau Doktor ist gleich wieder da.«

»Schon gut, ich kann die paar Schritte laufen.«

»Nichts da, du bleibst die Nacht über unter ärztlicher Aufsicht. Ich kann es mir nicht erlauben, an einem Tag zwei Lover zu verlieren.« Ihr promillebedingter Sprachfehler war plötzlich weg.

IN IHREM FERIENHAUS-AM-MEER-APPARTEMENT steckte mich Antonia in die Wanne, kippte eine Ladung türkisfarbenen Badezusatz ins Wasser und zündete sämtliche Kerzen an. Sie schaffte es, einem gekachelten Sanitärraum ein heimeliges Ambiente zu geben – ganz ohne kostspielige Innenarchitektin.

Die Frau meiner Träume setzte sich nackt bis auf die Socken auf einen Hocker neben der Waschmaschine und nahm das Cello zwischen die Beine. »Wenn dich Dancefloormusik so aufregt, Schtompfred, dann ist das das Richtige für den älteren Herrn. Aufgepasst, die einzigartige begnadete Antonia Brandt spielt Bachs *Suite Nummer 1* in G-Dur auf einem Cello, gebaut von François Jacques Barbé im Jahr 1820 und von ihren Eltern mithilfe eines Kleinkredits gekauft. Und wahrscheinlich wird mich der ebenfalls begnadete Pius vom Sutterhof mit seinem Geheule begleiten.«

Der Inbegriff meiner Begehrlichkeiten mit dem sinnlichen Instrument zwischen den nackten, ebenmäßigen Schenkeln, den schlanken Hals des Cellos an der Wange und den Bogen, der sich vor den perfekten Brüsten bewegte, so nah, dass ich ihr Parfüm riechen konnte, war der erotische Overkill. Ich war froh, dass der nach Rosmarin duftende Zusatz genug Schaum gebildet hatte.

Der Hund der Nachbarn setzte tatsächlich nach vier Takten ein. Ich wusste, ich musste Antonia jetzt und sofort die Wahrheit über mich beichten. Stattdessen sagte ich: »Ich habe noch nie zuvor zehn Euro so gut angelegt, Antonia.«

»Tja, wir Cracknutten sind unser Geld allemal wert«, kam die schlagfertige Antwort und Frau Brandt glitt zu mir in die Wanne. Es war mir egal, dass sie die dünnen Sneakersocken anbehielt. Die Dunkelheit war wie weggeblasen – dafür war ich hochgradig erregt.

»Euch Cracknutten müsste es auf Rezept geben. Nichts vertreibt Panikattacken und chronische Schmerzen zuverlässiger.«

Antonia kniete vor mir und ich umschlang ihren Oberkörper mit meinen nassen Beinen, bis ihre kleinen, festen Brüste direkt vor meinem Mund waren und ich sie endlich schmecken konnte.

53

Antonia und der unerotische Anästhesist

*I was born to love you, with every single beat of my **heart**.*
Born to Love You/Queen

DIE DREI MEDIZINERTIERE, wie Liese uns getauft hatte, saßen auf der Dachterrasse des Kopfklinikums in ihrer Lieblingsecke hinter dem Bambus. Ich hatte zu Hause eine riesige Portion Spaghetti bolognese gemacht und sie für uns in der Mikrowelle aufgewärmt. Dennis' Oberteil sah eher nach einer misslungenen OP aus denn nach Mittagessen. Der Mann hatte unterirdische Tischmanieren und mümmelte wie ein Meerschweinchen. Wie üblich sah er sich nebenbei Videos auf YouTube an.

»Sag mal, Doktor Cornazzano, dich kann doch keine Frau, die dich jemals essen gesehen hat, noch erotisch finden«, bemerkte ich einfühlsam.

Er sah verstört hoch. »Was meinst du?«

»Nichts, vergiss es.«

»Hey, ich habe festgestellt, dass wir bei der Berufswahl voll danebengegriffen haben. Schaut euch das an. Die chinesische

Tussi hier wird dafür bezahlt, den ganzen Tag mit Pandabären zu spielen.«

Das Video zeigte eine Frau, die jauchzend und mit viel Freude eine Holzrutsche hinunterrutschte und tatsächlich vier aufgeweckte, moppelige Bärenbabys im Schlepptau hatte.

»Ich bezweifle, dass du in einem Zoo deine Geschlechtsverkehrsfrequenz aufrechterhalten könntest, außer du stehst auf Sodomie«, gab ich mit ironischem Unterton zu bedenken.

»Stimmt, so ein Krankenhaus birgt viel Beischlafpotenzial. Aber es ist nicht unerschöpflich. Langsam geht mir der Nachschub aus«, meinte Dennis.

»Tja, du solltest vielleicht etwas gegen deinen schlechten Ruf tun«, meinte ich.

»Den ich nicht verdient habe. Ich sage immer vorher ganz deutlich, dass ich keine Beziehung, sondern nur Sex möchte. Aber die glauben mir das nie und jede meint, sie könne mich ändern.«

»Mir egal, ich würde es trotzdem mal mit dir probieren. Würde mir zumindest die ganzen Kosten für Batterien sparen. Ich hatte schon seit Monaten keinen Sex mehr mit jemand anderem als mir selbst. Keine Ahnung, ob ich überhaupt noch weiß, wie das geht«, gestand Liese.

»Das ist wie Fahrrad fahren«, bemerkte ich lakonisch.

»Stimmt, Liese, das kannst du dann nicht wissen: Seit der Jahrtausendwende muss man aus Sicherheitsgründen auch beim Geschlechtsverkehr einen Helm tragen. Es passieren so viele schwere Unfälle dabei«, warf Dennis grinsend ein. »Sonst zahlt die Kasse die Behandlungskosten nicht.«

»Du Idiot! Pass lieber auf, dass du immer schön ein Kondom benutzt und ich nicht mit einer Glückwunschkarte Unterschriften und Spenden für deine Hochzeit sammeln muss.

Du bist schrecklich unbeliebt im ganzen Kopfklinikum, da wird nicht viel zusammenkommen.«

»Das habe ich aber ganz anders im Gefühl. *I am rated triple A.* Attraktiv, Anästhesist und ...«

»Angeber«, fiel ihm Liese ins Wort.

»Auserlesen.« Jetzt pulte der *sexiest Anästhesist alive* ziemlich unsexy mit den Fingernägeln Fleischstücke aus den Zahnzwischenräumen. »Deswegen kann ich dir auch keine sexuellen Gefälligkeiten erweisen, liebes Lieschen. Such dir einen anderen Mann, dieses Klinikum ist doch voller untervögelter Spasts. Sogar unsere scheue Antonia hat einen abbekommen, auch wenn es der letzte Arsch ist.«

»Apropos scheues Reh: Ich habe mich vom letzten Arsch getrennt«, warf ich ein und löste einen spontanen Begeisterungssturm bei meinen beiden Freunden aus. Professor Ehrl-König war weder menschlich noch fachlich bei den Mitarbeitern der Augenklinik besonders gut angesehen.

»Willkommen in der bunten Welt der Singles. Du musst dich unbedingt bei Tinder anmelden, pass aber auf, Dennis hat fünf Accounts.«

»Habe ich eben nicht mehr. Ich bin fest mit der OP-Schwester und der PJlerin zusammen. Mehr packe ich nicht. Ihr müsst euch schon selbst Männer suchen.«

Sein Handy vibrierte. »Da, haben wir schon eine Nachricht von Frau #1 – Tamara Gottschalk.« Er öffnete WhatsApp auf seinem Handy, las und fing an zu lachen. »Wisst ihr, wie man das sterile Tuch zwischen Anästhesist und Chirurg nennt?«

Wir schüttelten beide den Kopf.

»Blut-Hirn-Schranke«, kam grinsend die Antwort. »So, ich muss jetzt los. Wenn du mal wieder Spaghetti für uns alle machst, denk an den Parmesan. Mit Käse überbacken schmeckt nämlich alles gleich viel besser.«

»Nichts zu danken, Doktor Cornazzano.«

»Spaß beiseite«, meinte Liese, nachdem Dennis außer Hörweite war. »Ich finde es gut, dass du den Absprung geschafft hast. Du weißt, er hätte seine Frau nie verlassen.« Sie räumte die Teller zusammen und war im Begriff aufzustehen.

»Schlimmer noch, er hat mich mit einer Möchtegern-Schauspielerin, die im gleichen Haus wie er wohnt, betrogen. Das habe ich aber erst, nachdem ich mich von ihm getrennt habe, erfahren.«

»Dieser sexbesessene Widerling. Wie hast du es herausgefunden, Schnecke?«

»Steffen, der Hausmeister, hat aus dem Werkzeugkasten geplaudert. Der wohnt in der gleichen WG wie diese Xandra.«

»Xandra? Russin?«

»Ukraine.«

»*Bitches!* Mein Opa Traugott hatte einen Schrapnellsplitter im Kopf und war nicht mehr ganz bei sich. Er saß den ganzen Tag am Küchentisch, hat Schorle getrunken und Kreuzworträtsel gelöst. Der hat mich ständig vor dem Tag gewarnt, an dem der Russe kommt. Dass uns irgendwann die Russinnen ganz ohne Panzer überrollen, konnte keiner ahnen.«

Ehe Liese das Thema *Alles Schlampen außer Mutti* weiter vertiefen konnte, klingelte mein Telefon. Dennis hatte die Patientin mit der Tränenwegsstenose und Dakryozystitis so weit vorbereitet, dass ich anfangen konnte.

54

Antonia und das heimelige Zuhause

*Du kannst jeden Gipfel erklimmen, zu allen Inseln schwimmen, in deinem **Herzen** bin ich sowieso dabei, denn ich bin immer dein Zuhaus'.*
Universum/Ich + Ich

LIESE UND ICH hatten zusammen einen Vierundzwanzig-Stunden-Dienst von Samstag acht bis Sonntag acht Uhr. Die Notaufnahme war überlaufen. Die Prävalenz einer schweren bakteriellen Konjunktivitis war auffällig hoch. Leichte Bindehautentzündungen konnte man mit ein paar Augentropfen nach Hause schicken, die heilten in der Regel auch ohne Therapie – aber bei den schweren Formen musste gezielt eine Antibiose begonnen werden und man musste die Patienten auf die hohe Ansteckungsgefahr explizit hinweisen.

Mich betraf das eher am Rande, weil ich fast durchgehend am OP-Tisch stand. Zwischendurch sah ich in der Ambulanz Patienten an, bei denen der diensthabende Assistenzarzt sich nicht sicher war, ob ein ophthalmologischer Eingriff notwendig sein würde. Ich entfernte oberflächliche und intraokulare

Fremdkörper wie einen Metallspan, einen Rosendorn und das Projektil eines Luftgewehrs. Ich reponierte eine dislozierte Linse nach einem Autounfall mit Airbag-Beteiligung und machte eine Pars-Plana-Vitrektomie bei einer Netzhautablösung. Eine erbsengroße Zyste hatte den Tränendrüsenkanal eines polnischen Lkw-Fahrers komplett verschlossen, weshalb er nicht mehr weiterfahren konnte. Ich entfernte sie um drei Uhr in der Frühe. Den Oberarzt im Hintergrunddienst musste ich zu meiner Freude in dieser Nacht kein einziges Mal belästigen.

Dafür durfte ich am übernächsten Tag nochmals von acht bis zwanzig Uhr regulären Dienst schieben. Ich war zum Umfallen müde und schlief auf dem Rad beinahe ein. So leise ich konnte, schlich ich die Treppe hoch, aber Pius musste im früheren Leben eine Fledermaus gewesen sein. Ihm entging nicht das kleinste Geräusch. Er knurrte und scharrte hysterisch an der Wohnungstür. Trude Riemanns Bollerwagen stand im Schuppen, als ich das Fahrrad untergestellt hatte. Durch das Glas der Wohnungstür flutete das kaltblaue ultraviolette Licht der Sonnenbank. Mutter Riemann arbeitete an ihrer Haselnussbräune und ich konnte zum Glück ungestört meine Wohnung betreten.

Heimkommen war eine komplett andere Sache, wenn der Flur nicht im Dunkeln lag, sondern hell erleuchtet war. Es duftete nach Basilikum und angebratenem Knoblauch. In der Küche am Ende des Ganges brannte ebenfalls Licht. Neben dem Klappern von Geschirr war eine Fanfare zu hören. Ich erkannte das Intro eines Songs von Asia. Dennis war nicht nur ein Kind der Achtzigerjahre, er lebte noch in dieser Zeit und hatte mir zum Geburtstag eine CD samt tragbarem Player geschenkt, den ich in die Küche gestellt hatte.

Im Wohnzimmer war der Esstisch gedeckt und die Kerzen in allen Laternen waren angezündet. Das war das Zuhause, das ich mir seit Jahren gewünscht hatte. Licht, Musik und ein

Mann, der für mich kochte. Das Trippeln kleiner Kinderfüße war die Steigerung dieses Traums.

»Euer Wachhund funktioniert super«, meinte Steffen, der mit nacktem Oberkörper am Herd stand und Salz in einen Kochtopf streute, ohne sich umzudrehen.

Ich stellte mich hinter ihn, lehnte meine Wange an seine harte Rückenmuskulatur und schnurrte. »Hm, sehr gute Mischung, dein männlicher Geruch mit frischer Basilikumnote. Was gibt es?«

»Frische Pasta mit Pesto. Und ehe du mich dafür lobst, es ist alles von Salvatore und ich muss nur die Nudeln ins kochende Salzwasser werfen und sie, wenn sie in zwei, drei Minuten gar sind, mit dem Pesto in gewärmte Teller geben, Parmesan drüberhobeln, Basilikumblatt in die Mitte und das war's.«

»Hm, klingt trotzdem lecker.«

»Auf Salvatore ist Verlass. Ich hab auch alles brav bezahlt. Du kannst es also beruhigt essen. Mach doch mal bitte den Rotwein auf. Der ist ebenfalls von Salvatore.«

»Hm, dann muss ich dich loslassen.« Es tat so gut, die Augen zu schließen und menschliche Wärme zu spüren. Ich sang leise die nächsten Zeilen des Liedes mit: »*I see it now, becomes so clear your insincerity. And me all starry-eyed, you'd think that I would have known by now …*«

Steffens Rückenmuskulatur versteifte sich plötzlich und er fragte: »Bitte?«

Ich sang weiter mit: »*Now, sure as the sun will cross the sky, this lie is over. Lost, like the tears that used to tide me over*«, und ließ ihn los. Der Korkenzieher lag bereits neben der Flasche. Ich öffnete sie und schenkte einen Probierschluck ein. Steffen starrte regungslos in das kochende Wasser. »Hey, Superkoch, du musst die Pasta reintun, heißer wird's nicht.« Asia kamen langsam zum Ende. Ich tanzte mit dem Glas durch die Küche und sang: »*You're claiming victory. You were just using me. And there is no one you can use now. One thing is sure, that time will tell …*«

Steffen reagierte immer noch nicht. Ich packte ihn besorgt am Oberarm. »Hey, hast du wieder eine Panikattacke?«

»Die Musik. Der Text«, flüsterte er. »Das habe ich über die Kopfhörer im Helm gehört, als ich den Traktor gerammt habe.«

Ich ging zu dem kleinen tragbaren Gerät und schaltete es aus. Das durchkomponierte Lied hatte ein fantasieloses Ende und wurde einfach ausgeblendet.

»Komm, wieder schön die Frau Doktor ansehen und rückwärts zählen. Hundert …«

Anstatt zu zählen, klammerte sich Steffen an mich wie an einen Rettungsanker und hielt mich fest. »Antonia, ich …«

»Hey, komm, ist doch nicht schlimm. So ein Unfall kann nun mal posttraumatische Störungen auslösen.«

»Warum muss ich alles, was mir was bedeutet, verlieren im Leben?«

»Weil das Leben ein stetiges Kommen und Gehen ist. Für alles, was man verliert, bekommt man etwas Neues geschenkt oder findet es. Schau, ich habe Bastian verloren, du Nena-Dingsbums, und dafür haben wir uns gefunden. Das ist doch ein Supertausch.«

Er brauchte einen Moment, bis er antwortete und in mein Haar flüsterte: »Ich will dich aber nicht verlieren, Antonia.«

Ich sah nach oben, küsste ihn und fragte: »Warum solltest du mich verlieren?«

»Weil ich ein Idiot bin.«

»Ach, Schtompfredchen, alle Männer sind Idioten. Daran hat man sich mit spätestens dreißig gewöhnt«, beruhigte ich ihn. Ich stellte das Glas ab, schaltete den Herd aus und zog Steffen aus der Küche. »Essen können wir immer noch. Lass dir zeigen, wie sehr ich deine männlichen Qualitäten schätze. Du darfst auch ausnahmsweise meinen Kopf ungestraft nach unten drücken, wenn du möchtest.«

Normalerweise hasste ich diese Angewohnheit bei Männern, wenn sie nicht warten konnten, ehe ich von allein Bock hatte, ihnen einen zu blasen. Das war, wie wenn man eine ganze Wohnung freiwillig putzt und mittendrin vor die Toilettenschüssel gezerrt wird und die Klobürste in die Hand gedrückt bekommt.

»Ich ...« Steffen war jetzt völlig daneben.

»Pst ...« Ich legte meinen Zeigefinger auf seine Lippen und ging mit ihm ins Schlafzimmer.

Ich hatte noch nie Sex mit einem weinenden Mann – dabei war nicht auszumachen, ob es Freude oder Schmerz war, das Steffens Augen zum Überlaufen brachte.

55

Steffen und die erotische Impfnarbe

*I hold my heart in my hands. I hurt myself. Hold my **heart** in my hands.*
Heart In My Hands/Andreya Triana

ANTONIA KAM, NACKT bis auf ein Paar weiße Flauschsocken, frisch geduscht aus dem Bad. Ich mochte den Anblick, wenn ihre dunklen Haare vor Nässe glänzend auf ihre perfekten Schultern fielen und den halben Rücken bedeckten. Sie setzte sich im Schneidersitz neben mich aufs Bett und begann sich einzucremen. Ich zeichnete mit einem Finger eine kreisrunde Narbe auf ihrem Oberarm nach.

»Du hast die erotischste Impfnarbe, die es gibt.«

Antonia lächelte und tupfte spielerisch einen Klacks Bodylotion darauf. »Narbe, wo denn? Mein Körper ist makellos.«

Ich verrieb die Creme, bis die Narbe wieder sichtbar wurde. »Warum hast du eigentlich eine Impfnarbe? Als du geboren wurdest, waren die Pocken doch weltweit ausgerottet.«

»Lange Geschichte. Mein Bruder Thelonius hatte ein Buch über Albert Schweitzer gelesen und wollte unbedingt

Tropenmediziner werden. Wir haben fast jeden Tag Lambarene gespielt. Einmal wollte er uns alle mit einem Skalpell, das er über einer Kerze sterilisiert hat, impfen. Ich war leider sein erstes Opfer und habe geschrien wie am Spieß. Die Impfaktion wurde auf jeden Fall nicht fortgesetzt und der Schnitt musste mit zwei Stichen genäht werden.«

Ich küsste die Narbe.

»Rücken eincremen?«, fragte Antonia und drehte sich um.

Ich schob das feuchte Haar über eine Schulter und verteilte die nach Vanille duftende Creme auf der zart gebräunten Haut. »Antonia, warum trägst du eigentlich immer Socken? Selbst direkt nach dem Duschen. Hast du so kalte Füße?« Ich hatte Antonia noch nie in anderen Schuhen als kniehohen Stiefeln und Sneakers in allen Farben und Formen gesehen. Verspielte Sandalen, Pumps, hochhackige Stilettos, Birkenstocksandalen oder sommerliche Flip-Flops, wie ich sie von allen Frauen sonst kannte, schien sie keine zu besitzen. Das war insofern merkwürdig, als Antonia sich eher klassisch kleidete und darauf achtete, alles fein aufeinander abzustimmen. Die sportlichen Sneakers waren ein absoluter Stilbruch.

Sie sah mich über die linke Schulter an und zuckte mit dem Mundwinkel. »Das ist auch eine lange Geschichte. Ich erzähle es dir mal bei Gelegenheit.«

»Die Gelegenheit wäre jetzt sehr günstig. Ich habe nichts anderes zu tun, als dir beim Eincremen zuzuschauen und dir zuzuhören. Zudem liebe ich deine Geschichten. Lass mich an deinen dunklen, düsteren Seiten teilhaben, *Mylady*. Die hell leuchtenden kenne ich ja schon.«

»Okay.« Sie seufzte schwer, ehe sie weiterredete. »Daran ist mein Ex-Freund schuld. Luis Winkler. Er studierte an der Medienakademie in München, als wir uns kennenlernten. Luis hat mich die ersten Wochen auf Händen getragen. So viel Aufmerksamkeit, liebevolle Gesten, Streicheleinheiten für

Körper und Seele habe ich noch nie zuvor eingeheimst. Ich bekam ständig zu hören, dass eine so tolle Frau wie ich für einen solchen Mann wie ihn eigentlich viel zu schade war. Ich war geflasht. Wir waren gerade mal einen Monat zusammen, als er mich für ein verlängertes Wochenende nach Paris eingeladen hat. Wir stiegen in einem ganz noblen Hotel mitten im Quartier Latin ab. Er hat alles bezahlt und wollte nicht, dass ich auch nur einen Euro übernehme. Diese vier Tage waren so vollgepackt mit Liebe, Lachen und Lust, dass ich nie wieder auch nur eine Minute ohne Luis leben wollte. Alle guten Dinge schienen mit L anzufangen.«

Jetzt malte Antonia mit dem Finger Kreise auf das Bettlaken.

»Aber ich vergaß, dass auch Leid und Lüge mit L anfangen. Luis ist gleich das folgende Wochenende aus seiner kleinen Studentenbude in Garching zu mir gezogen. Ich hatte das Glück, trotz Studium und schmalem Budget sehr luxuriös wohnen zu können. Der Bruder meines Vaters besaß eine Penthouse-Wohnung in Schwabing in der Kaiserstraße und war beruflich für vier Jahre in New York. Er wollte die Wohnung nicht an Fremde untervermieten und so konnte ich nur für die Nebenkosten auf hundertzwanzig Quadratmetern über den Dächern Münchens residieren.«

Geschichten aus dem Leben einer exklusiven Minderheit, dachte ich, sagte aber nichts, weil ich Angst hatte, Antonia zu kränken. Keiner konnte etwas für seine Herkunft.

»Ich habe Luis auf einer Verbindungsfete kennengelernt. Er war der einzige von den Brüdern, der nicht besoffen war. Beziehungsweise, man hat ihm als einzigem nicht angemerkt, wie viel er bereits getrunken hatte. Das war im Praktischen Jahr und mich hat ein Studienkollege mitgenommen. Luis war auch nur eingeladen gewesen, also kein Verbindungsbruder. Er saß vor dem Verbindungshaus auf der Treppe, rauchte und sah zu mir hoch, als ich gehen wollte. »Cinderella verlässt die

Party. Komm setz dich zu mir und unterhalte mich etwas, ehe deine Kürbiskutsche kommt.« Dabei schenkte er mir ein warmes Lächeln. Luis hatte ein Lächeln, das Polarkappen zum Schmelzen bringen konnte. Auf meine Ansage, dass ich nicht Cinderella, sondern Antonia heiße, meinte er, dann sei ich eben *seine Tonirella*. Er bot mir eine Zigarette an und ich habe angenommen, obwohl ich überzeugte Nichtraucherin bin. Ich habe das ganze Dreivierteljahr geraucht und nach seinem Auszug bei Nacht und Nebel nie wieder eine Kippe angerührt. Seitdem wird mir allein vom Geruch von Zigarettenrauch übel.«

»Warum ist er bei Nacht und Nebel ausgezogen?« Ich massierte Antonias Rückenmuskulatur, die hart und verspannt war. Ihre Haut war bis auf die Impfnarbe tatsächlich makellos. Selbst Leberflecken suchte man vergeblich.

»Das kannst du gut, Steffen Milz. Du hast so weiche, hypersensible Hände. Wie kommt es?«

»Liegt wohl daran, dass ich *Handwerker* bin.«

»Ah, dass mir das nicht eingefallen ist.« Antonia dachte einen Moment nach. »Ich weiß bis heute nicht, warum Luis mich verlassen hat. Ich habe nichts wirklich falsch gemacht. Im Gegenteil, ich habe versucht, mich ihm anzupassen und alles richtig zu machen, damit er bei mir bleibt. Er kam damals mit nur einem Koffer voller Klamotten und genau den hat er wieder mitgenommen. Meine Hingabe und Aufmerksamkeit hat ihm zu Anfang wohl viel gegeben. Aber Beifall verliert mit der Zeit an Wert und Bedeutung. Und ich verlor ebenfalls rapide an Wert und Bedeutung, bis nur noch der Sex übrig blieb.« Antonia machte sich je einen Klecks auf beide Unterschenkel und verrieb die Creme langsam, ehe sie fortfuhr.

»Ich war krank und hatte eine schwere Influenza, also eine richtige Grippe, und lag bereits die dritte Woche mit Fieber flach. Luis war in der Zeit kaum zu Hause. Ihn nervte mein Gehuste, das ihm den Schlaf raubte. Ich konnte weder kochen noch aufräumen. Zum Sex war ich auch zu kaputt und Luis brauchte das eigentlich täglich, sonst wurde er unleidlich, und er ließ seinen Zorn stets an mir aus.«

»Was heißt, er ließ den Zorn an dir aus? Wurde er handgreiflich?« Ich hoffte, die Antwort würde nicht so ausfallen wie erwartet. Meine Mutter hatte die dumme Angewohnheit, wenn ich mich nicht *in die Ordnung fügte,* Kopfnüsse zu verteilen.

Antonia sah verlegen auf die Seite, ehe sie antwortete. »Nicht wirklich. Oder doch. Etwas. Aber nichts Schlimmes. Er hat mir nicht direkt wehgetan, es hat eher mein Selbstwertgefühl verletzt. Aber das ist wohl dann doch mein Problem, oder? Dass ich so eine geringe Meinung von mir habe?«

Ich fühlte heiße Wut in mir aufsteigen – etwas, was mir dank der Medikamente, die ich einnahm, schon lange nicht mehr passiert war. »Nein, das ist nicht dein Problem. Gewalt sollte nie das Problem der Opfer sein, sondern der Täter. Verletzungen der Seele heilen nicht besser als körperliche Wunden. Die Narben, die bleiben, sind ähnlich problematisch und entstellend.«

»Ist meine Seele entstellt?«, fragte sie, drückte einen Klecks Creme auf ein Knie und zeichnete mit dem Zeigefinger kleine Wirbel hinein. »Manchmal hat er mir einen spielerischen Klaps auf den Hinterkopf verpasst, wenn ich zu verträumt war oder etwas nicht schnell genug ging. Sein Lieblingsspruch war: ›Erde an Toni! Aufwachen, du Alien!‹ Lustig, oder? Aus der bezaubernden *Tonirella* wurde ein tumber Alien. Von der Märchenfigur zum Monster in nur wenigen Wochen. Was für ein Abstieg.«

Das verzweifelte Lächeln trug so viel Schmerz und negative Erinnerungen in sich, dass mir beim Zusehen flau im Magen wurde. Kopfnüsse schienen weit verbreitet im Lager der Soziopathen. Kein Wunder, waren doch der Kopf anderer und das, was sich Großartiges darin abspielte, die größten Feinde dieser hohlen Menschen, die keine anderen Götter neben sich duldeten. Man muss zerstören, was man nicht selbst besitzen kann.

»Das mit den Verbalinjurien hatte Luis extrem gut drauf. Diese kleinen fiesen, unverdienten Seitenhiebe, die so tief schnitten. Ich war zu langsam, zu schnell; ich lachte zu laut; ich sprach zu leise; ich hatte die falsche Zahnpasta gekauft; ich habe zu lang mit einer Freundin telefoniert; ich hatte zu wenige Freunde; ich hing zu viel am Handy; ich habe seine WhatsApp-Nachrichten nicht schnell genug beantwortet; ich kochte zu scharf, ich kochte zu fad; ich verstand nichts von Whisky; ich trank zu viel; ich war nicht schlagfertig genug; mein Bauch wurde schwabbelig; ich hatte Spliss an den Haarspitzen; ich war eine faule Sau; ich trug eine unpassende Brille; ich brauchte im Bad zu lange; ich räumte die Zahnpastatube weg, obwohl er sie noch brauchte. Die Liste war schier endlos. Ich habe ihn einmal gefragt, was er denn überhaupt gut an mir fände, und er meinte wahrheitsgemäß, im Moment eigentlich nichts und ihm sei selbst nicht klar, warum er sich überhaupt noch mit mir abgebe. Aber er arbeite hart an sich und ich könnte ihm dankbar sein dafür, dass er blieb.«

Sie war mit Eincremen fertig, stellte die Flasche mit der Lotion auf den Boden neben das Bett, kam unter meine Decke, kuschelte sich an mich und sprach in meine Armbeuge.

»Luis legte viel Wert darauf, dass alles harmonisch zwischen uns war. Ihm ließ die kleinste Unstimmigkeit zwischen uns keine Ruhe und er hat so lange drauf herumgeritten, bis sie behoben und ausdiskutiert war. Das war zwar anstrengend, aber ich fand es sehr fürsorglich und glaubte, einen Mann gefunden zu haben, mit dem ein gemeinsames Leben vorstellbar war. Dabei habe ich monatelang versucht, ein Haus mit jemandem zu bauen, der nur Treibsand als Baugrund zur Verfügung stellte.«

Ich spürte feuchte Wimpern auf meiner Haut. Luis schien nach all den Jahren immer noch ein Grund für Tränen zu sein.

»In den ersten Wochen hat er täglich meine Hand genommen, sie lange und zärtlich geküsst und mir bei jeder Gelegenheit zugeflüstert, wie glücklich er darüber sei, dass eine so tolle Frau wie ich ihn in ihrem Leben duldet. *Duldet,* genau das war das Wort, das er gebraucht hat. Ich war gerührt; ich fand mich selbst nicht so toll. Dafür fand ich ihn umso toller und er wollte ausgerechnet mich. Dass mir seine Wortwahl aufgestoßen ist, habe ich unter den Tisch fallen lassen.«

Ich vermutete, Luis war einer dieser Psychos, die ihr Umfeld mit perfekt erprobter Spiegelungstechnik einlullten, um zu bekommen, was immer sie haben wollten. Sie trennten wie ein Raubtier das auserwählte Opfer vom Rudel und sagten und taten genau das, was ihr Gegenüber sagte und tat. Damit verschleierten sie den eigenen Charakter und ihre Absichten und wickelten ein Netz um ihr Opfer. So konnte man die Welt erfolgreich erobern. Allerdings war der Erfolg von eher kurzer Dauer, da es für beide beteiligte Seiten auf unterschiedliche Weise anstrengend war. Was diese Typen zurückließen, wenn sie früher oder später die Langeweile überkam, waren traumatisierte, emotional ausgebeutete Menschen, die erst nach und nach verstanden, dass sie nur Mittel zum Zweck gewesen waren.

»Wir hatten fast eine Woche nicht miteinander geschlafen. Ich hatte ein furchtbar schlechtes Gewissen, weil ich wusste, wie wichtig das für Luis war. Ich habe ihm angeboten, wir könnten es in Löffelchenstellung tun, einfach damit er den Trieb abbauen kann und ruhiger wird. Er meinte, es wären ihm momentan zu viel schleimige Körperflüssigkeiten an den falschen Stellen.«

Ich stöhnte innerlich. Was für ein komplettes Arschloch.

»Wir saßen zusammen auf der Couch und haben uns *Der Hundertjährige, der aus dem Fenster sprang und verschwand* auf DVD angesehen. Wir fanden den Film beide nicht gut. Ich konnte dem Buch schon nichts abgewinnen. Luis liebte es und war umso enttäuschter darüber, dass es filmisch so schlecht umgesetzt war. Er brachte den Spruch: ›Die Blu-ray, die gleich aus dem Fenster fliegt und verschwindet.‹ Ich musste lachen und das löste einen neuerlichen Hustenanfall aus. Luis sah mich mit diesem leeren, kalten Blick an, den er so perfekt draufhatte. Dabei fröstelte es mich immer. Ich entschuldigte mich, sobald der Spasmus vorbei war, und zog mit den Händen die Knie an den Körper. Dabei guckten meine nackten Füße unter der Decke vor. Luis warf einen Blick darauf, sah mich an und meinte völlig emotionslos, dass er mich und meine hässlichen Füße mit den gelben Nägeln und Hühneraugen nicht mehr länger ertragen könne. Ich sah auf meine Füße und war sprachlos. Bis dahin fand ich, meine Füße sahen ganz normal aus, die Nägel waren rosafarben, wie es sich gehörte. Hühneraugen hatte ich auch keine. Was sollte hässlich daran sein? Dann stand er auf, packte und verließ mich. Ich lief ihm hinterher und versuchte, ihn an der Wohnungstür zurückzuhalten. Ich heulte und redete auf ihn ein. Er sprach kein Wort mehr, auch nicht, als er den Wohnungsschlüssel von seinem Schlüsselbund abnahm und auf die Kommode im Flur legte, mir nochmals mit ausdruckslosem Gesicht in die Augen sah und zur Tür rausging. Das waren die letzten Worte, die ich von ihm gehört habe: ›Du hast die hässlichsten Füße, die ich je gesehen habe!‹«

Ich schluckte, ehe ich sagte: »Antonia, warum soll ich mich vor deinen Füßen ekeln? Ich habe selbst nur einen intakten Fuß und der andere ist meist dick geschwollen und vernarbt. Mir sind Füße egal. Eine meiner wenigen Ex-Beziehungen war hauptberufliche Ballerina und hatte übel zugerichtete Füße. Selbst die ist im Sommer auf Ibiza mit Flip-Flops in der Gegend rumgerannt, egal ob die Zehen grün oder blau waren und wie viele Nägel aktuell gefehlt haben. Zieh einmal für mich diese Socken aus und lass mich deine intimsten Körperteile sehen. Bitte, Antonia.«

»Ich weiß nicht, Steffen, ich kann das noch nicht. Diese Socken sind meine letzte Festung. Der Burgfried quasi. Darin habe ich mich verschanzt und wenn ich die ausziehe, bin ich wehrlos und verletzlich. Ich genieße die Zeit mit dir – es ist alles so wunderbar unkompliziert. Aber ich frage mich, wann du anfängst, unsere Beziehung zu bestimmen. Das ist das erste Mal in meinem Leben, dass *ich* einem Mann etwas beibringen kann. Bastian hatte seinen Plan vom Leben und da musste ich mich anpassen. Luis hat unser Leben bis ins Detail kontrolliert und bestimmt, obwohl er bei mir wohnte und wir meist mit meinen Freunden zusammen waren. Seine Freunde und Familie hat er bewusst von mir ferngehalten. Er hat es ganz geschickt angestellt, dass ich die Hausarbeit fast allein erledigt habe, und trotzdem hat er darüber gemotzt, dass es ihm nicht gut genug war. Ich war immer Eliza Doolittle und unsicher in einer ungewohnten Umgebung. Alle Männer, mit denen ich eine längere Beziehung hatte, spielten früher oder später Professor Higgins. Bei uns ist das gerade umgekehrt. Du hast keine Vorstellung, wie gut mir das tut. Also lass mir meine Socken, bis die Zeit gekommen ist und ich sie von selbst ausziehe. Ja, Steffen?«

Ich lächelte und verfluchte den Tag, an dem ich meine Socken ausziehen würde und aus dem Gelegenheitsjobber Steffen Milz der zukünftige Handchirurg Dr. Steffen Milz werden würde.

56

Antonia und die perfekte Kindheit

*'Cause we're monsters at heart – at **heart,** at heart.*
Monsters/Angus Stone

LIESE HATTE IN der Nacht einen harten Notarztdienst gehabt. Gegen Morgen musste sie zu einem Autounfall auf der B3. Die gerufenen Notärzte konnten nur noch den Tod von vier jungen Männern feststellen.

»Ich brauche Ablenkung, um runterzukommen, Schnecke. Kann ich zum Frühstück kommen? Ich bringe auch Brötchen mit.«

»Das und Kaffeepads und Butter und was für auf die Brötchen drauf. Orangensaft wäre auch gut und vielleicht Eier und Milch. Ich war seit zwei Wochen nicht mehr richtig einkaufen.«

»Messer? Tassen? Eine Sitzgelegenheit?«

»Nein«, lachte ich. »Aber wenn du eh zu IKEA gehst: Ich habe keine Teelichter mehr.«

Wenig später packte Liese eine Tüte mit Lebensmitteln aus und berichtete, dass das Übelste die Mutter des einen

Jugendlichen war, die zur Unfallstelle kam und zusammengebrochen ist. Sie hatte erst wenige Monate zuvor ihren Mann durch eine Lungenembolie verloren. Jetzt war auch noch ihr einziger Sohn gestorben. »So sehr mich Linda manchmal nervt, ich würde verenden, gäbe es sie nicht mehr.«

Liese hatte in ihrem Praktischen Jahr an der Uniklinik eine Beziehung mit Jindra, einem tschechischen OP-Pfleger mit gestähltem Körper, gehabt. Der war zudem mit einem eidetischen Gedächtnis gesegnet und hatte sowohl Lieses Zyklusverlauf als auch sämtliche Geschlechtsakte mit Tag und genauer Uhrzeit abgespeichert. Somit konnte er im Kopf ausrechnen, dass Linda Aglaya von Rothenstein niemals seine leibliche Tochter sein konnte. Er war zu der fraglichen Zeit durch Vietnam getrampt. Jindra hatte sich daraufhin von der Kindsmutter getrennt, spielte aber trotzdem die Hälfte der Zeit Papa für die Kleine. Die *Kleine* war mittlerweile siebzehn Jahre alt, übertraf ihre Mutter um zehn Zentimeter und zehn Kilogramm und wurde von dieser zärtlich *Booh = Brat out of Hell* genannt. Allerdings kannte Linda die wahre Bedeutung ihres Kosenamens nicht.

Der biologische Papa war ein windiger, bildhübscher Philosophiestudent, der nicht wusste, dass er als Samenspender benutzt worden war. »Ich hatte mit dem nur zweimal gepennt, aber die Samen waren wohl wie der Restkörper Formel 1 und ich wollte halt lieber mit Jindra alt werden«, hatte Liese mir erklärt. »Der Kindsname ist übrigens eine Mischung aus unseren beiden Vornamen. Liese und Jindra ergibt Linda.«

»Da kann ich nicht mitreden. Meine Chancen, mich zu vermehren, tendieren mittlerweile gegen null.« Ich seufzte und biss in ein Vollkornbrötchen, das dick mit Mettwurst belegt war. Ich kaufte selbst keine tierischen Brotaufstriche mehr und wenn, dann höchstens aus Geflügel. Liese mit ihrer ländlich-bäuerlichen Herkunft hatte wurstmäßig voll ins *Schwarze des Fettnäpfchens* getroffen. Das Schlimme war, es schmeckte köstlich.

»Was ist mit dem attraktiven Hausmeister? Sind seine Spermien nicht intelligent genug?«

»Nein, der hat schon Kapazitäten, die er aber nie gelernt hat zu nutzen. Es ist jammerschade, dass so ein Mega-Typ Hausmeister ist. Hätte er meine Eltern gehabt, besäße er heute einen Lehrstuhl für Sinologie oder spätmittelalterliche Minnegesänge. Er ist einfach in der falschen Umgebung aufgewachsen und musste sich immer selbst durchkämpfen. Keinerlei Förderung von irgendeiner Seite. Typisches Schlüsselkind. Ich wusste bis zu meinem Studium überhaupt nicht, wozu ein Hausschlüssel gut sein sollte. Es war immer jemand zu Hause, der mir die Tür öffnete.«

Liese meinte kauend: »Und ich dachte, ich wäre behütet und fern von allem Übel aufgewachsen im Schlösschen. Meine Eltern haben mir eine rosarote Kindheit geschenkt. Wie zum Beispiel Rex-Gildo, mein Schäferhund, der über dreißig wurde und alle zehn Jahre nach kurzem Dornröschenschlaf als süßer Welpe wiedergeboren wurde.«

»Das kann ich toppen. Mutti war so auf Harmonie bedacht, dass sie uns von sich aus nie etwas verbot. Immer wenn sie was verbieten musste, meinte sie, dass die Regierung des jeweiligen Landes, in dem wir gerade lebten, das so wolle. Irgendwann hat mein ältester Bruder herausgefunden, dass die Botschaften deutsches Hoheitsgebiet waren und demnach dort deutsches Recht galt. Das hat Mutti schwer in Erklärungsnot gebracht.«

Wir lachten – unsere Kindheitserinnerungen waren amüsant. Steffens dagegen waren teilweise traumatisch.

»Meinen Eltern war es wichtig, dass all ihre acht Ableger mindestens ein Instrument lernen. Wenn wir umgezogen sind, sah das aus, als würden die Berliner Philharmoniker auf Reisen gehen.« Ich wählte Butter und Brombeergelee für die nächste

Brötchenhälfte. »Steffen hat sich Geld zusammengespart, mit zwölf ein gebrauchtes Keyboard auf dem Flohmarkt gekauft und sich das Spielen selbst beigebracht.«

Liese dachte kauend nach: »Warum haben die euch auch so große Instrumente gekauft? Ich hätte jedem von euch eine Mundharmonika oder eine Blockflöte in die Hand gedrückt, dann hätte das ganze Equipment in einen Koffer gepasst. Fertig.«

»So pragmatische Gedanken waren meinen philosophisch-anthroposophisch angehauchten Eltern fremd.« Ich stand auf, um mir noch eine zweite Tasse Kaffee zu gönnen. »Mutti riet mir, Cello zu spielen, weil alle Frauen in unserer Familie mit schwachem Bindegewebe gestraft sind.«

»Ah, ein Cello zwischen den Beinen lenkt von der Cellulite ab? Das hätte mir mal einer sagen müssen. Ich will auch noch eine Tasse, bitte.« Liese streckte mir ihren Becher hin.

»Das wahrscheinlich auch. Laut meiner Mutter verringern die Schwingungen, die das Instrument macht und die sich auf die Oberschenkel übertragen, dass Cellulite überhaupt entsteht.«

»Und? Hat es funktioniert, Schnecke?«

»Bei mir auf jeden Fall.« Ich setzte mich wieder an den Tisch und rührte gedankenverloren den Zucker unter. »Wenn eines von uns nur eine kleine Schramme hatte, behandelte Mutti uns mit Retterspitzwasserumschlägen oder dem *Autsch-Lamm,* in dem ein Kühlakku drin war. Meist kam der Arzt gleich ins Haus. An solchen Tagen gab es das jeweilige Lieblingsessen plus ein Eis und die anderen Geschwister mussten sich um den Kranken kümmern. Das war Familientradition. Wir lassen kein Kind zurück und keines allein leiden.«

»Das kenne ich auch. Bei mir war es das *Aua-Aua-Tuch,* eine alte Stoffwindel, das magische Heilkräfte besaß und um den Körperteil gewickelt wurde, der aktuell Probleme machte.«

Liese trank einen Schluck Kaffee und meinte kleinlaut: »Das habe ich übrigens immer noch für Notfälle.«

»Solange du es nicht bei deinen Patienten benutzt.« Ich lächelte und fuhr fort: »Mutti musste nie selbst kochen, wir hatten eine Haushälterin oder Köchin aus dem jeweiligen Land, in dem wir wohnten. Es gab auch eine Putzfrau und keiner von uns musste einen Handschlag machen. Das Lob ihres Mannes für den perfekten Haushalt hat Mutti trotzdem eingeheimst: ›Wie schön unser Frühstückstisch heute wieder aussieht, Charlotte. Diese Marmelade hast du sehr fein ausgesucht. Wie du das mit acht Kindern bewerkstelligst, vorbildlich meine Liebe.‹«

Liese sah mich nachdenklich an. »Wenn das eine Anspielung sein soll: Du hast den Frühstückstisch wunderschön gedeckt, Schnecke, und dein Lächeln macht mich glücklich nach dieser beschissenen Nacht mit diesem abartigen Unfall, über den ich nicht reden will, übrigens. Erzähl weiter Kindergeschichten, die mich von meinem beruflichen Elend ablenken.«

»Hör doch auf mit den Notarztdiensten, wenn die dich so belasten«, gab ich zu bedenken.

»Einer muss es ja machen. Es gibt doch zu wenig Notärzte. Kindergeschichten, Schnecke! Ich habe schließlich viel Geld in dieses Frühstück investiert.«

»Steffens Mutter hat ihren Sohn nach einer Mastoidektomie nicht mehr aus dem Krankenhaus abgeholt. Sie hat den Klinikaufenthalt für einen Kurzurlaub genutzt. Handys gab es damals nicht und keiner wusste, wo sie geblieben war. Die Schwestern haben ihn dann noch zwei Tage länger behalten, aber schließlich doch das Jugendamt eingeschaltet. Er landete für ein paar Tage in einem Heim. Als ihr wieder einfiel, dass sie ein Kind hatte, und es abholen wollte, hat sie die armen Schwestern und Ärzte auf Station rundgemacht und rumgeschrien, dass man ihr Kind ohne ihr Wissen und ohne ihr

Einverständnis ins Heim gebracht habe. Sie würde ihren Anwalt und die Behörden einschalten. Das wäre Kindsentzug.«

»Voll Psycho.«

»Allerdings.« Ich hatte etwas von dem Zucker verschüttet und malte mit dem Zeigefinger kleine Kreise hinein.

»Und dann wird man aus dem Kinderparadies ins richtige Leben mit all den Psychos und Narzissten mit Schwanz geschickt. Und kein *Autsch-Lamm* oder *Aua-Aua-Tuch* hilft gegen die Verletzungen, die man dabei abbekommt.«

»Stimmt, Liese. Wir hassen Männer, oder?«

»Alle!«

»Alle! Ohne Ausnahme.«

»Gut, dann werden wir Feministinnen«, schlug meine Freundin vor.

»Geht es da nicht um Gleichberechtigung?«, fragte ich und leckte den Zucker von der Fingerspitze.

»Genau, Schnecke!«

»Willst du wirklich, dass Männer uns gleichberechtigt sind?«

»Nein, das auch wieder nicht. Das steile Machtgefälle muss unbedingt bestehen bleiben. Und ich würde jetzt nach Hause ins Bett gehen. Ich bin zum Umfallen müde. Danke für die Unterhaltung, Toni.«

»Immer wieder gern, Schwester!«

Ich räumte den Frühstückstisch ab und ging zum Dienst.

57

Steffen und die Fahrt aufs Land

*Sign your name across my **heart**. I want you to be my lady.*
Sign Your Name/Terence Trent D'Arby

Ich staunte immer wieder darüber, wie sich die fast vierzig Jahre alte Limousine leicht und elegant fahren ließ. Der Daimler mit seinen durchgesessenen Ledersitzen und dem Armaturenbrett mit rissigem Holzfurnier war mir ans Herz gewachsen, auch wenn ich ihn selten bewegte. Schließlich hatten wir beide das gleiche Baujahr.

Antonia stand bereits im leichten Sommerkleid und den üblichen Sneakers am Gehsteig und wartete auf mich. Ich stoppte, ließ die Scheibe herunter und fragte: »Wo Sie wolle?«

Sie stieg lachend ein. »Ein wundersamer Ort namens Gauangelloch, oder habe ich das falsch in Erinnerung?«

»Nein, das hast du richtig in Erinnerung. Deswegen nehme ich dich ja mit, weil ich keine Ahnung habe, wo dieser abgelegene Ort ist, und mein fahrbarer Untersatz kein Navisystem hat.«

Sie stellte eine Kühltasche in den Fußraum. »Weil ich nicht wusste, was ich mitbringen soll, habe ich einen Bulgursalat gemacht und eine hübsche Keramikschüssel mit dem passenden Besteck gekauft. Das müsste als Gastgeschenk doch reichen, hoffe ich.«

»Ich habe eine Flasche Hullabaloo aus Salvatores Keller geklaut.«

»Klingt nach Aboriginesprache. Australien?«

»Ganz falsch, es handelt sich um einen edlen Sauvignon blanc aus der Pfalz. Ursprünglich ist Hullabaloo ein unverfängliches englisches Wort für Spektakel. Andreas Gabalier hat es eingedeutscht und kann seitdem im Radio ganz offen über Geschlechtsverkehr singen.« Ich probiere, ob ich den Groove des österreichischen Wunderknaben, der mit Schrotttexten Schotter machte, draufhatte: »*Nur für dich hab ich mir das Hula geholt und 'n paar Blumen dazu, war 'n Superangebot. Aber Hulapalu ist meistens umsonst, wenn man dann zu zweit mal so weit erst kommt.*«

»Hey, das klingt ja fast professionell, Schtompfred. Ist tatsächlich richtiger Schweinkram. Ich dachte, der singt nur Schmachtfetzen. Was ist eigentlich aus dem lautmalerischen süddeutschen Begriff *schnackseln* geworden?«, fragte Antonia und sah mich frech an. »Apropos, wir fahren am besten über den Königstuhl – ich kenne da einen kleinen, abgelegenen Parkplatz ...« Sie ließ das Ende des Satzes offen.

»Du weißt schon, dass du mit einem schwerbehinderten Mann unterwegs bist?«

»Und? Wir sind in Deutschland, ich bin mir sicher, da gibt es ausgewiesene Behindertenstellplätze.«

So kam es, dass wir von der Altstadt bis Gauangelloch über eine Stunde Fahrzeit hatten und völlig derangiert und verschwitzt in der kleinen Gemeinde ankamen. Gunnars Haus stand in einer schmalen Sackgasse und wir mussten ewig vom Parkplatz am Ortsende zurücklaufen und noch eine steile Steigung zurücklegen. Die Temperatur war mittlerweile weit über dreißig Grad gestiegen. Keine Seltenheit in diesem Sommer.

»So erklärt sich unser Zustand besser«, meinte Antonia, als wir völlig abgekämpft mit unseren Mitbringseln vor Gunnars Prachtbau standen. Der Architekt hatte am Ende der Straße einige Biergarnituren unter roten Faltpavillons der SPD aufgestellt. Ich erinnerte mich, dass er bei der nächsten Bürgermeisterwahl gedachte, als Ortsvorsteher zu kandidieren. Die meisten Plätze im Schatten waren besetzt. In der Sonne hielt es keiner aus. Gunnar stand mit einem Bier in der Hand inmitten einer Gruppe älterer Männer, die alle Sandalen mit Socken in gedeckten Farben trugen.

»Ich dachte, die *Sandalensockler* und *Birkenstockspinner* sind ausgestorben«, flüsterte mir Antonia zu. »Aber anscheinend haben sie in einigen abgelegenen Bergdörfern überlebt.«

Gunnar begrüßte uns überschwänglich. Das Bier in seiner Hand schien nicht das erste an diesem Nachmittag gewesen zu sein. »Speis und Trank gibt es oben auf der Terrasse.«

Ich stöhnte. Der Weg hier hoch war schon eine Qual gewesen. Ich hatte am Morgen nur die halbe Dosis Schmerzmittel genommen, um das Fest nicht völlig im Nebel zu erleben.

»Willst du dich setzen und ich hole uns was?«, bot Antonia an.

»Schon okay, das schaffe ich auch noch.«

Die Terrasse des modernen Hauses, das aussah wie ein riesiger Wintergarten, lag in der prallen Mittagssonne. Ein winziger Schirm bemühte sich, das sparsame Salatbüfett vor den unbarmherzigen Strahlen des Planeten zu beschützen. Ein junger Mann, dessen Gesichtsbehaarung nur wenig Platz für Nase, Mund, Augen und Brille ließ, stand schwitzend an einem Weber-Kugelgrill und prüfte Würstchen auf ihren Reifegrad.

Eigentlich war bei den Temperaturen Holzkohle überflüssig. Das Grillgut wäre auf jeder Metalloberfläche durch die bloße Sonneneinstrahlung gar geworden.

Die Spanplatte war nur zur Hälfte von einer Wachstuchtischdecke bedeckt, im hinteren Bereich des Tisches stand alles auf dem blanken Holz. Das Büfett sah aus, als hätte ein Kleinkind in der Conveniencetheke bei Aldi alle Verpackungen aufgerissen und den Großteil des Inhalts gefuttert. Um die offenen Plastikbehälter schlängelte sich eine einsame Dekoluftschlange. In einer mit Wasser gefüllten Zinkwanne neben dem Büffet lagen die Getränke. Es gab Bier und Mineralwasser. Ich hatte noch nie einen so lieblos gedeckten Partytisch gesehen.

Antonia stellte die dekorative Salatschüssel verlegen mitten unter die Supermarktbehältnisse. »Upps, da habe ich wohl völlig danebengegriffen. Ich komme mir vor, als würde ich im Ballkleid in eine Straußwirtschaft reinrauschen«, flüsterte die Meisterin der präzisen Worte. »Mein Mitbringsel wirkt wie ein Paria unter dem punkigen Einmalmüll.«

Ich stellte den Wein in die Wanne und fischte uns zwei lauwarme Flaschen Schlossquell heraus. Zumindest vermutete ich anhand der zahlreichen im Wasser schwimmenden Etiketten, dass es Schlossquell war. Der Grillmeister forderte uns auf, Teller zu nehmen, und hatte für uns schon zwei Würstchen in der Zange parat.

»Was gibt's denn zur Auswahl?«

»Würstchen vom Schwein, alle gleich, damit es keinen Streit unter den Gästen gibt. Salomonische Würstchenauswahl nennt man das.« Der Hausherr war hinter uns aufgetaucht und lachte über seinen Scherz. »Nehmt euch reichlich, wir müssen nicht sparen, und mit dir habe ich nachher ein Wörtchen zu reden, Steffen. Muss nur schnell pinkeln, dann bin ich bei dir.«

»Solange es keine Salmonellenauswahl ist.« Antonia, die Teilzeit-Vegetarierin, wollte keine Industriewürstchen, sondern bediente sich an dem in der Hitze gut vorgetrockneten Brot. Wir kratzten die Reste aus den Salateimern und nahmen reichlich vom Bulgursalat, ehe wir uns auf den Weg zurück zur Straße machten. Wir fanden sogar einen Platz im Schatten bei einem aufmerksamen Versicherungsvertreter, der der Meinung war, wir seien beide unterversichert und er könne das nach dem Wochenende sehr schnell ändern.

Neben uns knutschte ein Teenagerpärchen ungehemmt mit viel Zunge und Enthusiasmus.

Ich biss in eine der geschmacklosen Würste. »Die hättest du problemlos essen können, da sind mehr Holzspäne drin als Schweinefleisch.«

»Schmeckt's nicht?« Unser Sitznachbar hielt mir eine Tube Dijonsenf, die er aus einem Rucksack gekramt hatte, unter die Nase. »Selbst ist der Mann. So kann ich überall meinen Senf dazugeben.« Der umsichtige Herr mit dem beachtlichen Gebiss lachte wiehernd.

»Ketchup haben Sie nicht zufällig?«, fragte Antonia.

»Doch natürlich. Moment.« Er fischte tatsächlich zwei kleine Plastikflaschen aus seinem Rucksack. »Curry oder Tomate? Ich gehe nie ohne meine Soßen auf Grillfeste. Was glauben Sie, was man in meinem Beruf alles an Geschmacklosem schlucken muss, um einen Vertrag abzuschließen oder einen Kunden zu behalten.«

»Brot mit zwei Sorten Ketchup! Yeah! Mein Tag ist gerettet«, jubelte Antonia und grinste mich breit an.

Ich zerfloss mal wieder vor unterdrückter Liebe. Ehe ich Antonia keinen reinen Wein eingeschenkt hatte, traute ich mich einfach nicht, ihr gegenüber meine Gefühle ungefiltert zum Ausdruck zu bringen. Ich war ein kompletter Idiot, der in einem Teufelskreis gefangen war.

58

Steffen und die zerbrochene Schüssel

*Il est entré dans mon **cœur**. Une part de bonheur dont je connais la cause.*
La vie en rose/Edith Piaf

Entweder hatte Gunnar Prostataprobleme oder er wurde aufgehalten. Er erschien erst eine Dreiviertelstunde später an unserem Tisch und vertrieb den Versicherungsvertreter, der Horst hieß und sowieso nach Hause musste, weil die Schwiegermutter Geburtstag hatte.

Ich nutzte die lautstarke Abschiedsszene unter Männern, um mich bei Antonia zu entschuldigen. »Tut mir leid, dass ich dich hierher verschleppt habe. Der Mann ist Architekt, ich habe angenommen, da geht es etwas stilvoller zu.«

»Schon gut, Steffen. Du kannst es gutmachen, indem du auf dem Rückweg nochmals auf dem Parkplatz hältst. Ich finde, die Gegend ist einen zweiten Abstecher wert.« Sie zwinkerte mir zu. »*Hullallulla!*«

»Das heißt Hulapalu, du kleine Raupe Nimmersatt.«

»Was, ihr seid nicht satt? Dann seid ihr selbst schuld. Habe ja wohl Speisen aufgefahren, dass sich die Tische biegen«, meinte Gunnar, der eine gänzlich andere Wahrnehmung als ich haben musste. Er setzte sich neben Antonia. »Steffen, pass mal auf. Ich habe einen Superjob für dich. Als mein Assistent. Die Stelle muss im Herbst neu besetzt werden, weil der Stelleninhaber in Pension geht. Du bist dann zwar kein Staatsdiener mit Pensionsanspruch, aber immerhin städtischer Angestellter. Urlaubsgeld, Weihnachtsgeld und so weiter. Das hat doch mehr Zukunft als Hausmeister in dieser Klinik. Du bist ja nicht auf den Kopf gefallen. Die Stadt muss das öffentlich ausschreiben, aber ich kann da was drehen. Was meinst du? Interesse?«

Antonia stieß mich unterm Tisch an. Ich sah auf den leeren Pappteller vor mir und konzentrierte mich auf die blau-weißen Rauten. »Ja doch, klingt schon interessant. Schick mir mal eine Mail mit den Bewerbungsmodalitäten.«

»Mache ich gleich Montag, wenn ich wieder im Büro bin. Du gibst die Bewerbung einfach mir und ich leite sie an die richtige Stelle weiter. Wir Genossen halten zusammen.« Gunnar zwinkerte mir vertraulich zu.

»Klar, wird erledigt.«

Dann wurde Gunnar zu einem Notfall gerufen – das Bier war alle.

»Du scheinst nicht sonderlich begeistert von dem Angebot zu sein?«, fragte Antonia und zeichnete mit dem Ringfinger eine Spirale in die Ketchupreste auf ihrem Teller und leckte die Fingerspitze anschließend ab.

»Doch, schon. Ich habe mich nur schon lange nicht mehr beworben. Bin etwas aus der Übung, was Lebensläufe und so angeht. Passbilder bräuchte ich auch.«

»Weißt was, komm doch einfach morgen bei mir vorbei und ich helfe dir.«

»Superidee!«, log ich.

Die Gäste um uns herum waren unruhig geworden, weil sich über dem Ort ein Unwetter zusammenbraute. Harmlose Schäfchenwolken türmten sich innerhalb weniger Minuten zu bedrohlichen Gebirgen. Alle sahen auf ihre Wetter-Apps, die Gewitter, Sturm und Regen vorhersagten. Auch wir wollten aufbrechen. Die Temperaturen lagen seit Stunden über dreißig Grad, meine Hände waren nass vor Schweiß und ich rutschte immer wieder am Plastikgriff der Krücke ab. Ich würde alles geben, könnte ich die Gehhilfe einfach wegwerfen, diese klobigen Schuhe ausziehen und wie früher in Flip-Flops oder barfuß laufen.

»Meine Schüssel nehme ich wieder mit«, beschloss Antonia. »Ich lasse das gute Teil auf keinen Fall zurück. Die sind imstande und werfen sie in den Müll. Das Konzept *wiederverwendbar* kennt man in diesem Haushalt wohl nicht.«

Dank der Schüsselrettung waren wir so spät dran, dass wir auf halbem Weg von dem heftigen Sommerregen überrascht wurden. Dicke Tropfen prasselten auf uns herab. Wir waren innerhalb einer Minute nass bis auf die Knochen und schwitzten das erste Mal an diesem Tag nicht. Einige von Gunnars Gästen rannten johlend an uns vorbei. Da es seit Wochen nicht mehr geregnet hatte, war die steile Straße von einer schmierigen Schicht überzogen. Rennen war für mich selbst in gutem Gelände keine Option – die Gefahr, dass die gesetzten Nägel bei der ungewohnten Belastung brachen, war viel zu groß. Ich hielt mir die leere Schüssel mit einer Hand wie einen Helm über den Kopf und drehte mich lachend zu Antonia um.

»Ist das nicht herrlich, Schtompfred?« Sie dirigierte mit dem Salatbesteck ausgelassen das Gewitter.

In diesen speziellen Momenten, an der Seite dieser Frau überkam mich ein ungewohnt warmes Gefühl, das ich in meinem bisherigen Leben noch nie so intensiv gespürt hatte. Ich schätzte, ich war gerade glücklich und übersah die Stelle, auf der ein Traktor einen dicken Erdklumpen hinterlassen hatte, der sich im strömenden Regen in Schmierseife verwandelte. Die Gehhilfe rutschte unkontrolliert darüber und ich konnte die Schieflage nicht ausgleichen. Sekunden später lag ich seitlich auf der Straße. Die Schüssel war in vier Teile zerbrochen. Das Daumengelenk schmerzte höllisch, da ich die Krücke krampfhaft im Fall festgehalten hatte.

Ich sah Antonias erschrockenes Gesicht, setzte mich auf und biss mir auf die Unterlippe. »Ich habe die schöne Schüssel geliefert.« Ich hieb mit einer Faust auf mein Bein und hatte Mühe, die aufsteigenden Zornestränen zurückzuhalten. Das war wieder eine der Gelegenheiten, bei denen mir die Behinderung meine ganze Würde nahm und mich gedemütigt im Dreck sitzen ließ. Ich würde Hilfe brauchen, um jetzt aufzustehen, und blieb einfach sitzen, weil ich mich nicht noch hilfloser fühlen wollte. Ich schloss die Augen einen Moment, um die Fassung nicht zu verlieren. »Entschuldige. Ich kaufe dir eine neue.«

Antonia kniete sich mit ihrem Sommerkleid direkt vor mich auf den nassen, schmutzigen Asphalt, legte ihre Stirn an meine und meinte: »Hey, das macht doch gar nichts. Das ist alles nur *Tand ... von Menschenhand!*« Sie warf die beiden Bestecklöffel über Kreuz hinter sich, wie der dänische Koch aus der *Muppet Show* seine Kochlöffel. »*Ich nenn euch die Zahl*«, zitierte sie Fontanes Ballade weiter. »*Und ich die Namen. Und ich die Qual.*«

Ich sah hoch. »Mit dem irren Gesichtsausdruck und dem wirren, nassen Haar nimmt man dir die Hexe jederzeit ab.«

Sie lächelte geheimnisvoll und zischte: »Wenn man der Hexe ins Auge geblickt hat, ist es zu spät. Du gehörst jetzt mir, Schtompfi!« Sie nahm mein Gesicht in ihre Hände und küsste mich lange und innig. Ich erwiderte den Kuss wie ein Ertrinkender, der im strömenden Regen beatmet werden musste.

Ein vorbeieilendes Rentnerpaar mit Schirm meinte unisono: »Muss Liebe schön sein.«

Ich machte mich los. »Antonia, ich muss dir was sagen.« Um uns blitzte und donnerte es. Das perfekte Backgroundszenario für meine Beichte.

»Wenn du jetzt irgendwas anderes als *Hullallulla* sagst, zerstörst du die Magie des Augenblicks.«

Sie lehnte ihre Stirn an meine. Ich schwieg, um den Augenblick nicht zu zerstören. Ich war verloren. Diese Beziehung hatte ein Verfallsdatum und ich war der Einzige, der es kannte.

59

Antonia und der mörderische Dienst

*And the first time, ever I lay with you I felt your **heart** so close to mine and I knew our joy would fill the earth.*
The First Time Ever/Roberta Flack

Ich hatte versucht, den Vierundzwanzig-Stunden-Dienst am Wochenende zu tauschen, aber es waren schlicht und ergreifend zu viele Kollegen krank, im Mutterschutz, in Elternzeit oder auf Fortbildungen. Ich schien die einzige Ophthalmologin ohne Krankheit oder Kleinkinder zu sein. Die zwei Tage zuvor hätte ich bereits zwölf Stunden arbeiten sollen, woraus jeweils vierzehn Stunden geworden waren. Mit anderen Worten: Ich war am Ende, völlig platt und fühlte mich wie nach drei Tagen Party, nur ohne lustig.

Dennis lag im Aufenthaltsraum auf der Couch und wischte wie üblich auf seinem besten Freund, dem Huawei herum. Mein Kollege hatte einen fast vollen Becher Kaffee neben sich stehen, den ich zur Hälfte austrank, ehe ich mich neben ihn quetschte und die Augen schloss. Mein Hirn war kurz vor der Notabschaltung.

»Hallo! Toni, geht's noch? Ich habe einen Ruf zu verlieren und bin in festen Händen – du kannst dich nicht einfach in aller Öffentlichkeit zu mir legen.«

»Dann hau ab, Dennis. Ich bin zum Umfallen müde. Ich bin vorhin an der Spaltlampe eingenickt. Zum Glück hat es der Patient nicht gemerkt.«

Dennis überhörte meinen Einwand und blieb liegen.

»*What?* Die spielt Tennis? Macht man so was überhaupt noch? Und die Folgefrage: Gibt es noch diese unsäglichen weißen Tennissocken mit rot-blauen Streifen zu kaufen?«

»Was tust du da schon wieder?«, flüsterte ich im Halbschlaf.

»Ich stalke eine Frau. Habe ich neulich beim Senioren-Cardiotraining kennengelernt. Die Süße hat ihre Oma abgeholt.«

»Hast du nicht vor wenigen Sekunden erzählt, du seist in festen Händen?« Mir war schwindelig vor Erschöpfung. Ich musste dringend schlafen; nach müde kommt bekanntlich blöd.

»Momentan stimmt das noch, aber der kluge Mann beugt vor und erweitert rechtzeitig sein Territorium. *This engine will let us go boldly where no man has gone before.*«

»Mit Engine meinst du …?« Ich ließ das Ende des Satzes offen. Dennis war so wunderbar warm und roch so männlich – ich fühlte mich geborgen.

»Genau, du schlaues Mädl. *Dennis* spricht von seinem *Pennis*. Der läuft nämlich so zuverlässig wie eine Singer-Nähmaschine.«

Ich nuschelte: »Soll ich dir die Geschichte von dem klitzekleinen Mäuserich erzählen, dessen Schwanz nur deshalb so außergewöhnlich groß wirkte, weil er so ein klitzekleiner Mäuserich war?«

»Warum erzählst du mir das, Tonischatz?«

»Weil die gleiche Aussage mit meinen Worten sehr verletzend klingen würde.«

»Auf die Größe kommt es nicht an, die Technik macht es, liebste Toni. Außerdem – woher willst du wissen, wie groß oder klein mein edelstes Teil ist?«

Ich öffnete für einen Moment die Augen. »Frauen reden miteinander, Dennis. Über alles. Ständig und ohne Hemmungen und Tabus. In deinem Fall reden viele Frauen über dich. Und nur wenige bis keine etwas Gutes. Deine vorgebliche Näh*maschine* läuft bei den Damen eher unter Näh*nadel*. Wenn du das jetzt verstehst.«

Dennis nahm den Löffel aus seiner Tasse und beging Harakiri damit. Ich konnte all die unvorsichtigen Damen verstehen, die dem penisbehafteten Kindchenschema ungeschützt zum Opfer fielen. Mein Kollege war das niedlichste sexuell aktive Männchen, das ich kannte.

»Und jetzt lass mich bitte allein, Doktor Cornazzano, ich muss noch eine Sekunde schlafen, dann zwei Arztbriefe schreiben und dann gehe ich endlich nach Hause. Mein Hausmeister hat Geburtstag und ich habe ihm einen barockhedonistischen Tag voller Kultur, edlen Spirituosen und feinstem Essen versprochen. Ich sag nur Schwetzingen, Schloss und Spargel.«

»Was schenkst du ihm an bleibenden Werten?«

»Gemeinsame Reitstunden.«

»Igitt!« Dennis schüttelte sich. »Verschone mich mit Details.«

»Du Spast! Ganz normale Reitstunden auf Pferden!«

»Sodomie, noch schlimmer.«

»Keine Sodomie, Training für nächsten Sommer. Wir haben gemeinsame Pläne.«

»Ich wette hundert Euro, dass der Hausmeister nächsten Sommer Geschichte ist.«

»Ich erhöhe auf zweihundert.«

»Hoppla, da ist sich jemand aber sicher. Ich wette lieber doch nicht.«

»Kleiner Feigling.« Ich lächelte geheimnisvoll und las eine neu eingegangene Nachricht auf meinem Handy, während Dennis mit Kaffeetasse und Handy abzog.

08.30 Nachricht von Steffen Milz
Werte Frau Dr. Brandt, ich sitze hier seit 0800
mit Wildlachs (teuer), Champagner (noch teurer),
einem gewinnenden Lächeln (unbezahlbar) und
einem Geburtstagsständer (nicht ewig haltbar).
Wird's noch?

Anscheinend hatten die Herren in meinem Umfeld heute alle die gleichen Gedanken. War Vollmond?

08.40 Nachricht an Schtompfred
Kann es sein, dass du dich verschrieben hast
und Geburtstagsständchen da stehen sollte???
Ich denke, ich komme mit etwas Glück um 9 raus.

08.40 Nachricht von Steffen Milz
Blöde Autokorrektur ... ;)

08.59 Nachricht an Schtompfred
Schade, das wäre genau das, was ich demnächst
brauchen könnte.

09.00 Nachricht von Steffen Milz
Ich arbeite daran (hart!). ;)

60

Steffen und der schönste Geburtstag

*I can hear you **heart**beat. Girl, the sound of you is so sweet to me.*
I Can Hear Your Heartbeat/Chris Rea

ANTONIA WAR ERST gegen zehn aus der Klinik gekommen. Sie bewegte und verhielt sich wie ein Zombie – ich kannte diesen Zustand aus eigener Erfahrung. Ärzte an Kliniken waren Kanonenfutter und wurden oft ausgebeutet bis zur totalen Erschöpfung.

»Geh ins Bett, Antonia. Wir frühstücken, wenn du wieder wach bist.«

»Und was ist mit Schwetzingen und Spargelessen?«

»Das machen wir eben am Abend.«

»Dann lass mich dir wenigstens mein Geschenk geben und du musst versprechen, mich in einer Stunde zu wecken. Okay?«

»Versprochen.«

Das Päckchen mit dem Umschlag stand seit gestern, als Antonia zum Dienst gefahren war, auf der Kommode im Wohnzimmer, es klebte ein Post-it darauf:

Bei Strafe verboten zu öffnen, ehe die Dame des Hauses wieder anwesend ist, Schtompfred!

»Jetzt darfst du es öffnen«, meinte die Meisterin.

Der Umschlag enthielt einen handgeschriebenen Gutschein über fünf gemeinsame Westernreitstunden auf einem Pferdehof in der Pfalz und zauberte ein Lächeln auf mein Gesicht.

Antonia erläuterte ihr Geschenk mit fast entschuldigendem Ausdruck: »Damit du siehst, dass es mir ernst ist mit unserem gemeinsamen Trip und dem PCT.«

Ich flüsterte: »Das weiß ich doch«, beugte mich zu ihr hinüber und wir knutschten eine Weile.

»Jetzt das große Paket!«, forderte sie mich endlich auf.

Als ich den Inhalt sah, war ich sprachlos. Die Salatschüssel, die ich bei dem Gewitter zerbrochen hatte, war kunstvoll geklebt worden, so wie die Dekoschüssel auf dem Wohnzimmertisch.

Antonia meinte: »Ich habe sie reparieren lassen. Die Lebensgefährtin meines kleinen Bruders ist eine Kintsugi-Meisterin. Diese Schale ist eine bleibende Erinnerung an einen schönen, gemeinsamen Moment, Schtompfredchen. Ich habe versucht, aus etwas Schlechtem etwas Schönes zu machen.«

Ich nahm Antonia in den Arm. Ich hatte noch nie Geschenke bekommen, in denen so viel Liebe, Arbeit und Gedanken steckten. Aber mehr als ein heiseres »Danke« kam mir nicht über die Lippen. Ich küsste sie erneut. Wir wechselten ins Schlafzimmer und schliefen ganz sanft und zärtlich miteinander.

NACH DEM HÖHEPUNKT war Antonia übergangslos ins Koma gefallen und kam erst gegen sechs Uhr am Abend nackt bis auf die Socken und sehr verschlafen ins Wohnzimmer getorkelt.

»Du hast mir versprochen, mich zu wecken!«

»Da habe ich gelogen!«

Sie kuschelte sich neben mich auf die Couch und legte ihren Kopf an meinen. »Bitte entschuldige tausend Mal, Schtompfred, dass ich deinen Geburtstag verschlafen habe. Das ist unverzeihlich!«

Ich küsste sie aufs Haar, das nach Schlaf und Sex und Klinik roch. »Antonia, bitte entschuldige dich doch nicht dafür, dass du nach einem langen Dienst verschlafen hast. Nicht bei mir. Ich kann mir vorstellen, dass dein Beruf an die Substanz geht. Außerdem haben wir noch den ganzen Abend zusammen. Spiel einmal Cello für mich und alles ist vergessen und vergeben.«

Sie seufzte. »Ich kann hier doch nicht spielen, solange der Höllenhund da ist. Der heult das ganze Haus zusammen. Aber ich habe eine Idee. Ist noch was von dem Lachs und dem Champagner von heute früh da?«

»Alles. Ich hatte keine Lust, allein zu frühstücken. Und als klar war, dass auch die Spargelorgie in Schwetzingen ausfallen wird, habe ich mir ein Müsli gemacht.«

»Dann pack die Sachen zusammen. Ich mache mich frisch und zeige dir einen wunderschönen Platz, wo man Champagner schlürfen, die Sonne untergehen lassen und an dem ich Cello für dich spielen kann.

Der wunderschöne Platz war das Philosophengärtchen, eine Naturterrasse auf dem pittoresken Philosophenweg, der sich von Neuenheim bis Ziegelhausen erstreckte. Der öffentliche Garten bekam den ganzen Tag Sonne ab und so wuchsen Hanfpalmen und Mandelbäume wie am Mittelmeer. Dank meinem Chef wusste ich, dass die Mandelbäume in manchen Jahren sogar schon im Februar blühten. Antonia hatte in der Albert-Ueberle-Straße einen Parkplatz für ihren Kleinwagen gefunden und schleppte das Cello auf dem Rücken, ich den Rest. War man erst mal oben, dann hatte der beliebte Spazierweg kaum noch Steigung. Steigungen und Gefälle waren für mich nur mit größten Schmerzen zu bewältigen. Außerdem hatte ich immer Angst, dass die Schrauben nicht mitmachten.

Der Blick von unserer Picknickdecke auf die Stadt im Abendlicht war unvergleichlich. Das Frühstück mit Wildlachs und Taittinger schmeckte auch nach zwanzig Uhr noch. Die Sonne stand in glühendem Orange tief über der Rheinebene, als Antonia sich endlich auf eine Parkbank setzte und mit geschlossenen Augen ein halbstündiges Konzert für mich gab. Ich genoss die Musik und diesen erotischen Gesichtsausdruck, den sie sonst nur noch beim Sex hatte. Immer mehr Spaziergänger blieben am Philosophengärtchen stehen und lauschten dem Cello, das wie eine sich vor Sehnsucht verzehrende Frauenstimme klang. Der Applaus wollte nicht enden und Antonia musste sogar noch eine Zugabe spielen.

Die Cellistin stand endlich auf, verbeugte sich und kam mit ihrem Instrument auf meine Decke. Ich war unendlich stolz und glücklich, dass Antonia an diesem Tag zu mir gehörte.

»Du hast sogar Einnahmen, Antonia.« Ich zählte das Geld im Cellokasten, der neben der Decke lag, nach. Es hatte immer mal wieder ein Zuhörer einen Euro oder ein paar Cent hineingeworfen. »Ganze fünfundzwanzig Euro und vierundneunzig Cent.«

»Yeah! Wollen wir das versaufen oder soll ich es in mein Sparschwein für die Brautschuhe tun?«

»Du sparst für die Gelegenheit? Wie willst du heiraten? Ganz in Weiß in einer Kirche? Romantisch?«

»Scherz, Schtompfred. Ich werde niemals nicht in diesem Leben auf keinen Fall jemals jemanden heiraten. Ich war einmal verlobt, habe mir Hoffnungen gemacht und geplant und im Kopf schon die Tischordnung zusammengestellt und wurde schmählich auf dem Kilimandscharo sitzengelassen. Samt Ringrückgabe und Frage, wer die gemeinsame Wohnung und die Goldfische bekommt. Romantischer geht es nicht mehr.«

»Schlimmer geht immer, oder nicht?«, fragte ich und dachte mit Magenschmerzen an den Gipfel, auf dem ich Antonia die Wahrheit beichten würde.

»Warum gibt es nicht mehr Pierce Brosnans auf dieser Welt? Die einen heiraten und ein Vierteljahrhundert später immer noch lieben und in aller Öffentlichkeit Händchen halten. Auch wenn sich dein Umfang mehr als verdoppelt hat und die Cellulite nicht mal mehr mit Photoshop zu bändigen ist. Mr. Brosnan ist die Frau wichtiger als das perfekte Erscheinungsbild und die Meinung anderer. Wo sind die Pierce Brosnans im richtigen Leben?«

»Die gibt es. Schau dich doch nur um, wer alles in einer Beziehung lebt. Nicht nur die Makellosen. Du zum Beispiel spielst Cello für mich, obwohl ich hinke und uralt bin.«

Antonia lächelte und neigte den Kopf zur Seite. »Würdest du mich noch begehren und mit mir auf der Neckarwiese knutschen, würde ich das Doppelte wiegen?«

Im Beet neben der Decke befand sich ein grün schillernder Rosenkäfer im Landeanflug auf einen Rosenstrauch. Neben Marien- und Maikäfern, die einzigen Vertreter der Ordnung *Coleoptera,* die ich dank einer Projektarbeit in der zehnten Klasse mit Namen kannte. Er verfehlte die auserwählte Knospe um Zentimeter und landete auf dem Rücken mit den Beinen in der Luft. »Ich glaube schon. Es ist ein Geschenk, miteinander alt zu werden und zu jeder Falte im Gesicht des Partners eine Geschichte zu kennen.«

Antonia sah mich nachdenklich an. »Meine Eltern gehen immer noch zärtlich und liebevoll miteinander um. Sie halten ständig Händchen und sehen sich verliebt in die Augen. ›Es ist so schön, wenn du lächelst, mein Lieber!‹ – ›Dieses Kleid steht dir wunderbar, mein Schatz.‹ Und das nach acht Kindern und fünfzig Jahren Ehe. Eigentlich meine Vorbilder, aber ich habe es nie geschafft, auch nur annähernd dahin zu kommen.«

Ich zögerte, ehe ich die Frage stellte. »Würdest du mich noch begehren und mit mir Pogo tanzen gehen, wenn ich nicht mehr der hinkende, sondern der einbeinige Hausmeister wäre, Antonia?«

»Du denkst an Amputation?«

»Ich ertrage diese Schmerzen nicht mehr. Ich ertrage die Abhängigkeit von den Opiaten und Schmerzmitteln nicht mehr.«

Der Rosenkäfer strampelte mit allen sechs Beinchen, um wieder auf denselben zu landen. Ich half mit dem Finger nach. Er rappelte sich auf und flog brummend Richtung Stadt davon.

Antonia wiegte langsam den Kopf, ging zurück zur Bank, nahm ihr Instrument wieder zwischen die Beine, schloss die Augen und spielte *Demons* von Imagine Dragons. Einer der wenigen Songs, deren Text ich auswendig kannte.

»*When you feel my heat look into my eyes. It's where my demons hide. It's where my demons hide.*«

61

Steffen und der selbst ernannte Agrarfachmann

*Even in my **heart** I see, you're not bein' true to me.*
Quit Playing Games/Backstreet Boys

ICH SASS BEI einem Teller Pasta und einem Glas eisgekühlten Frascati am Stammtisch. Die anderen Tische waren trotz der Hitze von aktuell vierunddreißig Grad im Schatten ebenfalls besetzt. Salvatore war an diesem Mittag mal wieder allein. Sein heutiges Helferlein war wegen Unstimmigkeiten darüber, wie man Kopfsalat richtig wäscht, nach einer Stunde geflohen. Agnes, die letzte studentische Hilfskraft, hatte es immerhin eine ganze Woche bei Salvatore ausgehalten, bis sie bei Starbucks um die Ecke gelandet war, weil sie da besser bezahlt wurde und sie niemand anschrie. Dementsprechend war die Laune unseres Pseudoitalieners.

Ich trank einen Schluck und sah Gunnars tomatenrotes Smart Cabrio um die Ecke biegen. Er parkte direkt im Halteverbot vor der Einfahrt des Sibleyhauses. In den sehr kurzen Shorts mit Segeltuchschuhen und einem geschmacklosen

Hawaiihemd in Magenta-Weiß-Rot wäre er mit Oberlippenbart als sehr kleine Version von Magnum alias Tom Selleck durchgegangen.

»*Salve!*«, grüßte er mich und nahm stöhnend am Tisch Platz. Er wedelte Salvatore, der am Nachbartisch abräumte, mit dem Autoschlüssel, der an einer Miniaturkuhglocke hing, zu. »Ich hätte gern die Karte, aber *pronto,* die Zeit läuft. Mittagspause.« Zu mir gewandt fragte er: »Was isst du?«

»Spaghetti carbonara.«

»Vergiss die Karte, Salvatore, ich hätte gern auch die Carbonara und ein Weizenradler, *per favore!* Und mach mal den Heizpilz aus, die Hitze ist ja unerträglich.« Gunnar klopfte sich lachend auf die nackten, behaarten Schenkel. »Im Supermarkt in der Hauptstraße haben sie die Schokolade aus dem Sortiment genommen wegen der Hitze.«

Ich zuckte mit den Schultern. »Übel, übel. Wo doch die ganzen Weihnachtsmänner demnächst geliefert werden. Es ist schließlich bald August. Letzte Woche lief im Radio sogar schon *Last Christmas.*«

Salvatore stellte sich vor unseren Tisch und meinte trocken: »Spaghetti carbonara sind aus. Bier auch.«

»Wie kann Bier aus sein?«, wunderte ich mich, weil ich heute früh den Welde-Lastwagen in der Hofeinfahrt gesehen hatte. Ich bekam keine Antwort.

»Du kannst Wein haben so viel du willst, Gunnar. Die Ernte war gut, die Keller sind voll.«

»Dann gib mir die Karte.«

»Wie heißt das Zauberwort?«, fragte Salvatore.

»Konzessionsentzug«, konterte der städtische Beamte.

»*Un momento, Signor* Agrarfachmann.« Was diese Anrede und der spitze Ton sollten, war mir nicht klar, aber ich konnte abwarten.

»Hörst du endlich mal auf mit dem Blödsinn, du Horst? Ich hab Mittagspause und nicht ewig Zeit«, mokierte sich Gunnar.

Statt einer Antwort nahm Salvatore die Tageskarte vom Nachbartisch, zog einen Stift aus der Brusttasche seines Hemdes, strich sorgfältig etliche Positionen durch und reichte sie Gunnar. »*Prego!* Ich bin in wenigen Minuten zurück und werde deine geschätzte Bestellung notieren.«

Der Herr mit Zeitmangel überflog die Karte und schüttelte den Kopf. Ich warf ebenfalls einen neugierigen Blick darauf. Salvatore hatte bis auf die neuseeländischen Lammlachse mit grünem Spargel, das Erdbeersorbet und den Cappuccino alles durchgestrichen.

»Der ist heute aber schon früh ausverkauft«, meinte ich.

»Quatsch, der ist nicht ausverkauft. Ich bekomme nur nichts mehr mit Getreide, Rindfleisch und keine Milchprodukte, weil ich mich neulich in einer Diskussion über Sinn und Zweck von Agrarsubventionen ausgelassen habe. Die blöden Bauern wollen wegen der Hitze Milliarden an Nothilfe. Wo kämen wir denn da hin, wenn alle ihr Risiko vom Steuerzahler abgesichert haben wollen? Diversifikation ist das Schlagwort.«

Ehe ich antworten konnte, stand Salvatore wieder am Tisch und meinte: »Der Sesselfurzer mit Anspruch auf Beamtenpension meinte, die Bauern sollen sich nicht so anstellen, die hätten schließlich eine Rekordernte an Spargel und Erdbeeren eingefahren und die Winzer hätten es auch dicke. Dass das Futter für die Rinder wegen der Hitze und Trockenheit nicht nachwächst und die Milchbauern sowieso am Existenzminimum rumknabbern und jetzt noch Winterfutter zukaufen müssen, ist dem feinen Herrn egal. Die Frage ist: Woher nehmen, wenn nichts wächst? Und dass man in den niedersächsischen Niederungen statt Schweine zu züchten eben nicht so einfach ein paar Weinreben anpflanzen kann, um nicht nur von der Viehhaltung leben zu müssen, ist dem Ignoranten auch schnuppe.«

Der Ignorant blies die Backen auf. »Meine Güte, dann importiert man das Zeug eben. Es ist doch mittelalterlich, wenn man die Milch, die man trinkt, und das Fleisch, das man isst, zwanghaft vor Ort produzieren muss. Es macht viel mehr Sinn, die Rinder da zu halten, wo es nachhaltig geht. In Uruguay zum Beispiel, da haben die Auslauf und müssen nicht in Ställen dahinvegetieren.«

Salvatore hielt ihm entgegen: »Klar, macht Sinn, Produkte, die gekühlt transportiert werden müssen und natürlicherweise nur eine kurze Haltbarkeit haben, eben mal über den Ozean zu schippern. Frachtschiffe belasten die Umwelt doch kaum. Gibt ja angeblich welche, die mit Solarstrom fahren. Dafür lassen wir keine Diesel mehr in Hamburg und Stuttgart durch kleine Seitenstraßen fahren. Und dass in Südamerika ganze Regenwälder abgeholzt werden, damit die Rindviecher dort genug Platz haben, ist uns auch egal. Wir haben dann ja wieder viel mehr Waldflächen, wenn unsere Bauern keine Felder mehr bewirtschaften. Der gemeine Borkenkäfer wird sich freuen. *Back to the roots* oder in dem Fall, weg von der Wutz und *back to the woods*. *Hammer's* bald? Ich bin allein und habe noch andere Gäste.«

»Dann das Lammgericht und ein Glas Weißweinschorle statt dem Radler.«

»Des Radlers«, wurde er seufzend korrigiert.

GUNNARS ESSEN STAND zehn Minuten später auf dem Tisch. Ich löffelte mein Tiramisu vom Mittagsmenü. Salvatore war ein begnadeter Koch, aber seine Nachspeisen hinkten dem Rest erheblich hinterher.

»Wo sind eigentlich die Kartoffeln, die bei dem Lammgericht standen?«, fragte Gunnar und schnitt das Fleisch in kleine Stücke.

»Sind Kartoffeln aus der Pfalz, die willst du sicher nicht essen. Das wäre rückschrittlich und mittelalterlich. Wenn ich mal wieder welche aus Ägypten oder Idaho bekomme, biete ich sie dir gern an.« Mit diesen Worten verschwand Salvatore in der Küche und kam kurz darauf mit zwei Tellern Spaghetti carbonara für die italienischen Touristen am Nebentisch zurück.

Gunnar warf seufzend einen Blick auf das Pastagericht. »Wenn er nicht so gut kochen könnte, würde ich nicht mehr herkommen zu dieser Zicke!«

Eine Viertelstunde später leckte er den letzten Rest des Erdbeersorbets aus dem Schälchen, streckte die Beine lang aus und verkündete: »Jetzt noch einen Cappuccino und der Tag ist gerettet.«

»Sicher, dass du einen Cappuccino bekommst?«, wollte ich wissen. »Da ist doch Milch drin.«

»Zumindest stand es noch auf der Karte. Wie ich den Spinner kenne, stellt er mir einen Kaffee ohne Milch hin und du kriegst einen normalen Cappuccino«, vermutete Gunnar und versuchte sein Glück. »Zwei Cappuccino für mich und Meister Milz, wenn es irgendwie machbar ist, Herr Ober.«

Salvatore nickte und verschwand in der Küche. Zehn Minuten später bog Agnes in Starbucks-Uniform mit zwei Bechern in der Hand um die Ecke und stellte sich vor unseren Tisch: »Zwei Cappuccino mit Mandelmilch für Gunnar und Steffen?«

»*Touché*«, meinte ich. »Man soll den Tag nicht vor dem Abend loben und den Wirt nicht vor der Rechnung.«

62

Antonia und der italienische Widerstandskämpfer

*Lay down your money and you play your part. Everybody's got a hungry **heart**.*
Hungry Heart/Bruce Springsteen

DER HEUMARKT KÖNNTE im Grunde ein sehr schöner Platz sein, hätte man nicht den überdimensionierten Sumebrunnen mit seinem klotzigen modernen Kunstwerk mitten reingepflanzt. Der Brunnen sollte die Heidelberger Altstadtkinder ehren, die man früher wie die kleinen Neckarfische *Sume* nannte. Das graue, steinerne Ungetüm zerriss den Platz optisch. An ihm hatten nur die Stadttauben Freude, die hier tranken und ihr tägliches Bad nahmen – was dem traurigen Brunnen wenigstens etwas Leben und Charme verlieh. Die vor dem Sibleyhaus parkenden Autos und abgestellten Fahrräder der Anwohner waren der zweite Knackpunkt. Trotzdem saß ich gern bei schönem Wetter an Salvatores Stammtisch mit Steffen und genoss das umtriebige Stadtleben.

Dank Gunnars weitverzweigter Kontakte im Rathaus hatte ich vom Ordnungsamt eine Sondererlaubnis bekommen, vor dem *Da Salvatore* jeden Sonntag von fünfzehn bis sechzehn Uhr musizieren zu dürfen. Das hatte den Vorteil, dass ich endlich wieder öfter spielen konnte und mit etwas Glück bekam ich auch noch Geld dafür. So ganz nebenbei konnte ich Bastian ärgern, der immer alle Fenster schloss, sobald er mein Cello hörte. Ich hatte das Instrument gerade weggepackt und die Einnahmen gezählt, heute waren es fette 55,35 Euro.

Meine wenigen treuen Fans erschienen jede Woche und waren enttäuscht, wenn ich wegen Wochenenddienst nicht da war. Ich hatte ein Notenheft aus meinen Anfangszeiten ausgebuddelt und einige Stücke der Band Styx eingeübt. Bei *Come Sail Away* überfiel mich stets das Fernweh. Es war höchste Zeit, mal wieder aus Deutschland zu verschwinden.

Steffen saß am Stammtisch und begrüßte mich: »Dürfte man dich in der Öffentlichkeit küssen, würde ich das jetzt tun, Antonia. Ich hatte trotz der Hitze Gänsehaut. Du hättest das beruflich machen sollen. Du gehörst auf die Bühne und nicht in einen dunklen OP-Saal.«

»OP-Säle sind hell erleuchtet.«

»Ich weiß.«

Manchmal konnte man in Steffens Augen all den Schmerz und das Leid, das er nach seinem Unfall in diversen Kliniken hatte erfahren müssen, deutlich erkennen. Ich ärgerte mich über meine dumme Bemerkung, beugte mich über den Tisch und küsste ihn auf den Mund. »Sorry, ich weiß, dass du es weißt. Ich wollte nicht klugscheißern.« Ich nippte an seiner Schorle und sah mich um. »Wo bleibt der Chef? Ich habe Hunger. Hast du schon was gegessen heute?«

»Gut mit Nathalié gefrühstückt, seitdem nichts mehr.«

Salvatore hatte den Nachbartisch von Krümeln befreit, neues Besteck und Servietten aufgelegt und stellte sich jetzt zu uns. Er begann ungefragt auf einem Block zu notieren: »Zweimal Pizzoccheri mit Kartoffeln und Wirsing und auch eine Weißweinschorle für die Signorina.« Aufgrund dessen, wie viel er schrieb, hätte man meinen können, er müsste alle Zutaten mit Mengen- und Gewichtsangaben aufführen.

»Ähm, Entschuldigung. Kann ich zu meiner Bestellung auch eine persönliche Anmerkung machen?«, fragte ich lachend.

»Erzähle es deinem Freund, der ist in dich verliebt. Der hört dir gern zu.«

Steffen grinste verlegen. »Diese Italiener mit ihrem übertriebenen Hang zu Romantik.«

»Apropos Romantik. Geile Interpretationen der Styx-Titel. Habe *Mr. Roboto* ewig nicht mehr gehört. Musik war halt doch besser, als sie noch von hässlichen Musikern gemacht werden durfte. Danach hat die Musik ihre Magie verloren und ist zum kalkulierten Profigeschäft verkommen, bei dem eine gerade Nase mehr zählt als eine gute Stimme.« Salvatore sah hinüber zu der Reihe parkender Autos. Ein Beamter des Ordnungsamtes prüfte die Anwohnerausweise an den Scheiben. »Moment!«, rief der Wirt und lief zu dem verbeulten Passat, der gerade kontrolliert wurde, hinüber. »Habt ihr Brüder eigentlich nichts Besseres zu tun, als die Wagen unbescholtener Bürger aufzuschreiben? Deutschland täte ein wenig mehr Chaos und etwas weniger Kontrolle gut. Meine Mutter ist 1968, als sie mit mir hochschwanger war, mit anderen Studenten protestierend durch diese Stadt marschiert. Auch für dich, mein Freund! Was hat es gebracht? Heidelbergs größte Errungenschaft besteht darin, dass Falschparker zuverlässig innerhalb von fünf Minuten einen Strafzettel an der Scheibe kleben haben! Ich ringe täglich mit meiner Existenz, weil ich nicht korrupt bin und versuche, auf anständige Art und Weise mein Geld zu verdienen. Kann man das vielleicht respektieren und honorieren?« Salvatore steigerte sich richtig in die Sache rein.

Der halslose Ordnungsmensch mit der schweinchenrosa Gesichtsfarbe, dessen gekrümmte Haltung auf Morbus Bechterew schließen ließ, reagierte relativ gelassen. »Was wollen Sie denn? Sie haben doch einen gültigen Parkausweis für diese Fläche.«

»Ich verfüge über keinen gültigen Parkausweis. Höchstens mein Auto«, stauchte Salvatore den armen Mann zusammen, der daraufhin noch gebückter dastand.

»Das ist doch gar nicht sein Auto«, wunderte ich mich. Salvatores Fiat stand im Innenhof wie jeden Tag. Steffen zog die Schultern hoch.

»Und? Wenn schon! Tu dir keinen Zwang an! Schreib ruhig einen Strafzettel! Es wird nur nichts nützen. Ich scheiß nämlich auf eure kleinbürgerlichen Konventionen, Vorschriften und Gesetze! Der Staat will mich zwingen, alle zwei Jahre mit meiner Kiste zum TÜV zu fahren? Ha! Das werden wir noch sehen! Alles reaktionäre Abzocke. Der deutsche TÜV ist für mich gleichzusetzen mit der sizilianischen Mafia! *Völker hört die Signale!*« Nach diesem Aufruf zum zivilen Widerstand drehte sich Salvatore um und lief wutschnaubend in die Küche.

Der Vertreter des Ordnungsamtes warf einen Blick auf das Nummernschild, sah noch mal genauer hin und stellte kopfschüttelnd ein Ticket aus, das er hinter den Scheibenwischer klemmte.

SALVATORE PRÄSENTIERTE UNS zehn Minuten später die Buchweizenpasta. »*Buon appetito, cellista divina!*«

Ich bedankte mich: »*Grazie, cuoco divino*«, und fragte: »Was war das für ein Aufstand vorhin, Salvatore? Der hat dem tatsächlich ein Ticket ausgestellt.«

»Gut so. War ja auch schon vier Monate der TÜV abgelaufen bei der Schrottkarre.«

»Du bist doch sonst nicht auf der Seite der Stadt und der Mächtigen, schon gar nicht, wenn es um Autos und Verkehr geht«, merkte Steffen an.

Ich probierte die erste Gabel. Salvatore sah zwar aus wie in der zehnten Klasse wegen Masturbation im Speisesaal vom Internat geflogen und seitdem aus Protest nicht mehr gewachsen, aber er war ein Künstler am Herd.

»Wenn ich die Wahl habe zwischen dem Gesetz und einem braunen Sack, der sein Auto mit einem Arschlöcher-für-Deutschland-Sticker verunstaltet, weiß ich, was ich zu wählen habe.«

»Aber du hättest das doch einfach sagen können«, nuschelte ich mit vollen Backen. »Warum das ganze Theater?«

»Meine Eltern haben keinen Denunzianten großgezogen. *Basta!*« Mit diesen Worten zog er an den nächsten Tisch und nahm bei einer Gruppe Touristen die Bestellung auf. »Womite kann isse diene?«

»Freunde wie ihr seid unbezahlbar«, meinte ich und erntete einen schüchternen Blick aus Steffens rätselhaften Augen und dieses angedeutete Halblächeln.

Wir aßen schweigend weiter, bis sich wenig später Nathalié zu uns gesellte und von dem *traumhaften* Kindergeburtstag erzählte, bei dem sie den halben Tag im Zoo gewesen war.

»Antonia, ich habe Otter gesehen und Seehunde und Pinguine und Zebras und Elefanten und ein Stachelschwein und Löwen und Bären und einen Pfau, der ein Rad geschlagen hat, und Pelikane und Esel und Kamele und ich habe Ziegen und Schafe gefüttert. Wir waren auf dem Spielplatz und haben Würstchen und Pommes gegessen. Ich werde mein Taschengeld sparen und dich und Steffen einladen. Das wird ein unvergesslicher Tag werden.«

Wer hätte gedacht, dass das seltsame Mädchen im billigen Prinzessinnenoutfit und ihr vermeintlicher Vater – der Idiot, der Obdachlosen Geld schenkte – nur wenige Monate später mein Leben so bereichern würden.

63

Antonia und die stillen Sorgen

*Right from the start you were a thief, you stole my **heart**, and I your willing victim.*
Just Give Me a Reason/Pink

Liebes Tagebuch!
Ich mache mir langsam Sorgen um mich und was Steffen Milz in mir auslöst. Ich bin drauf und dran, mich zu verlieben. So ganz von Herzen. Mit Schmerzen? Oder besser lieber doch gar, gar, gar nicht? Das macht mich so unsicher. Was mich an Steffen stört, ist nicht, womit er sein Geld verdient oder dass seine Mobilität eingeschränkt ist. Nein, mir bereitet das Unbehagen, was nicht sichtbar ist. Seine Abhängigkeit von Opiaten zum Beispiel. Diese gruseligen Panikattacken, bei denen er förmlich versteinert.
Der Arme hatte eine so furchtbare Kindheit, bis er zu seinen Pflegeeltern kam. Heute hat er mir erzählt, dass ihn seine Mutter oft über Tage

zu Hause eingeschlossen hatte, wenn sie unterwegs war. Er musste sich das wenige Essen, das sie dagelassen hatte, einteilen, weil er nie wusste, wann wieder Nachschub kam. Hatte sie einen Freund, dann wurde er oft stundenlang auf den Spielplatz geschickt, damit die Turteltäubchen ungestört waren – auch im tiefsten Winter.

Vati, dieser grundgütige, weise Mann, von dem man alles haben kann, der seine Kinder nie allein oder hungern hätte lassen, hat uns gewarnt vor zerstörten Menschen, wie er sie nannte. Geschlagene schlagen irgendwann zurück. Getretene treten irgendwann zurück. Verlassene verlassen dich irgendwann. Gemobbte mobben dich früher oder später. Man gibt jeweils das zurück, was man selber empfangen hat und in sich trägt.

Also fürchte ich mich vor dem Tag, an dem Steffen zurückschlägt und mich verlassen wird. Dabei weiß ich noch nicht mal genau, was er für mich empfindet. Kann jemand lieben, der nie geliebt wurde? Er sagt ja selbst, er hatte noch nie eine richtige Beziehung und das mit vierzig!

Wie muss es sein, eine Mutter mit einer narzisstischen Persönlichkeitsstörung gehabt zu haben, die deine Gefühle konsumiert, anstatt dich zu umsorgen und zu trösten? Hat ihn das zerstört oder stärker gemacht? Er hat so liebenswerte Seiten, aber was lauert hinter der Fassade? Wie tief sind die Abgründe? Wie oft steht er am Abgrund seiner Erinnerungen und was macht er daraus? Zieht ihn der Abgrund in die Tiefe und ich stürze mit ab?

Steffen ist, wie wir alle mehr oder weniger, an seine eigene Leine gekettet und dreht sich darum im Kreis. Aber seine Leine ist extrem kurz und wird mit jeder Umdrehung kürzer und kürzer. Er merkt, dass etwas nicht stimmt und ist im Grunde unglücklich. Ich würde ihm so gern helfen, die Leine zu verlängern, bin aber überfordert.

Mit all diesen Fragen im Kopf werde ich jetzt versuchen einzuschlafen.

Herzlichst
Deine Antonia Scatterbrain

64

Steffen und die eingebildete Krebsdiagnose

*The sound of your **heart** beating made it clear. Suddenly the feeling that I can't go on is light years away.*
The Power of Love/Jennifer Rush

XANDRA BEEHRTE UNS seit ein paar Tagen wieder mit ihrer Anwesenheit und ich versuchte so oft wie möglich, nicht im Haus zu sein. So sehr ich Nathalié mochte, so sehr ging mir ihre Mutter gegen den Strich.

Ich hatte sie angesprochen, weil ihre künstlichen Haare massenhaft ausfielen. Das Bad und vor allem die Duschwanne waren übersät mit langen, brünetten Strähnen. »Du solltest deine Extensions mal erneuern lassen. Oder sie wenigstens nach dem Duschen und Kämmen aufsammeln.«

Xandra sah mich mit diesen unglaublich grünen, wunderschönen Augen an, die leider nur das Tor zu einer nicht sonderlich schönen Seele waren. »Ich habe keine Extensions. Was redest du?«

»Schlecht für dich, dann hast du höchstwahrscheinlich eine Hormonstörung. Vielleicht bist du schwanger. Ich rate zu einem Test. Gleich wie, mach sie bitte weg. Das ist für andere eine Zumutung.«

»Ich kann nicht schwanger sein. Ich nehme die Pille.« Xandra holte sich ein Glas Vanillejoghurt aus dem Kühlschrank und schraubte es auf.

»Die Lebensmittel in diesem Kühlschrank habe alle ich eingekauft und auch bezahlt. Wenn du dich durchschnorren möchtest, dann hol dir was aus dem Kühlschrank einer deiner Zukünftigen einen Stock höher oder tiefer. Warum bist du überhaupt schon auf?«

»Angus und ich haben einen Termin beim Friseur. Ich ersetz dir den Joghurt, du Geizhals. Außerdem, woher weißt du, dass ich nicht vielleicht Krebs habe und eine Chemotherapie machen muss und mir deshalb die Haare ausfallen? Du bist so ein fieser Egoist und verschwendest keinen Gedanken an deine Mitmenschen.« Erwartungsgemäß begann sie zu flennen und rannte mit meinem Joghurt aus der Küche nach oben zu Cargus, um zu petzen.

Diese machte mich wenig später an, dass ich doch bitte schön mehr Rücksicht auf ihre sensible Geliebte nehmen solle, die eventuell einen Hirntumor habe und sich einer Chemo unterziehen müsse. Mir war danach, Cargus reinen Wein einzuschenken, dass die *Geliebte* mit dem Mieter aus dem ersten Stock regelmäßig vögelte, fürchtete mich aber davor, dass die Irre uns erneut das Dach überm Kopf anzünden würde.

»Bis das mit der Klinik und dem Onkologen abgeklärt ist, ist Xandra wie ein rohes Ei zu behandeln. Das gilt auch für dich. Was bist du nur für ein Mensch, dass ich dir so was extra erklären muss? Ich habe meine Mutter durch diese heimtückische Krankheit verloren und bin noch angeschlagen. Du wohnst hier umsonst und machst meine Freundin wegen eines Bechers Joghurt an? Geht's noch? Hast du überhaupt eine Vorstellung davon, wie schwer es ist, wenn einem der Schwanz nicht gewachsen ist, sondern man mit den Ärzten und der Bürokratie darum kämpfen muss?«

Das war meiner Meinung nach der Satz des Jahrhunderts, berücksichtigte man meinen körperlichen Zustand. Man durfte Cargus jedoch nicht loben, sonst ging das nach hinten los. »Ich wohne hier nicht *umsonst,* sondern halte den Laden am Laufen. Das ist eine Sisyphusaufgabe. Wenn, dann wohne ich *kostenlos* hier.« Hätte ich eine Lösung gefunden, wie ich für Nathalié normale Menschen finden konnte, die sich um sie kümmerten, hätte ich keinen Schritt mehr in die Wohnung dieser genderverwirrten Verrückten gesetzt. Mir war nach Provokation. »Aber ich verstehe, dass es hart ist, wenn man seinen Namen nicht in den Schnee pinkeln kann. Mit einem gebastelten Penis kann man übrigens nicht poppen, das weißt du?«

Fräulein Schumacher hatte mittlerweile eine sehr ungesunde Hautfarbe. Sie war puterrot angelaufen und fand vor unterdrückter Wut keine Worte mehr. Die Unterlippe bildete wieder dieses alberne Schippchen.

Ich legte nach. »Wie wäre es, wenn du dich mal selbst reflektieren würdest, anstatt ständig an anderen herumzukritisieren? Und so als kleiner Tipp: Sich selbst reflektieren, bedeutet nicht, im Dunkeln zu leuchten!«

Cargus griff jetzt zur ultimativen Lösung. Sie hielt sich die Ohren zu und sang laut, während sie aus der Küche ging: »Lalalalala!«

Ich hatte gewonnen und machte mich auf den Weg zur Neckarwiese, um mit Antonia über schöne Dinge zu sprechen.

65

Steffen und das letzte Gänseblümchen

*I need you now and forever. Put your **heart** and soul. Ev'rything you are has just got to be a part of me.*
Put Your Love in Me/Hot Chocolate

DIE NECKARWIESE WAR an diesem frühen Sonntagmorgen noch ziemlich leer. Die üblichen Hinterlassenschaften der nächtlichen Feiern hielten sich in Grenzen. Kein besonders ergiebiger Tag für den alten Mann im dünnen Regenparka, der leere Flaschen einsammelte. Ein Stück weg pennte eine Gruppe Schüler in Schlafsäcken neben qualmenden Einweggrills. Ich hatte mich mit Antonia zum Frühstück verabredet und war mit dem Rad hergefahren. In der kleinen Remise im Hinterhof standen fünf Räder aus den verschiedenen Epochen des letzten Jahrhunderts herum, eines davon hatte ich wieder instand gesetzt. Mit dem Rad war ich wesentlich flotter unterwegs als zu Fuß und man merkte mir die Behinderung nicht an. Allerdings brauchte ich ein Damenfahrrad, was meinen männlichen Stolz ein wenig ankratzte.

Ich hatte meinen Kopf in Antonias Schoß gelegt und genoss die warmen Sonnenstrahlen auf der Haut. In spätestens drei Stunden würde es wieder so heiß sein, dass man die Sonne meiden musste. Dieser Sommer war außergewöhnlich trocken mit Temperaturen wie am Äquator. Die Neckarwiese war braun und vertrocknet und der Wasserpegel des Flusses bedenklich niedrig. Etwas Hartes, Metallisches drückte in meinen Nacken. »Ich glaube, ich liege auf einer Schnalle«, bemerkte ich.

Antonia lachte ihr tiefes, rauchiges Lachen. »Das ist eine Frechheit, mich als Schnalle zu bezeichnen. Wie wäre es mit etwas mehr Respekt vor Akademikerinnen, Schtompfred?«

Ich lachte ebenfalls und korrigierte mich. »Gürtelschnalle, meinte ich natürlich, Frau Doktor.«

Antonia drehte sich unter mir auf den Bauch. »Jetzt liegst du auf einem Arsch.«

»Wesentlich bequemer.« Ich wälzte mich zur Seite und öffnete die Augen. Antonia zerpflückte ein einsames Gänseblümchen, das den unzähligen Schuhen, die jeden Sommer über die Neckarwiese schlenderten, und der Hitze dieses mörderischen Sommers getrotzt hatte.

»Du hast eben das letzte Gänseblümchen weit und breit getötet«, meinte ich.

»Oh, das tut mir leid. Aber ich brauche es als Orakel.«

»Und was sagt das Orakel?«

»Moment, ich bin noch dabei.« Sie riss die letzten beiden Blütenblätter ab und verkündete dann: »Das Gänseblümchen sagt, er liebt mich.«

»Und wer ist er?«

Sie sah verträumt auf den Blütenstängel. »Wer weiß?«

Nicht die Antwort, die ich mir gewünscht hätte. Ich fasste Mut: »Anwesende ausgeschlossen?«

»Anwesende könnten das ja selbst sagen, dann müsste ich keine Orakel befragen.«

»Na ja, man sagt doch nicht umsonst, lass Blumen sprechen.«

»Blumen und Männer lügen, das ist bekannt.« Antonia warf den Blütenstängel in hohem Bogen auf die Wiese.

»Niemals. Es heißt: Blumen und Kinder sagen die Wahrheit.« Meine Herzfrequenz war mittlerweile tachykard. »Würdest du das Männerblümchen fragen, würde es eventuell sagen, dass es dich liebt.«

Antonia brauchte einen Moment, bis sie antwortete. »Männerblümchen lügen bekanntlich alle. Aber es heißt: Betrunkene und Kinder sagen die Wahrheit, Schtompfred. Sei kein Mauerblümchen und trink ein wenig von dem Crémant und verkünde die Wahrheit. Und immer schön dran denken, auf der Neckarwiese nur Schönes. Das schulden wir den armen Seelen, denen an diesem Platz auf so brutale Weise das Leben genommen wurde.«

Ich trank in Antonias Gesellschaft so gut wie gar keinen Alkohol mehr, weil ich tatsächlich fürchtete, er würde mir die Zunge lösen und ich mich verplappern. »Was, wenn die Wahrheit im Grunde schöner ist als die Lüge?« Ich setzte mich auf und spielte mit den Zehen des rechten Fußes. Die schweren Arthrodesenstiefel hatte ich ausgezogen.

Antonia behielt wie üblich trotz der Hitze ihre Socken an und malte mit einem Ast, der neben der Decke lag, Kreise in den Staub der Wiese. »Die Wahrheit muss immer schöner sein als die Lüge. Sonst würde die Menschheit untergehen.«

Ich nahm allen Mut zusammen und sprach den Satz aus, den ich im Kopf so oft geübt hatte. »Antonia, ich bin kein Hausmeister.« Ich traute mich nicht, sie anzusehen, und drückte auf das weiche Gewebe, das aus dem Wadenbein entnommen und an die Stelle des zertrümmerten Sprunggelenkes transplantiert worden war. Die Dellen brauchten oft mehrere Minuten, bis sie verschwunden waren.

»Das habe ich keinen Moment bezweifelt. Deswegen drücke ich dir auch alle Daumen, dass das mit der Anstellung bei der Stadt als Gunnars Assistent klappt. Das wäre so ein toller Job für dich.«

Ich holte tief Luft: »Ich habe die Bewerbung nie abgeschickt. Ich bin eigentlich Herzchirurg. Kann das aber nicht mehr machen seit dem Unfall.«

Antonia verwuschelte mein Haar. »Träum weiter, Schtompfi. Warum nicht gleich Neurochirurg?«

»Weil ich das Herz seit jeher interessanter fand als das Hirn. Du weißt doch, der beste Weg zum Herzen einer Frau geht durch die fünfte und sechste Rippe und mit dem Herzen sieht man besser.« Ich versuchte krampfhaft, die Stimmung locker zu halten, in der vagen Hoffnung, meinem Geständnis etwas die Spitze nehmen zu können. »Ich als Spezialist bin übrigens der Meinung, dass das Herz einen blinden Fleck hat.«

»Deswegen arbeitest du *Spezialist* auch in einer Klinik für Handchirurgie. Sehr schlüssig.«

»Ich kann dir aus dem Stegreif alles über Ursachen und Symptome der koronaren Herzkrankheit erzählen.« Ich griff nach meinem Portemonnaie in der Hosentasche, um Antonia meinen Arztausweis zu zeigen, als ihr Handy sich meldete. *Working in a Coal Mine* – die Klingelmelodie für die Klinik.

Antonia warf fluchend einen Blick auf das Display. »Sorry, ich habe Hintergrunddienst.« Sie musste tatsächlich zu einer Not-OP. Ein junger Mann war auf der Straße verprügelt und ein Augapfel dabei verletzt worden.

Antonia küsste mich auf den Mund. »Du musst dich doch nicht verleugnen, Steffen. Es ist nicht wichtig, wo man herkommt, sondern wo man hingeht.« Sie stand auf. »Wir sehen uns, wenn ich aus Berlin von der Fortbildung zurück bin. Nimmst du bitte den Picknickrucksack mit? Lass dir die Sonne noch ein wenig auf den Bauch brennen. Ich muss bei Kunstlicht arbeiten, dafür aber mit Klimaanlage! Yeah!«

66

Steffen und die fremden Träume

*If Joan of Arc had a **heart** would she give it as a gift to such as me who longs to see how an angel ought to be.*
Maid of Orleans/Orchestral Manoeuvres in the Dark

ICH BLIEB NOCH eine ganze Stunde auf der Wiese dösend liegen und überlegte, ob ich Antonia ein Foto des Arztausweises schicken sollte. Ich entschied mich dagegen. Wenn ich ihn ihr zeigte, mussten wir danach Zeit zum Reden haben. Ich fuhr zurück zum Heumarkt. Xandra saß mit neuen Extensions, die sicher Cargus bezahlt hatte, in der Küche. Sie hatte einen Schminkspiegel auf dem Tisch stehen und zupfte ihre Augenbrauen.

»Das kannst du warum nicht im Bad oder in deinem Zimmer machen?«, fragte ich zur Begrüßung.

»Weil da die Lichtverhältnisse miserabel sind. Wie findest du meine Brauen? Ich habe sie etwas dünner als sonst gestylt.«

»Dass dich so was Oberflächliches überhaupt noch interessiert, krank wie du bist. Die Augenbrauen fallen sowieso meist gleichzeitig mit der Kopfbehaarung aus. Hast du mittlerweile die Diagnose bekommen? Ist es Krebs? Bösartig?«

»Ach, Carmen hat mal wieder alles durcheinander gebracht. Nein, es ist schlimmer. Bastian hat heute keine Zeit, er musste zu einer Not-OP und später zu einem Treffen mit seinen Oberärzten.«

Samstags ein Meeting mit Oberärzten anzusetzen, würde sich auch der egozentrischste Chefarzt nicht trauen. Xandra schien nicht mehr die Favoritin des Professors zu sein.

»Dabei bin ich extra wegen ihm hergekommen und war beim Friseur. Ich habe am Montag ein Vorsprechen in Wien. Ich gehe zu einem Casting für die Rolle der Nicki Marron in *Bodyguard*. Bastian hat sich nämlich dort an der Augenklinik als ärztlicher Leiter beworben. Wir könnten endlich richtig zusammen sein und auch gemeinsam ausgehen, ohne uns verstecken zu müssen. Das hätten wir uns verdient.«

Ich fragte mich, warum um alles in der Welt, gerade die beiden Glück verdient hätten. »Interessant. Und was passiert mit Nathalié, wenn du nach Wien gehst und dein verdientes Leben lebst?«

»Die kann ich hier momentan schlecht herausreißen. Ich würde sie bei Carmen lassen in ihrer gewohnten Umgebung. Wenn Bastian und ich in geregelten Verhältnissen leben, hole ich sie selbstverständlich nach.«

Mir hatte der Psychologe, der mich nach dem Unfall in der Rehaklinik betreut hatte und mit dem ich meine verkorkste Kindheit durchgegangen war, erklärt, dass kein Mensch auf Psychopathen wie meine Mutter vorbereitet ist. »Das ist, wie wenn Ratten auf einer Insel voller bodenbrütender Vögel ausgesetzt werden. Die Vögel sind auf die Ratten nicht eingestellt und verhalten sich völlig arg- und wehrlos gegenüber diesen Dieben, die ihre Eier und Küken fressen.« Ich hatte die erste Rattenplage überlebt und daraus gelernt. Ich war vorbereitet auf Xandra und trotzdem hilflos, weil ein menschliches Küken involviert war.

»Du lässt dieses Kind mit einer Bekloppten allein, die die Bude, in der sie lebt, abfackelt und die eigentlich in einem betreuten Heim besser aufgehoben wäre? Wenn die dahinterkommt, weshalb du in Wien bist, dreht die doch durch.«

»Was regst du dich so auf? Du bist doch schließlich auch noch da. Warum hilfst du mir nicht, meine Träume zu verwirklichen?« Diese Frau war unglaublich, sie hatte schon wieder Tränen in den Augen.

»Weil ich nicht dazu da bin, deine Träume zu verwirklichen. Ich kann ja noch nicht mal meine eigenen verwirklichen. Ich habe permanent stärkste Schmerzen und muss mich mit einer kerngesunden Frau streiten, die lieber behauptet, sie habe Krebs, als zuzugeben, dass sie dünnes Haar hat. Ich bin in diese schräge WG zufällig reingeschneit. Ich bin eigentlich nicht für euch verantwortlich. Trotzdem kümmere ich mich um deine Tochter und um diese Verrückte mit Penisneid in der Mansardenwohnung und sorge dafür, dass ihr genug Geld zur Verfügung habt, um einigermaßen über die Runden zu kommen. Was haben die neuen Extensions gekostet?«

Xandra fasste sich in einer verräterischen Geste ins Haar. »Ich habe keine Extensions, das kommt von dem Volumenshampoo, das der Friseur benutzt hat.«

Ich verdrehte die Augen. »Du erinnerst dich, wie knapp die Mittel waren, ehe ich die Wohnung an deinen neuen Lover vermietet habe?«

»Bin ich jetzt an allem schuld?« Xandra warf den Schminkspiegel nach mir, der krachend auf dem Fliesenboden zerbrach, und lief wieder nach oben, zu Cargus. Nathalié war aus ihrem Zimmer gekommen und sah erschrocken auf die Scherben.

»*Sheesh!* Es bringt Unglück, wenn ein Spiegel zerbricht, Steffen.« Sie holte Salz aus dem Küchenschrank und schüttete eine Prise davon über ihre linke Schulter. »Das hilft, das

Unglück loszuwerden.« Sie bot mir das Salz auch an und warnte mich: »Du darfst es nicht über die rechte Schulter schütten, sonst wird das Unglück schlimmer.«

Ich war zu wütend, um mich an diesem Hokuspokus zu beteiligen, nahm das Salz und kippte es abwechselnd über beide Schultern.

Nathalié riss erschrocken die Augen auf. »Jetzt kann dir niemand mehr helfen, Steffen.«

»Mir kann schon seit vielen Monaten niemand mehr helfen«, erwiderte ich, verzog mich in mein Zimmer, nahm zehn Milligramm Lorazepam und versank im dumpfen Medikamentenrausch.

67

Antonia und der heiße Sommer

*When I am down and, oh my soul, so weary, when troubles come and my **heart** burdened be, then, I am still and wait here in the silence, until you come and sit awhile with me.*
You Raise Me Up/Josh Groban

STEFFENS JUGENDSTILBETT WAR gerade mal achtzig Zentimeter breit und auch wenn ich sehr gern mit Steffen Milz in mir einschlief und in seinen Armen geborgen aufwachte, war diese Matratzenbreite nur was für sehr Junge, sehr Verliebte. Er hatte mir feierlich einen Schlüssel überreicht, damit ich tagsüber Cello üben konnte, wann immer mir danach war. Ich betrat die Wohnung jedoch nur, wenn die Schöne und das Biest nicht da waren. Steffens schräge Mitbewohnerinnen waren bis auf das Kind überhaupt nicht von mir begeistert, was auf Gegenseitigkeit beruhte.

Ich hatte nach zwei Spätdiensten ganze zwei Tage frei und fuhr am frühen Nachmittag mit dem Fahrrad in die Altstadt. Die Hitze in der Stadt war seit Tagen fast nicht mehr zu ertragen, trotzdem waren bei Salvatore alle Tische im Freien belegt.

Eine vollschlanke Frau, die ich noch nie gesehen hatte, nahm Bestellungen auf. Das Treppenhaus in dem alten Gemäuer war angenehm kühl und ich atmete tief durch.

Die Wohnung schien leer und verlassen. Die Tür zum kleinen Küchenbalkon, über die ich diese Wohnung das allererste Mal betreten hatte, stand offen. Neben der Tür klebte ein Blatt, auf dem *Jasmina Reisen Weltweit* stand. Auf dem Boden lag ein DIN-A4-Blatt, auf dem in Kinderschrift *Disgretion, bitte Abstand!* in Grellrot gemalt war. Ich wagte trotzdem einen Blick durch die Balkontür. Nathalié saß mit ihrer Freundin Anita an dem kleinen runden Tisch. Anita wälzte Reisekataloge.

Nathalié sah hoch, als sie mich bemerkte: »Bitte entschuldigen Sie, ich habe gerade eine Kundin, wenn Sie einen Moment warten, nehme ich Sie dran. Wollen Sie so lange in einem Katalog blättern?« Sie hielt *Karibik und Mittelamerika* hoch. »Sie können gern an dem Tisch Platz nehmen. Sie müssen allerdings weghören wegen der Diskretion.«

»Okay.« Der Prospekt, der mit Rundreisen anfing, triggerte tatsächlich heißes, ungefiltertes Fernweh.

Nachdem Anitas vierwöchige Reise nach Namibia gebucht war und Nathalié die Anzahlung in Form von Monopoly-Geld quittiert hatte, war ich dran. »Ich würde gern nach Singapur fliegen übers Wochenende. Da bin ich nämlich geboren.«

»Was? Du. Bist. In. Singapur. Geboren?« Nathalié schien fassungslos. »Erzähl uns bitte, wie es da ist.«

Ich musste zugeben, dass ich zwar in der asiatischen Metropole geboren, aber im Alter von einem Jahr in die USA verschleppt worden war und nie wieder an meinen Geburtsort zurückgekommen bin. »Deshalb würde ich gern dahin reisen.« Die Mädels verstanden das grundsätzlich und verwickelten mich in ein Frage-Antwort-Spiel über die Orte, an denen ich bereits gewesen war – und das waren einige.

Anita flog mit ihren Eltern jährlich einmal nach Fuerteventura und Nathalié konnte sich nicht erinnern, außer einer Klassenfahrt in den Schwarzwald, Heidelberg jemals verlassen zu haben.

»Aber das ist nicht schlimm, ich habe hier ja alles«, entschuldigte sie sich verlegen.

»Warum seid ihr beiden an so einem heißen Mittag nicht im Schwimmbad?«, fragte ich, weil ich üben wollte und keine Lust mehr auf Kinder hatte.

»Wir dürfen nicht ohne eine Erwachsene ins Schwimmbad«, meinte Anita und Nathalié nickte. Die sehnsuchtsvollen Blicke, die die einzig verfügbare Erwachsene weit und breit trafen, ließen diese nicht kalt. Mein Vater hatte seinen Kindern beigebracht: »*Schenke jemandem einen Fisch und er ist einen Tag satt. Lehre ihn angeln und er hat jeden Tag was zu essen.*« Ich betrachtete den geräumigen Innenhof, in dem der Jaguar, Salvatores Fiat und einige Mülltonnen standen. Außer dem Zwitschern eines Wellensittichs, dem Klappern von Töpfen und einem Radiosprecher war nichts aus den umliegenden Häusern zu hören. Die Hitze schien die Stadt gelähmt zu haben. Aus Salvatores Küche duftete es nach in Öl angebratenem Knoblauch. Innenhöfe in Städten hatten ihren ganz eigenen Charme.

»Habt ihr beiden Hübschen schon was vor heute Nachmittag?«, fragte ich.

»Nein!«, kam es wie aus einem Munde. »Gehst du mit uns ins Tiergartenschwimmbad? Bitte, ja?«, fragte Nathalié.

»Nein, das tun wir nicht. Ich habe einen besseren Plan. Wo ist der Schlüssel für den Jaguar?«

Zwei Stunden später und um hundertsechzig Euro ärmer rief ich: »Wasser marsch!«, und sah zu, wie die ersten Liter in das aufblasbare Becken liefen. Wir hatten neben dem kreisrunden

Dreimeterbecken und einem Sonnensegel, das gegen neugierige Blicke der Nachbarn schützen sollte, ein Einhorn und eine Luftmatratze erstanden. Drei Badetücher hatten am Strand galoppierende Pferde als Motiv und eines, das Nathalié für Steffen rausgesucht hatte, ein stilisiertes Piratenschiff. Ich hatte den Mädels neonfarbene Bikinis spendiert, die es jetzt Anfang Sommer bereits im Ausverkauf gab und mir einen schwarzen Badeanzug und rosa Badeschuhe. Für Steffen gab es klassische Badeshorts in Navyblau.

»Wenn wir jetzt noch Liegestühle hätten, wäre das fast wie im Urlaub«, bemerkte ich.

»Moment!« Nathalié hatte eine zündende Idee, wollte mich aber überraschen und zog mit Anita ab. Das Becken war fast voll, als die beiden Mädels völlig verschwitzt und abgekämpft vier Campingklappstühle anschleppten.

»Wo habt ihr die denn geklaut?«

»Die sind nicht geklaut. Heute ist doch Sperrmüll und die standen in der Bienenstraße. Wir müssen aber noch mal zurück. Da sind noch ein Klapptisch und ein Sonnenschirm.«

Als der Campingplatz fertig eingerichtet war und wir in der Remise eine provisorische Umkleidekabine mit Leinenlaken aus Großmutter Schuhmachers Beständen gebastelt hatten, kam Salvatore auf eine Zigarette raus. Er zog die Schuhe aus und stellte sich in Shorts zu uns ins Wasser.

»Mann, tut das gut! Warum ist da noch kein Mensch früher drauf gekommen? Ich breche meine eisernen Grundsätze und spendiere euch dafür später Pizza, sobald der Hausmeister da ist.«

Ich zog mein Kleid über den Badeanzug, holte das Cello herunter und spielte, bis Steffen sein Rad in den Innenhof schob. Nathalié und Anita rannten ihm triefend vor Nässe entgegen. In diesem Sommer musste man sich keine Gedanken wegen Unterkühlung machen.

»Steffen, schau, wir machen Camping. Das war Antonias Idee und sie hat alles bezahlt. Wir mussten gar nichts dazugeben. Sie meinte, das wäre ein Geschenk an uns. Wir haben dir sogar eine Badehose rausgesucht und ein Piratenhandtuch. Und Salvatore macht uns Pizza. Die Möbel haben Anita und ich auf dem Sperrmüll gefunden, die haben nichts gekostet. Aber die sind noch voll schön und gut.«

Er warf mir über das Kind einen Blick zu und schenkte mir sein verführerisches Halblächeln. »Danke, Antonia.«

Ich zuckte mit den Schultern. »War mir ein Vergnügen. Beziehungsweise ist es immer noch.«

Steffen wurde genötigt, sich sofort umzuziehen und sich *in den Fluten* abzukühlen. Sein Lächeln ließ zuverlässig die Sonne aufgehen und die gut definierte Muskulatur seines Oberkörpers löste in mir Wetterleuchten aus. Ich hatte noch nie zuvor erlebt, dass mich ein Mann physisch so sehr anmachte, wie es der hinkende Hausmeister tat. Ich packte lächelnd das Cello in seinen Kasten und stellte mich an den Rand des Plastikbeckens.

»Was ist mit dir, Antonia? Kommst du nicht herein?«, fragte Steffen, warf einen vielsagenden Blick auf die Badeschuhe und schüttelte den Kopf. »Wenn ich dieses Arschloch jemals in die Finger bekomme, amputiere ich sein edelstes Teil.«

»Das musst du nicht, Steffen. Ich bin mir mittlerweile sicher, ich war sein edelstes Teil und er hat mich freiwillig amputiert.«

Ehe Steffen antworten konnte, kam Salvatore mit einem riesigen Blech aus der Küche und stellte es auf den kleinen Campingtisch. »*Prego, Signori!* Und wehe, ihr erzählt weiter, dass ihr im *Da Salvatore* Pizza bekommen habt!«

Hätte ich einen Schulaufsatz zu schreiben, würde darüber stehen: *Mein schönster Sommertag.*

68

Antonia und der korrekte Dennis

*Open up your **heart** to me now, let it all come pouring out.*
I Won't Let You Go/James Morrison

SEITDEM ICH DAS Kosovo Camp verlassen hatte, war ich keinen Menschen mehr begegnet. Die Luft war eisig und trotz warmer Wäsche, Handschuhen, Mütze und Fleeceschutz vor Mund und Nase drang die schneidende Kälte bis auf die Knochen. Das Atmen war hundertzwanzig Meter unterhalb des Gipfels mühselig. Ich hatte im Camp entwässert und trotzdem überkam mich ein Anflug von Höhenkrankheit. Um mich herum war es noch dunkel, aber es gab außer Felsen und Eis sowieso nichts zu sehen. Ich hatte den Aufstieg in der Ebene mit dichtem Busch- und Grasland begonnen. Gazellen und eine riesige Zebraherde waren die Highlights des ersten Tages. Danach folgte dichter, tropischer Wald, der die Hänge des legendären Berges bis zur Baumgrenze bedeckte. Die alpine Tundra, die in viereinhalbtausend Metern aufhörte, war dagegen langweilig und zog sich schier endlos.

Ich hörte das Klappern und Scheppern des Schubkarrens lange, bevor ich ihn sah. Der Anblick von kotzenden Weißen, die von ansässigen Trägern in Schubkarren in einem Höllentempo bergab gekarrt wurden, war am Kilimandscharo nichts Besonderes. Besonders aber war, dass diesem Schubkarren der Geruch von Dennis Cornazzanos Stylinggel vorauswehte. Dann ratterte das alte, verbeulte Gefährt an mir vorbei und mein Ex-Verlobter Jost übergab sich auf seine teure Multifunktionsjacke.

Ich stoppte und hatte das Gefühl, keine Luft mehr zu bekommen. Ich riss den Fleeceschal von Mund und Nase und sah Dennis, dessen eine Gesichtshälfte von einer Bürolampe hell erleuchtet war. Die andere Hälfte lag im Dunkeln und verlieh ihm einen mysteriösen Ausdruck.

»Du röchelst im Schlaf, Tonischatz.«

Ich sah auf mein Handy. Ich hatte fast eine ganze Stunde tief und fest gepennt. Nach vierzehn Stunden Arbeit ohne Unterbrechung, und noch zehn Stunden abzureißen, eine Wohltat. »Ich war auch auf dem Kili und hatte Sauerstoffmangel.«

»Hättest doch was gesagt, ich hätte dich bebeutelt.«

Ich setzte mich auf und trank einen Schluck aus meiner Wasserflasche. »Nichts mehr zu tun?«

»Nicht wirklich.«

»Und dann setzt du dich hier hin und beobachtest friedlich schlafende Frauen?«

»So isses. Bin ein Fetischist, was das angeht.« Dennis grinste übertrieben und zog die Nase hoch.

Der Anästhesist und ich waren uns in einem Hilfscamp in Nepal über den Weg gelaufen. Ich hatte eine Woche Urlaub investiert und Kataraktoperationen am Fließband durchgeführt. Dennis war schon ein paar Tage länger da, hatte etwas mit einer sehr jungen OP-Schwester am Laufen und war in seiner Freizeit schwer beschäftigt. Was mich an ihm faszinierte, war, wie liebevoll er auch mit den schwierigsten Patienten und ängstlichsten Kindern umging. Der als Don Giovanni verschriene Kollege entlockte jedem früher oder später ein Lächeln. Richtig kennengelernt hatten wir uns erst auf dem Rückflug, während dem wir nebeneinander saßen. Ich arbeitete schon in Heidelberg und Dennis wollte weg von seiner alten Klinik. Wir freundeten uns an. Der Arzt bewarb sich im Kopfklinikum und zog ein Vierteljahr später hierher.

»Dennis, warst du schon mal verliebt?«

Er schüttelte den Kopf. »Nein, war ich nicht.«

»Warum nicht?«

Er nahm einen Moment den Blick von seinem Smartphone, auf dem er wie üblich herumgetippt hatte. »Weil ich es nicht zulasse. Weil Verliebte alle verlorene Seelen sind. Wer will das schon sein?« Er widmete sich wieder dem interessanten Inhalt seines Displays.

»Dennis, es kann dich doch nicht glücklich machen, dich durch sämtliche Betten ohne Gefühl und Verbundenheit zu vögeln.«

»*Watch your language, Missy!*« Er zog wieder die Nase hoch und antwortete nickend: »Doch, liebste Toni, das kann es. Ich habe an meiner eigenen Mutter gesehen, wie zerstörend Liebe sein kann. Sie hat meinen Vater geliebt und ist daran verzweifelt. Mein werter Vater hat sich nämlich einen Scheiß um seine Frau gekümmert. Aber verlassen wollte er sie auch nicht. Der gute Mann hat mich benutzt, um seine Affären zu vertuschen. Wir haben viel gemeinsam gemacht, mein Erzeuger und ich. Stadtbummel, Zoobesuche, Kino, Museen. Ich wurde dann stets vor einen riesigen Eisbecher gesetzt und *Babbo* hat sich für eine Weile *entschuldigt,* er müsse was Dringendes erledigen und sei gleich wieder zurück. Ich war fast zehn, als ich gemerkt habe, was er Dringendes erledigen musste. Die Cafés, in denen ich geparkt wurde, waren immer in der Nähe der Wohnung seines aktuellen Techtelmechtels.«

»Boah, Dennis. Das ist so krass.«

»Es kommt noch krasser. Meine Mutter hat sich an dem Tag, an dem ich meine Studentenbutze in Tübingen bezogen habe, in meinem Kinderzimmer erhängt. Mit dem Kabel meines alten Laptops an der Heizung. Sie hat mir einen rührenden Abschiedsbrief hinterlassen, in dem sie mir erklärte, dass sie meinen Vater trotz all dem, was er ihr angetan hat, immer noch liebt, fast so sehr wie mich. Papa war ein halbes Jahr zuvor ausgezogen und endlich bei einer seiner Freundinnen gelandet. Ohne mich und ihn wäre das Haus kein Zuhause mehr und ihr Leben hätte keinen Sinn so. Ich möchte nicht, dass eine Frau mit mir ein Zuhause aufbaut, das ich früher oder später zerstören würde. Ich bin nicht besser als mein Vater, aber ich bin wenigstens ehrlich und gehe keine Bindung ein, nur um jemanden an mich zu fesseln und Macht über ihn zu haben.«

Mein Diensttelefon unterbrach den Redefluss meines Freundes. Ich legte nach dem Gespräch mit dem Arzt aus der Ambulanz wieder auf. »Tut mir leid, Dennis. Enukleation bei einem Fünfundzwanzigjährigen nach einer Messerstecherei. Ich brauche eine Vollnarkose.«

»Okay.« Dennis steckte das Handy weg und wischte sich mit dem Handrücken über die Nase.

Ich schlüpfte in meine Crocs und wir gingen Arm in Arm zur OP-Schleuse und taten unsere Arbeit, als wären wir nie selbst verletzt worden.

69

Antonia und der voll lahme Blutmond

*Why do you have to be a **heart**breaker when I was bein' what you want me to be.*
Heartbreaker/Dionne Warwick

LIESE HATTE DEN Vorschlag gemacht, den Blutmond auf den Stufen der Thingstätte anzuschauen – leider waren wir nicht die Einzigen, die auf diese glorreiche Idee gekommen waren. Die Millenniumskinder hatten schon vorgeglüht und das seltene Ereignis war völlig in den Hintergrund geraten. Der Himmel sollte an diesem sehr heißen Sommertag fast wolkenlos sein und die Temperaturen würden in der Tropennacht nicht unter zweiundzwanzig Grad fallen.

Wir waren von meiner Wohnung zu der imposanten Freilichtbühne aus Nazizeiten hochgelaufen und fanden in der obersten Sitzreihe noch Platz. Der Blick von hier oben auf die Stadt und den Königstuhl mit Bergbahn und Molkenkur gegenüber war unbestritten imposant. Ich hatte unterschiedlich gewürzte Falafel- und Hackfleischbällchen plus einen griechischen Salat gemacht und frisches Weißbrot besorgt.

Um Geschirr zu sparen, schnitt ich den Käse, den ich beim Franzosen geholt hatte, in kleine Würfel und brachte ihn in einer Tupperdose mit kernlosen Trauben und Zahnstochern mit. Mein Picknickrucksack besaß Taschen, in die man Kühlakkus einsetzen konnte – bei der Hitze ein notwendiges Feature. Liese, die für den Nachtisch sorgen sollte, holte eine Packung Haferkekse aus ihrem Rucksack. Ich hoffte, Dennis hatte sich mehr Mühe mit den Getränken gegeben.

Es brauchte vier WhatsApp-Nachrichten und zwei Telefonate, bis uns Dennis fand. Auch wenn ich den größten Teil meines Lebens mit Smartphones zugebracht hatte, fragte ich mich, warum es nicht mehr möglich war, sich an einem bestimmten Punkt um eine vereinbarte Uhrzeit zu verabreden, ohne sich bis kurz vorm Treffen unzählige Male darüber zu versichern, dass man sich auch ja dort und zu der verabredeten Zeit sehen würde. Es wäre interessant zu wissen, wie viel wertvolle Lebenszeit ein moderner Mensch mit diesem unnötigen Geplänkel vergeudet.

Die Sonne war noch immer nicht untergegangen und die Hitze mittlerweile fast unerträglich. Die Steinquader der Thingstätte hatten sich den Tag über aufgeheizt. Ich hatte daran gedacht, eine Yogamatte mitzubringen, und so saßen wir etwas bequemer und isoliert von der gespeicherten Hitze. Nachdem Dennis sich zwischen uns gequetscht hatte, war es nicht mehr möglich, ohne Körperkontakt nebeneinander zu sitzen. Seine dichte Behaarung auf den Beinen kitzelte an meinen frisch rasierten Waden. Ich wäre gern aufgestanden und hätte mich nach hinten auf den Waldboden gesetzt. Meine Begleiter fühlten sich nicht eingeengt, also blieben wir. Ich packte die Plastikteller aus und wir aßen und sprachen über die Arbeit, bis die Sonne endlich untergegangen war und der Erdschatten den Mond völlig bedeckte.

Alle sahen sich das Bild des fahlen Blutmondes in ihrem Handy an und waren enttäuscht, wie klein der Mond war und wie wenig er leuchtete. Das Girlie neben mir mit den fünf Schichten Make-up und aufgeklebten Wimpern machte ihrem Ärger sehr laut am Telefon Luft: »Ey, Mann, Jamal, denk dir, ich bin hier oben in der Thingstätte! Wegen Blutmond und so. Das wurde ja überall voll gehypt. Was meinst du, warum ich mich hier hochgeschleppt habe in die Wälder? Ich habe gedacht, da passiert was Krasses. Das siehst du nur einmal in deinem Leben, so einen Blutmond. In Real ist das wie 'ne winzige Lampe am Himmel, nicht mal HD oder LED. Da habe ich beim Rewe an der Wursttheke mehr Blutwurst und Action. Da müsste doch mindestens der ganze Himmel rot gefärbt sein und ein Dämon erscheinen oder gruselige Musik laufen. Ich übertreib nicht, das ist so *totally lame*. Wir sind hier auch noch hochgelaufen! Alle meinten, das musst du sehen. Und dann? Genauso ein Scheiß wie die Sonnenfinsternis vor zwei Jahren. Kann man den Mond nicht beleuchten, damit man ihn besser sieht? Voll der *Prank!* Und ich bin drauf reingefallen. Ich wollte eigentlich ein krasses Video für meinen Vlog machen, aber das ist ja mega-peinlich, wenn ich das online stelle. Wofür hab ich mich geschminkt? Keine Ahnung. Ich habe die teuersten *Products* drauf. Es gibt noch nicht mal was zu trinken und essen hier oben. Wenigstens 'nen coolen Caipi und Wraps hätten die schon bieten können. Wer kann denn ahnen, dass man sich alles selbst mitbringen muss? Wie im Mittelalter. Der totale *Loserevent.* Unter Spektakel verstehe ich auf jeden Fall was anderes. Ich übertreib nicht! Wir gehen jetzt in die Stadt und treffen uns im *Kaiser* zum Nachglühen. Ciao, Sweetie!«

Ich musste dazu was sagen: »Hey, du! Das ist nun mal eine natürliche Mondfinsternis und keine *fancy* Mondbeleuchtung!«

Das Girlie sah mich abschätzig an und erwiderte: »*Whatever!*«

Keiner außer mir war auf die Idee gekommen, dass man den Himmelskörper optisch vergrößern musste, um ihn so zu sehen, wie ihn die besten Fotografen ablichteten. Ich hob das schwere Fernglas meines Großvaters hoch und war verzaubert von den warmen Rottönen, in denen der beschattete Mond leuchtete.

Dennis stuppste mich an. »Gib mal her das antike Teil. Aus welchem Weltkrieg stammt das? Toni, du bist so was von nicht aus dieser Zeit«, meinte er und hielt das Fernglas erst mal falsch herum.

»Stimmt, Toni ist eine *Eighties Bitch,* aber irgendwie hat sie das selbst noch nicht mitbekommen. Wie kommt es, Schnecke?«, mischte sich Liese ein, trank einen Schluck von der eisgekühlten Sangria, die Dennis in einer Thermoskanne mitgebracht hatte und gab den Edelstahlbecher an mich weiter. Ich trank nicht gern mit anderen Menschen aus demselben Gefäß, aber da es das einzige war, an das Dennis gedacht hatte, musste ich wohl oder übel mitmachen. Auch das Vittel tranken wir direkt aus der Flasche.

Ich zuckte mit den Schultern. Ich wusste, es lag daran, dass ich isoliert in einem intakten Familienverband groß geworden war. Meinen Old-School-Eltern war es wichtiger gewesen, dass ihre Kinder Instrumente lernten und humanistisch gebildet waren, als dass sie sich in der sich rasant verändernden Welt, die ohne Stecker und Batterie nicht mehr zu funktionieren schien, auskannten. Ich lächelte und hörte aufmerksam zu, wie meine Freunde mein Leben interpretierten.

»Das kommt davon, dass sie in Singapur geboren ist. Da ist es bei Strafe verboten, Kaugummi auf den Boden zu spucken und auf öffentlichen Toiletten nicht zu spülen.« Liese steckte ein ganzes Hackfleischbällchen in den Mund und zerkaute es genüsslich.

»Echt, du bist in Singapur geboren? Hast du mir nie erzählt, Tonischatz.«

Ich nickte nur und Liese erklärte weiter: »Bei der Familie Brandt ist jedes Kind auf einem anderen Kontinent gezeugt und geboren worden. Als die Eltern alle Kontinente durchhatten, haben sie aufgehört, sich zu vermehren. Stimmt's?«

»Hm, stimmt nicht ganz. Die Antarktis haben sie ausgelassen, dafür waren Asien und Europa zweimal dran. Meine Geschwister wurden in Hamburg, Frankfurt, Brisbane, Johannesburg, Tokio, Washington und Montevideo geboren. Mein Vater war Diplomat.«

Dr. Cornazzano klärte uns auf: »Meine Familie ist aus Bergamo nie rausgekommen, bis zu den Sechzigerjahren, als mein Großvater Giuseppe ausgewandert ist. Aber der war so heimatverbunden, dass er sich in Deutschland einen Ort gesucht hat, der genauso heißt wie seine alte Heimat. Er ist in Bergheim bei Köln gelandet und hat sich tierisch gefreut, dass ich jetzt in Heidelberg-Bergheim wohne.«

»Was, du bist ein einfaches Gastarbeiterkind? Dann fühl dich mal geehrt, dass eine Diplomatentochter und eine adelige Schlossbesitzerin sich mit dir abgeben«, konterte ich.

»Moment mal. Kann einer von euch einen Vorfahren aufweisen, dem ein Reiterstandbild in Venedig auf dem Campo Santi Giovanni e Paolo gewidmet ist?«

Ich war erst letztes Jahr eine Woche in Venedig gewesen und kannte alle Sehenswürdigkeiten auswendig. »Du bist ein Nachfahre von Marc Aurel?«

»Nein, von Bartolomeo Colleoni. Der hat von sich behauptet, er hätte drei Schwänze und die sind auch in seinem Familienwappen abgebildet. Mit einem dieser Schwänze hat er einem seiner Dienstmädchen einen illegitimen Sohn ins Rohr geschoben. Leider wurde der kleine Carlo als Erbe nicht anerkannt und da der gute Bartolomeo nur Töchter hatte, hat seinen zusammengeraubten Reichtum die Stadt Venedig geerbt. Hätte er den Sohn von Benita Cornazzano anerkannt, müsste ich jetzt nicht hier sitzen, sondern könnte auf meinem Landgut in der Lombardei chillen und würde Rotwein schlürfend mein Geld zählen.«

Ich lächelte und Liese meinte: »Ach herrje, da kann man ja direkt froh sein, dass du nur einen der Schwänze geerbt hast. Würde mich als Frau direkt stören, wenn du da unten überbestückt wärst.« Sie lutschte an einem Haferkeks und sah Dennis aus umflorten Augen an. »Wenn wir schon bei Adel, Inzest und illegitimen Verhältnissen sind. Was macht eigentlich der Ehrl-König an so einem denkwürdigen Abend?«

Ich sah betreten auf meinen Teller, auf dem nur noch eine Olive aus dem griechischen Salat lag. Ich wollte nicht daran denken, was Bastian gerade machte, und darüber sprechen schon gar nicht. Aber meine gute Erziehung ließ mich höflich antworten. »Bastian ist mit seiner Familie auf der Strahlenburg in Schriesheim zu Abend essen und von der Terrasse aus die Mondfinsternis beobachten.«

Liese meinte: »Gut, dass du dieses Arschloch verlassen hast. Was macht dein handwerklich begabter *Ersatzlover*? Warum hast du den nicht mitgebracht?«

»Der ist für zwei Tage auf einer Fortbildung in Bielefeld.«

»Glaub's bloß nicht! Bielefeld gibt es nicht wirklich«, meinte Dennis.

Liese schnaubte: »Was lernt man als Hausmeister zwei Tage lang? Wie man die Mülltonnen im richtigen Abstand an die Straße stellt?«

»Nachhaltiges Rasen mähen ohne Strom und Benzin«, trug Dennis zur Unterhaltung bei.

Es tat mir weh, dass meine Freunde so abfällig von Steffen sprachen. Aber ich hätte an ihrer Stelle wahrscheinlich die gleichen Witze gerissen und konnte es ihnen nicht verübeln.

Genau das würde sich unser ganzes Leben durchziehen, würden wir zusammenbleiben. Die studierte Chirurgin und der Gelegenheitsjobber – so was funktionierte meist nur in unrealistischen romantischen Komödien. Da mutierte der vermeintliche Hartz-IV-Empfänger spätestens ab der Filmmitte zum getarnten Millionär, der genug hatte von Models und geldgierigen Schlampen und die wahre Liebe in Mausgrau mit Brille suchte. »Ich habe keine Ahnung, was Steffen lernt«, musste ich zugeben. Ich hatte nicht gefragt und er hatte nichts erzählt.

»Ich fände es total witzig, wenn ihr heiratet und einen Doppelnamen nehmt. Ich würde euch zur Hochzeit so ein albernes Haustürschild aus Salzteig basteln. *Hier wohnt, lacht, kocht und pupst die Familie Milz-Brandt.* Ihr müsst euer Erstgeborenes unbedingt Anthraxi oder Anthraxa nennen.« Sie bekam einen Lachflash und sprühte dabei von dem Trauben-Käse-Gemisch über den Rücken der Frau, die vor ihr saß. »Upps!«

Dennis schenkte Sangria nach und bot mir den Becher an. »Ich kannte mal einen Steffen Milz. Der war ein absoluter Crack in der Herzchirurgie in Ulm. Einer der Vorreiter bei LVADs. Der aufgehende Stern am Kardiologenhimmel. Mega-Typ. Der hatte immer einen Lutscher dabei und drauf rumgenuckelt, weil er sich das Rauchen abgewöhnt hat. Wir haben ihm zu seinem letzten Geburtstag eine Piñata, gefüllt mit dem Zeugs, geschenkt. War eine Riesensache, als der die mit einer Krücke, die rumstand, im Aufenthaltsraum zerschlagen hat. Keiner hatte an einen Baseballschläger gedacht.«

Mir stockte der Atem und ich erinnerte mich an unsere Unterhaltung neulich beim Frühstück auf der Neckarwiese: »Ich bin kein Hausmeister, ich bin Herzchirurg.«

»Der einzige Aufschneider, mit dem ich im OP nie Krach bekommen habe. Der war obercool drauf – dem konntest du nichts vormachen. Der hatte sämtliche Werte, Maschinen, Monitore und Perfusoren ständig mit im Blick. Und die weibliche Klinikbesatzung hatte *ihn* ständig im Visier. Die hätten alles für den gemacht. Aber der war null an Frauen interessiert, war wohl schwul und hat seinen Freund früh verloren. Die haben zusammen Musik gemacht, ehe er richtig mit dem Studium angefangen hat. Den Song von den beiden habt ihr alle schon mal gehört, wird auf jeder Medizinerparty gespielt. *Doc Infernal*. Groovt wie Sau.«

Ich hatte den eingängigen Beat der Gruppe Heparsplenia tatsächlich sofort im Ohr. Kein Wunder, man kam als Medizinstudent nicht um das Stück herum. Es lief neulich, als ich mit Steffen Pogo tanzen im *Palmbräu* war und er eine Panikattacke bekommen hatte. Die Puzzleteile passten. Heparsplenia! Die anatomischen Begriffe für Leber und Milz in ein Wort gepackt. Mein Puls beschleunigte sich und ich hörte Dennis' weiteren Schilderungen mit offenem Mund zu.

»Mund zu, Schnecke! Da kommen die Fliegen rein.« Liese klappte meinen Unterkiefer hoch.

»Normalerweise sind Herzchirurgen die Banker unter den Ärzten, aber der war irgendwie hip. Sah außerhalb des OPs tatsächlich aus wie ein in die Jahre gekommener Trendsportler. Der trug Hai-Hamburg-Klamotten, als wir alle noch in Billabong und Abercrombie & Fitch rumgammelten. Ich war mal auf einer Skifreizeit in Ischgl, auf der er dabei war. Den hättet ihr mal auf dem Snowboard erleben müssen. War ein Motorradfreak und kam mit einer porno Honda aus den Achtzigern vorgefahren. Die schwere Maschine hat ihm letztlich auch das Karriereende bereitet. Der kam nach dem Unfall nie wieder zurück in die Klinik. Ein Jammer. Würde mich mal interessieren, was der heute so macht.«

»Hast du doch gehört, der ist jetzt Hausmeister in Heidelberg und bildet sich ständig fort«, scherzte Liese und ich hatte plötzlich schwere Arrhythmien.

»Wohl schlecht möglich, im Rollstuhl Mülltonnen rauszustellen«, erwiderte Dennis, steckte sich vier Trauben gleichzeitig in den Mund und ließ sie im Mund platzen. »Dem hat es das Sprunggelenk bei dem Unfall ordentlich zerschmettert. Soviel ich weiß subtotale Amputation eines Fußes und komplizierte Replantation in der Unfallklinik. Wir bekamen die Infos über eine Kollegin, deren Bruder dort als Pfleger gearbeitet hat. Der Milz kam im Rollstuhl in die Reha, danach sind die Informationen versiegt.«

»Hast du mal ein Foto von ihm?«

»Wir müssten auf Facebook immer noch befreundet sein. Warte.« Dennis wischte auf seinem Handy herum und präsentierte mir die Facebookseite von Dr. Steffen Milz. Das Foto zeigte das schüchterne Lächeln, das ich so sehr mochte, in einem um Jahre und Lebensereignisse jüngeren Gesicht. Die tiefen Nasolabialfalten waren damals nur angedeutet. Die blauen Augen blitzten frech aus einem sonnengebräunten Gesicht. Die kinnlangen, welligen Haare hatten noch keine grauen Strähnen und wurden von einer umgedrehten Baseballmütze gehalten. Steffen vor dem Unfall, der alles veränderte. Meine Zunge fühlte sich an wie aus Watte, meine Mundschleimhäute waren staubtrocken. Ich trank den Becher in einem Zug leer.

Liese war an dem gehandicapten Herzchirurgen nicht interessiert, sondern regte sich mal wieder über die Erstsemester auf. Eine Reihe vor uns übergab sich ein bärtiger Hipster sehr laut und auffällig. In der aufgestauten, immer noch sehr heißen Luft verbreitete sich der saure Gestank des Erbrochenen sofort. Das Mädchen, das neben ihm saß, hatte einen ganzen Schwall auf ihre fliederfarbenen Birkenstock-Flip-Flops bekommen. Sie stand mit hochrotem Kopf auf und brüllte ihren Nachbarn an: »Igitt! Du bist ein Typ, wo einfach scheiße ist!«

Nicht mehr ganz nüchtern, mischte ich mich ein: »Hey, ich weiß ja nicht, wie es in eurer Beziehung sonst aussieht, aber ich würde mich nicht von einer Ische anmachen lassen, die wo einen Relativsatz grammatikalisch falsch einleitet!«

Alle um ihn herum lachten laut über meinen Joke. Die Ische mit dem miesen Deutsch fand es gar nicht lustig. »Fresse, du Opfer!«

Ehe ich antworten konnte, dass das kein ganzer Satz sei, weil das Prädikat fehlte, hatten mich Liese und Dennis schon weitergezogen.

»Friss die Henne, Antonia, wenn du Umdrehungen hast, lebst du ganz schön gefährlich«, meinte Dennis.

Ich korrigierte ihn: »Das heißt fick die Henne! Das solltest du doch wissen!«

Dermaßen inspiriert, bot er an, mich nach Hause zu bringen. Ich nahm das Angebot dankend an. Liese wollte nach Hause, weil sie Frühdienst hatte. Ich musste feststellen, der Semi-Latinlover und feuchte Traum des weiblichen Personals des Kopfklinikums hatte nur einen Penis, aber eine lange Zunge, die er engagiert zum Einsatz brachte. Aber Antonia Brandt konnte diese Blutmondnacht auf keinen Fall allein verbringen und nahm, was da war.

70

Antonia und der kollegiale Übernachtungsgast

*Lös dich von der Welt, die Dein **Herz** gefangen hält.*
Die Musik der Nacht/Andrew Lloyd Webber

MEIN ÜBERNACHTUNGSGAST SCHNARCHTE wie ein Bär im Winterschlaf. Das Handy zeigte 5.34 Uhr. Es war bereits hell draußen. Ich ging auf die Toilette, trank etwas, putzte mir die Nase, kroch wieder zu Dennis ins Bett und hoffte, er würde nicht aufwachen. Wie so oft wurden meine Wünsche vom Karma ignoriert.

»Hey, was ist los? War ich so schlecht oder hast du die sensiblen Tage deines Zyklus?«, brummelte er und sah mich verschlafen aus seinen dunklen mandelförmigen Augen an. Dennis Cornazzano war selbst nach so einer Nacht, die einen normalen Menschen aussehen ließ wie einen explodierten Pudel, optisch immer noch eine Sahneschnitte.

»Nein, alles okay«, schniefte ich.

»Quark, nichts ist okay. Du heulst doch.«

»Kannst du mich einfach in den Arm nehmen, Dennis.«

»Klar, kann ich. Möchtest du reden?«

»Es würde nichts helfen. Ich habe einen untreuen Arsch von Chefarzt gegen einen verlogenen Arsch von Hausmeister eingetauscht.«

»Ich würde dir ja einen Arsch von Anästhesisten anbieten, aber ich habe Ariane geschwängert und bin wohl aktuell nicht die beste Partie.«

»Die neue OP-Schwester?«

»Nein, die PJlerin.«

»Die, die Gynäkologin werden will?«

»Genau die. Hätte man ja meinen können, dass die das mit der Verhütung draufhat …«

»Kondome kamen nicht infrage?«

»Sie hat gesagt, nach ihrem Zyklus könne man eine Uhr stellen …«

»Du glaubst so was einer Tussi, die jeden Satz mit *ich meine ja nur so!* beendet?«

»Vielleicht ist es gar nicht so verkehrt, wenn ich den kommenden Generationen meinen Genpool schenke.«

»Dein Genpool kann ja nicht besonders tief sein, maximal ein Planschbecken.«

Dennis kickte mich unter der Decke ans Bein. »Jetzt hör aber mal auf! Ich betreibe Notfallseelsorge der persönlichsten Art und werde ständig beleidigt.«

»Sorry, Dennis! Ich korrigiere mich: Dein Genpool gehört zum UNESCO-Weltkulturerbe ernannt. Und jetzt?«

»Na ja, jetzt werde ich wohl demnächst etwas weniger Geld pro Monat zur eigenen Verfügung haben. Also kein Freibier mehr, wenn du mit mir weggehst. Ich ärgere mich, dass ich die Wette damals ausgeschlagen habe. Hätte ich gebrauchen können, die zweihundert Euro.«

»Du wirst sie heiraten?«

»Nein, das werde ich bestimmt nicht. Die macht mich platt mit ihrem Unwissen. Sie wollte neulich in den Zoo, weil sie sich langsam mit kindgerechten Locations bekannt machen muss. Wir standen vor den Flamingos, und sie war entzückt, dass sie endlich mal in echt die Vögel sehen konnte, die die Babys bringen. Ich möchte kein Kind mit ihr, egal, ob es der Storch oder ein Flamingo bringt, und sie will nicht abtreiben. Also werde ich wohl zahlen müssen.«

Wir schwiegen einen Moment.

»Möchtest du keine eigenen Kinder, Toni?«

»Theoretisch schon. Praktisch habe ich bislang noch keinen Mann kennengelernt, mit dem ich ein Kind hätte großziehen wollen. Fachärztin an einer Klinik und alleinerziehende Mutter, nein, danke! Ich bin nicht masochistisch veranlagt.«

»Geht mir mit den Frauen ähnlich. Es ist ja nicht so, dass ich keine kennenlernen würde, aber mehr als Sex und Spaß hatte ich mit den wenigsten. Ich würde dich jetzt auch gern weiter brüderlich an mich drücken und trösten, aber ehrlich gesagt, würde mein Trost demnächst eher sexueller Natur sein. Weißt du eigentlich, wie gut deine Mumu schmeckt? Wie Honig. Aber hinterher kannst du dann die ganze Restnacht unbehelligt in meinen Armen liegen. Lass mich nur noch einmal an dir lecken, Toni.«

Tatsächlich fühlte ich etwas Hartes in meinem Rücken.

»Ich lege dir meine Seele bloß und du denkst nur ans Poppen?«

»Ich bin seit Wochen chronisch untervögelt. Das war das erste Mal seit einem Monat und es hat dem lieben Doktor Cornazzano gefallen und er hätte gern eine Zugabe, werte Kollegin.«

»Ich bin gerade nicht in der Stimmung, mit dir rumzumachen.«

»Ich kann das auch gut, ohne dass du dich engagierst«, bot Dennis an und knabberte an meinem Hals. »Tamara hat in der

Klinik eine Hetzkampagne gegen mich gestartet, nachdem sie erfahren hat, dass ich zweigleisig gefahren bin und Ariane von mir schwanger ist. Ariane hätte mir fast verziehen, dass sie nicht die Einzige war, es gab aber Zoff, weil ich eine Abtreibung vorgeschlagen habe. Es gibt jetzt im ganzen Kopfklinikum kein weibliches Wesen, das mich nicht aus ganzem Herzen verachtet und gern entmannt sehen würde. Ich werde wohl die Stadt wechseln müssen.«

»Nimm mich mit, Dennis. Heidelberg bringt mir kein Glück.«

»Wenn du keinen Anspruch auf Exklusivität legst, würde ich dich regelmäßig trösten und dich im Arm halten. Zu zweit ist man wirklich weniger allein. Wir können uns ja eine neue Stadt suchen, in der wir beide unbeschriebene Blätter sind, und sie zusammen erobern. Wir könnten so einen geilen Paarnamen haben – wie Brangelina. Denntonia oder Antonnis. Hat beides Klasse.«

»Ich mag dich, obwohl du sehr eng und dicht beschrieben bist.«

»Ich dich auch, Toni. Jetzt lecken?«

»Nee, Dennis. Jetzt schlafen.«

Wenig später sägte der Bär wieder massive Holzstämme. Ich nahm mein Handy, öffnete die Facebook-App und sandte Dr. Steffen Milz eine Freundschaftsanfrage.

71

Steffen und die nackte Wahrheit

*Hush, hush, she broke my **heart**, but I love her just the same now.*
Hush/Deep Purple

Es war der zweite Tag der Fortbildung im beschaulichen Bielefeld. Das Thema war *Ultraschalldiagnostik der Hand*. Am Vortag gab es eine allgemeine Einführung in die Sonografie und die sonografische Anatomie. Es wurden entzündliche, degenerative, kompressive und traumatische Veränderungen behandelt. Heute stand die Doppler- und Duplexsonografie von Gefäßen und Gelenken auf dem Programm.

Das Handy klingelte um halb sieben und ich drückte auf Schlummer. Ich hatte in der Nacht um kurz vor drei einmal Lorazepam nachlegen müssen und war dementsprechend groggy.

Die App meines Facebook-Accounts zeigte eine neue Freundschaftsanfrage. Normalerweise ignorierte ich alle Freundschaftsanfragen seit Jahren. Ich benutzte Facebook überhaupt nicht mehr, löschte es aber nicht, weil Messenger ab und zu ganz praktisch war, wenn ich meine Telefonnummer nicht rausgeben wollte. Diese Anfrage ließ mich plötzlich hellwach werden. Antonia Brandt wollte meine Freundin werden. Ich atmete tief durch, nahm die Anfrage an und wartete nervös, was ihre nächste Reaktion war. Leider musste ich bis zum späten Nachmittag warten.

16.48 Messenger-Nachricht von Antonia Brandt
Morgen 18 Uhr vorm *Pop,* Dr. Milz?

Kein Smiley, kein Zeichen, wie sie die Tatsache aufgenommen hatte. Ich probierte anzurufen, als ich am Bahnhof auf den Intercity wartete. Das Gespräch ging direkt auf die Voicemail. Ich hinterließ keine Nachricht.

17.39 Messenger-Nachricht an Antonia Brandt
Aber gern doch. Ich lade dich ein, darfst auch was essen. Dr. Schtompfred Milz ;)

Die Tatsache, dass bis am nächsten Tag siebzehn Uhr keine Antwort auf mein verbindliches Angebot kam, nahm ich als nicht sonderlich gutes Zeichen. Ich duschte und machte mich fertig wie für ein erstes Date. Die wenigen Schritte bis zu dem eigenwillig eingerichteten Heidelberger Traditionsrestaurant mit Bar in der Unteren Straße zogen sich endlos lange. Antonia saß bereits an einem der rot-weiß kariert eingedeckten Tische im Außenbereich. Ihr Blick war kalt und leer und mein Herz sank in die Hose.

»Hey!«, grüßte ich sie. Sie stand nicht auf, um mir zur Begrüßung einen Kuss zu geben.

»Hey!« Nur ein kurzes Hochziehen der Mundwinkel. Kein strahlendes Willkommenslächeln.

Ich deutete auf das Weinglas vor ihr. »Was trinkst du?« Ganz ohne Spucke konnte man kaum sprechen, stellte ich fest.

»Einen Primitivo. Kann ich nur empfehlen. Oder möchtest du lieber was, das eher *sophisticated* ist, Doktor Milz?« Der Ton war schneidend und traf mitten ins Herz, das immer noch in der Hose hing.

»Es tut mir so leid, Antonia, dass ich dir nicht die Wahrheit gesagt habe. Ich habe es versucht, ein paar Mal. Neulich auf der Neckarwiese auch. Aber dann warst du auf Fortbildung und dann ich und, und … na ja. Jetzt sitzen wir hier zusammen und du weißt endlich Bescheid.«

Ich bestellte mir bei der Bedienung ebenfalls ein Glas Rotwein und eine Flasche Wasser. Zum Essen waren wir beide zu nervös. Sobald die Kellnerin außer Hörweite war, sah mich Antonia mit einem Ausdruck an, den ich so noch nie bei ihr gesehen hatte.

»Du hast genau eine halbe Stunde, um mir zu erklären, was dieses Schmierentheater während der letzten Wochen sollte. Ich weiß nämlich nicht Bescheid, ich tappe im Dunkeln.«

»Eine halbe Stunde ist reichlich knapp, um alles zu erzählen«, entschuldigte ich mich.

»Dann würde ich gleich anfangen, sonst verlierst du noch mehr Zeit und mehr als die dreißig Minuten gebe ich dir nicht. Ich denke, du hast genug meiner Zeit gestohlen.«

Das waren harte Worte, die nichts Gutes verhießen. Ich nahm der Bedienung dankbar das Glas Primitivo ab und trank einen Schluck, ehe ich meine unbekannten Seiten vor Antonia ausbreitete. Ich schloss mit dem Versuch einer Erklärung, warum ich so irrational gehandelt hatte.

»Von meiner Mutter habe ich dir bereits erzählt. Sie nährte sich wie alle Psychopathen vom Mitleid anderer. So eine Mutter will dich nur besitzen und Macht über dich haben. Sie hat mir nie das Gefühl gegeben, dass sie mich …« An dieser Stelle versagten mir die Worte, meine Mundschleimhäute waren erneut völlig ausgetrocknet. Ich trank Wasser und begann einen neuen

Satz. »Weil eine solche Kindheit prägt und vorsichtig macht, habe ich die Festung um mich herum so dicht gebaut, dass es praktisch unmöglich war, mich wirklich zu kennen. Ich weiß, dass das ein Fehler war.«

»War es allerdings.« Dieser unpersönliche Ton machte mich mutlos, aber ich gab nicht auf und versuchte, ein weiteres Stück der Festung abzutragen.

»Damals, als wir das zweite Mal im *Palmbräu* waren und du Pogo tanzen wolltest, da hatte ich kein Flashback zu dem Unfall. Da lief *Doc Infernal* mit Timos Gesangspart und seinem unverwechselbaren Akkordeonspiel. Ich kann das nicht mehr hören. Keinen einzigen Ton davon. Du hast ja gemerkt, wie ich reagiere, wenn die Dunkelheit über mich kommt.« Ich sah auf die Uhr. Ich hatte fünfundzwanzig Minuten geredet und Antonia hatte nur eine einzige Bemerkung gemacht und gelegentlich an ihrem Glas genippt.

Meine Erklärungsversuche hatten anscheinend nicht funktioniert. Antonia tobte leise, ihre Gesichtszüge von unterdrückter Wut verzerrt: »Damit bist du keinen Deut besser als die Bastians, Luis' und Josts dieser Welt. Du hast heimlich Professor Higgins gespielt. Ah, schauen wir mal, wie sich die kleine Antonia schlägt, und amüsieren uns heimlich darüber. Ha, ha, ha. Wenn es schiefgeht, haben wir ja immer noch Plan B.«

»So habe ich das nie gemeint. Du warst seit wir uns kennen Plan A bis Z für mich.«

»Wie hast du es dann gemeint? Weißt du, was ich am Sex mit dir immer so großartig fand?«

Ich traute mich nicht, den hinkenden Hausmeister zur Sprache zu bringen, und zuckte mit den Schultern.

»Dass du nicht zu den Männern gehörst, die einem den Kopf runterdrücken, sondern abwarten, bis man von allein Lust hat, einen zu blasen.«

»Na ja, mir ist halt bekannt, dass Frauen davon Migräne bekommen.«

Das war lustig, aber offensichtlich die falsche Antwort.

»Scheiß auf Migräne! Ich könnte kotzen, wenn ich daran denke, wie du mir psychisch den Kopf runtergedrückt hast mit deiner blöden Hausmeisternummer.«

»Wie gesagt, ich habe schon einige Ansätze gemacht, aber es kam immer was dazwischen. Mal wolltest du nur Hulabalu hören, mal hattest du Hintergrunddienst und wolltest mir nicht glauben.«

»Bin jetzt etwa ich schuld?« Antonias Stimme überschlug sich, obwohl sie ganz leise sprach.

»Nein, es ist allein meine Schuld. Ich hatte solche Angst, dich zu verlieren. Ich habe so viel verloren in diesem Leben.«

Eine Rosenverkäuferin machte den riesigen Fehler, ihr überflüssiges Produkt an unserem Tisch anzupreisen. »Wollen Sie eine Rose für Ihre Liebste kaufen?«, fragte sie mich. Ich hätte sie ignoriert, aber meine Liebste war auf hundertachtzig.

»Was glaubst du, was wir hier machen? Hä? Sieht das für dich aus wie ein sanftes Liebesgeplänkel unter Turteltäubchen? Ich sage dir mal was, wenn ihr Rosenfuzzis euch nur ein wenig mit Psychologie beschäftigen würdet, würdet ihr doppelt so viel Umsatz machen! Und jetzt verpiss dich!«

Die Blumenverkäuferin entgegnete stilgerecht: »Du dumme Pissnelke!«

Antonia musste immer das letzte Wort haben: »Brunstulpe, dämliche!«

Ich wartete einen Moment ab und versuchte den Faden wiederzufinden: »Es war unglaublich schwierig, den Mut zusammenzunehmen und eine Gelegenheit abzupassen, und immer dann lief mein bisschen Courage ins Leere. Da war die ständige Angst, auch wenn du mir den Betrug verzeihst, dass meine Päckchen zu viel für dich sein werden. Gestörte

Kindheit, Freund an einer Überdosis gestorben, der Unfall, mein Absturz danach. Du hast es damals schon richtig erfasst, ich bin morphinsüchtig und habe depressive Episoden und Stimmungsschwankungen, die mich fast den Verstand kosten. Ich habe trotzdem versucht zu arbeiten und zu funktionieren und bin offensichtlich jämmerlich gescheitert.«

»Dieses Selbstmitleid steht dir nicht, Steffen.«

»Und du machst es so verdammt schwer, dich zu lieben, Antonia. Du hast deine Fragen und Liebeserklärungen immer so getarnt, dass sie stets unverbindlich waren und du jederzeit einen Rückzieher machen konntest. Nur Schönes auf der Neckarwiese, damit wir die verlorenen Seelen erheitern. *Sorry, Schtompfred, war doch nur Spaß – ich habe das nicht gesagt, sondern das Gänseblümchen.* Du wolltest ja nicht mal wissen, ob ich dich liebe, sondern, was das Männerblümchen fühlt. Das ist auch nicht einfach, wenn jemand nur durch die Blume zu einem spricht.«

»Quatsch, du bist der Erste, der etwas gegen blumige Worte hat.«

Ich versuchte, einen lockereren Ton anzuschlagen, in der Hoffnung, endlich ein Lachen aus meinem Gegenüber herauszulocken: »Na ja, das kann ja auch ganz schön heftig werden mit den blumigen Worten. Wie war das eben mit der *Pissnelke* und der *Brunstulpe?*«

Unter ihrem Blick gefror mein armes, gebeuteltes Herz, das sich wieder ein Stück aus der Hose Richtung Brustkorb gewagt hatte. »Du bist auf dem Holzweg, Doktor Milz. Mir ist nicht nach Bagatellgesprächen, damit du wieder als das liebe Kind dastehst. Wie, glaubst du, soll ich dir diesen Betrug jemals verzeihen?«

Ich zog ratlos die Schultern hoch, hob als Übersprunghandlung mein leeres Glas und bedeutete mit zwei Fingern, dass wir beide noch Wein wollten. »Das weiß ich auch nicht. Ich kann es nur so erklären, dass ich seit dem Unfall nie mehr richtig zu mir gefunden habe und neben mir stehe. Dazu kamen die vielen Medikamente. Weißt du, Antonia, Herzchirurgie war mehr als ein Beruf. Es war meine Leidenschaft, eine richtige Obsession. Sie hat stringent mein Leben bestimmt. Ich habe das aus freien Stücken gewählt und bin in der Arbeit völlig aufgegangen. Nach dem Unfall war mein Bein zwar noch dran, aber es fehlte ein Stück von mir, das in meinen Augen unersetzlich war. Eine psychische, irreversible Amputation, unter der ich immer noch leide.«

»Und dann hast du das alles sein lassen? Es hätte doch sicher genug Möglichkeiten gegeben, in dem Feld weiterzuarbeiten, ohne stundenlang am Tisch zu stehen. Forschung zum Beispiel.«

»Ich hatte im Krankenhaus und in der Reha genug Zeit, mir Gedanken darüber zu machen. Ich habe den Unfall letztlich als eine Art Zeichen gesehen, dass ich auf dem falschen Weg war. Dass der Beruf nicht alles sein kann, dass ich ein Privatleben brauche. Eine richtige Partnerin. Dann war da Nena-Kristin, die ideal schien, um genau das umzusetzen.«

»Das hast du alles allein mit dir in deinem Kopf ausgemacht, stimmt's?«

Ich überlegte einen Moment und nickte. »Ja, das habe ich.«

»Hast du Nena-Kristin geliebt?«

»Ich glaube nicht«, musste ich zugeben.

Die leeren Gläser wurden gegen die vollen ausgetauscht. Antonia und ich bedankten uns höflich.

»Siehst du, das ist dein größter Fehler, Steffen. Du bist so unglaublich rational und distanziert und hörst nur auf deinen Kopf. Und genau der ist durch das Morphin stets zugedröhnt. Du hörst nie auf dein Herz. Mit dem beschäftigst du dich ja auch nur professionell. Beziehungsweise du tust es nicht mehr.

Du hast es ja jetzt mit den Händen. Also ist das Herz ganz auf der Strecke geblieben, wenn wir im Bild bleiben wollen.«

»Vielleicht liegt es daran, dass ich im Laufe der Jahre gelernt habe, dass Herzen nicht brechen, sondern einen blinden Fleck bekommen und man von Enttäuschung zu Enttäuschung schlechter damit sieht.«

»Ist das so?«, fragte Antonia mit zynischem Unterton und tippte mit dem Zeigefinger hart auf meine Brust. »Dann gebe ich dir jetzt eine Aufgabe, die man als Herzspezialist auch im Sitzen oder Liegen erledigen kann. Sieh zu, dass der blinde Fleck auf deinem Herzen verschwindet, ehe er ganz von dem Organ Besitz nimmt und du damit überhaupt nichts mehr siehst.«

Sie packte ihre Handtasche, stand auf und lief mit fliegendem Haar die Untere Straße Richtung Heiliggeistkirche davon. Ich war wie gelähmt und nicht in der Lage aufzustehen und nur einen Schritt zu tun. Ich trank mein Glas aus und Antonias unberührtes ebenfalls. Danach orderte ich so lange Grappa, bis die Stadt sich um mich zu drehen schien. Schließlich rief ich meinen persönlichen Taxifahrer an.

»Was du wolle?«, meldete er sich.

»Ibrahim, ich sitze vorm *Pop* und will nach Hause.«

»Du bist Baumstammkunde, aber trotzdem darf isch net in Untere Straße rein, *arkadaşım*.«

»Es ist ein Notfall. Ich kann nicht mehr laufen. Ich brauche deine Hilfe, mein Freund.«

Als er zehn Minuten später mit seinem betagten Diesel vor mir stand, half er mir aufstehen, bugsierte mich und meine Krücke in den Wagen und schob mich kurz darauf mit Salvatores Hilfe die Treppe hoch. »Hat disch Glück mit Fraue verlasse?«, wollte er wissen, als er mich auf der Bettkante absetzte. Der Wirt musste gleich zurück, weil der Laden brechend voll war und er mal wieder keinen Helfer hatte.

Ich schüttelte den Kopf. »Ich hatte nie Glück. Weder mit den Frauen noch mit sonst irgendwas. Ich habe immer mühsam um alles kämpfen müssen und dann hat das Pech zugeschlagen und es mir genommen.«

»Nee, nee, nee. Kann net sein. Du hasch nur nie rischdisch geschaut, dann hättest Glück gesehen. Jeder hat Glück mal.« Ibrahim hatte mir die Schuhe ausgezogen und die Bettdecke aufgeschlagen.

»Wahrscheinlich liegt das daran, dass mein Herz einen besonders großen blinden Fleck hat«, schloss ich. Antonia hatte recht.

Vom Heumarkt drang das übliche abendliche Stimmengewirr wie durch Watte gefiltert an mein Ohr. Wann hatte ich angefangen, dieses Zimmer mit dem großen Wasserfleck an der rissigen Stuckdecke zu lieben? Und wann würde es mir genommen werden? Ich fiel wie ein gefällter Baum seitlich ins Bett und schlief bis zum nächsten Morgen durch.

BEIM AUFWACHEN FAND ich zwei Nachrichten von Antonia auf meinem Smartphone.

00.15 Nachricht von Antonia Brandt
Ourself behind ourself, concealed –
Should startle most.
Assassin hid in our apartment
Be horror's least.
Emily Dickinson.

00.16 Nachricht von Antonia Brandt
Schick morgen deinen türkischen Taxifreund
mit meinem Cello vorbei. Ich bin den ganzen Tag da.

TEIL 3

Herz|still|stand

Substantiv, maskulin [der]

Aufhören der Herztätigkeit

*Oh if time is a healer and all **hearts** that break. Then all hearts that break are put back together again 'cause love heals the wound it makes.*
Time Is a Healer/Eva Cassidy

72

Antonia und die verletzte Notärztin

*What becomes of the broken-**hearted**, who had love that's now departed?*
What Becomes of the Broken Hearted?/Jimmy Ruffin

ICH TAT DAS, was ich immer tat, wenn ich nicht nachdenken wollte: Ich putzte und hörte dabei Musik – so laut, dass die Luft vibrierte. Rücksicht auf meine Nachbarn musste ich nicht nehmen. Die Evolution-Twins waren vor einer halben Stunde mit Pius zum Stammtisch gegangen, vor sechzehn Uhr war im Normalfall nicht mit ihrer Rückkehr zu rechnen. Mama Riemann war so gut wie taub. Heute liefen keine Klassik, sondern alternative Songwriter. Freya Ridings sang sich ihren Schmerz über den Verlust ihres Geliebten mit heiserer Stimme von der Seele.

Der Gesang und das sparsame Klavierspiel von *Lost Without You* wurde von einem harten E-Gitarrenriff und Schlagzeug unterbrochen. Billy Idols *Rebel Yell* war der Klingelton für meine engsten Freunde und Familie. Liese rief an. »Hey, Toni. Was machst du gerade?«

»Nichts Gescheites. Ich bin am Küche putzen. Habe gerade den Toaster ausgeschüttet und schäme mich dafür. Mein Toaster ist die Favela unter den Küchengeräten.«

Der Gag war anscheinend nicht gut. Liese lachte nicht.

»Du, ich störe ja ungern. Aber könntest du mich mit dem Auto in der Chirurgie abholen und nach Hause bringen? Ich bin Notarzt gefahren und hatte einen kleinen Zusammenstoß mit einer durchgeknallten Patientin und bin ziemlich übel gehandicapt.« Jetzt lachte sie, aber alles andere als herzhaft. Ich begann mir Sorgen zu machen. »Die Kollegen würden mich auch bringen, aber ich brauche unbedingt ein vertrautes Gesicht und jemanden, der mir seine Hände leiht. Meine Situation ist gerade etwas kompliziert.«

»Klar. Ich bin in zehn Minuten da.«

LIESE SASS IN der Notarztuniform zusammengekauert im Eingangsbereich der chirurgischen Klinik und hatte beide Zeigefinger und Daumen bandagiert. Sie grinste verlegen, als sie mich kommen sah, und meinte: »Ich bin dann wohl außer Gefecht.«

»Was ist passiert?«

»Eine völlig zugedröhnte, aggressive, gestörte Tussi mit Kampfsporterfahrung ist passiert.« Dann schossen ihr die Tränen in die Augen und ich brachte sie erst mal ins Auto.

»Bist du dir sicher, dass du nach Hause willst? Du kannst doch überhaupt nichts allein machen. Komm zu mir, bis es dir wieder besser geht.«

Die sonst so toughe Ärztin schluchzte jetzt ungehemmt. »Ich will nach Hause. Kannst du mir helfen, mich umziehen, Koffer packen und mich in den richtigen Zug setzen?«

»Du meinst nach Hause ins Schloss?« Die Reichsritter von Rothenstein bewohnten in der Nähe von Ravensburg ein stattliches Schlösschen mit viel Land und einem großen See. Ich hatte

Fotos gesehen und erfahren, dass man von niederem *Briefadel* war und so ein Anwesen ein Heidengeld an Unterhalt kostete. In anderen Worten: Lieses Eltern waren Bauern mit einem riesigen Haus, die ums Überleben kämpfen mussten. »Was ist mit Linda?«

»Die ist mit ihrem Vater auf Gran Canaria, Urlaub machen. Ich muss raus aus dieser Stadt.«

»Liese, weißt du was, ich habe ein paar Tage frei, ich fahr dich.«

»Das kann ich nicht verlangen.« Sie zog die Nase laut hoch. »Ich kann mir nicht mal mehr die Nase putzen.«

»Das verlangst du auch nicht, ich biete es freiwillig an. Vielleicht habt ihr in eurem bescheidenen Eigenheim ja ein Bett, in dem ich ein paar Nächte verbringen kann. Ich würde auch helfen, dir die Nase zu putzen.« Ich holte eine Packung Taschentücher aus dem Handschuhfach und hielt ihr eines wie einem Kleinkind unter die Nase. »Schön blasen, Schnecke.«

»Dass eine Frau so was mal ungestraft zu mir sagen würde.« Sie lachte unter Tränen.

»Na, siehst du, man muss immer das Positive sehen.«

73

Antonia und die unterhaltsame Autobahnfahrt

*You've got a **heart** as loud as lions so why let your voice be tamed?*
Read All About It/Emeli Sandé

VIER STUNDEN SPÄTER standen wir im Stau auf der A6 bei Heilbronn. Liese hatte unser Kommen bei ihrer Mutter angekündigt, die pragmatisch meinte: »Wie schön, dann könnt ihr bei der Mirabellenernte helfen. Papa macht Maische und ich Marmelade.«

»Bei Durchlauchts geht es noch sehr traditionell zu. Der Mann macht den Schnaps, die Frau das Kompott. Ich liebe Familienidylle. Hast du keinen Verwandten, der eine Frau sucht?«

Sie überlegte einen Moment. Der Verkehr floss endlich wieder und ich gab meinem Renault Clio die Sporen.

»Doch, tatsächlich. Thomas wäre was für dich. Das ist der älteste Sohn meiner Tante Michaela. Allerdings ist er nicht adelig. Dafür vermögend, kinderlos und sieht einfach geil aus. Ich war als Kind in ihn verliebt und wollte ihn unbedingt heiraten.

Den wirst du sowieso kennenlernen, weil er Anwalt ist und ich jemanden brauche, der meine Schmerzensgeldforderungen durchsetzt.« Sie hob ihre malträtierten Hände hoch.

»Und warum ist der unverheiratet? Schwul? Arsch? Kompliziert? Verhaltensauffällig? Narzisst? Fußschweiß?«

»Weiß nicht genau. Eine Freundin von mir hatte mal was mit ihm. Sie meinte, es wäre etwas Sexuelles, was sie stört. Sie hat es aber nie definiert.«

»Apropos gestörte Typen: Steffen schreibt mir fast täglich eine Mail.«

»Was steht drin?«

»Keine Ahnung, ich lese sie nicht, ich lösche sie gleich.«

»Das würde ich nicht aushalten, eine Mail ungelesen zu löschen.«

»Warum soll ich sie lesen? Ist doch wahrscheinlich eh alles gelogen.«

»Meinst du nicht, dass er aus seinem Fehler gelernt hat?«

»Und wenn schon, ich kann ihm das nicht verzeihen.«

»Kannst du nicht oder willst du nicht?«

»Gute Frage. Habe ich noch nicht darüber nachgedacht. Ist am Ende auch gleich.«

»Wenn du ihn nicht möchtest, kann ich ihn dann haben? Ich fand ihn schon immer attraktiv. Dieses geheimnisvolle Lächeln hat was. Außerdem ist er so schön groß und hat eine breite Brust zum Anlehnen. Und jetzt, wo man weiß, dass man sich mit ihm sehen lassen kann ... Ich meine, ich bin Ende dreißig, habe eine Tochter, die man selbst geboren haben muss, um sie zu lieben. Der hat sich so rührend um das Kind von dieser tussigen Schauspielerin gekümmert. Das zeugt von sozialer Kompetenz und ich kann es mir nicht mehr erlauben, wählerisch zu sein. Wer weiß, ob ich jemals wieder selbst Gurkengläser öffnen kann. Da käme ein Mann mit zupackenden Händen schon gelegen.«

Ich erinnerte mich: »Steffen hat die schönsten Hände, die ich bei einem Mann jemals gesehen habe. Ganz lange, schlanke Finger. Ich habe mich immer gefragt, warum die so weich sind. Eigentlich hätte er als Handwerker Schwielen und Kratzer haben müssen. Du kannst ja nicht anders, als ihm ständig auf die Hände zu starren. Der benutzt jeden Fetzen Papier, den er zu fassen bekommt, um diese Ketten zu basteln. Und geschickt waren sie auch, diese Finger. Seufz!«

»Weißt du eigentlich, wie oft du von Steffen sprichst? Dafür, dass ihr euch nur wenige Monate gekannt habt und er dir am Arsch vorbeigeht, mindestens fünf Mal zu viel an einem Tag.«

Ich wollte nicht auf das Thema eingehen. »Er wäre bestimmt ein guter Stiefvater für Linda. Ich schick dir später den Kontakt. Schreib du ihm. Aber lass mich aus dem Spiel.«

»Ach, Linda, mein Sorgenkind. Aus einem aufmüpfigen Mädchen wurde ein verhaltensorigineller Teenager. Ich warte immer noch auf das Schreiben der Klinik, in dem sie mir mitteilen, dass es ihnen leidtäte, aber sie hätten nach der Geburt mein richtiges Baby mit dem der Kassiererin bei Netto im Nachbarkreißsaal verwechselt. Ich solle am Sonntag vorbeikommen, damit rückgetauscht werden kann. Ich bekäme auch das ganze Geld zurück, das ich in Bildung und Kleidung des Kuckuckskinds investiert habe. Viel gegessen hat sie ja nie.« Aus Lieses Brust drang ein tiefes Seufzen.

Ich fasste mit einer Hand rüber und drückte ihren Arm. »So schlimm kann es doch nicht sein.«

»Doch, ist es, Schnecke. Ich habe die ganze Schwangerschaft über dafür gebetet, dass an der Kleinen alle Extremitäten dran sind, dass die Ohren nicht abstehen, dass der Rücken nicht offen ist, dass sie keine Hasenscharte hat oder nur ein Auge. Ich war so dreist und habe um gerade Beine und ein kleines Näschen gebeten. In meiner Familie grassieren O-Beine mütterlicherseits und Riesenzinken väterlicherseits. Ich wollte kein Schreibbaby und keines mit einer Glatze. Ich habe Kerzen gegen Down-, Rett-, Angelman- und Prader-Willi-Syndrom angezündet. Ich habe dem lieben Gott bei Androhung meines Kirchenaustritts verboten, mein Kind mit Autismus oder einer Muskeldystrophie zu strafen, nur weil das Kindlein in Sünde gezeugt worden ist. Ich hätte lieber darum bitten sollen, dass es ein funktionierendes Hirn hat.« Liese seufzte erneut und wir fuhren ein paar Kilometer schweigend, bis der nächste Stau kam.

Ich versuchte, das Thema zu wechseln: »Apropos verhaltensoriginell: Bastian hat mich neulich auch angesprochen. Er würde mich wieder zurücknehmen. Er meinte, man kann mir nicht lange böse sein.«

»Was hat er? Spinnt der Arsch komplett? Was heißt hier, man kann dir nicht lange böse sein? Was hast du ihm denn überhaupt getan? Gib mir dein Handy! Ich ruf den an und sage ihm meine Meinung.«

»Lass gut sein, Liese! Du hast genug eigene Probleme.«

Wie auf Bestellung klingelte ihr Handy. Sie hatte es auf dem Schoß liegen und tippte ungeschickt mit dem bandagierten Daumen die Sperrziffern ein. »Ich liebe mein Kind! Ich liebe mein Kind!«, murmelte sie dabei vor sich hin.

»Mama!«, quäkte es aus dem Lautsprecher. »Papa kauft mir keine Karte für ein Datenvolumen. Ich kann nur in der Hotellobby schreiben und telefonieren. Mama!«

»*Booh*, du weißt doch, dass ich mich nicht einmische, wenn du mit deinem Vater unterwegs bist. Klärt das bitte miteinander.«

»Mama, ihr seid so scheiße. Beide! Wenn ich achtzehn bin, rede ich kein Wort mehr mit euch. Ich schwöre! Mama!«

»Ist das ein Versprechen?«, mischte ich mich ein.

»Mama, wer war das?«

»Ich fahr mit Antonia gerade zu Oma und Opa. Ich telefoniere über Lautsprecher.«

»Hä? Mir doch egal. Warum kommt die überhaupt mit?«

»Weil ich ungern allein Auto fahre. *Ich sehe was, was du nicht siehst* macht ohne Beifahrer keinen Spaß.«

»Mama, ich geh jetzt in den Laden und hol mir so eine Karte von meinem Taschengeld. Mir egal, wenn ihr sauer seid. Ich muss für meine Freunde erreichbar sein.« Das Kind legte grußlos auf.

Liese schwieg einen Moment, schniefte und beobachtete mich dann lange. »Bei meinen Eltern gibt's übrigens eine eiserne Regel. Keine Handys in Gemeinschaftsräumen. Du kannst telefonieren und texten bis zum Akkugau, aber nur auf deinem Zimmer.«

»Menno, Mama!«

»Du musst irgendwo halten, Toni. Ich brauche jemand, der mir die Nase putzt.«

Ich warf einen Blick zur Seite. Es sah danach aus, als brauche meine Freundin momentan wesentlich mehr Hilfe als ein Taschentuch, in das sie reinschnäuzen konnte.

74

Steffen und die kleine Schwester

*No more tears, my **heart** is dry. I don't laugh and I don't cry.*
Reckoning Song/Asaf Avidan

ALS ICH DIE Wohnungstür öffnete, kam mir ein vertrauter Geruch entgegen. An der Garderobe hing die Jeansjacke mit den aufgenähten Stickern all der Länder und Orte, an denen die Besitzerin der Jacke bereits gewesen war. Meine kleine Schwester, die ich mit großgezogen, die ich im Arm gehalten, die ich gefüttert, getröstet und deren Windeln ich gewechselt hatte, war zweifellos das Liebste, was es für mich gab. Sie war vom ersten Tag meine richtige kleine Schwester, während ich meinen Pflegeeltern gegenüber nie mehr als Dankbarkeit dafür entgegenbringen konnte, dass sie mich aufgenommen hatten.

Annika war mit Trisomie 21 und einem Herzfehler geboren worden und kompensierte ihre Defizite mit viel Empathie und Humor. Sie lebte nach wie vor bei Hans und Gisela und half im Taxibetrieb mit. Ihr Hobby waren Reisen, die sie mit ihrer Mutter zusammen regelmäßig unternahm. Ihre bunten Postkarten waren willkommene lebensfrohe Grüße aus der weiten Welt an einen Bruder, der nur noch Klinik und OP kannte.

Ehe ich meine Lederjacke aufhängen konnte, kam Nathalié aus der Küche gerannt.

»Steffen! Stell dir vor, wir haben Besuch! Rate mal wer?«

Ich wusste die Antwort zwar, wollte aber kein Spielverderber sein. »Prinz Harry und Meghan?«

»Nein. Ganz kalt. Nur eine Frau ohne Mann. Du darfst noch zweimal.«

Ich hatte seit ein paar Tagen Halsschmerzen und einen trockenen Reizhusten und krächzte: »Die Fünf Freunde?«

»*Eine* Frau, kein Mann!«

»Lukas Rieger?«

»Orr, Steffen, du hörst nicht zu. Eine *Frau!* Ich sag es dir. Deine Schwester Annika ist gekommen und sie bleibt ein paar Tage. Ich habe ihr schon mein Zimmer hergerichtet. Ich bleibe so lange in Mutters.«

Am Küchentisch saß Annika und trank Tee aus der Klopfer-Tasse. Ich freute mich das erste Mal seit Wochen darüber, ein Gesicht zu sehen. Annika war meine Familie.

»Wir kochen zusammen Abendessen. Annika hat mich zum Einkaufen mitgenommen. Es gibt selbst gemachte Maultaschen und Soße und wir haben sogar Eis besorgt«, verkündete Nathalié.

Ich drückte meine kleine Schwester, die mir wirklich nur bis zur Brust ging.

Nachdem Nathalié ins Bett gegangen war, saßen wir noch bei einer Tasse Tee mit Honig am Küchentisch. Wir hatten uns im Januar das letzte Mal gesehen und nur selten telefoniert. Meine Schwester redete nicht viel und schon gar nicht am Telefon. Annika war zehn Jahre jünger als ich und schon immer ein Bündel an Lebensfreude gewesen. Ihre Physiognomie ließ zwar überhaupt keinen Zweifel daran, dass sie das Down-Syndrom hatte, aber sie war weder körperlich noch geistig allzu stark eingeschränkt. Der Spruch ihrer Mutter war: »Annika denkt etwas langsamer, lacht dafür aber umso lauter.« Meine Schwester brauchte mehr Anläufe als andere Menschen, um etwas zu verstehen, und musste Handgriffe öfter einüben, aber dann hatte sie es meist genauso gut drauf wie jeder andere.

Annika kam gleich zum Thema: »Was soll dieser Schwachsinn, Steff? Du bist kein Hausmeister. Du bist Arzt! Warum erzählst du nicht die Wahrheit? Hast du ein Bein verloren? Oder hast du den Verstand verloren?« Menschen mit Down-Syndrom tendierten dazu, einem unverhohlen die Meinung zu sagen.

»Das hat schon seine Gründe. Xandra ist auf der Suche nach einem Mann, der ihr Leben finanziert, und als Hausmeister falle ich aus dem Beuteschema raus und habe meine Ruhe.«

»Du bist ein guter Arzt. Aber du bist ein so dummer Mann. Immer bist du misstrauisch. Immer schon. Zu mir. Mama. Papa und allen.« Annika steigerte sich langsam in ihren Ärger über mich hinein. Wie immer, wenn sie aufgeregt war, bekam sie beim Sprechen kleine Bläschen in den Mundwinkeln. Ihre blasse, sehr dünne Haut, bei der man jedes größere Blutgefäß deutlich erkennen konnte, lief zartrosa an.

Der süße, warme Ingwertee tat meinem rauen Hals gut. »Kann ja nicht jeder das Glück haben, dank einer Genmutation mit einer überdurchschnittlichen sozialen Kompetenz gesegnet zu sein, Annika.«

»Heul doch nicht und sag nicht so Sätze, die ich nicht verstehe. Bei mir wissen alle, was los ist. Die sehen mein Gesicht und wissen Bescheid. Die ist anders wie wir. Dann hören die, wie ich spreche. Die denken dann, ich bin behindert. Dann behandeln die mich auch so. Du hinkst nur. Du wolltest immer Chirurg werden. Du bist auch einer. Jetzt halt ein anderer.«

»Weißt du eigentlich, warum ich mich ausgerechnet für die Herzchirurgie entschieden habe?«

»Nein!« Das klang wie das wütende Schnauben eines Stieres. Die Emotionen lagen bei Annika ganz dicht unter der Oberfläche.

»Wegen dir. Deine Mutter hat dich damals nach deiner Geburt aus der Klinik gebracht und mir erzählt, wie krank du bist und dass du einen angeborenen Herzfehler hast. Ich bin zu jeder Untersuchung in der Kinderkardiologie mitgegangen. Ich habe mitbekommen, wie sehr die Ärzte und Schwestern sich um dich gesorgt haben. Den Begriff atrio-ventrikulärer Septumdefekt konnte ich im Schlaf buchstabieren. Ich wollte nichts lieber, als später selbst in einem Krankenhaus arbeiten und Menschen helfen, damit ihr Herz wieder funktioniert. Ich habe bei jedem Besuch nach deiner OP jedes Detail und jeden Satz, den ein Arzt gesagt hat, aufgesaugt und gespeichert. Mir fiel das Lernen in der Schule nicht leicht, aber ich wusste, ich muss ein anständiges Abitur hinlegen, um Medizin studieren und später selbst Herzchirurg werden zu können.«

»Warum warst du dann DJ?«

»Irgendwie musste ich mir ja mein Studium finanzieren, und das war leicht verdientes Geld. Dass Timo und ich zufällig auch noch einen Hit hinbekommen würden, konnte doch keiner ahnen. Ich hatte plötzlich mehr Geld, als ich mir je erträumt habe. Trotzdem hatte ich mein Ziel nicht aus den Augen verloren. Ich war ja schon eingeschrieben und wollte den Studienplatz auf keinen Fall verlieren. Schließlich hat mir Timos unerwarteter Tod die Entscheidung abgenommen. Dieser Lebensabschnitt war von heute auf morgen vorbei. Und ich hatte genug auf die Seite legen können.« Die Zahlungen der GEMA gingen auch Jahre nach dem Ende meiner Karriere regelmäßig ein.

»Warum hast du keine Frau? Ich will so gern Tante sein.«

»Warum hast du keinen Mann? Ich will so gern Onkel sein.«

»Du bist albern. Ich bin doch nicht hübsch. Männer wollen hübsche Frauen. Aber du bist hübsch und klug. Warum findest du keine Frau?« Annikas dünnes Haar klebte verschwitzt an der Stirn. Wie oft hatte ich es ihr früher aus dem Gesicht gestrichen?

Die Antwort behielt ich für mich. Ich mochte keine eigenen Kinder. Deshalb war die Auswahl an passenden Frauen eher gering. Alle Frauen in meiner Altersklasse wollen unbedingt Kinder. »Du *bist* hübsch, Annika.« Ich legte meine Hand an ihre Wange und streichelte sie, wie ich das seit ihrer Geburt getan habe, wenn sie traurig oder aufgeregt war. Ich hielt ihr Gesicht stets so lange in meinen Händen und redete ihr gut zu, bis ihr Blick wieder zuversichtlich wurde und sie lächelte. Meine kleine Schwester glücklich zu sehen, machte mich letztlich auch beinahe glücklich.

Jetzt kicherte sie und lief rosarot an. »Aber Kinder sind doch toll. Ich hätte so gern mindestens fünf.«

»Aber Eltern sind nicht immer toll und die Welt ist nicht so toll. Wir verbrauchen seit Jahrzehnten die Ressourcen, die eigentlich für unsere Kinder und Enkel benötigt werden. In den Meeren gibt's bald mehr Plastikmüll als Fische. Wir halten Milliarden Tiere unter erbärmlichen Umständen, nur damit wir Fleisch und Milchprodukte auf dem Teller haben. Ich kann nicht verantworten, noch ein Kind in diese übervölkerte Welt zu setzen. Außerdem ist mir die Verantwortung für mich selbst mehr als genug. Ich komme ganz gut allein zurecht.«

»Du bist nicht allein. Du hast mich. Du warst immer mein großer Bruder. Du hast immer auf mich aufgepasst. Jetzt bist du aber mein kleiner Bruder. Weil du einen Unfall hattest, bist du nicht mehr stark. Jetzt muss ich halt auf dich aufpassen. Wir sind doch eine Familie.« Annika nahm mich in den Arm und drückte mich und ich ließ meinen Tränen freien Lauf.

Sie nahm mein Gesicht in ihre verschwitzten Hände, wie sie das von mir gelernt hatte, und meinte: »Nicht weinen. Ich bin eine tolle große Schwester! Du wirst staunen, Steffl!«

75

Antonia und das bäuerliche Schloss

*Mir wurde schon so oft versprochen, die Liebe steht für dich bereit, mein **Herz** schon so viel gebrochen.*
Die Einzige/Alina

DEN OFFIZIELLEN SCHLOSSEINGANG mit dem schweren, zweiflügeligen Portal benutzte niemand. Der war wohl dafür reserviert, wenn die Queen oder sonstiger Hochadel seinen Besuch angesagt hatte. Alle benutzten den Seiteneingang, der direkt in die riesige Küche führte. Der antike Refektoriumstisch aus dunkler, glatt polierter Eiche bildete das Herz des Hauses. Hier wurde gekocht, gegessen, gelacht und geweint. Genau hier hätte ich gern den Rest meines Lebens verbracht, solange ich Freunde und Familie hatte, die mich regelmäßig besuchten oder die, noch besser, auch hier zu Hause waren.

Ich war sehr früh aufgestanden und ein paar Runden durch den Park gelaufen. Als ich zurückkam, stand Lieses Vater in kurzer Hose und kariertem Hemd am Herd und machte Frühstück. Ulf von Rothenstein war ein sehr gepflegter, schlanker Mann Ende fünfzig mit kurz geschorener Halbglatze. Seine Nase war tatsächlich erstaunlich groß, was aber seiner Attraktivität keinen Abbruch tat. Er hatte die gleichen blauen Augen wie seine Tochter. In seinem gebräunten Gesicht, dem man ansah, dass er viel im Freien war, kamen sie wesentlich besser zur Geltung als in Lieses blassem Klinikärztegesicht.

»Guten Morgen«, grüßte er mich. »Meine Frau und meine Tochter schlafen noch. Möchtest du auch Eier? Ich kann Rühr- und Spiegelei jeweils mit oder ohne Speck.«

»Ja, gern. Dann Rührei, aber ohne Speck, bitte.«

»Wird gemacht. Kaffee ist drüben in der Maschine. Tassen hängen am Bord.«

Ich schenkte mir einen Becher ein, nahm mir von der frischen Bauernmilch, auf der Rahm schwamm, und setzte mich. Ulf stellte mir wenig später einen Teller mit einer Scheibe frischem Roggenbrot und Rührei, in das er Petersilie geschnippelt hatte, hin und aß mit mir gemeinsam. Ich stellte fest, ich musste meine Mahlzeiten viel zu oft allein einnehmen. Ich unterhielt mich mit dem adeligen Bauern, der eher aussah wie ein Topmanager auf Urlaub, über die reiche Mirabellenernte dieses Jahres und darüber, wie man Schnaps herstellte.

»Wir haben gestern abgeerntet und heute geht's dran, die Maische anzusetzen.« Die Ritter von Rothenstein waren Schnapsbrenner in der millionsten Generation und verdienten damit ihren Lebensunterhalt.

Auf einer Seite der Küche standen große Weidenkörbe voller sattgelber Mirabellen mit roten Bäckchen. Wenn eine Sorte Obst die Sonnenstrahlen einfing, dann diese. Der süße Duft der reifen Früchte lag wie ein leichtes Parfüm in der Luft.

Ulf deutete mit einer Kante Brot, auf die er dick Butter gestrichen hatte, hinüber: »Das wird Marmelade. Darum kümmert sich Christiane, die Marmeladen und Chutneys sind unser zweites Standbein.«

Die Einmachgläser und Packungen Gelierzucker waren auf dem Küchenschrank schon hergerichtet.

Ulf verabschiedete sich. »Die Arbeit ruft!«

Ich ging duschen und mich umziehen. Als ich aus dem Bad wieder in die Küche kam, saß Liese am Tisch und hielt eine Gabel ungeschickt in der verbundenen Faust. Ihre Mutter hatte ihr kleine Reiter geschnitten, die sie jetzt aufpickte.

»Hey, guten Morgen, Schlafmütze!«, grüßte sie mich.

»Guten Morgen, Antonia.« Christiane von Rothenstein saß an der Stirnseite, diverse Schüsseln und Körbe um sich herum gruppiert. Sie entsteinte Mirabellen und steckte gelegentlich eine halbe in den Mund. Wie im Märchen: *Die guten ins Töpfchen, die schlechten ins Kröpfchen!*

»Von wegen Schlafmütze, ich war schon laufen. Kann ich helfen?«, bot ich leichtsinnigerweise an und war den Rest des Tages damit beschäftigt, Obst zu entsteinen, in Gelierzucker einzulegen, aufzukochen und in Gläser zu füllen, während Liese sich einen Platz im Park suchte. Ich musste ihr die *In-Ear-Plugs* einsetzen, damit sie Hörbücher hören konnte.

Christiane erzählte von ihrer Familie und der Großmutter, die damit angefangen hatte, Marmelade zu kochen und die Marke *Schloss Rothenstein Confitüren* gegründet hatte. »Oma Jolanthe war schon eine. Sie ist ein Jahr vor ihrem Tod das erste Mal zu ihrem Bruder in die USA geflogen. Die beiden hatten sich sechzig Jahre nicht mehr gesehen. Ich habe mich angeboten, sie zu begleiten, weil sie nicht allein fliegen wollte. Diese Frau, die nie weiter als bis Ravensburg gekommen war, am Flughafen in Stuttgart zu sehen, war schon ein Erlebnis. Sie hatte für ihren Bruder von unserer Marmelade im Handgepäck, was natürlich reklamiert wurde. ›Sie dürfen keine Flüssigkeiten mitnehmen‹, mahnte sie der sehr junge Security-Mensch. Jolanthe antwortete voller Entrüstung: »Jetzt hören Sie aber mal auf, junger Mann, meine Marmelade ist nicht flüssig! Ich verstehe was von dem Geschäft!‹«

76

Antonia und die visualisierten Träume

*Blue moon you saw me standing alone, without a dream in my **heart**, without a love of my own.*
Blue Moon/Ella Fitzgerald

LIESE UND ICH SAHEN uns erst wieder zum Abendessen, an dem alle Erntehelfer teilnahmen. Es gab deftigen Eintopf mit Kartoffeln, Karotten, frischen grünen Bohnen und Speck und ich fühlte mich wie im Märchen. War *das* das Geheimnis eines glücklichen Lebens? Zusammen zu arbeiten und zusammen zu essen? Immer einen Tisch voller Menschen zu haben, mit denen man reden und lachen kann? Wenn ja, warum hatte es bei Liese nicht funktioniert?

Nach dem Essen schlenderten Liese und ich durch den Schlosspark hinunter zum See. Wir gingen auf den Steg hinaus, setzten uns und ließen die Füße baumeln. Eine Entenfamilie hatte uns schon von Weitem kommen sehen und schwamm mit Heckantrieb schnatternd auf uns zu. Ich packte das mitgebrachte trockene Brot aus der Tüte und begann die aufgeregten

Vögel zu füttern. Ab und zu schnappte ein unsichtbares Maul nach einem Stück.

»Was sind das für Fische?«

»Karpfen, Forellen, Rotfedern und Schleien. Vati angelt die regelmäßig. Hechte gibt es auch, aber die fressen kein Brot, sondern andere Fische.«

»Enten und Fische füttern, hat was Kontemplatives. Ich habe das noch nie gemacht.«

»Du hast dir ja auch etwas Erholung verdient, nach der ganzen Schufterei heute. Ich hoffe, Mamsi hat dich nicht allzu sehr eingespannt.«

»Doch hat sie, aber es hat großen Spaß gemacht. Ich weiß auch nicht warum, aber jedes volle Glas, das ich zugeschraubt habe, war ein Highlight für mich. Ich hätte nie geglaubt, dass einen so einfache Tätigkeiten so zufrieden machen können. Hätte man mir das vorher gesagt, hätte ich mir das ganze Studium sparen können.«

»Ach, Schnecke. Ich glaube, wir sind in vertauschten Haushalten groß geworden. Ich hätte alles dafür gegeben, schon als Kind durch die Welt geschleppt zu werden, und dir hätte unsere Küche gereicht.« Liese saß neben mir, die Augen geschlossen, das sommersprossenübersäte Gesicht von der untergehenden Sonne beschienen, und zog die Nase hoch.

»Musst du dich schnäuzen?«

Sie schüttelte den Kopf.

»Was machen die Schmerzen?«

»Geht so. Ich habe vorhin noch eine Voltaren eingeworfen.«

Wir schwiegen eine Weile. Am Ufer stand ein Graureiher im Schilf und starrte regungslos auf die Wasseroberfläche.

»Warum hast du diese Idylle gegen eine Etagenwohnung in einem Hinterhaus in der Weststadt aufgegeben?«

»Weil ich nach einer Jugend in diesem verschlafenen Nest in die Stadt wollte. Ich wollte Ärztin werden und in die Welt hinaus ziehen. Weg von diesem einsamen Steg, auf dem man nur der eigenen Familie begegnet, und Menschen kennenlernen. Ich habe die Studienzeit in Heidelberg in vollen Zügen genossen. Wenn ich hier aus dem Haus gehe, kennt mich jeder. Wenn ich einmal über die Stränge geschlagen habe, wussten es meine Eltern, ehe ich durch die Haustür war. Ich genieße die Anonymität in der Stadt.«

Ich lachte. »Na ja, so unbekannt bist du in Heidelberg auch wieder nicht. Ich darf an meinen vorletzten Geburtstag erinnern, den ich in einer Kneipe feiern wollte und es sich als extrem schwierig herausstellte, eine zu finden, in der du kein Hausverbot hast.«

»Das waren eben wilde Zeiten und die hängen mir nach.« Sie überlegte einen Moment. »Aber immer, wenn es mir nicht gut geht, zieht es mich hierher. Hier bin ich sicher. Hier tut mir niemand was. Hier kenne ich jedes Gesicht und wenn ich es nicht kenne, kennt es jemand, den ich kenne.«

Ich antwortete: »Ich habe nichts, was ich mit dem Begriff Heimat verbinde und wohin ich mich verkriechen könnte, wenn es mir schlecht geht. Ich habe die Welt gesehen und bis zu meinem Studium gelebt wie ein Zigeuner. Wir sind so oft umgezogen. Die Häuser waren toll, aber nie unsere eigenen. Jetzt wohnen meine Eltern in einer betreuten Wohnanlage im Taunus. Die haben zwar ein Zimmer für Übernachtungsgäste, aber du magst da nicht wirklich sein, zwischen all den alten Leuten in dieser sterilen, aufgeräumten Umgebung. Die haben ein parkähnliches Grundstück, alles barrierefrei, dafür ohne einen einzigen Baum oder Busch – Wüste nennt man so was. Du bist in einem Paradies aufgewachsen, Liese.«

»Je älter ich werde, umso mehr erkenne ich das auch. Aber ich möchte nicht mehr zurück. Ich liebe meinen Job viel zu sehr. Vielleicht wäre aus Linda kein *Brat out of Hell* geworden, wäre sie hier aufgewachsen. Was meinst du, Toni? Mark Twain hat mal gesagt, dass er mit vierzehn geglaubt hat, sein Vater sei unglaublich dumm. Mit einundzwanzig hat er sich dann gewundert, wie viel der alte Mann in den sieben Jahren dazugelernt hat. Du wirst sehen, in vier Jahren wird mich mein Kind auch lieben und bewundern. Momentan findet sie mich nur peinlich. Vor allen Dingen meinen Kleidungsstil.«

Liese trug nie Hosen, dafür immer mehrere Schichten Kleider mit viel Spitze und Strickanteil übereinander. Sie kaufte ihre Vintagemode aus vergangenen Zeiten hauptsächlich in Secondhandläden und auf Flohmärkten. Zusammen mit dem geflochtenen Haarkranz, den sie um den Kopf geschlungen hatte, war sie für mich die Inkarnation von Anne auf Green Gables.

Ich erwiderte: »Wo eine Hoffnung stirbt, wird eine Illusion neu geboren oder so ähnlich. Ich glaube, *Brats out of Hell* werden als solche geboren und gehen auch als solche ins Grab. Deine Tochter wäre auch ein Satansbraten, hätte sie Gandhi als Vater gehabt und wäre vom Dalai Lama in einem tibetanischen Schweigekloster aufgezogen worden.«

»Danke, ich weiß plötzlich nicht mehr, warum ich dich mitgenommen habe.«

»Zum Nase und Hintern abputzen?«

»Wenn es nur das wäre. Ich habe seit einer Stunde Krämpfe, ich müsste spätestens morgen meine Tage bekommen. Entschuldige bitte.«

»Kein Grund, dich zu entschuldigen. Du kannst doch nichts dafür. Möchtest du über den Vorfall im Dienst sprechen?«

»Nein, das würde alles wieder aufwühlen. Bleiben wir lieber beim Thema Sex und Kinder, da bin ich nur frustriert, aber abgehärtet, und fange nicht gleich an zu flennen.«

»Ich dachte, Linda sei ein Wunschkind gewesen.«

»Ja, schon, aber so doch nicht! Anders. Kannst du dich an Rudy Huxtable erinnern?«

»Die Kleine aus der *Bill Cosby Show*?«

»Genau so eine sollte es sein! Und dann kam *Booh*.«

Am gegenüberliegenden Ufer saß eine junge Familie auf einer Decke. Die drei Kids im Kindergartenalter tobten ausgelassen mit zwei Boxermischlingen über die Wiese. Die stolzen Eltern unterhielten sich miteinander. Die Frau saß neben ihrem liegenden Mann und beugte sich beim Sprechen über ihn. Er spielte zärtlich mit einer Haarsträhne, die aus ihrem Zopf heraushing. Sie lachten miteinander und küssten sich dann sehr lange und innig. Ich musste an Steffens zärtliche, verlangende Küsse denken und seufzte innerlich.

Ich sagte: »Ich sehe was, was du nicht sehen willst, und das ist bunt und laut und voller Leben und ich sehne mich danach, ein Teil davon zu sein.«

»Ach hör auf«, antwortete Liese und stand auf. »Die haben alle Mundgeruch, Karies und Schweißfüße. Apropos, du hast mir immer noch nicht die Kontaktdaten deines Hausmeisters geschickt.«

»Mache ich gleich nachher. Ich bleib noch etwas.«

Die glückliche Familie packte eine halbe Stunde später zusammen und ich war ganz allein mit den schnatternden Enten und meinem verletzten Herzen. Bastian war nur noch eine Narbe. Aber Steffen Milz war eine offene, blutende Wunde.

77

Steffen und die kulinarische Oase

*It's only words, and words are all I have to take your **heart** away.*
Words/Bee Gees

DER STAMMTISCH VOR Salvatores Lokal war mein absoluter Lieblingsplatz und eine kulinarische Oase. Vor allen Dingen an normalen Wochentagen, wenn nicht zu viel los war. Hier hatte ich Ruhe vor Cargus und Xandra. Die beiden würden mittlerweile lieber verhungern, als bei Salvatore was zu essen.

Am Nachbartisch saß ein Vater in meinem Alter, der mit seiner Teenagertochter anscheinend bei einem Einkaufsbummel war. Neben dem Mädchen standen zahlreiche volle Tüten. Sie hatte Stöpsel in den Ohren und daddelte auf ihrem Handy herum. Der Vater tat so, als würde er das Zusammensein genießen, war aber kein guter Schauspieler. Wenn Zoey mit ihrem unterwürfigen Erzeuger sprach, dann erteilte sie in knappem Befehlston Anweisungen. Gab er die falsche Antwort, bekam er unter dem Tisch einen Tritt versetzt und wurde gerügt: »Hör mir doch zu!«

Wieder ein Eintrag auf der Kontra-Kind-Liste. Der Wirt brachte zwei Espresso aus der Küche mit, setzte sich auf eine Zigarette zu mir hin und studierte etwas auf seinem Handy.

»Tinderst du?«, fragte ich. Ich nahm die leeren Zuckerpackungen und begann daraus eine Kette zu falten.

»Nee, bin auf der Seite *Blutjunge Jungfrauen in deiner Nähe warten auf dich.*«

»Ich weiß echt nicht, was Männer an Pornos finden. Ich sehe mir so was nicht an.«

»Soll heißen, du hast heute früh noch keine Zeit gehabt, bei YouPorn reinzuschauen, Meister Milz? Bist du an meinem wirklichen Ich interessiert, oder möchtest du dich nur lustig über mich machen?«

»Wenn du mich so fragst: Ich möchte mich nur über dich lustig machen«, antwortete ich.

Der hilflose Vater am Nachbartisch bekam gerade einen Vortrag darüber gehalten, wie wenig man mit einem Taschengeld von hundertfünfzig Euro im Monat anfangen konnte.

»Ich suche bei den Kleinanzeigen einen gebrauchten Rasenmäher für meine Mutter. Ihr alter ist kaputt und sie ist zu geizig, sich einen neuen zu leisten, für die paar Monate, die sie noch lebt, meint sie.«

»Wie alt ist deine Mutter?« Ich schüttete den Inhalt einer Zuckerpackung in meine Tasse und rührte um.

»Warum? Suchst du eine passende Partnerin? 1940 geboren, rechne selbst.«

»Du bist heute ausgesprochen kommunikativ, *cameriere*«, zog ich meinen Freund auf.

»Mach mal lieber deine Arbeit, Meister Milz, die Mülltonnen sind noch nicht zurückgeräumt.«

»Mein System braucht erst etwas Teer und Nikotin.« Ich nahm eine Kippe aus Salvatores Schachtel und zündete sie an.

»Du weißt, was die Dinger mittlerweile kosten? Die nächste Schachtel geht auf dich, mein Freund!«

»Der Geiz liegt anscheinend in der Familie.«

Salvatore lachte laut auf. So gut war der Spruch jetzt auch nicht gewesen, fand ich. »Du glaubst es nicht, da verkauft eine Frau *Rattenmöbel* aus einem *Teenegerzimmer*.«

»Sehr rassistisch und tierfeindlich, wehe Cargus liest das!« Ich trank meinen Espresso, der bittersüß über meine Zunge rollte, inhalierte einen Zug und genoss das Kratzen in der Kehle. An manchen Tagen war ich ein richtiger Mann.

»Warum sieht man eigentlich diese trinkfreudige Augenärztin nicht mehr, die hier sonntags immer so schön Cello gespielt und sich durch die Etagen dieses Hauses gevögelt hat?«

»Weil sie mir den Laufpass gegeben hat.«

»*Darauf einen Dujardin!* Was hast du falsch gemacht, Meister Milz? Zu wenig auf ihre Bedürfnisse eingegangen? Erektionsstörungen? Hast sie gefragt, ob sie zugenommen hat?«

»Nein. Nichts dergleichen. Hat nur so nicht geklappt. Der Klassenunterschied.«

»Hör auf, mir die Story vom Pferd zu erzählen, von wegen Klassenunterschied. Ich habe ein paar Semester Psychologie studiert, mir kannst du nichts vormachen. Was warst du eigentlich, ehe du dich entschlossen hast, eine steile Abwärtskarriere als Hausmeister anzugehen?«

»Warum hast du das Psychologiestudium abgebrochen?« Ich drückte die Kippe aus. Aus dem Sibleyhaus kam der Nacktwichser und schwang sich auf sein Fahrrad. Er grüßte im Vorbeifahren mit der erhobenen Hand. Ich nahm an, es war die Hand, mit der er sich jeden Abend einen runterholte, und fand den Gruß plötzlich anzüglich. Mich schüttelte es.

»War nicht meins. Ich hätte die Hälfte meiner Patienten am Kragen gepackt und angeschrien: Reiß dich gefälligst zusammen! Mir geht's viel schlechter als dir! Literatur war mehr mein

Ding.« Salvatore gluckste vor sich hin und rief zwei asiatischen Touristinnen, die an einem Tisch umständlich Platz nahmen, zu: »*Salve!* Isse bine in wenige Sekunde bei eusse.«

»Sorry?«, kam die Antwort unisono mit verlegenem Lächeln.

»*I will be with you immediately!*« Er sprach *immediately* wie ein italienisches Wort aus. »*My friend here needs a little help and advice from someone with* Lebenserfahrung!«

Die Ladys nickten freundlich lächelnd und fotografierten Salvatore und alles um ihn herum erst mal ausgiebig.

»Also, Milz, reiß dich zusammen und sag dem lieben Salvatore, was Sache ist. Ich bringe den beiden Geishas schnell die Speisekarte.«

»Ich denke nicht, dass das alles so zwischen Tisch und Herd zu erklären ist. Mein Leben ist ein ewiger Kampf. Immer wenn ich es mal geschafft habe, nach oben zu kommen und im Rampenlicht zu stehen, hat der Manager, der für alles verantwortlich ist, im Vollsuff den Schweinwerfer ausgeschossen und die Veranstaltung abgesagt und ich war wieder auf Anfang. Das heißt, eigentlich war ich weit weg vom Anfang. Sorry, ich muss noch eine rauchen. Schreibe es mit auf die Rechnung.«

»Kein Problem, das keine Lösung findet. Bin gleich bei dir, muss nur noch eben den kleinen Feigling mit der Arschlochtochter abkassieren.«

Anschließend verteilte er auf allen Tischen *Reserviert*-Schilder und erklärte in seinem seltsamen Englisch den beiden Asiatinnen, dass Essen leider aus sei, sie könnten höchstens was trinken. Sie wollten etwas *typical German* haben. »*Then you have to go to Vetter's Brauhaus in the Steingasse, there it gives homemade beer and Haxen. Very traditional. Better than Oktoberfest and cheaper.*«

Auch diesen Tisch reservierte er, ging in die Küche und kam mit einer Flasche Passimiento 2016 Baglio Gibellina zurück. »Du hast eine Stunde. Sprich.«

78

Steffen und der verhinderte Psychologe

*Who can say why your **heart** sighs as your love flies, only time.*
Only Time/Enya

ICH REDETE WIE ein Wasserfall. Über die Dunkelheit, die manchmal über mich kam, wenn ich an Timo denken musste oder unseren Song hörte. Mein bester Freund und Partner im Musikgeschäft, der kokainabhängig war und den mir die Egodroge genommen hatte. Zuvor war das Gewissen des vertrauten Menschen, den ich seit der ersten Grundschulklasse kannte, kontinuierlich vom Koks zerstört worden. Mit der Konsumdynamik verblasste sein soziales Bewusstsein. Er hörte nur noch das, was er hören wollte, und wurde immer unzuverlässiger, bis eine Überdosis dem Elend ein Ende bereitete. Ich hatte seelenruhig geschlafen, während mein bester Freund und Partner in Ibiza-Stadt im Hotelzimmer neben meinem starb. Das Zimmermädchen hatte ihn gefunden.

Ich redete von unserer glorreichen Zeit als gefeierte DJs. Ich war nicht wirklich auf Drogen reingefallen, mir reichte ab und zu ein wenig Speed und eine Dose Red Bull, um die langen

Nächte durchzustehen. Dafür war ich süchtig nach diesem elektrisierenden Moment geworden, wenn ich im Background stand, das Control Panel noch dunkel war und das Publikum unseren Bandnamen skandierte. *Heparsplenia!!!* Dann gehen die Scheinwerfer an und du trittst raus in das Licht und die Hitze und Hunderte oder sogar Tausende klatschen und jubeln dir zu. Du setzt die Headphones auf, legst mit deiner Show los und vergisst die Welt komplett.

Das war meine Sucht – bis ich Timo verlor. Es ist schwer, jemanden aufzuhalten, der auf dem Weg nach unten ist. Du hast keine Kontrolle mehr über sein Herz, seine Gedanken oder seine Gefühle. Mein Freund aus Kindertagen war mir fremd geworden. Er kam aus ähnlich chaotischen Verhältnissen wie ich. Die Mutter züchtete exzessiv Französische Bulldoggen und lebte von deren Verkauf. Das Haus war voller trächtiger oder läufiger Hündinnen, herumtobender Welpen, die alles zernagten, was nicht angeschraubt war – dazwischen zwei sexbesessene Deckrüden und jede Menge Schmutz.

Timo hatte seine Mutter mal darauf angesprochen, warum er keinen Impfpass hatte, wie die kleinen Hunde. Ob Menschen das nicht brauchen. Frau Leber meinte daraufhin barsch: »Timo, wenn du e Schpritz brauchsch, no gangsch im Bahnhof in Ulm aufs Klo, do hets gnuag.«

Salvatore zündete zwei Zigaretten an und reichte mir eine. Ich nahm dankend an. Der Nacktwichser kam mit zwei Einkaufstüten zurück und ging ins Haus.

»So aufzuwachsen, hinterlässt Spuren. Wie so viele andere Künstler brachte uns das dazu, kreative Arbeit zu leisten. Jeder möchte Star werden, aber wenn du es bist, ist schwer damit umzugehen. Die Existenz an der Spitze ist extrem fragil. Erfolg ist kurzfristig, du musst immer nachlegen, sonst kommen schlechte Kritiken. Du hast Spaß, aber nach einer Weile drohst du deine Seele zu verlieren, und stetig ist da die Angst, abzusteigen.«

Ich rauchte ein paar Züge, ohne zu sprechen. Vor uns ließ sich eine Gruppe holländischer Touristen ihrer Reiseführerin gegenüber in miserablem Deutsch darüber aus, dass auf diesem malerischen Platz alle Tische reserviert seien, obwohl niemand da sitzt. Man habe furchtbaren Hunger und wolle hier unbedingt essen. Die geplagte Frau sah Salvatore an, traute sich aber nicht zu fragen. Schließlich versprach sie ihnen genug Plätze auf dem Marktplatz beim Rathaus, der noch malerischer sei.

»Nach Timos Tod konnte ich nicht mehr auftreten. Ich habe diese Zombies, die nach unserer Musik getanzt haben, nicht mehr ertragen«, schloss ich meine Erzählung. Ich sah auf das Handy. Eine halbe Stunde meiner Zeit war um.

»Heftige Sache, Meister Milz, und dann hast du dich für das bodenständige deutsche Handwerk entschieden und dir mit der Kettensäge ins Bein geschnitten? Arbeitsunfall?«

»Nein, dann habe ich ein Medizinstudium angefangen, in der Regelzeit durchgezogen, eine Assistenzstelle bekommen, meinen Facharzt für Chirurgie gemacht und mich auf die Herzchirurgie spezialisiert.«

Salvatore lachte. »Du bist echt gestört, Meister Milz. Machst auf Facility Manager und bist Herzdoktor. Leck mich fett.«

»Sage ich doch, ich bin gestört. Ich habe den Beruf geliebt. Ich bin darin aufgegangen. So wie zuvor in der Musik. Die erste OP am offenen Herzen vergisst du nie wieder. Dieses einzigartige Erlebnis, wenn du ein Herz anhältst und danach wieder schlagen lässt. Du entscheidest über diesen magischen Moment. Dann schaust du dir das Ergebnis deiner Arbeit im Ultraschall an. Studierst die Hinterwand und es schlägt besser als zuvor. Du bist verdammt stolz auf deine Arbeit. Das hätte ich machen können, bis zu dem Tag, an dem ich den Löffel abgeben muss. Dann nimmt dir ein fleißiger Bauer auf einer Landstraße im

Nebel die Vorfahrt. Du fliegst siebzig Meter durch die Luft und dein Fuß hängt nur noch an der Achillessehne. Anstatt stundenlang im OP zu stehen und Erfolg zu haben, liegst du selbst stundenlang auf dem Tisch und kannst hinterher nachvollziehen, wie die sich gefühlt haben müssen, als die Durchblutung wieder geklappt hat. Ich hatte danach zwar wieder einen Fuß, aber damit auch jede Menge neue Probleme.«

»Und wo gehst du morgens hin, wenn du sagst, du gehst zur Arbeit?« Mir war noch nie aufgefallen, dass Salvatore seine Zigaretten in der hohlen Hand versteckte.

»Da habe ich die Wahrheit gesagt. In die Klinik von Doktor Dengler. Ich dachte, ich bleibe bei der Chirurgie und mache nur was, was ich im Sitzen tun kann. Hände operieren zum Beispiel.«

Eine Truppe junger Männer lief an uns vorbei. Sie hatten sich schicke Bärte wachsen lassen und dafür die Schädel an den Seiten kahl rasiert. Die teuren Sonnenbrillen und Markenklamotten täuschten nicht darüber hinweg, dass hinter der aufwendigen Aufmachung nicht viel Substanz war. Sie rauchten und klopften Sprüche in einer Sprache, die ich nicht verstand. Die Bartträger spuckten lippensynchron auf das altehrwürdige Kopfsteinpflaster direkt vor Salvatores Füße.

Der reagierte sofort: »Hey, sagt mal, ich glaub, euch brennt der Kittel! Was rotzt ihr hier rum, ihr Lappen?«

»Was willst du von uns, Alda?«

»Ich will, dass ihr aufhört, euren verseuchten Schleim ohne Rücksicht auf eure Mitmenschen abzusondern. Ich zeig euch gleich, wie man Locken auf einer Glatze dreht.« Ich fand, dafür, dass er nur knapp eins siebzig groß war und ein Federgewicht mit minimaler Muskelmasse, hatte Salvatore sehr viel Mut.

Die Gruppe baute sich bedrohlich vor uns auf. Das »Ich ficke deine Seele!« kam mit viel Spucke und Hass in den Augen von dem offensichtlichen Anführer.

»Ich hoffe, du hast ein Kondom dabei, ich will nicht, dass sich meine Seele an deiner Blödheit infiziert!«

Plötzlich stand der imposante Nacktwichser mit einem Baseballschläger in der Hand hinter der Truppe und fragte mit einem Ton, der keinen Widerspruch duldete: »Kann ich irgendwie helfen?«

Die Gruppe zierlicher Bartträger gab auf und zog, ohne jemanden gefickt zu haben, ab. Salvatore gab eine Runde Cappuccino aus und machte seine Tische wieder auf. Ich erfuhr, dass der Nacktwichser Holger Steinmann hieß und vor dem Studium zweimal württembergischer Meister im Schwergewichtsringen geworden war. Jetzt arbeitete er an den Wochenenden in der *Destille* als Türsteher.

79

Antonia und das Schiff an der Bahnschranke

*It's a heartache, nothing but a **heart**ache, hits you when it's too late, hits you when you're down.*
It's a Heartache/Bonnie Tyler

DER TAG VERLIEF ähnlich wie der vorige. Wir frühstückten, gelierten Früchte, beklebten die abgekühlten Gläser und räumten sie in Kartons in den Gewölbekeller, wo schon Erdbeer- und Himbeermarmelade standen. Wir kochten das Abendessen für die Erntehelfer, Gulasch mit Hefeknöpfle, und sprachen so nebenbei über Gott und die Welt und Männer und Kinder und Träume. Ich lernte, dass Hefeknöpfle, riesige Dampfnudeln, die Allroundwaffe einer schwäbischen Hausfrau im Kampf gegen den Hunger waren.

Dafür fand Christiane mein Leben, in dem ich bisher schon auf fünf Kontinenten gelebt hatte, sehr interessant. Ab und an gesellte sich Liese von ihrer Liege unter einer uralten Kastanie zu uns, weil sie jemanden brauchte, der sie fütterte und Flaschen öffnete. Die kurze Jogginghose, in der sie Tag und Nacht herumlief, konnte sie selbst hoch- und runterziehen. Den Hintern ließ sie sich nicht abwischen, erzählte aber auch nicht, wie sie das bewerkstelligte.

»Lass mir meine kleinen Geheimnisse, Schnecke. Im Sinne eines Weiterbestehens unserer wunderbaren Freundschaft habe ich auf Tampons verzichtet und benutze Binden, die ich selbst entsorgen kann. Du musst sie nur in den Slip kleben, bitte. Blut und Körperflüssigkeiten dürftest du als Fleischdesignerin ja gewohnt sein.«

Liese und ich aßen heute nicht mit am großen Tisch. Ihr Cousin Thomas, der Anwalt, hatte uns eingeladen.

»Du wirst Thomas mögen, er sieht aus wie Tom Cruise, als der noch Schauspieler war und kein Scientology-Opfer. Er ist gepflegt, witzig, klug und wohnt auch nicht schlecht.«

AUCH NICHT SCHLECHT wohnen, war in diesem Fall eine zauberhafte Mühle aus dem 18. Jahrhundert, zu der ein versteckter Kopfsteinpflasterweg führte und die Cousin Thomas, eine Sahneschnitte allererster Güte, zu einer Titelstory aus *Schöner Wohnen* umgebaut hatte. Der Anwalt trug Mokassins aus Wildleder, Ralph Lauren und eine Gucci-Brillenfassung. Meine Hoffnung sank, der Mann musste schwul sein.

War er nicht. Er flirtete mich den ganzen Abend über Lammkoteletts mit Babyspinat und Papas arrugadas an. Thomas war Mitte vierzig, hatte rabenschwarzes, dickes Haar, einen Schlafzimmerblick aus dunkelbraunen Augen, überschattet von Wimpern, für die jede Frau töten würde, und war tatsächlich unglaublich witzig. Das kleine Bäuchlein über dem Hosenbund stand ihm ausgezeichnet, wie ich fand. Er erzählte mit viel Esprit von seiner Zeit als Austauschstudent in Irland, wo er auf einer Hochzeitsfeier eingeladen war und die ratzeblauen Einheimischen über die Besetzung durch die Engländer und die schlimmen Zeiten während des Kartoffelhungers 1845 bis 1849 zu wehklagen begannen, als wäre die Hungersnot erst gestern zu Ende gegangen.

Wir philosophierten darüber, warum es so schwer war, sich heutzutage zu binden.

Thomas brachte es auf den Punkt: »Unsere Großeltern waren doch heilfroh, wenn sie einen Partner aus dem Nachbarort abbekommen haben und sich nicht mit den inzestuös belasteten Genen im eigenen Weiler abgeben mussten. Uns steht dank Internet und Billigflügen praktisch die ganze Welt offen und das macht es nicht einfacher.«

Mein Herz tat einen kleinen Sprung. Die alte Mühle und ihr Besitzer passten so wunderbar in mein Beuteschema. Hier könnte ich problemlos meine Großfamilie installieren, samt Tisch, an dem alle saßen, aßen und lachten. Ich erwischte mich beim Tagträumen und sah zwei kleine Ableger auf ihren kurzen, speckigen Beinchen durch die weitläufigen, offenen Räume huschen. Der schwere spanische Rotwein schmeckte nach mehr, aber ich musste noch fahren und war an diesem Abend insgesamt ziemlich einsilbig.

Dafür schüttete Liese den Stoff pausenlos in sich rein und langte auch beim Williams-Christ-Brand aus der elterlichen Brennerei ordentlich zu. Liese plapperte, wenn sie getrunken hatte, ohne Punkt und Komma und sprang von einem Themenkomplex zum anderen. Außerdem schielte sie wie das fette Opossum aus Leipzig. »Wisst ihr, was mein Lebensmotto ist?«

Wir schüttelten synchron den Kopf.

»Dann sage ich es euch: Egal, was kommt, ich möchte nie wieder ohne Spülklo sein müssen. Deshalb trinke ich auf Konzerten und Festivals nichts mehr. Ich gehe nie wieder auf ein Dixi-Klo. Prost!«

Ich nippte an meinem Glas und sah in Thomas' vielversprechende braune Augen.

»Wisst ihr, was mein Lebenstraum ist?«, meldete Liese sich erneut

Ihr Cousin zog die Schultern hoch.

»Ein fahrbares, eigenes Spülklo, damit du bei Konzerten nicht mehr aufs Dixi-Klo musst und überall was trinken kannst?«, fragte ich.

»Rhabarber, Rhabarber. Ich möchte einmal eine riesige Mega-Hochzeitsfeier planen. Wie in den Filmen. Also, mein Verlobter bezahlt alles, nachdem er mir einen mindestens neunkarätigen Heiratsantrag gemacht hat. Mit fünfhundert geladenen Gästen, einer fünfstöckigen Torte, Live-Band, einem Büfett, für das ein Normalverdiener einen Kleinkredit aufnehmen muss – er natürlich nicht, weil er die Kohle aus der Portokasse nimmt. Die Brautjungfern und Blumenmädchen haben alle lange Kleider aus Rohseide und Brüsseler Spitze. Die Kirche ist mit Blumenarrangements bis unters Dach geschmückt. Der Taittinger steht in Silberkübeln gekühlt. Das maßgeschneiderte Kleid mit der fünf Meter langen Schleppe wird aus Paris eingeflogen und meine zukünftige Schwiegermutter braucht einen Betablocker, um das alles zu überstehen. Und dann, dann steht die liebe Liese am Morgen des Hochzeitstages auf. Sie erklärt ihrem Auserwählten betrübt im seidenen, sexy Nachtgewand, dass sie leider, leider nicht seine Frau werden kann, weil sie sich selbst verwirklichen muss und lieber weiter Narköschen für wenig Geld macht. Was haltet ihr davon?« Liese kippte den Rest in ihrem Glas hinunter und danach selbst fast vom Designersofa.

»Ich denke, es wird Zeit, dass du ins Bett gehst und da weiterträumst«, mahnte ich sie.

Nach einigem Hin und Her und dem Austausch von Telefonnummern hievten Thomas und ich die schwankende Liese auf den Beifahrersitz.

»Normalerweise ist *Drink and Drive* mein Running Abschiedsgag. Aber bei euch verkneife ich mir das. Es wäre jammerschade um euch beide.« Er küsste uns auf die Wangen zum Abschied und ich fuhr vorsichtig durch den Torbogen aus Sandstein auf den Feldweg zur Hauptstraße.

Liese war neben mir eingeschlafen und wachte erst auf, als ich an einer Bahnschranke halten musste und den Motor ausmachte. »Was geht?«

»Momentan nichts. Die Schranke ist zu.«

»Mmh, was machen wir, wenn jetzt ein Schiff kommt?«

Ich lachte. »Dann kommen wir beide ins Fernsehen, du Suffkopp!«

»Upps, ich hoffe, mein Haar sitzt und meine Mascara ist nicht verschmiert, wenn die filmen. Weck mich, wenn es so weit ist.«

Ich stieg aus dem Wagen und genoss nach einem ganzen Tag unter ohne Rücksicht auf Verluste plappernden Menschen die Stille um mich herum. Etwas, was es so in der Stadt nicht gab – eine geräuschlose Stille. Als hätte Siri meine Gedanken gelesen, schepperte ein Xylophon. Ich las die Nachricht.

00.45 Nachricht von Thomas Clausen
Hey, wie wäre es, wenn wir uns morgen Abend
näher kennenlernen? Candle-Light-Dinner for two
in meiner Mühle?
20.00 Uhr???
Ohne die Familie?

00.46 Nachricht an Cousin Thomas
Wenn ich jemand finde, der auf Liese aufpasst und ihr Näschen putzt, sehr, sehr gern.

Dann kam ein Regionalexpress. Liese war enttäuscht, dass wir wegen einer popeligen Bahn so lange hatten warten müssen. »Die lügen, die von der Bahn, die Zukunft liegt nicht auf der Schiene, sondern im Wasser.«

Ich strahlte wie der Vollmond über den Pappeln am Straßenrand.

80

Steffen und das wunderbare Pesto

*Well I got a bad liver and a broken **heart**, yeah, I drunk me a river since you tore me apart.*
Bad Liver and a Broken Heart/Tom Waits

DAS *DA SALVATORE* war zu dieser späten Stunde bis auf einen Tisch, an dem ein älteres Paar bei Espresso und Grappa das Essen verdaute, leer. Ich nahm am Stammtisch Platz, holte mein Handy hervor und checkte meine Mails und Nachrichten. Die Uniklinik hatte sich wieder gemeldet. Professor Neuenhagen wollte sich immer noch mit mir treffen. Seine Sekretärin hatte einen Terminvorschlag geschickt. Ich nahm dankend an.

Nathalié hatte vor einigen Wochen ein Smartphone von mir bekommen mit Prepaidkarte und einem monatlichen Guthaben, das aus der Allgemeinkasse bezahlt wurde. Das Erste, was sie sich vom Rest ihres Taschengeldes kaufte, war eine rosa Schutzhülle mit Schmetterlingsapplikationen, Glitzerkugelschreiber und Strassanhänger. Ich zweigte überdies eine monatliche Summe von hundert Euro auf einen Ausbildungssparvertrag ab, den ich für sie abgeschlossen hatte.

Eine Hälfte kam aus den Mieteinnahmen, die andere Hälfte zahlte ich aus meiner Tasche.

Das Mädchen bemerkte langsam selbst, dass es anfing, das Leben eines normalen Kindes zu führen, und blühte förmlich auf. Nathalié hatte sich sogar von dem Prinzessinnenkleid getrennt und es freiwillig in einen Altkleidercontainer geworfen.

14.16 Nachricht von Prinzessin Jasmina
Mutter ist vorhin nach Hause gekommen und schläft jetzt. Sei bitte leise, wenn du heimkommst, ich bin mit Salvatore in Ziegelhausen am Neckar. Wir sammeln Brennnesseln, weil er die für was Leckeres braucht. Igitt!!!!

Ich war noch spät im Fitnessstudio gewesen und nach der Sauna im Ruheraum eingeschlafen. Annika war mit Nathalié in der Stadt unterwegs, sie wollten Hamburger essen gehen. Ich war zum Kochen zu müde und mied die Bude, sooft es ging, wie immer, wenn Xandra anwesend war.

Salvatore stellte mir wenig später unverlangt einen Teller mit frischen Gnocchi sowie ein Glas Weißwein vor die Nase und verkündete: »Wenn du errätst, was das für ein Pesto ist, kannst du heute umsonst essen und trinken, Meister Milz.«

Ich warf einen Blick auf die Kartoffelbällchen, die mit einer grünen Soße durchmischt und auf die frische Parmesanspäne gehobelt waren. Mir lief das Wasser im Mund zusammen.

»Da ich sie nicht bestellt habe, muss ich eh nichts zahlen, *cameriere*.«

»Milz, mir geht deine despektierliche Art auf den Sack. Der Krüppelbonus ist langsam verbraucht.«

Ich probierte einen Bissen. Die Gnocchi waren so fluffig, dass ich sie mit der Zunge am Gaumen zerdrücken konnte. Das Pesto war ein Traum. »Spinat und Basilikum fallen schon mal flach.« Ich nahm ein zweites Bällchen. »Pinienkerne, Olivenöl, Parmesan.«

»Na ja, das ist wohl in jedem Pesto drin. Dafür bekommst du keine freie Mahlzeit.«

»Warte.« Ich holte mein Handy heraus und suchte in der Übersetzungs-App nach dem italienischen Wort für Brennnessel. »*Ortiche?*«

»Du bist gut, Milz. Verdammt gut.«

»Ich zahle das Essen trotzdem, wenn du dich zu mir setzt und mich intellektuell etwas forderst. Ich hatte heute zu wenig Input.«

»Ich lass mich doch nicht für hochgeistige Gespräche bezahlen. Bin doch keine Kommunikationsnutte.« Er zog ab, fragte mit schwerem Akzent am Nachbartisch, ob die *Signori* noch einen Nachtisch wollten, und stellte ihnen wenig später zwei Portionen Tiramisu zusammen mit der Rechnung auf den Tisch. »Isse musse gleisse kassiere. Isse habe Feierabende.«

Kurz darauf setzte er sich mit zwei riesigen Portionen Tiramisu mit frischen Brombeeren zu mir. »Das muss weg, morgen kann ich das nicht mehr verkaufen.«

Ich ließ mir das nicht zweimal sagen, bemerkte aber: »An deinen Dessertkreationen musst du noch arbeiten. Meine kleine Schwester ist Hobbykonditorin, von der könntest du noch was lernen.« Meine Pflegeeltern haben ihr leibliches Kind nie anders behandelt als mich. Es war klar, dass Annika immer etwas länger brauchen würde, um Dinge zu verstehen und umzusetzen, und vielleicht nie ein selbstständiges Leben führen konnte. Aber sie wurde nicht nur gefördert, sondern auch gefordert und musste im Haushalt Pflichten übernehmen; dazu gehörte das Vorbereiten der gemeinsamen Mittagsmahlzeit. In einer beschützenden Werkstatt lernte sie, nachdem sie den Hauptschulabschluss geschafft hatte, backen. Leider war sie einem richtigen Job als Köchin oder Bäckerin nicht gewachsen.

Sie hätte den Stress und die langen Arbeitszeiten nicht gepackt. So versorgte sie die Familie und ihren riesigen Bekanntenkreis mit Backwaren und verdiente sich ein wenig Geld, indem sie für Geburtstage und andere Feierlichkeiten Torten und Kuchen lieferte.

An uns zogen die für die Zeit üblichen größeren oder kleinen Horden an Studenten, Touristen, verliebten oder entliebten Pärchen und hin und wieder eine alberne weiblich oder männlich besetzte Truppe an Junggesellenabschieden vorbei. Als Altstadtbewohner sah man da nicht mehr hin.

»Wollt ihr mir Kondome abkaufen?« Eine junge Frau mit aufgestecktem Schleier und beachtlicher reinweißer Speckrolle zwischen Hosenrand und viel zu knappem T-Shirt sah uns schüchtern an. Sie hielt uns ein Henkelkörbchen gefüllt mit Kondomen in allen Größen und Geschmacksrichtungen hin.

Salvatore meinte: »Mädel, schau uns doch mal an. Wir sind so alt, wir haben keinen Sex mehr, und wenn, dann mit uns selbst oder mit Frauen, die wir nicht mehr schwängern können.«

Die Gruppe um sie herum, alles Ebenbilder ihrer Anführerin, die ebenfalls Muffinhosen trugen, kicherte albern. Das *Mädel,* auf deren schwarzem T-Shirt in weißen Lettern *Nur noch 24 Stunden Jungfrau!* stand, hatte Glück. Normalerweise machte Salvatore alle Junggesellenabschiede, die ihn oder einen seiner Gäste belästigten, nieder.

»Aber das ist doch auch zum Schutz gegen Geschlechtskrankheiten«, entschuldigte sie sich.

»Alle schon gehabt. Das ist wie bei Kinderkrankheiten, wenn man die einmal hatte, ist man immun dagegen.«

»Echt jetzt?«

»Echt jetzt! Frag den Typen neben mir, der ist Arzt.«

»Verarsch uns doch nicht, der sieht überhaupt nicht aus wie ein Arzt«, meldete sich die Größte aus der Begleittruppe, deren Lippen weiß geschminkt waren. »Gib uns wenigstens einen aus oder schenke uns 'ne Kippe.« Sie deutete auf die Schachtel Marlboro neben Salvatores Teller.

»Ich lebe von Hartz IV und da ist meine letzte Kippe drin«, log der Wirt.

»Wir gehen mal weiter, oder? Hier ist ja nichts los. Ich habe gleich gesagt, wir sollen nach Stuttgart fahren.« Ihre Begleiterinnen hatten sich alle eine Zigarette angezündet, ohne dem vermeintlichen Sozialhilfeempfänger eine anzubieten, und beratschlagten, welche Lokalität sie als Nächstes aufsuchen sollten.

»Du musst mich nicht fragen, zieht einfach weiter und wenn die nächste von euch heiratet, macht einfach einen Bogen um mein Restaurant oder um Heidelberg generell. Und wenn eine von euch eine Kippe vor meinen Laden schmeißt, raste ich aus.«

Ich wusste, früher oder später würde Herr Wagenbauer seinen Unmut über die Plage der Altstadt, die täglichen Junggesellenabschiede mit ihren ewig gleichen Anmachsprüchen, Spielen und *originellen* Ideen, was man Spaßiges machen könnte, zum Ausdruck bringen. Die Stadt war kein Freizeitpark, auch wenn viele Besucher das glaubten.

»Komm, Jeanette, wir gehen. Der ist doch ein Opfer und Lügner.«

»Ja, genau, euer Opfer und das von Tausend anderen, die hier jedes Jahr durchziehen und mir auf den Sack gehen.« Dann fluchte der Wirt auf Italienisch. Ich verstand nur so viel, dass er ihren Töchtern Barthaare wünschte und ihren Söhnen Glatzen.

»War wohl nichts mit intellektuellem Anspruch heute Abend. Ich fühle mich irgendwie nutzlos«, scherzte ich.

»Komm, immerhin produzierst du Kohlenmonoxid für die Pflanzen.«

»Dioxid.«

»Kein Wunder, dass du keine Frau findest, Doktor Milz. Klugscheißer mag keiner.«

»Mach einfach deinen Job, *cameriere,* und hole mir eine Flasche Frascati aus deinen Gewölben.«

Ich aß meinen Nachtisch auf, zündete mir eine Marlboro an und blies den Rauch in den sternenbedeckten Himmel.

Salvatore kam mit der geöffneten Weinflasche und zwei Gläsern und schenkte uns ein: »Milz raucht schon wieder?«

»Milz braucht das heute. Wenn schon keine intellektuelle Ansprache, dann orale Ersatzbefriedigung.«

»Willst du reden, Meister Milz?«

»Schon wieder reden? Du brauchst ein Leben, Salvatore!«, scherzte ich, war aber insgeheim froh, dass ich meinen Frust rauslassen konnte. Ich hatte diesen viel zu lange für mich behalten. Wenn man etwas aussprach, war es gleich ganz anders. »Ich habe langsam die Nase voll, Meister Milz zu sein. Heute hatte ich einen Patienten, Karpaltunnel-OP. Eigentlich geht das recht schnell. Du machst eine Plexus-Anästhesie, nach zehn Minuten ist der Arm betäubt und der Eingriff dauert höchstens fünf Minuten. Also mit allen Vor- und Nachbereitungen im Maximalfall eine halbe Stunde. Das habe ich dem Patienten auch so erklärt. Der fragt mich doch tatsächlich nach der Anästhesieeinleitung, ob er die Wartezeit, bis der Arm taub ist, nutzen kann, um noch schnell eine rauchen zu gehen. Er meinte, er überlebe das sonst nicht.«

»So was ärgert dich?«

»Ja, weil ich mein Berufsleben lang mit Menschen zu tun hatte, deren Chancen, mit oder ohne OP zu überleben, wirklich nicht besonders berauschend waren. Es ist vergeudete Lebenszeit, einem Vierundsechzigjährigen fünfzehn Minuten lang erklären zu müssen, warum es ihn nicht umbringen wird, wenn er eine Stunde lang mal keine Zigarette inhaliert. Außerdem nervt mich meine ganze Situation im Moment. Ich wohne in einem möblierten Zimmer, habe die Verantwortung für ein Haus und ein Kind, ohne dass das eine oder das andere wirklich zu mir gehört. Das mit den Frauen klappt auch nicht so wirklich und mein neuer Job macht mir keinen Spaß. Ich dachte, ich brauche die Chirurgie – aber das Handwerk ist es nicht. Was mir fehlt, ist das klinische Umfeld, die Teamarbeit, die testosterongeschwängerte Stimmung im OP während eines großen Eingriffes, die Entspannung danach. Die Herausforderungen und letztlich auch die Patienten selbst. Herzchirurgie ist Emotion und Leidenschaft. Die Patienten brauchen diese Eingriffe, um weiterleben zu können. Mit Karpaltunnelsyndrom kannst du steinalt werden. Handchirurgie ist zu fünfundneunzig Prozent profane Routine und viel Kosmetik. Das wird mich auf Dauer umbringen, wenn ich das jeden Tag machen muss. Ich brauche diese ganz besondere Poesie, die bei einer Herzoperation entsteht, weil es um Leben oder Tod geht.«

»Geh zur Müllabfuhr, da musst du nur dienstags arbeiten und kannst deine ganze Leidenschaft einbringen. Da hättest du auch dein testosterongeschwängertes Umfeld.« Salvatore lachte und bot an: »Komm, ich spendiere uns noch einen Averna, dann sieht die Welt wieder rosiger aus.«

Aus einem offenen Fenster des Sibleyhauses kam lautes Stöhnen. Das ältere Ehepaar, das noch immer an dem Tisch neben uns saß, blickte sich pikiert und irritiert um. Ich sah auf die Uhr meines Handys: 23.01 Uhr. Pünktlich wie die Maurer, diese Studenten.

»Keine Angst, es passiert nix Schlimmes. Da philosophiert ein Student jeden Abend lautstark mit sich selbst, sonst kann der nicht schlafen«, kommentierte Salvatore und ging den Digestif holen. Die beiden älteren Herrschaften wollten das Ende der Masturbationsorgie anscheinend nicht mitbekommen, was schade war. Das hochfrequente Brummen, mit dem der Philosoph sein Hörspiel nach spätestens vier Minuten immer beendete, war sehr melodisch und hätte sich sicher als Loop in einem Techno-Hit gut gemacht.

»Ist der Nacktwichser fertig?«, fragte Salvatore und sah hoch, ob die Zigarette danach glimmte. Unser masturbierender Nachbar stand nackt am Fenster und winkte uns zu. Wir winkten freundlich zurück und freuten uns darüber, dass die Fensterbrüstung Holgers Freudenspender verdeckte.

»Ja. Neuer Rekord. Drei Minuten und fünfundvierzig Sekunden. *Salute!*«

»Warum hast du nicht mit Herzchirurgie weitergemacht?«, kam Salvatore zum Thema zurück.

»Weil ich durch den Unfall rausgerissen worden bin und den Anschluss verpasst habe. Ich hatte ausgeprägte depressive Episoden. Ich war nicht bereit, mit irgendwem zu kommunizieren, schon gar nicht mit Kollegen. Ich hatte Nena-Kristin und das war mir in dem Moment genug. Ich habe wegen des Jobs jahrelang mein Privatleben vernachlässigt und wollte diese Frau unbedingt an mich binden und mich nicht schon wieder in Arbeit stürzen. Es war schnell klar, dass ich mit diesem kaputten Gelenk nicht lange genug stehen kann, um eine Herz-OP zu leiten. Auch wenn ich hin und wieder einen Assistenten ranlasse, die Hauptverantwortung liegt bei mir und das kann ich nicht mehr leisten. Das Thema Morphine und Schmerzmittel lassen wir mal beiseite. Aber irgendwas musste ich wieder tun, also eine neue Fachrichtung.«

»Warum versuchst du es nicht mit einer Gelenkunterstützung? Ich kenne mich da nicht aus, aber es gibt doch sicher eine Auswahl an Hilfsmitteln.«

Vor uns standen zehn stockbesoffene Männer mit Bollerwagen, an dem auf einer Stange ein Blaulicht montiert war. Alle bis auf einen trugen Arztkittel und ein Stethoskop.

Der in der Sträflingskleidung mit schwarzer Plastikkugel an einer scheppernden Kette fragte durch ein Megafon: »Hey!

Wollt ihr einen *Shot* von einem richtigen Arzt? Wir haben Propofol und Fentanyl im Angebot.« Er hielt uns eine Schachtel mit aufgezogenen Spritzen hin. Die Kolben waren mit grüner oder gelber Flüssigkeit gefüllt. »Je zwei Euro!«

»Was soll der Kinderkram? Hier sitzt ein waschechter Junkie. *Bro,* zeig den Jungs mal, was du so im Angebot hast.«

»Hey, mit Drogen haben wir nichts am Hut!«, verkündete einer aus der Truppe.

»*Coglione!*« Salvatore stand auf.

Ich nahm meinen Sigikid-Kulturbeutel mit dem Pille-Power-Aufdruck, den mir Nena-Kristin geschenkt hatte, als ich in Reha ging, aus dem Rucksack und ließ die *Ärzte* einen Blick reinwerfen. »Bedient euch. Von Lyrica bis Panadol, alles vorhanden. Pro Pille fünf Euro!«

Die Blicke waren Gold wert. »Bist du echt Dealer oder was? Wir wollen keinen Ärger mit den Cops, wir sind alles Medizinstudenten. In unseren *Shots* ist nur Alkohol drin, nichts Illegales.« Die Gruppe zog ohne weitere Verhandlungen ab.

»Du bist gut. Kann ich dich als Türsteher einstellen?«, fragte Salvatore lachend.

»Mit dem Stehen habe ich es nicht so.« Ich fischte eine Lorazepam aus dem Beutel, ehe ich ihn in den Rucksack zurücktat, und schluckte sie mit dem letzten Rest des Weißweins.

»Ich vergaß. Du würdest einen Arbeitsrollstuhl bekommen und eine coole Bikerjacke, damit du überzeugender wirkst. Und selbstverständlich freies Essen und Trinken. Wohnen tust ja schon hier.«

»Ich werde ernsthaft drüber nachdenken.«

»War ja nur ein Vorschlag. Zeit, die Tische reinzustellen. Intellektueller wird's heute nicht mehr.«

Ich half mit, verabschiedete mich und ging die Treppe hoch in mein neues Zuhause, das ich mir in meinen kühnsten Träumen so nicht vorgestellt hatte.

81

Antonia und der krötige Prinz

*Yes, I've got **heart**aches by the number, a love that I can't win.*
Heartaches By the Number/Guy Mitchell

DIE TAGSÜBER SO lebendige Küche war verlassen. Das schummrige Licht der Wandlampe, die nächtlichen Heimkehrern und Kühlschrankplünderern behilflich sein sollte, gab dem Raum etwas Einladendes. Egal, wie viel tagsüber los war und was gearbeitet wurde, wenn Christiane und Ulf zu Bett gingen, war alles sauber und penibel aufgeräumt. Ich schaffte es zu Hause gerade so, die toten Fliegen und Spinnennetze zu beseitigen und den Müll rauszubringen. Ich holte mir von der frischen Bauernmilch, von der immer ein paar Flaschen im großen Kühlschrank standen, machte zwei Tassen Chai Latte und nahm sie mit in den ersten Stock, wo die Schlafzimmer waren. Mir fiel spontan der Begriff *Privatgemächer* ein – ich hatte während meines Studiums einen Hang zu Schmonzetten gehabt, die in englischen Adelshäusern spielten. *Downton Abbey* war meine Bibel.

»Wacht auf, Eure ritterliche Hoheit, ich weiß, was mit Eurem bürgerlichen Vetter nicht stimmt.«

»Hm?« Sie rieb sich mit ihren verbundenen Händen die Augen und setzte sich schließlich auf. »Erzähl!« Das war das Schöne, wenn man Mediziner als Freunde hatte, man konnte sie zu den unmöglichsten Zeiten wecken und sie waren sofort einsatzbereit, ohne dumme Fragen zu stellen.

»Hier, nimm!« Ich reichte ihr einen Becher, den sie mit beiden Händen griff, und legte mich neben sie. Auch wenn es auf dem Land etwas kühler war als in der Stadt, eine Decke brauchte man in diesem Sommer äußerst selten.

Wir bliesen simultan, um die heiße Flüssigkeit abzukühlen, und tranken in kleinen Schlucken. Tee mit nicht entrahmter Milch direkt vom Bauern war eine völlig andere Sache als das, was ich bisher unter dem Begriff *Chai Latte* getrunken hatte. Danach könnte ich süchtig werden.

»Also der Anwalt aus der Mühle hat nicht nur Kröten in seinem Mühlteich, nein, nein, es haust auch eine sehr große und schleimige in seiner Mundhöhle und die steckt er einem beim Küssen bis in den Hals.«

Liese prustete einen Schluck über ihr Nachthemd und fluchte: »Mist, ich habe nur das eine dabei. Du meinst also, Thomas ist eine in einen Anwalt verzauberte Kröte?«

Ich nickte bedächtig und begann mit meiner Erzählung.

THOMAS HATTE MIR vier Stunden zuvor die Tür mit einem eiskalten Glas Bellini in der Hand geöffnet. Anschließend begann unmittelbar und ohne Aufwärmzeit die Anmachkonversation, die man mit Ende dreißig schon unzählige Male gehört hatte und nur so lange charmant fand, bis man den Code geknackt hatte und wusste, was die schönen Worte im Grunde bedeuteten.

Der *Opener* war zugegeben noch originell. Thomas hob sein Glas: »Auf die Ehre, eine Frau wie dich kennengelernt zu haben und dass Liese dich in meine Hütte gebracht hat. Die Männchen in der Klinik müssen doch alle eine Socke mit deinem Namen drauf haben.« Er zwinkerte mir vertraulich zu und ich begann mich langsam unwohl zu fühlen. Der Traum von der Mühle hatte Spermaflecken bekommen.

Ich versuchte das Schiff mit Charme wieder in den sicheren Hafen zu bringen. »Macht man das jetzt so als Mann, sich eine Voodoopuppe aus Socken zu basteln, um die Auserwählte zu verzaubern?«

Thomas lachte und steuerte wieder auf offene See. »Nein, du weißt doch genau, was ich meine und wofür die Socke gut sein soll. Aber siehst du, du bist so unglaublich witzig und siehst auch noch toll aus. Warum ist jemand wie du eigentlich Single?«

Dahinter versteckte sich die simple Frage, was mit mir nicht stimmte. »Ich bin wohl ziemlich wählerisch.« Ich machte langsam mit dem Bellini, mich beschlich das Gefühl, dass ich, anders als geplant, heute Nacht noch zurück ins Schloss fahren würde.

»Wow! Deutliche Worte von einer toughen Lady, die ihre Stachel aufstellen kann.«

Übersetzt: *Ich komme gerade mit meiner erprobten Anmachmasche nicht mehr weiter und versuche die Schuld auf dich zu schieben! Sei mal etwas weiblicher.*

Er fuhr fort: »Im Ernst, du kannst dich doch vor Typen bestimmt nicht retten. Was treibt dich ausgerechnet in das bescheidene Heim eines in Ehren ergrauten Rechtsanwalts?«

Wenn der Rechtsanwalt glaubte, dass ich jetzt mit einer Aufzählung begann, wie geil er war und dass sein Haar voll und jettschwarz war, hatte er sich geschnitten. »Ach, es ist halt etwas langweilig so bei Liese und ihren Eltern am Abend.«

»Du bist wirklich lustig. Aber mal im Ernst, machst du das öfter, zu fremden Männern ins Haus zu kommen?«

Dieser selbstgefällige Unterton sprach Bände. Es war klar, dass sein Selbstwertgefühl keine Zahl, die größer als eins war, verkraften würde. Ich sah keine Veranlassung, ehrlich zu sein, und versuchte das Thema zu wechseln. Wir waren erst bei der Vorspeise, einem geschäumten Hummersüppchen, das leicht nach Metall schmeckte. Dosenware mit frischer Sahne aufgepeppt? »Nein, du bist der Allererste. Aber erzähl mal was von *deiner* Arbeit.«

»Ach du, Schätzchen, *meine* Arbeit ist furchtbar kompliziert und trocken. Gesellschaftsrecht.«

Ich führte den Satz im Geiste fort: *Und ich suche in erster Linie ein* Schätzchen, *das dümmer ist als ich.*

»Die Arbeit und die Klienten nerven zwar ganz schön, aber ich verdiene gutes Geld dabei und kann mir so ein Heim leisten.«

Und genau diese Litanei würde ich bis an das Ende meiner Tage anhören müssen, würde ich Frau Thomas Clausen werden. »Okay, und warum bist du dann Single und hast keine Beziehung? Ich meine, du bist doch ein Volltreffer für mein Geschlecht.« Mittlerweile stand der Hauptgang auf dem Tisch. Ich schlang die Lammkoteletts mit Prinzessböhnchen herunter. Das Essen machte mir keinen Spaß und ich ließ den Verursacher meines Ärgers dafür büßen. »Bofrost?«, fragte ich, weil es mich schon bei der Suppe alle Selbstbeherrschung gekostet hatte zu schweigen.

»Nein, Schätzchen, alles natürlich selbst gemacht.« Thomas war Anwalt und log mit viel Überzeugung. »Weißt du, ich hatte immer Pech mit meinen Ex-Partnerinnen. Die waren alle kompliziert und schwierig und nicht ganz echt im Kopf.« Er sah versonnen in sein Weinglas und trank einen Schluck.

Sprich: *Ich bringe selbst normale Frauen mit Leichtigkeit dazu, regelmäßig auszurasten.*

»Ich bin diese ständigen Stürme auf offener See in Beziehungen mehr als leid. Ich würde gern endlich in einem sicheren Hafen ankommen, Antonia.«

Der glutvolle Blick aus dunklen Augen ließ mich kalt. Auch hier las ich zwischen den, zugegeben, sehr poetischen Zeilen. Thomas liebte es, Wind zu säen, und war tief enttäuscht, wenn er keinen Sturm erntete. Er würde absichtlich Streit vom Zaun brechen und sich dran aufgeilen, sich verbal mit mir zu duellieren. Ich war in Beziehungen keine Kämpfernatur. Ich wollte friedlich und liebevoll miteinander existieren, ohne mich meiner Haut ständig wehren zu müssen.

Das Nachtisch-Eis löffelten wir auf der Couch. Mein Gastgeber behauptete, der sahnige Traum mit Kirschen- und Karamellstücken in feinen Porzellanschälchen mit Deko-Minzblatt sei ebenfalls selbst gemacht. Aber wenn jemand wusste, wie das Cherry Garcia von Ben & Jerry's schmeckte, dann ich. Ich schwieg beharrlich. Thomas war viel zu sehr Klischee und hörte sich selbst viel zu gern reden, als dass aus uns was werden konnte.

Er legte nach: »Aber lass es uns doch nicht so vom Kopf her steuern. Wir sollten es langsam vom Gefühl her angehen und schauen, was daraus wird. Ich kann keiner Frau wehtun oder sie enttäuschen – im Gegenteil, wie oft wurde ich selbst von Frauen enttäuscht und verletzt.« Er senkte den Blick wie viele Lügner.

Dieser Mann würde mich mit tödlicher Sicherheit verletzen und er meinte eigentlich: *Lass uns gleich mal unverbindlich poppen und sehen, was draus wird!* Und tatsächlich, er stellte sein Eisschälchen beiseite, nahm mir meines ab und rückte mir auf die Pelle. Immerhin tat er das langsam. Dann sagte er den ersten Satz, der nicht gelogen war an diesem Abend: »Ich bin nicht auf der Suche nach was Festem, aber ich bin sehr gern mit dir zusammen und würde dich jetzt gern küssen.«

Er machte nur den Fehler, nicht auf meine Antwort zu warten, sondern rutschte über mich drüber und drückte mir seine Lippen mit möglichst wenig Gefühl auf. Plötzlich hatte ich das Gefühl, ich hätte eine dicke, fette Kröte im Mund. Ich riss die Augen auf und ruderte mit den Armen, weil ich nicht mehr atmen konnte, was Thomas irrtümlich als Leidenschaft auslegte. Die Kröte wanderte noch tiefer in meinen Rachen. Dennis hatte mir neulich während eines gemeinsamen Dienstes, in dem nichts los war, den Begriff *Deep Throating* erklärt – genau das fiel mir jetzt ein. Ehe ich erstickte, stieß ich Thomas mit beiden Händen von mir und simulierte gekonnt eine allergische Reaktion.

»Was ist los?«, fragte er leicht irritiert.

»Irgendwas an deinem selbst gemachten Essen vertrage ich nicht. Ich habe Atemnot. Was war da alles drin?«

»Ähm, ich weiß jetzt nicht …«, druckste er rum. »Nur natürliche Zutaten vom Biobauern.«

»Irgendwelche Emulgatoren? Hast du Cyclamat, Aspartam oder Acesulfam benutzt?«

»Ähm …« Ihm fehlten die Worte, er konnte ja schlecht die Packung aus dem Müll holen und nachsehen, ohne sein Gesicht zu verlieren.

»Wenn ja, dann brauche ich schnellstmöglich ein Antihistaminikum. Ich habe welches in meinem Kulturbeutel«, den ich im Auto hatte, für den Fall, dass ich hier übernachten würde, aber das verschwieg ich meinem ratlosen Gastgeber. Ich stand auf und packte meine Handtasche.

»Ich verstehe das nicht. Ist das nicht gefährlich, jetzt zu fahren, wenn du unterwegs keine Luft mehr bekommst?«

Ich sah auf meine Armbanduhr. »Keine Sorge, ich schaffe das, wenn ich jetzt gleich losfahre. Dann habe ich zur Not auch eine Narkoseärztin im Haus, die intubieren kann. Weißt du, Schätzchen, so ein Körper ist sehr kompliziert. Es gibt Kreuzallergien und so weiter und so fort.«

Zum Abschied küsste Thomas mich ohne Kröte auf die Wange und ich versprach, mich gleich morgen wieder zu melden, sollte ich die Nacht überleben. *Zwinkersmiley.*

ALS ICH GEENDET hatte, war mein Chai mit einer dünnen Haut überzogen. Liese hatte ihren Becher brav geleert. Sie schüttelte sich. »Du hast für immer das Bild meines Lieblingscousins zerstört.«

»Tut mir leid, die Wahrheit ist oft verstörend. Verliebt sein ist angeblich reine Chemie und Anziehung ist Quantenphysik. Wenn man sich riechen kann, fängt man laut Resonanzgesetz unwillkürlich an, seine Schwingungen zu synchronisieren. Wie zwei Metronome mit unterschiedlicher Schlagzahl sich auf einem frei beweglichen Untergrund in relativ kurzer Zeit in Gleichklang bringen. Sogar die Atemfrequenz und der Herzschlag passen sich an. Deshalb kann man neben jemandem, den man liebt, auch so gut schlafen.«

»So wie gute Freundinnen zusammen menstruieren, Schnecke.«

»Genauso. Aber in meinem Fall gibt es wohl kein männliches Wesen, das sich auf mich einpendeln kann oder will oder was auch immer.«

»Wir werden nie einen Mann fürs Leben finden.« Liese seufzte.

»Nein, das werden wir nicht. Männer sind alle so seltsam drauf. Wenn du heutzutage zu dem buckeligen Quasimodo sagen würdest: ›Hey, ich habe 'ne Frau für dich, Quasi!‹, würde die erste Frage sein: ›Ist sie hübsch?‹«

Liese lachte. Ich seufzte und kippte den lauwarmen Rest Tee hinunter und versuchte die Milchhaut nicht mitzuschlucken.

Die Nacht war so heiß, dass selbst Getränke nicht wirklich kalt wurden.

»Es wird Zeit, dass wir nach Hause fahren, Schnecke. Ich lass mir die Finger tapen und dann bin ich wieder eigenständiger.«

»Stimmt, ich habe dir oft genug die Nase geputzt, bekomme ja langsam Muttergefühle für dich.«

»Mach das Licht aus und lass uns noch etwas schlafen«, meinte Liese.

»Steffen küsst unglaublich gut«, sagte ich nach einer Weile.

»Verzeih ihm. Gegen Quantenphysik und Naturgesetze kommst du nicht an.«

Liese hatte keine Ahnung, wie stur ich sein konnte.

82

Steffen und die stilvollen Mahlzeiten

*Something's gotten hold of my **heart**, keeping my soul and my senses apart.*
Something's Gotten Hold of My Heart/Gene Pitney

AUCH DIESES WOCHENENDE ließ Nathalié es sich nicht nehmen, ein opulentes Frühstück für uns zu planen. Ich sorgte dafür, dass genug geeignete Lebensmittel im Hause waren. Sie holte frische Brötchen, richtete den Tisch mit viel Liebe und frischen Schnittblumen. Cargus' Großmutter hatte ganze Schränke voll edlem Geschirr, Silberbesteck und Damastdecken, die unseren Mahlzeiten nach Nathaliés Meinung einen *aristokratischen Glanz* verliehen. Im Grunde war mir optische Tischkultur gleich. Ich war mit Einmalgeschirr aus den diversen Imbissbuden, in denen meine Mutter unser Essen kaufte, aufgewachsen. In meiner Pflegefamilie musste das Geschirr praktisch und billig sein, weil meine Schwester feinmotorisch leicht gehandicapt war und ständig was zerbrach. In meinen zwei eigenen Butzen gab es wieder nur Fast Food und ein paar lieblos zusammengewürfelte Geschirrteile. Kochen war noch nie meine Leidenschaft gewesen, ich war der Meinung, dass Kalorienaufnahme durch Trinken der einfachere Weg war.

Annika hatte im Schrank eine gestärkte, bestickte Schürze gefunden und das Szenario in der Wohnküche erinnerte an eine Persiflage auf Filme aus den Fünfzigerjahren. Fehlte nur, dass ich Pfeife rauchte, Strickweste trug und mein Haar gelte. Nathaliés Mutter und Cargus beehrten uns so früh am Tag selten mit ihrer Anwesenheit. Für die Bühnen- und die gescheiterte Lebenskünstlerin war Essensaufnahme vor dreizehn Uhr ein absolutes No-Go, wofür zumindest ich dankbar war.

Heute gab es zu Nathaliés Freude echten Parmaschinken. Annika hatte Rührei mit frischem Schnittlauch gemacht und einen Hefezopf gebacken. Meine kleine Schwester war schon immer ein schweigsamer Mensch gewesen. Sie redete nur dann, wenn sie etwas mitzuteilen hatte.

Die quirlige Nathalié sprach beim Frühstück auch nicht gern. Ihr Sprachmodul brauchte etwas länger, bis es warmgelaufen war. Sie las dafür konzentriert in der *Bäckerblume,* die sie jedes Wochenende beim Einkaufen mitnahm. »Damit ich auf dem Laufenden bin, was in der Welt geschieht.« Sie biss zu jeder Gabel Rührei ein Stück vom dick mit Butter und Schinken belegten Brötchen ab. »Stellt euch vor, heute ist Schlossbeleuchtung.«

»Hm, kann ich mir schlecht vorstellen, ich habe noch keine gesehen«, meinte ich.

»Ich auch noch nicht.« Annika hatte auf dem Wochenmarkt am Friedrich-Ebert-Platz frischen Honig samt Wabe gekauft und beträufelte ein Stück Zopf damit.

Nathalié sah mich aus riesigen Kinderaugen mit offenem Mund an. »Bitte Steffen, können wir zur Schlossbeleuchtung gehen? Bitte? Bitte! Bitte! Ich war da auch noch nie. Ich höre immer nur das Krachen des Feuerwerks. Mutter ist immer mit anderen Erwachsenen hingegangen und hat gesagt, das sei nichts für Kinder, weil es zu spät anfängt. Angus meint, er geht da nicht hin, weil man das Geld besser für hungernde Kinder und den Umweltschutz verwenden soll.«

Interessante Einstellung eines Egozentrikers, der über zweitausend Euro für die Haarsträhne eines verstorbenen Schauspielers berappt hatte. Ich fühlte Widerstand in mir aufkeimen und wollte Nathalié belohnen: »Abgemacht, dann haben wir drei ein Date heute Abend.«

»Sollen wir vorher stilvoll essen gehen?« Die Wangen des Mädchens glühten vor Freude.

»Wenn stilvoll bedeutet, dass du deine Tiara trägst, dann nicht.« Ich zwinkerte ihr zu.

»Nein, ich meine mit stilvoll woanders als bei Salvatore, aber auch mit Tischdecke.«

»Das lass ihn mal lieber nicht hören, dass du sein Lokal nicht unter *stilvoll* führst.«

»Ich gehe ihn mal eben fragen, wo wir am besten sehen«, meinte Nathalié und rannte davon.

Annika und ich räumten den Tisch ab. Wir bekamen eine Viertelstunde später berichtet, wo der beste Standort war, um sowohl das mit bengalischem Feuer illuminierte Schloss als auch das Feuerwerk auf der Alten Brücke am besten zu sehen: auf der Neuenheimer Seite der Neckarwiese – da, wo früher die Hexenverbrennungen stattfanden.

»Sorry, da kann ich beim besten Willen heute nicht hinlaufen. Da spielt mein Bein nicht mit.« Es gab noch einen anderen Grund, warum ich das Feuerwerk nicht von der Hexenwiese aus anschauen konnte, Antonia würde mit ihren Kollegen da sein und ich wollte sie nicht in Verlegenheit bringen.

Anstatt enttäuscht zu sein und zu trotzen, dachte Nathalié einen Moment nach und lieferte einen Lösungsvorschlag: »Ibrahim kann uns fahren.«

»Das wird schwierig sein, bei all den gesperrten Brücken und Straßen. Lass uns auf dieser Neckarseite bleiben. Da gibt es doch bestimmt auch ein paar Plätze, wo man alles mitbekommt.«

»Es stehen doch so viele Fahrräder im Hof. Wollen wir die nehmen?«, schlug Annika vor.

Jetzt war Nathalié wirklich betrübt: »Ich kann doch nicht fahren.«

»Was? Gibt es so was? Das müssen wir sofort ändern. Höchste Zeit, dass ich hierhergekommen bin«, meinte Annika und ging mit dem Mädchen hinunter in den Hof, um im Fundus nach einem geeigneten Rad für das Fahrtraining zu suchen.

83

Steffen und die arthritischen Reiter

*Shot through the **heart** and you're to blame, Darlin', you give love a bad name.*
You Give Love a Bad Name/Bon Jovi

DA DIE STADT an den Samstagen, an denen die Schlossbeleuchtung stattfand, völlig von Touristen überlaufen war, wurde aus dem stilvollen Essen mit Tischdecke nichts. Wir fanden mit einigem Glück bei einem Fast-Food-Inder in der Mittelbadgasse einen letzten Tisch. Es roch vielversprechend nach exotischen Gewürzen und wir speisten stilgerecht neben dem Kühlschrank mit den kalten Getränken. Hinter uns stand ein Regal mit Großpackungen Reis, indischer Zahnpasta, Haarpflegeprodukten und Fertiggerichten. Durch die offene Tür hatte ich die belebte Straße im Blick und fühlte mich ein wenig wie in Mumbai. Die vielen Inder, die hier aßen, ließen vermuten, dass das Essen authentisch war.

Nathalié fand das *Ambiente* des deckenhoch weiß gekachelten Lokals *aufregend,* knabberte mit Begeisterung ihre Samosas und nippte am Mango-Lassi. Man merkte, dass Sendungen wie *Das perfekte Dinner* zu ihrem Alltag gehörten. Wir bestellten alle ein Lammgericht – je einmal Curry, Masala und Tandoori. Nathalié probierte von unseren Tellern und überschlug sich fast vor Lob. Das Kind saugte das Leben, von dem es die ersten zehn Jahre weitgehend ausgeschlossen war, wie ein trockener Schwamm auf.

»So lecker. Ich habe noch nie indisch gegessen. Das wird mein neues Lieblingslokal. Ich kann mir das mit meinem Taschengeld sogar selbst leisten. Dazu trinke ich immer eine Cola light. Immer!«

Annika interessierte sich für das Rezept des süßen Joghurts *Mishti doi* und bekam es von der aufmerksamen Besitzerin des Imbisslokals auf einem fettverschmierten Notizzettel geschenkt.

»Wenn ich groß bin, mache ich mit Annika eine Frühstückspension auf. Wir verwöhnen unsere Gäste und es werden *Gaumenfreunde* aus ihnen.«

Nathalié versprach sich nicht oft, und ich wäre mir blöd vorgekommen, das Mädchen die wenigen Male zu korrigieren. Das tat Annika für mich. Sie erklärte lang und breit, was eine *Gaumenfreude* ist und was es mit *Amuse-Gueule* und *Amuse-Bouche* auf sich hatte. Das Mädchen fand das Thema im Gegensatz zu mir überhaupt nicht langweilig und stellte qualifizierte Fragen. Ich hörte nicht mehr richtig zu und versuchte, den stechenden Schmerz, der sich vom Gelenk aus in den Vorderfuß auszubreiten begann, zu ignorieren. Ich wollte zumindest durchhalten, bis das Feuerwerk zu Ende war. Ich konzentrierte mich auf die reichliche Auswahl an Zahnpasta und fragte mich, ob für Inder die Zahnpflege so viel wichtiger war als für uns, dass sie in der Fremde ihre eigenen Reinigungsmittel brauchten.

»Lust auf einen Drink in einer verrufenen Bar, die Damen?«, schlug ich meinen Begleiterinnen vor, als wir wieder auf der Gasse standen.

»*Eckstein* oder *Reichsapfel*? Ich kenne alle Türsteher, die lassen uns rein.«

Mittlerweile kannte ich auch fast alle einschlägigen Rausschmeißer der Heidelberger Kneipenszene. Auch wenn sie nicht viel erlebt hatte, war Nathalié dennoch ein richtiges Altstadtkind. »Nee, du *Sume,* so verrufen dann auch wieder nicht.«

WIR LANDETEN IN einer gemütlichen Sofaecke im *ZKB* mit Blick auf das überlebensgroße bekannte Gruppenfoto der Kommune 1 mit Uschi Obermaier und Rainer Langhans im Geburtskostüm. Durch die geöffneten Fenster waren wir mitten im Treiben auf dem Marktplatz, auf dem alle Tische bis auf den letzten Platz besetzt waren. Ich bestellte mir aus der umfangreichen Karte einen Elephant Gin mit Fever Tree Tonic. Der aufmerksame Barkeeper, der Nathalié an einen arabischen Prinzen erinnerte, mixte für das Kind einen türkisblauen, alkoholfreien Cocktail, Annika entschied sich für einen *Swimming Pool.*

»*Sheesh,* zwei Röhrchen und eine Ananas und ein Kristallrand.« Nathalié sog an einem der beiden Trinkhalme und verkündete: »So etwas Leckeres habe ich noch nie getrunken. Niemals!«

»Ich dachte, der Mango-Lassi wäre das Leckerste«, bemerkte Annika.

»Bis eben hat das auch gestimmt. Aber das hier ist noch viel besser.« Nathalié nickte bestätigend und nahm zur Sicherheit noch einen Zug mit dem anderen Röhrchen. »Ja, superlecker.« Sie drehte sich auf dem Ecksofa, das aus Paletten bestand, zu mir um, kniete sich hin und drückte mich fest. »Steffen, das ist der schönste Abend meines ganzen Lebens. Das ist viel schöner, als Prinzessin zu sein. Stimmt's Annika?«

Ich holte tief Luft: »Das freut mich, dass es dir gefällt.« Das Mädchen aus seiner einsamen Fantasiewelt in das richtige Leben entführt zu haben, war mir anscheinend gelungen. Sie hatte verstanden, dass man auch als normales Kind in Jeans und T-Shirt etwas Besonderes sein konnte.

Auf dem Marktplatz hatte ein Feuerschlucker seine dilettantische Vorführung begonnen. Er trug gemusterte Baumwollshorts, ein ärmelloses Batik-T-Shirt in Jamaikafarben – alles aus der Unterwäscheabteilung bei Karstadt – und als Krönung weiße Socken und Sandalen. Ein unprofessionelleres Outfit war schwer zusammenzustellen. Auch bei Akrobatik isst das Auge mit. Nathalié fragte, ob sie rausgehen könne und zusehen. Ich hatte nichts dagegen. Sie stellte sich direkt vor den Artisten und sprach mit ihm. Wenig später lief sie mit dem Zylinder eine Runde über den Marktplatz und sammelte Geld für den Künstler.

»Die Kleine ist so toll. Warum war sie all die Jahre eingesperrt?«, bemerkte Annika.

»Sie war nicht direkt eingesperrt, aber man hat es ihr nicht leicht gemacht, nach draußen zu gehen. Sie hat Nachholbedarf ohne Ende. Dabei wohnte sie all die Jahre mitten im prallen Stadtleben und nicht wie wir im Industriegebiet, wo um acht die Gehwege hochgeklappt wurden.«

Nathalié kam mit fliegenden Zöpfen wieder reingerannt, sog im Stehen an ihrem Drink und berichtete aufgeregt: »Die Leute wollten nicht viel geben, weil sie meinten, Hugo wäre nicht gut genug gewesen. Aber ich bin nicht vom Tisch weg, wenn sie nicht wenigstens ein bisschen was in den Hut geworfen haben. War das gut so oder unverschämt?«

»Nein, das war schon in Ordnung. Immerhin hat er alle unterhalten.« Ich war zu lange selbst Künstler gewesen, um einem Kollegen sein Honorar nicht zu gönnen. Auch wenn dieser so ziemlich alles tat, um keines zu bekommen.

Nathalié fragte alle paar Minuten nach der Uhrzeit, um ja nicht den Anfang des Events zu verpassen. Um halb zehn machten wir uns auf den Weg zu den Neckarstaden.

84

Antonia und die geänderte Tradition

*Take back your cold and empty **heart**, I'm all cried out.*
All Cried Out/Alison Moyet

Es war Tradition, dass sich die gesamte OP-Truppe der Augenklinik anlässlich der letzten Schlossbeleuchtung im Jahr auf der Neckarwiese traf. Das Picknick unter der Trauerweide ging vom frühen Morgen bis weit nach Ende des Spektakels. Aus zwei gewichtigen Gründen konnten Dennis und ich dieses Jahr leider nicht daran teilnehmen. Ich wollte Bastian und seiner glücklichen Familie nicht begegnen. Dennis und die Frau, die er geschwängert hatte, waren *Personae non gratae* bei allen Mitarbeiterinnen.

Liese erklärte sich mit uns solidarisch und wir schlugen unsere Decke auf der gegenüberliegenden Neckarseite auf und taten so, als würde uns der Verkehr auf den Neckarstaden, der erst nach der Sperrung der Straße stoppen würde, nicht stören. Die *Unköchin,* wie ich sie seit unserem Ausflug in ihre Heimat nannte, packte ihre Mitbringsel aus. Sie hatte mit Käse überbackene Laugenstangen beim Bäcker besorgt und als Nachtisch einen Hefezopf mit Marzipanfüllung vom Supermarkt. Unglaublich, wenn man bedenkt, was für außergewöhnliche kulinarische Grundlagen diese Frau in die Wiege gelegt bekommen hatte. Die genialen Kochkünste ihrer Mutter waren mir noch in bester Erinnerung. Ich hatte einen Linsensalat und Guacamole gemacht sowie auf dem Markt frische Oliven, Hummus, eingelegte Peperoni, fünf verschiedene Käsesorten, reife Feigen und Ciabatta besorgt. Dennis war für die Getränke zuständig. Er trudelte mit einem Rucksack voller Dornfelder und Mineralwasser mit der Schwangeren im Schlepptau erst gegen neun ein. Ariane, vor der Gravidität eine zierliche Gazelle, hatte ordentlich an Gewicht zugelegt, Beine und Füße waren aufgeschwemmt. Ihr Körper hatte rein gar nichts von dem Glow, den viele Schwangere ausstrahlen. Wir waren mittlerweile völlig dehydriert und hatten einen Großteil der mitgebrachten Speisen schon selbst gegessen.

Dennis lobte meine Kochkünste und ich erzählte voller Stolz, wie wir in Lieses Heimatschloss in der Küche professionell Mirabellenmarmelade gemacht hatten.

»*Jesus!* Das ist doch keine *rocket surgery*. Das kann doch jeder«, mischte sich Ariane ein, die zwar durchaus die Reichweite und das Temperament ihrer berühmten Namensvetterin hatte, aber in die annähernd nicht so viel künstliche Intelligenz eingebaut worden war.

»*Science*«, korrigierte ich.

»Bitte?«

Mir war klar, Männer dachten bei diesen riesigen, blauen Augen und diesem grenzdebilen Gesichtsausdruck nur noch: *Poppen! Jetzt und hier!* Mich machte es wütend. »Es muss heißen, das ist doch keine *rocket science* ...«

»Warum?« Um der Frage Gewicht zu verleihen, kratzte sie sich am Kinn, das, anders als bei unserer letzten Begegnung, mit einer dicken Speckschicht unterfüttert war.

»Weil das Sinn macht.«

Liese stieß mich von der Seite an und ich hielt die Klappe, sogar als Ariane wenig später von einem Erlebnis auf Station berichtete, bei dem der Patient geschrien hatte *wie am Stier*. So hatte ich mir die Schlossbeleuchtung nicht vorgestellt. Ich wollte nur noch nach Hause, Pius betäuben und ungestört Cello spielen.

Ich hatte Ariane neulich, relativ beschwipst und mit allem Sarkasmus, der mir zur Verfügung stand, gefragt, wie sie denn das Abitur geschafft habe.

Ihre Antwort kam ausnahmsweise schnell und verblüffend ehrlich. »Ich hatte in allen Fächern ab der sechsten Klasse Nachhilfe. Aber es hat sich gelohnt.«

Beim ersten Böllerschuss drehten wir uns um und sahen in Richtung Schloss, das nun im Dunkeln lag. Ich sah Steffen am Straßenrand inmitten einer in die Jahre gekommenen Bikergang und mein Herz schlug einen Salto rückwärts.

Neben ihm standen Nathalié und eine auffallend kleine Frau Ende zwanzig, die nicht viel größer als das Kind war und die körperlichen Merkmale von Trisomie 21 hatte. Das musste Annika sein. Der zweite Böllerschuss folgte und wenig später sah es so aus, als würden ein paar der Biker mit Steffen Krach anfangen. Dann zogen sie jedoch mit ihren Bierflaschen weiter Richtung Innenstadt.

Liese fing meinen Blick auf, als sich alle wieder umdrehten, um das Hauptfeuerwerk über der Alten Brücke zu sehen. »Geh hin zu ihm, Toni. Rede mit ihm. Ihr seid so gut miteinander ausgekommen. Gib dem Ganzen doch eine Chance.«

Ich schüttelte den Kopf und drehte mich vom Schloss weg zur Alten Brücke. Ich hatte seit Monaten das Gefühl, mein Leben damit vergeudet zu haben, dass ich meine Standards runtergefahren hatte, um Erfolg zu haben. Ich hatte zu oft meine Zeit mit den falschen Personen verbracht, nur um nicht allein sein zu müssen. Ich hatte geholfen, die Träume anderer zu realisieren, und meine eigenen vernachlässigt. Dafür hatte ich mich in Aktionismus gestürzt, um meine Probleme ignorieren zu können. Ich hatte die gleichen Fehler gemacht, in der absurden Hoffnung, dass das Ergebnis dieses Mal anders ausfallen würde.

85

Steffen und die erste Schlossbeleuchtung

Hearts never can win, oh, in this race, this race that we're in.
Love and Understanding/Cher

SCHLIESSLICH STAND STEFFEN MILZ, der Großveranstaltungen mied, wenn er nicht selbst hinter dem Kontrollpult stehen konnte, am Rand der Neckarwiese mitten in einer erwartungsvoll Richtung Schloss blickenden Menschenmenge. Ich versuchte trotz der rasenden Schmerzen den Augenblick zu genießen. Ich hielt eine verschwitzte Kinderhand in meiner eigenen und wartete voller Vorfreude, bis das bengalische Feuer gezündet wurde, das die Schlossfassade in ein glühendes Kunstwerk verwandeln würde.

Neben uns nervte eine Gruppe mittelalter Freizeitrocker. Die Rentner in Bikerklamotten, die Glatzen oder das schüttere Haar unter Totenkopfbandanas versteckt, hielten sich an ihren Bierflaschen und Zigaretten fest und lieferten grölend einen dummen Spruch nach dem anderen. Sie trugen Westen mit *Sons of Anarchy – Hürther Chapter*-Patches über der Lederkombi.

Meiner Meinung nach hätte *Sons of Arthritis – Voltaren Chapter* besser gepasst.

Endlich ging die Beleuchtung aus, für ein paar Minuten lag der Berghang im Dunkeln. Beim ersten Böllerschuss von der Alten Brücke erschrak Annika. Der laute Knall hallte donnernd im tief eingeschnittenen Neckartal nach.

Unsere Fremdenführerin beruhigte uns: »Keine Angst, Annika, die schießen nur in die Luft. Noch ein Signal und dann fängt es an. Ich bin so aufgeregt. Mein allererstes Feuerwerk und meine allererste Schlossbeleuchtung.«

Nach dem zweiten Schuss illuminierte bengalisches Feuer die altehrwürdige Fassade rot glühend. Das war vergleichbar mit dem Moment nach dem erfolgreichen Abgang von der Herz-Lungen-Maschine. Das graue Organ, durch das wieder Blut floss, bekam Farbe und wurde lebendig.

»*Sheesh!* Zauberhaft, oder?« Nathalié drückte meine Hand fester. »Das gibt es schon seit zweihundert Jahren, stand in der *Bäckerblume*.«

Ich nickte still und konnte meinen Blick nicht abwenden. Ich musste an Antonia denken und daran, wie schön es gewesen wäre, hätte sie jetzt an meiner Seite gestanden. Sie ging zu jeder Schlossbeleuchtung, weil es ihr Herz berührte, meinte sie, und es Tradition war, dass sich die OP-Besatzung der Augenklinik auf der Neckarwiese traf. Der Plan war gewesen, dass ich dieses Jahr mitgehen würde.

»Das ist das schönste Erlebnis, das ich je hatte in meinem Leben. Wie schön, dass ich das noch erleben darf.«

Ich musste leise lachen. Dieser Satz von einer Grundschülerin war denkwürdig.

Hinter uns sagte ein brummeliger Männerbass. »Wie stinkends öde is dat denn? Passiert da noch wat? Weje dem sin mir extra hierher jefohre?«

»Isch hoffe, dat et dat nit wor. Dat wär die lange Fahrt nit wert jewese, Jert.«

»So viel Bier kannste jar nit suffe, dat dat schön wird.«

Man genehmigte sich vor lauter Enttäuschung erst mal eine Runde Zigaretten und beratschlagte sehr laut, wo man den Rest des Abends verbringen sollte.

Nathalié drehte sich um. »Das ist nicht öde. Das ist wunderschön! Sie müssen nur richtig hinschauen und nicht dauernd reden.«

»Sie, könne se ihre fresche Tochter nit Einhalt jebiete?«, fragte mich ein lederhäutiges, faltiges Wesen aus der Gruppe.

»Kann ich, will ich aber nicht. Sie hat nämlich recht. Lassen Sie uns doch wenigstens in Ruhe zuschauen, wenn es Ihnen nicht gefällt. Es zwingt Sie doch kein Mensch dazu, hier zu stehen.«

»So 'ne Freesigkeit. Kein Wunder, dat dat Kind so donevve is.«

»Wat soll bei den Eltern och Vernünftiges bei eruskumme? Ene Krüppel und ene Mongo.«

Nathaliés Griff wurde fester. Es brauchte meine ganze Selbstbeherrschung, um nicht loszubrüllen. Wie immer, wenn der Schmerz im Fuß sich meldete und ich die Kollegen verfluchte, die ihn mir wieder angenäht hatten, war ich gereizt und aggressiv. Aber ich wollte vor dem Mädchen und vor allen Dingen vor Annika keinen Streit anfangen, der eskalieren konnte.

Ich hatte meine kleine Schwester ihr ganzes Leben lang gegen Pöbeleien verteidigen müssen. Sie wurde beschimpft und ausgelacht, als dumm und fett bezeichnet, was beides nicht zutraf. Sie neigte wie alle Menschen mit Down-Syndrom zu extremen Gefühlsausbrüchen und ich wunderte mich, warum sie in dieser bedrohlichen Situation nicht austickte oder zu schluchzen begann.

»Solsche werde sojar in der Schule bevorzugt und müsse nit meh op die Hilfsschull jehe. Und unsere Kinder sin die *Jelachsmeierten*.«

»Einet sach isch eusch! Beim Adolf stünde die nit hier! Der hätt die allens entsorgt.«

Ich presste die Kiefer zusammen, zog Nathalié, die mich verstört ansah, an mich und schüttelte den Kopf. »Hört einfach nicht hin, das Schloss sieht wunderschön aus und es ist alles andere als langweilig. Manche sind nur durch das Internet und Fernsehen optisch völlig zugemüllt und wissen so was nicht mehr zu würdigen.«

Die Gruppe rheinischer Vollpfosten hatte beschlossen, in die *Destille* zu gehen, und zog zu meiner Erleichterung geschlossen ab.

Schließlich zündete ein kleines Feuerwerk über dem Schloss und danach begann ein minutenlanges pyrotechnisches Spektakel aus Licht und Farben, das von der Alten Brücke abgefeuert wurde. Mir rasten zu viele Gedanken durch den Kopf, um es wirklich genießen zu können. Wie weit war ich gesunken? Vom gefeierten DJ über den brillanten Herzchirurgen mit goldener Zukunft zum Junkie mit Krücke, der noch nicht mal in der Lage war, sich im Notfall gegen Bullys zu verteidigen. Ich hatte in den letzten Monaten zwei Beziehungen geliefert und beide Male war ich schuld. Ich lebte in einem möblierten Zimmer, in dem nur die Bettwäsche und eine Schüssel mit Sprüngen mir gehörte, und stritt mich fast täglich mit Menschen, an denen mir nichts lag und denen ich egal war. Wo war die Lebensfreude geblieben, wann war ich ein zynischer, gleichgültiger Junkie geworden? Ich war gerade mal vierzig und hatte alle Weichen falsch gestellt. Das konnte so nicht mehr weitergehen. Es war Zeit, mein Leben wieder in den Griff zu bekommen, und es war Zeit, etwas gegen diese permanenten Schmerzen zu tun, ohne noch tiefer in die Medikamentenabhängigkeit abzurutschen.

Nathalié zupfte am Ärmel meines Hemdes und brachte mich in die Realität zurück. Ich ärgerte mich, dass das Feuerwerk an mir vorbeigegangen war.

Sie nahm meine Hand. »Jetzt können wir gehen. Es ist vorbei.«

»Gut, dann nichts wie nach Hause.«

»Steffen, warum hast du vorhin nichts zu den bösen Menschen gesagt, die uns beschimpft haben? Krüppel und Mongo sind doch Beleidigungen, oder?«

»Ich habe die nicht verstanden. Die haben so komisch gesprochen«, meinte meine Schwester nur.

Deswegen war sie so ruhig geblieben. Ich versuchte zu erklären: »Mit dummen Menschen zu diskutieren ist, wie mit einer Taube Schach zu spielen. Egal, wie gut du spielst, das blöde Vieh kapiert nichts, flattert hektisch herum, wirft alle Figuren um, kackt auf das Brett und fühlt sich am Schluss als Sieger. Also lässt man sich besser überhaupt nicht auf ein Spiel mit ihnen ein, man verliert dabei immer.«

86

Steffen und die unerwünschten Begegnungen

*There's a place in your **heart** and I know that it is love. And this place could be much brighter than tomorrow.*
Heal the World/Michael Jackson

WIR NAHMEN DEN Weg am Fluss entlang und drängten mit Hunderten anderer durch die Steingasse und die Untere Straße Richtung Heumarkt. Vor der *Destille* stand eine Schlange von Menschen, die alle auf einen Absacker in die bekannte Kneipe wollten.

Nathalié schien die besten Augen von uns zu haben. »*Sheesh!* Da sind die Dummen, die uns vorhin beleidigt haben.« Sie griff ängstlich nach meiner Hand.

»Wollen wir lieber wieder zurückgehen und über die Hauptstraße laufen?«, fragte Annika.

»Nein, das machen wir mit Sicherheit nicht. Wir lassen uns von solchen Idioten nicht einschüchtern. Wir laufen da jetzt ganz selbstverständlich vorbei. Das ist unsere Nachbarschaft, nicht ihre.«

An der Tür zur proppenvollen *Destille,* bei der noch alle Fenster geöffnet waren, stand der Nacktwichser und ließ niemand mehr hinein.

»Jo, Holger! Geschlossene Gesellschaft heute oder habt ihr noch einen Platz für eine Prinzessin, einen Krüppel und einen Mongo?«, rief ich sehr laut und deutlich. Uns drehten sich alle Köpfe zu.

»Hey, Steffen! Für Leute aus der *Hood* haben wir immer noch einen Stehplatz am Tresen.« Er kam einen Schritt auf uns zu und gab uns allen die Hand. »Na, Prinzessin, du hast heute aber lang Ausgang«, sagte er zu Nathalié und zeigte mit dem Kopf Richtung Tür. »Hereinspaziert, ihr drei!«

»Nee, lass mal gut sein, Holger. War ein langer Tag und die Kleine muss ins Bett. Ein anderes Mal gern.« Ich warf einen Blick auf die Idiotengruppe, die alle eine Fluppe in der Hand hielten, grinste sie breit an, beugte mich zu Holger und flüsterte ihm zu: »Apropos. Die kettenrauchenden *Sons of Arthritis* mit den lächerlichen Bandanas wollen nicht wirklich zu euch. Die haben ordentlich vorgeglüht und beim Feuerwerk schon rumgepöbelt.«

»Alles klar. Verstanden. Können wir nicht brauchen.« Er drehte sich zur Warteschlange um, sah zu der Gruppe und meinte: »*Hea,* ihr! Ihr kommt hier nicht rein!«

»Wat? Warum dat denn?«, klang es aus zehn durstigen Kehlen.

»Scheißklamotten. Passt nicht zu unserem Image.«

»Dat is Diskriminierung! Wat haste jejen Biker, du Jeck? Uschi, ruf de Polizei, dat wääde mer ja noch sinn, ob we hee renkumme oder nit!«

Was Holger antwortete, verstanden wir schon nicht mehr. Aber wenn auf eines Verlass war, dann darauf, dass Türsteher in der Stadt ihren Willen durchsetzten und sich kein Polizist jemals mit ihnen wegen ihrer Auswahlkriterien anlegen würde.

Und, dass die meisten untereinander vernetzt waren und sich gegenseitig informierten, wenn Vollpfosten unterwegs waren, die Ärger garantierten. Es war unwahrscheinlich, dass die Bikertruppe an diesem Abend in irgendeine angesagte Kneipe in der Stadt kommen würde.

»Du hast uns gerächt, Steffen.« Nathalié sah mich stolz an.

Ich zwinkerte ihr zu und Annika rief: »Wer zuerst im Bad ist, hat gewonnen. Der Letzte muss es morgen putzen.«

»Ihr fiesen kleinen Ratten!«, rief ich ihnen hinterher. »Ich bin ein Krüppel, ich putze keine Bäder! Das können Mongos mit ihren kurzen Ärmchen viel besser.«

Wir lachten das erste Mal an diesem Abend wieder ausgelassen. Den Charakter eines Menschen erkannte man daran, welche Scherze er übel nimmt.

Salvatore hatte bereits alle Tische in den Durchgang zum Hof gestellt und saß rauchend am Stammtisch. Wir setzten uns dazu. Nathalié berichtete mit der ihr eigenen Leidenschaft von dem Abend, der ihrer Meinung nach ein voller Erfolg war. Salvatore gab eine Runde Weißwein beziehungsweise Sprite aus, ließ uns von seiner neuesten Nachtischkreation, Polenta fritta mit Amarenakirschen und Schlagsahne, probieren und fachsimpelte mit meiner kleinen Schwester über die Zubereitung von Süßspeisen.

»Wenn du die Sahne nicht ganz so fest schlägst, Salvatore, dann schmeckt das besser.«

»Ja, weißt du, als gestandener Mann habe ich bei dem Begriff *halbsteif* einfach ein ungutes Gefühl.«

Die unisono kommenden *Warums* aus dem Mund einer Grundschülerin und meiner in dieser Hinsicht auch eher unbedarften Schwester brachten den hartgesottenen Wirt in Erklärungsnot. Ich war dankbar für die Ablenkung, weil ich immer noch meinen düsteren Gedanken nachhing.

87

Steffen und die dialektische Verhütungsmethode

*'Cause she's living in the love of the common people, smiles from the **heart** of a family man.*
Love of the Common People/Paul Young

KURZ VOR ZWÖLF verabschiedeten sich Annika und Nathalié in die Falle. Wenig später kam die Familie Ehrl-König mit ihrem Besuch nach Hause. Die fünf Kinder im Grundschulalter blieben am Brunnen stehen und warfen ihre leeren Eisbecher hinein, um zu sehen, ob sie schwammen.

Der Professor, der seine Nachbarn im besten Fall mit einem knappen Kopfnicken bedachte, blieb auffällig gut gelaunt vor uns stehen. Er sprach jedoch nicht mit uns, sondern mit seiner Entourage. »Ah, *que bello,* bei *meinem* Italiener gibt's für gute Nachbarn noch was zu trinken und ein Dessert auf die Nacht. Wir können uns einen Tisch dazustellen und den lauen Abend im Freien genießen. Das ist das Schöne, wenn man mitten im

Herzen der Altstadt wohnt, die Geselligkeit der Anwohner. Komm, Andreas, wir holen uns zwei Tische.«

Wer Salvatore auch nur ein wenig kannte, wusste, der Schuss würde nach hinten losgehen. »*Isch glab, dir brennt der Kiddl!*« Ich hatte Salvatore noch nie kurpfälzisch reden hören. Er konnte es akzentfrei. »*Bass uff, du Simpl: Der Låde isch seit um elfe dischd. Mir siddze do ganz privat rum un hewwe kon Pladz fa Denunziande. Lang ona vun meine Disch å, no ruf I dei Freind vum Aldschdadrevier. Un fa Leid wie disch bin isch imma noch de Herr Wagebauer, du Moschdkopf!*«

Die vier Erwachsenen rätselten, was Salvatore gesagt hatte, schlossen aber aus dem Tonfall, dass es keine Einladung war, und gingen heftig miteinander diskutierend durch den Torbogen ins Haus.

Raquel Ehrl-König meinte spitz: »Meine Güte, wenn eines meiner Kinder so sprechen würde, ich würde es aussetzen, nicht, Beate?«

Beate, die viel Geld in ihr Gesicht investiert hatte, toppte die Bemerkung: »Kinder? Wo denkst du hin? Wie denn? Dieser Dialekt ist doch die beste Verhütungsmethode überhaupt.«

»*Hald dei uffgschpritzdi Gosch!*« Auch Salvatore hatte bemerkt, dass Beates Oberlippe von der Sorte *Dü-war-schon-ümma-so* war. »*Un nemmd eier Bangerd mied!*«

Mittlerweile war mir der gutturale, melodische Singsang der Kurpfälzer vertraut geworden, auch wenn ich nicht unbedingt immer alles verstand. »Euren Dialekt hätte man im Zweiten Weltkrieg locker als Geheimsprache einsetzen können, anstatt mühsam Codes auszutüfteln. So wie die US-Streitkräfte im Pazifik Navajo-Indianer als Übermittler von Botschaften eingesetzt haben. *Odda ned?*«

»*Gebs uff, du brauchsch noch e påår Jåhrlin im Fass, bis d'bei uns miedhalde kannsch, Milz.*«

Ich gab nicht auf. »*Kumm, reg di ned uff! Dringe ma noch åna?*«

Salvatore sah mich einen Moment schweigend an und gab dann die einzige Antwort, die es auf diese Frage in der Kurpfalz gab: »*Alla gud!*«

88

Steffen und die Frau mit dem schweren Gepäck

*It's the **heart** afraid of breaking, that never learns to dance.*
The Rose/Bette Midler

ICH KONNTE NICHT anders, ich musste wie gebannt auf die beachtlichen Titten starren, die seitlich aus dem schwarzen, sehr knappen Muscle-T-Shirt mit *Uncle Sam*-Schriftzug auf der Brust quollen. Die rosigen Brustwarzen waren von einem Kranz schwarzer Haare umgeben. Wobei das Shirt in diesem Falle eher den Namen *Fat*-Shirt verdient hätte. »Erbarmen!«, flüsterte ich leise vor mich hin und sah mir den verstauchten Handknöchel von Lennard Prischel an.

Lennard wurde von seiner Mutter begleitet, die mit ungepflegtem Haar, ultrakurzem Minirock und Plateausandalen neben ihrem übergewichtigen Kind saß. Frau Prischel hatte im Gegensatz zu ihrem Sohn kaum Oberweite. Auf der linken Wade war ihr Credo neben einer Rasierklinge mit Blutstropfen eintätowiert: *Der einzige Mann, wo mir wehtun darf, ist mein Sohn.*

»Dem Lennard seine Hand ist doch nicht gebrochen?«, fragte sie mit Tränen in den Augen.

»Nein, keine Sorge. Das sieht nach einer Verstauchung aus. Warten wir mal die Röntgenaufnahmen ab.«

»Warum röntgen? Der Lennard soll nicht so oft geröntgt werden. Sonst wird der unfruchtbar. Er ist doch mein einziger Sohn und ich will Enkel.«

»Sie können selbstverständlich die Röntgenaufnahmen verweigern, aber dann wissen wir eben nicht, inwieweit das Gelenk tatsächlich Schaden genommen hat.« Warum waren manche Menschen so anstrengend?

Sie nahm die gesunde Hand ihres Sprösslings und drückte sie fest. »Baby, die Mutti ist immer bei dir. Du musst keine Angst haben.«

Die Antwort kam mit unterdrückten Tränen: »Mutti, ich habe keine Angst. Ich schaffe das.«

Ich sah in die Patientenakte. Der Wonneproppen war immerhin neunzehn Jahre alt.

Dann verließ mich das Paar, um einen Stock tiefer in der radiologischen Praxis aufzuschlagen.

VOR DER NÄCHSTEN Patientin machte ich mir eine schnelle Tasse Kaffee mit der Padsmaschine und nahm sie mit an den Schreibtisch. Anneliese Vielsorg saß bereits im Behandlungszimmer. Die Zweiundachtzigjährige war zum Glück korrekt gekleidet und verfügte über keine sichtbaren Tattoos. Neben ihr saß die um zwanzig Jahre jüngere Ausgabe. Eine attraktive Frau mit schlohweißem Pagenschnitt in Hemdbluse, Bundfaltenhose und Perlenohrsteckern. Das Kontrastprogramm zu Lennard und Mutter.

Der Rucksack, den Frau Vielsorgs Tochter auf dem Rücken trug, war ein vertrauter Anblick aus meinem vorigen Leben. Darin befanden sich die Akkus für ihr Linksventrikuläres

Herzunterstützungssystem, kurz LVAD. Genau der Typ, den wir in Ulm auch verwendeten. Ich gab den beiden Damen die Hand. Die Tochter hieß Kriemhild Weber und sprach für ihre Mutter. Frau Weber erklärte mir umständlich, dass Frau Vielsorg am Karpaltunnelsyndrom litt. Patienten mit massiver Herzinsuffizienz sprechen oft so langsam, dass man verzweifelt nach dem Fast-Forward-Knopf sucht. Ich hörte nur mit halbem Ohr hin, untersuchte die Hand der Seniorin und fragte die Tochter dann: »Wie lange haben Sie das LVAD schon?«

Sie stutzte einen Moment. »Sie sehen so was?«

»Ja, das war früher mein Fachgebiet.«

»Ein halbes Jahr und ich bin dem Team an der Uniklinik so unendlich dankbar. Vor dem Eingriff war ich allen nur noch eine Last und konnte gar nichts mehr machen. Ich saß im Rollstuhl und brauchte Sauerstoff. Jetzt kann ich sogar wieder meine Mutter zum Arzt begleiten. Das ist ein Zugewinn an Lebensqualität, den sich ein Gesunder nicht vorstellen kann. Dafür nehme ich auch in Kauf, dass ich ständig an einen Akku angeschlossen sein und alle zwei Tage in die Klinik zum Verbandwechsel muss. Ohne diese technische Hilfe wäre ich bis zur Transplantation ungemein eingeschränkt oder ich würde sie gar nicht mehr erleben.«

»Sie stehen auf der Transplantationsliste?« Ich faltete ein Notizblatt.

»Noch nicht. Ich hatte Hepatitis C und musste Interferon nehmen. Jetzt muss ich erst mal abwarten, bis ich lange genug negativ getestet worden bin, und dann erst komme ich auf die Liste.« Sie zog entschuldigend die Schultern hoch. »Es gibt sowieso zu wenig Spender und bei meinem Alter …«

»Kriemhild, was ist jetzt mit meiner Hand?«, meldete sich die Mutter das erste Mal, dafür aber sehr energisch, zu Wort.

Jetzt war es an mir, mich zu entschuldigen. Ich erklärte Frau Vielsorg, was es mit der OP auf sich hatte, und verabschiedete die beiden Damen mit der Gewissheit, dass ich nächstes Jahr um diese Zeit an der Uniklinik sein und mit aller Kraft daran arbeiten würde, dass kein LVAD-Patient zukünftig mehr seine Versorgungseinheit auf dem Rücken mit sich tragen musste oder zumindest ohne Drive-Line durch eine Inzision im Bauch leben konnte. Das Ziel war ein Kunstherz komplett *in situ* zu entwickeln und den Akku kabellos aufzuladen – zum Beispiel per Induktion.

Dann saßen Lennard und Mutti erneut vor mir und die Gegenwart hatte mich wieder.

89

Steffen und der chirurgische Uhrmacher

*I was born with a mechanical **heart**. Miles of wires and video parts.*
Mechanical Heart/Beth Hart

Siegfried Dengler hatte sich unterm Dach seines Wohnhauses eine großzügige Werkstatt eingerichtet. Die Wände hingen voll mit tickenden, antiken Zeitmessern. Was man nicht aufhängen konnte, stand neben Porzellanfiguren in Glasvitrinen oder Regalen. Die Geräuschkulisse war einzigartig und ich fühlte mich wie in einem Museum.

Ich hatte meinen Arbeitgeber am Vortag um ein Gespräch gebeten und er lud mich auf ein Glas Wein in sein Haus in der noblen Panoramastraße ein. »Da unterhält es sich doch angenehmer als am Arbeitsplatz«, meinte er. »Ich bin diese Woche Strohwitwer, meine Frau ist mit Nena-Kristin am Ammersee Wellnessurlaub machen.«

Über einem Sofa hing die düstere Kohlezeichnung eines menschlichen Torsos. Der Brustkorb war eröffnet, statt des Herzens war ein kompliziertes Uhrwerk eingebaut. Auf einer aufgeräumten Werkbank, auf der jedes Werkzeug mit einem gezeichneten Umriss seinen festen Platz hatte, lagen die hölzernen Einzelbestandteile einer großen Uhr.

Dr. Dengler zeigte darauf und erklärte: »Eine Schwarzwalduhr aus dem Jahr 1719. Eine echte Rarität. Ein Vorläufer der Kuckucksuhren. Sie verzeihen, wenn ich weiterarbeite, aber ich habe heute die neuen Spindeln bekommen, auf die ich schon seit Wochen warte. Sie trinken ein Glas Wein mit?«

»Ja, gern, also nein, es stört mich nicht, wenn Sie weiterarbeiten.«

Der Hobbyuhrmacher holte aus einem Sideboard eine gekühlte Flasche und zwei Gläser und stellte alles auf einen Tisch, der vor einem mit rotem Samt bezogenen Gründerzeitsofa stand. »Ein feinherber Tropfen von der Mosel. Ein sublimer Riesling Kabinett gewachsen auf einer von Deutschlands besten Weißweinlagen, dem Berncasteler Doctor, und ausgebaut im Keller der Witwe Dr. H. Thanisch.«

Er schenkte ein und nahm sein Glas mit zur Werkbank. »Was führt Sie her zu mir, Herr Kollege? Ich hoffe, es sind nicht noch mehr Probleme mit meiner Tochter?«

Ich holte tief Luft und begann. »Nein, das mit Nena-Kristin und mir ist alles geregelt. Das Problem ist beruflicher Natur. Ich will nicht um den heißen Brei reden, ich denke, ich werde mit der Handchirurgie auf Dauer nicht glücklich.«

Der erfahrene Arzt sah mich lange wortlos an und drehte ein Zahnrad in seinen Händen. »Sie wissen, dass ich auf Sie gebaut habe. Sowohl was Enkel als auch was meinen baldigen Ruhestand angeht?«

»Ich weiß und es tut mir furchtbar leid, dass ich Sie in beider Hinsicht enttäuschen muss. Handchirurgie ist reines Handwerk. Ich brauche die Emotionen und die Herausforderungen der Herzchirurgie.« Ich erzählte die Geschichte von der Patientin, die von ihrer Tochter mit einem LVAD begleitet worden war. »Meine Vision ist es, ein Kunstherz zu schaffen, das alle Versorgungsleitungen und Akkus *in situ* hat. Jetzt habe ich ein Angebot der Uniklinik, das mir ermöglichen würde, aus der Vision eine konkrete Aufgabe zu machen.« Meine Mundschleimhäute waren knochentrocken und ich probierte einen Schluck des hervorragenden Weißweins. »Ich wollte nie nur Arzt sein und Krankheiten heilen, sondern Herzen wieder schlagen lassen. Das war meine Intention, als ich mich für das Medizinstudium entschieden habe.«

»Sie können nicht allen helfen, Doktor Milz, mit Ihrer chirurgischen Kunst. Denken Sie nicht, dass Ihr Anspruch an sich zu hoch ist?«

»Ich weiß, aber für den, dem ich helfen konnte, änderte sich alles. Das war mir wichtig.«

Meine letzten Worte gingen im einsetzenden Schlagen der Uhren, die die volle Stunde anzeigten, unter. Dr. Dengler hörte einen Moment aufmerksam mit schräg geneigtem Kopf und einem zufriedenen Lächeln zu. Wahrscheinlich merkte er, wenn einer seiner Schätze nicht mehr an der Kakophonie beteiligt war oder nicht im Takt schlug.

Nachdem der letzte Gong verklungen und wieder nur das Ticken aus geschätzten fünfzig Zeitmessern zu hören war, fuhr ich fort. »Sie bringen Uhrwerke wieder dazu rundzulaufen, und genau das habe ich mit Herzen versucht.«

»Ich verstehe Sie im Prinzip. Ich wäre tatsächlich viel lieber Uhrmacher geworden. Aber es war für mich nicht möglich, aus einer Dynastie erfolgreicher Chirurgen mit eigener Klinik auszubrechen. Mein Vater hätte mich enterbt, mein Großvater hätte nie wieder ein Wort mit mir gesprochen.« Der Kollege stand auf und schenkte Wein nach. »Ich bin an mein Studium mit viel Widerwillen herangegangen. Ich hatte in meinem Praktischen Jahr ein Schlüsselerlebnis, das mir gezeigt hat, dass ich den falschen Weg einschlug. Aber da war es zu spät für mich. Ich habe einen Teil des PJ in den USA abgeleistet. Ein Verbindungsbruder meines Vaters war in Boston an einer renommierten Klinik Chefarzt. Man hat mich in die Chirurgie gesteckt.« Er nahm das Pendel der Uhr so in die Hand, als wolle er das Gewicht schätzen. »Sehen Sie, ich liebe die kühle Präzision und exakte Mechanik meiner Uhren. Menschliche Körper sind genau das Gegenteil davon – warm und voller Unwägbarkeiten.«

Was Dr. Dengler als Manko sah, war für mich der Reiz an meinem Beruf – jeder Körper war ein unverwechselbares Individuum mit neuen Aufgaben für den Arzt.

Der Hobbybastler drehte mir jetzt den Rücken zu, begann das Uhrwerk zusammenzubauen und erzählte weiter. »Die Chirurgen hatten einen Unfall hereinbekommen. Ein kleiner Junge hatte sich beim Spielen auf einem Zaunpfahl aufgespießt und viel Blut verloren. Milz und Leber waren perforiert. Die Ärzte haben ewig operiert – ich war im OP als Zuschauer dabei. Die Familie saß draußen und wartete. Der Junge hatte AB negativ und die Vorräte waren aufgebraucht. Wie sich herausstellte, besaß die kleine Schwester die gleiche seltene Blutgruppe. Man hat die Eltern aufgeklärt, dass ihr Sohn ohne Bluttransfusion sterben würde. Daraufhin hat die Achtjährige Blut für ihren Bruder gespendet. Ich habe das Mädchen später im Aufwachraum neben ihrem Bruder gesehen und sie war todunglücklich. Die Eltern mussten an der Rezeption was erledigen und wollten in die Kapelle, um zu beten. Sie baten mich, einen Moment auf ihre Kinder aufzupassen. Ich fragte die Kleine, warum sie sich denn nicht freue, ihr Bruder wäre doch über den Berg. Sie sah mich mit großen, angsterfüllten Augen an und meinte, sie wäre deswegen traurig, weil nun ja sie sterben würde statt des Bruders. Dieser hätte ja nun ihr Blut.«

Er zog etwas Öl auf eine Einmalspritze auf und beträufelte damit einen der Zeiger, ehe er ihn auf eine Aufnahme steckte. Ich fühlte mich wie im Vorspann eines Horrorfilms. Gleich würden die Uhren lebendig werden, der Raum zu schrumpfen beginnen und Dr. Dengler würde sich in einen irren Wissenschaftler verwandeln.

Dieser bastelte jedoch unbeirrt weiter an seinem Werk. »Ich versuchte das Mädchen zu trösten, war aber überfordert mit der Aufgabe. Schließlich kam mir eine erfahrene Intensivschwester zu Hilfe, die die richtigen Worte fand, um das Kind zu beruhigen.«

Ich räusperte mich. »Unverzeihlicher Kommunikationsfehler.« So was darf einem Ärzteteam im Umgang mit Patienten und Angehörigen einfach nicht passieren. Mir zeigte es mal wieder, dass gerade Schwestern und Pfleger oft mehr Gespür für das Zwischenmenschliche hatten als studierte Mediziner.

Der Chirurg drehte sich mit dem Stuhl um und sah mich wieder an. »Mich hat die Aussage und die Situation so getroffen, dass ich kurz davor war, mein Studium hinzuwerfen. Ich merkte, dass ich Angst hatte vor den Patienten. Wie soll man Menschen behandeln, die man fürchtet? Ich habe das ganze Studium, bis kurz vor der Facharztprüfung, eine Psychotherapie gebraucht. Mein Herz schlägt für Uhren. Menschliche Körper lassen mich kalt. Aber es ist gut zu wissen, dass es Ärzte wie Sie gibt, die ihren Beruf mit Leidenschaft ausüben. Hätten *Sie* mit dem Mädchen gesprochen, hätte sie sicher nicht gedacht, sie müsse sterben. Ich erzähle Ihnen das alles, weil ich der Letzte sein will, der einem fähigen Kollegen im Weg stehen möchte. Also, wann wollen Sie mich verlassen?«

Ich schluckte. Die Erzählung des erfahrenen Chirurgen, der sein ganzes Leben den falschen Beruf ausgeübt hat, hatte mich getroffen und gleichzeitig in meiner Entscheidung bestärkt. »Die Uniklinik würde mich von heute auf morgen einstellen.

Aber im Grunde genommen bin ich in meinem derzeitigen Zustand nicht in der Lage, die Tätigkeit aufzunehmen. Ich denke, Mitte nächsten Jahres ist realistisch.«

»Wo ist das Hindernis?« Dr. Dengler arbeitete wieder an seiner Uhr.

»Mein Bein behindert mich massiv. Diese Krücke ist lästig und schränkt mich ein, aber ohne sie ist Laufen nur jeweils ein paar wenige Schritte möglich. Ich habe neben dem Wund- und Narbenschmerz Myalgien, neuropathische Schmerzen plus Phantomschmerz, wo das Gelenk fehlt. Ich brauche zum Einschlafen zwischen 7,5 und zehn Milligramm Lorazepam und dann ist immer noch nicht garantiert, dass ich durchschlafen kann. Oramorph hilft tagsüber, aber das schlägt mir auf die Stimmung und Verdauung. Vor dem Morphin habe ich Fentanyl-Pflaster und regelmäßig Oxycodon genommen.«

»Da gibt es rational gesehen nur eine Möglichkeit: Der Unterschenkel mit dem dysfunktionalen Gelenk muss weg und durch eine funktionale Prothese ersetzt werden. So wie ich bei meinen Uhrwerken fehlerhafte Teile ersetze. Aber das müssen Sie aus freien Stücken wollen und sich der Konsequenzen bewusst sein. Es wird kein Zurück geben. Der Unterschenkel wird bis an Ihr Lebensende weg sein. Aber das wissen Sie selbst besser als ich.«

»Und mit ihm diese unerträglichen Schmerzen.«

»Sie sind abhängig von dem Morphinsulfat?«

»Ich würde sagen, ja.«

»Dann sollten Sie nach der Amputation unbedingt einen Entzug machen, sonst halte ich es für gefährlich und unethisch, wenn Sie weiter als Chirurg arbeiten. Selbst als Handchirurg. Nach dem, was Sie mir eben gebeichtet haben, sind Sie untragbar für diesen Beruf.«

»Ich denke, ich mache den Entzug schon vor der Amputation. Einen stationären Platz habe ich bereits gefunden.«

Dr. Dengler nahm sein Weinglas und drehte sich wieder zu mir um. »Ein sehr guter Anfang. Sie würden die Amputation in Tübingen durchführen lassen?«

»Die haben meine Anfrage negativ beschieden, obwohl ich ein psychologisches Gutachten habe, das bescheinigt, dass ich durchaus in der Lage bin, die Konsequenzen einer Amputation abzuschätzen, und es ein wohl überlegter Eingriff ist. Ich kann die Kollegen und ihre ethischen Bedenken durchaus verstehen, schließlich haben sie ein kleines Wunder geschafft und das Bein erhalten. Das Einzige, was Fuß und Unterschenkel noch verband, war die Achillessehne. Ich habe den OP-Bericht gelesen und sehr viel Respekt vor der Leistung der Chirurgen. Ich kann nachvollziehen, dass es ihnen schwerfällt, das alles nichtig zu machen. Allein, ein Gefäß gefunden zu haben, das sie zur Blutversorgung verwenden konnten, hat Stunden gedauert. Da nicht aufzugeben, sondern dranzubleiben, verdient Hochachtung. Außerdem besteht die Frage der Haftung danach. Aber ich bin mir sicher, dass es das einzig Richtige ist. Ich habe viel über die infrage kommenden Eingriffe gelesen und mich für eine Burgess-Amputation entschieden, die lässt den längsten Stumpf und gibt genug Material und Aufbauhöhe, um später eine möglichst dynamische Prothese zu bekommen.«

»Passen Sie auf, Doktor Milz, ich habe einen Schulfreund, der in Wieblingen ein Sanitätshaus mit ausgezeichneter Prothesen- und Orthesenwerkstatt betreibt. Mit dem arbeite ich recht eng zusammen. Ich mache Ihnen einen Termin aus und Sie gehen einfach mal vorbei, schauen sich an, was technisch möglich ist, und unterhalten sich mit ein paar Beinamputierten. Sie werden auch einen guten Physiotherapeuten brauchen, aber da kann ich Ihnen auch behilflich sein. Wenn Sie sich danach immer noch sicher sind, stelle ich den Kontakt zu meinem Studienkollegen Professor Zischler her, der ist Chefarzt an der hiesigen Orthopädischen Klinik und Spezialist für

Unterschenkelamputationen. Wenn die Sache gut überlegt ist und ich ein gutes Wort für Sie einlege, denke ich, dass man einer Amputation zustimmen wird.«

Damit waren die persönlichen Themen abgehakt. Dr. Dengler tischte eine Quiche Lorraine auf und sprach eine weitere Stunde über seine Herzensangelegenheit: mechanische Uhrwerke.

90

Antonia und die drölfte Mail

*I want to live. I want to give. I've been a miner for a **heart** of gold.*
Heart of Gold/Neil Young

Ich hatte an diesem Sonntag dienstfrei, lange geschlafen, trank meine erste Tasse Kaffee und knabberte an einer Reiswaffel. Ich saß nun an meinem Laptop und schrieb meinen Geschwistern Hurra-ich-lebe-noch-Mails. Nebenbei las ich den Schlagabtausch, den sich Dennis, der Dienst, aber nichts zu tun hatte, und Liese, die Notarzt beim Roten Kreuz fuhr, lieferten.

13.16 Nachricht von Liese von Rothenstein
Ich hatte gerade einen Einsatz in einem Altenheim.
Ein Opa im Rollstuhl hat mich gefragt, ob er meine
Pflaume lecken soll. Ich hasse diesen Job!!!

13.20 Nachricht von Dr. Death84
Komm, stell dich nicht so an! Sei froh, dass du
nicht im Einzelhandel arbeitest, da geht es fies zu.
Saugeilen Filmtitel bei YouPorn gefunden:

Die Fleischthekennutte, dem Filialleiter zu Willen!

13.21 Nachricht von Liese von Rothenstein
Das toppe ich: An der Kasse in der Schlange durchgereicht!

13.22 Nachricht von Dr. Death84
Die Großmarkthure!

Es war Zeit, mich an der niveauvollen Unterhaltung zu beteiligen:

12.23 Nachricht an Gruppe Die Drei Medizinertiere
Mein Leben als Ladenschlampe
Untertitel: Von Gurken und Karotten penetriert.

12.24 Nachricht von Liese von Rothenstein
Gefangen und gefickt im Warenlager

Es poppte eine neue Mail auf. Der Absender war steffenmilz@web.de. Ich zögerte einen Moment und öffnete die Nachricht, statt sie, wie viele zuvor, einfach zu löschen.

Liebe Antonia!

Auch wenn wir uns nun eine Weile nicht mehr gesehen haben: Du hast nun mal einen besonderen Platz in meinem blinden, fleckigen Herzen – daran ändert auch dein beharrliches Schweigen nichts!

Ich finde es unendlich schade, dass so ein außergewöhnlich wertvoller Mensch wieder sang- und klanglos aus meinem Leben verschwindet.

Ich bin mir bewusst, dass ich dir in den vergangenen Wochen einiges angetan habe, was wahrscheinlich nicht wiedergutzumachen ist. Ich habe deine Zeit unter falschen Vorzeichen gestohlen, ich habe falsche Hoffnungen in dir geweckt, das tut mir wirklich sehr leid – ich würde vieles tun, um es ungeschehen zu machen. Aber ich weiß auch sicher, ich habe dir im Gegenzug viele Stunden ein Lächeln auf deine Lippen gezaubert, wo sonst keines gewesen wäre.

Ich habe geschwiegen aus Angst, dich zu verlieren.

Damals, als du in deiner Küche *Only Time Will Tell* mitgesungen hast, ist mir bei dem Text das Blut in den Adern gefroren – da habe ich dich wieder belogen. Das war nicht das letzte Lied, das ich gehört hatte, als ich verunglückte – ich habe beim Motorradfahren nie Musik gehört. Du hast die Worte gesungen, vor denen ich mich gefürchtet habe, und ich wusste nicht mehr, was ich machen sollte. Das war eine Panikattacke aus purer Verlustangst.

Antonia, ich habe noch nie so sehr an einem Menschen gehangen wie an dir und ausgerechnet dich habe ich von Anfang an belogen. Das Lied war eine Prophezeiung – die Zeit hat mich verraten. Vielleicht hilft die Zeit dir aber auch, mir zu verzeihen?

Ich mache an dieser Stelle Schluss mit meinen Mails an dich. Ich möchte nicht als irrer Stalker enden.

Ich wünsche dir ein schönes Leben und werde da sein, wenn du mich willst oder brauchst.

Herzlichst, dein Schtompfred

Ich schaltete den Laptop aus und suchte nach einer DVD – das Einzige, was von meiner Beziehung mit Luis Winkler an Bleibendem zurückgeblieben war. Ich versank anderthalb Stunden in einem meiner Lieblingsliebesfilme: *Mondsüchtig* mit Cher und Nicolas Cage. Es gab erstaunlich viele Parallelen zu meiner eigenen unromantischen Liebeskomödie mit Steffen Milz. Loretta, die weibliche Protagonistin, war siebenunddreißig. Ronny bezeichnet sich selbst als Krüppel, weil er eine Handprothese hat, und Großvater Castorini lässt seinen Köter den Mond anheulen. Aber der wichtigste Satz stammt von Lorettas kluger Mutter Rose: *Wenn du die Männer liebst, treiben sie dich in den Wahnsinn – nur weil sie wissen, dass sie's können!*

Ich markierte Steffens Mail, drückte auf *Löschen* und spielte eine Stunde auf meinem Cello für Pius vom Sutterhof alles, was ich von Puccini an Noten greifbar hatte.

91

Steffen und das verlockende Jobangebot

*My **heart** going boom, boom, boom. »Son«, he said, »grab your things, I've come to take you home«.*
Solsbury Hill/Peter Gabriel

Salvatore saß am Stammtisch, qualmte und studierte eine Bedienungsanleitung, als ich von meinem Termin mit Professor Neuenhagen in der Chirurgischen Klinik kam.

»Was liest du da?«, fragte ich und setzte mich zu ihm.

»Eine Bedienungsanleitung für ein LAN-Starter-Kit. Alles idiotensicher nur mit Zeichnungen beschrieben und drüber je ein glückliches oder ein trauriges Smiley. Nur, ich kapier das nicht. Ich bin wohl die falsche Zielgruppe. Ich brauche noch schriftliche Beschreibungen – also lesen statt gucken. Und wieso wiederholen sich die Abbildungen? Über zehn Seiten die gleichen Bilder. Wozu soll das gut sein? Für die, die es beim ersten Mal nicht kapieren?«

Ich warf einen Blick auf das Booklet und meinte: »Ist doch logisch, das ist in verschiedenen Sprachen gezeichnet.«

Salvatores unsicherer Blick war unbezahlbar. »Milz, jetzt hast du mich fast gehabt.«

»Um mal etwas mehr Niveau in die Unterhaltung zu bringen: Ich habe die Position des Leiters der Herzchirurgischen Forschung an der Uni angeboten bekommen. Das beinhaltet einen Lehrstuhl an der Medizinischen Fakultät.«

»*So godderschprich, unser Hausmeschder werd Professor! Reschpekt, Milz!*«

Ich sah Cargus im Augenwinkel von der Hauptstraße herunterlaufen. Sie verzichtete wegen der Hitze auf Sommertweed und trug edles Leinen – man musste ja nicht mehr sparen. »Da kommt meine verhaltensoriginelle Mitbewohnerin vom Bastelnachmittag nach Hause.«

»Die läuft wie eine Marionette, bei der sie die Gelenke vergessen haben«, kommentierte Salvatore.

»Das meinst du. Sie denkt, sie hätte einen aufregenden, pantherhaften Gang.«

»Wer sagt denn so was?«

»Steht in ihren detaillierten Aufzeichnungen über sich selbst. Ich bin im Januar draufgestoßen, als ich versucht habe, Ordnung in die Unterlagen zu bringen.«

Zu unserem Erstaunen ging die ungeliebte Hauseigentümerin nicht direkt in den Durchgang, sondern kam auf uns zu und begrüßte uns überschwänglich: »Hi! Wollt ihr mal mein Tattoo sehen?«

»Nein.« Salvatore war für klare Ansagen.

Ich war etwas unverbindlicher: »Ähm …«

Cargus hatte ihr weißes Leinenhemd hochgezogen und Roger Moores Konterfei sah uns auf zwei blasse, speckige Bauchrollen verteilt an.

»Interessant.« Roger Moore hatte seltsam geformte Pausbäckchen, die ihm ein grenzdebiles Dauergrinsen verliehen.

»Genial, ein zweidimensionales Tattoo!«, meinte Salvatore und ich hatte Mühe, das Lachen zu unterdrücken.

Cargus kapierte mal wieder nichts. »Es gibt keine zweidimensionalen Tattoos.«

»Ausnahmen bestätigen die Regel«, antwortete er und fragte: »Wozu soll das überhaupt gut sein? Irgendein Statement abgegeben, ein Stück Urwald oder eine bedrohte tierische oder menschliche Minderheit dadurch gerettet?«

Cargus lief puterrot an, ehe sie Salvatore mit einem Spuckesprühregen ins Gesicht zischte: »Ich bin nun mal ein *Social Influencer* und darauf bist du schon immer neidisch gewesen. Du hast meine Mutter von mir entfremdet!«

Salvatore wich ein Stück zurück: »Komm, reboote dich mal. In den sozialen Medien mal kurz ein Tränchen für irgendeinen Staat oder eine Stadt verdrücken. *Pray for XY* gepostet, Trauerflor ums Profilbild und eine Stunde später wieder weitermachen wie gehabt. Hauptsache, die Likes stimmen. Die Berühmtheit in Zeiten der sozialen Medien steht in Relation mit der Blödheit ihrer Benutzer? Geh lieber mal in dich und wechsle deinen Tampon, Fräulein Schumacher. Du hast dich deiner Mutter selbst entfremdet, als du beschlossen hast, dass Roger Moore dein Vater ist.«

Cargus schrie mit knallrotem Gesicht: »Wenn du kritisiert wirst, hast du was richtig gemacht. Man greift nur den an, der den Ball hat. Das ist von meinem Vater! Und er hatte so was von recht. Ich lass mich doch von einem Koch und einem Hausmeister nicht blöd anmachen. Ich gehe jetzt weiter.« Sie kehrte uns den Rücken und stapfte, die Hände auf den Ohren, *Lalalala* singend, hölzern davon.

Ich kommentierte ihren Abgang mit: »*Narrhallamarsch!*«

Salvatore wartete, bis Cargus im Durchgang verschwunden war. »Seit wann ist jetzt Bruce Lee ihr Vater? Dazu kann ich nur sagen: Es gibt nichts Schöneres, als dem Schweigen eines

Dummkopfes zuzuhören. Leider von Helmut Qualtinger, aber hätte auch von mir sein können.«

»Das Problem seit Facebook und Twitter ist, dass keiner mehr eine Frage mit einem simplen Ja oder Nein beantwortet. Die Leute verstehen immer: *Du Arschloch, warum hast du …?*, und fangen an zu diskutieren«, trug ich zum Thema bei.

Salvatore stand auf und sprach mich an: »Willst du was essen, du Arschloch?«

Ich lachte: »Touché, du Sack!«

Während ich auf die Pasta all'arrabbiata wartete, las ich den Anstellungsvertrag der Uniklinik nochmals durch und unterschrieb ihn. Es war höchste Zeit, meinem Leben wieder einen Sinn zu geben.

92

Antonia und die drei Medizinertiere

You say you're lookin' for someone who'll promise never to part.
*Someone to close his eyes for you. Someone to close his **heart**.*
It Ain't Me Babe/Johnny Cash

LIESE UND ICH hatten einen Wellnesstag im Spa eines Hotels eingelegt und dösten im Ruhebereich, der bis auf uns an diesem Mittwochvormittag leer war. Dennis hatte Aufsicht bei einer Koronarsportgruppe, sah Rentnern gegen Bezahlung beim Sport zu und ihm war langweilig. Wir hielten regen Kontakt über WhatsApp. Sein Aufregerthema war die seiner Meinung nach miserable Bezahlung von Klinikärzten, wenn sie nicht gerade eine Oberarzt- oder Chefarztstelle hatten. Erst dann rollte der Rubel. So weit waren wir alle noch nicht. Liese arbeitete nebenbei als Notärztin und Dennis hatte in einem Fitnessstudio eine zweite Verdienstmöglichkeit gefunden. Nur ich gönnte mir den Luxus, ausschließlich von meinem mageren Facharztgehalt zu leben.

Dennis hatte eine Nachricht zum Thema geschickt, die ich Liese vorlas: »Wenn ich mich im Dienst schon ständig prostituieren muss, will ich wenigstens als Luxusnutte behandelt werden. Für Flatratebumsen bin ich zu sehr Diva.«

14.04 Nachricht von Dr. Death84
Verdammt, jetzt ist tatsächlich einer zu Boden gegangen und kreischt rum. Werde wohl eingreifen müssen.

14.12 Nachricht von Dr. Death84
Was kann man bei einem Wespenstich in den Handballen machen???

14.12. Nachricht an Propofol-Dennis
Kühlen und dankbar dafür sein, dass es keine Hornisse war.

14.12 Nachricht von Dr. Death84
Wespen sind Hurensöhne. Warum können die nicht so nützlich sein wie Bienchen?
Und sich damit begnügen, Blüten zu bestäuben?
Dabei fällt mir auf: Ich bin ein sehr fleißiges Bienchen.
Ich bestäube unermüdlich.

14.13 Nachricht an Propofol-Dennis
Bienen sind auch nur vegetarische Wespen.
14.13 Nachricht von Dr. Death84
Whatever. Ich bin dann mal arbeiten.

»Doktor Death behandelt gerade einen Wespenstich, statt Blumen zu bestäuben. Wir können zu Frauenthemen wechseln«, verkündete ich und steckte mein Handy weg.
»Wird auch höchste Zeit. Was sind wir für den? Die Pausenclowns? Wo waren wir stehen geblieben, Schnecke?«

»Wir hassen Männer!« Ich schloss die Augen und lehnte mich zurück. »Weißt du, warum Bastian mich seiner Frau vorgezogen hatte?«

»Weil er dich lieber hatte, Schnecke?«

»Träum weiter. Nein, er hat es mir mal in einer stillen Stunde gestanden. Er möchte keinen Sex mit einer Frau, die ein Kind geboren hat.«

»Flachwichser!« Liese kramte in ihrer Tasche und holte eine Packung getrocknete Aprikosen heraus. »Willst du? Voll gesund.«

»Nein, danke. Ich bin auf Diät. Ich habe ihn gefragt: ›Auch nicht, wenn es deine Kinder sind?‹ Nein, wenn durch die Vagina ein Kind gepresst wurde, sei die nie wieder so wie vorher.«

»Hurensohn!«

Ich nickte: »Deshalb hassen wir Männer.«

»Mich macht dieses unlogische Denken fertig, Schnecke. Die Typen glauben, dass eine Frau, die mit fünfzig verschiedenen Männern geschlafen hat, ausgeleiert sei. Aber wenn sie dich täglich bespringen wollen und das über Monate hinweg, dann ist das in Ordnung. Rein rechnerisch kommt man in den meisten Beziehungen auf weit über fünfzig Mal«, meinte Liese kauend.

»Es wäre nur fair, wenn sich bei jedem Mal Ejakulieren die Länge oder der Umfang verringern würde. Ich möchte dann doch eine Aprikose.«

Liese warf mir die Packung in den Schoß. »Allerdings. Aber die Säcke werden noch belohnt. Häufiges Ejakulieren ist präventiv wirksam gegen Prostatakrebs, hat mir Dennis erzählt.«

»Wie schön, dann wissen wir, durch welche Krebsart wir Doktor Cornazzano niemals verlieren werden.«

Wir legten kauend eine Schweigeminute ein, die Liese unterbrach: »Ich habe als Kind lange gedacht, ich wäre nicht normal. Das heißt, ich dachte, mir fehlt die Öffnung, aus der die Babys rauskommen. Aber ich habe mich nicht getraut, meine Mutter zu fragen, aus Angst davor, dass sie mich nicht mehr mag mit meinem Defekt.«

»Wie bist du denn auf die schräge Idee gekommen?«, wollte ich wissen.

»Ich habe eine Babypuppe geschenkt bekommen. Riesiges Teil, der Kopf war fast so groß wie mein eigener. Dann habe ich still und heimlich meinen Körper im Bad danach abgesucht, wo die Öffnung ist, aus der so ein großes Wesen rauskommen kann, und keine gefunden.«

»Ich hoffe, du weißt spätestens seit dem Medizinstudium, wie das funktioniert«, neckte ich meine Freundin. »Ich habe meine Mutter immer um die Silberstreifen am Bauch beneidet. Ich fand das als Kind so unglaublich schön. Mami hat gemeint, die bekommt man erst als erwachsene Frau. Deshalb habe ich mich tierisch drauf gefreut, endlich erwachsen zu sein. Die Streifen kamen aber nicht. Ich habe leider nur Haare an den unpassendsten Stellen bekommen.«

»Und ich würde meine von Linda gern wieder loswerden. Wollen wir tauschen, Schnecke?«

»Das Problem mit den körperlichen Veränderungen dank Gravidität haben Männer nicht«, meinte ich versonnen. »Sperma findet immer seinen Weg, ohne den Spender zu bestrafen.«

»Da haben wir es doch, schon die Diktion ist frauenfeindlich. Der noble Herr spendet großzügig seinen Samen und die unterwürfige Dame empfängt ihn dankbar.« Liese redete sich langsam in Rage und bekam rote Bäckchen. »Weißt du, warum Männer Rennsport lieben?«

»Keine Ahnung.«

»Weil ihr Sperma beim *Spermracing* damals das Schnellste war. Das müssen sie immer wieder erneut auf die Probe stellen. Schneller, höher, weiter. Darauf sind die programmiert.«

Die Tür zum Ruheraum öffnete sich und wir sahen interessiert hin. Ein attraktiver, beschnittener Samenspender ohne Ehering legte sich breitbeinig auf eine gegenüberstehende Liege. Das Saunatuch war so drapiert, dass nichts Wesentliches unserer Fantasie überlassen blieb. Über unsere Gesichter huschte bei diesem Anblick ein erfreutes Lächeln.

Liese formte mit den Lippen: »Boah! Was für ein geiler Schwanz.«

Ich biss mit gespieltem Verlangen in meine geballte Faust. Um nicht wie zwei untervögelte Schnepfen dazustehen, wechselten wir übergangslos das Thema und täuschten ärztliche Kernkompetenz vor.

Liese legte vor: »Wenn zum Beispiel die Netzhaut betroffen ist und der Chirurg sie darstellen muss, dann brauchen wir eine tiefere Narkose und ein volatiles Anästhetikum statt Propofol. Du führst als Anästhesist in dem Fall die Narkose besser mit Sevofluran und einem Schmerzmittel fort.«

»Ist es tatsächlich so, dass man einen Netzhauteingriff narkosetechnisch mit dem am Cerebrum gleichsetzen kann, Frau Doktor von Rothenstein?«

»Nun, das sehen Sie richtig, Frau Doktor Brandt. Wenn der Operateur im hinteren Augenabschnitt arbeitet, zum Beispiel beim Lasern nach einer Netzhautablösung, führt man die Narkose mit Gas fort.«

Zu unserer Enttäuschung kamen vom Objekt unserer Begierde laute Schnarchgeräusche. Wir verloren für diesen Tag das Interesse an Männern im Allgemeinen und ihm im Besonderen, schnappten unsere Handtücher und legten einen letzten Saunagang ein.

93

Steffen und die therapieresistente Kapselruptur

*People like us we don't need that much just someone that starts, starts the spark in our bonfire **hearts**.*
Bonfire Heart/James Blunt

Luise Elisabeth von Rothenstein war ein außergewöhnlicher Name und die Patientin, die sich dahinter verbarg, war ebenfalls außergewöhnlich.

»Liese?«, fragte ich verwundert, als ich das Behandlungszimmer betrat. Ich hatte Antonias beste Freundin und Kollegin erst zweimal getroffen, aber die Heidi-Frisur und der einzigartige Zwiebel-Look, in dem sie scheinbar wahllos Kleidungsstücke verschiedenster Stilrichtungen übereinander anzog, fielen sofort ins Auge. Den Satz *Meine Fuckability ist dahin!* von einer Adeligen, die Hotdogs so aß, dass der Senf gleichmäßig auf dem Schal und in den Haaren verteilt war, vergaß man nicht so schnell wieder. Heute saß sie mit getaptem Finger, aber sauberen Haaren und Klamotten vor mir.

»Was hat mich verraten?«, fragte sie mit schelmischem Lächeln.

»Nur so ein Gefühl«, antwortete ich lächelnd und schaltete auf professionell: »Was treibt dich zu mir?«

»Im Grunde eine Kapselruptur mit miserabler Heilungstendenz. Man munkelt, hier soll es einen fähigen Handchirurgen geben.«

»Hoppla, wer hätte das gedacht, dass ich nach so kurzer Zeit schon einen Ruf in der Stadt habe?«

»Ich will ehrlich sein, das mit dem therapieresistenten Finger ist mir gar nicht so wichtig. Ich weiß, dass Kapselverletzungen die Tendenz haben, schwer zu heilen. Ich habe eine übergeordnete Mission. Ich bin praktisch die Botschafterin der fehlgeleiteten Herzen.«

»Ist das so?« Als wir uns das erste Mal gesehen hatten, fragte Liese mich, ob ich denn eine Frau überhaupt ernähren könne. Ich mochte ihren Humor.

»Ja, das ist so. Ich habe meine Skepsis überwunden und bin der Meinung, ihr beiden solltet euch eine zweite Chance geben. Dieses Mal mit den richtigen Vorzeichen.«

Ich riss zwei Blatt des Notizblocks ab und begann eine Kette zu falten. »Was bringt dich auf diese Idee? Die Tatsache, dass ich wider Erwarten doch einen vernünftigen Job habe?«

»Nein, ich ändere meine Meinung nun mal eben gern.«

»Hm …« Ich schob die beiden Kettenteile ineinander.

»Nein, Scherz. Ich habe angefangen nachzudenken, als Toni mir erzählt hat, du hättest ihr ständig Mails geschickt. Das tun nur gute Männer, die ehrliches Interesse haben.«

»Gut, dann hat sie dir wahrscheinlich auch erzählt, dass sie nie geantwortet hat?«

»Schlimmer noch, sie hat deine Mails nicht mal gelesen.«

»Ist das so?« Ich schluckte trocken und faltete das nächste Blatt.

»Ja, leider, aber was kümmert mich diese sture Prinzessin aus einem Gutmenschen-Diplomatenhaushalt? Ich habe Toni ab dem Moment nicht mehr geglaubt, dass ihr nichts an dir liegt, als sie nach dem x-ten Mal nachfragen nicht mit deiner Telefonnummer rausgerückt ist. Ich wusste, wo du arbeitest – *et voici la femme!*« Sie breitete beide Hände aus, zog die Schultern hoch und verzog das Gesicht zu einer entschuldigenden Grimasse.

Ich wusste nicht, was ich Liese antworten sollte. Sie gehörte zu den Frauen, bei denen ich keine Ahnung hatte, wie sie ticken und was sie von mir hören wollten.

Dafür ergriff sie wieder das Wort. »Wenn du Lust hast, können wir uns gern mal in der Stadt treffen und reden.«

Ich schwieg wieder, weil das Gespräch in eine Richtung ging, die mir unangenehm war. Ich schob das gefaltete Blatt in die Kette.

»Über Toni selbstverständlich«, lenkte sie ein. »Ich persönlich bin durch mit Männern. Mir wird schon allein bei dem Gedanken an ein Date schlecht.«

»Tut mir leid, wir müssen das trotzdem in die Zukunft verschieben. Ich werde nicht mehr lange hier arbeiten. Ich habe einen Job an der Uniklinik und eine Professur angeboten bekommen und werde beides annehmen. Zuvor wird es Zeit, in meinem Leben etwas aufzuräumen. Ich werde einen Entzug machen und mich von dem trennen, was zwischen mir und einem normalen Leben steht.«

»Lass mich raten – da du ein Mann bist, ist die Lösung einfach, aber krass: dein Penis?«

Jetzt musste ich doch laut auflachen. »Nein, der hat mich erstaunlicherweise nie daran gehindert, ein normales Leben zu führen. Mein nutzloser Fuß.«

»Respekt vor deiner Entscheidung. Ich könnte das nicht. Ich hänge an allen meinen Körperteilen. Ich habe noch nicht mal einer empfohlenen Tonsillektomie zugestimmt. Hast du Toni das geschrieben?«

»Nein, ich will nicht den Eindruck erwecken, dass ich auf Mitleid aus bin. Ich habe ihr eine Abschiedsmail geschickt und respektiere jetzt, dass sie keinen Kontakt mehr möchte.«

»Meine Güte, warum seid ihr Männer immer so verdammt stolz?«

»Das liegt daran, dass wir einen Penis haben. Der macht einen stolz.«

Liese winkte ab. »Rhabarber, Rhabarber – ich kenne dieses Gelaber von der Antenne des Herzens. Du möchtest doch noch Kontakt?«

Ich musste vor der Antwort nicht überlegen. »Ich möchte Antonia zurückhaben. Ich würde vieles tun, wenn ich meinen Fehler wiedergutmachen könnte. Ich weiß nicht, was mich getrieben hat, so lange darüber zu schweigen, wer ich wirklich bin. Ich führe es zum Teil auf diese verdammten Medikamente zurück, die einen Zombie aus einem machen, und natürlich auf die Angst, sie zu verlieren.«

»Leben ist zeichnen, nur ohne Radiergummi.«

Ich zuckte mit den Schultern und legte die Papierkette weg. »Ich habe nach dem Unfall sehr deutlich gemerkt, dass das Leben endlich ist und keine Generalprobe. Ich habe die Geduld verloren.« Ich seufzte. »Gut oder nicht gut. Wollen wir uns mal um deine Verletzung kümmern?«

Liese sah mich an, als würde ihr tatsächlich schlecht werden, als ich ihren Finger untersuchte. Der linke Zeigefinger war nahezu steif und die Kapsel hochgradig schmerzempfindlich. Ich schickte sie einen Stock tiefer zu Nena-Kristin, um ein MRT zu machen. Die Aufnahmen zeigten ein diskret umschriebenes subkortikales Ödemäquivalent der dorso-radialen Basis der proximalen Phalanx. Der Kapselbandapparat war radial signalverändert, verdickt und subkutan gering ödematös verändert.

»Die Kapsel ist eindeutig noch verletzt, eventuell hat der Knochen einen Haarriss, aber das ist nur eine Vermutung.«

»Was nun, Herr Doktor Milz? Amputation?«

»Warum nicht? Dann hätte ich das auch mal gemacht, ehe ich die Handchirurgie an den Nagel hänge. Darf ich?«

»Hey, eben bist du das erste Mal lustig. Toni hat immer geschwärmt davon, wie viel Spaß man mit dir haben kann. Dann komme ich mit hohen Erwartungen extra hierher und du bist stocksteif.«

»Tut mir leid, ich bin etwas durch den Wind – die letzten Wochen waren extrem aufregend. Ich verspreche, bei der Amputation einen Flachwitz nach dem anderen zu reißen. Aber erst mal versuchen wir eine nicht invasive Therapie. Ich fixiere den Zeigefinger mit einer Orthese am Mittelfinger. So bekommen wir Bewegung in die Sache, sonst besteht die Gefahr, dass der Finger steif bleibt. Auch hier gilt: Die Zeit ist der beste Arzt.«

Liese erwiderte: »Man munkelt, der beste Arzt wurde in deutschen Kliniken und Praxen vor Jahren fristlos entlassen.«

»Das stimmt wohl leider«, musste ich ihr beipflichten und reichte die Hand zum Abschied. »Man sieht sich wieder und wer als Erstes seine Amputation hinter sich hat, muss dem anderen einen ausgeben.«

Sie nahm meine Hand, drehte sie und sah sie lange an. »Das war das zweite, wovon sie geschwärmt hat, von deinen Händen und wie weich und sensibel sie seien.« Liese zwinkerte mir zu. »Darf ich mich wieder melden, wenn ich demnächst meine temporäre Aversion gegen Männer überwunden habe?«

Ich musste lachen. »So fangen Arztpornos an.«

»Ha, stimmt!« Jetzt wurde der Blick aus den blassblauen Augen verführerisch – was für ein Unterschied zu Antonias dunklen Opalen. »Ich wüsste zu gern, wie sie aufhören.«

Ich zwinkerte ihr zu. »Meist mit dem Satz: Wir sehen uns dann in vier Wochen wieder.«

»Langsam kann ich Tonis Begeisterung nachvollziehen. Ich glaube, du kannst eine Frau nicht nur ernähren, sondern auch geistig sättigen.«

Mit diesen Worten ging Liese aus dem Besprechungszimmer und ließ mich mit einem Schwall Erinnerungen an Antonia zurück.

94

Antonia und der unverhoffte Rucksackfund

*Forever and ever, you'll stay in my **heart** and I will love you forever and ever, we never will part.*
Say a Little Prayer/Aretha Franklin

DENNIS UND ICH hatten gemeinsam Vierundzwanzig-Stunden-Wochenenddienst und schrieben uns gegenseitig Halte-durch-Nachrichten per Handy. Mittlerweile war es halb zehn abends und wir hatten seit Dienstbeginn um acht Uhr keine Pause gemacht. Dennis hielt sich mit Red Bull am Laufen und ich war schon bei der vierten Tasse Kaffee. Wir waren hundemüde, aber an Schlaf war nicht zu denken. Der nächste Notfallpatient, ein betrunkener Tourist, der mit einer fremden Katze auf dem Hotelparkplatz geschmust hatte, saß im Wartebereich. Das Kätzchen war nicht kooperativ gewesen und hatte mit einer Kralle durch das geschlossene Lid die Hornhaut verletzt. Es trat Flüssigkeit aus der Vorderkammer aus und ich hatte beschlossen, zu nähen. Zuvor musste ich aber etwas essen, sonst hätte ich angefangen zu zittern.

Dennis sah sich den Narkosefragebogen durch. »Man glaubt es nicht, was die Leute so eintragen. Pass auf, Toni: Augenerkrankungen? Pat: Ja. Wenn ja, welche? Pat: Nur das eine.«

»Ist doch schön, haben wir wenigstens was zu lachen an so einem Tag.«

Dennis hatte bei Ariane übernachtet und von ihr Chili con carne zum Aufwärmen mitbekommen. Es war so reichlich, dass er mir die Hälfte abgab. Ariane war jedoch schwanger und weigerte sich aus Gründen des Kindswohls, ihr Essen zu würzen. »Schmeckt sehr naturbelassen, was deine Freundin da gekocht hat«, meinte ich und kramte blind in meinem Rucksack nach dem kleinen Salzstreuer, den ich immer dabeihatte.

»Ariane ist nicht meine Freundin. Wie oft muss ich das noch sagen? Wir helfen uns nur gegenseitig über die Runden. Co-Parenting nennt man das heutzutage. Ich brauchte gestern viel Zuwendung. Wäre ich ein Weib, hätte ich bestimmt Eisprung gehabt.«

»Wo ist denn dieses blöde Ding.«

»Was suchst du?«

»Meinen Salzstreuer. Ich kann so fade Eintöpfe nicht essen. Ich bin in Asien geboren. Ich brauche es etwas schärfer, Doktor Cornazzano.«

»Du weißt schon, dass mich diese Zweideutigkeiten ganz tief in meinem Herzen treffen.«

»Wenn sie nur ins Herz treffen und nicht die unteren Regionen deines Luxuskörpers, dann geht es ja noch.«

Ich fühlte etwas Hartes, Biegsames und holte es aus der Vordertasche heraus. Dennis warf einen Blick darauf. »Was ist denn das?«

Ich hielt eine von Steffens gefalteten Papierketten in der Hand und musste an den Moment denken, als er sie mir geschenkt hatte. Wir waren mit den Rädern von Heidelberg am

Neckar entlang bis Eberbach gefahren. Wir besuchten den alten jüdischen Friedhof, der mit seinen überwachsenen Grabsteinen wie ein verwunschener Märchengarten wirkte. Auf der Ruine, die von der aufgelassenen Burg Ohrsberg noch übrig war, packten wir unsere Sachen aus und aßen. Zum Abschluss gab es in der Altstadt einen Cappuccino und ein Stück Sahnetorte, das wir uns teilten.

Steffen hatte jedes Fitzelchen Papier in einer seiner Papierketten verwendet und sie mir am Abend zum Abschied geschenkt. »Nimm das als Unterpfand meiner Liebe und Dank für diesen unvergesslichen Tag, holde Maid. Wirf einen Blick darauf, wann immer du an mir zweifelst, und erinnere dich an die schönen Stunden.«

Ich hatte mich artig bedankt, die Bastelarbeit gedankenlos in den Rucksack gesteckt und nicht mehr daran gedacht. Steffen faltete ständig solche Ketten. Im Nachhinein kam mir meine Reaktion kaltherzig vor. Ich versuchte mich daran zu erinnern, wie Steffen reagiert hatte, und wusste es nicht mehr. Es waren zwei Kaugummipapiere drin verarbeitet, die Quittung vom Bäcker, bei dem wir Brot für das Picknick besorgt hatten, die Verpackungen eines Mr.-Tom-Erdnussriegels und von zwei Magnum-Mandel-Eis, die wir an der Tankstelle geholt hatten, an der Steffen den Reifendruck seines Rads geprüft hatte. Die Mitte bestand aus der Umverpackung eines Kondoms, das wir im Wald bei der Burgruine benutzt hatten. Ich lächelte wehmütig.

»*Das*«, sagte ich endlich, »ist eine Erinnerung an einen besonders schönen Tag, den ich damals nicht so richtig zu würdigen wusste.«

»*Das*«, meinte Dennis kritisch, »klingt verliebt.«

»*Das*«, erwiderte ich, »war ich auch. Aber das ist vorbei.«

»*Das* wiederum, glaube ich dir nicht. Der Hausmeister?«

»Ja, damals war er noch der Hausmeister für mich.«

»Ich verstehe nicht, warum du mit dem Upgrade nicht leben kannst. Das ist so, als hätte man Economy gebucht und dann setzt einen die Stewardess in die Business und man schreit rum: ›Nein, das will ich nicht! Ich habe bewusst Economy gebucht! Betrug! Ich fliege nie wieder mit dieser Airline!‹ Toni, du müsstest dich mal selbst hören.«

Ich steckte die Bastelarbeit in die Kitteltasche. Wir aßen zu Ende und gingen wieder an unsere Arbeit. Hakan Kösem, mein Patient, war mittlerweile nüchtern, aber dafür mies gelaunt. Seine Frau, die neben ihm saß und ständig den rostroten Lack von ihren Fingernägeln pulte, beschwerte sich, dass er so lange auf die OP warten musste.

Ich war nach dreizehn Stunden Dienst ohne große Pause ebenfalls mies gelaunt und brachte den Spruch: »Wer wartet, lebt immerhin noch!«

Der tödliche Blick, den mir Frau Kösem zuwarf, erinnerte mich an meinen Lieblingsspruch des Fernsehkollegen Dr. House: *If nobody hates you, you're doing something wrong!*

Ich nahm den Patienten mit vor die OP-Schleuse, damit ihn die Schwester für die OP bereit machen konnte, ging mich selbst umziehen und war froh, dass ich ihn erst narkotisiert und intubiert wiedersehen würde. Die Papierschlange steckte ich wieder in die Kitteltasche. Es konnte in dem Beruf nicht schaden, einen Talisman zu haben.

95

Steffen und das arbeitsreiche Stadtfest

*Baby let me be. Unchain my **heart** 'cause you don't care about me.*
Unchain My Heart/Joe Cocker

MEIN ERSTER HEIDELBERGER HERBST verlief anders als geplant. Eigentlich wollte ich mich mit Annika und Nathalié ins Gedränge stürzen, Live-Musik hören und abschalten. Dann erreichte mich kurz nach dem Aufwachen eine Nachricht von Salvatore.

08.25 Nachricht von Da Salvatore
Milz, wenn du jemals was für mich empfunden hast, dann hilf mir!
Meine Hiwis sind abgesprungen.
Es gab grammatikalische Unstimmigkeiten.

08.26 Nachricht von Da Salvatore
Genau genommen ging es um Konsekutivsätze.

08.26 Nachricht an Salvatore Wagenbauer
Wie kann man mit Aushilfen über Grammatik diskutieren? Bist du wahnsinnig?

08.27 Nachricht von Da Salvatore
Ich bin nicht wahnsinnig, ich bin im Recht und gebildet. Also, was ist? Zahle auch Wochenendzuschlag.

EINE HALBE STUNDE SPÄTER stand ich hinterm Tresen und zapfte Bier. Nathalié spülte Gläser und befüllte die Geschirrspülmaschine. Meine kleine Schwester brachte die Bestellungen an den Tisch und hievte die schweren Körbe des Gastrogerätes herum, bis Gunnar kam und ihr diese Aufgabe mit den Worten: »Das ist nicht gut für deine Mutterbänder, Mädl«, abnahm. Der Architekt hatte sich auch breitschlagen lassen und Freundschaft vor Vergnügen gestellt. Er nahm Bestellungen auf und Salvatore wirbelte fluchend in der Küche herum.

Um achtzehn Uhr machten wir den Laden dicht und räumten die Biergarnituren in den Innenhof. Ab neunzehn Uhr sollte eine bekannte AC/DC-Coverband auf der Bühne neben dem Sumebrunnen spielen. Nathalié und Annika waren noch fit genug und wollten ihr frisch verdientes Geld direkt ausgeben und um die Häuser ziehen. Salvatore und Gunnar wechselten an den Bierstand gegenüber. Sie meinten, sie spürten ihre Beine nicht mehr. Ich wünschte, ich hätte mein Bein wirklich nicht mehr gespürt. Den ganzen Tag hin- und herlaufen hatte dafür gesorgt, dass ich höllische Schmerzen hatte. Ich ging in mein Zimmer, trank eine Ampulle Oramorph, setzte mich in den Ohrensessel von Oma Schumacher vor das offene Fenster, legte die Beine auf die Fensterbank und schlief trotz des lauten Gratiskonzerts auf der Stelle ein.

ICH ERWACHTE AUS einem traumlosen Schlaf, als Annika und Nathalié laut lachend in mein Zimmer kamen und mir ihre

Einkäufe zeigten. Gehäkelte Freundschaftsarmbänder mit winzigen Perlen und Filzhüte vom Flohmarkt, weil der nächste Winter schon vor der Tür stand. Ich bekam eine Packung gebrannte Mandeln und einen Kugelschreiber mit dem Konterfei einer Frau im schwarzen, eng anliegenden Kleid.

»Den haben wir auf dem Flohmarkt gefunden und gemeinsam für dich gekauft, Steffen. Die Verkäuferin hat gesagt, so was mögen erwachsene Männer.« Nathalié sah mich, stolz auf ihre Entdeckung, an. »Du musst ihn hinlegen, dann passiert etwas Magisches!«

Das Magische war, dass sich das Kleid in Nichts auflöste und die schlanke Dame plötzlich in schwarzer Unterwäsche dastand. Ich lachte amüsiert auf.

»Toll, oder? Jetzt hast du immer Spaß, wenn du was schreibst«, meinte Nathalié.

Ich nickte bedächtig. So einfach war das mit dem Spaß haben in Kinderaugen.

»Wir gehen noch mal runter und tanzen. Das macht so viel Laune!«, verkündete Annika und Nathalié nickte mit glühenden Wangen zustimmend.

Ich steckte den Kugelschreiber in meine Hemdtasche, öffnete die Tüte mit den aromatischen kandierten Mandeln, die noch warm waren, und stellte mich ans Fenster. Fünf Mann lieferten auf der Bühne eine Rockshow, die dem Original nur an technischem Aufwand und der Gage für den Auftritt nachstand. Der Heumarkt war brechend voll und das Publikum machte begeistert mit: »*Oi! Oi! Oi!*« In solchen Momenten vermisste ich es, im Mittelpunkt der Aufmerksamkeit auf einer Bühne zu stehen und Beifall zu bekommen. Als Herzchirurg hatte ich für meine Arbeit eher ein verhaltenes Dankeschön bekommen. Ich suchte eine besonders große Mandel als Selbstbelohnung heraus.

Mein Blick fiel auf zwei Frauen in olivgrünen NATO-Westen, die direkt vor der Bühne standen. Die mit dem Zopf nickte lässig zu *TNT*. Die Dunkelhaarige hielt sich an zwei Männern fest und ließ ihr langes Haar ausgelassen im Helikopter-Headbanging kreisen. Mein Herz schien einen Moment still zu stehen. Ich kannte dieses Haar, ich hatte in diesem Haar gewühlt, ich wusste, wie es sich nass anfühlte, ich hatte es geküsst und daran gerochen. So wie man das Vakuum fühlt, wenn eine geliebte Person nicht mehr da ist, spürt man auch in einer Menschenmenge unfehlbar denjenigen auf, der einem viel bedeutet. Inmitten all der Menschen, die sich vor der Bühne drängten, war mein Blick auf Anhieb auf Antonia gefallen. Nachdem das Stück vorbei war, ließ sie ihre Begleiter los, brachte ihr Haar in Ordnung und lachte dabei ausgelassen. Der jüngere der Männer legte seinen Schal um ihren Hals und sah ihr voller Verlangen in die Augen.

Liese drehte sich unvermittelt um und sah hoch zu mir. Unsere Blicke verfingen sich. Sie winkte mit beiden Händen, in denen sie je eine Bierflasche hielt, wie ein Fluglotse auf dem Rollfeld und formte mit dem Mund die Worte: »Komm runter!«

Ich schüttelte lächelnd den Kopf und ging weg vom Fenster. Ich musste loslassen. Antonia war Geschichte. Eine sehr kurze, aber sehr schöne. Ich nahm zehn Milligramm Lorazepam, meiner legalen, rezeptpflichtigen Droge, duschte und ging zu Bett.

96

Antonia und der kleine Wermutstropfen

*You say that I'm the only one, but will my **heart** be broken when the night meets the morning sun?*
Will You Still Love Me Tomorrow/Carole King

LIESE UND ICH waren direkt nach dem Frühdienst in die Stadt gefahren und drängten uns auf der Hauptstraße durch die Menschenmassen. Der Heidelberger Herbst war unser Highlight-Event in der Stadt. Die ganze Altstadt war eine einzige Festmeile, ohne jemals in die Niederungen eines Ballermann oder Bierzelts abzudriften. Der Dress-Code war entsprechend *tight*: Wer im Aldi-Dirndl oder in Krachlederimitation anreiste, wurde von den Einheimischen leise belächelt. Normalität war angesagt. Dank Lieses Tatendrang legten wir jährlich einen Halbmarathon hin, nur dass wir keine fünftausend Kalorien verbrannten, sondern zu uns nahmen.

Das Wetter war außergewöhnlich gut mit strahlend blauem Himmel und wärmenden Sonnenstrahlen. Wir starteten unseren irrwitzigen Parcours auf dem Uniplatz mit Caipi to go und warteten vergeblich, dass die angekündigte Countryband endlich zu spielen anfing.

Liese war hungrig und müde und deshalb leicht aggro. Sie pflaumte eine Gruppe Millenniumskinder an, die mit mitgebrachten Hugo-Flaschen vom Discounter an den Biergarnituren saßen: »Hey, ihr! Ihr dürft hier nicht sitzen, wenn ihr nichts gekauft habt. Wegen Leuten wie euch sterben solche Feste aus! Los, macht mal Platz für zahlende Gäste!«

Mich erstaunte, dass die Jugend sich so leicht vertreiben ließ. Meine Generation wäre erst recht sitzen geblieben. »Vom Selbstbewusstsein zum Selfiebewusstsein«, kommentierte ich.

Die Mitglieder einer chinesische Familie, die neben uns Äpfel aßen und sich eine Flasche Orangensaft teilten, waren die nächsten Opfer, die aufgeklärt wurden. Wobei Liese bei den arglosen Touristen aus Fernost einen wesentlich freundlicheren Ton anschlug.

»Liese, lass die armen Leute in Ruhe, wir wollen feiern!«, mahnte ich sie, nachdem ich die Verwirrung in den vier blassen Mondgesichtern gesehen hatte.

»Ist doch wahr. Von wegen arm. Sonnenbrillen für dreihundert Euro auf den operierten Näschen, aber zu geizig, vier fünfzig für ein Getränk auszugeben. Komm, das wird heute nichts mehr mit Countrymusik. Wir schauen mal auf dem Mittelaltermarkt, ob wir was zu essen finden, ich sterbe vor Hunger«, schlug Liese vor.

Wir kamen nicht weit. Ein paar halb nackte, martialisch aussehende männliche Wesen mit Zöpfen in fantasievollen Kleidern aus Häuten, Fellen und grober Wolle hielten uns auf. Liese musste unbedingt prüfen, ob die Brusthaare echt waren. Sie waren es. Wir probierten von dem Met, den die Horde stilgerecht aus Stierhörnern trank, und machten Selfies mit den Kriegern, die aus Saarbrücken kamen und auch so sprachen.

»Schnecke, mir läuft das Wasser im Munde zusammen. Das ist doch was ganz anderes als diese Hipster mit Hütchen und Hosenträgern«, meinte Liese, nachdem sie die Handynummer des Anführers, der sich Wotan nannte und in Kaiserslautern eine Kfz-Werkstatt besaß, ergattert hatte und wir weiterzogen.

»Wie wäre es mit Kartoffelspalten mit Kräuterdipp als Einstieg?«, meinte ich.

Liese rümpfte die Nase: »Kohlehydrate?! An diesem Stand stellen wir uns auf keinen Fall an. Guck dich mal um, die hier anstehen, sind alle dick! Ich bin auf Diät. Das einzige Teil, was mir von den Winterklamotten des Vorjahres noch passt, ist der Schal.« Sie ging ein paar Schritte weiter und hielt vor einem Falafelstand. »Da! Das ist es, Schnecke. Die sind schlank.«

»Weil Kichererbsen keine Kohlehydrate haben. Außerdem habe ich keinen Bock auf Falafel. Mich verlangt nach Gezupftem vom Schwein mit Krautsalat. Mir ist ausnahmsweise nach tierischem Eiweiß.«

Zum Glück warteten vor dem Holzhäuschen nur normalgewichtige Menschen und ich bekam mein Schweinefleisch. Wir gönnten uns gekühlten Brombeerwein in irdenen Bechern und sahen uns um, was noch so ging. Eine Gruppe Gaukler vollführte allerhand alberne Narreteien auf der Bühne. Ich war wohl zu sehr netflixgeschädigt, als dass ich dem einfachen Schauspiel etwas abgewinnen konnte.

Die nächste Station waren Muscheln und Vin rouge am Pavillon der französischen Delegation aus Marseille. Die japanische Partnerstadt bot Tuschezeichnungen des Namens auf Ansage an. Da Zeichnungen nicht dick machten, stellten wir uns in die kurze Warteschlange. Die höfliche Asiatin zuckte bei »Luise Elisabeth Ritter von Rothenstein« nicht mit der Wimper. Bei »Lavinia-Chartreuse Neuf-du-Pape-Maisondeux« fing ihre Pinselhand leicht an zu zittern und ich musste buchstabieren.

Danach kritzelte jede von uns zwanzig Post-it-Herzen an der Schaufensterscheibe des Zuckerladens in der Plöck mit unseren Herzenswünschen voll. Ich war früher fertig und las neugierig, was Liese geschrieben hatte.

»Du hast dein fahrbares Spülklo vergessen!«, erinnerte ich sie.

Sie schlug sich an die Stirn: »Ey! Ja, genau!«, und füllte das einundzwanzigste Herz aus.

Danach musste meine Freundin unbedingt einen privaten Flohmarkt in einem Hinterhof der Ingrimstraße besuchen, weil sie da jedes Jahr ein unvergleichlich *schönes* Stück für ihre Altkleidersammlung fand. »Die Frau, die das Zeug verkauft, hat genau meinen Geschmack und meine Kleider- und Schuhgröße.«

Ich sagte nichts und sah an Liese herunter, die über einem geblümten Sommerkleid eine überlange Strickjacke mit Fransen am Saum trug. Haferlschuhe mit weißen Grobstricksocken machten das unverwechselbare Outfit komplett. Ich hatte mich in meine einzige Jeanslatzhose geworfen, weil ich so essen konnte, ohne dass der Hosenbund jemals zu eng wurde.

Leider wohnte die Frau mit dem erlesenen Geschmack nicht mehr in dem Haus, erzählte uns ein blonder, bärtiger Hipster-Waffelbäcker ohne Hosenträger, mit dem wir ins Gespräch kamen. Wir mussten, obwohl wir kurz vorher auf dem Rathausplatz Crêpe mit Nutella und eine Tüte Churros verdrückt hatten, von seinen Biowaffeln aus Dinkelmehl mit Zimt und Zucker probieren. Er lud uns ein zu frischem Pfefferminztee mit Kokosblütenzucker. Lieses Männergeschmack war so breit wie ein Flussdelta. Sie hangelte sich bedenkenlos vom Kfz-Mechaniker-Fellkrieger zum Bio-Alternativen-Waffelbäcker, der Dozent für Chemie an der Uni war.

»#Hotienumber2. Dieser Tag ist ein voller Erfolg, männertechnisch. Schnecke, du hinkst hinterher. Gib mal Gas.«

»Ja, später. Ich kann nicht mit Männern, wenn ich so vollgefuttert bin, dann brauche ich das ganze Blut zum Verdauen.«

»Ich brauche gleich einen Schnaps, sonst kotze ich«, rülpste meine Freundin dezent und blieb an einem Flohmarkttisch stehen. Sie erstand zwei olivgrüne NATO-Westen, die nur jeweils fünfzehn Euro kosteten.

»Wofür brauchst du die, bitte schön?«, wollte ich wissen.

»Das sind schusssichere Westen, so was kann man immer brauchen in Zeiten, wo der Terror Hochkonsum hat. Außerdem haben wir damit unser Faschingsoutfit für den Ball der Vampire auch schon zusammen. Wir gehen als NATO-Kampftruppe, Schnecke. *Sisters in arms.*«

»Wohl eher *snails in arms*. Und das sind keine schusssicheren Westen, die haben keine Protektoren«, bemerkte ich klug.

»Meine Fresse, dass ihr Chirurgen immer so kleinkariert denken müsst. Wenn ihr Notarzt wärt, würden die alle steif sein, ehe ihr auch nur Blutdruck und Puls gemessen habt.« Liese nahm sich von einem Biertisch am Kornmarkt vier Bierdeckel und steckte sie in die Westentaschen. »Voilà! Problem gelöst. Protektoren integriert und Westen scharf gemacht. Wir sind kampfbereit. Aber jetzt gehe ich erst mal Schnaps suchen.«

»Ich bleib so lange hier stehen und höre zu. Die sind gut.« Auf der Bühne tobte eine begabte mopsige Sängerin samt begabtem kachektischen Gitarristen zu *Mustang Sally*.

Liese war zurück, noch ehe der Song zu Ende war. »So ein Betrug. Auf dem Kornmarkt gibt's keinen einzigen Korn. Gib mir mal dein Handy, ich bewerte das mit einem Stern auf TripAdvisor.«

»Nimm doch dein eigenes Handy!« Liese tendierte ab 1,0 Promille dazu, alles fallen zu lassen.

»Du meine Güte, was bist du unkommunikativ, wenn du satt bist.«

Liese tippte tatsächlich einen negativen Kommentar zum Kornmarkt und steckte das Smartphone wieder weg. »So, erledigt. Zeit für Dirty Deeds auf dem Heumarkt. Und sag jetzt bitte nicht, da bringt dich niemand hin, wegen deinem Hausmeister/Herzchirurgen. Das ist Tradition. Ihr werdet euch bei den Millionen Zuschauern nicht gerade begegnen.«

Mittlerweile war es frisch geworden und wir zogen kurzerhand die Armeewesten über, was uns im Publikum recht viel Respekt entgegenbrachte – man machte uns überall Platz und sparte nicht mit blöden oder geistreichen Bemerkungen über unser Outfit.

Die witzigste kam von einem Zwanzigjährigen mit dröhnendem Mörderlachen, das man im Unterleib spürte: »Hey, Mädels, das muss man auch bringen, NATO-Westen überm Omakleid und Latzhosen. Werft ihr Bio-Kiwis statt Handgranaten?«

»Sorry, der Krieg kam zu schnell, wir hatten keine Zeit mehr, uns umzuziehen und die Reizwäsche gegen wollene Unterhosen auszutauschen«, bemerkte ich und hakte mich bei dem feschen Jüngling unter. »Komm mit, wir verteidigen das Vaterland an vorderster Front.«

»Klar, kann mein Papa auch mit?«

Ein Spruch, den man vom Objekt seiner fleischlichen Begierde eher nicht hören wollte. Ich warf einen Seitenblick auf den Erzeuger des schönen Kindes, und noch ehe ich nicken konnte, hatte Liese die Initiative ergriffen und zog den Papa an der Hand hinter sich her. »Selbstverständlich! Wir lassen keinen Mann zurück! Auf zur *Sonder Bar!*«

Das Vater-Sohn-Gespann aus Nußloch hatte Spendierhosen an und den Rest des Abends brauchten wir keinen müden Cent mehr. Die beiden gaben mir beim Headbangen Halt und ich tanzte den Frust der letzten Wochen aus mir heraus. Liese meinte, sie könne sich auf keinen Fall mehr bewegen, weil ihr Magen bis zum Anschlag mit Essen und Trinken gefüllt sei, und hielt mein Bier so lange. Bei dem Stück *TNT* waren unsere explosiven NATO-Westen plötzlich der Hit.

Kurz nach Mitternacht machten wir uns erschöpft, aber glücklich auf den Heimweg. Marcel Schmitt, der einundzwanzigjährige Sohn aus Nußloch, hatte mir selbstlos seinen Strickschal und seine Handynummer geschenkt. Der Begleitvater war glücklich verheiratet und wollte es auch bleiben.
Der Heidelberger Herbst war auch in diesem Jahr wieder ein voller Erfolg gewesen, fand Liese, als wir uns am Bismarckplatz trennten. Das war er – bis auf den kleinen Wermutstropfen.

97

Antonia und das geflickte Herz

*Won't you keep my **heart** from breaking, if it's only for a very short time.*
Queen of Hearts/Juice Newton

> *Liebes Tagebuch!*
> *Nachglühen eines heißen Heidelberger Herbstes ...*
>
> *Ich schreibe es ungern, aber mein geflicktes Herz vermisst Steffen Milz. Ziemlich sehr. Manchmal sogar ganz arg. Aber ich möchte mich nicht schon wieder für einen Mann verbiegen und von ihm benutzen lassen. Luis hat mich belogen und mir was vorgegaukelt. Bastian hat mich klein und dumm gehalten. Jost hat mich auf einen Berg geschleppt, um sich zu outen und mich abzusägen.*
>
> *Ich muss es mir wert sein, nicht hinters Licht geführt zu werden. Jetzt bin ich endlich dran mit leben!*

Ich habe nur einen kleinen Rückfall, weil ich am Heumarkt headbangen war und meinen Ex-Steffen aus den Augenwinkeln am Fenster habe stehen sehen. Ich habe mir nichts anmerken lassen, aber es hat mich wie der Blitz getroffen. Gesichtszüge eines Menschen, den man einmal geliebt hat, brennen sich in die Seele.

Kintsugi schön und gut – aber wenn die Schüssel zerbrochen ist, bleibt sie zerbrochen. Das Gleiche gilt für Herzen. So, das musste ich jetzt mal loswerden.

Herzlichst
Deine Antonia Patchheart

98

Steffen und die neue Geschäftsidee

*Should've known you'd bring me **heart**ache, almost lovers always do.*
Almost Lover/A Fine Frenzy

ANNIKA HATTE PROFITEROLES gemacht und stellte eines vor mir auf den Küchentisch zum Probieren.
»Schmeckt sehr gut«, lobte ich das feine Gebäck.
»Danke, das findet Salvatore auch. Ich darf für ihn die Desserts und Kuchen machen. Er kann das ja nicht so gut.«
»Das stimmt allerdings. Darf ich mir noch eines nehmen?«
»Klar, Salvatore zahlt nur für die, die ich ihm bringe.«
»Hey, damit hast du ja eine eigene Einkommensquelle.«
»Ich habe mit Salvatore noch mehr Pläne gemacht. Willst du sie wissen?«
»Raus damit.«
Annika verkündete mit stolzem Grinsen, dass sie im Restaurant fest angestellt werden würde. »Ich bekomme sogar Urlaub, eine eigene Krankenkasse und Rente.«
»Wer ist denn auf die geniale Idee gekommen?«

»Nathalié. Sie schaut doch immer diese Sendungen über Essen und Trinken.«

Ich leckte den Puderzucker von den Fingern, stand auf und drückte meine kleine Schwester, die mit dem Knoten im Nacken und in der bestickten Schürze aussah wie aus einem Nachkriegsfilm entsprungen. »Ich gratuliere dir ganz herzlich, Annika. Wenn es einer schafft, auf Dauer mit dem spleenigen Wirt zurechtzukommen, dann du.«

Sie klammerte sich fest um meine Taille. »Ich kümmere mich auch gut um Nathalié. Du musst dir keine Sorgen machen. Ich bin für sie da wie eine Tante. Dann kannst du dich endlich mal wieder um dich selbst kümmern, wenn du aus dem Krankenhaus kommst. Ich möchte nur eine eigene Wohnung haben. Ich mag nicht in einer WG mit Xandra und Angus leben. Ich mag die beiden nicht. Hilfst du mir bei der Suche?«

»Kannst du dir eine WG mit mir vorstellen?«

»Steff, du bist doch mein Lieblingsbruder.«

»Und du bist die beste Schwester, die man sich wünschen kann, und du hast demnächst eine feste Bleibe.«

PROFESSOR SCHWEINEBACKE ÖFFNETE die Tür mit nacktem, verschwitztem Oberkörper, ein Handtuch um den Nacken gelegt. »Was wollen Sie von mir? Ich bin auf dem Crosstrainer und will nicht auskühlen.«

»Dann machen wir es kurz. Ich will, dass Sie und Ihr Crosstrainer sich schnellstmöglich ein neues Zuhause suchen. Wir brauchen die Wohnung selbst.«

»Und ich hätte gern eine schriftliche Kündigung. Ich habe einen gültigen Mietvertrag und einen guten Anwalt.«

»Und ich habe zwei Frauen, die gern bestätigen, dass Sie wiederholt Ihr *Würmchen* in sie gesteckt haben. Das wird Raquel sehr interessieren, denke ich.«

»Das ist Erpressung.«

»Das ist freie Marktwirtschaft.«

»Ich konnte Sie nie leiden, Milz.«

Ich nahm mir ein Beispiel an Salvatore: »Doktor Milz für Sie. Mir war es schon immer egal, was Sie von mir denken. Sie haben vier Wochen, um sich eine neue Bleibe zu suchen. Zum einunddreißigsten Oktober ist hier Schluss für Sie.«

Bastian knallte mir wortlos die Tür vor der Nase zu. Ich ging runter zu Salvatore, um zu Mittag zu essen und ihn darüber zu informieren, dass ich am zweiten November mit dem stationären Entzug beginnen würde – als Anfang des Projekts *Steffen Milz nimmt sein Leben wieder in die eigenen Hände*. Ich hoffte, mein Kumpel würde sich so lange um das Haus und seine Bewohner kümmern, bis ich es wieder selbst tun konnte.

99

Antonia und die überraschende Verlobung

*Un-break my **heart**, say you'll love me again.*
  Un-Break my Heart/Toni Braxton

LIESE ARBEITETE WIEDER VOLLZEIT. Der linke Zeigefinger war noch getapt und sie malte gerade mit einem schwarzen Filzstift ein Herz und den Schriftzug *Love* auf das grell-pinkfarbene Tape. Die Dachterrasse war bis auf uns drei Medizinertiere leer. Den meisten war es hier oben in diesem Jahrhundertsommer, der nahtlos in einen sehr warmen Herbst überging, zu heiß. In der Bereitschaftsküche klapperte Geschirr – dann waberte der künstliche Duft einer Instantsuppe durch das gekippte Fenster. Über dem Dach der Inneren Medizin kreiste ein Hubschrauber. Er musste warten, bis der vor einer halben Stunde angekommene wieder in der Luft war, um selbst landen zu können.

Ich hatte eine Plastikdose mit Gemüsestiften in die Tischmitte gestellt und knabberte an einer Karotte.

Dennis packte ein Käsebrot aus, roch daran und tunkte es in seinen Kaffee, ehe er es in den Mund schob. Ich würde mich nie an diese Unsitte gewöhnen, dass er an allem riechen und alles in seinen Kaffee stippen musste. Ich nahm mir einen Paprikastreifen und blätterte in einer uralten Frauenzeitschrift, die auf dem Tisch lag. Ich tippte auf die ganzseitige Werbung einer Burgerkette: »Hat jemand von euch schon jemals so einen appetitlich aussehenden Hamburger im echten Leben gesehen?«

Meine Freunde blickten kurz hin und Liese, die ihren zweiten Donut mit Cremefüllung aß, meinte: »Ich war neulich mit Linda bei McDonald's, weil sie mich genötigt hat. Da fehlte sogar der obere Teil des Brötchens.«

»Fast-Food essen, ist wie ein Tinder-Date. Du bekommst nie das, was auf dem Foto zu sehen ist.« Dr. Cornazzano hatte aufgehört, sein Brot in Kaffee zu ersäufen, und daddelte auf seinem Handy herum.

»Ich mochte Kartoffeln noch nie. Ich habe immer nur buntes Gemüse essen wollen«, trug ich zum Thema *Ernährung* bei.

»Was warst du denn für ein seltsames Kind, Toni? Kartoffeln sind der *Burner* im Gemüsefach. Du kannst Püree draus machen, Pommes, Chips …«

»Wodka«, ergänzte Dennis die Reihe. »Stellt euch vor, dieses YouTube-Video, auf dem ein Talgpfropfen im Ohr mit einer Pinzette ausgeräumt wird, hatte über zwanzig Millionen Aufrufe! Wie langweilig muss ein Leben sein, wenn man sich so was sechs Minuten und vierundvierzig Sekunden reinzieht? Wer sieht sich so was an?«

»Ich weiß nicht? Wie viele Anästhesisten gibt es weltweit?«

»Keine Ahnung. Ich könnte es mal googeln.« Dennis hatte nicht kapiert, dass ich ihn gerade hochnahm.

Ich biss in eine rote Paprika. »Ich hatte heute an der Bushaltestelle einen Millenniumssohn, der seinen Buddies staunend erzählte, er habe auf Twitter gelesen, wenn man von der aktuellen Jahreszahl sein Alter abzieht, kommt das Geburtsjahr heraus. Das kann man so oft probieren, wie man will, das haut immer hin. Daraufhin haben diese Kinder, die unsere Zukunft sein sollen, das Handy herausgeholt und nachgerechnet. Sie fanden das voll krass.«

»Wir sind alle voll verloren!«, meinte Liese und schob sich ein Radieschen in die Backe.

»Nein, sind wir nicht. Ich zumindest habe meinen intelligenten Samen schon unter die Leute gebracht und wenn Toni endlich so weit ist, werden wir gemeinsam jede Menge Superkids zeugen, die helfen werden, den Planeten zu retten.«

»Dein intelligenter Samen ist, wie es aussieht, auf Erde mit geringem IQ gefallen«, meinte Liese und imitierte Arianes hohe Fistelstimme: *Kein hate Dennis, ich meine ja nur ...*«

Lieses Telefon klingelte. »Ritter von Rothenstein.« Das halbe Kopfklinikum dachte, Luise Elisabeth von Rothenstein heiße mit Vornamen *Rita*, weil sie sich immer mit ihrem vollen Adelstitel am Telefon meldete. »Ich bin gerade Mittag machen. Ist mein Pfleger schon da? – Welcher? – Okay. Chirurg und das Team auch? – Dann bin ich in wenigen Minuten auch bei euch.« Sie klipste das Telefon an ihre Kitteltasche. »Habe eine Hornhauttransplantation dazwischen bekommen. Bis später.«

Ich sah auf mein Handy. Meine nächste OP war in fünfzehn Minuten geplant. Da Dennis die Analgosedierung machen würde, hatte ich noch so lange Zeit, wie er hier rumhing. Ich blätterte weiter in der Zeitschrift. »Sieh einer an, Prinz Harry hat mit der dunkelhaarigen Anwaltsgehilfin aus *Suits* angebändelt.«

»Wetten, dass die mal heiraten? Tausend Euro! Komm, schlag ein.«

»*Nice try,* Doktor Cornazzano. So ganz habe ich den Anschluss an die moderne Gesellschaft noch nicht verloren.«

»Wenn wir beim Thema sind. Ich muss mal ein ernstes Wort mit dir sprechen.«

»Willst du deine Verlobungsgeschenke zurück?«

»Nein, den Sparschäler kannst du gern behalten. Du hast sicher mitbekommen, dass sich Ariane und ich in den letzten Monaten aneinander gewöhnt haben.«

»Ja, allerdings. Ihr seid ein Traumpaar, die Raketenchirurgin und der Gasmann. Ich führe das auf die Schwangerschaftshormone zurück. Du hast ja auch ein wenig an Gewicht zugelegt.« Ich beugte mich vor und rubbelte über Dennis' kleine Wampe. »Lieber Buddha, ich wünsche mir den Weltfrieden und einen größeren Busen, deine Antonia.«

Dennis schlug meine Hand weg. »Sehr witzig. Nein, das geht tiefer.«

»Tiefer als dreißig Zentimeter? Wow, Doktor Cornazzano, das sind ja ganz neue Aspekte!«

»Hör jetzt auf mit dem *Bullshit*, Toni. Ariane hat Charaktereigenschaften, die ich vorher nicht erkannt habe. Kurz und gut, ich würde ihr gern einen Heiratsantrag machen.«

Ich hatte meine Wasserflasche angesetzt und prustete den Schluck, den ich im Mund hatte, über den gesamten Tisch.

Dennis hielt mir seinen besten Freund, das Huawei, hin. »Ey! Pass doch auf, ich habe keine Versicherung für das Teil und den Kaffee kann ich jetzt auch wegschütten. Menno.«

»Nicht dein Ernst, Doktor Cornazzano.«

»Doch mein Ernst. Diesbezüglich hätte ich eine Bitte an dich. Es soll eine Überraschung werden und ich hätte es gern romantisch. Kurzum, könntest du dir am nächsten Mittwoch am Vormittag was Gescheites anziehen und gegen elf auf dem Schlossaltan Cello spielen? Eigentlich wollte ich Geigen als Untermalung, aber so ein Violinist verlangt vierhundert Kröten für einen Auftritt. Bei dir weiß man ja, dass du alles für Freibier machst.«

»In diesem Falle liegst du mal richtig, Doktor Cornazzano. Für kein Geld der Welt würde ich mir das entgehen lassen: Der

Beschäler der Kopfklinik bindet sich, bis dass der Toast ihn scheidet.«

»Toast?«

»Na ja, du willst doch nicht behaupten, dass du dich bis ans Lebensende binden wirst. Was soll ich spielen?«

»Moment, muss ich nachsehen.« Er öffnete WhatsApp und blätterte eine Weile.

»Komisch, dass man sich das Lied, das man sich für so eine Gelegenheit wünscht, nicht merken kann.«

»Ist nicht mein Song. Ist ähm … Moment … ja hier: *Demons* von Imagine Dragons.« Er sah mich zufrieden an: »Arianes Lieblingslied.«

Dann klingelte Dennis' Handy. Der Patient lag in der Einleitung und Katja, die diensthabende Anästhesieschwester, hatte schon alles vorbereitet. Wir liefen gemeinsam zum Fahrstuhl.

»Darf ich weitererzählen, was ich soeben gehört habe?«

»Was an dem Wort *Überraschung* hast du nicht verstanden, Toni?« Dennis drückte den Knopf an der Fahrstuhltür.

»Für einen Mann, der sein Glück und die Liebe seines Lebens gefunden hat, bist du ganz schön knatschig, Doktor Cornazzano.«

»Wenn Ariane vorher einen Ton davon erfährt, bist du so was von tot, Toni!«

»Hm … kein *beef*, ich meinte ja nur so …« Die Fahrstuhltür ging auf und wir fuhren an unseren Arbeitsplatz.

100

Steffen und das bestellte Haus

*Owner of a lonely **heart**. (Much better than a). Owner of a broken **heart**.*
Owner of a Lonely Heart/Yes

DIE POSTSTRASSE WAR so etwas wie das Bankenviertel in der eher überschaubaren Stadt und nicht gerade das architektonische Aushängeschild. Das Zentrum bildete eine unansehnliche Tiefgarage. Ringsumher standen unspektakuläre moderne Zweckbauten. Das einzige Highlight war das Café *Rossi* an der Ecke, in dem ich mit Nathalié zum ersten Mal gefrühstückt hatte.

Ich hatte dank Gunnars Vermittlung schnell eine Bank gefunden, die mir den Kauf des Hauses am Heumarkt mit einem Hypothekenkredit finanzierte. Ich kam schließlich nicht mit leeren Händen an, sondern verfügte über einiges Eigenkapital. Erspartes aus dem sparsamen Leben eines Menschen, der kein Privatleben besaß, sondern stets gearbeitet hatte. Es war Zeit, mir endlich etwas zu gönnen.

Mein Blick fiel im Vorbeigehen im Schaufenster eines Secondhandladens auf ein paar nachtblaue Slingpumps mit buntem Strasskreuz auf dem Rist. Auch ohne den Manolo-Blahnik-London-Aufkleber hätte ich die typische Handschrift des Schuhdesigners erkannt. Nena-Kristin hatte im Laufe der letzten Monate alle Geiseln wohlbehalten zurückbekommen. Darüber hinaus hatten wir uns nichts mehr zu sagen. An meinem letzten Arbeitstag bei ihrem Vater war sie auf Korsika zum Segeln und ich hatte mich nicht verabschieden können.

Niemand in der Praxis von Dr. Dengler trauerte mir nach und das beruhte auf Gegenseitigkeit. Ich arbeitete bis zum letzten Patienten an diesem Tag, packte meine wenigen Besitztümer und ging wie an jedem anderen Tag nach Hause. Keine der MFAs war mir ans Herz gewachsen. Eindeutig meine Schuld. Ich wollte nie Wurzeln schlagen und heimisch werden in dieser Praxis.

Die Schuhe in Größe 37 waren mit 450 Euro ausgezeichnet. Ich kaufte sie und ließ sie von der sehr blumig riechenden, übereifrigen Besitzerin des Ladens in einen gebrauchten Schuhkarton einpacken. Sie gab mir auf meine Bitte ein Blatt Papier und einen Stift.

Ich schrieb:

> *Liebe Nena-Kristin, es tut mir leid, dass ich war, wie ich war, und nicht, wie du es gebraucht hättest. Wir haben Steffen Milz beide gehasst und das zu Recht. Ich versuche, wieder so zu sein, wie ich einmal gewesen war, ehe wir uns kennenlernten. Ich kann leider nichts wiedergutmachen. Ich hoffe, du hast etwas Freude mit meinem Geschenk. Sorry, dass alles so kommen musste, Steffen.*

Ich faltete das Blatt und legte es in den Karton.

»Hätten Sie vielleicht Klebeband da, damit ich den Karton zumachen kann? Ich würde ihn gern verschicken.«

Die Dame mit der komplizierten Hocksteckfrisur, aus der kunstvoll Strähnchen auf die bloßen Schultern fielen, meinte: »Selbstverständlich. Ich habe sogar einen Paketaufkleber und wenn Sie möchten, nehme ich den Karton nachher mit zur Post, ich muss da sowieso hin.«

Ich sah der Dame direkt in die lächelnden Augen. Auch etwas, was mir in der Zeit in Heidelberg angenehm aufgefallen war, die Freundlichkeit und Hilfsbereitschaft der Kurpfälzer, egal ob hier geboren oder zugezogen.

»Das wäre außerordentlich nett von Ihnen. Ich zahle Ihnen auch die vier fünfzig für das Paketporto.«

»Nein, nein, lassen Sie mal. Ein Mann, der so guten Geschmack hat und so schöne Geschenke macht, den muss man unterstützen. Man weiß ja nie, ob man den Letzten eurer Art vor sich hat!«

Wenn ich bei der Unterschrift unter dem Antrag auf den Hypothekenkredit vor wenigen Minuten noch letzte Zweifel hatte, ob es richtig war, sich in Heidelberg niederzulassen, waren sie in diesem Moment gänzlich verschwunden. Ich war nach vierzig bewegten Jahren endlich angekommen.

Beim Verlassen des Geschäfts humpelte mir im mannshohen Spiegel an der Eingangstür ein Typ mit einer Krücke entgegen, der ein sanftes Lächeln auf dem Gesicht trug und den ich von Tag zu Tag mehr mochte.

101

Steffen und die letzte Fahrt

*So please believe my **heart** is in your hands and I'll be missing you.*
Babe/Styx

NATHALIÉ RISS DIE TÜR zu meinem Zimmer auf, als ich den Reißverschluss meines Rucksacks zuzog. Ich drehte mich um.

»Entschuldigung, dass ich nicht geklopft habe, aber jetzt ist das doch auch egal, oder? Bist du fertig? Ibrahim steht schon unten und wartet.«

Ich schloss das Fenster. Der Brunnen war über Winter abgestellt. Gab es einen traurigeren Anblick als einen leeren Brunnen? Ich sah mich ein letztes Mal in meinem Zimmer um. Die antiken Jugendstilmöbel waren mir vertraut geworden und ich würde sie so vermissen wie den fadenscheinigen Perserteppich, den traurigen Gummibaum und die Tiffanylampe mit der grazilen Luna als Ständer. Ich kannte jeden Riss an der Stuckdecke mit dem großen Wasserfleck und wusste, an welchen Stellen das Kirschholzparkett knarrte. Antonias Geburtstagsgeschenk, die kunstvoll reparierte Schüssel, war das Einzige, was ich in dieses Zimmer als bleibenden Wert mitgebracht hatte.

Heidelberg und der Heumarkt waren nicht als Endstation gedacht gewesen und mir doch zufällig Heimat geworden. Cargus und ich hatten vorgestern einen Notartermin, und das Haus gehörte bis auf das Erdgeschoss und den halben Keller jetzt offiziell mir. Der ungeliebte Sohn von Sybille Milz und einem unbenannten Samenspender hatte es weit gebracht und war stolz darauf.

Als Ergebnis der monatelangen Therapie im Psychiatrischen Zentrum war Carmen Schumacher, gefühlte Moore, sicher, dass sie doch im richtigen Körper geboren worden war, aber dafür im falschen Land. Sie wollte das Geld dafür verwenden, nach London zu ziehen und auf den Spuren ihres berühmten Vaters wandeln.

»Ich bin einfach keine Deutsche. Ich bin Britin durch und durch und ich möchte, dass ihr mich in Zukunft mit Deborah ansprecht.«

Deborah oder, wie ich sie nannte, *Cargusrah* wollte schnellstmöglich auswandern und überließ mir die drei Wohnungen für einen mehr als günstigen Preis. Gunnars Parteigenosse bei der Bank musste seinen Einfluss kaum spielen lassen. Ich hatte genug angespart, um eine vernünftige Finanzierung auf die Beine stellen zu können. Wenn ich wiederkam, würde ich im ersten Stock einziehen. Nathalié und Annika machten Pläne, sich die Mansarde nach Cargusrahs Auszug einzurichten. Xandra hatte ab März eine Rolle im Musical *Aladdin* in Stuttgart ergattert und war damit einverstanden, dass Nathalié Paris bei uns in Heidelberg blieb. Die Wohnung im zweiten Stock würde ich vermieten und mit den Einnahmen die Hypothek abbezahlen. Steffen Milz hatte sein Leben und die Zukunft wieder im Griff. Ich steckte den Schlüssel zu meinem eigenen Haus mit dem Herz-Werkzeugtasche-Anhänger ein.

»Soll ich deinen Rucksack runtertragen?«, fragte das Mädchen, das weniger wog als das Gepäckstück und das sich zur Feier des Tages mit der Tiara in Schale geschmissen hatte. Bevor ich etwas dazu sagen konnte, meinte sie: »Ehe du dich aufregst: Heute ist ein voll besonderer Tag und deswegen sind die Juwelen angemessen.«

»Ich habe ja gar nichts gesagt. Das Gepäck schaffe ich schon allein. Aber zieh dir was drüber an, es ist November, auch wenn man es nicht unbedingt merkt.« Dem Supersommer war ein Herbst mit Traumwetter und hohen Temperaturen wie am Mittelmeer gefolgt. Heute war der erste kalte Tag seit Langem.

»Okay. Du bist der Chef.« Sie ging aus dem Zimmer zur Flurgarderobe, ich folgte ihr mit meinem schweren Marschgepäck.

Annika und Salvatore waren am frühen Morgen zusammen in den Großmarkt gefahren und seitdem nicht mehr aufgetaucht. An der Eingangstür zum Restaurant hing ein großes, handgemaltes Schild mit Nathaliés Handschrift: *Heute wegen toller Familienfeier geschlossen!*

Ich hatte keine Ahnung, welche Familie was auch immer Tolles feiern wollte. Mir fiel auf, dass der Heizpilz nicht an seinem Platz stand. Ich hatte mich sowieso gewundert, warum das Teil bisher noch nie geklaut wurde. Ich packte meinen Rucksack in den Kofferraum des Taxis. Ibrahim stieg mit dem Handy am Ohr aus und nickte wortlos zum Gruß. Ich setzte mich auf den Beifahrersitz, Nathalié saß bereits auf dem Rücksitz.

Unser Fahrer hatte sein Gespräch endlich beendet, grunzte und bog in die Große Mantelgasse ab, fuhr hinunter zur B37 und am Karlstor wieder in die Innenstadt zurück.

»*Du fahre Monnem*«, sagte ich scherzhaft, weil das nicht der direkte Weg zur Autobahn Richtung Mannheim und Entzugsklinik war.

Ibrahim war mittlerweile vertraut mit der alten Comedyserie und antwortete brummend: »Fahre Memphis.«

Nathalié hüpfte nervös auf dem Rücksitz herum und kicherte leise.

Das zu jeder Jahreszeit idyllische Neckartal war im Oktober von leuchtenden Herbstfarben der Bäume an den Hängen bestimmt. Als hätte jemand die grünen Blätter über Nacht mit einer feinen Schicht aus Messing, Gold, Bronze und Kupfer überzogen. Über dem Fluss lagen dünne Nebelfetzen. Für mich ein Déjà-vu der besonderen Art. In der Sonne leuchtende Herbstfarben waren das Letzte, das ich wahrgenommen hatte, ehe ich in die Nebelwand fuhr, die so dick war, dass der Traktor, der aus einem Seitenweg auf die Landstraße abbog, mich nicht hatte kommen sehen.

Ich wandte den Blick von dem malerischen Bild ab und sah nach hinten zu Nathalié, die so tat, als schließe sie ihren Mund mit einem imaginären Schlüssel ab, den sie aus dem Fenster warf.

Nach dem Schlossbergtunnel bog das Taxi erneut in die falsche Richtung ab.

»Machst du einen Umweg über den Königstuhl, damit die Fahrt mehr bringt?«, fragte ich und bekam zur Antwort: »Du überraschst! Wart ab!«

Und ich war überrascht: Es gab keinen Zweifel mehr, unser Weg führte eindeutig zum Schloss hoch. Nathaliés Grinsen war wie festgetackert. Ihre Augen leuchteten voller Vorfreude auf etwas, von dem ich keine Ahnung hatte. Ibrahim tat das, was man eigentlich nicht tun durfte, er lenkte das Taxi in den belebten Innenhof. Hinter mir hüpfte Nathalié unruhig auf ihrem Sitz auf und nieder. Die zehnminütige Fahrt unter Schweigen musste sie das Letzte an Selbstbeherrschung gekostet haben. Jetzt rief sie übermütig: »Überraschungsabschiedsparty!« Das war also das Geheimnis.

Im Innenhof erkannte ich unter vielen Touristen ein paar vertraute Gesichter, die mich fröhlich anlächelten. Annika,

Gunnar, Salvatore und zu meiner großen Überraschung Antonias Kollegin Liese. Der dunkelhaarige Schönling, der neben ihr stand, kam mir ebenfalls bekannt vor. Von Antonia war leider nichts zu sehen.

Ibrahim meinte, er müsse das Taxi schnellstmöglich wieder herausbringen, er hätte keine Sondergenehmigung zum Befahren des Innenhofes. »Ausdem ist mein Herz zu weich für lange Abschied. Geb isch dir die Hand und fahr isch weiter Taxi, Bruder. Rufst an, wenn du wieder wohin wolle mit oder ohne zwei Füß! *Hakkını helal et.*«

»*Helal olsun!*« Ich war gerührt, der türkische Taxifahrer war mir in den wenigen Monaten sehr ans Herz gewachsen, auch wenn er keine einzige meiner Einladungen, mit mir mal eine Tasse Kaffee zu trinken oder etwas zu essen, angenommen hatte.

Meine Freunde kamen alle auf mich zu, umarmten mich oder gaben mir die Hand. Salvatore drückte mir eine Tasse Glühwein in die Hand. »Salve, Meister Milz! Auf deine Zukunft als Kardiologe auf dem einbeinigen zweiten Bildungsweg. Der Herr steh deinen Patienten bei.«

»Vergelt's Gott. Keine Sorge, Herzchirurgie ist so was wie Sanitärinstallation mit Körperflüssigkeit. Die *Skills* sind ähnlich. Wichtig ist letztlich, dass der Druck in den Leitungen stimmt und alles dicht ist.«

Alle hoben lachend ihre Becher und prosteten mir zu. Ich bedankte mich dafür, dass sie gekommen waren, und trank einen Schluck. Der weiße Glühwein war ausgezeichnet – sehr aromatisch und nicht zu süß. Wenn einer was von Wein verstand, dann Salvatore.

Ich stieß mit Liese an. »Schön, dass du gekommen bist und sogar deinen Freund mitgebracht hast. Ich hoffe, dir wird nicht übel, wenn du mich siehst.«

»Man hat mich mit Glühwein und heißen Würstchen geködert, da konnte ich nicht Nein sagen. Außerdem habe ich

Vomex eingeworfen.« Liese zwinkerte mir zu und ich bedauerte, dass wir keine Gelegenheit gehabt hatten, uns näher kennenzulernen. »Reiner Selbstzweck. Doktor Cornazzano meint übrigens, er kennt dich von früher, und du wärst zumindest als Chirurg ein Genie.«

Ich drehte mich zu dem zierlichen Mann mit den mandelförmigen Augen, die ich schon sehr oft im OP gesehen hatte, um. Ich vergaß Namen, aber Augen nie. »Sie sind also der Anästhesist, dessentwegen ich aufgeflogen bin.«

Er nickte zustimmend und lächelte verlegen. »Das ist leider wahr. War aber nicht meine Absicht. Nichts für ungut. Ich habe in Ulm oft Narkose bei Ihren Patienten gemacht. Wir fanden alle sehr schade, dass Sie damals aufgehört haben. Wann trifft man als Anästhesist schon mal einen Chirurgen, vor dem man so viel Respekt hat?« Er zwinkerte mir zu, hob seinen Becher und wir stießen an.

Ich wechselte das Thema. »Kein Champagner und keine Blaskapelle?«, fragte ich in die Runde. »Was ist denn das für eine Abschiedsfeier, bei der an allen Ecken und Enden gespart wird?«

Ich fühlte, wie Nathalié ihre warme Hand in meine schob. »Doch, es gibt gleich Champagner, aber erst, wenn wir zum Höhepunkt der Feier gekommen sind.«

»Stimmt, Meister Milz, wir haben tatsächlich Schampus und Mucke für dich organisiert. Dazu müssen wir aber flugs die Location wechseln. Gunnar, hat der Schlossherr den passenden Schlüssel parat?«

Der Architekt winkte mit einem unübersehbaren eisernen Schlüssel: »Die Reisegruppe vom Heumarkt/Altstadt bitte mir folgen!« Er ging voran und schloss das große Tor auf, das den Durchgang zum Altan versperrte. Normalerweise stand das Tor zur Schlossterrasse immer weit offen und die Besucher konnten den spektakulären Blick auf die Stadt und die Rheinebene am Horizont bewundern. Gunnar machte das Tor hinter uns wieder zu und pflaumte durch das eiserne Gitter eine britische Touristin an, die ihrem Unmut lautstark Ausdruck gegeben hatte: »*Closed for British tourists – Heidelexit!*« In seinen einen Bart murmelte er: »Die Spinner sollen froh sein, dass sie nach dem Brexit an unseren Kulturdenkmälern überhaupt noch teilhaben dürfen.«

Ich hörte die wehmütigen Klänge eines Cellos, als ich noch im Durchgang war. Mein geschultes Musikerohr täuschte sich nie – ich hatte das Original unzählige Male gehört. Das war zweifellos Antonias leichter Bogenstrich und ihre grazile Melodieführung. Sie spielte ihre ureigene Version von *Demons*.

Annika hatte meinen Gesichtsausdruck gesehen und lächelte nun. »Liese und Dennis haben uns geholfen. Wir wollten dich überraschen.«

Liese ergänzte: »Das stimmt. Antonia weiß nicht, dass du kommst. Wir haben ihr vorgegaukelt, dass Dennis sich mit Ariane in einem romantischen Ambiente verloben möchte und sie für die musikalische Untermalung sorgen soll. Also, solltest du sauer sein, sei auf uns alle sauer. Nicht auf sie.«

Ich war sprachlos, mein Mund war trocken und ich nickte mehrmals, um Zeit zu gewinnen. Ich spürte, wie mein krankes Bein zu zittern anfing, und fasste die Krücke fester.

»Alles in Ordnung, Steffen?«, fragte Salvatore. »Du musst noch ein Stück weiter. Die Musik spielt im Pavillon. Wir halten uns erst mal im Hintergrund, bis die Fronten geklärt und alle Minen entschärft sind.«

»Das ist doch eine schöne Überraschung, freust du dich? Es war meine Idee und alle haben mitgeholfen«, meinte Nathalié mit vor Aufregung glühenden Wangen.

»Alles okay. Ihr seid unglaublich.« Nur der erste Schritt war etwas holprig, dann ging es wieder normal weiter.

Ich näherte mich schweigend dem westlichen Pavillon, der seit Jahrhunderten einen traumhaften Blick über das Neckartal bot. Die Sonnenuntergänge waren spektakulär. Antonia spielte konzentriert, mit gesenktem Blick. Ihr ärmelloses burgunderrotes Abendkleid glänzte seiden, sie hatte die Haare über eine Schulter gelegt und sah einfach wunderschön aus. Die weißen Adidas-Sneakers hatten passende rote Streifen. Hinter ihr stand der Heizpilz und sorgte dafür, dass sie in dem dünnen, festlichen Kleid nicht erfror.

Antonia öffnete die Lider einen Spalt, als sie spürte, dass jemand vor ihr stand. Danach musste sie die Gehhilfe gesehen haben. Ihr Spiel stockte für einen kurzen Moment, sie ließ zwei, drei Noten aus, blickte mich direkt an und hörte ganz auf zu spielen. Sie erhob sich langsam und hielt dabei das Cello wie ein Schutzschild vor sich, der Bogen wirkte wie ein Degen. »Steffen?« Dann sah sie an mir vorbei und fragte: »Dennis?«

Der Angesprochene musste direkt hinter mir stehen. »Sorry, Toni, aber Liese hat mich erpresst. Es gibt keine Verlobung. So bescheuert bin ich dann doch nicht.«

»Ich bin genauso überrascht wie du, Antonia. Ich dachte, ich sehe dich nie wieder. Aber es freut mich so sehr, dass ich mich von dir verabschieden kann. Ich habe die letzten Wochen viel nachgedacht und eine Entscheidung getroffen. Ich werde einen Entzug machen und mir danach den Unterschenkel amputieren lassen. Ich denke, mit einer Prothese bin ich irgendwann wieder voll einsatzfähig. Ich bin kein Handchirurg. Ich brauche die Herzchirurgie. Das ist mein Leben.« Ich hatte sehr schnell gesprochen, um alles loszuwerden, sollte sie einfach gehen und mich stehen lassen.

Antonia blieb jedoch, nickte bedächtig mit dem Kopf und malte mit dem rechten Zeigefinger Kreise auf den hölzernen Korpus ihres Instrumentes. »Ich habe auch viel nachgedacht. Ich möchte nie wieder ein Haus auf Treibsand bauen und ich möchte nicht mehr verletzt werden und Eliza Doolittle spielen. Ich bin eine gestandene Ärztin mit einem eigenen Kopf und keine schutzbedürftige Blumenverkäuferin, die einer Männerfantasie entsprungen ist und die ihr nach eurem Geschmack formen könnt. Ich möchte mich von keinem Mann mehr durch ein monatelanges Trainingsprogramm schleifen lassen, um mich eine Woche lang auf einen Berg hochzuquälen. Das alles nur, um einmal Sex auf einer Höhe von über dreitausend Metern zu haben. Es ist scheißkalt da oben und stinkend in einem Schlafsack übereinander herzufallen, ist nur in Filmen ohne Geruchsspur romantisch. Ich brauche niemanden, der mir auf einem Berggipfel den Laufpass gibt, statt die Aussicht und das Gefühl, es geschafft zu haben, zu schätzen. Ich möchte jemanden, der mit mir in der Ebene auf der Picknickdecke sitzt, mit oder ohne Sex, und der den Berg mit mir in all seiner majestätischen Pracht bewundert.«

»Das weiß ich, Antonia. Ich bin schon dabei, den Treibsand gegen Zement auszutauschen. Aus mir wird auch niemals ein Professor Higgins werden. Nach der OP wird mir wahrscheinlich eh nur die Picknickdecke bleiben. Wir können gern beide darauf fett und faltig werden, wenn du möchtest.«

Antonia sah mich weiter schweigend an.

»Ich habe das Angebot für einen Lehrstuhl an der Medizinischen Fakultät hier an der Uni angenommen. Ich werde an der Entwicklung eines superleichten, hochfunktionalen Kunstherzens aus Silikon federführend mitarbeiten. Das Ziel ist, ein künstliches Organ zu schaffen, das wie ein Schrittmacher mit einer internen Stromversorgung arbeiten wird, die samt Ersatzakku *in situ* untergebracht werden wird. Kein Patient muss dann mehr mit einer Tasche herumlaufen, aus der eine dicke Versorgungsleitung in sein Inneres führt. Das Entzündungsrisiko der Austrittsöffnung und die lästigen Verbandswechsel werden wegfallen. Das wird die Lebensqualität ungemein erleichtern und daran möchte ich teilhaben. Mit festerem Material als dem kann ich nicht bauen, Antonia.«

»Das sind sehr schöne Pläne, Steffen. Ich hoffe, dass dir alles gelingen wird.« Die Kreise auf dem Cello wurden immer größer.

»In meinem privaten Leben möchte ich mich endlich fallen lassen und öffnen und wieder ich sein und mir alles Schöne und Gute zeigen lassen. Du schuldest mir noch den Schwetzinger Schlosspark, und die gemeinsamen Reitstunden sollten wir auch angehen. Ich möchte die Welt wieder ohne diesen dicken Schleier erleben, den die Opiate über meine Wahrnehmung und meine Gefühlswelt gestülpt haben. Ich möchte keine permanenten Schmerzen mehr haben, die mich in die Abhängigkeit treiben. Du musst für mich keine formbare Eliza Doolittle oder eine Supersportlerin sein. Was soll ich mit einer Kunstfigur aus einem Musical oder einem auf Hochleistung getrimmten Körper? Sei Antonia Brandt, die freche und geistreiche Ophthalmologin, die in jedes Fettnäpfchen mit Anlauf und voller Vorfreude springt. Die durch Gänseblümchen spricht und Männerblümchen verhext. Besuch mich in der Klinik, oder wenn ich wieder zu Hause bin, wenn du möchtest. Schau, ob du mit einem ehrlichen, einbeinigen Professor genauso gut zurechtkommst wie mit dem verlogenen, hinkenden Hausmeister. So kannst du auch ungestraft Schtompfred zu mir sagen. Passt ja dann endlich.«

Endlich huschte ein Lächeln über ihr Gesicht. In meinem Rücken knallte ein Korken, ansonsten war kein Mucks zu hören.

»Antonia, dein Gänseblümchenorakel hat die Wahrheit gesagt. Das Männerblümchen hat dich damals auf der Neckarwiese geliebt und tut es immer noch. Trau dich und gib dein Herz in meine Hände. Die haben Erfahrung mit Herzen. Und wer, wenn nicht ich, weiß, dass man Herzen mit Vorsicht behandeln muss und dass man sie eben doch reparieren kann?«

»Ich dachte, Herzen haben einen blinden Fleck.« Antonia wich meinem Blick nicht aus.

»Ich bin Herzchirurg, ich kann den blinden Fleck wieder sehend machen, habe ich festgestellt.«

Hinter mir flüsterte eine männliche Stimme. »Boah, ey. Was für ein zuckersüßes Gefasel. Typisch Aufschneider.«

»Schnauze, Dennis, du verdirbst die romantische Stimmung«, konterte Liese.

»Ja, Schnauze, Doktor Cornazzano, du verdirbst die romantische Stimmung«, meinte auch Antonia. Sie legte das Cello, das sie an die Steinbank gelehnt hatte, in seinen Kasten, schloss diesen langsam und setzte sich wieder hin. Der gestärkte Stoff des Abendkleides bildete knisternd ein Zelt aus blutrotem Damast um ihre Beine.

Antonia streifte erst ihren linken, dann ihren rechten Schuh ab, danach die schwarzen Sneakersocken, stellte unter dem Rock beide Beine nebeneinander und schob die Füße langsam unter der glänzenden Seide vor. Zwei zierliche Füße mit wohlgeformten, schlanken Zehen kamen zum Vorschein.

Die Besitzerin der nackten Füße sah mich lächelnd an. »Wie wäre es, wenn du mit meinen Extremitäten anfängst zu üben, ehe wir zu den inneren Organen kommen, Professor Milz?«

Ich schluckte. »Du hast die schönsten Füße, die ich je gesehen habe, Antonia Brandt.« Hinter uns knallten zwei Korken und unsere Freunde johlten laut.

Antonia stand auf und sah mir in die Augen: »Dann sag jetzt nichts mehr, Steffen Milz, ich finde, das sind die schönsten Abschiedsworte, die ich je gehört habe.«

Being deeply loved by someone gives you strength,
while loving someone deeply gives you courage.
Lao Tzu

Rafael und die Ge(dank)en ums Buch

Allen, denen das Neuklinikum der Universität Heidelberg im Neuenheimer Feld bekannt ist, wissen, dass ich mir die Verhältnisse dort schöngeschrieben habe. Dies gilt vor allen Dingen für das Kopfklinikum mit der Augenklinik, in dem ich Antonia und ihre Kollegen arbeiten lasse. Hier habe ich mir die künstlerische Freiheit genommen, die Verhältnisse so auszumalen, wie ich sie brauchte. Generell gilt für die Inhalte: Es handelt sich bei diesem Buch um einen fiktiven Roman und um kein medizinisches Sach- oder Lehrbuch. Auch liegt keine Autobiografie oder eine Reportage vor.

Das Gleiche gilt für die Begebenheiten am Heumarkt. Da ist Straßenmusik nicht erlaubt. Ob das Ordnungsamt Sondergenehmigungen, wie sie Antonia hat, vergibt, ist dem Autor nicht bekannt. Die Geschäfte in der Stadt sind frei erfunden – nur das Studentenwohnheim gibt es tatsächlich. Wie viele Studenten sich da bei offenem Fenster an sich vergehen, ist ebenfalls nicht dokumentiert. Die Sperrzeiten für die Außenbewirtung in der Altstadt sind ein heikles, zwischen Gastronomie und Anwohnern heiß umkämpftes Thema. Auch hierbei habe ich künstlerische Freiheit walten lassen.

ICEs der Deutschen Bahn halten im Heidelberger Hauptbahnhof nur noch selten, das ist dem Autor bekannt, aber er macht sich die Welt manchmal, wie sie ihm gefällt.

Heidelberg ist eine wunderschöne, viel besuchte Stadt mit jeder Menge Gastronomie. Bis auf das *Da Salvatore* am Heumarkt gibt es die anderen beschriebenen Lokale, Cafés und Kneipen tatsächlich. Das Schloss, die Altstadt, die Schlossbeleuchtungen im Sommer und der Heidelberger Herbst, der am letzten Samstag im September stattfindet, sind eine Reise wert.

Mein ganz besonderer Dank gilt Alexander Butz, der sich einen halben Nachmittag Zeit genommen und mir in der Hitze dieses Sommers mit seiner Geschichte so imponiert hat, dass ich siebzig Seiten Manuskript umgeschrieben habe. Ohne ihn wäre Steffen Milz ein anderer.

Danke an Samuel Wiedmann von der Firma Pohlig GmbH in Heidelberg, der mir seine Philosophie über die Orthopädietechnik vermittelt und den Kontakt zu Alex hergestellt hat.

Mr. Martin Schulz stand mir auch bei diesem Buch wieder mit seiner Erfahrung im Löschen von Feuern hilfreich zur Seite.

Dr. Dorgam Natour vom Klinikum links der Weser in Bremen hat mir wertvolle Einblicke in die Seele der Herzchirurgie gegeben – und mir die außergewöhnliche Stimmung nahegebracht, die entsteht, wenn Emotionen und Testosteron im OP auf chirurgische Kapazitäten treffen.

Bei der Entstehung dieses Werkes hat erneut die unverzichtbare Dr. Johanna Bayer mitgemischt. Herzlichen Dank für stundenlange, inspirierende Telefonate und spirituellen Gedankenaustausch auf der roten Couch, die sie sich mehr als verdient hat.

Die nicht nur kernkompetente Lidia Uhlemann vom Klinikum Tübingen hat meine brachliegenden ophthalmologischen Kenntnisse upgedatet und mich mit Eis und Döner bei Laune gehalten.

Es wird Zeit, an dieser Stelle »meinen« Steffen zu erwähnen – für die stille Inspiration vom ersten Augenblick an: Es war ein langer Weg vom Kettcar über den Zafira zum AMG: wie schön, dass wir uns darauf nie verloren haben.

Beenden will ich dieses Buch mit der Erinnerung an Josip *Gonzo* Krolo, der uns eine der wunderbarsten Coverversionen von *Dein ist mein ganzes Herz* geschenkt hat. Ich erinnere mich an unzählige wunderbare Live-Sessions mit ihm und seinen Musikerfreunden. Letztlich Vorbild für Benny Brandstätters Jamsessions. Leider ist dieser wertvolle Künstler viel zu früh von uns gegangen und leider gibt es auch den legendären Schwimmbad-Club in Heidelberg nicht mehr.

Those were the days my friend!
Rafael Eigner im Januar 2019